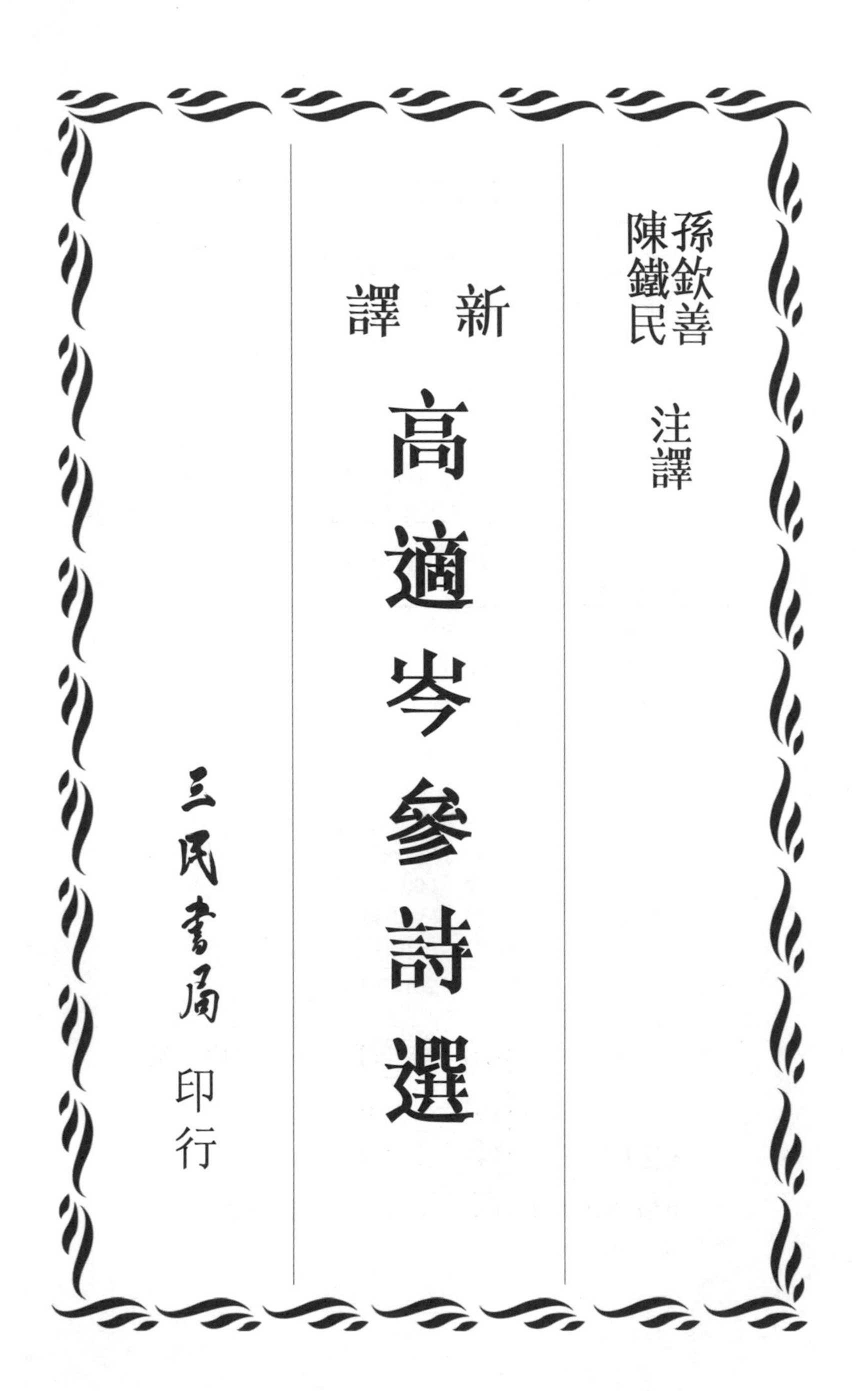

孫欽善
陳鐵民　注譯

# 新譯高適岑參詩選

三民書局印行

國家圖書館出版品預行編目資料

新譯高適岑參詩選／孫欽善,陳鐵民注譯.－－初版一刷.－－臺北市：三民，2014
面；　公分.－－(古籍今注新譯叢書)

ISBN 978-957-14-5882-3　(平裝)

831.4　　　102027149

© 新譯高適岑參詩選

| | |
|---|---|
| 注譯者 | 孫欽善　陳鐵民 |
| 責任編輯 | 林佩姍 |
| 美術設計 | 蕭伊寂 |
| 發行人 | 劉振強 |
| 著作財產權人 | 三民書局股份有限公司 |
| 發行所 | 三民書局股份有限公司 |
| | 地址　臺北市復興北路386號 |
| | 電話　(02)25006600 |
| | 郵撥帳號　0009998-5 |
| 門市部 | (復北店)臺北市復興北路386號 |
| | (重南店)臺北市重慶南路一段61號 |
| 出版日期 | 初版一刷　2014年1月 |
| 編號 | S 033130 |

行政院新聞局登記證局版臺業字第〇二〇〇號



ISBN　978-957-14-5882-3　(平裝)

http://www.sanmin.com.tw　三民網路書店

# 刊印古籍今注新譯叢書緣起

劉振強

人類歷史發展，每至偏執一端，往而不返的關頭，總有一股新興的反本運動繼起，要求回顧過往的源頭，從中汲取新生的創造力量。孔子所謂的述而不作，溫故知新，以及西方文藝復興所強調的再生精神，都體現了創造源頭這股日新不竭的力量。古典之所以重要，古籍之所以不可不讀，正在這層尋本與啟示的意義上。處於現代世界而倡言讀古書，並不是迷信傳統，更不是故步自封；而是當我們愈懂得聆聽來自根源的聲音，我們就愈懂得如何向歷史追問，也就愈能夠清醒正對當世的苦厄。要擴大心量，冥契古今心靈，會通宇宙精神，不能不由學會讀古書這一層根本的工夫做起。

基於這樣的想法，本局自草創以來，即懷著注譯傳統重要典籍的理想，由第一部的四書做起，希望藉由文字障礙的掃除，幫助有心的讀者，打開禁錮於古老話語中的豐沛寶藏。我們工作的原則是「兼取諸家，直注明解」。一方面熔鑄眾說，擇善而從；一方面也力求明白可喻，達到學術普及化的要求。叢書自陸續出刊以來，頗受各界的喜愛，使我們得到很大的鼓勵，也有信心繼續推廣這項工作。隨著海峽兩岸的交流，我們注譯的成員，也由臺灣各大學的教授，擴及大陸各有專長的學者。陣容的充實，使我們有更多的資源，整理更多樣化的古籍。兼採經、史、子、集四部的要典，重拾對通才器識的重視，將是我們進一步工作的目標。

古籍的注譯，固然是一件繁難的工作，但其實也只是整個工作的開端而已，最後的完成與意義的賦予，全賴讀者的閱讀與自得自證。我們期望這項工作能有助於為世界文化的未來匯流，注入一股源頭活水；也希望各界博雅君子不吝指正，讓我們的步伐能夠更堅穩地走下去。

# 新譯高適岑參詩選　目次

未編年詩



## 岑　參

編年詩

未編年詩

# 導讀

在中國詩歌史上，高適、岑參並稱，都是盛唐邊塞詩的傑出代表，所以本書將兩人的詩選合編在一起。詩選的編排及其注譯者的署名，皆先高後岑。

## 一、高適的生平與創作

高適（西元七〇一—七六五年），字達夫。祖籍渤海蓨縣（今河北景縣南），里籍洛陽。他是唐代著名的詩人，尤以邊塞詩著稱。高適一生經歷唐武則天、中宗、睿宗、玄宗、肅宗、代宗幾朝，而成年以後的主要生活經歷及文學創作時期，則在玄宗、肅宗兩朝，尤其集中於玄宗開元、天寶年間。

高適出生在一個世代為宦的家庭，其父從（一作崇）文，位終韶州（今廣東韶關）長史。他幼年侍父做官，到過嶺南。家鄉無甚產業，《舊唐書》說他「少濩落，不事生產」，他自己也每以蘇秦少時遭遇自況。他發憤讀書，但並未完全遵循一般舉子士人的正統道路，而是「喜言王霸大略，務功名，尚節義」（《舊唐書》）。讀他的詩文可知，他鑽研學問，不限於儒家的經書，對史書和諸子百家，特別是兵家的書，尤廣泛涉獵。二十歲時，他西遊長安，滿以為「書劍」學成，可以施展抱負，而實際卻是「白壁皆言賜近臣，布衣不得干明主」（〈別韋參軍〉），根本無進身之門，結果失意而歸，客居宋州宋城（今河南商丘）。《舊唐書》說他「家貧，客於梁宋，以求丐取給」，實際上他是在友人資助下，過著隱耕、讀書和浪遊的生活。這一時期，他定居宋城，未曾遠遊。首探仕途所受的挫折，對他的打擊很大，但他並未心灰意冷，而是「弱冠負高節，十年思自強」（〈魯郡途中遇十八錄事〉），「萬事切中懷，十年思上書」（〈苦雨寄房四昆季〉）。但是，「君門嗟緬邈，身計念居諸」（〈苦雨寄房四昆季〉），終未獲得進身的機會。由於生活困頓，使他接觸到社會下層，體驗到民間疾苦，觀察到吏治的得失，在詩中有不少反映。

自開元二十年（西元七三二年）至天寶七載（西元七四八年）這一時期，高適雖以梁宋為定居基地，但也多次出遊，逗留他鄉。其間曾北遊燕趙，應舉長安，落第留京，暫居淇上。歸梁宋後又出遊魏楚，旅居東平（關於高適生平事蹟，詳見孫欽善《高適集校注》附錄〈高適年譜〉，下同）。在此期間，他第一次深入東北邊塞，並且在四處浪遊中更加廣泛地接觸了社會現實，對他的思想和創作產生了深遠影響，寫出了不少邊塞名作和反映民間疾苦的詩篇。值得特別一提的是，天寶三載至六載，高適曾與李白、杜甫等在梁宋齊魯相聚同遊，賦詩抒懷，切磋藝文，彼此在生活上、創作上都產生了深刻影響，留下美好記憶，堪稱文學史上的一次盛會。

天寶八載夏，高適經睢陽太守張九臯推薦，舉有道科赴長安，授封丘尉，立即赴任，一直做到天寶十一載。在此期間，他作為一個下層官吏，體察到民事的艱難，吏治的腐敗，逢迎長官的難堪。甚感人微言輕，仰人鼻息，難以施展自己的政治抱負；也甚感自己耿直寬厚的胸懷與汙濁苛刻的官場吏務難以相容。因此辭官之念，不時滋萌。其間天寶九載冬至十載春，曾北使青夷軍送兵，重至北塞，再遊燕趙，邊事緊迫，職卑無為，感慨而歸。這時期又寫了不少關於民事、吏治和邊塞的詩。

天寶十一載秋，終因厭倦為吏生涯，辭去封丘尉，西遊長安，另謀出路。在長安曾與詩壇名輩王維、杜甫、岑參、賈至、儲光羲、綦毋潛等同遊，會老友，交新朋，再一次得到切磋詩文的機會。不久即經隴右節度使哥舒翰的判官田梁丘引薦，赴西塞入哥舒翰幕府任左驍衛兵曹參軍，充掌書記。當年末，隨哥舒翰入朝，哥舒翰在玄宗面前對他大加稱讚。高適在哥舒翰幕府任職四年，身遇知己，受到重用，頗為得意，成為他仕途升遷的起點。但是生活和思想感情的變化，卻給他的創作帶來不利影響，開始在文學創作上走下坡路。

天寶十四載十一月，安史之亂起。十二月，高適拜左拾遺，轉監察御史，佐哥舒翰守潼關。天寶十五載六月，哥舒翰兵敗，高適西去，走捷徑趕上奔蜀的玄宗，拜為御史中丞，隨玄宗至成都。當年十二月，任淮南節度使討永王璘叛亂。肅宗至德二載（西元七五七年），又參與平安史叛軍。乾元元年（西元七五八年），遭權臣殿中監、太僕卿李輔國讒，左授太子詹事。其後曾先後出任彭州、蜀州刺史。代宗廣德元年（西元七六三年），遷劍南節度使。當年七月，吐蕃陷隴右，十月，侵入長安，高適在蜀發兵臨吐蕃南境加以牽制，師出無功。十二月，松、維、保三州相繼為吐蕃所陷，高適亦不能救。次年為嚴武代職，還京後任刑部侍郎，轉散騎常侍，加銀青光祿大夫，進封渤海縣侯。永泰元年（西元七六五年）正月卒。自安史之亂起，高適一生最後一段時期，確如《舊唐書》所說：「逢時多難，以安危為己任。……累為藩牧，政存寬簡，吏民便之」，「適以詩人為戎帥，險難之際，名節不虧，君子哉！」但他這一時期的創作卻並不多，安史之亂的動蕩歲月，沒有在他的創作中留下多少痕跡。從〈酬河南節度使賀蘭大夫見贈之作〉、〈同河南李少尹畢員外宅夜飲時洛陽告捷遂作春酒歌〉、〈酬裴員外以詩代書〉等寥寥幾首詩中，雖能看到他的喜怒哀樂之情也還能和著時代的脈搏而起伏，但是對社會現實的反映既不充分，又不深刻。此中原因複雜，精力集中於政事軍務固然是一個因素，但主要緣故恐怕在於他身居高位，浮在上層，使創作脫離了現實生活的土壤，從而留下一個低弱的尾聲。令人欣慰的是，他與杜甫的友誼，年深彌篤，二人在西南相會，屢有酬贈，皆為情摯感人之作。

高適的作品，有詩、賦、散文，而以詩數量最多，成就最高。這裡主要分析他的詩歌的思想、藝術成就。

高適素有邊塞詩人之稱，他的邊塞詩成就極高，在整個唐代邊塞詩中是很突出的。前已述及，高適一生曾三次出塞，這是有社會原因的。唐代邊將在外有權表奏選任自己的幕僚，因此唐代士人往往出塞謀取出路，正如《容齋續筆》卷一「唐藩鎮幕府」條所說：「唐世士人初登科或未仕者，多以從諸藩府辟置為重。」高適如此嚮往邊塞，除心懷韜略，受安邊之志所驅使外，謀求仕途進身之階，也是一個實際原因。高適多次親臨邊塞，對征戰生活有深入的觀察與體驗，加上出色的藝術表現，故能成為著名的邊塞詩人。

高適邊塞詩的成就，主要集中於前兩次出塞，第一次以布衣之身北遊燕趙，第二次以縣尉卑下之職送兵薊北，地位低下，懷才不遇，處境基本相同，因此敢於正視和揭露邊事的實際情況。這兩次出塞寫的邊塞詩，思想、風格是一致的，具有以下特點：第一，表現了抵禦侵犯、安定邊疆、建立功勳的豪情壯志，與懷才不遇、抱負不得實現的強烈矛盾。如第一次出塞：「常懷感激心，願效縱橫謨。倚劍欲誰語，關河空鬱紆。」（〈塞上〉）第二次出塞：「登頓驅征騎，棲遑愧寶刀。遠行今若此，微祿果徒勞。」（〈使青夷軍入居庸三首〉其三）第二，敢於議論邊策，揭露弊端。他不僅因奚、契丹統治者起釁侵擾而感到憤慨，也嘆息由於邊防失策，邊將因循無能或邀功求爵，致使戰事連年不已。他反對消極抵抗，苟且偷安，認為「轉鬥豈長策，和親非遠圖」（〈塞上〉），主張選用良將，發揮威勢，根除邊患，「總戎掃大漠，一戰擒單于」（〈塞上〉）。他還認為歸降的胡人不可依靠：「戎狄本無厭，羈縻非一朝。飢附誠足用，飽飛安可招？」（〈睢陽酬別暢大判官〉）對厚待降胡，虐待戍卒的作法甚為不滿：「戍卒厭糟糠，降胡飽衣食。關亭試一望，吾欲涕沾臆。」（〈薊門五首〉其二）第三，留意體察戍卒的思想感情，反映他們的生活和心聲。既表現士卒英勇殺敵的豪情，又表現他們久戍不歸的哀怨；既歌頌、讚揚士卒視死如歸的獻身精神，又悲嘆、惋惜他們身遭塗炭的非人待遇。這種複雜矛盾的思想感情，又常常體現在一組詩（如〈薊門五首〉）甚至一首詩（如〈燕歌行〉）中，這正是現實複雜矛盾的深刻反映：敵人的進犯，自然激發戰士們的民族激情，因而奮起抗擊；但由於邊策失當，久戰不已，兵困民敝，特別是軍中將兵之間，存在著階級的對立和壓迫，苦樂懸殊（如〈燕歌行〉「戰士軍前半死生，美人帳下猶歌舞」），又不能不使奮戰士卒和正義之士悲憤寒心。在高詩中，士卒和作者這種複雜矛盾的思想感情又總是交融在一起的，說明詩人對士卒的體諒和同情，這是由詩人當時的處境和地位所決定的。

高適第三次出塞，在哥舒翰幕府任職，當時主將戰功卓著，詩人自己也比較得志，邊塞詩作的內容、風格，遂與前二次迥然不同。第一，以歌頌戰功為主，不見暴露邊事腐朽面的詩作。當時哥舒翰對安定西部邊塞確有功勞，但也有迎合最高統治者開邊黷武的欲望，輕妄用兵、邀功求賞的一面。高適此時對前一方面的反映是充分的，而對後一方面卻不夠清醒，總是盲目歌頌而絕無微詞。其中把歌頌與安邊理想結合在一起的，還有積極意義，如「萬騎爭歌楊柳春，千場對舞繡騏驎。到處盡逢歡洽事，相看總是太平人。」（〈九曲詞〉其二）這裡勝利、安定的歡悅之情，與當地人民「至今窺牧馬，不敢過臨洮」（〈哥舒歌〉）的情感是吻合的。但大多已經失卻前兩次出塞所作邊塞詩的光彩，有的甚至不分是非曲直，盲目歌頌不義之戰（如〈李雲南征蠻詩〉）；或在歌頌戰功時過多頌揚嗜殺情景，如「泉噴諸戎血，風驅死虜魂。頭飛攢萬戟，面縛聚轅門。鬼哭黃埃暮，天愁白日昏。」（〈同李員外賀哥舒翰大夫破九曲之作〉）第二，反映士卒遭遇不平的作品消聲匿跡。第三，抒發壯志，決心建功的激昂情緒，成為詩歌的主調，個人懷才不遇的哀怨聽不到了。〈塞下曲〉就是這樣一篇典型的作品：「萬里不惜死，一朝得成功，畫圖麒麟閣，入朝明光宮。大笑向文士：一經何足窮！」他已經沒有牢騷怨言了，「為問邊庭更何事，至今羌笛怨無窮」（〈金城北樓〉），只不過是異域鄉愁這種人之常情的流露，而且這種鄉愁也早已在知遇之感中得到慰藉：「豈不思故鄉？從來感知己。」（〈登隴〉）

反映民間疾苦，是高適前期詩歌又一個主要內容。高適長期落魄失意，使他接近、同情下層人民，而到處浪遊又使他廣泛接觸社會現實。他不僅瞭解實際情況，而且有政治理想，不僅看到天災，而且注意到人禍，因此他的一些詩往往不是就事論事，而是觸及制度的弊端、時政的得失和吏治的殘虐，內容相當深刻。他認識到土地兼併、租稅無度給農民造成的苦難，主張抑兼併，輕賦傜，調整均田租庸調法，如「試共野人言，深覺農夫苦。去秋雖薄熟，今夏猶未雨。耕耘日勤勞，租稅兼舄鹵。園蔬空寥落，產業不足數。」（〈自淇涉黃河途中作十三首〉其九）「租稅」句是說租稅既重，土地又壞。「產業」主要指土地，此句反映了均田分配數的不足，正是均田租庸調法遭到破壞的反映。〈過盧明府有贈〉：「奸猾唯閉戶，逃亡歸種田。……皆賀蠶農至，而無傜役牽。」〈奉寄平原顏太守〉：「豪富已低首，逋逃還力農。」又反映了豪族的兼併與農民流亡的因果關係，表達了作者抑兼併之家，歸逃亡之戶，節制徭役，不違農時的主張和理想。他認為吏治的得失關係到人民的死活，從而信奉儒家「仁政」、「教化」及老子「無為而治」的思想，主張行寬簡便民之政。他在許多詩中一再歌頌春秋時單父邑宰宓子賤「鳴琴而治」的不擾民之政，稱讚現實中的良吏能效法子游治武城時所行禮樂教化之道（見〈過盧明府有贈〉）。他自己做封丘尉時，甚感催租逼役於心不忍：「鞭撻黎庶令人悲。」（〈封丘縣〉）他有救民之志，不顧直言時弊而獲罪：「永願拯芻蕘，孰云干鼎鑊！」（〈淇上酬薛三據兼寄郭少府〉）他有濟世之志，卻身遭棄置，無人理睬：「縱懷濟世策，誰肯論吾謀！」（〈東平路中遇大水〉）憤激之詞透露著詩人對人民的深切同情。這些詩的意義在於透過表面的「盛唐」氣象，反映了潛在的矛盾和危機。他反對粉飾太平，認為「安人在求瘼」（〈淇上酬薛三據兼寄郭少府〉），只有體察民間疾苦，瞭解時政弊端，改革圖治，才能安定人民。

高適長期淪落，懷才不遇，對權貴專權，世態澆薄，深有感觸，寫了不少有關詩歌，成為高詩又一個突出內容。〈行路難二首〉、〈別韋參軍〉、〈效古贈崔二〉、〈苦雨寄房四兄昆季〉、〈邯鄲少年行〉等，言志抒懷，感情真摯，反映了下層士人的共同思想情緒。這類詩作表達了詩人「理道資任賢」（〈淇上酬薛三據兼寄郭少府〉）的政治理想，深刻揭露了「國風沖融邁三五，朝廷歡樂彌寰宇。白璧皆言賜近臣，布衣不得干明主」（〈別韋參軍〉），「一朝金多結豪貴，百事勝人健如虎。……有才不肯學干謁，何用年年空讀書」（〈行路難二首〉其二）的現實，說明即使在仕路比較開明的盛唐，也並未改變貴族特權政治的本質。至於李林甫執政以後對士人的嫉恨和壓抑，也有側面的反映。高適的這一類詩，多表現為酬贈形式，其中有對上與對友之別，對上多有奉承之辭，言不由衷，對友則無所顧忌，吐露真情。這類詩當然也有局限，如抒發濟世之志往往伴隨對功名利祿的熱衷追求，失意的感慨往往摻雜著悲觀出世的念頭，不滿權貴而又不惜屈身干謁，甚至違心地奉獻諛辭，如〈古樂府飛龍曲留上陳左相〉、〈留上李右相〉等就是明顯的例子。

詠史的題材在高詩中也較多見。善於總結歷史經驗教訓，作為現實統治的借鑑，是唐王朝興盛的原因之一，唐太宗貞觀年間「君臣論治」就是典型一例。高適重視這一傳統，十分重視以史為鑑。他諳熟歷史掌故，不僅在詩中經常援引，而且寫了不少直接詠史的詩，如〈三君詠〉、〈銅雀妓〉、〈題尉遲將軍新廟〉、〈詠史〉、〈辟陽城〉、〈同觀陳十六史興碑〉、〈古大梁行〉、〈武威作二首〉等。這些詩，或寫歷史事件，或寫歷史人物，就當時而論，包括了現代史、近代史、古代史的內容。其中多憂患之思，興亡之嘆，不能說不是針對盛唐的昇平假象和玄宗晚年荒於政事而發的。此外，強調統治者要用賢良，辟奸邪，君明臣忠，直言無忌，從諫如流，表現了開明的政治理想。

高詩不僅大多思想內容充實深刻，藝術成就也是突出的。詩中五古、七古、五律、七律、排律、五絕、七絕諸體皆備。明胡應麟《詩藪》論其五古有「深婉有致，而格調音節，時有參差」，「黯淡之內，古意猶存」之語（內編卷二）。論七古則曰：「盛唐高適之渾，岑參之麗，王維之雅，李頎之俊，皆鐵中錚錚者」，「高、岑、王、李，音節鮮明，情致委折，濃纖修短，得衷合度」（內編卷三）。論排律云：「盛唐排律，杜外，右丞為冠，太白次之。常侍篇什空澹，不及王、李之秀麗豪爽，而〈信安王幕府詩〉二十韻，典重整齊，精工贍逸，特為高作，王、李所無也。」（內編卷四）論五律云：「達夫歌行、五言律，極有氣骨。」（內編卷五）論七律云：「高、岑、王、李，世稱正鵠。……常侍意勝詞，情致纏綿而筋骨不逮。」又「雖和平婉厚，然已失盛唐雄贍，漸入中唐矣。」又：「高、岑明淨整齊，所乏遠韻。」（內編卷五）論五絕、七絕云：盛唐「長七言絕，不長五言絕者，高達夫也」，又評高適七絕云「渾雄」（內編卷六）。皆為有得之見。

高詩各體在特色上雖有參差，但又具有一總體藝術風格，前人多以「悲壯」稱之。如宋嚴羽說：「高、岑之詩悲壯，讀之使人感慨。」（《滄浪詩話・詩評》）最先提出「悲壯」之論。明胡應麟承襲嚴說，論五古時云「高、岑悲壯為宗」（《詩藪》內編卷二），總論亦稱「高、岑之悲壯」（外編卷四）。所謂「悲」，就是悲憤感慨；所謂「壯」，就是雄渾豪壯。在嚴羽前後其他論高詩者，雖未直云「悲壯」，但評語中也含有這種意思。如高適之至交杜甫說過：「高岑殊緩步，沈鮑得同行。意愜關飛動，篇終接混茫。」（〈寄彭州高三十五使君適虢州岑二十七長史參三十韻〉）唐殷璠也說：「適詩多胸臆語，兼有風骨。」（《河嶽英靈集》卷上）元辛文房評岑參時曾連及高適，說：「詩調尤高，……與高適風骨頗同，讀之令人慷慨懷感。」（《唐才子傳・岑參傳》）這些評價，或不謀而合，或先後相襲，皆準確地概括了高詩的藝術風格。

文如其人，高詩這一風格的形成，首先有其個人生活和氣質的基礎，這就是慷慨任俠，長期落魄，親臨邊塞，投身戎旅等因素。文關時勢，高詩的這一風格，又與詩歌發展的歷史潮流分不開。我們知道，初唐詩壇還沒有擺脫齊、梁浮靡詩風的影響。到初唐後期，陳子昂代表時代要求，標榜「漢魏風骨」，倡導詩歌改革，使詩風有所轉變。至盛唐時，詩歌革新才卓見成效，唐體大備。高適正是在這個詩歌發展潮流中，「以雅參麗，以古雜今」（唐杜確〈岑嘉州詩集序〉），「聲律風骨始備」（〈河嶽英靈集序〉），尤以「風骨」見長的一位詩人。

高適以寫抒情詩為主，他的抒情詩藝術特色鮮明，成就尤高。

直抒胸臆是高詩的一個特點，故殷璠說：「適詩多胸臆語。」直抒胸臆易流於淺露和抽象，而高適則善於用樸實而熾烈的語言，真率地表達深切的感受，細膩地刻畫複雜的心理，彷彿向你打開心扉，深邃而洞澈，詩的感染力很強，人物形象也很鮮明。

夾敘夾議而又飽含著強烈感情是高詩另一個特點。情感事而萌，緣理而發，事、理、情總是交融一體的，因此抒情往往離不開敘事、議論。高詩善於處理三者的關係，在敘事、議論時，不落入呆板和抽象，以沖淡詩情，而總是流露著發自肺腑的愛憎感慨之情以增濃詩意。至於議論，有時更昇華為反映事物本質的格言警語，感觸良深；有時則結為疑惑不解的質問，不平之氣，益發激憤。

高詩單純寫景之作不多，但抒情、敘事、記行多伴隨景物描寫。高詩寫景也獨具特色，即善於在具體描繪中表現主觀感受，多有我之境、寫意之畫，下面在比較高適、岑參詩歌特點時，將會具體涉及。

高詩手法質樸，語言平實，意勝於辭。在綜合吸收漢魏、六朝的詩歌傳統時，以漢魏為主，故藝術上給人以渾浩之感，恰如沈德潛評漢魏詩所說：「渾渾灝灝，元氣結成，乍讀之不見其佳，久而味之，骨幹開張，意趣洋溢。」（《唐詩別裁集‧例言》）

高詩也有不足之處，就是有時為了應酬，敷衍成篇，堆砌典故，有些篇章讀來頗感滯礙。

## 二、岑參的生平與創作

岑參（約西元七一七—七六九年），先世居南陽棘陽（今河南南陽），後徙居江陵（今湖北荊州），為江陵人。其〈感舊賦〉序說：「國家六葉，吾門三相矣。」他的曾祖父文本、伯祖父長倩、堂伯父羲都官至宰相；祖父景倩，武周時為麟臺少監、衛州刺史，兼昭文館學士；父植，開元初位終仙、晉二州刺史。岑參誕生的前四年，岑羲得罪伏誅，親族被放逐略盡，從此岑氏家道衰落，朝中再無權勢可依憑了。

岑參幼年喪父，從兄受書；家門昔榮今悴的巨變，使他從小就立志苦學，滿心希望有朝一日獲取高位，重整岑氏淪落的「世業」。唐杜確〈岑嘉州詩集序〉說：「早歲孤貧，能自砥礪，遍覽史籍，尤工綴文。」〈感舊賦〉說：「荷仁兄之教導，方勵己以增修。」賦序說：「五歲讀書，九歲屬文，十五隱於嵩陽，二十獻書闕下。」所謂「隱於嵩陽」，是指他十五歲後僻居嵩山西峰少室山苦讀，為求取功名作準備；「獻書闕下」則指他二十歲時獻書天子，希冀以此獲取官位。唐代有獻書拜官之例（參見《封氏聞見記》卷三），但實際上唐時走通這條仕路的人很少，年輕的岑參想憑藉自己「尤工綴文」的本領走通此路也未能如願。此後約十年，他屢出入於京、洛，為出仕而奔波，結果一無所獲。〈感舊賦〉云：「我從東山，獻書西周，出入二郡，蹉跎十秋。」近十年求官不遂的遭遇，使岑參內心充滿哀怨與惆悵：「歎君門兮何深，顧盛時而向隅。攬蕙草以惆悵，步衡門而踟躕。」（〈感舊賦〉）但此時詩人對前途仍充滿希望與信心：「強學以待，知音不無；思達人之惠顧，庶有望于亨衢。」（〈感舊賦〉）

在失意的近十年中，岑參曾往遊河朔（時間約在開元二十七年春，參見陳鐵民修訂《岑參集校注》附錄〈岑參年譜〉），並於開元末至天寶初在終南山隱居。當然，這並不是一心歸隱，而是在隱居中等待機會出仕。天寶三載（西元七四四年），岑參應進士試，以第二名及第。唐時進士及第，只是取得出仕資格，還要參加吏部銓選，才能釋褐。他釋褐右內率府兵曹參軍（見杜確〈序〉），當約在天寶五載。釋褐後因官卑職微（右內率府兵曹參軍正九品下），詩人感到自己重整「世業」的願望難以實現，心情是苦悶的。如初授官後作的〈田假歸白閣西草堂〉說：「誤徇一微官，還山愧塵容。」

天寶八載（西元七四九年），約三十三歲的岑參應安西節度使高仙芝的辟召，到安西幕府（在今新疆庫車）任職。初冬，詩人由長安踏上了赴安西的漫長旅程。赴安西必須翻越荒旱的沙漠、戈壁，征途多艱，對此詩人都估計到了，他說自己之所以不辭勞苦遠赴西域，並沒有什麼個人的希求，只是出於報國的考慮：「萬里奉王事，一身無所求。也知塞垣苦，豈為妻子謀！」（〈初過隴山途中呈宇文判官〉）其實，岑參的赴邊從戎，是不可能不雜有個人求取功名的目的。〈銀山磧西館〉說：「丈夫三十未富貴，安能終日守筆硯！」在詩人看來，報國與求功名並不矛盾，通過勤勞「王事」、為國安邊，即可身登顯位，獲取個人的功名富貴。岑參在安西任職期間，每行役在外，轉徙不定。〈安西館中思長安〉說：「彌年但走馬，終日隨飄蓬。寂寞不得意，辛勤方在公。」詩人對「王事」不可謂不辛勤，但獲取功名的希望卻很渺茫，他開始意識到報國與求功名實際上是有矛盾的；加上初次出塞，對邊地的荒涼景象和艱苦生活不習慣，所以總的說來這個期間詩人的情緒不高，這對他的創作自然會產生影響。

天寶十載（西元七五一年）三月，岑參自安西至武威（今甘肅武威），六月，由武威還長安。此後兩三年內，繼續在長安任微官，頗不得意。其時他常僻居終南山，過一種亦官亦隱的生活。

天寶十三載夏末，岑參又應安西、北庭節度使封常清的辟召，遠赴庭州（在今新疆吉木薩爾縣北），先任安西、北庭節度判官，後任支度副使。封常清是幾年前岑參在安西幕府任職時的同僚，詩人自感受到了他的賞識和知遇，加上這次出塞時，詩人已經歷過邊塞生活的磨練，因此情緒比較開朗、昂揚。〈北庭西郊候封大夫受降回軍獻上〉說：「何幸一書生，忽蒙國士知。側身佐戎幕，斂衽事邊陲。……近來能走馬，不弱并州兒。」他的那些豪氣橫溢的七言歌行，都是在這次出塞時創作的。

天寶十四載（西元七五五年）十一月，安史之亂爆發；肅宗至德二載（西元七五七年）春夏間，岑參自北庭歸抵鳳翔（肅宗行在）。六月，為杜甫等舉薦，授右補闕。為了匡救國家的危難，詩人盡心諫職，「頻上封章，指述權佞」（杜確〈序〉）。然而一個小小諫官的意見怎麼會為朝廷所重視？所以詩人內心是苦悶的，曾說：「儒生有長策，無處豁懷抱。」（〈行軍二首〉其一）九月，唐軍收復長安，岑參隨從肅宗還京。乾元二年（西元七五九年）三月，他改任起居舍人。夏，出為虢州（今河南靈寶）長史，懷抱更不得施展，常鬱鬱寡歡。寶應元年（西元七六二年）春，岑參任關西節度判官；十月，為天下兵馬元帥雍王李适幕府掌書記。廣德元年（西元七六三年）正月入京，先在御史臺供職，後遷祠部、考功二員外郎，又轉虞部、庫部二郎中。大曆元年（西元七六六年）入蜀，初為劍南西川節度使杜鴻漸僚屬，後轉嘉州刺史。三年（西元七六八年）七月，岑參秩滿罷官，謀東歸未遂，於四年歲末，卒於成都旅舍。在蜀中任職期間，詩人一方面感到「終日不如意」（〈江上春歎〉），「無心戀使君」（〈江行夜宿龍吼灘臨眺思峨眉隱者兼寄幕中諸公〉）；另一方面又對建功立業念念不忘：「時命難自知，功業豈暫忘。」（〈陪狄員外早秋登府西樓因呈院中諸公〉）在離辭世只有數月之時，還說：「莫言聖主長不用，其那蒼生應未休！」可以說，詩人終其一生，始終是一個執著追求功名進取、有理想和濟世抱負的人。

關於岑參的詩歌創作，下面擬分成三個階段來作論述：早期（天寶八載出塞前及天寶十載秋至十三載夏居長安時）、兩度出塞時期、晚期（至德二載六月以後）。

岑參早期的詩歌，常有慨嘆仕途失志的內容。〈戲題關門〉：「來亦一布衣，去亦一布衣。羞見關城吏，還從舊道歸。」此詩作於「出入二郡」期間，表現詩人西入長安求官不遂的遭遇和心情。〈送王大昌齡赴江寧〉：「對酒寂不語，悵然悲送君。明時未得用，白首徒攻文。」〈送孟孺卿落第歸濟陽〉：「獻賦頭欲白，還家心已穿。……聖朝徒側席，濟上獨遺賢。」則對他人的不遇，表示了深切的同情。這樣的詩歌，反映了即使在盛唐時代，賢才也難於被用的事實，有一定的意義。這個時期，詩人寫過一些表現隱居生活的詩，其中出仕前的作品，如〈丘中春臥寄王子〉等，多述隱居山林之樂；出仕後因官職卑微，所以此時的作品，如〈初授官題高冠草堂〉等，多表現對隱居生活的留戀和自己的退隱之志。此外，這一時期詩中有許多贈答、送別之作，還有不少反映行旅生活的詩歌，它們大抵或記旅途所見所感，或述朋友相思別離之情，其中不無情真意切的作品，如〈暮秋山行〉、〈登古鄴城〉、〈灃頭送蔣侯〉等。這一時期的詩歌多寫景之筆，且有不少詩，以描摹山水風景為主要內容。如〈秋夜宿仙遊寺南涼堂呈謙道人〉：「亂流爭迅湍，噴薄如雷風。夜來聞清磬，月出蒼山空。空山滿清光，水樹相玲瓏。迴廊映密竹，秋殿隱深松。燈影落前溪，夜宿水聲中。」細密逼真地刻畫出了山水風景的美妙動人。〈終南雙峰草堂作〉：「崖口上新月，石門破蒼靄。色向群木深，光搖一潭碎。」寫出了幽美的終南月色，其中「破」字、「碎」字，工於錘煉，極富有表現力。這時期的詩歌特別是其中的寫景之作，已開始形成自己的風格特點，如「山風吹空林，颯颯如有人」（〈暮秋山行〉）、「澗花然暮雨，潭樹暖春雲」（〈高冠谷口招鄭鄠〉）、「孤燈然客夢，寒杵搗鄉愁」（〈宿關西客舍寄東山嚴許二山人時天寶初七月初三日在內學見有高道舉徵〉）、「澗水吞樵路，山花醉藥欄」（〈初授官題高冠草堂〉）等等，都清新俊逸，顯露出語奇、意奇的特色。

總的說來，岑參早期的詩歌，缺少深刻的社會內容。這同詩人當時多關注自身，視野較狹小不無關係。

兩度出塞時期，岑參寫作了約八十首邊塞詩。在盛唐時代，岑參是寫作邊塞詩數量最多、成績也最突出的一個詩人，雖然這類詩在其作品中所占的比重並不算太大（岑參今存詩歌三九五首）。岑參的邊塞詩，有的反映了當時的邊疆戰爭。如天寶十三或十四載，封常清自北庭率師西征，岑參送他到輪臺，作〈輪臺歌奉送封大夫出師西征〉、〈走馬川行奉送出師西征〉二詩；在此期間，封常清還曾征播仙（在今新疆且末附近），岑參寫有〈獻封大夫破播仙凱歌六章〉。這兩次戰爭史書都失載，但聯繫當時的西域形勢來考察，仍可大致推知其性質。我們知道，唐滅西突厥後，西域諸國皆內附，成為安西、北庭節度使屬下的羈縻府州。這些府州的長官世襲，由朝廷任命各族首領充任。唐設置這些府州，主要是為了表示國家聲威的遠揚，此外對它們並無多少要求。可以說，這種諸國內附、邊疆安寧的局面，對唐及西域各族人民的生產和生活都是有利的。而唐天寶時，破壞這種局面的力量，主要來自同唐爭奪西域的吐蕃、大食等強鄰；西域諸國中如有背唐者（背唐的原因複雜，亦有唐邊將實行錯誤的邊策而造成者），皆無例外地需要依靠吐蕃或大食的支持。雖然各次具體戰爭的情況千差萬別，相當複雜，但當時唐王朝賦予安西、北庭節度使的主要使命，是「撫寧西域」（《資治通鑑》卷二一五），即維護諸國內附、邊疆安寧的局面和絲綢之路的通暢，唐在西域進行的戰爭，大抵都同這一使命的完成有關。上述三首反映這兩次戰爭的詩，寫出了唐軍將士為國安邊的英雄氣概和不畏艱苦的豪邁精神，以及他們對勝利的堅定信心。同時，對唐軍精銳的戰鬥力和強大的聲威，也作了有力的渲染。這樣的作品，格調高昂，氣勢雄壯，能給人以鼓舞力量。當然，在這一類反映邊疆戰爭的詩中，也有的夾雜了吹噓主帥軍功以博取青睞的內容。

在西域諸國內附的情勢下，唐節度使幕府中的官員同西域各族人員常有往來，岑參也參與這種活動，並在自己的詩中加以反映。〈奉陪封大夫宴〉：「座參殊俗語，樂雜異方聲。」在節度使的宴席上，有說著不同語言的各族人員，還演奏著各民族的不同音樂。〈與獨孤漸道別長句兼呈嚴八侍御〉：「軍中置酒夜撾鼓，錦筵紅燭月未午。花門將軍善胡歌，葉河蕃王能漢語。」〈趙將軍歌〉：「九月天山風似刀，城南獵馬縮寒毛。將軍縱博場場勝，賭得單于貂鼠袍。」反映了西域軍中漢將與蕃王及少數民族將領友好相處、和洽往來的情況，這是當時漢族與西域諸族關係獲得巨大發展的證明。

西域雖然荒寒險遠，卻是一個奇異的天地。岑參在這個時期寫作了不少描繪邊疆奇異風光的詩歌。他詩中的火山、熱海、沙磧、白草等奇觀，不僅為過去的詩歌所未曾描寫過，也為「古今傳記所不載」（宋許顗《彥周詩話》）。詩人驚異於沙漠的遼闊：「黃沙磧裡客行迷，四望雲天直下低。」（〈過磧〉）領略過鐵門關的險峻：「鐵關天西涯，極目少行客。……橋跨千仞危，路盤兩崖窄。」（〈題鐵門關樓〉）歌詠了塞外走馬的奇趣：「馬汗踏成泥，朝馳幾萬蹄。」（〈宿鐵關西館〉）初次見到火山，更覺得又驚又喜：「火山今始見，突兀蒲昌東。赤燄燒虜雲，炎氛蒸塞空。……我來嚴冬時，山下多炎風。人馬盡汗流，孰知造化功？」（〈經火山〉）還將熱海描寫得非常神奇瑰麗：「側聞陰山胡兒語，西頭熱海水如煮。海上眾鳥不敢飛，中有鯉魚長且肥。（海中有赤鯉。）岸旁青草常不歇，空中白雪遙旋滅。」（〈熱海行送崔侍御還京〉）當然，詩人也在詩中描寫了邊地的荒涼，如「今夜不知何處宿，平沙萬里絕人煙」（〈磧中作〉）、「髮到陽關白，書今遠報君」（〈歲暮磧外寄元撝〉）等。一出陽關，即滿目荒涼，到過那裡的人，是不難理解詩人的描述的。然而，在第二次出塞時，詩人卻較少表現邊地的荒涼，而更多地在寫景中寄寓豪情壯志，傾注了自己熱愛邊疆的深厚感情。試看茫茫的沙漠、無邊的積雪，在作者筆下是何等壯麗奇偉：「君不見走馬川行雪海邊，平沙莽莽黃入天！」（〈走馬川行奉送出師西征〉）「北風捲地白草折，胡天八月即飛雪。忽如一夜春風來，千樹萬樹梨花開。」（〈白雪歌送武判官歸京〉）由於詩人對邊疆充滿感情，把邊疆視為自己實現壯志的場所，所以往往以一種欣賞的態度和喜悅的心情來領略和描寫邊疆風光，在他的筆下，塞外風光常常顯得格外引人入勝。

岑參的邊塞詩內容豐富，廣泛地反映了當時的邊地生活和自己從戎入幕的情懷。其中有的抒寫了詩人為國安邊的抱負，如「男兒感忠義，萬里忘越鄉」（〈武威送劉單判官赴安西行營便呈高開府〉）、「小來思報國，不是愛封侯」（〈送人赴安西〉）、「萬里奉王事，一身無所求」（〈初過隴山途中呈宇文判官〉）等；有的描寫了從軍士人的不遇和自己的苦悶，如「萬事不可料，嘆君在軍中。讀書破萬卷，何事來從戎？……兩度皆破胡，朝廷輕戰功。十年祇一命，萬里如飄蓬」（〈北庭貽宗學士道別〉）、「可知年四十，猶自未封侯」（〈北庭作〉）等。岑參詩歌中有關邊塞風習的描寫，也很引人注目。如〈首秋輪臺〉：「秋來唯有雁，夏盡不聞蟬。雨拂氈牆濕，風搖毳幕羶。」寫出了邊地的生活環境與習俗之異。〈玉門關蓋將軍歌〉、〈酒泉太守席上醉後作〉寫幕府中的陳設及宴飲的場景，充滿了異域情調。〈田使君美人如蓮花舞北旋歌〉寫邊地的音樂舞蹈，亦別具一格，令人陶醉。可以說，這類詩及描寫邊塞奇異風光的詩，直到今日，仍具有激發人們奔向新的廣闊天地的魅力。

岑參出塞期間，特別是在安西時，曾寫有不少懷鄉詩。如〈逢入京使〉：「故園東望路漫漫，雙袖龍鍾淚不乾。馬上相逢無紙筆，憑君傳語報平安。」和淚而吟，感情深摯動人。〈武威春暮聞宇文判官西使還已到晉昌〉：「塞花飄客淚，邊柳挂鄉愁。白髮悲明鏡，青春換敝裘。」鄉愁與個人的失志交織在一起，情調比較淒涼；而〈憶長安曲二章寄龐漼〉，則思想開朗，一無同類詩中慣有的愁緒。又如〈西過渭州見渭水思秦川〉，以平易的語言，寫出了思家的深切感情。詩人的這些懷鄉之作，多係真情的自然流露，有很強的感染力。

殷璠《河嶽英靈集》卷中說：「參詩語奇體峻，意亦造奇。」《英靈集》選的是天寶十二載以前諸家的作品，那時岑參的邊塞詩尚未大量創作和流傳，集中也一首未錄，所以這一評語主要應是針對岑參的早期詩作而發的。岑參早期詩歌所顯露出來的語奇、意奇的特色，在邊塞之作中有了進一步的發展和變化。首先，邊塞之作更加奇特峭拔。如「將軍狐裘臥不暖，都護寶刀凍欲斷」（〈天山雪歌送蕭沼歸京〉）、「都護行營太白西，角聲一動胡天曉」（〈武威送劉判官赴磧西行軍〉）等，構思、造意皆極奇特。非但造意奇，煉語也奇，如「容鬢老胡塵，衣裘脆邊風」（〈北庭貽宗學士道別〉）、「還家劍鋒盡，出塞馬蹄穿」（〈送張都尉東歸〉）等，用語均甚奇警。其次，邊塞之作的「奇」，有真切的邊塞生活體驗作基礎，是奇中見實，奇而入理。如「看君走馬去，直上天山雲」（〈醉裡送裴子赴鎮西〉）、「一川碎石大如斗，隨風滿地石亂走」（〈走馬川行奉送出師西征〉）等，都既善於用大膽的誇張、想像突出事物的奇處，又令人感到詩中展開的是一個真實的天地。再次，邊塞之作除「奇」之外，更有「壯」的一面。如〈走馬川行奉送出師西征〉、〈輪臺歌奉送封大夫出師西征〉等，無不寫得激昂高亢，豪邁雄壯，意氣干雲，鮮明地反映出岑參邊塞詩獨具的「奇壯」風格。

形成岑參邊塞詩這一風格的主要因素是什麼呢？第一，詩人有自己的藝術追求，他出塞前的詩歌，已顯露出好奇、求奇特色；第二，詩人在西域四年多，邊塞生活的體驗極為豐富充實，所以才能創作出許多奇中見實的邊塞詩來；第三，詩人是懷著為國安邊的慷慨豪情赴邊從戎的，所以不把荒寒的西域視為畏途，反而樂於在那裡過艱苦的戰鬥生活，故得以寫出許多反映這一生活的豪壯詩歌；第四，從詩人所處的時代看，天寶後期，唐的內政已日趨腐敗，但在安西、北庭，唐的兵力和聲威依然很盛，這使詩人對安定邊疆充滿信心，情緒豪邁、樂觀，所以能夠寫出不少富有雄放之音的邊塞詩來。

岑參今存的晚期詩歌約有一百七十多首，其中有少量直接反映現實的詩篇。如〈行軍二首〉等對安史之亂作了反映，抒寫了詩人憂時念國的心情；〈潼關鎮國軍句覆使院早春寄王同州〉揭露安史餘黨「尚未盡」，而「承恩」、「諸將」卻不事征戰，只圖享樂；〈送張祕書充劉相公通汴河判官便赴江外覲省〉直斥把持朝政的權貴；〈送狄員外巡按西山軍〉對蜀西邊防戰士的疾苦表示關切；〈阻戎瀘間群盜〉鞭撻了作亂的地方軍閥的暴行等。這樣的詩無疑都具有一定的社會意義。但岑參的晚期詩中，多數是抒發失志的苦悶及贈答酬和、寫景、送別之作，缺乏深刻的社會內容。應當說，詩人晚期是很有為國靖難的壯志和建功立業的抱負的，然而始終居於卑位，懷抱不得施展，加上眼光仍較多地局限在個人成敗得失的圈子內，所以思想比較消沉，這導致詩人晚期的創作，未能更好地反映出他所處的那個「萬方多難」時代的面影。

在岑參的晚期詩中，寫景之作還是值得注意的。他「謫官」虢州時，雖然情緒低落，卻也常抱著「及茲佐山郡，不異尋幽棲」（〈虢州郡齋南池幽興因與閻二侍御道別〉）的態度，著意地去領略和歌詠自然景物的美，如〈西亭子送李司馬〉云：「高高亭子郡城西，直上千尺與雲齊……坐來一望無端倪，紅花綠柳鶯亂啼，千家萬井連迴溪。」他在蜀中也創作了不少寫景詩，著力刻畫巴山蜀水的奇異。如寫劍門的險峻：「速駕畏巖傾，單行愁路窄。」（〈入劍門作寄杜楊二郎中時二公並為杜元帥判官〉）江流的盤曲：「江迴兩岸鬥，日隱群峰攢。」（〈早上五盤嶺〉）水的浩淼：「殆知宇宙闊，下看三江流。天晴見峨眉，如向波上浮。」（〈登嘉州凌雲寺作〉）江的澄澈：「峨眉煙翠新，昨夜秋雨洗。分明峰頭樹，倒插秋江底。」（〈峨眉東腳臨江聽猿懷二室舊廬〉）都清新而奇特，富有審美價值。

## 三、高適岑參詩歌之同異

在空前繁榮的盛唐詩壇上，高適、岑參都以擅長邊塞詩著稱。邊塞詩不始於盛唐，但到盛唐時期才大量湧現。這有它的社會原因。開元、天寶年間，唐對邊境地區不斷用兵；邊境少數民族統治者對唐的侵擾也日益增多；頻繁的征戍，影響到社會生活的各個方面，所以詩歌表現征戍的主題，便成為十分自然的事。盛唐時文人出塞的現象比較普遍，也為邊塞詩的發展和繁榮創造了有利條件。所謂「文人出塞」，應包括文人入幕、遊邊、使邊（包括內地的州縣官吏赴邊地送兵、送衣糧等）三個方面。尤其是入幕，已成為當時文人進身的途徑之一。唐代制度規定，邊帥可以自辟佐吏，所以那些官職低微和在科舉考場上失利的文人，通過入幕而進身便有了可能。特別是玄宗重武功，邊帥「功名著者往往入為宰相」（《資治通鑑》卷二一六），邊帥一旦入相，其部屬往往能獲得超越常規的晉升機會。正因為如此，文人入幕就成為當時的一種風氣。高適曾三次出塞（第一次遊幽薊，第二次使青夷軍送兵，第三次入河西幕），岑參曾兩度入幕（第一次入安西幕，第二次入安西、北庭幕），前後的時間都長達四年多；由於他們出塞的時間長，邊塞生活的體驗豐富充實，所以能夠突破邊塞詩創作的傳統格局，取得超越前人的成就，成為盛唐邊塞詩的傑出代表。

高適前兩次出塞時寫的邊塞詩，真實地反映了當時東北邊患的嚴重，流露作者對邊將無能的不滿，表達他要求選用良將、優遇士卒，在短期內解除邊患的願望；常議論邊策得失，抒寫個人報國抱負，慨嘆自己徒有安邊的壯志和謀略卻無人理睬；注意反映邊塞征戰生活的多種矛盾和戍卒的生活和思想感情，或頌揚他們奮勇殺敵、情願以死報國的氣概，或表現他們久戍思歸的哀怨，更重要的是詩人還以深切的同情，寫出了戍卒所遭受的非人待遇，著意為他們鳴不平，並對將帥的驕奢荒縱、玩忽職守和不恤士卒，給予了有力的鞭撻。這些詩因出於實際見聞和感受，有著很強的現實性、更多的具體性和真切感，突破了傳統征戍詩多寫邊地苦寒、士卒辛勞的格局，是對邊塞詩發展的一次新開拓。岑參的邊塞詩同高適的上述詩作有兩點不同，一是出塞的地域不同：岑參的出塞之地是安西、北庭，這就使邊塞詩反映的地域，由局限於長城內外，擴展到了天山南北；使西域荒漠的奇異風光和人情風俗首次引人注目地出現於詩中，並成為抒寫出塞的英雄氣概和豪邁精神的有力襯托；二是出塞時的身分不同：高適前兩次出塞時的身分是遊邊者和使邊者，身分自由，敢於客觀地反映軍中的各種矛盾和揭露真相。岑參出塞時的身分是秉筆從戎的軍幕文士，其對幕府主人亦即主帥有一定的依附性，觀察和反映軍中的各種矛盾和問題，難以做到完全客觀，但詩人有戎馬風塵的戰鬥生活的真切體驗，這又大大地拓展了他的詩境，舉凡軍旅生活、征戰場面、邊塞景物、異域風情、詩人從戎入幕的情懷、感受與多方面的見聞，都在他詩中加以表現；透過他的這類作品，讀者不難感受到文質彬彬與英雄氣概結合的嶄新的軍幕文士的形象。總的說來，岑參的邊塞詩內容豐富，大大拓展了邊塞詩的描寫題材與內容範圍，也是對邊塞詩發展的又一次新開拓。高適第三次出塞時的身分也是軍幕文士，他這期間寫的詩，如〈塞下曲〉等，多表現從軍出塞、征戰立功的豪情，但也存在某些明顯局限，如詩中盲目頌揚主帥戰功，甚至歌頌殘殺；對於士卒疾苦和軍中的各種矛盾、問題，未有一語道及。總的說來，高適這次出塞時寫的詩，比起他自己前兩次出塞時的作品和岑參的邊塞詩，都顯得遜色。

高適與岑參齊名，向來被並稱為「高岑」。如宋嚴羽說：「高、岑之詩悲壯，讀之使人感慨。」（《滄浪詩話・詩評》）元辛文房說：「（岑參）與高適風骨頗同，讀之令人慷慨懷感。」（《唐才子傳》卷三）所謂「悲壯」，當主要指兩人的邊塞詩而言。雖然用「悲壯」來概括高岑邊塞詩的共同特色，未必很精當，但也不可否認，兩人的邊塞詩在風格上確有豪邁雄壯的共同特徵，所以將兩人相提並論是有道理的。然而，兩人邊塞詩的風格又不盡相同，更準確一點說，高適前兩次出塞時的作品，風格悲壯，而第三次出塞時的詩歌，則以豪壯為主要特色；至於岑參的邊塞詩，前面已談到，主要的風格是奇壯。

高岑兩人的詩，大致各種體裁都有佳篇，而且兩人都擅長七言古詩。高適的七古，如〈燕歌行〉、〈封丘縣〉、〈人日寄杜二拾遺〉、〈別韋參軍〉等，都寫得感情充沛，自然流暢，雖時用偶句，卻沒有平滯呆板的缺點。岑參的邊塞詩，多採用七言歌行體裁，如〈輪臺歌奉送封大夫出師西征〉、〈走馬川行奉送出師西征〉、〈熱海行送崔侍御還京〉、〈白雪歌送武判官還京〉等，多不沿用樂府舊題而自立新題，已接近杜甫等人的新題樂府。他的七言歌行音節流暢，用韻靈活多變，或句句用韻，或隔句用韻，有時一韻到底，有時二句、三句或四句一轉韻，且多平仄韻互換；同一篇中，還往往交替使用不同的韻式（如〈白雪歌送武判官還京〉）。還有，韻調與內容十分協調，如〈走馬川行奉送出師西征〉，獨創句句用韻、三句一轉的奇特格式，以急促鏗鏘的節奏，烘托出了軍情的緊急和士氣的高昂。

高岑詩歌還有其他一些差異。高詩多夾敘夾議，直抒胸臆；岑詩則長於描寫，多寓情於景。前人已看出這一點，如元陳繹曾說：「高適詩尚質主理，岑參詩尚巧主景。」（《吟譜》）岑詩多寫景之筆，常常通過景物描繪，把作者的思想感情表現出來，如〈白雪歌送武判官還京〉：「輪臺東門送君去，去時雪滿天山路。山迴路轉不見君，雪上空留馬行處。」雖只描寫送人歸京的具體場景，作者當時的惜別、羨歸之情，卻已表現了出來。高詩寫景之筆不多，常以飽含感情的語言，直白地披露胸襟，抒寫懷抱；即使寫景，也往往大筆勾勒，或偏重於表現自己的主觀感受，而少對景物作細致入微的描繪，如「風飇生慘烈，雨雪暗天地」（〈效古贈崔二〉）、「邊城何蕭條，白日黃雲昏」（〈薊中作〉）、「古樹滿空塞，黃雲愁殺人」（〈薊門五首〉其五）、「溪冷泉聲苦，山空木葉乾」（〈使青夷軍入居庸三首〉其一）等，都是如此。當然，高詩中也有寓情於景、情景交融的作品，但畢竟這樣的作品數量較少。

高詩渾樸質實，多採用寫實手法；岑詩瑰奇峭拔，有濃郁的浪漫主義色彩。高詩如「開篋淚沾臆，見君前日書。夜臺今寂寞，猶是子雲居」（〈哭單父梁九少府〉）、「拜迎長官心欲碎，鞭撻黎庶令人悲」（〈封丘縣〉）、「戍卒厭糟糠，降胡飽衣食」（〈薊門五首〉其二）、「曾是力井稅，曷為無斗儲」（〈苦雨寄房四昆季〉）等，皆如實敘出，不作誇張、想像，語言也不失質樸、率直。岑詩如「火山突兀赤亭口，火山五月火雲厚。……平明乍逐胡風斷，薄暮渾隨塞雨回。繚繞斜吞鐵關樹，氛氳半掩交河戍」（〈火山雲歌送別〉）、「劍河風急雪片闊，沙口石凍馬蹄脫」（〈輪臺歌奉送封大夫出師西征〉）、「北風夜捲赤亭口，一夜天山雪更厚。能兼漢月照銀山，復逐胡風過鐵關」（〈天山雪歌送蕭沼歸京〉）、「馬汗踏成泥，朝馳幾萬蹄」（〈宿鐵關西館〉）等，皆善於用大膽的誇張、想像突出事物的奇處，讀來令人驚異。清劉熙載說「岑超高實」（《藝概》卷二），即道出了高岑間的這種差異。

唐代前期詩人大力提倡建安風骨以改革齊梁以來綺靡詩風的歷史任務，到了唐玄宗時代，才最終完成。總的說來，高岑同樣繼承了建安風骨，同時也汲取了六朝以來詩歌發展所取得的積極成果，融會貫通地進行獨創，達到了殷璠所說「聲律風骨」兼備（〈河嶽英靈集序〉）的時代要求。但是，他們在接受文學遺產的影響方面又有差別：高詩直追漢魏的特點比較顯明，岑詩則較多地汲取和融會了六朝以來詩歌的成就。杜甫稱高適「方駕曹（植）劉（楨）不啻過」（〈奉寄高常侍〉），說岑參「謝脁每篇堪諷誦」（〈寄岑嘉州〉），並不是隨意的稱道，其中包含著準確的評價。杜確〈岑嘉州詩集序〉說：「時議擬公於吳均、何遜。」亦可說明岑詩同六朝傳統的關係。明王世貞說：「岑氣骨不如達夫遒上，而婉縟過之。」（《藝苑卮言》卷四）這種差別，正與二人在接受傳統影響方面的差異有關。

總的說來，高岑各具特色，「一時不易上下」（《藝苑卮言》卷四）。就詩歌的思想價值而言，大抵高勝於岑；而從藝術上看，則岑的創造性要比高突出，這主要表現在想像豐富，充滿奇情異采，更富有藝術個性方面。正因為這樣，岑詩對後世的影響也就更大一些。

## 四、關於本書體例的說明

今存高適詩約二四八首，本書選入九二首；岑參詩三九五首，本書選入一一〇首，二者合計共選詩二〇二首。入選的標準，主要看作品的思想、藝術價值，同時兼顧各種體裁、內容、風格以及各個時期的作品，希望能從各個方面來反映高適、岑參詩歌的成就。在顧及全面的同時，也考慮到突出重點，以使讀者對高、岑詩歌有一個比較鮮明的印象。

入選的高、岑作品，各分為「編年詩」、「未編年詩」兩部分。「編年詩」按寫作年代的先後排列；「未編年詩」分體排列，其順序為：五古、七古、五律、七律、五排、五絕、七絕。

本書入選的每首詩歌，都設「題解」、「注釋」、「語譯」、「研析」四項內容。「題解」除對詩題涉及的名物、難懂語詞等作解釋外，還對本詩的寫作時間、背景與主旨作說明。「注釋」力求準確，注意揭示校注的依據，難解之句酌加串講。重見的詞語，後見者根據不同情況，或注參見前注，或略注，或不復作注；至於高詩、岑詩之間重見者，則一律不注相互參見。「語譯」以直譯為原則，盡量不作或少作發揮性的添加；它意在幫助讀者理解原詩之意，而不是要以譯文代替原詩文字；譯文採用白話散文形式，希望能夠使之成為一篇篇流暢的有詩意與意境的散文。「研析」著重對本詩的意義、價值、思想內容、藝術特徵等，以及其他有關的問題，作介紹、評析，追求言之有據，力避無根之談。

本書入選的高、岑詩歌，都作了校勘。其中高適詩的部分，以明複宋刻本《高常侍集》十卷為底本，校以：(一)清影宋抄本《高常侍集》十卷（簡稱清影宋抄本）；(二)明銅活字本《高常侍集》八卷（簡稱明銅活字本）；(三)清《全唐詩》本高適詩四卷；(四)敦煌寫本殘卷伯三八六二《高適詩集》（簡稱敦煌集本）；(五)敦煌寫本殘卷伯二五五二《詩選》（簡稱敦煌選本）。岑詩部分，以《四部叢刊》影印明正德十五年（西元一五二〇年）熊相濟南刻本《岑嘉州詩》七卷為底本，校以：(一)宋刻本《岑嘉州詩集》八卷（存前四卷，簡稱宋本）；(二)明抄本《岑嘉州詩集》八卷（簡稱明抄本）；(三)明刻《岑嘉州集》八卷，上錄吳慈培校語，本書皆加以利用（簡稱吳校）；(四)《全唐詩》本岑參詩四卷。間有疑字，也參校其他本子。另外，還參校過敦煌寫本殘卷伯五〇〇五、二五五五所錄岑詩。此外，高、岑之詩，都參校過《河嶽英靈集》、《國秀集》、《又玄集》、《才調集》、《文苑英華》、《唐文粹》、《唐詩紀事》、《唐百家詩選》、《樂府詩集》、《萬首唐人絕句》中的有關資料。校勘一般不輕易改動底本文字，凡改動底本文字，均作校記加以說明，但明顯筆誤，逕行改正，不復出校；對各本具有一定參考價值的異文，都擇要在校記中加以反映。入選詩歌不見於底本而據他本收錄者，在校記中作說明。校記與注文放在一起。

本書由我們兩人分工合作完成，其中高詩部分，由孫欽善負責；岑詩部分，由陳鐵民負責。〈導讀〉也由兩人合撰，其中第一部分（「高適的生平與創作」）由孫欽善撰寫，其餘三部分由陳鐵民撰寫。

本書肯定還會有一些缺點和不足之處，敬請讀者不吝賜教。

孫欽善、陳鐵民　謹識

# 高適

## 編年詩

### 行路難二首

【題解】這兩首詩當為高適二十歲（玄宗開元八年，西元七二〇年）初遊長安時所作（詩作繫年參據孫欽善《高適年譜》，見《高適集校注》，上海古籍出版社，一九八四年版，以下同此，不一一注明）。此次高適赴長安，懷有「書劍」學成，施展抱負的理想，而實際情況卻是「白璧皆言賜近臣，布衣不得干明主」（〈別韋參軍〉），失意而歸。此兩首詩有一個共同主題，即慨嘆富家權貴互相勾結，逞豪弄權，清寒士人不屑於巴結干謁，縱然身懷才智，也不免淪落困境。這不僅是他所見所聞的記實，也是他切身遭遇的寫照。〈行路難〉，樂府古題，屬雜曲歌辭。《樂府詩集》引《樂府解題》曰：「〈行路難〉備言世路艱難及離別悲傷之意，多以『君不見』為首。」此二首次序，以底本為據，清影宋抄本、《四庫》本、《文苑英華》較此互相顛倒。《文苑英華》以第二首為賀蘭進明作，非。

## 其一

長安少年不少錢，能騎駿馬鳴金鞭❶。五侯相逢大道邊，美人弦管爭留連❷。黃金如斗不敢惜，片言如山莫棄捐❸。安知顦顇讀書者，暮宿靈臺私自憐❹！

【注釋】❶長安二句　寫京城長安富豪子弟，恃勢飛揚，尚武任俠。❷五侯二句　寫富豪子弟與權貴相逢，競相留連聲色。五侯，西漢成帝河平二年（西元前二七年），封外戚王譚為平阿侯、王商為成都侯、王立為紅陽侯、王根為曲陽侯、王逢時為高平侯，五人同日受封，當世稱為五侯。事見《漢書・元后傳》。東漢受封為五侯者又有幾起，後世因以五侯泛指權貴。❸黃金二句　寫富家權貴，慷慨任俠，逞豪輕財，重於然諾。❹安知二句　借東漢第五倫少子的典故，慨嘆本分士人的憔悴淪落。暮宿靈臺，《後漢書・第五倫傳》李賢注引《三輔決錄》：第五倫少子頡「洛陽無主人，鄉里無田宅，客止靈臺中，或十日不炊」。靈臺，古時帝王觀察天文星象、妖祥災異的建築。

【語譯】長安富家少年多有金錢，得以高跨駿馬揮鳴金鞭。攀附權貴相逢繁華大道邊，沉溺於美人弦管留連忘返。慷慨疏財斗大黃金不敢吝惜，片言承諾重如高山切莫輕拋當初誓願。他們又怎能理會那憔悴潦倒讀書之人，暮宿靈臺飢寒交迫唯有私自哀憐！

【研析】全詩用對比手法，寫富豪與權貴互相勾結，壟斷仕途，而富有才能、耿介正直的布衣士人，只能淪落貧困潦倒、憔悴孤寂的境地。作者憤憤不平之情，不言而露。詩中寫金錢與權勢的結合，似乎豪爽仗義，實則充滿銅臭，例如「黃金」二句，上句表面寫富家權貴輕財，然著一「不敢」字樣，又透露出刻意造作的人情世態；下句表面寫其重然諾，然著一「莫」字，又暗含未必「信必果」之意。故似褒實貶，值得玩味。

## 其二

君不見富家翁，舊時貧賤誰比數❶。一朝金多結豪貴，百事勝人健如虎。子孫成行❷滿眼前，妻能管弦妾歌舞。自矜一身❸忽如此，卻笑傍人獨愁苦。東鄰❹少年安所如？席門窮巷出無車❺。有才不肯學干謁❻，何用年年❼空讀書！

【注釋】❶比數　算作同類。司馬遷〈報任安書〉：「刑餘之人無所比數。」❷成行　敦煌集本、《樂府詩集》作「成長」，《河嶽英靈集》、《文苑英華》作「生長」。❸一身　《河嶽英靈集》、《文苑英華》等作「一朝」。❹東鄰　明銅活字本作「東陵」。❺席門窮巷出無車　謂居處窮困簡陋，出行無車。席門窮巷，指居處僻陋。《史記．陳丞相世家》：「(陳平)家乃負郭窮巷，以弊席為門。」出無車，言其窮。《戰國策．齊策》載：孟嘗君門下食客馮諼，曾彈劍而歌「出無車」，表示對自己的待遇不滿。語即出此。❻干謁　拜見有權勢的人以求取利祿。❼年年　《文苑英華》作「長年」。

【語　譯】君不見那富家老翁，往時貧賤有誰把他當人。一旦錢多勾結富豪權貴，百事強過別人兇猛如虎。子孫成行列滿眼前，妻會管弦妾善歌舞。自誇身價忽然如此尊貴，卻譏笑別人獨自愁苦。東鄰少年又是一副什麼模樣？破蓆為門身居窮巷出行無車。如果有才能而不肯效法奉迎拜見以求利祿，何必年年在那裡白白讀書！

【研　析】此首詩先用縱向對比，寫一個人由窮到富境遇的變化，以及隨之出現的另一副面孔、另一種心態，並且揭示其原因在於金錢與權勢使然。繼而用橫向對比，寫出兩種處世態度產生的迥然不同的人生命運，深刻暴露了社會的不平：無才鑽營，身居上位；有才苦讀，永難出頭。

## 別韋參軍

【題　解】此詩作於開元八年（西元七二〇年）高適離長安後，至開元二十年（西元七三二年）客居梁宋前期。韋參軍，名未詳，高詩又有〈別韋兵曹〉一首，中云「離別長千里，相逢數十年」，二韋氏當為一人。參軍，官名，即參軍事。唐制王府、都督府、都護府、京兆府等及州郡縣之佐吏均有參軍事，執掌品秩稍異。據詩中所寫，此韋氏當為河南府或宋州參軍事。詩中寫了自己書劍學成，初赴長安，求仕不得，失意而歸，客居梁宋的一段重要經歷，以及與韋氏的親密交誼。

二十❶解書劍❷，西遊長安城。舉頭望君門，屈指❸取公卿❹。國風❺沖融❻邁❼三五❽，朝廷歡❾樂彌寰宇。白璧皆言賜近臣，布衣不得干❿明主。歸來洛陽無負郭⓫，東過梁宋⓬非吾土⓭。兔苑⓮為農歲不登⓯，雁池⓰垂釣心長苦。世人向⓱我同眾人，唯君於我最⓲相親。且喜百年⓳有交態⓴，未嘗一日辭㉑家貧。彈棋㉒擊筑㉓白日晚，縱酒高歌楊柳春。歡娛未盡分散去，使我惆悵驚心神。丈夫不作兒女別，臨歧涕淚沾衣巾㉔。

【注釋】❶二十　二十歲，時值開元二十年。❷解書劍　知書會劍。書指文書，劍指武藝。《史記・項羽本紀》：「項籍少時，學書不成，去；學劍，又不成。」解，《全唐詩》注云：一作「辭」。❸屈指　屈指計算。謂指日可待。❹公卿　三公九卿，泛指朝廷高官。❺國風　國家的風教、氣運。❻沖融　充盈；浩蕩。❼邁　超越。❽三五　此處指三皇五帝。三皇、五帝具體所指說法不一，為我國歷史上夏朝以前的傳說時代，一向被傳頌為民風質樸、社會和洽的太平盛世。❾歡　《全唐詩》注云：一作「禮」。❿干　干謁；拜見請託。⓫歸來洛陽無負郭　此用戰國蘇秦之事。洛陽人蘇秦少貧而發憤讀書，遊說合縱抗秦，做了六國之相，衣錦還鄉時說：「且使我有洛陽負郭田二頃，吾豈能佩六國相印乎？」見《史記・蘇秦列傳》。此用以自況，謂故鄉沒有田產，無以為生。負郭，靠近城郭。此指負郭之田，即近郊之肥田。⓬梁宋　皆用舊稱，指唐宋州宋城縣（今河南商丘）。《元和郡縣志》卷八：「宋城縣，漢睢陽縣，屬宋國（周），後屬梁國（漢）。」⓭吾土　自己的故鄉。王粲〈登樓賦〉：「雖信美而非吾土兮，曾何足以少留！」⓮兔苑　即兔園，又稱梁園。《西京雜記》載，漢梁孝王好營室苑囿之樂，築兔園，園中又有雁池。王日與宮人賓客弋釣其中。故址在唐宋州宋城縣東南十里。⓯歲不登　年成不收。⓰雁池　兔苑中池塘名。⓱向　對待。《河嶽英靈集》、《全唐詩》作「過」。⓲最　敦煌選本作「翻」，《文苑英華》作「情」。⓳百年　一生；平生。⓴交態　交情。《漢書・鄭當時傳》：「一貧一富，迺知交態。」㉑辭　推卻，引申為嫌棄。㉒彈棋　古代兩人對局的一種博戲，今已失傳。李頎〈彈棋歌〉：「藍田美玉清如砥，白黑相分十二子。」又據柳宗元〈序棋〉，棋子有二十四枚，分貴賤，數目各半，以紅黑兩色別之，賤者二乃敵一。局為方形，木製，中心高。㉓筑　弦樂器，似瑟頭大，用竹尺擊弦發聲。㉔丈夫二句　謂大丈夫分別時本不該有兒女柔情，但臨別時仍不免涕淚沾滿衣巾。形容情深難禁，自然流露。臨歧，本為面臨歧路，後亦用為贈別之辭。丈夫，敦煌選本、《文苑英華》、清影宋抄本作「終當」。別，《文苑英華》作「悲」。

**【語　譯】**二十歲知書會劍文武學成，西遊京城長安自謀仕途。抬頭仰望君門朝廷，估計指日可得相當官職。國運浩蕩超越三皇五帝，朝廷歡樂瀰漫普天之下。又怎知象徵君恩的白璧珍寶皆只頒賜親近貴臣，平民布衣仍不得干謁聖明君主。回到家鄉洛陽本無近城沃田可資經營，東遊梁宋又不是自家暖鄉熱土。借兔苑舊地務農年境不佳竟無收成，隱居雁池無聊垂釣心中總是淒苦。世俗之人對我視同芸芸眾生，唯有你韋君待我最為親近。更可喜平生交情始終如一，未曾有一天嫌棄我家境清貧。整日歡愉彈棋擊筑不知不覺天色已晚，不論四季縱情飲酒放聲高歌又迎來楊柳新春。歡娛未盡突然要分手離去，使得我無限惆悵心神不寧。大丈夫本不該作兒女情長之別，但臨別時仍不免涕淚沾滿衣巾。

【研 析】這不是一首普通贈別之作，詩人通過自己的坎坷境遇以及與友人的非凡交誼，寫出了純真可貴的友情。開頭八句，寫自己二十歲文武學成，西遊長安求仕，失意而歸，反映了時雖逢盛世，但有才難以施展，仕途卻仍被權貴把持的不平事實。接著「歸來」四句，寫故鄉無所依靠，客居梁宋隱耕的困苦生涯。「世人」六句，寫自己在梁宋受到世俗冷遇，卻得到韋氏不嫌貧的厚待，兩人地位不同，歡娛相處，交誼深厚，純真難得。最後「歡娛」四句，寫突然離別，難解難分的深情厚誼。末尾「丈夫不作兒女別，臨歧涕淚沾衣巾」，欲抑反揚，情不自禁迸發流露，尤其純厚動人。

## 過盧明府有贈

【題 解】此詩或作於客居梁宋前期。明府，縣令的稱呼。盧明府，名未詳。此詩對盧明府吏治的稱讚，雖不免溢美之辭，但表現了高適主張安撫人民，反對橫徵暴斂的政治理想。過，造訪。底本作「遇」，諸本多同，此從敦煌集本、《唐詩所》、《全唐詩》。

良吏不易得，古人今可傳❶。靜然❷本諸己❸，以此知其賢。我行把❹高風，羨爾兼少年❺。胸懷豁清夜，《史》《漢》❻如流泉❼。明日復行春❽，逶迤出郊壇❾。登高見百里❿，桑野鬱芊芊⓫。時平俯鵲巢⓬，歲熟多人煙。奸猾⓭唯閉戶，逃亡⓮歸種田。迴車自郭南，老幼滿馬前，皆賀蠶農至⓯，而無徭役牽。君⓰觀黎庶心，撫之誠萬全。何幸逢大道⓱，願言烹小鮮⓲。誰能奏明主，一試武城弦⓳？

【注釋】❶古人今可傳　謂盧氏吏治清明，能傳古賢遺風。❷靜然　《論語・雍也》：「仁者靜。」❸本諸己　修養自己，以身作則，去影響別人。《論語・衛靈公》：「君子求諸己，小人求諸人。」《論語・子路》：「苟正其身矣，於從政乎何有？不能正其身，如正人何？」為此所本。❹挹　通「揖」。崇仰。❺少年　年輕。❻史漢　《史記》、《漢書》。❼流泉　喻廣徵博引，滔滔不絕。陸機〈文賦〉：「言泉流於脣齒。」❽行春　漢朝太守每於春日巡視所管的縣，勸農賑濟，叫行春。此泛指官吏春日出巡。❾郊壇　祭天之壇，設在南郊。❿百里　方百里，古時約指一縣之地。敦煌集本作「千里」。⓫鬱芊芊　茂盛的樣子。⓬時平俯鵲巢　指時令平和，萬物繁衍，連鳥巢都築得很低而不受驚擾。語本《淮南子・氾論》，謂遠古之時，「陰陽和平，風雨時節，萬物蕃息，烏鵲之巢可俯而探也，禽獸可羈而從也」。時平，時令平和，風調雨順。⓭奸猾　指豪強兼併之家。⓮逃亡　指逃荒或逃租的農民。⓯蠶農至　蠶農之事到來之時。⓰君　敦煌集本作「吾」。⓱大道　指清明的世道。《禮記・禮運》：「大道之行也，天下為公。」⓲願言烹小鮮　語本《老子》：「治大國若烹小鮮。」是說治理大國要像烹小魚一樣，不要常去翻動牠。老子主張「無為而治」，此處指行安民不擾之政。言，語助詞。鮮，魚。⓳武城弦　此處以盧氏比子游。指以禮樂教化人民。孔子弟子子游為武城宰，《論語・陽貨》：「子之武城，聞弦歌之聲。夫子莞爾而笑曰：『割雞焉用牛刀？』子游對曰：『昔者偃也聞諸夫子曰：「君子學道則愛人，小人學道則易使也。』」子曰：「二三子！偃之言是也。前言戲之耳。」

【語　譯】賢良的地方官實在不易得到，有一位身存古代賢吏遺風的人當今可以傳揚。仁愛清靜注重修己爾後從政，據此足以深知他的賢良。我前來崇仰你高風亮節，更羨慕你竟還如此年輕少壯。胸懷豁達勝過清曠寧靜的夜晚，《史記》、《漢書》引據嫻熟如同湧流的淵泉。明日又一起踏春巡遊，出城蜿蜒而行來到南郊祭天之壇。登上高臺盡見百里縣境，桑野繁茂處處鬱鬱蔥蔥。風調雨順平和無擾連鵲巢都築得很低，歲熟年豐人煙稠密一片繁榮昌盛。豪強奸猾安分守己閉門不出，逃荒躲債的農戶紛紛歸家種田。調轉車頭自城南回返，老幼百姓擁滿馬前，齊聲讚揚蠶季農事到來之時，而無徭役煩擾糾纏。盧君你善體察民眾之心，照料安撫誠然完滿周全。你何等慶幸時逢清明世道，但願像烹小魚一樣謹慎執政安民。又誰能上奏聖明君主，昭示天下試行這禮樂治邑政不擾民的經驗？

【研　析】這是一首贈答詩，盛讚友人縣令盧氏的吏治。開頭八句寫盧氏德馨學富，有儒雅良吏遺風。中間「明日」十二句寫實地所見吏治的清明景象。末尾六句總結實現美好吏治的原因和方法，並希望朝廷予以表彰和推廣。詩人不僅通過具體描述，形象地寫出吏治清明的種種圖景，揭示了民眾深懷感激的心態，而且探討了取得如此政績的深層原因，即源於盧氏深厚儒家學養的高尚政治理想、正己治人作風和仁愛恤民心懷。詩人對友人政績的頌揚又深深寄寓著自己的政治憧憬。詩中描寫，夾敘夾議，情景交融，形象鮮明，情意深厚。「時平俯鵲巢，歲熟多人煙。奸猾唯閉戶，逃亡歸種田。迴車自郭南，老幼滿馬前，皆賀蠶農至，而無徭役牽」，尤為傳神之筆。

# 塞上聽吹笛

【題解】此詩異文較多。敦煌選本、《文苑英華》、明銅活字本與此同。《國秀集》題作〈和王七度玉門關上吹笛〉，詩作「胡人吹笛戍樓間，樓上蕭條海月閑。借問落梅凡幾曲？從風一夜滿關山」。《全唐詩》同《國秀集》，唯題中「上」字作「聽」。《河嶽英靈集》題作〈塞上聞笛〉，詩與《國秀集》相近，唯「海月」作「明月」，「落梅」作「梅花」，「凡幾曲」作「何處落」。《才調集》作宋濟詩，題及正文同《河嶽英靈集》，唯「胡人」作「胡兒」。據《國秀集》題目，此詩或為高適和王之渙（即王七）〈涼州詞〉之作（參見岑仲勉《唐人行第錄》）。據靳能撰〈唐故文安郡文安縣太原王府君（之渙）墓誌銘并序〉，王之渙卒於天寶元年，時正居文安縣尉職。任此職之前，家居十五年。家居之前，又曾沿黃河西遊出塞，其〈涼州詞〉即作於遊西塞時，約在開元十年至十五年期間，則高適和詩亦當作於此間。

雪淨胡天牧馬還❶，月明羌笛戍樓間。借問〈梅花〉何處落❷？風吹一夜滿關山。

【注釋】❶牧馬還　古代每稱遊牧民族入境侵犯叫牧馬，牧馬還指胡兵退回。❷借問梅花何處落　〈梅花落〉，漢橫吹曲名。宋郭茂倩《樂府詩集．橫吹曲辭四．梅花落》：「〈梅花落〉本笛中曲也，按唐大角曲亦有〈大單于〉、〈小單于〉、〈大梅花〉、〈小梅花〉等曲，今其曲猶有存者。」此處將曲名拆開，巧用雙關，富有生趣。

【語　譯】大雪驅散雲霾天空晴澈入侵的遊牧騎兵已經退還，月光明媚羌笛聲繚繞在戍樓之間。借問清曲〈梅花〉何處飄落？風吹一夜撒滿關山。

【研　析】這首絕句描述了反擊胡騎入侵之後邊疆的和平景象和詩人充滿內心的喜悅之情。詩中情景交融，尤其著重氣氛的渲染：敵兵已退，雪晴月明；笛聲陣陣，更襯托出邊地的寧靜。末二句「梅花落」一語雙關，聲情並茂，滿腔喜悅，溢於言表。



## 苦雨寄房四昆季

【題　解】此詩約作於開元十八年（西元七三〇年）前後，時正客居宋中，距北遊燕趙為期不遠。〈淇上酬薛三據兼寄郭少府〉：「十年守章句，萬事空寥落。北上登薊門，茫茫見沙漠。」所敘與此詩「十年思上書」相合。苦雨，久雨不止。房四，《文苑英華》作「房休」，《全唐詩》「四」下注「一作休」。昆季，兄弟。長為昆，幼為季。此詩為寄贈之作，不僅寫了雙方的處境和友誼，而且對久雨觸景生情，吐露了自己傷時憂民的懷抱。

獨坐見多雨，況茲兼索居❶。茫茫十月交❷，窮陰千里餘。彌❸望無端倪，北風擊林箊❹。白日眇難覩，黃雲爭卷舒。安得造化功，曠然一掃除！滴瀝簷宇愁，寥寥❺談笑疏。泥塗擁城郭，水潦盤丘墟。惆悵憫田農，徘徊傷里閭❻；曾是力❼井稅❽，曷為無斗儲？萬事切中懷，十年思上書。君門嗟緬邈，身計念居諸❾。沉吟顧草茅❿，鬱怏任盈虛⓫。黃鵠⓬不可羨，鳴雞⓭時起予⓮。故人⓯平臺⓰側，高館臨通渠⓱。兄弟方荀陳⓲，才華冠⓳應徐⓴。彈棋㉑自多暇，飲酒更何如。知人想林宗㉒，直道慙史魚㉓。攜手流風在，開襟鄙吝祛㉔。寧能訪窮巷，相與對園蔬㉕？

【注釋】❶索居　獨居。《禮記·檀弓》：「子夏曰：『吾離群而索居久矣。』」❷十月交　指晦朔交替之時。《詩經·小雅·十月之交》：「十月之交，朔月辛卯。」交，日月交會。清影宋抄本及許本作「郊」。❸彌　遠。❹林箊　竹名，其葉寬而薄。❺寥寥　《文苑英華》作「寂寥」。❻里閭　本為古代行政單位，據《周禮》賈疏，二十五家為里閭。此泛指民間鄉里。❼力　盡力。❽井稅　田稅。因古井田制而得稱。井，《文苑英華》作「耕」。❾居諸　「日居月諸」的省語，即光陰流逝之意。《詩經·邶風·日月》：「日居月諸。」居、諸皆為語助詞。❿草茅　指在野。《儀禮·士相見禮》：「在野則曰草茅之臣。」⓫盈虛　豐滿與空虛，指盛衰。《周易·豐卦》：「天地盈虛，與時消息。」⓬黃鵠　同「鴻鵠」。一種大鳥，或云即天鵝，能高飛遠舉。古時多用以比喻有志之士或能致高位的人。《文苑英華》作「黃鶴」。⓭鳴雞　用西晉祖逖、劉琨互相奮勉自勵為國效力，夜半聞雞鳴而起舞練功事。見《晉書・祖逖傳》。⑭起予　啟發我。《論語・八佾》：「起予者商也。」⑮故人　指房四兄弟。⑯平臺　古臺名，遺址在今河南商丘東北平臺集。《元和郡縣志》卷八：「平臺，縣（虞城縣西四十里），《左傳》宋皇國公為宋平公所築。漢梁孝王大治宮室，為複道，自宮連屬於平臺三十餘里。」⑰通渠　《唐詩所》、清影宋抄本同。他本多作「通衢」。《文苑英華》作「東渠」。⑱兄弟方荀陳　此句以荀氏、陳氏兄弟比擬房四兄弟。荀，指荀爽諸兄弟。《後漢書・荀淑傳》：「有子八人……時人謂之八龍……爽字慈明，一名諝……潁川為之語曰：『荀氏八龍，慈明無雙。』」陳，指陳紀、陳諶兄弟。《後漢書・陳寔傳》：「有六子，紀、諶最賢。」方，比。⑲冠　《文苑英華》作「貫」。⑳應徐　指「建安七子」中的應瑒和徐幹。㉑彈棋　古代兩人對局的博戲。㉒知人想林宗　此句讚揚房四兄弟最能知人。林宗，東漢太原界休人，郭泰之字。史載他「性明知人」，詳見《後漢書》本傳。㉓直道慙史魚　此句以史魚比房四兄弟，謂他們為人耿直，因無力進賢退不肖而自愧。史魚，名鰌，字子魚，春秋衛國大夫。據《韓詩外傳》卷七，史魚病且死，謂其子曰：「我數言蘧伯玉之賢，而不能進；彌子瑕不肖，而不能退。為人臣生不能進賢而退不肖，死不當治喪正堂，殯我於室足矣。」衛君聞之，召蘧伯玉而退彌子瑕。後人謂之尸諫，孔子稱讚：「直哉史魚！」（《論語・衛靈公》）㉔開襟鄙吝祛　寫自己在與房四兄弟交往之中受到感化、熏陶。《後漢書・黃憲傳》：「同郡陳蕃、周舉常相謂曰：『時月之間不見黃生，則鄙吝之萌復存乎心。』」此句暗用其事。㉕寧能二句　用陶淵明〈讀山海經十三首〉其一之意：「窮巷隔深轍，頗回故人車。歡言酌春酒，摘我園中蔬。」寧能，怎能。

【語　譯】孤獨閒坐愁見那連綿陰雨，更何況離群索居百無聊賴之時。渺茫昏沉十月之交的日子，濃重陰霾綿延千里有餘。極目遠望看不到邊際，北風吹打著寬葉竹林如同悲泣。明亮的太陽被遮得迷迷茫茫總是難以看到，陰雲密布爭相翻滾卷舒。又怎能得到造化之力，豁然開朗一下子把愁雲掃除！屋簷的滴瀝聲讓人愁緒不斷，孤寂淒冷談笑時節寥寥無幾。爛泥道途擁堵著城郭，深深積水環繞著土丘。無限惆悵憐憫那困苦的田農，彷徨不安憂傷這拮据的鄉里；曾經竭盡全力交納田稅，為什麼竟然無斗糧之儲？萬事難排激切於胸懷之中，十年來一直想上書建議。君門難及感嘆緬長遙遠，身世蹉跎憂慮歲月流逝。沉沉思念眷顧在野生涯，鬱鬱不歡任其時運消長盈虛。高飛遠舉的黃鵠本不可羨慕，祖逖劉琨夜中聞雞起舞的故事不斷啟示我發憤自勵。友人家居平臺旁邊，高高樓館面臨通河大渠。兄弟賢達知名比得上東漢的荀爽、陳紀兄弟，才華非凡超出建安七子中的應瑒、徐幹。彈棋娛樂自多閒暇，開懷暢飲更有誰人能比。性明知人不禁聯想到東漢郭泰，耿直不屈如同春秋史魚因無力進賢退不肖而自愧。攜手交誼情深意切流風永在，開懷相處受益無窮鄙吝之心盡為清除。怎能來訪我這窮巷陋居，相對而酌嘗著自家園中的菜蔬？

【研析】這是一首寄友詩。詩人遇上久雨不止的天氣，感時傷懷，抒發了對個人身世的感慨，對民情國事的關注。「獨坐」二句寫了多雨的天災和獨居的處境，襯托出感時傷懷的背景。「茫茫」八句具體描寫久雨不止的季節和天氣。「滴瀝」四句寫困於多雨的愁苦寡歡。「惆悵」八句寫憂國憂民、胸懷抱負，報效無門、身世蹉跎的焦慮。「沉吟」四句寫淪落在野、鬱悶任命，雖高舉難期而不忘發憤自勵。「故人」八句寫友人的優越境遇、名聲才華以及知人耿直。「攜手」四句回憶彼此高尚深厚、純真、多益的友情，並寄寓下訪垂顧、得以重逢的厚望。全詩一氣呵成，曲盡剛柔婉轉、跌宕起伏的心緒。

# 信安王幕府詩 并序

【題解】此詩作於開元二十年（西元七三二年）春。《資治通鑑》開元二十年：「春，正月，乙卯，以朔方節度副大使信安王禕為河東、河北行軍副大總管，將兵擊奚、契丹。……六月，丁丑，加信安王禕開府儀同三司。」按《舊唐書》本傳，「褘」作「禕」，為唐太宗子吳王恪之孫，唐玄宗之從兄。開元十二年封為信安郡王，天寶二年卒，年八十餘。關於此詩主旨，序文所言頗詳。當時邊將「功名著往往入為宰相」（《資治通鑑》卷二一六），並且邊將在外有權表奏選任自己的幕僚，因此仕途淪落之士人，往往出塞入幕謀取出路。此詩正表現了這樣的背景，並且流露出自己未得入幕的遺憾。當然此詩也表達了高適入幕建功，安定邊疆的願望。

開元二十年，國家有事林胡❶，詔禮部尚書信安王總戎大舉❷。時考功郎中王公❸、司勳郎中劉公❹、主客郎中魏公❺、侍御史李公❻、監察御史崔公❼，咸在幕府，詩以頌美數公，見于詞凡三十韻❽。

雲紀軒皇代❾，星高太白❿年。廟堂咨上策⓫，幕府制中權⓬。磐石藩維[13]固，昇壇[14]禮樂先[15]。國章[16]榮印綬[17]，公服[18]貴貂蟬[19]。樂善旌[20]深德，輸忠格[21]上玄[22]。剪桐光寵錫[23]，題劍美貞堅[24]。聖祚[25]雄圖廣，師貞武德虔[26]。雷霆七校[27]發，旌旆五營[28]連。華省[29]徵群乂[30]，霜臺[31]舉二賢[32]。豈伊[33]公望[34]遠，曾[35]是茂才[36]遷[37]。並秉韜鈐[38]術，兼該[39]翰墨筵[40]。帝思麟閣像[41]，臣獻柏梁篇[42]。振玉登遼甸[43]，摐金歷薊壖[44]。度河飛羽檄，橫海泛樓船。北伐聲逾邁，東征務以專。講戎[45]喧涿[46]野，料敵[47]靜居延[48]。軍勢持《三略》[49]，兵戎自九天[50]。朝瞻授鉞[51]去，時聽偃戈[52]旋。大漠風沙裡，長城雨雪邊。雲端臨碣石[53]，波際隱朝鮮。夜壁[54]衝高斗[55]，寒空駐綵旃[56]。倚弓玄兔[57]月，飲馬白狼川[58]。庶物隨交泰[59]，蒼生解倒懸[60]。四郊增氣象，萬里絕風煙[61]。關塞鴻勳著，京華甲第全[62]。〈落梅〉[63]橫吹後，春色凱歌前。直道[64]常兼濟[65]，微[66]才獨棄捐。曳裾[67]誠已矣，投筆尚悽然[68]。作賦同元淑[69]，能詩匪仲宣[70]。雲霄[71]不可望，空欲仰神仙[72]。

【注　釋】❶林胡　戰國時北方族名，此處借指奚、契丹。❷詔禮部句　謂授命信安王統兵。禮部，尚書省六部之一。尚書，為各部長官之稱。據《舊唐書》本傳，李禕封信安郡王後，「尋遷禮部尚書」。總戎，統帥軍隊。❸考功郎中王公　考功郎中，吏部屬官，掌內外文武官吏之考課。王公，名未詳。敦煌選本乙作「劉公」，無以下「司勳郎中劉公」六字。❹司勳郎中劉公　司勳郎中，吏部屬官，掌官吏勳級。劉公，名未詳。❺主客郎中魏公　主客郎中，禮部屬官，掌諸蕃朝聘之事。魏公，名未詳。❻侍御史李公　侍御史，御史臺屬官，掌糾舉百僚，推鞫獄訟。李公，名未詳。❼監察御史崔公　監察御史，御史臺屬官，掌分察百僚，巡按郡縣，糾視刑獄，肅整朝儀。崔公，名未詳。❽凡三十韻　底本無此四字，張黃本、許本同。此從敦煌選本乙、明銅活字本、《全唐詩》補。清影宋抄本此四字作題下注。❾雲紀軒皇代　意謂當世政治清明，如同黃帝之世。雲紀，《左傳》昭公十七年：「黃帝氏以雲紀，故為雲師而雲名。」杜預注：「以雲紀事，百官師長皆以雲為名號。」雲實為黃帝氏族之圖騰，雲紀即以雲作標記。軒皇，即軒轅氏黃帝。代，即「世」，為避唐太宗李世民諱而改。❿太白星名，即金星。按古代星占說法，太白星司兵，太白星高是大規模用兵的吉兆。《史記・天官書》：「(太白)出高，用兵深吉，淺凶；庳(低)，淺吉，深凶。」⓫廟堂咨上策　謂朝廷策劃。廟堂，猶云朝廷，因宗廟所在，故稱。咨，謀劃。⓬中權　此指中軍。⓭藩維　屏藩之意，後用以稱藩鎮。⓮昇壇　指設壇場授將。⓯禮樂先　謂以善於用禮樂治軍為首要條件。《左傳》僖公二十七年載：晉文公作三軍，謀元帥。趙衰曰：「郤穀可。臣亟聞其言矣，說禮樂而敦《詩》《書》。《詩》《書》，義之府也；禮樂，德之則也。」乃使郤穀將中軍。⓰國章　指國之禮儀章法。⓱印綬　印信和繫印信的絲帶。印及綬均有官爵等級之別。《舊唐書・裴度傳》：「帶丞相之印綬，所以尊其名；賜諸侯之斧鉞，所以重其命。」⓲公服　官吏的禮服。⓳貂蟬　冠飾。《後漢書・輿服志》：「武弁大冠，諸武官冠之。侍中、中常侍加黃金璫，附蟬為文，貂尾為飾。」唐宋人每以此稱侍從貴臣。⓴旌表明。㉑格　感通。㉒上玄　天。《尚書・說命》：「格於皇天。」㉓剪桐光寵錫　寫玄宗封弟李禕為信安郡王。剪桐，分封之意。《呂氏春秋・重言》：「成王與唐叔虞燕居，援梧葉以為珪而授唐叔虞曰：『余以此封女。』」

錫，同「賜」。㉔題劍美貞堅　寫玄宗題劍贈李褘，讚美其品德。題劍，《東觀漢記》卷二載：漢章帝賜尚書韓稜等人劍，手題姓名。㉕聖祚　皇帝的福運。祚，敦煌選本乙作「作」。㉖師貞武德虔　讚信安王出軍吉祥，軍隊威武。師，軍。師貞，《周易・師卦》：「師貞，丈人吉，無咎。」王弼注：「為師之正，丈人乃吉也。」虔，虎行貌，引申為勇武。㉗七校　七校尉。此處泛指各部軍隊。《漢書・刑法志》：「武帝平百粵，內增七校。」晉灼注：「《漢書・百官表》：中壘、屯騎、步兵、越騎、長水、胡騎、射聲、虎賁凡八校尉，胡騎不常置，故此言七也。」㉘五營　五校。此處泛指各部隊。《後漢書・順帝紀》：「調五營弩師。」李賢注：「五營，五校也。謂長水、步兵、射聲、屯騎、越騎等五校尉也。」㉙華省　尚書省之稱。㉚群乂　眾才能出眾之人，指序中所稱王、劉、魏諸人。㉛霜臺　御史臺之稱。㉜二賢　指序中所稱李、崔二人。㉝伊　唯。㉞公望　公眾中的聲望。㉟曾　乃。㊱茂才　即秀才，漢時避光武帝劉秀諱而改，此泛指盛美之才。㊲遷　登；升用。㊳韜鈐　用兵之法，因古兵書《六韜》及《玉鈐篇》而得稱。㊴該　備。㊵翰墨筵　賦詩作文之席。此處指文才。㊶帝思麟閣像　意謂皇帝想為功臣表功。麟閣像，漢宣帝思念輔佐功臣，命人於麒麟閣畫霍光等十一人之像。事見《漢書・李廣蘇建傳》附〈蘇武傳〉。㊷柏梁篇　據《漢書・武帝紀》，元鼎二年春，起柏梁臺。相傳漢武帝在柏梁臺上和群臣聯句，共賦七言詩，每人一句，每句用韻，一句一意，世稱柏梁體。㊸振玉登遼甸　寫奏軍樂出征。振，擊。玉，玉磬。《孟子・萬章下》：「金聲而玉振之。」遼甸，指遼河流域。㊹摐金歷薊壖　亦寫奏軍樂出征。摐，撞。金，金屬樂器。《唐六典》卷十六：軍中「金之制有四：一曰錞，二曰鐲，三曰鐃，四曰鐸（皆鐘一類樂器）。」薊，薊州，開元十八年（西元七三〇年）置，因古薊地而得名，治所在漁陽（今河北薊縣）。壖，同「堧」。城下之田。此處泛指田野。㊺講戎　練兵演習。㊻涿　郡名，隋大業初改幽州置，唐因之（天寶元年又改為范陽郡），治所在薊縣（今北京市西南）。㊼料敵　考察敵情。㊽居延　古邊塞名，一名遮虜障，漢武帝太初三年（西元前一〇二年）路博德築於居延澤（在今內蒙古額濟納旗西北境）上，以斷匈奴由此侵入河西之路。此處借指北部邊塞。㊾三略　兵書名，舊題黃石公撰，云即下邳圯（橋）上老人以授張良之《太公兵法》。係後人偽託之書。(50)九天　天空最高處，此處指朝廷。語本《孫子・形篇》：「善攻者動於九天之上。」(51)授鉞　皇帝授重命的一種儀式。鉞，大斧，兵器。(52)偃戈　指結束戰事。(53)碣石　山名，在今河北昌黎縣西北。(54)壁　軍壘。(55)高斗　北斗。(56)綵旃　綵帛製的曲柄旗幟。(57)玄兔　即「玄菟」，舊郡名，西元前一〇八年漢武帝所置，轄境相當今遼寧東部至朝鮮咸鏡北道一帶。後將郡治移至遼河流域。西元五世紀初地入高句驪。(58)白狼川　即白狼河，按新、舊《唐書・奚傳》，奚國國境南至白狼河。(59)庶物隨交泰　寫自然界之和諧。庶物，萬物。交泰，天地交和風調雨順之意。泰，原為卦名，《周易・泰卦》：「彖曰：泰，小往大來吉亨，則是天地交而萬物通也。」(60)解倒懸　解下倒吊之人的束縛。比喻解救人民於困苦之境。《孟子・公孫丑》上：「民之悅之，猶解倒懸也。」(61)風煙　風塵烽煙，指戰事。(62)京華甲第全　意謂皇帝論功賞賜之宅第已在京城築齊。甲第，古代官僚的住宅按大小分甲乙等第，甲第為大宅。劉邦為獎勵功臣，於漢高祖十二年（西元前一九五年）曾下詔曰：「為列侯食邑者，皆佩之印，賜大第室；吏二千石，徙之長安，受小第室。」見《漢書・高帝紀》。(63)落梅　即〈梅花落〉笛曲。(64)直道　矢志不屈。(65)兼濟　指除修養自身之外，同時具有濟世救民的願望。語本《孟子・梁惠王》上：「窮則獨善其身，達則兼善天下。」。(66)微　無。(67)曳裾　指寄食王侯之門。語出《漢書・鄒陽傳》：「飾固陋之心，則何王之門不可曳長裾乎？」(68)投筆尚淒然　用班超投筆從戎之典。尚悽然，與上「獨捐棄」連看，皆表示作者未受重用之苦悶。(69)元淑　當作「元叔」，東漢趙壹，字元叔，辭賦家，曾作〈窮鳥賦〉、〈刺世疾邪賦〉等，憤世嫉俗，怨恨豪門。(70)能詩匪仲宣　謂雖能詩而不如王粲。匪，同「非」。仲宣，漢末王粲，字仲宣，擅長詩歌，亦能作賦，為建安七子之一。(71)雲霄　喻高位。《晉書・熊遠傳》：「攀龍附鳳，翺翔雲霄。」(72)神仙　比喻高官。此指幕中高位得意諸人。《晉書・王恭傳》：王恭「嘗被鶴氅裘，涉雪而行，孟昶窺見之，嘆曰：『此真神仙中人也。』」

【語　譯】開元二十年，國家發生對奚、契丹的戰事，皇帝命禮部尚書信安王統帥軍隊大舉征伐。

當時考功郎中王公、司勳郎中劉公、主客郎中魏公、侍御史李公、監察御史崔公，全在幕府，謹寫此詩用以頌揚讚美諸公，見於文詞總計三十韻。

時當如同以雲為標識的軒轅黃帝盛世，又值太白星高懸的用兵大吉之年。朝廷謀劃征戰上策，幕府執掌中軍大權。屏藩如同磐石一樣牢固，升壇點將以能禮樂治軍為優先之選。國家禮制以佩戴國相印綬為榮顯，官僚的禮服以飾有貂尾蟬紋的禮冠為尊貴。樂於行善彰顯深厚道德，竭誠效忠之心上達皇天。既受到天子無比光寵的剪桐分封之賜，又得到天子表彰其堅貞的題劍厚賞。聖皇福運雄圖廣大無垠，出師貞吉武德勇猛威嚴。勢如雷霆各路大軍浩蕩出發，旌旗招展五營軍旅連屬成片。尚書省中徵調數位俊逸之才，御史臺內推舉兩位非凡英賢。豈只因他們公眾聲望高遠，更加上才幹優秀而升遷。幕府之人均握有高超用兵韜略，又兼備翰墨文采。上皇正思慮麒麟閣上畫像表功，群臣齊準備同獻賀勝的柏梁詩篇。玉磬齊振登上遼河流域，金鐘敲響歷經薊州原野。跨越河流飛傳著插羽毛的緊急軍令文書，橫渡海洋行駛著樓臺戰船。北伐的聲勢已經過去，東征的戰事務必專注。練兵演習喧騰在涿州原野，偵察敵情悄然於古塞居延。強盛軍勢靠《三略》兵書維持，精銳之師發動於九重之天。彷彿早上剛看到授鉞交付重命而去，眼下又聽到停息干戈凱旋而還。曾經輾轉於大漠風沙之中，忽而跋涉在長城雨雪邊塞。高入雲端親臨碣石山，海波之際隱約見朝鮮。夜色間軍壘直衝高天北斗，寒空中駐營彩旗迎風招展。佩掛彎弓正值玄兔郡中月夜，行途飲馬又逢奚國白狼河川。地上萬物隨天地交和而安泰平順，人間蒼生因敵退和平而解倒懸之難。四方郊野平添生機氣象，萬里疆域斷絕戰火烽煙。關塞征戰鴻勳昭著，京華論功頒賜的大小宅第業已準備齊全。哀怨的〈梅花落〉笛曲吹過之後，歡快凱歌正唱響在春色當前。我胸懷直道一心想兼濟天下，奈何身無才略獨遭棄置。寄食王侯之門誠然已經如此，投筆從戎的意願尚淒然未遂。論作賦實堪比東漢趙壹，能寫詩尚不及建安王粲。雲霄高位不可期盼，白白地意欲仰慕軍幕中得意高官。

【研　析】此詩是高適始於開元二十年的三年間北遊古戰國燕趙之地經歷的一個重要標誌性作品，序文及詩中關於寫作時間和地點交代明詳。詩中反映了高適平生第一次北遊燕趙時在信安王幕府中所見所聞，以及入幕未遂的失意處境和複雜心態。全詩三十韻六十句：「雲紀」二十四句，寫信安王受命出兵，點將募士，英賢畢至，軍容威嚴，取勝建功信念十足；「振玉」二十八句，寫北伐東征，聲勢浩大，艱苦轉戰，終於取得卓著戰功；「直道」八句，寫自己投筆從戎的強烈意願，以及懷才不遇的無限惆悵。詩中既有個人失意的哀怨，又有「蒼生解倒懸」、「萬里絕風煙」的欣慰，兩者緊密交織在一起，而以後者為主調，透露出詩人真實、豁達的胸襟。此詩在藝術上成就很高，明胡應麟《詩藪》內編卷四論排律云：「盛唐排律，杜（甫）外，右丞（王維）為冠，太白（李白）次之。常侍篇什空澹，不及王、李之秀麗豪爽，而〈信安王幕府詩〉二（當作「三」）十韻，典重整齊，精工贍逸，特為高作，亦王、李所無也。」



# 塞上

【題　解】此詩作於開元二十年（西元七三二年）至開元二十二年北遊燕趙期間。詩題《唐詩所》

作〈塞上曲〉。〈塞上曲〉、〈塞下曲〉唐詩中屢見，是由樂府橫吹曲辭漢橫吹曲〈出塞〉、〈入塞〉舊題衍化出來的。此詩慨嘆邊境不寧，邊將無能，邊策失當，自己懷才不遇。

東出盧龍塞❶，浩然客思孤。亭堠❷列萬里，漢兵猶備胡。邊塵滿北溟，虜騎正南驅。轉鬥豈長策，和親非遠圖。惟昔李將軍❸，按節❹臨此都，總戎❺掃大漠，一戰擒單于。常懷感激心，願效縱橫謨❻。倚劍欲誰語，關河空鬱紆❼。

【注　釋】❶盧龍塞　古代東北邊防要塞，在今河北遷安西北。塞道自薊縣起，東經喜峰口直到冷口。塞，敦煌選本作「間」。❷亭堠　駐兵瞭望敵人的土堡。❸李將軍　指李廣，漢名將。歷守隴西、雁門、雲中、北地、代郡等地，與匈奴大小七十餘戰，匈奴畏之，號為飛將軍。❹按節　從容按轡徐行。❺總戎　統帥軍隊。❻願效縱橫謨　謂願意貢獻自己制敵安邊的謀略。效，致；獻。縱橫，指縱橫馳驅，出奇制勝。語本《尉繚子・兵教下》：「十一曰死士，謂眾軍之中有材力者，乘於戰車，前後縱橫，出奇制勝也。」謨，謀略。❼關河空鬱紆　謂只有那關河的幽深曲折。語意雙關，既寫關河，又形容愁思。空，只。鬱紆，幽深曲折。河，敦煌選本作「阿」，《文苑英華》作「山」。「阿」、「山」同義。

【語　譯】東出盧龍要塞，客遊思緒浩蕩孤寂。瞭望敵情的土堡陳列萬里，漢兵仍在嚴防入侵的胡敵。邊疆戰塵瀰漫北海，胡虜騎兵正向南馳驅。輾轉迎擊難道是高謀良策，結親求和也不是長遠之計。唯有古時李廣將軍，從容駐馬到盧龍塞口，統兵橫掃茫茫大漠，一戰就擒下胡王單于。常懷感慨激切之心，願意貢獻縱橫馳驅出奇制敵之謀。佩劍豪志究竟想向誰傾吐，面對的只有關河幽深迂曲而已。

【研　析】此詩為孤身出塞感時之作。詩人對邊境不寧、戰爭不已深感憂慮，並歸結到由於邊策失當、邊將無能所致。作者胸存堅決抵抗、出奇制勝、根絕邊患的良策，但懷才不遇，面臨無處告語之苦。詩中反映了當時邊境戰局的普遍事實，而像〈信安王幕府詩〉所寫的出征獲勝的情況，則屬極為少見的戰例。

## 薊門五首

【題　解】此組詩作於北遊燕趙期間，集中反映了由於邊策失當、邊將無能，造成的邊境不寧，以及邊卒久戍不歸的痛苦。薊門，即古薊丘，在戰國時燕國薊城內，相傳今北京市德勝門外土城關即其遺址。詩題《全唐詩》作〈薊門行五首〉。

### 其一

薊門逢古老❶，獨立思氛氳❷。一身既零丁，頭鬢白紛紛。勳庸❸今已矣，不識霍將軍❹。

【注釋】❶古老 即故老。此指久戍邊疆的一位老兵。❷氛氳 氣盛貌，此處形容思緒紛繁。❸勳庸 勳業功勞。《周禮・夏官・司勳》：「王功曰勳，國功曰功，民功曰庸。」❹霍將軍 指漢代名將霍去病。武帝時屢破匈奴，平定邊患，戰功卓著。

【語譯】在薊門遇到一位老兵，孤零零一人思緒萬千。孑然一身無所依靠，頭髮鬢毛銀白紛亂。勳業功勞已了然無著，可惜從未遇見像霍去病那樣的將領。

【研析】此詩寫一個久戍不歸、孤苦零丁的老兵，深刻道出了他藏在心底的苦悶。可貴的是他不僅念及個人的遭遇和功業，更希望出現名將帶領士卒安定邊境。

## 其二

漢家❶能用武，開拓窮異域。戍卒厭❷糟糠，降胡❸飽衣食。關亭❹試一望，吾欲涕沾臆。

【注釋】❶漢家 漢朝，借指唐。❷厭 足。此指充飢果腹。❸降胡 歸降的胡人。❹關亭 關口堡樓。

【語譯】漢家朝廷善於用武，開拓疆土直達邊遠異地。戍守的漢卒吞咽糟糠充飢，歸降的胡兵反倒豐衣足食。抬眼一望那不盡的關口堡樓，我忍不住淚流直下沾濕胸臆。

【研析】此詩借「漢家」喻唐，寫本朝當政者為籠絡歸降胡兵，給予優厚的生活待遇，而對本族士卒卻極為慢待。詩人對此深表不平，認為降胡並不可靠，反對重用他們，輕賤漢兵，參見〈睢陽酬別暢大判官〉「降胡」以下數句。

## 其三

邊城十一月，雨雪亂霏霏。元戎號令嚴，人馬亦輕肥❶。羌胡無盡日，征戰幾時歸。

【注釋】❶輕肥　指裘輕馬肥。意謂裝備精良。《論語・雍也》：「乘肥馬，衣輕裘。」

【語譯】邊城剛到十一月，就下起亂紛紛大雪。軍帥號令堪稱嚴緊，人馬裝備亦算精良。奈何羌胡邊患終無除盡之日，征戰不已何時才能歸鄉。

【研析】此詩反映了邊患難除，征戰不已，士卒久戍不歸的哀怨。究其原因，既不在軍令嚴否，也不在裝備如何，言外之意在於詩人一貫強調的時無良將，邊策失當。

## 其四

幽州❶多騎射，結髮❷重橫行❸。一朝事將軍，出入有聲名。紛紛獵秋草❹，相向角弓❺鳴。

【注　釋】❶幽州　唐州名，治所在今北京市大興附近。開元二年（西元七一四年）於其地置幽州節度使，領幽、易等六州。❷結髮　指古代男子年二十束髮初冠。❸橫行　馳驅征戰。❹獵秋草　在秋天的草原上狩獵操練。❺角弓　飾有獸角的弓。

【語　譯】幽州盛多善於騎射之士，結髮成年就重於馳驅征戰。一旦為將軍致身效力，出征凱旋便會立功揚名。紛紛揚揚在秋原上逐獵操練，競相騎射使裝飾華美的角弓齊鳴。

【研　析】此詩盛讚幽州邊地年輕強悍的騎射之士，不僅寫他們的勇敢，更強調他們的忠誠。對秋天草原競相逐獵操練的熱烈場面，繪聲繪色，欽羨之情，不言而露。

## 其五

黯黯❶長城外，日沒更煙塵❷。胡騎雖憑陵❸，漢兵不顧身。古樹滿空塞，黃雲愁殺人。

【注　釋】❶黯黯　昏沉。敦煌選本作「茫茫」。❷煙塵　烽煙戰塵，敵人進犯之警。❸憑陵　仗勢侵犯。

【語　譯】昏昏沉沉長城之外，日落時又起烽煙戰塵。胡騎淩厲雖仗勢進犯，漢兵英勇抵抗奮不顧身。蒼老古樹布滿空蕩蕩邊塞，漫天黃雲久久不散實在愁煞人。

【研　析】此詩寫胡騎的凌厲進攻和漢兵的英勇抵抗，邊境戰爭不時發生，持久不已，令人憂慮。末二句意象尤其耐人尋味，古樹彷彿是邊境歷久不寧的見證者，而黃雲以喻戰雲，在高詩中屢見，又是戰爭不息的象徵。

## 營州歌

【題　解】此詩約作於北遊燕趙期間。營州，屬河北道，治所在今遼寧錦州市西。當時為漢族與契丹族雜居地區。天寶元年（西元七四二年）改為柳城郡。

營州少年厭❶原野，皮裘蒙茸❷獵城下。虜❸酒千鍾不醉人，胡兒十歲能騎馬。

【注　釋】❶厭　滿足，引申為喜好之意。❷蒙茸　皮毛紛亂的樣子。❸虜　《全唐詩》注「一作魯」。《莊子・胠篋》有「魯酒薄而邯鄲圍」之語。

【語　譯】營州少年喜愛郊外原野，身穿毛茸茸皮裘逐獵城下。胡地酒薄千鍾也不醉人，胡兒勇猛十歲便能騎馬。

【研　析】此詩反映營州這個民族雜居地區的世俗民風，形象描繪了當地少年的豪俠尚武風貌。

# 邯鄲少年行

【題　解】此詩作於北遊燕趙期間，感嘆邯鄲遊俠少年已無古時遺風，不過是一些縱情任俠的富家子弟而已。邯鄲，戰國時趙都。唐代有邯鄲縣，故城在今河北邯鄲市南。〈少年行〉，樂府舊題，宋郭茂倩《樂府詩集》歸入雜曲歌辭。

邯鄲城南遊俠子❶，自矜生長邯鄲裡。千場縱博家仍富，幾處❷報仇身不死。宅中歌笑日紛紛，門外車馬如雲屯❸。未知肝膽向誰是，令人卻憶平原君❹。君不見❺今人❻交態薄，黃金用盡還疏索。以茲感歎辭舊遊，更於時事無所求。且與少年飲美酒，往來射獵西山❼頭。

【注　釋】❶遊俠子　遊俠少年。《史記·游俠列傳》稱遊俠「其言必信，其行必果，已諾必誠，不愛其軀，赴士之厄困，既已存亡死生矣，而不矜其能，羞伐其德」。然此詩所寫已無古時遺風。❷處　《樂府詩集》、《文苑英華》等作「度」。❸如雲屯　《文苑英華》、《全唐詩》作「常如雲」，敦煌選本作「長如雲」。❹平原君　名趙勝，戰國時趙武靈王之子，戰國四公子之一，喜交賓客。❺君不見　底本及諸本多無「君」字，此據敦煌選本、明銅活字本及《全唐詩》補。敦煌選本此字，於上句「平原君」的「君」字下作重字符「丶丶」。古書中此符例多易脫，蓋無「君」字者，或因此而脫誤。❻今人　敦煌選本、《河嶽英靈集》、《文苑英華》作「即今」。
❼西山　指馬服山，在邯鄲西北十里。

【語　譯】邯鄲城南遊俠少年，自誇生長在邯鄲古城裡。即使輕撒金錢豪賭千場家境仍然殷富，或者一連幾起捨生報仇身終不死。宅中歌笑整日熱鬧紛紛，門外車馬總是屯集如雲。始終未知向誰披肝瀝膽才是，讓人懷念厚待門客輕財仗義的平原君。君不見現今世人交情薄，一旦黃金用盡還是疏遠冷漠。因此之故感嘆萬千訣別舊時交遊，再也對當今世事無所希求。姑且與富家少年縱飲美酒，往往返返射獵於西山盡頭。

【研　析】此詩為懷古傷今之作。詩人北遊燕趙失意，來到戰國時趙國之都邯鄲古城，親見當地雖然遊俠風尚猶存，但已失卻古時淳厚之實，不過表面應酬而已。此詩寫得如此深刻，正與詩人北遊失意，切身感受到世態炎涼有關。詩人懷念以平原君為代表的淳厚俠義古風，鄙棄當今薄情寡義的世俗，表現出高尚的處世態度。末二句似乎表示甘與世人苟且同歡，玩世不恭，實則為對世風江河日下絕望的憤激之辭。

# 效古贈崔二



【題　解】此詩當作於北遊燕趙期間。詩人又有一首〈遇崔二有別〉，本集佚缺，見於敦煌集本，中云：「大國多任士，明時遺此人。……誰謂多才富，卻令家道貧。秋風吹別馬，攜手更傷神。」

可見兩詩中的崔二為同一人，名未詳。前詩云「秋風」，此詩謂「十月」，已入冬季，可知寫作時間有先後之別。效古，南朝江淹詩中已有此題，唐詩中屢見，即仿效古體之意。

十月河洲時，一看有歸思。風飆生慘烈，雨雪暗天地。我輩今胡為，浩哉❶迷所至。緬懷當途者，濟濟居聲位。邈然在雲霄，寧肯更淪躓❷。周旋多燕樂，門館列車騎。美人芙蓉姿，狹室❸蘭麝氣。金爐陳獸炭❹，談笑正得意。豈論草澤中，有此枯槁士❺！我慚經濟策❻，久欲甘棄置。君負縱橫才，如何尚顦顇！長歌增鬱怏，對酒不能醉。窮達自有時，夫子莫下淚。

【注釋】❶浩哉　指世路浩蕩渺茫。❷淪躓　淪落困頓。❸狹室　內房。❹獸炭　調和炭末製成獸形的炭。《晉書・外戚傳・羊琇傳》：「琇性豪侈，費用無復齊限，而屑炭和作獸形以溫酒，洛下豪貴咸競效之。」❺枯槁士　身遭淪落埋沒，形質枯槁的人。《莊子・徐无鬼》有「枯槁之士」語。此指自己和崔二。❻經濟策　經世濟民的策略。

【語譯】十月河洲淒涼景色，一看到便惹起歸鄉之思。暴風呼嘯生發慘烈的氣象，下起大雪遮暗了天地。我輩人現今究竟能做什麼，世途浩渺迷失了去處。遙想身當仕途那班人，濟濟有餘占據聲譽高位。遠遠地高在雲霄之上，那肯再淪落困滯。周旋應酬多有宴飲樂舞，門館之前停列著密集車騎。相陪美女個個芙蓉姿色，內室飄散著蘭麝香氣。金燦燦銅爐陳放著精緻的獸形炭塊，談笑風生一個個正得意無比。哪裡還考慮顧及草澤之中，還有我們這些窮困潦倒之士！我自愧胸無經世濟民之策，很久以來就甘願身遭棄置。崔君你懷有縱橫濟世奇才，為什麼也還困頓如此！憤憤長歌更增鬱鬱不樂之情，面對美酒也不能希圖飲醉忘憂。窮苦通達只有變化之時，夫子你且莫憂痛不已禁不住下淚。

【研　析】此詩為酬贈之作。酬贈的對象崔二是與自己身分、境遇相同的一位友人：二人同為淪落「草澤」的「枯槁士」，同樣為謀出路而離鄉背井周旋，同樣一無所得而迷途思歸。開頭四句，點出時令，冬季已屆，風雪交加，觸景生情，益增歸思。「我輩」二句，寫二人當前境遇，走投無路，不知所措，充滿惺惺相惜之情。「緬懷」十二句，通過與身居高位的仕途當權者對比，揭露他們奢靡享樂的生活和洋洋得意的心態，更增不平之氣。「我慙」四句，又將自己與友人對比，歎稱自己無才，甘遭棄置，而對負有「縱橫才」的友人同樣遭到淪落則百思不解，提出質問，進一步揭露了社會的不公平。末尾四句自慰慰人，愁緒更熾，憂痛不已。

## 同韓四薛三東亭翫月

【題　解】此詩寫於北遊燕趙期間。韓四，名未詳，韓四兄弟多人，高詩還寫及韓九、韓十四等。

薛三，即薛據，河中寶鼎（今山西萬榮寶鼎鎮）人，見《舊唐書・薛據傳》。《唐才子傳》謂荊南人，當一為郡望，一為籍貫。薛據為開元十九年（西元七三一年）王維榜進士，天寶六載（西元七四七年）又中風雅古調科第一人，歷任縣令、司儀郎、水部郎。高詩中與薛據酬唱之作甚多，交誼頗密。翫月，賞月。

遠遊❶悵不樂，茲賞吾道❷存。款曲故人意，辛勤❸清夜言。東亭何寥寥，佳境無朝昏。階墀近洲渚，戶牖當郊原。矧乃窮周旋，游時❹怡討論。樹陰蕩瑤瑟，月氣延清罇。明河❺帶飛雁，野火連荒村。對此更愁予，悠哉懷故園。

【注　釋】❶遠遊　指北遊燕趙。❷吾道　自己的理想、信仰、主張。此指自己窮達有時，貴在適意的處世之道。❸辛勤　即「殷勤」，情意懇切。❹游時　閒暇之時。❺明河　指銀河。

【語　譯】遠遊失意惆悵不樂，此次遊賞正合我不論窮達貴在適意的心願。體貼入微的款待透露出老友的深情厚意，清夜說不盡的話語表達了殷殷真情。東亭園囿何其空敞豁達，滿目佳境無關那朝昏變化。屋階臨近洲池水涯，窗戶面對郊外原野。況且正當周旋途窮之時，閒暇中恰好平心靜氣討論人生之路。朦朧樹影晃動在飾玉的美瑟之上，月光明媚直灑到清酒罇中。銀河環繞著群飛的大雁，野火勾連著荒瘠的村落。面對此景更惹起我愁緒綿綿，遠遠地懷念那離開已久的故園。

【研析】此詩寫自己周旋失意之後，與隱於世間的友人相逢，一起遊賞的情景。故人的盛情款待和彼此間暢所欲言的談吐討論，與周旋時遭遇的冷漠和不快，構成強烈的對比。景物描寫清淡自然，與閒適之情相應。詩人愁緒綿綿，始終難平，末二句所寫的鄉愁，又掀起感情的波瀾。

## 寄宿田家

【題解】此詩當為北遊燕趙時所作。〈淇上酬薛三據兼寄郭少府〉寫北遊燕趙事，有「漁潭屢棲泊」句，可與此詩內容相印證。

田家老翁住東陂，說道平生隱在茲。鬢白未曾記日月，山青每到識春時❶。門前種柳深成巷，野谷流泉添入池。牛壯日耕十畝地，人閑常掃一茅茨❷。客來滿酌清罇酒，感興平❸吟才子詩。巖際窟中藏鼴鼠❹，潭邊竹裡隱鸕鷀❺。村墟日落行人少，醉後無心怯路歧❻。今夜只應還寄宿，明朝拂曙與君辭。

【注　釋】❶山青每到識春時　語本陶淵明《桃花源詩》：「草榮識節和，木衰知風厲。雖無紀歷誌，四時自成歲。」此參用其意。❷茅茨　草屋。❸平　平和自然。《全唐詩》注云：「一作頻。」❹鼹鼠　即田鼠。《莊子・逍遙遊》：「偃（同「鼹」）鼠飲河，不過滿腹。」寫其易於滿足而不多求。❺鸕鷀　水禽，黑羽，俗稱水老鴉，善潛水捕魚，棲息河川、湖沼或海濱。❻怯路歧　膽怯路途多歧，無所適從。《呂氏春秋・疑似》：「墨子見歧道而哭之。」《淮南子・說林》：「楊子（楊朱）見逵路而哭之，為其可以南可以北也。」皆以行路為喻，悲嘆世路前途迷茫。

【語　譯】田家老翁家住東坡，自言平生一直隱居在此。鬢髮已白從來未記過日月時間，山上青色每次到來就知道已是春季。門前種著兩行柳縱深延去已成一條巷子，野山谷的天然泉水不斷添流進自家塘池。牛很壯實一天能耕十畝地，人頗閒暇常常自掃一茅屋。有客來訪滿酌清酒勤款待，興致感發自然吟出才情詩。山巖間洞窟中幽藏著鼴鼠，水潭邊竹叢裡隱蔽著鸕鶿。村落日沒行人少，酒醉後便沒有心思再為不知所向的岔路憂懼。今夜只當還在此借宿，可惜明晨拂曉就要與君別離。

【研　析】此詩寫遠遊途中寄宿農家的經歷。開頭四句寫房主老翁自報家門，得知是一位隱者，過著順隨自然的生活。「門前」八句，寫老翁與自然為伍的隱耕情趣，熱情好客的為人，富有才情的氣質，以及安於隱沒、與世無爭的心懷。其中「巖際」二句，既是寫眼前所見自然之景，又是對老翁隱居生涯的借喻。「村墟」四句，寫臨別前夜主人的餞行款待，自己醉後無心為前途迷茫而擔憂的心態，以及依依惜別之情。全詩情景交融，充滿野趣，寄託著詩人周旋失意後歸隱的意願。

# 古歌行

【題解】此詩寫作時間未詳，據涉及代地，當作於北遊燕趙期間。歌行，古代樂府詩的一種體裁。後從樂府發展為古詩的一種體裁，音節、格律比較自由，或五言、七言、雜言，形式亦多變化。明胡震亨《唐音癸籤・體凡》：「（樂府）題或名歌，亦或名行，或兼名歌行。歌，曲之總名；行其事而歌之曰行。歌最古，行與歌行皆始漢，唐人因之。」此稱「古歌行」，當用古樂府體。

君不見漢家三葉從代至❶，高皇舊臣多富貴❷。天子垂衣❸方晏如❹，廟堂拱手無餘議❺。蒼生偃臥休征戰，露臺百金以為費❻。田舍老翁不出門，洛陽少年莫論事❼。

【注釋】❶君不見句　寫漢文帝即位。三葉，三世，用「葉」係避李世民諱。指漢代第三個皇帝文帝劉恆。代，郡名，戰國趙武靈王置，秦、西漢治所在代縣（今河北蔚縣西南）。西漢轄境相當今河北懷安、蔚縣以西，山西陽高、渾源以東的內、外長城間地，以及長城外的東洋河流域。按劉恆即帝位以前為代王，呂后死後，呂產等欲為亂，丞相陳平、太尉周勃等共誅之，迎代王而立為帝，故云「從代至」。詳見《史記・孝文本紀》。❷高皇舊臣多富貴　謂漢高祖舊臣多被文帝重用。按《史記・孝文本紀》，漢文帝即位後，右丞相陳平徙為左丞相（當時以右為上），太尉周勃為右丞相，大將軍灌嬰為太尉。益封太尉周勃萬戶，賜金五千斤；丞相陳平、灌將軍嬰邑各三千戶，金二千斤。❸垂衣　指居其位而無所煩勞。《周易．繫辭下》：「黃帝、堯、舜垂衣裳而天下治，蓋取諸〈乾〉〈坤〉。」❹晏如　安然。指天下太平。❺廟堂拱手無餘議　謂朝政安穩。廟堂，朝堂；朝廷。拱手，常與垂衣連稱，表示無為而治。《尚書．武成》：「惇信明義，崇德報功，垂拱而天下治。」餘議，其他不同的議論。《論語．季氏》：「天下有道，則庶人不議。」❻露臺百金以為費　《史記．孝文本紀》：「孝文帝從代來，即位二十三年，宮室、苑囿、狗馬、服御無所增益。有不便，則弛以利民。嘗欲作露臺，召匠計之，直（值）百金。上曰：『百金，中民十家之產；吾奉先帝宮室，常恐羞之，何以臺為！』」❼洛陽少年莫論事　謂年輕人不需再像賈誼那樣操心、議論國事。洛陽少年，指賈誼。論事，議事。西漢賈誼，洛陽人，年十八以能誦《詩》《書》屬文聞於郡中，被漢文帝召為博士，一歲而至大中大夫。後又提出改正朔，易服色，法制度，定官名，興禮樂，悉改秦之法。並上治安之策，多所建議。於是文帝議以賈誼任公卿之位。周勃、灌嬰等大臣極力反對，毀之曰：「洛陽之人，年少初學，專欲擅權，紛亂諸事。」文帝後亦疏之，不用其議。見《史記．屈原賈生列傳》。

【語　譯】君不見漢朝三世皇帝從代地而來，高祖皇帝舊臣多被重用地位富貴。天子無為而治取得天下太平，朝廷亦拱手安閒天下卻無異議。蒼生休養生息而無征戰干擾，天子本欲建露臺終因需耗費百金而終止。田家老翁安居樂業不再外出逃荒避租，像賈誼那樣的洛陽青年也不需再操心去議論國事。

【研　析】此詩為詠史之作，通過歌頌漢文帝時的治世，表達了詩人安定邊疆、偃兵息武、儉省朝政，嚴明吏治，禁絕惡霸，與民休養生息的政治理想。然從借古諷今和詩人一貫的思想考量，未句似有微意，或用反語譏諷當世達官貴人禁絕異見，醉生夢死，而詩人認為當時絕非天下太平，主張居安思危，議論國事，參見〈別韋參軍〉等抒發懷才不遇諸詩。

## 醉後贈張九旭

【題解】高適開元二十三年（西元七三五年）在燕趙被舉薦，應徵到長安，滯留至開元二十四年夏，此詩即作於在長安期間與張旭相遇之時。張九旭，即張旭，《新唐書・文藝傳中・李白傳附張旭傳》：「旭，蘇州吳人。嗜酒，每大醉，呼叫奔走，乃下筆，或以頭濡墨而書，既醒自視，以為神，不可復得也。世呼『張顛』。初，仕為常熟尉。」又《李白傳》：「文宗時（西元八二七—八四〇年），詔以白詩、裴旻劍舞、張旭草書為三絕。」張旭於開元後期至天寶前期在長安，僧適之《金壺記》卷中云張旭官右率府長史，並敘及與賀知章、顏真卿的交往。

世上謾相識❶，此翁殊不然。興來書自聖❷，醉後語猶❸顛。白髮老閑事，青雲在目前❹。牀頭一壺酒，能更幾回眠？

【注釋】❶世上謾相識　意謂世間虛偽欺詐，相交多不真率。謾，欺謾，或通作「漫」。❷書自聖　書法自會神奇。❸猶　則；卻。《全唐詩》作「尤」。❹白髮二句　意謂高位近前而不取，安於閒適終老。李頎〈贈張旭〉云：「微祿心不屑，放神於八紘」，寫其雖仕宦仍放逸，可與此互參。

【語　譯】人世間往往以虛偽相結識，此老翁則完全不一樣。興致來時書法自然神聖不凡，酒醉後講起話來則瘋瘋顛顛。已是白髮蒼蒼卻安於閒適終老，即使青雲高位近在眼前也從不希罕。床頭總是放著一壺酒，心想還能醉上幾回得以熟睡安眠？

【研　析】此詩以傳神之筆勾畫了友人張旭。他率性純真，超凡脫俗，不慕富貴利祿，鄙棄虛偽欺詐，書聖酒仙的形象活靈活現，具有高尚的人格魅力。

## 淇上別業

【題　解】此詩作於開元二十四年（西元七三六年）秋。當時由長安歸，居淇上不久。淇，淇水，在河南省北部，古時為黃河支流。別業，別居，另建他處的宅第。此首底本原無，張黃本、許本亦無，據明銅活字本、《文苑英華》、《全唐詩》補。

依依❶西山下，別業桑林邊。庭鴨喜多雨，鄰雞知暮天❷。野人❸種秋菜，古老❹開原田。且向世情❺遠，吾今聊自然。

【注　釋】❶依依　隱約貌。❷鄰雞知暮天　語本《詩經・王風・君子于役》：「雞棲于塒，日之夕矣。」❸野

人　山野之人。❹古老　同「故老」。老年人。❺世情　指仕進之念。

【語　譯】隱隱約約西山腳下，別業處在桑林之邊。庭中之鴨喜歡多雨，鄰家之雞自知天晚。山野人播種秋天菜蔬，年老者開墾原野荒田。姑且與世間俗情疏遠，我現今且圖個閒適自然。

【研　析】此詩寫於西遊長安失意而歸之時，表現了隱居淇上的閒情逸致。開頭二句，寫別業建在山腳林邊，遠離世俗的偏僻幽靜之處。「庭中」二句，通過鴨喜多雨得以嬉水、雞知日暮自會棲息的習性，表現閒適自然的情趣。「野人」二句，寫農人種菜開荒，日出而作，日入而息，自給自足，與世無爭，表現了自己對紛擾世情的厭煩。最後二句，點出了自己遠離世情、追求閒適自得的意願。

## 送魏八

【題　解】此詩作於開元二十四年（西元七三六年）秋，本年夏由長安歸，始居淇上別業。魏八，名未詳。

更❶沽淇❷上酒，還泛驛前舟。為惜故人去，復憐嘶馬愁。雲山行

處合，風雨興中秋。北路❸無知己❹，明珠莫暗投❺。

【注釋】❶更 曾經。❷淇 淇水，在河南省北部，古時為黃河支流。❸北路 指蒹趙。❹無知己 此前高適曾北遊蒹趙，失意而歸，故云無知己可信賴投靠。❺明珠莫暗投 謂身為奇材，切勿盲目投靠人。明珠暗投，《漢書．鄒陽傳》：「臣聞明月之珠，夜光之璧，以闇投人於道，眾莫不按劍相眄者，何則？無因（憑藉）而至前也。」後來語意有了變化，明珠喻奇材，暗投喻盲目投靠。

【語譯】曾經到淇水上買酒共飲，還曾在驛站前泛舟同樂。現在卻為故交離去而惋惜不已，臨別時聽到乘馬嘶鳴更加痛惜愁苦。天上的陰雲與山峰在前行的遠處合在一起，風雨交加正值中秋時節。前往的北方並無知己，君才如明珠切勿盲目投靠。

【研析】此詩為送別佳作，飽含深厚的友情。開頭二句，回憶友人來淇上歡聚的時刻；「為惜」二句，寫臨別時的依依不捨。前二句與後二句形成巨大的情緒反差，倍感相聚時的珍貴，離別時的痛苦。「雲山」二句，寫臨別場景，亦情景交融：雲山相合彷彿擋住了去路，給人以壓抑、難測之感；中秋之時風雨交加，應了秋風秋雨愁煞人的常語，更增淒涼、悲切之情。結尾二句，為殷殷叮囑之辭，融進了自身的經歷教訓，飽含著對友人的深切關懷，情意綿綿，不絕如縷。

## 自淇涉黃河途中作十三首（選四）

【題解】此組詩作於開元二十五年（西元七三七年）夏、秋離開淇上別業出遊期間。詩中寫了途中的見聞，傷今懷古，多懷才不遇和感時憂民之思。詩題底本及諸本多作〈自淇涉黃河途中十二首〉，明銅活字本「途中」下有「作」字，亦作「十二首」。此從《唐詩所》及《全唐詩》。淇，淇水，在河南北部。按《元和郡縣志・衛州共城縣》：「淇水源出縣西北沮如山，至衛縣入河（黃河），謂之淇水口。」

## 其一

川上常極目，世情❶今已閑❷。去帆帶落日，征路隨長山。親友若雲霄，可望不可攀。於茲任所愜，浩蕩風波間。

【注釋】❶世情　指仕進之念。❷閑　息。當時高適北遊燕趙失意而歸，接著又應徵長安落第，宦情冷落，故云。

【語譯】淇水之上常常極目而望，周旋仕進的念頭今已止息。遠去的船帆映著落日的餘暉，漫漫征途伴隨岸上綿長的山嶺。家鄉的親友像雲霄一樣遙遠，可以想望而不可以高攀。姑且於此任隨愜意之事，浩浩蕩蕩漫遊在風波中間。

【研析】此詩作於離開寄住地淇上出遊之始，表達了無意再周旋仕進，決意隱身異鄉、放情山水的心願。但仍難免思鄉之情和漂泊之感。

## 其五

東入黃河水，茫茫汎紆直❶。北望太行山❷，峨峨半天色。山河相映帶，深淺未可測。自昔有賢才，相逢不相識❸。

【注釋】❶紆直　曲直。❷北望太行山　《太平寰宇記》卷九：「登滑臺城西北望太行山白鹿巖，王莽嶺冠於眾山表也。」據此可知，這首詩也是寫登滑臺所望。❸山河四句　以山河相映，深淺難測，喻世間賢才多有，無人相知。

【語譯】淇水東入黃河水，水勢茫茫漫曲直。北望雄偉太行山，峨峨高聳半天青翠色。山河相映互環繞，深淺渺茫不可測。自古世上有賢才，可惜相逢不相知。

【研析】此詩寫登高遠望、俯瞰之景。開頭二句，寫淇水口淇黃兩水相會之勝景，水勢茫茫，河道曲直，洋洋灑灑，蔚為奇觀。「北望」二句，寫遙望太行山所見，「峨峨半天色」句，其勢雄偉，欲與天比高；著筆奇絕，欲與天爭色。「山河」二句，把山和河照應來寫，既寫相映，又寫環抱，熔融一體，深淺難測。其後句更為結尾二句設喻之伏筆。最後二句，為感懷之辭，由山河相映，深淺難測，聯想到世上賢才多有，無人相知，透露出自己懷才不遇的憂傷，以及對眾賢才同遭淪落的惺惺相惜之情。

## 其六

秋日登滑臺❶，臺高秋已暮❷。獨行既未愜，懷土❸悵無趣。晉宋❹何蕭條，羌胡散馳騖❺。當時無戰略，此地即邊戍❻。兵革徒自勤❼，山河孰云固！乘閒喜臨眺，感物傷遊寓❽。惆悵落日前，飄颻遠帆處。北風吹萬里，南雁不知數。歸意方浩然❾，雲沙更迴互❿。

【注釋】❶滑臺　古臺名，故址在今河南滑縣東滑臺城。❷秋已暮　秋已晚。據第九首「今夏猶未雨」句，及第十首「孟夏桑葉肥」句，此遊始於夏季；而此首所寫已屆深秋，當為歸途所作。❸懷土　懷念鄉土。高適里籍為洛陽，長期客居宋州宋城縣（今河南商丘），鄉土當指其客居之地。❹晉宋　指西晉、東晉和南朝劉宋。❺羌胡散馳騖　寫西方北方少數部族紛紛獨立，戰亂不已。羌，族名，晉宋時居西方。胡，指晉宋時北方的匈奴族和羯族。此處以羌胡概指當時北部、西部的匈奴、羯、鮮卑、氐、羌等五個部族。他們的首領自晉惠帝永興元年（西元三〇四年）至宋文帝元嘉十六年（西元四三九年）間，紛紛建立割據政權，交相爭戰。馳騖，奔馳追逐，喻戰亂不已。❻此地即邊戍　謂滑臺當時已成為邊防地帶。滑臺為戰略重地，當時曾幾次淪陷：東晉安帝隆安二年（西元三九八年）鮮卑族慕容德建都滑臺，號南燕，義熙六年（西元四一〇年），為劉裕的北伐軍所滅。宋文帝元嘉八年（西元四三一年），檀道濟北伐失利，滑臺又陷於北魏（鮮卑族拓拔氏）。❼兵革徒自勤　謂大動干戈，徒勞無功。勤，勞。❽遊寓　客遊生涯。❾歸意方浩然　《孟子・公孫丑下》：「夫出晝，而王不予追也，予然後浩然有歸志。」《朱熹集注》：「浩然，如水之流，不可止也。」❿雲沙更迴互　天雲與岸沙更在天邊相會合。此處以雲沙相合的曠遠空間，寫歸途的遙遠，使浩然不可止的歸思更進一層。

【語譯】秋天登上滑臺，滑臺高聳秋季已到末。獨自而行既未能愜意，懷念鄉土更加惆悵無趣。古時兩晉劉宋國勢何其蕭條，羌胡到處奔馳追逐戰亂不已。當時軍事上缺乏戰略，此處竟成為守衛的邊地。戰事空自勞煩不已，山河又怎稱得上已經牢固！乘著閒暇喜好登臨遠眺，感觸物候更加為客遊生涯傷憂。惆悵於落日之前，渺茫於遠帆之處。北風呼嘯浩蕩萬里，南飛大雁不知其數。歸返之意正浩然不可遏止，天雲與岸沙更在天邊相會合路途何其遙遠。

【研析】此詩寫滑臺之遊，懷古傷時之情交織在一起。開頭四句，寫登臺的時令和心情，晚秋的淒冷更增濃孤獨、思鄉的心緒。「晉宋」六句為懷古，追昔傷今，實有感於當代邊事國情的不寧。最後八句，又為觸景生情之筆，回應開頭四句，而景物的描寫更加形象，心情的抒發也更加細緻入微，特別是乘閒二句「喜」與「傷」的陡然相轉，歸意二句「方浩然」與「更迴亙」的強烈對比，曲盡起伏波折之微妙，耐人尋味。

## 其九

朝從北岸來，泊船南河滸❶。試共野人言，深覺農夫苦。去秋雖薄熟，今夏猶未雨。耕耘日勤勞，租稅兼舄鹵❷。園蔬空寥落，產業不足數❸。尚有獻芹❹心，無因❺見明主。

【注釋】❶滸　水邊。南河滸指黃河南岸。❷租稅兼舄鹵　意謂租稅既重，土地又壞。舄鹵，鹽鹼地。❸產業不足數　反映了均田制受到破壞，農民授田數已經不足。產業，指田地。❹獻芹　典出《列子・楊朱》：「昔人有美戎菽、甘枲、莖芹、萍子者，對鄉豪稱之。鄉豪取而嘗之，蜇於口，慘於腹，眾哂而怨之。其人大慚。」此人雖鄙陋，不辨美惡，但稱獻之意，出自一片誠心，後遂以「獻芹」為以物贈人之謙詞。此處用為獻策進言之謙詞。❺無因　無由；無從。

【語譯】早晨從黃河北岸過來，將船停泊在河南岸邊。順便與田野之人一起交談，深感農夫生計困苦。去年秋天雖然稍有收成，可是今年夏天至今還未下雨。精心耕耘天天勤勞不已，租稅繁重土地又很瘠薄。園中菜蔬稀稀落落歉收，應攤的耕田也不夠數。我這窮途布衣尚有貢獻拙見心願，可惜沒有機緣見到聖明君主。

【研析】詩人本次出遊本來是抱著滿足閒適意願的，但是所見所聞卻始終使自己的心境難以平靜下來。除了懷才不遇、世間不平的感慨之外，更有耿耿於懷的憂國憂民之情。此詩既反映了風雨不調的天災，又反映了土地兼併、均田制受到破壞的人禍，表達了自己對民間疾苦的關懷和濟世理想無由實現的苦惱。

# 淇上酬薛三據兼寄郭少府

【題解】此詩作於客居淇上期間。詩中回顧了自己二十歲赴長安失意而歸，北遊燕趙一無所獲，濟世之志一再受挫的經歷，是高詩中關於訴說身世的里程碑作品之一。薛三據，即薛據，在家族中排行第三。據，底本及其他諸本作「掾」，誤，此據《文苑英華》、《唐詩所》改。郭少府，《唐詩所》、《全唐詩》下有「微」字，知其名微。《文苑英華》此首作王昌齡詩，非。

自從別京華❶，我心乃蕭索。十年守章句❷，萬事空寥落！北上登薊門❸，茫茫見沙漠。倚劍對風塵❹，慨然思衛霍❺。拂衣❻去燕趙❼，驅馬悵不樂。天長滄洲❽路，日暮邯鄲❾郭，酒肆或淹留，漁潭屢棲泊。獨行備艱險，所見窮善惡。永願拯芻蕘❿，孰云干鼎鑊⓫！皇情念淳古⓬，時俗何浮薄。理道⓭資⓮任賢，安人⓯在求瘼⓰。故交⓱負靈奇⓲，逸氣抱謇諤⓳，隱軫⓴經濟具㉑，縱橫建安作㉒，才望㉓忽先鳴㉔，風期㉕無宿諾㉖。飄飄勞州縣㉗，迢遞㉘限㉙言謔㉚，東馳㉛眇貝丘㉜，西顧彌虢略㉝。淇水徒自流，浮雲不堪託㉞。吾謀適可用，天路㉟豈寥廓！不然買山田，一身與耕鑿㊱。且㊲欲同鵷鶵㊳，焉能志鴻鶴㊴！

【注釋】❶別京華　指二十歲時西遊長安，失意而歸。詩人與薛、郭二人初識，或亦在其時。又，高適開元二十三年應徵長安落第而歸，然其事在北遊燕趙之後，與本詩下文不合。❷十年守章句　指讀經求進。章句，指分析古書章節句讀的章句之學。西漢經生博士各守一經章句以求利祿。❸薊門　即古薊丘，在戰國時燕國薊城內。❹風塵　喻戰亂。❺衛霍　衛，指漢武帝時名將衛青，歷任車騎將軍、大將軍，曾先後四次出擊匈奴，皆獲大勝。詳見《史記・衛將軍驃騎列傳》。霍，指漢代名將霍去病。❻拂衣　古人要起行，必先拂其衣。❼燕趙　皆用古稱，指戰國時燕國（今河北北部和北京市）、趙國（今河北南部、山西東部、河南北部）一帶。❽滄洲　水曲之地，多用以指隱居之處。或滄洲即滄州，與下句邯鄲成對。滄州，唐時治所清池（今滄縣東南）。轄境相當今河北海河以南，靜海、青縣、交河以東，東光及山東寧津、樂陵、無棣以北地區。譯文從後說。❾邯鄲　戰國時趙都。❿芻蕘　打草砍柴的人，泛指貧民百姓。⓫孰云干鼎鑊　設言因嫉惡救民而觸罪。干鼎鑊，即犯了大罪。干，犯。鼎鑊，這裡指烹煮酷刑。⓬皇情念淳古　為言不由衷的美頌之辭。高適對現實不滿，不敢觸及皇帝，只能抨擊時俗。皇情，皇上的心意。淳古，指純樸敦厚的上古遺風。⓭理道　即治道。「治」字避唐高宗（李治）諱而改為「理」。⓮資　藉；依靠。⓯安人　即安民。「民」字避唐太宗（李世民）諱而改為「人」。⓰求瘼　訪求民間疾苦。瘼，病。《詩經・大雅・皇矣》：「皇皇上帝，臨下有赫，監觀四方，求民之莫（瘼）。」⓱故交　指薛據及郭微。⓲靈奇　不同凡俗的才氣。⓳謇諤　正直。謇，底本及諸本多作「蹇」，此據張黃本、《文苑英華》、《唐詩所》、《全唐詩》改。⓴隱軫　眾盛；富饒。㉑經濟具　經世濟民之材。具，《文苑英華》作「策」。㉒建安作　具有建安時期慷慨悲涼風格的詩文。建安是漢獻帝的年號，當時文壇以曹操父子為代表，有著名的建安七子。《文心雕龍》評建安文學，〈時序〉云：「觀其時文，雅好慷慨。」〈明詩〉云：「慷慨以任氣，磊落以使才。造懷指事，不求纖密之巧；驅辭逐貌，唯取昭晰之能。」後世有「建安風骨」之稱。唐代自陳子昂起，在反對六朝浮靡詩風時，都標榜建安文學。《唐才子傳》稱「(薛)據為人骨鯁，有氣魄，文章亦然」。㉓才望　才能之聲望。㉔鳴　著稱，以聲名見聞。㉕風期　指友情信誼。㉖宿諾　未及時兌現的諾言。《論語・顏淵》：「子路無宿諾。」㉗勞州縣　操勞於州縣吏務。㉘迢遞　遠貌。㉙限　阻隔。㉚言謔　談笑。㉛馳　指神馳。㉜貝丘　古地名，同名者有三處，這裡指春秋齊國之貝丘，故址在今山東博興貝丘鄉。㉝號略　地名，因春秋號國境界而得稱。今河南靈寶舊稱號略鎮，即其地。以上貝丘、號略，當為薛、郭所在之地。㉞淇水二句　淇水、浮雲均語意雙關，除實指外，又分別喻指光陰和富貴。用《論語・子罕》孔子語意，如「子在川上曰：『逝者如斯夫！不舍晝夜。』」又如《論語・述而》孔子曰：「不義而富且貴，於我如浮雲。」㉟天路　原指登天之路，曹植〈雜詩〉其二「天路安可窮」。這裡喻指致高官之路。㊱耕鑿　耕田鑿井。《帝王世紀・擊壤歌》：「鑿井而飲，耕田而食。」此指隱居不仕。㊲且　姑且。㊳鷦鷯　一種善於構巢的小鳥。《莊子・逍遙遊》載：堯讓許由代他治天下，許由推辭說：「鷦鷯巢於深林，不過一枝。」以鷦鷯自比，謂欲望不高，易於自足而不奢求。㊴鴻鶴　即鴻鵠。《漢書・張良傳》：「鴻鵠高飛，一舉千里。」鶴，《全唐詩》作「鵠」，注云：「一作鶴」。

【語　譯】自從二十歲遊長安失意在京城相別以後，我的心境就一直淒涼淡漠。十年來苦讀堅守章句之學，萬事一無所成徒感空空落落！北上周遊登上薊門古丘，茫茫無涯見到廣袤沙漠。身佩長劍面對風塵滾滾的戰亂景象，慨嘆不已思念平定邊疆的衛青、霍去病那般良將。拂衣而行離開燕趙古地，驅馬前進胸中惆悵不樂。長長白晝跋涉在滄州路上，太陽落山又來到邯鄲城下，小小酒店常常停留安歇，漁家池塘屢屢泊船宿夜。獨自而行備受艱難險阻，各處所見窮盡世情善惡。永遠懷抱拯救貧民百姓的意願，誰知道嫉惡救困竟犯下罪當受烹的大禍！皇上的心意嚮往純樸敦厚的遠古世道，當今世俗又怎麼那樣輕浮澆薄。治理政道依靠任用賢才，安定百姓在於訪求民間疾苦。兩位故交懷抱奇異之才，氣概非凡宗奉正直大道，學力殷富具有經世濟民才幹，詩文縱橫甚多建安風骨佳作，才能聲望迅速傳揚早已顯露於世，友情信誼從不怠慢絕無拖延未果的許諾。遠在他鄉操勞於州縣吏務，遙遙相隔限制彼此言談歡樂，朝東神馳飄渺的貝丘，向西顧念遙遠的虢略。不停的淇水空自流淌，高高的浮雲也不可依託。我這濟世謀略如果能被採用，登上高位之路難道真那麼遙遠！不然就乾脆買幾畝山間薄田，獨自耕種而食鑿井而飲隱居野外荒郊。權且把這築巢低枝的鷦鷯引為同調，又怎能有志於那高飛遠舉的鴻鵠！

【研　析】這是一首情真意切的酬贈詩。開頭四句，寫長安失意而歸，心灰意冷，雖堅持苦讀，仍一無所成。「北上」十八句，寫北遊燕趙，行途艱險，周旋無果，感慨邊事，多諳世情，懷抱難展，惆悵無奈。「故交」十句，寫友人的才幹文采，聲望義氣，惜其淪落下位，辛苦操勞，各奔東西，不得歡聚。「淇水」八句，自抒胸臆，慨嘆懷才不遇，結尾似乎甘於屈身隱沒，實為憤憤不平的激切之詞。全詩夾敘夾議，歷述身世，懷念友情，傾吐心懷，開闔跌宕，感人至深。

## 哭單父梁九少府

【題　解】此詩作於開元二十四、五年（西元七三六—七三七年）之時。單父，唐宋州屬縣，故址在今山東單縣南。梁九，即梁洽。清影宋抄本題下注云：「一作洽。」《文苑英華》題作〈哭單父梁洽少府〉。梁洽有〈梓材賦〉，見《文苑英華》卷六十九。留元剛《顏魯公年譜》謂顏真卿開元二十二年（西元七三四年）登進士第，試〈梓材賦〉、〈武庫賦〉。徐松《登科記考》據此斷梁洽、顏真卿同年進士。蓋梁洽進士及第後即授單父尉。據「一官常自哂」句，梁洽死在單父尉任上。

開篋淚沾臆，見君前日書。夜臺❶今寂寞，猶是子雲居❷。疇昔貪靈奇❸，登臨賦山水。同舟南浦下，望月西江裡。契闊多別離，綢繆到生死❹。九原即何處❺，萬事皆如此。晉山徒嵯峨❻，斯人已冥冥。常時祿且薄，歿後家復貧。妻子在遠道，弟兄無一人。十上❼多苦辛，一官常自哂。青雲將可致❽，白日❾忽先盡。唯有身後名，空留無遠近❿。

【注釋】❶夜臺　墓穴。陸機〈挽歌〉：「送子長夜臺。」李周翰注：「墳墓一閉無復見明，故云長夜臺。後人稱夜臺本此。」❷猶是子雲居　是說梁少府的墓地在揚雄祖居之處。參見下文「晉山徒嵯峨，斯人已冥冥」。子雲，揚雄字。按《漢書・揚雄傳》，揚雄，蜀郡成都人。其先出自有周伯僑者，以支庶初食采於晉之揚，因以為氏。揚在河、汾之間，漢時為河東郡揚縣，故城在今山西洪洞東南。❸疇昔貪靈奇　謂以前曾同尋佳景。疇昔，往昔。貪，通「探」。見《釋名・釋言語》。靈奇，神奇。此指自然景色而言。❹契闊二句　取《詩經・邶風・擊鼓》「死生契闊」之意。契闊，勞苦。綢繆，情意纏綿殷切。❺九原即何處　為想像之辭。九原，猶言九泉，地下。即，《全唐詩》注云：「一作知。」處，《全唐詩》注云：「一作在。」❻嵯峨　《全唐詩》作「峨峨」。❼十上　十次上書。「十」言其多，並非確指。語出《戰國策・秦策》：「(蘇秦)說秦王，書十上而說不行。」❽青雲將可致　語本《史記・范雎蔡澤列傳》，須賈曾對范雎說：「賈不意君能自致於青雲之上。」青雲，喻高位。❾白日　指人世、陽間。❿無遠近　無論遠近、到處遍聞之意。

【語譯】打開書箱淚湧而下沾濕前胸，見到君以前寄來的書信。幽墓今已寂靜無聲，所幸還是處在揚雄祖居之地。以往曾為探求神奇美景，登臨勝地賦詩吟誦山山水水。曾經一起泛舟於南浦，也曾共賞美月在西江。彼此辛苦多別離時日，情意纏綿一直從生到死。九泉究竟是什麼所在，人生萬事終究會了結如此。晉山空在那裡高高聳立，此人已悄然永遠逝去。在世時官祿本來就那麼菲薄，亡故後家境更加貧困。妻子兒女遠隔異地，同胞兄弟也無一人。多次上書均未採納白受苦辛，區區縣尉滯留一官常常自我譏笑。青雲高位終將可以達到，奈何生世忽然先到盡頭。唯有身後美好名聲，空留人間遍傳遐邇。

【研　析】此首對友人的悼亡詩，寫得深沉悲切。開頭二句，從見到舊日來信致使淚下沾臆寫起，物是人非，觸物傷情，悲痛一下子就達到極點。「夜臺」二句，想像幽寂孤墳，悲情難忍，不得不以身葬名人祖居之地自我寬慰。「疇昔」八句，憶往昔相交時日，同歡時少，別離時多，而情意纏綿，始終如一，直到友人逝去。「晉山」十二句，又從物是人非寫起，回顧友人生前身後境遇：祿薄家貧，生離死別，舉目寡親，懷才不遇，死後留名。物是人非之悲切，貫穿始終；懷才不遇惺悝相惜，是突出的主題。

## 別董大二首

【題　解】據第二首「一離京洛十餘年」句，此詩當作於北遊燕趙和客居淇上後，已回宋中之時。詩題敦煌選本作〈別董令望〉，二首次序較此互倒。清影宋抄本次序亦倒。房琯門下有著名琴師董庭蘭，亦行大，與此董大未知是否一人。

### 其一

千里黃雲白日曛❶，北風吹雁雪紛紛。莫愁前路無知己，天下誰人不識君！

【注　釋】❶曛　落日的餘輝。此處指黃雲蔽日，光線昏淡。

【語　譯】千里布滿黃雲白日昏昏沉沉，北風勁吹大雁翻飛落雪紛紛。莫愁前路再沒有可心的知己，天下有誰不知道您這大名鼎鼎的人！

【研　析】這是一首千古傳誦的送別名篇。前二句充滿淒冷氣氛渲染的寫景之筆，透露著對友人行途無限艱辛的惦念。後二句既是對友人名揚天下的稱讚，又是對知己間惜別時難解難分的寬慰。

情景交融，別恨悠悠。

## 其二

六翮飄颻私自憐❶，一離京洛十餘年❷。丈夫貧賤應未足❸，今日相逢無酒錢。

【注　釋】❶六翮飄颻私自憐　寫懷才不遇。六翮，指大鳥的翅膀。翮是羽莖。《韓詩外傳》卷六：「夫鴻鵠一舉千里，所恃者，六翮也。」後喻指有志之士的非凡才能。飄颻，飛翔貌。❷一離京洛十餘年　指二十歲時客居梁宋以來的十餘年。京，指京城長安。洛，指東都洛陽。❸足　敦煌選本作「定」。

【語　譯】張開大翅凌空翱翔私自惜憐，周遊失意一別京洛已十幾年。大丈夫貧賤自然用項不足，可惜今日相逢竟無買酒的錢。

【研　析】此詩向友人傾訴自己懷才不遇的貧困境遇。後二句寫得尤其耐人尋味：家境貧賤用項不足可想而知，竟然連款待故交買酒的錢都拿不出，則非一般情況，可見困頓之極，遺憾之極。

# 燕歌行　并序

【題　解】此詩作於開元二十六年（西元七三八年），詳序文。〈燕歌行〉，樂府古題，屬〈相和歌·

平調曲〉，其辭多與邊地征戍有關，寫思婦懷念征人之情。宋郭茂倩《樂府詩集》引《樂府廣題》曰：「燕，地名也，言良人從役於燕而為此曲。」此處高適用擬古體裁深刻地反映了現實內容。

開元二十六年❶，客有從元戎❷出塞而還者，作〈燕歌行〉以示，適感征戍之事，因而和焉❸。

漢家❹煙塵❺在東北，漢將辭家破殘賊❻。男兒本自重橫行，天子非常賜顏色❼。摐金伐鼓下榆關❽，旌旆逶迤碣石間❾。校尉羽書飛瀚海❿，單于獵火照狼山⓫。山川蕭條極邊土，胡騎憑陵雜風雨⓬。戰士軍前半死生，美人帳下⓭猶歌舞！大漠窮秋⓮塞草腓⓯，孤城落日鬥兵稀。身當恩遇常⓰輕敵，力盡關山未解圍。鐵衣遠戍辛勤久，玉箸⓱應啼別離後。少婦城南欲斷腸，征人薊北空回首。邊庭⓲飄颻那可度⓳，絕域⓴蒼茫無所有㉑。殺氣㉒三時㉓作陣雲㉔，寒聲㉕一夜傳刁斗㉖。相看白刃血㉗紛紛，死節從來豈顧勳㉘！君不見沙場征戰苦，至今猶憶李將軍㉙。

【注釋】❶二十六年　底本及他本多作「三十六年」，《河嶽英靈集》、《才調集》、《文苑英華》作「十六年」，皆誤。此參證當時史實及高適事跡，據明銅活字本及清影宋抄本改正，詳下注。❷元戎　軍事統帥。此處指張守珪。《又玄集》、《才調集》、《文苑英華》、《唐詩所》、《全唐詩》直將「元戎」作「御史大夫張公」。按開元二十六年（《資治通鑑》記於二十七年六月，蓋追溯往事），守珪裨將趙堪、白真陁羅假以守珪之命，逼平盧軍使烏知義擊叛奚餘黨。知義不從，白真陁羅又假稱詔命以迫之。知義不得已出兵，初勝後敗。守珪隱其敗狀，妄奏克獲之功。事有泄漏，玄宗派牛仙童前往調查。守珪又屢賂仙童。二十七年被告發，牛仙童被杖殺，張守珪貶括州刺史。見《資治通鑑》卷二一四及《舊唐書・張守珪傳》。❸因而和焉　此詩並非僅據傳聞所寫的唱和之作，也不限於實寫張守珪事。在此之前，高適於開元二十年至二十二年（西元七三二—七三四年）曾親歷東北邊塞生活，對軍中內幕頗多瞭解，故能進行高度藝術概括，反映軍中矛盾、邊策弊端，寫出這樣思想深刻、感情熾烈的詩篇。❹漢家　漢朝，此處借指唐朝。以下專名多類此。❺煙塵　烽煙戰塵。此指奚、契丹的侵擾。❻殘賊　殘暴的敵人。❼賜顏色　賜予和顏悅色，以示恩寵。此指褒獎寵賞。❽摐金伐鼓下榆關　寫出征。摐、伐，敲擊。金，指鉦，形似銅鈴，中無舌。《漢書・東方朔傳》：「戰陣之具，鉦鼓之教。」軍中敲擊鉦鼓以為指揮士卒的信號，行軍時亦用來壯行色。榆關，古關名，即今山海關，在河北秦皇島。❾旌旆逶迤碣石間　寫行軍。旌，桿頂飾有五彩羽毛的旗。旆，大旗。逶迤，彎曲而長。這裡寫旗幟飄揚之狀，語出〈離騷〉：「載雲旗之委蛇（同逶迤）。」碣石，山名，在今河北昌黎西北。❿校尉羽書飛瀚海　寫唐軍軍情緊急。校尉，漢時為宿衛兵統領。唐時為武散官，位次將軍。此處泛指武將。羽書，又稱羽檄。古代以木簡為書，稱檄，長一尺二寸，用為徵召，遇有急事，插上鳥羽，以示緊迫。唐時已廢木簡，此處指緊急軍事文書。瀚海，東起興安嶺西麓、西至天山東麓的大沙漠，古稱瀚海。此指唐朝東北邊境沙漠地帶。⓫單于獵火照狼山　寫胡軍燃起戰火。獵火，圍獵之火，古時常借稱遊牧民族侵擾的戰火。狼山，有多處，這裡與瀚海對舉，當為狼胥居山。《漢書・霍去病傳》：「封狼胥居山，禪於姑衍，登臨翰海。」狼胥居山又名狼山，在今內蒙古自治區中部，屬陰山山脈。⑫胡騎憑陵雜風雨　寫胡兵進犯。憑陵，恃勢侵陵。風雨，形容敵兵來勢之猛。劉向《新序・善謀》：「韓安國曰：『且匈奴者，輕疾悍亟之兵也，來若風雨，解若收電。』」⑬帳下　指主帥營帳之中。⑭窮秋　深秋。⑮腓　病，此處指衰萎。隋虞世基〈隴頭吟〉：「窮秋塞草腓，塞外胡塵飛。」⑯常　敦煌集本、《文苑英華》、《全唐詩》作「恒」。⑰玉筯　玉製的筷子，古代常用來形容婦女雙流的眼淚。⑱邊庭　邊地。庭，《河嶽英靈集》、《文苑英華》作「風」，敦煌集本作「亭」。⑲那可度　《文苑英華》作「難可越」。⑳絕域　遙遠偏僻之地。㉑無所有　《河嶽英靈集》作「何所有」，《樂府詩集》作「更何有」，《全唐詩》同。㉒殺氣　殺伐之氣或秋天肅殺之氣，此處當語義雙關。㉓三時　指一天的早、午、晚。㉔陣雲　古人以為戰爭之兆。《史記・天官書》：「陣雲如立垣。」㉕寒聲　淒涼之聲，此即指刁斗聲。㉖刁斗　軍中銅製用具，日以作炊，夜以敲更。㉗血　明銅活字本作「雪」，《文苑英華》作「徒」。㉘顧勳　顧及個人建立功勳。㉙李將軍　指漢代名將李廣。《史記・李將軍列傳》：「廣居右北平，匈奴聞之，號曰『漢之飛將軍』，避之，數歲不敢入右北平。……廣廉，得賞賜輒分其麾下，飲食與士共之。……廣之將兵，乏絕之處，見水，士卒不盡飲，廣不近水；士卒不盡食，廣不嘗食。寬緩不苛，士以此愛樂為用。」

【語譯】開元二十六年，來客中有位跟從統帥出塞而歸的人，作了一首〈燕歌行〉以示眾人，適有感於征戍之事，因而和作於此。

漢朝烽煙戰塵發生在東北邊境，漢將辭別家鄉前去擊敗兇殘的敵賊。堂堂男兒本來就重於馳騁沙場，況且皇上又給予非常的恩寵。擊鉦敲鼓浩浩蕩蕩直下榆關，旌旗招展飄揚在碣石山間。武將的緊急警報飛傳沙漠瀚海，匈奴首領燃起的戰火遍照狼山。山川蕭條窮盡邊地疆域，胡騎淩厲進犯勢如暴風驟雨。戰士陣前奮不顧身已生死參半，將帥帳中尋歡作樂美人還在歌舞！大漠晚秋塞地荒草已經枯萎，孤零零邊城太陽西下戰鬥的士兵已經稀少。將帥身受恩寵往往輕敵邀功，戰士用盡氣力關山仍未解圍。披甲士卒遠出守邊辛勞已久，遙想家人淚流悲泣在別離之後。少婦身留城南思夫不已痛欲斷腸，征人遠在薊北心繫家室空有回首悵望而已。邊疆空曠遼遠哪可度越，僻壤蒼蒼茫茫空無所有。殺伐之氣一日三時都化作陣雲兆示戰爭，淒寒的刁斗聲徹夜警戒傳個不休。戰士相看手中白刃殺得鮮血淋淋，從來為節操而死哪裡顧及個人功勳！君不見他們沙場征戰苦，至今還在思念體恤士卒指揮若定的李廣將軍。

【研　析】此詩以其深刻的思想、精湛的藝術，成為千古傳誦的邊塞詩佳作。全詩分為三個層次：第一層為前八句，寫將領聞警受命率兵出征。這八句中作者的感情是複雜的，一方面對將領們破敵衛國，建立奇勳，寄予希望；另一方面又為他們驕恣妄為，邀功請賞，深抱隱憂。而前一方面居主，故語含讚頌。第二層為「山川」八句，寫戰場交戰和將領與士卒處境的不同。既是全詩的中心，又是前後轉折的關鍵。其中「戰士」二句，作者懷著極大的憤慨喊出了軍中的不平，成為千古絕唱。毫無疑問，正是將領與士卒之間的這種苦樂懸殊、生死迥異的處境和待遇，從內部瓦解了官軍的戰鬥力。「身當」二句再一次把將領與士卒對舉，寫將領身受恩寵，肆無忌憚，輕舉妄動，邀功請賞，致使戰爭連連失利，士卒們竭盡全力，仍未能解圍。前句主語為將領，「身當恩遇」正與前「天子非常賜顏色」相呼應；後句主語為士卒，「力盡」正與前「鬥兵稀」相呼應。「鐵衣」十二句為第三層，專寫士卒。其中前四句所寫與家人的互相牽掛，為樂府〈燕歌行〉舊題的傳統主題，而在本詩中已降居從屬地位，並且賦予新意：首先，與上文緊承，表現士卒愈受到冷遇，愈感到寒心，而思鄉之情也就愈切；其次，強調了一個「久」字，意謂相思之怨並不在於出征，而在於由於邊將無能、邊策失當所造成的久戍不歸。這兩點都是與本詩主旨緊緊相連的。其中「邊庭」四句，前兩句從空間著筆，寫征戰生活的飄蕩不定；後兩句從時間著筆，寫征戰生活的日夜不寧。結尾四句，以表達心願結束全詩，意謂士卒們勇敢殺敵，不惜犧牲，完全是為了報效國家，哪裡念及個人功勳？只是沙場征戰艱苦，至今還在盼望像李廣那樣既體恤士卒，又胸懷韜略的良將出現。這結尾四句，又與前兩層內容照應：把士卒與將領對照，以見志向、品格之尊卑；把李廣與當今諸將相比，以見才能、功德之高下。既緊扣全篇主旨，又給讀者留下無窮回味。全詩三部分，層層相因，波瀾起伏，最後達到高潮。這是一首敘事與抒情緊密結合的詩。論敘事，不僅寫了出征、交戰、失利、久困的過程，描繪場景，渲染氣氛，均筆力非凡，而且重在刻劃事件的主體——人物。寫人物又沒有簡單化，如寫將領，既表現他們威武豪壯的一面，又表現他們驕奢淫逸的一面；寫士卒，著重揭示他們的矛盾心理：抗敵衛國的壯志和身遭塗炭的寒心。論抒情，不僅抒發個人之感慨，更注意深探戰士心曲，替他們鳴不平。通篇抗敵的豪情與不平的憤怨錯綜交織，譜成一曲悲壯的史詩，深刻反映了現實矛盾。明胡應麟《詩藪》內編卷三論唐人七言古詩曾說：「盛唐高適之渾，岑參之麗，王維之雅，李頎之俊，皆鐵中錚錚者。」又說：「高、岑、王、李，音節鮮明，情致委折，濃纖修短，得衷合度。」《燕歌行》堪稱高適七古中的佼佼者，它「以雅參麗，以今雜古」（明高棅《唐詩品彙・歷代敘論》引唐杜確語）、「聲律風骨始備」（唐殷璠〈河嶽英靈集序〉評開元十五年以後詩風語），整個格調給人以渾浩之感，氣勢雄偉，形象明麗如畫。語言不乏雕飾，講究工對聲律之句屢見，而又不失自然之美。至於講究聲律，也服從於表現內容的需要。例如用韻，不僅三個層次有異，而且每個層次中皆轉換一次，形成一揚一抑的起伏。如第一層前四句用入聲韻，收韻之促迫與行動之緊急相應；後四句用平聲陽聲韻，聲音洪亮，又與滿懷豪情出征之壯觀場面相諧。第二層前四句用上聲陰聲韻，雖仄而舒，與深沉之感嘆相合；後四句用平聲陰聲韻，雖揚未張，亦與低沉之氣氛相配。第三層前八句用上聲陰聲韻，雖仄而舒，與一唱三嘆的相思和無窮無盡的邊愁一致；後四句用平聲陰聲韻，聲轉嘹亮，與表達意願、寄寓希望的內容吻合。〈燕歌行〉的確是一首悲壯之歌，可以說，此詩從形式到內容完整地體現了悲壯之美。

## 同房侍御山園新亭與邢判官同遊

【題解】此詩為和房侍御〈山園新亭與邢判官同遊〉之作，作於開元二十九年（西元七四一年）春，時在宋中。房侍御，即房琯。按《舊唐書》本傳，房琯，河南人，開元十二年（西元七二四年），玄宗將祭泰山，房琯撰封禪書及牋啟以獻。中書令張說重其才，奏授祕書省校書郎，補馮翊尉。又曾授盧氏縣令。開元二十二年（西元七三四年），授監察御史。當年因鞫獄不當，貶睦州司戶。歷慈溪、宋城、濟源縣令。所在為政，多興利除害，繕理廨宇，頗著能名。天寶元年（西元七四二年），授主客員外郎。三載，任主客郎中。五載，任給事中，賜爵漳南縣男。侍御，趙璘《因話錄》卷五載：唐人通稱殿中侍御史、監察御史為侍御。按《新唐書・百官志》，御史臺「其屬有三院：一曰臺院，侍御史隸焉；二曰殿院，殿中侍御史隸焉；三曰察院，監察御史隸焉。」據房琯仕歷，此時當任宋城令，以「侍御」相稱，蓋指其監察御史舊職。邢判官，名未詳。判官，為大督都府、督都府及節度、觀察、團練、防禦等使的屬僚，位次副使，總掌府事。

隱隱春城外，蒙籠陳跡深。君子顧榛莽，與言傷古今。決河導新流，疏逕蹤舊林。開亭俯川陸，時景宜招尋。肅穆逢使軒❶，夤緣❷事登臨。忝❸遊芝蘭室❹，還對桃李陰❺。岸遠白波來，氣喧黃鳥吟。因覩歌頌❻作，始知經濟心。灌壇有遺風❼，單父多鳴琴❽。誰為久州縣，蒼生懷德音？

【注釋】❶使軒　指房侍御的車子。❷夤緣　攀緣而上。指遊房氏山園新亭。❸忝　辱。自謙之詞。❹芝蘭室　《孔子家語・六本》：「與善人居，如入芝蘭之室。」❺桃李陰　《漢書・李廣傳》：「桃李不言，下自成蹊。」比喻懷誠信之心，人自歸趨。❻歌頌　此指百姓對德政的歌頌。《禮記・樂記》：「天下大定，然後正六律，和五聲，弦歌詩頌，此謂之德音。」❼灌壇有遺風　謂房氏能繼承太公德政遺風。灌壇，傳說中太公所治之邑。《博物志・異聞》載：太公為灌壇令，武王夢婦人當道夜哭，問之，曰：「吾是東海神女，嫁於西海神童，今灌壇令當道，廢我行；我行必有大風雨，而太公有德，吾不敢以暴風雨過是毀君德。」武王明日召太公，三日三夜，果有疾風暴雨從太公邑外過。❽單父多鳴琴　指孔子弟子宓子賤做單父宰時，知人善任，身不下堂，鳴琴而治。

【語　譯】隱隱約約春城郊外山野，撲朔迷離古蹟年久歲深。君子顧惜榛莽荒廢舊地，交談中多感傷古今衰興。掘開大河引出新的溪流，疏通小徑涉足茂密老林。創建山亭可以俯瞰河川原野，四時佳景皆宜引覽目尋。肅然起敬幸遇使君車駕，攀援而上同遊山園勝景。不才忝遊芝蘭芬芳之室，又還面對桃李誠信之蔭。水岸闊遠白波層層湧來，大氣喧響黃鳥處處吟鳴。因為看到歌頌之聲到處傳揚，才深知主人經世濟民一片苦心。姜太公灌壇興德政遺風猶在，宓子賤單父鳴琴而治傳統多存。有誰能久居州縣長官之位，使蒼生百姓懷念他們的美名令聞？

【研　析】此詩為唱和之作，不僅寫了與友人房琯的交遊，還熱情稱讚友人的政績，表達了自己關於吏治的理想。開頭八句，寫友人喜好訪勝探幽，於野外創建山園新亭。「肅穆」六句，寫與房氏相遇，同遊山園佳景。「因覯」六句，據實地所見讚頌房氏做地方官的政績。詩中不乏寫景之筆，而寫景又與抒情、表意相結合。如「隱隱」四句，在友人訪勝探幽的具體描寫中，同時表述了友人古今興廢的傷感；「決河」四句，在建園的具體描繪中，寫出友人借自然之景、賞自然之樸的審美構想和野趣。至於「岸遠白波來，氣喧黃鳥吟」兩句，更是繪聲繪色，意境悠遠。作者寫友人的吏治，不僅重客觀反映和現象，而且直探心曲，揭示友人興德政的思想道德基礎，即經世濟民的懷抱和效法古賢的意願。結尾二句的反問表達，發人深思，意謂現實地方官難做，廉直恤民的良吏極為難得。因為按作者的吏治理想，有兩點世俗之士難以做到：第一，不奉承長官，保持「不為五斗米折腰」的正直人格，這是陶淵明留下的傳統；第二，不虐待、搜刮黎庶，與「安民」、「富民」之德政，如太公、宓子賤做出的榜樣。對此作者不僅作為理想堅持，而且後來有親身實踐和體驗，詩中屢屢寫及，如〈同顏少府旅宦秋中〉云「不是鬼神無正直，從來州縣有瑕疵」，〈封丘縣〉云「祇言小邑無所為，公門百事皆有期。拜迎官長心欲碎，鞭撻黎庶令人悲」，等等。

## 畫馬篇

【題解】這是一首詠畫馬的詩，清影宋抄本、《唐詩所》、《全唐詩》題下有注云：「同諸公宴睢陽李太守，各賦一物。」可知此畫是在睢陽李太守宅飲宴時所見。按睢陽，郡名，原宋州，天寶元年（西元七四二年）更郡名，治所在宋城縣（漢睢陽縣，故址在今河南商丘南）。李太守，即李少康，據獨孤及〈唐故睢陽太守贈秘書監李公神道碑銘〉（見《毘陵集》卷八）及《新唐書・宗室世系表》，李少康為太祖景皇帝五代孫，為畢國公景淑第三子。〈碑銘〉載：「玄宗後元年（天寶元年），改宋州為睢陽郡，命公為太守，……天不惠宋，乃崇降癘疾。三年春，賜告歸洛陽，是歲十二月丙午薨，春秋六十有四。」據此知李少康任睢陽太守在天寶元年至天寶三載春天，此詩即作於其間。

君侯櫪上驄，貌在丹青中❶。馬毛連錢❷蹄鐵色，圖畫光輝驕玉勒❸。

馬行不動勢若來，權奇❹蹴踏無塵埃。感茲絕代稱妙手，遂令談者不容口❺。麒麟❻獨步❼自可珍，駑駘萬匹知何有❽！終未如他櫪上驄❾，載華轂，騁❿飛鴻，荷⓫君剪拂⓬與君用，一日千里如旋風。

【注　釋】❶君侯二句　交代廐中驄馬與畫中馬的關係。君侯，對尊貴者的稱呼，由列侯的尊稱演化而來。此稱睢陽太守李少康。櫪，馬廐。驄，青白毛相雜的馬。貌，作動詞用，描繪。丹青，丹砂、青雘之類繪畫用的顏料，通常逕指圖畫。❷連錢　喻毛色深淺呈魚鱗形紋路。❸圖畫光輝驕玉勒　敦煌集本「光輝」作「金羈」，「驕」作「嬌」。玉勒，以玉珂為飾的馬頭絡銜。❹權奇　奇特非凡。《漢書・禮樂志・天馬歌》：「志俶儻，精權奇。」❺不容口　猶言不絕口。❻麒麟　古代傳說中的一種奇獸，後借稱良馬。敦煌集本作「騏驥」。❼獨步　超群出眾，獨一無二。❽駑駘萬匹知何有　謂劣馬縱多也不值得愛惜。駑、駘，皆為劣馬名。何有，用反問的語氣表示不愛惜。❾終未如他櫪上驄　敦煌集本作「終有君櫪上驄」。❿騁　敦煌集本作「若」。⓫荷　承蒙。⓬剪拂　清洗拂拭。《文選》劉峻〈廣絕交論〉：「翦拂使其長鳴。」李善注：「湔祓、翦拂音義同也。」用，敦煌集本作「同」。

【語　譯】君侯廐中那匹驄馬，被描繪在圖畫之中。馬毛旋紋像串連的圓錢蹄子則為鐵色，圖像光彩奪目飾玉的絡銜華美嬌冶。馬狀躍行雖然不動勢如奔來，奇特非凡揚蹄飛踏卻無塵埃。感此畫者絕世少有堪稱妙手，致使觀賞談論者讚不絕口。麒麟寶馬獨一無二自可珍貴，駑駘劣馬縱有萬匹也知無甚價值！終究不如它廐中驄馬，駕上豪華軒車，馳騁快如飛鴻，承君清洗拂拭為君所用，日馳千里像旋風。

【研　析】這首詩，既詠畫，又詠畫中之馬。但又不是一首單純的詠物詩，其主旨更在歌詠人物，既讚頌畫家，又讚頌驄馬主人李太守。對畫家，讚其藝術造詣，不僅追求形似，更追求神似；對馬主，讚其為當代伯樂，識馬、懂馬，不一味追求華美、珍貴，重在追求實用、得力。聯繫作者詩中於己於人多有懷才不遇的感慨，此詩亦或有希冀知人善用的當政人物出現的寓意。

## 登子賤琴堂賦詩三首 并序

【題解】序稱「甲申歲」，知此組詩作於天寶三載（西元七四四年），當時建琴堂者李少康尚在睢陽太守任上。至於三首詩的內容，自序所言甚詳。子賤，姓宓，名不齊，春秋魯國人，孔子弟子。其事蹟見載於文獻頗多，《論語・公冶長》：「子謂子賤，『君子哉若人，魯無君子者，斯焉取斯？』」《呂氏春秋・察賢》：「宓子賤治單父，彈鳴琴，身不下堂，而單父治。巫馬期以星出，以星入，日夜不居，以身親之，而單父亦治。巫馬期問其故於宓子，宓子曰：『我之謂任人，子之謂任力，任力者故勞，任人者故逸。』宓子則君子矣。」《史記・仲尼弟子列傳》：「不齊，字子賤。……子賤為單父宰，反命於孔子曰：『此國有賢不齊者五人，教不齊所以治者。』孔子曰：『惜哉！不齊所治者小，所治者大則庶幾矣。』」《孔子家語・辨政》：「孔子謂宓子賤曰：『子治單父，眾悅子，何施而得之也？子語丘所以為之者。』對曰：『不齊之治也，父恤其子，其子恤諸孤，而哀喪紀。』孔子曰：『善。小節也，小民附矣，猶未足也。』曰：『不齊所父事者三人，所兄事者五人，所友事者十一人。』孔子曰：『父事三人，可以教孝矣；兄事五人，可以教悌矣；友事十一人，可以舉善矣。中節也，中人附矣，猶未足也。』曰：『此地民有賢於不齊者五人，不齊事之而稟度焉，皆教不齊之道。』孔子歎曰：『其大者乃於此乎？有矣，昔堯舜聽天下，務求賢以自輔。夫賢者百福之宗也，神明之主也。惜乎不齊之以所治者小也。』」此詩題敦煌集本作〈琴臺三首〉。

甲申歲，適登子賤琴堂❶，賦詩三首❷。首章懷宓公之德千祀不朽❸；次章美太守李公能嗣子賤之政❹，再造琴臺；末章多邑宰崔公能思子賤之理❺。

【注釋】❶琴堂　敦煌集本作「琴臺」。❷三首　敦煌集本作「三章」。❸首章句　敦煌集本作「其首章歌子賤之德千祀不朽」。千祀，千年。❹次章句　敦煌集本作「其次章美太守李公能思子賤之政而再造琴臺」。太守李公，即睢陽郡太守李少康。❺末章句　敦煌集本作「末章感邑宰崔公而繼子賤之理」。多，稱讚。邑宰崔公，即單父縣縣令崔公，名未詳。理，治，諱高宗李治而改。按此序文以敦煌集本於義為長。如「嗣（繼）」「思」二字互植，恰合人物身分。

【語譯】天寶三載，適登子賤琴堂，賦詩三首。首章感懷宓公之德千年不朽；次章讚美太守李公能思子賤的政績，再造琴臺；末章稱讚單父縣令崔公能繼承子賤之治。

## 其一

宓子昔為政，鳴琴登此臺。琴和人亦閑，千載稱其才。臨眺忽悽愴，人琴安在哉？悠悠❶此天壤❷，唯有頌聲來。

【注釋】❶悠悠　遼遠無際。❷天壤　天地之間。

【語譯】宓子往昔治理單父邑政之時，從容彈琴而登此臺。琴聲和諧人也閒適，千餘年來人們稱讚他的賢才。登臨眺望忽感悲傷淒涼，人啊琴啊現今又在哪裡？遼闊無際這天地之間，唯有讚頌之聲不斷傳來。

【研析】此首讚頌琴堂之主宓子賤治單父之德政千年不朽。開頭二句，寫春秋時宓子賤做邑宰治理單父之時，登臺彈琴，任賢使能，不親身勞於政事。「琴和」二句，寫其無為而治單父取得的和諧效果，以及上千年來不斷受到人們的稱讚。琴和，不僅指琴聲的和諧，也指政通人和；人閑，不僅指當政者不為煩瑣政事所煩擾，也指民眾不為苛政雜役所困擾。這正是孔子所倡導的「為政以德，譬如北辰居其所而眾星拱之」（《論語．為政》）、「政者正也，子帥以正，孰敢不正」（《論語．顏淵》）、「苟正其身矣，於從政乎何有？不能正其身，如正人何」（《論語．子路》）、「其身正，不令而行；其身不正，雖令不從」（《論語．子路》）、「無為而治者，其舜也與？夫何為哉？恭己正南面而已矣」（《論語．衛靈公》）等等政治理想的具體實施。「臨眺」二句，寫自己登堂的感受，既有對宓子賤人琴俱亡的感傷，又含有對今世少有宓子賤其人其治實例的感慨。「悠悠」二句，寫今世人間只有對宓子賤的頌聲廣為流傳，表現了宓子賤德政的不朽，也表達了詩人自己和民眾對美好吏治的嚮往。

## 其二

邦伯❶感遺事，慨然建琴堂。乃知靜者❷心，千載猶相望。入室想其人❸，出門何茫茫。唯❹見白雲合，東臨鄒魯鄉❺。

【注　釋】❶邦伯　古代用以稱一方諸侯之長，後用以稱州郡長官。此指睢陽郡太守李少康。❷靜者　指宓子賤和太守李少康。二人皆是注重修己安民的仁愛清靜者。❸想其人　想見其為人。人，指宓子賤。《史記・孔子世家贊》：「雖不能至，然心鄉往之。余讀孔氏書，想見其為人。」❹唯　敦煌集本作「遙」。❺鄒魯鄉　謂鄒、魯禮樂之邦。鄒，古國名，即今山東鄒縣，孟子的故鄉。魯，魯國，孔子的故鄉。

【語　譯】邦伯李公感念子賤治邑遺事，慷慨激昂為其再建琴堂。乃知修己安民的靜者之心，事隔千載還在互相鑑照可望。入琴堂之室想見子賤其人，出門之後又一無所存何其茫茫。只見遠處白雲相聚會合，東面猶臨鄒魯禮樂之鄉。

【研　析】此首讚美李太守感念子賤遺事，再建琴堂以緬懷弘揚其美政。開頭二句，寫李少康再建琴堂之緣起。「乃知」二句，寫李少康與宓子賤同是修己安民的靜者，雖相隔千載，仍心心相印。此二句強調修己安民之心是行不擾民之政的基礎，實為全詩靈魂所在。「入室」二句，前句寫出琴堂的紀念效應，後句又抒發對子賤其人其政現實少有之感慨。此二句頗與前首「臨眺」二句之意相似。「唯見」二句，寫出對鄒魯禮樂治邦傳統的激切想望。

## 其三

皤皤邑中老❶，自誇邑中理❷。何必昇君堂❸，然後知君美？開門❹無犬吠❺，早臥常晏起。昔人不忍欺❻，今我還復爾❼。

【注釋】❶邑中老 指單父縣縣令崔氏。老，敦煌集本作「宰」。❷理 治。❸君堂 指崔氏所治縣中子賤琴堂。❹開門 指夜不閉戶。❺無犬吠 謂太平安寧，無事驚擾。❻不忍欺 謂心悅誠服，不忍心欺詐。《史記・滑稽列傳》：「子產治鄭，民不能欺；子賤治單父，民不忍欺；西門豹治鄴，民不敢欺。」❼今我還復爾 意謂現今我對崔公亦不忍欺其清靜無為。爾，如此。

【語譯】白髮蒼蒼的邑中老宰，自誇邑中治理有方。何必登上邑中子賤琴堂，然後才知君德君政之美？夜不閉戶又無驚人的犬吠，閒適安寧常可早睡晚起。子賤治單父昔人不忍欺其清靜無為，現在我對君治單父仍是照樣如此。

【研析】此首稱讚單父縣令崔氏能繼承子賤之治。開頭二句，表面寫崔氏對邑政的自誇，實則寫崔氏對奉行子賤治單父傳統的自信。「何必」二句，進一步通過登琴堂的感受，寫崔氏能繼承子賤之治，實現美政。「開門」二句，具體寫美好邑政導致的安定閒適的社會秩序和生活環境。「昔人」二句，寫民眾和詩人自己對清靜無為、行不擾民之政的官吏的擁戴。

# 宋中別周梁李三子

【題解】此詩約作於天寶三載（西元七四四年）秋。周、梁二人名未詳。李，聞一多《少陵先生年譜會箋》云：「似謂白（李白）也。」據詩中事蹟，此說可成立，詳本詩注❾。別，《文苑英華》作「贈別」，可參。

曾是不得意，適來❶兼別離。如何一罇酒，翻作滿堂悲！周子負高
價❷，梁生多逸詞。周旋梁宋間，感激建安時❸。〈白雪〉❹正如此，青
雲無自疑❺。李侯懷英雄❻，骯髒❼乃天資。方寸且無間❽，衣冠當在斯❾。
俱為千里遊，勿❿念兩鄉辭。且見壯心在，莫嗟攜手遲⓫。涼風吹北原，
落日滿西陂。露下草初白，天長雲屢滋。我心不可得⓬，君兮定何之⓭？
京洛多知己，誰能憶左思⓮！

【注釋】❶適來　恰好。❷高價　喻德才非凡。《論語・子罕》：「子貢曰：『有美玉於斯，韞匵而藏諸？求善賈而沽諸？』」《後漢書・邊讓傳》：「章瓌偉之高價。」❸建安時　指建安時期慷慨悲涼的文學風格。❹白

雪　古曲名。宋玉〈對楚王問〉引用過一個故事：有人在楚國郢都唱歌，唱〈下里〉、〈巴人〉時，「國中屬而和者數千人」；唱〈陽春〉、〈白雪〉時，「國中屬而和者不過數十人」。此處用以比喻周、梁文才之高。❺青雲無自疑　喻周、梁異日身致高位當無可疑。戰國時范雎做了秦相，須賈向他謝罪說：「賈不意君能自致於青雲之上。」見《史記・范雎蔡澤列傳》。❻英雄　《文苑英華》作「清英」。❼骯髒　高亢骾直的樣子。❽方寸且無間　設想李白如果內心清醒而不為酒所亂。方寸，指心。間，亂。《三國志・蜀書・諸葛亮傳》：「徐庶辭先主（劉備）而指其心曰：『本欲與將軍共圖王霸之業者，以此方寸之地也；今已失老母，方寸亂矣。』」❾衣冠當在斯　謂取得祿位無疑。衣冠，古時士大夫貴族之服。此處指祿位。按李白於天寶元年（西元七四二年）被招至長安，唐玄宗奇其才，命供翰林，專掌密令。天寶三載，賜金放還，夏秋間與高適等同遊梁宋。關於李白失意的原因，一說主遭讒，如李陽冰〈草堂集序〉云：「醜正同列，害能成謗，格言不入，帝用疏之，公乃浪跡縱酒以自昏穢。」魏顥〈李翰林集序〉云：「以張洎讒逐，游海岱間。」另一說主縱酒失禮，傲視權貴，如《舊唐書》本傳、《唐國史補》、《酉陽雜俎》等，皆載沉醉殿上，令高力士脫靴，因而被斥事。據本詩以上四句，則兩種因素俱有：骯髒即寫其骾直；方寸有間，即指其為酒所亂。❿勿　《文苑英華》、《全唐詩》作「忽」。⓫遲　《文苑英華》作「期」。⓬我心不可得　謂自己的主意尚未打定。得，知曉。《文苑英華》、《全唐詩》作「問」。⓭君兮定何之　詢問李白等欲往何處。君，指李白等。之，往。兮，《文苑英華》、《全唐詩》作「去」。⓮左思　西晉臨淄（今山東淄博市東北）人。善詩賦，辭藻壯麗。作〈齊都賦〉，一年始成。又構思十年而作〈三都賦〉，豪貴之家競相傳寫，洛陽為之紙貴。不好交遊，惟以閒居為事。傳見《晉書・文苑傳》。此以左思比周、梁、李三人。

【語　譯】已經是不得意的境遇，偏偏又遇上難捨難分時刻。為何一罇慰別之酒，反而變作滿堂悲愁！周子自負高價待沽，梁生多有放逸文辭。委身周旋於梁宋之地，詞章激昂恰似建安之時。〈白雪〉雅曲正如此高唱，平步青雲當無須自疑。李侯身懷英傑奇才，高亢骾直乃為天之所賦。方寸之心如果無差失之亂，衣冠高位當就在眼前此處。現今俱為千里之遊，無須顧念兩鄉間近別相辭。尚見壯心猶在，莫嘆攜手之遲。涼風蕭瑟吹遍北方原野，落日餘輝灑滿西邊山坡。露水已降綠草開始泛白，天空長遠白雲不斷萌滋。我心還不能確定意向，諸君啊終究欲往何處？長安洛陽儘管多有知己，有誰能憶起君等左思之輩！

【研　析】在題解中已經提到，詩題「別」字前當有「贈」字，可知這是一首贈別詩，相別對象為周、梁、李三人。其中周、梁二人，不知具體所指，而李氏顯指李白。開頭四句，寫與三友相別，失意淪落之感與別離相思之情互相交織，本欲借酒澆愁反而愁上加愁，極盡複雜委婉之思。「周子」六句，寫周、李，稱讚二人治才文才兼備，且高雅名聲已聞，姑且以青雲無疑相告慰。「李侯」四句，寫李白，極稱其才幹氣質，又惜其耿介豪放而使祿位失之交臂。「俱為」四句，為惜別告慰之辭，前二句意在以丈夫志在千里遠遊之豪情沖淡兩鄉近別之相思，後二句意在以壯心同在相激勵，撫慰相見恨晚之嘆惜。「涼風」四句寫景，淒涼、衰落、露降、雲滋，既與前面所寫淪落、離別之情相呼應，又為後面所寫心緒惆悵埋下伏筆。最後四句，寫前途莫測、知己難憑，充滿渺茫、惆悵之情。此詩抒發同是天涯淪落人惺惺相惜之情，是高詩中這一習見主題的一篇佳作。

## 觀彭少府樹宓子賤祠碑作

【題　解】此詩作於天寶三載（西元七四四年）秋。詩題底本原作〈觀李九少府翥樹宓子賤神祠碑〉，諸本多同，此從敦煌選本。關於李九少府翥，岑仲勉《唐人行第錄》云：「又同人〈宓公琴臺詩序〉云：『甲申歲，適登子賤琴臺，賦詩三首，首章懷宓公之德，千祀不朽。次章美太守李公能嗣子賤之政，再造琴臺。末章多邑宰崔公能繼子賤之理。』甲申天寶三載，翥只少府，當非詩序之太守。考《金石錄》七，『唐宓子賤碑，李少康撰，李景參正書，天寶三載七月』。正高適登臺之年。適又有〈平臺（按，此下原有「夜」字）遇李景參有別〉詩，一作「翥」，一作「景參」，似是兩人，惟少康是否翥之字抑為第三者，尚難決定（引者按李少康為睢陽太守）。《全詩》《全唐詩》三函岑參〈送李翥遊江外〉云：『相識應十載，見君只一官。』」按高適詩中李九凡四見，除此之外，尚有〈同李九士曹觀壁畫雲作〉、〈同崔員外綦毋拾遺九日宴京兆府李士曹〉、〈秦中送李九赴越〉三首。後三詩中之李九，當為一人，即京兆府士曹李翥。岑參有〈送李翥遊江外〉，與高適〈秦中送李九赴越〉作於同時，岑詩云「相識應十載，見君只一官」，據此則李翥未曾做單父尉，故可斷定底本原題有誤。參《金石錄》，則知碑為彭少府所立，碑文為李少康所撰，碑字為李景參所書。宓子賤，名不齊，春秋時魯國人，孔子弟子。任單父宰時，彈鳴琴，身不下堂，而單父治。

吾友吏茲邑[1]，亦嘗懷宓公。安知夢寐間，忽與精靈通！一見興永歎，再來激深衷。賓從何逶迤，二十四老翁[2]。於焉建層碑[3]，突兀長林東。作者❹無愧色，行人感遺風。坐令高岸盡❺，獨對秋山空。片石勿謂輕，斯言❻固難窮。龍盤色絲外，鵲顧偃波中❼。形勝駐群目，堅貞指蒼穹。我非王仲宣❽，去矣徒發蒙。

【注釋】❶吾友吏茲邑　謂彭少府任單父尉。吾友，指彭少府。吏，做吏，指任縣尉。茲邑，指單父縣，春秋時為魯國之邑，天寶年間屬睢陽郡。❷賓從二句　謂宓子賤輔佐隨從之多。逶迤，彎曲延伸，蜿蜒成行。二十四老翁，《孔子家語・辨政》載，宓子賤治單父，依靠二十四人：所父事者三人，所兄事者五人，所友事者十一人，所事賢於己者五人。❸建層碑　敦煌集本作「樹豐碑」。層，高。❹作者　指立碑者。❺坐令高岸盡　用對比、誇張手法寫祠碑之崇偉。坐令，致使。高岸，深谷高懸之岸。敦煌集本作「高峰」。盡，沒；消失。❻斯言　指碑文。❼龍盤二句　謂碑文書法、文辭俱佳。龍盤，形容書法。《晉書・王羲之傳》稱王羲之書法「鳳翥龍蟠（同盤），勢如斜而反正」。色絲，《世說新語・捷悟》「魏武嘗過曹娥碑下，楊脩從，碑背上見題作『黃絹幼婦外孫虀（同齏）臼』八字，魏武謂脩曰：『卿解不？』答曰：『解。』……脩曰：『黃絹，色絲也，於字為絕；幼婦，少女也，於字為妙；外孫，女子也，於字為好；虀臼，受辛也，於字為辭（寫作辤）。所謂絕妙好辭也。』」「色絲」本為「絕」字拆文，用以解碑上所題隱語「黃絹」，此用以概稱「絕妙好辭」一語，指碑文文辭。鵲顧，亦形容書法。庾信〈謝趙王示新詩啟〉有「琉璃雕管，鵲顧鸞迴」語，朱長文《墨池編》卷六：「昔人或以琉璃象牙為筆管。」庾肩吾〈書品序〉：「波回墮鏡之鸞，楷顧雕陵之鵲，並以篆籀重復見重。」偃波，字體名。韋續《墨藪》卷一：「偃波書即版書，狀如連文，謂之偃波。」❽我非王仲宣　謂自己不能像王粲那樣讀碑文過目不忘。王仲宣，王粲，字仲宣。《三國志・魏書・王粲傳》：「粲與人共行，讀道邊碑，人問曰：

『卿能闇誦乎？』曰：『能。』因使背而誦之，不失一字。」

【語　譯】我的朋友彭君做吏於此邑，常常懷念宓公子賤的懿德美政。怎知朦朧睡夢之中，忽然與先賢神靈交往！初見時引起長嘆，再來時感動內心。宓子賤輔佐隨從何其眾多竟蜿蜒成行，號稱二十四位資深老翁。於是建起高高石碑，巍然聳立於長林之東。建造者名副其實當之無愧，過路人深感古賢不朽遺風。致使高岸失卻巍峨之勢，昂然獨立讓秋山之高也為之不存。片石之碑不要說它不貴重，碑文之言深邃奧妙確實難以究窮。形如龍盤的書法顯示於絕妙好辭之外，勢若鵲顧的筆鋒寄寓狀如連文的偃波字體之中。形勢壯美留住眾人目光，品格堅貞直指高高蒼穹。可惜我不像王仲宣那樣對碑文能過目不忘，離去後白白受它啟蒙一場。

【研　析】此詩寫對彭少府所樹宓子賤祠碑的觀感。開頭四句，寫彭氏任單父縣尉，常常懷念春秋時邑宰宓子賤的功德，以致日有所思，夜有所夢，竟在夢境中與先賢相遇。「一見」四句，寫屢屢作夢，與宓公一再相見，還看到輔佐宓公為政的二十四賢人相追隨。詩人之所以強調夢見二十四賢，意在凸現宓公實現美政的關鍵在於任賢使能。以上寫建碑的緣起。「於焉」六句，寫建碑的舉措、意義和效果。其中「坐令」二句尤其值得玩味，不是坐實寫形寫景，而重在寫碑之氣勢和意象：其巍峨雄壯彷彿使高岸、秋山退避、失色。「片石」六句，寫碑之貴重，包括碑文深奧，碑字飄逸，形神兼備，引人注目，堅貞可鑑。最後二句，不是慣常的謙詞，意在說明儘管寫了以上許多，而自己對此碑的觀察和理解還不夠深刻、透澈。短短一首詩，彭氏的善意，宓公的遺風，以及碑形的壯美、碑文的絕妙、碑字的非凡、整體的氣勢，得到完美表現，堪稱佳作。

# 漣上題樊氏水亭

【題解】據〈東征賦〉「歲在甲申，秋窮季月，高子遊梁既久，方適楚以超乎」云云及本詩內容，此詩作於天寶三載（西元七四四年）東南遊楚州一帶將歸之時。漣上，指泗州漣水縣（今江蘇漣水）。樊氏，名未詳。

漣上非所趨，偶為世務牽。經時駐歸棹❶，日夕對平川。莫論行子愁，且得主人賢。亭上酒初熟，廚中魚每鮮。自說宦遊來，因之居住偏。煮鹽滄海曲，種稻長淮邊。四時長晏如，百口❷無飢年。菱芋藩籬下，漁樵耳目前。異縣少朋從，我行復迍邅❸。向❹不逢此君，孤舟已言旋❺。明日又分手❻，風濤還眇然。

【注釋】❶經時駐歸棹　謂在漣上滯留一個季度。時，一季三個月叫時。按高適此次東遊之始正值秋季最末一月（見〈東征賦〉），則此時已為十二月，下文「酒初熟」亦證時值臘月。棹，船槳，借指船。❷百口　猶云全家。《後漢書・趙岐傳》：「闔門百口，勢能相濟。」❸迍邅　處在困難中遲迴不前。語本《周易・屯卦》「屯如邅如」。孔穎達疏：「屯是屯難，邅是邅迴，如是語辭。」屯同「迍」。❹向 當初。❺言旋 回還。「言」為語助詞。《詩經．小雅．黃鳥》：「言旋言歸，復我諸兄。」❻手 清影宋抄本、張黃本、許本、《全唐詩》作「首」。

【語　譯】漣上本不是有意要到之地，偶爾為謀身用世所牽來到這邊。歷時一個季節滯留歸舟於此，朝夕眼睜睜對著一馬平川。莫談遊子鄉愁如何，今得主人厚道心善。亭上擺的臘酒剛剛釀熟，廚中烹的魚總是那麼新鮮。主人自道為周旋求仕而來此處，因而居住在這偏遠之鄉。煮鹽於滄海灣，種稻在長淮邊。一歲四季常安寧適意，上下百口無飢寒荒年。菱芋就長在籬笆旁邊，打漁砍柴近在耳目之前。異鄉本來就缺少朋友交往之人，此行又值坎坷遲迴不前。當初如果不是遇到此君，孤舟早已掉頭回返。無奈明日又要彼此分手，一路風濤前程還那麼漫長渺茫。

【研　析】這首題詩實為辭行之作，其中飽含人生世途的感慨。開頭二句，首先交代來到漣上的原因，「非所趨」強調不是心甘情願，為「世務」所牽又說明不得已而為之，表達了詩人對當時一般士人謀身求仕的生活道路的進退兩難的心境。「經時」六句，寫在漣上滯留一個季節的情況，鄉愁難免，但被賢主人的盛情接待所沖淡。「自說」八句，為主人樊氏自道身世，湊巧的是樊氏當初也是因宦遊來到漣上，不過他是隨遇而安，求宦不成，就定居於此，漁樵務農為生，過著安適溫飽的日子；而詩人對此雖不無欽羨之情，但他本人是決不甘心寂寞的。因此下面「異縣」六句，寫此行的不得意，並再次申言，如果不是遇到熱情善意的主人，不致於如此久留，早已調轉孤舟回返了。其中末二句，又極寫難於分手而又不得不分手的複雜情感和前程風濤歸宿渺茫的重重疑慮，纏綿悱惻，意遠情長。

## 別楊山人

【題　解】據本詩所寫地點、時序，參證李白天寶四載（西元七四五年）所作〈送楊山人歸嵩山〉詩，知此詩當作於天寶四載春，時在開封。楊山人，名未詳。山人，隱士之稱，因隱遁山林而得名。此題《文苑英華》、《全唐詩》作〈送楊山人歸嵩陽〉。

不到嵩陽❶動❷十年，舊時心事已徒然。一二故人不復見，三十六峰❸猶眼前。夷門❹二月柳條色，流鶯數聲淚沾臆。鑿井耕田不我招，知君以此忘帝力❺。山人好去嵩陽路，惟余眷眷長相憶。

【注　釋】❶嵩陽　嵩陽，縣名，隋置，唐武后時改為登封（今河南登封）。❷動　由動輒之義引申為「一下子就是」的意思。❸三十六峰　據《河南通志》卷七，嵩山西峰少室山有三十六峰。嵩山（又稱嵩高山）在縣北。❹夷門　古大梁城東門，因在夷山之上而得名，故址在今河南開封城內東北隅。後人逕指開封為夷門，此處亦然。❺忘帝力　忘卻帝王的作用。《太平御覽》卷八〇引皇甫謐《帝王世紀》：帝堯之時「天下大和，百姓無事，有八十老人擊壤（一種擊木壤的遊戲）歌於道。觀者嘆曰：『大哉帝之德也！』老人曰：『吾日出而作，日入而息，鑿井而飲，耕田而食，帝力何有於我哉？』」這本是對堯時政和民安的美頌之辭，後世稱隱居不參與世事為忘帝力。

【語　譯】不到嵩陽一下子就是十年，舊時心事已經枉然。那裡的老友已有一兩人不能再見，少室三十六峰依然還在眼前。夷門二月相別柳條已泛綠色，流鶯數聲催人淚下沾濕胸襟。決意歸山鑿井耕田卻不招我同往，深知君以此擺脫塵世忘卻人主權力所及。山人得好走上嵩陽之路，唯獨讓我眷眷依戀長久相憶。

【研　析】這不是一首簡單的送別詩，還隱寓著詩人對人生出處的遲疑。開頭四句，寫因友人所往之地，勾起自己對十年前在嵩山的經歷的回憶，心事不遂，故人謝世，物是人非的感慨集於一腔。「夷門」六句，寫送別，不僅抒發惜別之情，而且寫了二人出世入世的不同處境，透露出自己對選擇人生道路的躊躇。

# 同觀陳十六史興碑　并序

【題　解】此詩作於天寶四載（西元七四五年）夏與李白等同遊洛陽時。同時所作有〈同群公宿開善寺贈陳十六所居〉，據《洛陽伽藍記》，洛陽準財里（在西陽門外四里洛陽大市市北）內有開善寺。陳十六，即陳章甫，《元和姓纂》卷三：「太常博士陳章甫，江陵人。」陳氏善寫碑文，《金石錄》卷七載〈唐七祖堂碑〉，亦為其所撰，刻於天寶十載四月。史興碑，據序及詩文，此碑碑銘記述自周末至隋末王朝興亡之事。

楚人陳章甫繼《毛詩》而作〈史興碑〉❶，遠自周末，迨乎隋季❷，善惡不隱，蓋〈國風〉❸之流，未藏名山，刊在樂石❹。僕美其事而賦是詩焉。

荊衡氣偏秀，江漢流不歇❺。此地多精靈，有時生才傑。伊人今獨步❻，逸思能間發❼。永懷掩〈風〉〈騷〉❽，千載常矻矻❾。新碑亦崔嵬，佳句懸日月❿。則是刊石經，終然繼《檮杌》⓫。我來觀雅製⓬，慷慨變毛髮⓭。季主⓮盡荒淫，前王徒貽厥⓯。東周既削弱，兩漢更淪沒。西晉何披猖⓰，五胡相唐突⓱。作歌乃彰善，比物仍惡訐⓲。感歎將謂誰？對之空咄咄⓳。

【注釋】❶楚人句　謂楚地人陳章甫繼承《詩經》傳統而創立具有重要史鑑價值的〈史興碑〉。此襲用《孟子．離婁》下文意：「王者之迹熄而《詩》亡，《詩》亡然後《春秋》作。」楚，古地名，指春秋戰國楚國地。《毛詩》，秦漢間人毛亨和毛萇所傳的《詩經》。❷迨乎隋季　謂至於隋末。迨，及。隋季，隋末。❸國風　《詩經》中的十五〈國風〉，其詩多採自民間。〈詩大序〉云：「上以風化下，下以風刺上，主文而譎諫，言之者無罪，聞之者足以戒，故曰〈風〉。」❹樂石　秦始皇〈嶧山刻石銘〉：「刻此樂石，以著經紀。」見《古文苑》，章樵注云：「石之精堅堪為樂器者，如泗濱浮磬之類。」❺荊衡二句　寫陳章甫家鄉。荊，指荊山，在今湖北南漳西。山勢絕險，產美玉。衡，指衡山，在今湖南衡山西北。荊山、衡陽之間為古九州之一的荊州地域。《尚書・禹貢》：「荊及衡陽惟荊州。」氣，指地氣。江，長江。漢，漢水。❻伊人今獨步　寫陳氏其人獨特。伊人，指陳氏。獨步，獨一無二。《後漢書・戴良傳》：「獨步天下，誰與為偶。」❼間發　從中而發。❽永懷掩風騷　謂永懷超越《詩經》、《楚辭》之志。掩，蓋；超出其上。風，〈國風〉，概指《詩經》。騷，〈離騷〉，概指《楚辭》。❾矻矻　努力、勤奮的樣子。❿懸日月　與日月同光之意。《周易・繫辭》上：「縣象著明，莫大乎日月。」⓫則是二句　意謂立〈史興碑〉形同刊刻石經，實則繼承史書傳統。石經，漢平帝元始元年（西元一年），王莽命甄豐摹古文《易》、《書》、《詩》、《左傳》於石，此為刻石經之始。此後歷代多有石經，其文字今可考見者，止於唐代，有漢熹平、魏正始、唐開成石經等。檮杌，楚國史書的名稱。《孟子・離婁》下：「晉之《乘》、楚之《檮杌》、魯之《春秋》，一也。其事則齊桓、晉文，其文則史。」「檮杌」本為惡獸之名，據此則楚史主於記惡以為戒。此處泛指史書。⓬雅製　高雅之作。⓭慷慨變毛髮　謂情緒激動竟使毛髮變白。慷慨，感慨憤激。變毛髮，指愁白毛髮。⓮季主　末代的君主。⓯貽厥　傳與子孫之意。貽，通「遺」。厥，其。語出《詩經・大雅・文王有聲》「詒（同貽）厥孫謀，以燕翼子」及《尚書・五子之歌》「有典有則，貽厥子孫」。⓰披猖　紛亂的樣子。晉武帝司馬炎建立晉朝後，傳位至二世晉惠帝司馬衷，國勢已亂，自永康元年（西元三〇〇年）便開始了諸王混戰的局面，史稱「八王之亂」。⓱五胡相唐突　謂晉、宋時北部、西部五個少數部族紛紛獨立爭相入侵。⓲比物仍惡訐　意謂引物比照而不直說，乃沿襲孔子厭惡直接揭發別人錯誤、罪惡的作法。比物，以同類事物相比方。《禮記・學記》：「古之學者，比物醜（比）類。」仍，依照；沿襲。惡訐，厭惡直接揭發過錯、罪惡。《論語・陽貨》：「惡訐以為直者。」⓳咄咄　驚嘆之聲。

【語　譯】楚人陳章甫繼承《毛詩》傳統而作〈史興碑〉，遠自周末，至於隋末，善惡不隱，當是〈國風〉支脈，然未藏之名山，乃刻於敲之錚錚之石。我讚美其事而賦此詩。

荊山衡山一帶地氣最秀，長江漢水流個不停。此地多有精靈之氣，有時誕生多才傑出人士。此人現今獨特於世，超逸思想能夠不斷生發出來。永懷蓋過《詩經》《楚辭》之志，千載之後常常努力追求。題刻的新碑雄偉高大，美文佳句與日月齊輝。形同刊刻石經一樣，終究是繼承史書的傳統。我來參觀這高雅之作，感嘆深沉或可使毛髮變白。末代君主一概荒淫腐敗，前王白白把基業傳給他們。東周已經削弱衰亡，兩漢又沉淪沒落。西晉何其紛亂不堪，五胡爭相冒犯入侵。作歌稱頌乃是為了表彰善事美德，比物引喻以顯其惡則是沿襲孔子厭惡直接揭露罪惡的作法。碑文感嘆究竟是為誰而發？面對它只是咄咄驚嘆不已。

【研　析】詩人憂國憂民，重視以史為鑑，寫了不少詠史詩。陳章甫著文刻石建立〈史興碑〉，正合詩人深衷，故讚美其事而寫此詩。開頭四句，寫陳氏家鄉荊山衡山一帶，人傑地靈，讚陳氏人才非凡，與地緣有關。「伊人」四句，寫陳氏人才超眾，思想高妙，生於千載之後，立志趕超《詩經》《楚辭》的思想和文風，努力勤奮不已。「新碑」四句，寫〈史興碑〉，讚其形制雄偉，文辭佳美，表面仿傚刊石傳經的傳統，實則繼承史筆鑑戒的深旨。最後十二句，寫自己對〈史興碑〉的觀感，其中又分三個層次：「我來」四句，寫碑文內容深刻，感嘆深沉，「季主盡荒淫，前王徒貽厥」的主旨震撼人心，讀後深受感染，毛髮或為之變白；「東周」四句，舉例申發「季主」二句之主旨；「作歌」四句，前二句揭示碑文「善惡不隱」的不同表現手法，後二句先用反詰語氣委婉指明碑文作者鑑古戒今的微言大義，繼而表示自己對此的驚嘆，跌宕起伏，終使詩意達到高潮。

## 古大梁行

【題解】此詩約作於天寶四載（西元七四五年）秋由洛陽東行，途經開封時。古大梁，古城名，在今河南開封西北。西元前三六一年，魏國國都由安邑（今山西運城東安邑東北）遷到大梁，此後魏又稱梁。魏國於西元前二二五年為秦所滅。

古城莽蒼饒荊榛，驅馬荒城愁殺❶人。魏王宮觀❷盡禾黍❸，信陵❹賓客隨❺灰塵。憶昨雄都舊朝市❻，軒車照耀歌鐘起。軍容帶甲❼三十萬，國步❽連營一千里❾。全盛須臾那可論，高臺曲池無復存。遺墟但見狐狸迹，古地空餘草木根。暮天搖落傷懷抱，撫劍悲歌對秋草。俠客猶傳朱亥名，行人尚識夷門道❿。白璧黃金萬戶侯，寶刀駿馬填山丘。年代淒涼不可問，往來唯見水⓫東流。

【注釋】❶愁殺　敦煌選本作「思煞」。❷宮觀　指宮室。觀，宮門雙闕。❸盡禾黍　謂國破之後的荒涼景象。〈毛詩序〉：「〈黍離〉（《詩經・王風》），閔宗周也。周大夫行役，至於宗周，過故宗廟宮室，盡為禾黍，閔周室之顛覆，彷徨不忍去，而作是詩也。」❹信陵　指信陵君魏公子無忌。❺隨　敦煌選本作「無」。❻朝市　古代都城的布局，前為朝廷，後為市。《周禮・考工記》：「匠人營國，左祖右社，面朝後市。」❼帶甲　指披甲的武士。❽國步　猶言國運、國勢。❾一千里　底本及諸本多作「五千里」，今從敦煌選本、《唐詩紀事》、《樂府詩集》、《全唐詩》等改。按《戰國策・魏策》及《史記・蘇秦列傳》，蘇秦說魏惠王時，稱魏「地方千里」。❿俠客二句　意謂只有侯嬴及朱亥的俠義行為尚流傳人世。侯嬴，魏隱士，大梁城夷門看守。信陵君知其賢，禮遇甚厚。信陵君救趙，侯嬴獻計竊符奪晉鄙軍，薦力士朱亥隨信陵君前往。臨行時，侯嬴對信陵君說：「臣宜從，老不能，請數公子行日，以至晉鄙軍之日，北鄉（向）自剄以送公子。」朱亥與侯嬴有交，隱於市井，以屠宰為業，亦常受到信陵君禮遇。信陵君假託魏王令代晉鄙，至而晉鄙疑不授兵，朱亥袖鐵椎把他打死，使信陵君得以發兵救趙卻秦。侯嬴估計信陵君已到晉鄙軍，果然朝北自刎。事見《史記・信陵君列傳》。夷門，古大梁城東門。⓫水　指汴水，在開封城南。

【語譯】古城莽莽蒼蒼長滿叢生的荊榛，驅馬在荒城中真是愁煞人。戰國魏王的宮室皆已荒廢，信陵君的賓客也都化為灰塵。遙想古時雄都原有的朝廷和市井，豪華軒車輝煌過市歌聲鐘鼓四處響起。軍容威武披甲之士多達三十萬，國勢強盛軍伍紮營連綿一千里。全盛之勢瞬息即逝怎可論說，高臺曲池全都蕩然無存。殘留的廢墟只見狐狸出沒，形勝古地也只留下草木枯根。傍晚的天空萬木飄零實在令人傷懷，手撫長劍慷慨悲歌面對衰敗的秋草。若論俠客還流傳著力士朱亥大名，過往行人尚能辨認侯嬴所守夷門古道。擁有白璧黃金的萬戶封侯，連同寶刀駿馬統統填進山丘。年代久遠形蹤淒涼早已不可探尋，往往來來只見汴水滾滾東流。

【研　析】此詩詠戰國魏都大梁古城，充滿興亡之感、憂患之思。開頭四句，寫古城遺址荒涼愁人，當年魏王豪華的宮室、信陵君眾盛的賓客皆已化為烏有。「憶昨」四句，據歷史記載回憶古都的繁華，國勢的強盛。「全盛」四句，急轉直下寫魏國快速沒落，古都殘破，留下荒涼的廢墟。「暮天」四句，感時傷懷，思念傳名的俠客，留跡的隱士。「白璧」四句，寫物是人非，謂權貴已無影無蹤，不可探尋，只有亙古不變的汴水東流不停。與前四句對比，權貴們連留名留跡的俠士隱士也遠遠不如，可謂淒涼已極。統觀全詩，詩人的興亡之感、憂患之思，主要針對帝王權貴而發，把他們視作誤國的禍根。同時詩人此類詠史之作，並不僅僅是發思古之幽情，往往寓有鑑古戒今之現實意義，正如〈同觀陳十六史興碑〉結尾二句所說：「感歎將謂誰？對之空咄咄」，深意無窮。

## 東平路中遇大水

【題　解】此詩作於天寶四載（西元七四五年）秋。東平，郡名，原渾州，屬河南採訪使，治所在須昌（今山東東平西北十五里）。《舊唐書・玄宗紀》載：天寶四載，秋八月，河南（治所在今河南洛陽）、睢陽（治所在今河南商丘）、淮陽（治所在今河南淮陽）、譙（治所在今安徽亳州）等八郡大水。

天災自古昔❶，昏墊❷彌今秋。霖霪溢川原，澒洞❸涵❹田疇。指塗❺

適汶陽❻，挂席❼經蘆洲❽。永望❾齊魯❿郊，白雲何悠悠。傍沿鉅野澤⓫，大水縱橫流。蟲蛇擁獨樹，麋鹿奔行舟。稼穡隨波瀾，西成⓬不可求。室居相枕藉⓭，蛙黽⓮聲啾啾。乃⓯憐穴蟻漂，益羨雲禽遊。農夫無倚著，野老生殷憂。聖主當深仁，廟堂運良籌。倉廩終爾給，田租應罷收。我心胡鬱陶⓰，征旅亦悲愁。縱懷濟時策，誰肯論吾謀！

【注釋】❶昔　明銅活字本、《唐詩所》、《全唐詩》作「有」。❷昏墊　喻困於水災。《尚書・益稷》：「禹曰：『洪水滔天，浩浩懷山襄陵，下民昏墊。』」偽孔安國傳云：「言下民昏瞀墊溺，皆困水災。」❸澒洞　茫茫無邊的樣子。❹涵　此處是充滿、淹沒的意思。❺塗　同「途」。❻汶陽　春秋魯國地名，漢置汶陽縣，故城在今山東寧陽東北，地處汶水以北。此處用舊稱借指東平。東平郡治所須昌在汶陽故地以西。❼挂席　即掛帆。《文選》木華〈海賦〉：「維長綃，挂帆席。」李善注：「隨風張幔曰帆，或以席為之。」❽蘆洲　在今安徽亳州縣東渦河北岸。❾永望　遠望。❿齊魯　春秋國名。齊國都城臨淄（今山東淄博東），魯國都城曲阜（今山東曲阜）。此用舊稱指其地域。⓫鉅野澤　《元和郡縣志》：「大野澤，一名鉅野，在縣（鉅野縣，即今山東巨野）東五里，南北三百里，東西百餘里。」⓬西成　即收成。語出《尚書・堯典》，與「東作」相對。古時以東南西北四方配春夏秋冬四季，東作指春天耕種，西成指秋天收穫。⓭相枕藉　形容房屋倒塌堆砌的樣子。⓮黽　蛙。蛙屬兩棲類，古時在水稱黽，在陸稱蛙，見《爾雅・釋魚》。⓯乃　《唐詩所》、《全唐詩》作「仍」。⓰鬱陶　憂思積聚的樣子。《尚書・五子之歌》：「鬱陶乎予心。」

【語　譯】天災自古就存在，而水災之困今秋更加嚴重。久雨不止大水泛濫於河川原野，茫茫無邊淹沒了田地。確定行程去往汶陽，揚帆而進經過蘆洲。遠望齊魯郊野，白雲何其遼闊無際。沿著鉅野澤岸邊行進，大水縱橫亂流。爬蟲長蛇簇擁在孤零零的樹上，麋鹿爭相奔往乘人的行舟。莊稼已隨波瀾而去，秋天收成斷不可冀求。房屋倒塌亂堆砌，蛙鳴淒切聲啾啾。乃憐穴居的螞蟻慘遭漂浮，更羨雲間的飛禽任意遨遊。辛勞農夫生計無依無著，村野老人心生沉重憂愁。聖明君主以深仁大德為己任，朝廷正在策劃賑濟救災的良謀。倉廩的糧食終會發給你們，田租也應許會免予徵收。我心中何其憂慮不安，旅途的艱難也讓人十分悲愁。縱然懷有濟時良策，又有誰肯考慮我的計謀！

【研　析】此詩記述前往東平途中遭遇大水的情況，夾敘夾議，情景交融，表達了詩人的濟世之志和對民間疾苦的深切關懷。開頭十句，寫大水成災的嚴重情況。「蟲蛇」十句，寫路途所見地上生靈所受的塗炭，特別突出了農事受到的災害和農民的苦難，袒露了自己仁民愛物的胸懷。「聖主」四句，寫對皇上、朝廷所寄予的救災期望。最後四句，寫自己的憂慮心境和懷才不遇的感慨。此詩在描寫上多用襯托的手法，收到很好的效果。如「蟲蛇擁獨樹，麋鹿奔行舟。稼穡隨波瀾，西成不可求」，寫蟲蛇、麋鹿求生尚且有術，而稼穡、西成已毫無指望，互相襯托，形成強烈對比；又如「室居相枕藉，蛙黽聲啾啾。乃憐穴蟻漂，益羨雲禽遊。農夫無倚著，野老生殷憂」，寫穴居之蟻無奈遭漂浮之災，雲間飛禽卻可以任意遨遊，互相襯托，形成強烈對比；而地上的農夫、野老，正與穴居之蟻命運、處境相似，同樣在劫難逃，從而引起讀者的深切同情。此詩表意、抒情委婉有致，如最後八句很值得玩味：其中前四句對皇上朝廷的救災，只是作為個人願望和推想來寫的，因為「終爾給」、「應罷收」的「終」（終會）「應」（應許）二字都是推測之辭，究竟能不能實現，還不得而知；實際這種願望和推想恰恰是在委婉表達詩人自己救災的仁心和策略，而「縱懷濟時策，誰肯論吾謀」，自己懷才不遇，又無力親自加以實施。處在如此兩難的境地，詩人「我心胡鬱陶」的愁傷如何難以排解也就可想而知了。

## 別崔少府

【題解】此詩作於旅居東平期間，具體時間或在天寶五載（西元七四六年）春。崔少府，名未詳。據詩中「汶上掩柴扉」句，崔氏此時當已辭去舊職縣尉，隱居東平。

知君少得意，汶上掩柴扉❶。寒食仍留火❷，春風未換衣❸。皆言黃綬屈❹，早向青雲飛。借問他鄉事，今年歸不歸？

【注釋】❶汶上掩柴扉　謂隱居汶上。汶上，汶水之北，指東平。❷寒食仍留火　謂寒食節時仍留火不斷，寫其衣單畏寒，不得不違反習俗。寒食，節名。《荊楚歲時記》：「去冬節（冬至）一百五日，即有疾風甚雨，謂之寒食，禁火三日。」注：「按曆，合在清明前二日，亦有去冬至一百六日者。」❸換衣　底本及諸本作「授衣」，誤，此從敦煌選本。按《詩經・豳風・七月》：「七月流火，九月授衣。」又《新唐書・選舉志》，唐國學每年五月有田假，九月有授衣假。故春不得言「授」。❹皆言黃綬屈　謂做縣尉為屈材。黃綬，據《隋書・禮儀志》，諸縣尉銅印、黃綬。唐因之。

【語　譯】深知君仕宦不大得意，才在汶上關閉柴門隱身於陋居。寒食節畏寒仍留火不斷，春風已暖還未換掉冬衣。都說任縣尉佩銅印黃綬實在屈材，悔不該過早向青雲仕途奔飛。借問離家索居於他鄉究竟如何，今年作何打算到底歸還是不歸？

【研　析】此詩為留別之作。開頭「知君」四句，寫崔氏不得意而辭去縣尉，隱居東平，過著貧寒生活。其中「寒食」二句，寫出「仍留火」、「未換衣」的反常生活處境，形象淒慘，至為感人。結尾「皆言」四句，寫仕途的艱難和悔恨，透露了辭官的原因和隱居他鄉的苦衷。此詩深刻反映了正直士人進退兩難的現實處境。同時為惺惺相惜之作：詩人此時雖然尚未入仕，沒有辭官隱退的經歷，但已有過求仕失意隱居他鄉的體驗，如〈別韋參軍〉詩所寫：「白璧皆言賜近臣，布衣不得干明主。歸來洛陽無負郭，東過梁宋非吾土」，可謂與崔氏同遭遇，同感受。正因為與友人心心相印，才能寫出如此體貼入微的感人之作。

## 送前衛縣李寀少府

【題　解】此詩作於天寶五載（西元七四六年）春，時在東平。衛縣，屬河北道汲郡，在今河南淇縣。時李寀已卸衛縣縣尉之任，故稱「前衛縣李寀少府」。詩題《文苑英華》、《唐詩所》、《全唐詩》作〈東平別前衛縣李寀少府〉。

黃鳥翩翩楊柳垂，春風送客使人悲。怨別自驚千里外，論交卻憶十年時❶。雲開汶水❷孤帆遠，路繞梁山❸匹馬遲。此地從來可乘興❹，留君不住益淒其❺。

【注　釋】❶論交卻憶十年時　指十年前客居淇上時二人結交。據此，李寀做衛縣尉當在其時。❷汶水　唐代汶水故道比今山東大汶河略南。大汶河源出山東萊蕪東北原山，西流分開兩支，分別注入東平湖和運河。❸梁山　在山東東平湖西南。❹乘興　趁其興致。《晉書・王羲之傳》附〈王徽之傳〉：王徽之居山陰（今浙江紹興），曾雪夜泛舟訪戴逵（安道），經宿方至。剛到門前，忽然返回，人問其故，他說：「本乘興而行，興盡而返，何必見安道哉！」❺淒其　指心境淒涼。「其」是語助詞，「淒其」等於說「淒淒」。《詩經・邶風・綠衣》：「淒其以風。」

【語　譯】黃鸝翩翩上下飛綠柳低垂，春風吹拂送客去使人傷悲。恨別自驚將遠隔千里之外，論交卻憶十年溫存時日。雲開霧散汶水長流直望孤帆遠逝，返程路曲迴繞梁山我匹馬遲遲。東平此地從來可以乘興而居，於君挽留不住益感淒淒。

【研　析】這是一首深沉委婉的送別詩。開頭二句，寫送別的場景，春天本是惹人相思的季節，更何況正值送人遠別？此二句情景交融，纏綿悱惻。其中「春風送客使人悲」更是一語雙關，既點明送別季節，又彷彿春風是主語，其不解人意，偏要送人遠去。「怨別」二句，分別寫遠別的空間和相交的時間。空間之遠，益增思念；時間既久，友誼彌深，除了益增思念之外，尚含有友情始終不渝之意，藉以告慰難耐的別思，更加委婉。「雲開」二句，亦是情景交融：前句寫目送友人遠去，可幸「雲開汶水」，得以極目遠眺，直至孤帆逝去，這很容易使我們聯想到李白「孤帆遠影碧空盡」的詩句，堪稱異曲同工；後句寫自己返程遲疑，唯恐「路繞梁山」，遮住遠望友人去向的視線，故行馬遲遲。至於「孤帆」與「匹馬」相對，更寫出二人別後的孤寂，依依惜別之情，不絕如縷。最後二句，寫「留君不住」益增淒涼之情，可謂一唱三嘆，陡增波瀾。

## 奉酬北海李太守丈人夏日平陰亭

【題　解】此詩作於天寶五載（西元七四六年）夏，時正旅居東平。北海，郡名，原青州，治所益都（今山東青州）。李太守，即李邕，字泰和，廣陵江都（今江蘇揚州）人。歷仕武后、中宗、睿宗、玄宗四朝。天寶初，為汲郡、北海二太守，時稱李北海。為官興利除害，重義愛士，性豪爽，早有文才，名聞天下。剛直敢言，屢遭誣陷貶斥。卒為李林甫所忌害，構罪杖殺，時值天寶六載正月，年七十餘。事見《舊唐書・文苑傳》、《新唐書・文藝傳》。丈人，古時對老人的尊稱。平陰，古邑名，春秋齊地，在今濟南市郊平陰縣東北，唐於此置縣，屬東平郡。敦煌選本題作〈奉酬李太守夏日平陰亭見贈〉。

天子股肱❶守❷，丈人❸山岳❹靈❺。出身侍丹墀❻，舉翮凌青冥。當昔皇運否❼，人神俱未寧。諫官莫敢議，酷吏方專刑。谷永獨言事❽，匡衡多引經❾。兩朝納深衷❿，萬乘無不聽。盛烈⓫播南史⓬，雄詞⓭豁東溟⓮。誰謂整隼旟⓯，翻然憶柴扃⓰！寄書汶陽客⓱，迴首平陰亭。開封見千里，結念存百齡。隱軫⓲江山麗⓳，氛氳⓴蘭茝㉑馨。自憐遇時休㉒，漂泊隨流萍。春野變木德㉓，夏天臨火星㉔。一生徒羨魚㉕，四十猶聚螢㉖。從此日閑放，焉能懷㉗拾青㉘！

【注釋】❶股肱　大腿曰股，上臂曰肱，古代用以喻稱輔佐之臣。《尚書・益稷》：「君為元首，臣為股肱耳目。」❷守　太守。❸丈人　指李邕。❹山岳　比喻藩衛重臣。《尚書・堯典》：「咨四岳！」舊注謂四岳為四方諸侯之長。後用以稱州郡長官及節度使。❺靈　才氣。❻出身侍丹墀　指李邕初仕左拾遺。丹墀，指宮殿前漆成紅色的臺階。此指朝廷。❼當昔皇運否　指武后時武氏作亂，中宗時韋氏（韋后之族）擅權。否，惡。❽谷永獨言事　以谷永比李邕。谷永，西漢元帝、成帝時人。元帝建昭年間被御史大夫繁延壽舉為太常丞，成帝時任大中大夫、光祿大夫、給事中、北地太守，數上書切諫。詳見《漢書・谷永杜鄴傳》。❾匡衡多引經　以匡衡比李邕。匡衡，字稚圭，東海承人。生當西漢宣帝、元帝之時。擅長文學、經學。宣帝不好儒，疏遠之。元帝好儒術文辭，升匡衡為光祿大夫、太子少傅、丞相，終位三公，輔國政。❿兩朝納深衷　謂中宗、玄宗能採納李邕發自內心的忠諫。實為粉飾之詞，中宗、玄宗並非從善如流之君。⓫盛烈　豐功。⓬南史　春秋時齊國的良史。《左傳》襄公二十五年：「(崔杼弒齊莊公) 大史書曰：『崔杼弒其君。』崔子殺之。其弟嗣書，而死者二人。其弟又書，乃舍之。南史氏聞大史盡死，執簡以往，聞既書矣，乃還。」此處泛指敢於直書的良史，意謂李邕之豐功將為良史載入史冊而傳播後世。⓭雄詞　氣勢雄偉的文章。⓮豁東溟　像東海一樣開闊。按《舊唐書・文苑傳・李邕傳》云：「邕早擅才名，尤長碑頌。雖貶職在外，中朝衣冠及天下寺觀，多賚持金帛，往求其文。前後所製，凡數百首，受納饋遺，亦至鉅萬。時議以為自古鬻文獲財，未有如邕者。有文集七十卷。其〈張韓公行狀〉、〈洪州放生池碑〉、〈批韋巨源謚議〉，文士推重之。」⓯隼旟　畫有鳥形的旗幟。《說文解字》：「旟，錯革畫鳥其上，所以進士眾。」⓰柴扃　柴門，高適自稱其隱居之所。⓱汶陽客　高適自謂。時正旅居東平，故云。⓲隱軫　眾盛貌。⓳麗　敦煌選本、清影宋抄本作「來」。⓴氛氳　盛貌。㉑茝　香草，即芷。㉒休　善。㉓木德　五行之德之一。《漢書・郊祀志》：「騶子之徒，論著終始五德之運，始皇采用之。」古代迷信說法，以五行生剋為帝王嬗代之應，或以表東、西、南、北、中五方，兼指時序。《漢書・五行志》：「木，東方」，主春；「火，南方」，主夏；「金，西方，萬物既成，殺氣之始也」，主秋；「水，北方，終臧(藏)萬物者也」，主冬。變木德，指春去夏來。㉔臨火星　按夏天時火星正當南天，位置最高，之後便向西下移，所謂「七月流火」(《詩經・豳風・七月》)。此火星，不是現在稱為火星的行星，而是二十八宿中的心宿，一名大火。㉕羨魚　即臨淵羨魚，比喻空想而無實效。《漢書・董仲舒傳》：「臨淵羨魚，不如退而結網。」㉖聚螢　指苦讀，意謂尚未入仕。《晉書・車胤傳》：「胤恭勤不倦，博學多通，家貧不能得油，夏日則練(白絹)囊盛數十螢火以照書，以夜繼日焉。」㉗懷　敦煌選本作「俯」。㉘拾青　謂獲得高官位。《漢書・夏侯勝傳》：「士病不明經術，經術苟明，其取青紫如俯拾地芥耳。」王先謙《補注》引葉夢得曰：「漢丞相、太尉皆金印紫綬，御史大夫銀印青綬，此三府官之極崇者，勝云青紫謂此。」

【語　譯】身為天子輔佐郡太守，丈人有藩衛重臣的才氣。出身於侍奉朝廷之朝臣，張開勁羽翱翔直上蒼穹。往昔皇運困厄時，人神俱不得安寧。諫官皆不敢議政，酷吏正專擅用刑。您如當今谷永獨自上書言事，像現代匡衡多番引經鑑政。兩朝當政者採納您發自心底的忠言，萬乘君主無不聽從您的懇切諫諷。豐功偉績傳播於南史直書之中，雄偉詞章豁達如東海茫茫無垠。誰料您正當整治畫隼旗進士時節，反而思念我這柴門隱身之人！寄信給我一汶陽客，引我回首平陰亭。開啟函封似見千里外，念念不忘友情百年存。豐富多彩江山麗，濃郁盛烈蘭芷馨。自惜遇上時世好，任身漂泊隨流萍。春野已改變時序之主，夏天到來正臨南天大火星。一生只是臨淵羨魚卻不知退而結網，年屆四十尚為連夜苦讀聚火螢。從此決心日日閒散放任，又怎能懷想輕易拾得高貴青綬印！

【研　析】這是一首酬答詩，酬答對象為北海郡太守李邕，針對之贈詩為〈夏日平陰亭〉。開頭四句，寫李氏忠誠有才，身居高位。「當昔」十句，讚揚李氏以前當皇運困厄之時，獨敢直諫匡政，深得皇朝信任，功垂青史，文名廣聞。「誰謂」六句，寫李氏意欲提攜自己，以詩代書相寄，引起詩人的想望和懷念。最後十句，詩人自言心態和處境，表示對仕進前景的失望和甘願閒放的意念。李邕為官正直，又有文采，是詩人景仰的一位長者，並且兩人素有交誼，詩人此番東平之行，或存仰仗李氏薦舉之想。故此詩飽含稱讚友人，緬懷情誼，感謝提攜，自嘆坎坷等豐富內容。

# 同群公題鄭少府田家

【題解】此詩作於天寶五載（西元七四六年）秋與李白、杜甫遊濮陽之時，同時所作尚有〈同群公登濮陽聖佛寺閣〉等詩。此詩題下清影宋抄本、《全唐詩》皆有注云：「此公昔任白馬尉，今寄住滑臺。」注文可參，然白馬尉與詩中所言「南昌尉」不合。田家，農家，指隱於農耕的身分。

鄭侯❶應悽惶，五十頭盡白。昔為南昌❷尉，今作東郡❸客。與語多遠情，論心知所益❹。秋林既清曠，窮巷空淅瀝❺。蝶舞園更閑，雞鳴日云❻夕。男兒未稱意，其道❼固無適❽。勸君且杜門，勿歎人事隔。

【注釋】❶侯　古時對士大夫的尊稱。❷南昌　黔中採訪使豫章郡（洪州）屬縣，今江西南昌。❸東郡　唐無東郡，此用舊名。按舊東郡有二：一為秦置，漢因之，轄境略相當於唐東平（鄆州）、濮陽（濮州）二郡；一為隋置，大業初改兗州為東郡，唐時稱魯郡。此處指前者。❹所益　《論語‧季氏》：「益者三友，……友直，友諒，友多聞，益矣。」❺淅瀝　落葉聲。❻云　旋即；立刻。❼道　指處世之道。❽無適　順隨命運，無所抗拒。《論語‧里仁》：「君子之於天下也，無適也，無莫也。」

【語譯】鄭侯身世應是奔波不安，年剛五十頭髮就已全白。以前曾任南昌尉，現在又做東郡客。

相與交談多有深情吐露，推心置腹甚感獲益非淺。秋天林木既已清疏曠遠，身在窮巷只聽葉落淅瀝。彩蝶飛舞顯得園子更加閒靜，下午雞鳴白天旋即近夕。男兒未能稱心如意，世道艱難固當順隨無拒。奉勸君姑且閉門不出，切勿感嘆世情人事隔絕。

【研　析】此詩所寫為辭去縣尉歸隱務農的一位士人。開頭六句，寫其人生棲遑，髮白早衰，辭掉縣尉，隱居異地的經歷和心境；其中「與語」二句，隱含飽經滄桑的人生感慨和經驗，尤其深沉。「秋林」四句，情景交融，寫出居住環境的淒涼孤寂。最後四句，寫其不得意的處境和遇到的世態炎涼，並從詩人的同情和告慰中表現出深厚的友誼。

## 辟陽城

【題　解】據地理方位，此詩或作於天寶五載秋遊濮陽一帶之時。辟陽城，據《元和郡縣志・冀州信都縣》：「辟陽故城在縣東南三十五里。審食其為辟陽侯。」此辟陽城離淇水甚遠，與詩云「淩眺俯清淇」不合。此詩所寫辟陽城，指并陽城，即俗所誤傳之辟陽城。按《水經注・淇水》：「淇水又東北逕并陽城西，世謂之辟陽城，非也。」并陽城，故址在今河南內黃西南。

荒城在高岸，淩眺俯清淇❶。傳道漢天子❷，而封審食其❸。奸淫❹

且不戮，茅土❺孰云宜？何得英雄主，返令兒女欺？母儀良已失❻，臣節豈如斯！太息一朝事，乃令人所嗤。

【注釋】❶淇　淇水，在河南北部。❷漢天子　指漢高祖劉邦。❸審食其　西漢沛人。劉邦為漢王時，在彭城西被楚軍打敗，楚取呂后為人質，審食其以舍人身分侍呂后。其後從劉邦破項羽，被封為辟陽侯，呂后時任為左丞相。曾參與諸呂謀亂，後免去相職。漢文帝時被淮南厲王所殺。事見《史記・陳丞相世家》。❹奸淫　指審食其私通呂后。❺茅土　分茅裂土，即分封諸侯。按天子為諸侯百官立社之祭禮（所謂「大社」），以五色土為壇，封諸侯者，取其所在方面之土，用白茅襯藉以授之。❻母儀良已失　謂呂后身為皇后，當為天下之母儀，今私於審食其，誠然已失母儀。母儀，做母親者的軌範。

【語譯】辟陽城廢墟殘留在高岸之上，登上遠眺下臨清清的淇水。傳說漢天子劉邦，以此地封審食其為侯。為人奸淫權且不殺，分封諸侯誰說恰當？怎麼會是英雄君主，反倒被兒女賤人欺騙？為天下母儀的楷模誠然已經失掉，人臣節操難道竟然如此！嘆息堂堂一朝之事，竟讓人嗤笑不已。

【研析】此詩為懷古詠史之作，諷刺漢代審食其與呂后私通的醜聞以及漢高祖的昏聵。開頭二句，寫登臨淇岸辟陽城遺址眺望，觸景生情萌發懷古之思。「傳道」六句，寫相傳漢高祖以辟陽之地封審食其為侯，詩人對此百思不解，連連發出質問：為什麼對奸淫之臣非但不殺，反而裂土封侯？為什麼創立英雄偉業的君主，反而被無行小人欺騙？充分揭露漢高祖的昏聵。「母儀」四句，寫審食其與呂后私通之事性質惡劣，遺笑人世。后妃受寵亂政是封建王朝常有的禍患，這也是此詩的關注點，且不限於詠史，還與現實關連。有一個史實不容忽視，即楊貴妃及其家族的炙手可熱與此詩的寫作時間密切相關，且看《資治通鑑》卷二一五的記載：天寶四載，「八月，壬寅，冊楊太真為貴妃；贈其父玄琰兵部尚書，以其叔父玄珪為光祿卿，從兄銛為殿中少監，錡為駙馬都尉。癸卯，冊武惠妃女為太華公主，命錡尚之。及貴妃三姊，皆賜第京師，寵貴赫然。楊釗（天寶九載，玄宗始賜名國忠），貴妃之從祖兄也，不學無行，為宗黨所鄙。從軍於蜀，得新都尉；考滿，家貧不能自歸，新政富民鮮于仲通常資給之。楊玄琰卒於蜀，釗往來其家，遂與其中（仲）女通（私通）。鮮于仲通名向，以字行，頗讀書，有材智，劍南節度使章仇兼瓊引為采訪支使，委以心腹。嘗從容謂仲通曰：『今吾獨為上所厚，茍無內援，必為李林甫所危。聞楊妃新得幸，人未敢附之。子能為我至長安與其家相結，吾無患矣。』仲通曰：『仲通蜀人，未嘗遊上國，恐敗公事。今為公更求得一人。』因言釗本末。兼瓊引見釗，儀觀豐偉，言辭敏給；兼瓊大喜，即辟為推官，往來浸親密。乃使人獻春綈於京師，將別，謂曰：『有少物在郫，以具一日之糧，子過，可取之。』釗至郫，兼瓊使親信大齎蜀貨精美者遺之，可直萬緡。釗大喜過望，晝夜兼行，至長安，歷抵諸妹，以蜀貨遺之，曰：『此章仇公所贈也。』時中女新寡，釗遂館於其室，中分蜀貨以與之。於是諸楊日夜譽兼瓊；且言釗善摴蒱（博戲），引之見上，得隨供奉官出入禁中，改金吾兵曹參軍。……楊釗侍宴禁中，專掌摴蒱文簿，鉤校精密。上賞其強明，曰：『好度支郎。』諸楊數徵（證）此言於上，又以屬王鉷，鉷因奏充判官。」天寶五載，「楊貴妃方有寵，每乘馬則高力士執轡授鞭，織繡之工專供貴妃院者七百人，中外爭獻服器珍玩。嶺南經略使張九章，廣陵長史王翼，以所獻精美，九章加三品，翼入為戶部侍郎；天下從風而靡。民間歌之曰：『生男勿喜女勿悲，君今看女作門楣。』妃欲得生荔支，歲命嶺南馳驛致之，比至長安，色味不變。至是，妃以妬悍不遜，上怒，命送歸兄銛之第。是日，上不懌，比日中猶未食，左右動不稱旨，橫被棰撻。高力士欲嘗上意，請悉載院中儲偫（儲存之備用器物）送貴妃，凡百餘車；上自分御膳以賜之。及夜，力士伏奏請迎貴妃歸院，遂開禁門而入。自是恩遇愈隆，後宮莫得進矣。」凡此種種，詩人或有所聞，故藉詠史以諷；即使非具體影射，亦與警戒后妃亂政的普遍主題相關，仍不減此詩的現實意義。

# 賦得還山吟送沈四山人

【題　解】詩人又有〈贈別沈四逸人〉一詩，中云「疾風掃秋樹，濮上多鳴砧」句，時、地與〈同群公登濮陽聖佛寺閣〉詩相合，可知作於天寶五載（西元七四六年）秋與李白、杜甫同遊濮陽之時。此詩與〈贈別沈四逸人〉作於同時。賦得，凡是指定或限定的詩題，例在題目上加此二字。沈四山人，即沈千運。《唐才子傳》卷二：「沈千運，吳興人，工舊體詩，氣格高古。當時士流皆敬慕之，號為沈四山人。天寶中，數應舉不第，時年齒已邁，遨遊襄鄧間，干謁名公。來濮上，感懷賦詩曰：『聖朝優賢良，草澤無遺族。人生各有命，在余胡不淑。一生但區區，五十無寸祿。衰落當棄捐，貧賤招謗讟。』其時多難，自知屯蹇，遂浩然有歸歟之志。賦詩曰：『棲隱非別事，所願離風塵。不來城邑遊，禮樂拘束人。』又曰：『如何巢與由，天子不得臣。』遂還山中別業，嘗曰：『衡門之下，可以棲遲，有薄田園，兒稼女織，偃仰今古，自足此生，誰能作小吏走風塵下乎？』」

還山吟，天高日暮寒山深，送君還山識君心。人生老大須恣意，看君解作一生事❶。山間偃仰❷無不至❸，石泉淙淙若風雨，桂花松子常滿地。賣藥❹囊中應有錢，還山服藥又長年。白雲勸進杯中物❺，明月相隨何處眠？眠時憶問醒時意❻，夢魂可以相周旋。

【注　釋】❶看君解作一生事　意謂看來沈氏曉悟一生應如何去做。參見題解所引《唐才子傳》。❷偃仰　悠閒自在。❸至　適當。《荀子・正論》：「不知逆順之理、小大至不至之變也。」楊倞注：「至不至，猶言當不當。」❹賣藥　古代隱士多採藥自服，以求延年，亦或兼賣，接濟生計。❺杯中物　酒。陶淵明〈責子〉：「且盡杯中物。」❻醒時意　指不覺孤獨，有自然風物「白雲」、「明月」等相伴。意，《唐詩所》、《全唐詩》作「事」。

【語　譯】還山吟，天高日暮寒山深邃，送君還山深知君之心思。人生老大須隨心所欲，看來君已曉悟一生真諦。山中悠閒無所不適，石上流泉淙淙之聲似風雨，桂花松子總是落個滿地。採藥出賣囊中當應有錢，還山服藥又會益壽延年。白雲勸進杯中酒，明月相隨何處眠？眠時孤寂如果回想問起醒時有伴的情意，夢魂則可與之相互應酬周旋。

【研　析】此詩為送別之作，但不是一般的送別，而是送一位隱居深山的友人歸山。友人特殊的身分，特殊的歸地，以及詩人當下入世出世進退兩難的處境，使得此詩具有特殊意味。開頭三句，寫送別，其中送君句為關鍵，尤其「識君心」三字值得玩味；從題解引據的材料可知，沈千運是經歷仕途失意後而歸隱的，他的心由熱到冷，最後鐵定以出世為歸宿。「人生」二句，是對「君心」的具體揭示。「山間」九句，具體寫山中生活，特點是悠閒自在，與自然風物為伍。其中「眠時」二句，暗藏玄機，使讀者透過隱者閒適自得的表面，體察到其心靈深處難以排解的孤寂；而這一點正是詩人自己出處難決的緣由。

## 同群公出獵海上

【題　解】此詩作於天寶五載（西元七四六年）冬。群公，指李白、杜甫等人。杜甫〈壯遊〉詩云：「春歌叢臺上，冬獵青丘（在北海郡千乘縣）旁」，即寫本年偕李白、高適等齊魯之遊。海上，指近渤海之處。

畋獵❶自古昔，況伊❷心賞❸俱。偶與群公遊，曠然出平蕪。層陰漲溟海，殺氣❹窮幽都❺。鷹隼❻何翩翩，馳聚相傳呼❼。豺狼竄榛莽，麋鹿罹艱虞❽。高鳥下騂弓❾，困獸鬥匹夫。塵驚大澤晦，火燎深林枯。

失之有餘恨，獲者無全軀⑩。咄彼工⑪拙間⑫，恨非指蹤⑬徒。猶懷老氏訓⑭，感歎此歡娛。

【注　釋】❶畋獵　打獵。❷伊　其，指代畋獵。❸心賞　猶賞心，心所欣悅。謝靈運〈擬魏太子詩序〉：「天下良辰、美景、賞心、樂事，四者難並。」❹殺氣　肅殺之氣。即古時所謂秋、冬之際的陰氣。《禮記・月令》：「孟秋之月，殺氣浸盛，陽氣日衰。」❺幽都　北方之都。《尚書・堯典》：「申命和叔，宅朔方，曰幽都。……以正仲冬。」據《新唐書・地理志》，范陽郡（幽州）有幽都縣，在今天津薊縣。❻隼　又名鶻，一種猛禽。《漢書・五行志》：「萬物既成，殺氣之始也，故立秋而鷹隼擊。」❼傳呼　指指揮鷹隼的口令。❽罹艱虞　遭憂難。❾騂弓　調整好的弓。《詩經・小雅・角弓》「騂騂角弓」，毛傳：「騂騂，調利也。」❿無全軀　指獵獲之物軀體無完整者。⓫工　精巧。⓬間　差別。⓭指蹤　發蹤指示，即發現禽獸蹤跡以指示鷹犬追捕。⓮老氏訓　指《老子》「馳騁畋獵，令人心發狂」等語。

【語　譯】打獵之事淵源於古昔，況且總是與賞心之樂並俱。偶爾與群公同遊，豁達開闊外出到廣平原野。重重濃陰從大海漲出，肅殺之氣遍布幽都。助獵的鷹隼翩翩而飛何其輕捷，飛馳集聚全與傳呼的口令相隨。兇惡的豺狼逃竄於榛莽叢中，柔弱的麋鹿往往在劫難逃。高飛的鳥遭遇強弓利箭而落下，受困的野獸還在跟匹夫爭鬥。塵土紛揚大澤變得昏暗，獵火蔓延深林一片焦枯。漏失獵物心中存有餘憾，獲得的獵物多是殘無全軀。可嘆獵技巧拙差別如此之大，遺憾自己不是指揮鷹犬追蹤的嫻熟之徒。可幸尚能記懷老子關於打獵開心的教誨，甚為感嘆打獵此舉之歡快娛悅。

【研　析】古代把打獵當成一種遊樂，也是軍事騎射操練的一種方式。此詩記敘詩人參與打獵的全過程，從場景的描寫，到氣氛的渲染，以至心中的感受，具體而微。詩人深嘆自己打獵技藝上的巨大差距，但是從中獲得莫大樂趣。

## 東平留贈狄司馬

【題　解】此詩作於天寶四載（西元七四五年）秋至天寶六載旅居東平期間，具體時間當為離開東平之時。東平，見〈東平路中遇大水〉題解。留贈，分別時贈送禮品或題贈詩詞給留下不走的朋友。狄司馬，名未詳。《唐百家詩選》、《文苑英華》、《全唐詩》題下注云：「曾與田安西充判官。」田安西指安西都護田仁琬。判官，唐代節度使、觀察使、防禦使均置判官，為長官僚屬，輔理政事。據徐安貞〈易州田公德政碑〉及《冊府元龜》卷四五〇「將帥部」所載〈貶田仁琬刺史制〉，可知狄司馬充田仁琬判官當在開元二十八年（西元七四〇年）至天寶元年（西元七四二年）之間，後遷司馬。司馬，各級軍府及州郡佐官，狄司馬當為東平太守佐官。

古人無宿諾❶，茲道未❷為難。萬里赴知己，一言❸誠可歎❹。馬蹄經月窟❺，劍術指樓蘭❻。地出北庭❼北，城盡西海❽寒。森然瞻武庫❾，則是弄⑩儒翰。入幕綰銀綬⑪，乘軺兼鐵冠⑫。練兵日精銳，殺敵無遺殘。獻捷見天子，論功俘可汗⑬。激昂丹墀⑭下，顧盼青雲端。誰謂⑮縱橫策⑯，翻⑰為權勢干⑱！將軍⑲既坎壈⑳，使者㉑亦辛酸。耿介把三事㉒，羈離從一官㉓。知君不得意，他日會鵬摶㉔。

【注釋】❶無宿諾　未及時兌現的諾言。《論語・顏淵》：「子路無宿諾。」。❷未　敦煌選本、《全唐詩》作「以」。❸一言　指一言之信。《孔子家語・好生》：「孔子……喟然歎曰：『賢哉楚王！輕千乘之國，而重一言之信。』」❹歎　讚嘆。❺月窟　喻極西之地，古人又用以指番國。梁簡文帝〈大法頌〉：「西踰月窟，東漸扶桑。」❻樓蘭　漢代西域國名。漢武帝時屢派人通大宛，樓蘭當道，常攻擊漢使。昭帝時派人斬其王，改名鄯善。唐時號為納縛波，故地在今新疆維吾爾自治區羅布泊西。此處用漢代舊名。❼北庭　方鎮名。因轄境在伊州（哈密）以西，故稱伊西；因治所在北庭都護府，節度使例兼北庭都護，故通稱北庭，亦稱伊西北庭。統轄伊、西、庭三州及北庭都護府境內諸軍鎮、守捉。❽西海　古稱西海，所指不一。此當指青海湖，漢隋皆曾於此置西海郡。❾武庫　儲物之庫。後遂用以比喻人學富才高。《晉書・杜預傳》：「在內七年，損益萬機，不可勝數，朝野稱美，號曰杜武庫，言其無所不有也。」❿弄　敦煌選本作「弃」。⓫綰銀綬　指佩帶官印。綰，繫。銀綬，銀印、青綬（繫印的帶子）。《漢書・百官公卿表》：「御史大夫，秦官，位上卿，銀印青綬。」按此借用古制，唐時官吏一律用銅印。⓬乘軺兼鐵冠　指出使執法。乘軺，指出使。軺，一種輕小的馬車。鐵冠，即法冠，一名獬豸冠，以鐵為冠柱，故稱。⓭可汗　突厥等西域諸族對其首領的稱呼。⓮丹墀　指宮殿前漆成紅色的臺階。⓯謂　意料。底本作「為」，諸本多同，此從敦煌選本、《文苑英華》及《全唐詩》。⓰縱橫策　指縱橫馳驅出奇制勝之策。⑰翻　反而。⑱干　干犯；阻撓。⑲將軍　指田仁琬。⑳坎壈　坎坷失志。語出《楚辭・九辯》：「坎廩（同壈）兮貧士，失職而志不平。」〈九歎・怨思〉：「志坎壈而不遠。」㉑使者　指狄氏。㉒三事　三公。按唐以太尉、司徒、司空為三公。語出《詩經・小雅・雨無正》：「三事大夫，莫肯夙夜。」㉓一官　指司馬。㉔鵬摶　大鵬乘風而上。後以鵬摶喻升遷高位。《莊子・逍遙遊》：「鵬之徙於南冥也，水擊三千里，摶扶搖（旋風）而上者九萬里。」

【語　譯】古人從無未及時兌現的諾言，此種誠信之道做起來還不算難。不遠萬里去投靠知己，得到一言承諾誠然值得讚嘆。飛奔的馬蹄曾歷經極西之地月窟，精湛的劍術直指當道不馴的樓蘭。所到之地超出北庭以北，身臨城池極盡西海嚴寒。眾盛無比瞻仰你學富才高，可惜只是舞文弄墨之選。進入幕府佩著青帶銀印，乘著出使的軺車戴著執法的鐵冠。主帥練兵日漸精銳，殺敵全殲從無遺留餘殘。貢獻戰利榮幸進見天子，論功當得俘獲番族首領之高賞。豪情激昂於朝廷階下，顧望青雲自信高位可攀。誰料所懷制敵勝策，反被權勢小人干犯！將軍前途既然遭到坎坷，跟從者亦隨之命運辛酸。正直不阿拜揖朝廷三公，漂泊他鄉從命屈居一官。深知君眼下甚不得意，來日一定會高舉升遷。

【研　析】此詩為詩人離開東平時留贈之作，所贈對象為東平郡司馬狄氏。開頭四句，為回憶之辭，寫狄氏當初曾受到安西都護田仁琬的非凡信任。「馬蹄」八句，寫狄氏在西域田氏幕府的經歷和職守，身居判官雖不免屈才，但尚屬得意。「練兵」十句，寫主帥戰績顯赫，功當重賞，高位唾手可得，不料卻被權勢小人干擾，反遭坎坷，從官狄氏亦受牽連，境遇辛酸。最後四句，寫狄氏眼下任司馬的不得意處境，而詩人自己也只能致以無濟於事的寬慰之辭。入幕從軍，希望得到主帥的薦舉，或因主帥升遷而沾光，是當時士人仕進的一條出路，詩人自己亦有此願，參見〈信安王幕府詩〉等。但此路不一定通暢，往往荊棘叢生，此詩所寫友人狄氏，即因居功主帥受到權勢排擠而受牽連，淪落下位。詩人不僅為「誰謂縱橫策，翻為權勢干」的主帥田氏鳴不平，更為「將軍既坎壈，使者亦辛酸」受牽連的狄氏深感惋惜；而矛頭所向則是權勢當政，對此表示了無比痛恨，這是詩人詩中的一個突出主題。

## 贈任華

【題　解】此詩約作於天寶初期出仕之前。原集缺佚，選自計有功《唐詩紀事》卷二二。任華，開元、天寶年間詩人。曾任祕書省校書郎，遷拜御史臺屬官。時人稱讚他文格「高妙」、「清新」。事跡見王定保《唐摭言》。

丈夫結交須結貧，貧者結交交始親。世人不解結交者，唯重黃金不重人。黃金雖多有盡時，結交一成無竭期。君不見管仲與鮑叔❶，至今留名名不移。

【注　釋】❶管仲與鮑叔　管仲，春秋潁上人。鮑叔，即鮑叔牙。按《史記・管晏列傳》，管仲少時貧困，與鮑叔牙游，鮑叔知其賢，善遇之。後鮑叔事齊公子小白，管仲事公子糾。及小白立為桓公，公子糾死，管仲被囚，鮑叔遂進管仲，自己身居其下。管仲既用，相齊桓公為霸，九合諸侯，一匡天下。管仲曾說：「生我者父母，知我者鮑子也。」

【語譯】大丈夫結交須結交貧者，與貧者結交交情才能親密。世人不懂結交之事，只重黃金不重人。黃金雖多總有用盡之時，結交一旦成功便無窮盡之日。君不見管仲與鮑叔牙相交莫逆，至今青史留名名不變移。

【研析】此詩為贈答之作，讚頌不染銅臭、真情永恆的友誼。詩人經歷人生坎坷，閱盡世態炎涼，深感貧賤見真情，富貴不可恃，故詩中屢屢出現類似的主題。參見〈行路難〉、〈邯鄲少年行〉等。

## 秋日作

【題解】據「閉門生白髮」云云，此詩當作於天寶初年出仕之前。敦煌集本題作〈秋日言懷〉。

端居❶值秋節，此日更❷愁辛❸。寂寞無一事，蒿萊❹通四鄰。閉門生白髮，迴首憶青春。歲月不相待，交遊隨眾人。雲霄何處託？愚直❺有❻誰親！舉酒聊自勸，窮通信❼爾身❽。

【注　釋】❶端居　謂平常居處。❷更　敦煌集本作「益」。❸辛　敦煌集本作「新」。❹蒿萊　雜草。蒿為一種野草，萊即蕨。《韓詩外傳》卷一載，孔子弟子原憲居魯，「環堵之室，茨（作頂）以蒿萊，上漏而下濕，正坐而弦歌。」後遂以蒿萊指簡陋的茅屋。❺愚直　愚拙而直率。《論語・陽貨》：「古之愚也直，今之愚也詐。」❻有　敦煌集本作「與」。❼信　隨；聽任。❽爾身　你自身，指一生命運。

【語　譯】平常而居正值秋天季節，此種蕭條時日更覺愁苦難挨。寂寞無一事可做，茅屋與四鄰相通。閉門索居自訝已生白髮，回首往事留戀青春年華。歲月流逝不待我，交遊淡薄隨眾人。雲霄仕途何處可託？愚拙直率有誰親近！舉酒澆愁權且自我寬慰，窮困通達聽任自身命運。

【研　析】這是一首情深意切的感懷詩。開頭四句，寫秋日獨居，更增愁苦，寂寞無聊，無處傾吐。「閉門」四句，寫索居生活，歲月蹉跎，已生白髮，青春不再；更重要的是「交遊隨眾人」，始終未遇深交，心靈孤獨。最後四句，寫仕途無著，原因在於為人耿直，無人親近、薦舉；這是詩人最焦心的，但無可奈何，也只有借酒澆愁，聽天由命而已。這是詩人出仕前不久寫的詩，其中透露的心聲，對我們如何理解詩人關於自己今後人生路的選擇，如出任封丘尉，又辭去封丘尉等，至關重要。

## 留別鄭三韋九兼洛下諸公

【題　解】此詩作於天寶八載（西元七四九年）授封丘尉後，赴任途經洛陽之時。鄭三、韋九，名皆未詳。

憶昨❶相逢論久要❷，顧君哂❸我輕常調❹。羈旅雖同白社遊❺，《詩》《書》❻已作❼青雲料❽。蹇躓❾蹉跎竟不成，年過四十尚躬耕。長歌達者❿杯中物，大笑前人身後名⓫！幸逢明聖⓬多招隱，高山大澤徵求盡。此時亦得辭漁樵，青袍⓭裹身荷⓮聖朝。犁牛釣竿不復見，縣人邑吏來相邀。遠路鳴蟬秋興發，華堂美酒離憂銷。不知何時⓯更攜手，應念茲晨⓰去折腰⓱。

【注　釋】❶昨　昔時。❷久要　舊約。《論語・憲問》：「久要不忘平生之言，亦可以為成人矣。」❸哂　譏笑。❹常調　按常規遷選官吏。《新唐書・選舉志》：「國子監置大成二十人，取已及第而聰明者為之。……上於尚書吏部試之，登第者加一階放選。其不第則習業如初，三歲而又試。三試而不中第者，從常調。」❺白社遊　用晉隱士董京事。《晉書・隱逸傳・董京傳》：董京在洛陽被髮而行，逍遙吟詠，宿白社中，時乞於市。孫楚當時為著作郎，常到社中與語，勸其用世。董京作詩答之，歎末世不遇，志遁世以存真。白社，地名，在河南洛陽市東。❻詩書　《詩經》和《尚書》，泛指經書或學問。❼已作　敦煌選本作「比作」，《文苑英華》作「已得」。❽青雲料　謂獲取高官顯位的手段。❾蹇躓　困頓不順。躓，敦煌選本、《文苑英華》作「步」。❿達者　《文苑英華》作「達士」。⓫身後名　用晉張翰事。《晉書・張翰傳》：「翰任心自適，不求當世。或謂之曰：『卿乃可縱適一時，獨不為身後名耶？』答曰：『使我有身後名，不如即時一杯酒。』時人貴其曠達。」

⑫聖　敦煌選本、清影宋抄本、《文苑英華》、《全唐詩》作「盛」。⑬青袍　按《通典・禮》卷二一，唐貞觀三年（西元六二九年）規定八品、九品官服青色。又《新唐書・車服志》，顯慶元年（西元六五六年）以後，深青為八品之服，淺青為九品之服。縣尉為九品，當服淺青。⑭荷　承受恩德。⑮時　敦煌選本、《文苑英華》作「日」。⑯晨　通「辰」。敦煌選本、清影宋抄本、《文苑英華》作「辰」。⑰折腰　鞠躬下拜。陶淵明為彭澤令，歲終，會郡遣督郵至，縣吏請曰：「應束帶見之。」淵明歎曰：「我豈能為五斗米（縣令之俸）折腰向鄉里小兒！」即日解綬去職，賦〈歸去來兮辭〉。詳見蕭統《陶淵明傳》及《晉書》本傳。後遂以折腰謂小吏逢迎長官之意。

【語譯】憶昔相逢談論舊時約定永不相違之時，回想諸君譏笑我輕視仕途常規之選。當時寄居異鄉雖與董京困遊白社的窘境相同，可是《詩》《書》滿腹已備有獲取高位顯官之資。誰知困頓蹉跎竟然不成，年過四十還在隱身農耕。長歌達者倚重杯中之酒，大笑前人不忘身後之名！所幸遇到聖明君主正多方招納隱居之人，高山大澤無所不及徵求殆盡。此時我也得以辭別打漁砍柴的山野生活，青色官袍加身承受聖朝恩德。耕牛釣竿已不再見，縣人邑吏常來相邀。遠方路途鳴蟬聲聲秋天的感興忽然萌發，華堂餞行美酒滿斟離別的憂愁不覺已銷。不知何時能再次攜手相聚，應不忘此刻正準備前去做吏折腰。

【研析】此詩為赴封丘尉任留別故人之作，瞻前顧後，感慨身世，情感頗為複雜。開頭八句，回憶往事，由於自己輕視考進士之仕途「常調」，雖滿腹經綸，卻不屑進取，以致困頓蹉跎，年過四十，一無所成，決意飲酒開懷，不計身後之名。其實詩人並不甘於被埋沒，心冷而未灰，其中「長歌」二句透露了心底消息：曠達須借酒維持，笑看身後名實為寬己之辭。此正是以下寫出仕的伏筆。「幸逢」六句，寫自己應舉有道科而中，被授封丘尉，一改山野隱居生涯。其中「幸逢」二句，首先交代自己此次決定仕進的理由，是應皇上選賢之制舉，而非遵循自己所輕視之「常調」。因此下面接著寫感謝朝廷的恩典，得以官服加身，做上縣尉，辭別隱耕生活，受到縣人邑吏的奉迎。然個中是喜，抑或是憂，頗耐尋味；聯繫此詩的結尾一句，以及詩人其他言志之作，此次出仕的結果，實際未使詩人如願以償，故感恩不過是客套，而非由衷之辭；並且以「縣人邑吏」的奉迎取代「犂牛釣竿」的山野自由，亦非詩人所願。全詩最後四句，寫分手。其中前二句，遠路、鳴蟬以及時序所感發的秋興，均增離別的愁緒，而華堂美酒的盛情餞別又使離憂一時消除。後二句，離憂重起，一因後會難期，一因折腰難料。跌宕起伏，餘意綿綿。

## 封丘縣

【題解】此詩作於天寶八載（西元七四九年）至天寶十一載（西元七五二年）任封丘尉期間。封丘，縣名，屬陳留郡，在今河南封丘。縣，敦煌集本、《河嶽英靈集》、《文苑英華》、《全唐詩》作「作」。《全唐詩》注：「一作縣。」《唐詩所》「縣」下有「作」字。

我本漁樵孟諸❶野，一生自是悠悠者。乍可❷狂歌草澤中，寧❸堪作吏風塵❹下！祇言小邑無所為，公門百事皆有期❺。拜迎官長心欲碎❻，鞭撻黎庶令人悲。悲⑦來向家問妻子，舉家盡笑⑧今如此！生事應須南畝⑨田，世情付與東流水。夢想舊山安在哉？為銜君命⑩日遲迴⑪。乃知梅福⑫徒為爾⑬，轉憶陶潛〈歸去來〉⑭。

【注　釋】①孟諸　古澤名，在今河南商丘東北，接虞城縣境。高適出仕以前曾長期客居隱耕於宋城（今河南商丘南）。②乍可　只可。③寧　豈。④風塵　指紛擾的世俗社會。⑤期　指程期，公事的期限。⑥碎　敦煌集本、《文苑英華》作「破」。⑦悲　底本作「歸」，此從敦煌集本、《河嶽英靈集》等。按「歸來」與「向家」意複。⑧笑　據上下文乃是苦笑之意。⑨南畝　此語《詩經》中屢見，指南坡向陽良田。⑩銜君命　奉君命，指受命為吏。⑪遲迴　遲疑不決。⑫梅福　西漢末年九江郡壽春縣人，字子真。曾做南昌尉，後棄官。但仍不忘國事，數次上書進言，終不被採納。見《漢書．梅福傳》。⑬徒為爾　徒勞而已。⑭陶潛歸去來　指陶潛不為五斗米之俸折腰逢迎，辭去彭澤令賦〈歸去來兮辭〉。

【語　譯】我本來打漁砍樵於孟諸山野，一生自是悠閒自在者。只可狂放縱歌於草澤之中，豈能局促做吏於塵世之下！只料想做吏小邑無甚事可作，哪知道官署百事皆有期限督促。拜迎長官內心不甘像要破碎一樣，鞭撻百姓心腸不忍令人悲痛不已。悲痛起來只能回家向妻子兒女問個究竟，全家都苦笑落到如今境地！生計當靠南畝向陽好田地，塵世情懷甘願付諸東流水。夢中思念的歸隱舊山今在何處？官務纏身為奉君命日日遲疑不決。乃知漢代梅福出任縣尉徒勞而已，轉而想起陶潛辭官曾賦〈歸去來兮辭〉。

【研　析】此詩為高詩名篇，抒發了詩人任封丘縣尉時的尷尬處境和複雜心態。開頭四句，寫自己秉性自由狂放，宜與自然為伍，不堪做吏受制於人。「祇言」六句，寫上任後不曾預料的為吏尷尬處境和心態。最後六句，表露了自己仕進與隱退的兩難心理，重新燃起毅然歸隱念頭。詩中「拜迎官長心欲碎，鞭撻黎庶令人悲」二句，典型地描述了一個正直士人為吏的兩大難堪和揪心之處，成為千古傳誦的名句。前者使自己的崇高尊嚴受侮，後者於自己的善良本心不忍，皆由身分低下和百事有期使然，實在難以接受。值得指出的是，拜迎官長的感受，是陶潛已有過的為吏體驗，而鞭撻黎庶的感受，則是詩人新的體驗，兩相互補，更全面地體現了一個正直士人的完美人格，這正是本詩的重要價值所在。

## 睢陽酬別暢大判官

【題　解】此詩約作於天寶九載（西元七五〇年），時暢大至睢陽選兵，後高適亦以封丘尉職北使青夷軍送兵。睢陽，郡名，原宋州，天寶元年更郡名。治所在宋城縣（漢睢陽縣，在今河南商丘南）。暢大，暢璀，河東人。據《舊唐書・暢璀傳》，天寶末年為河北海運判官。《唐才子傳・王之奐（渙）傳》：「（渙）與王昌齡、高適、暢當忘形爾汝。」後遂多據此謂本詩之暢大為暢當。實則《唐才子傳》此條材料不確，與其他記載相牴牾，亦與此詩暢大事跡不符。按暢當乃暢璀之子，《新唐書・儒學傳》下、《唐詩紀事》、《唐才子傳・暢當傳》均有暢當的材料，可知當為大曆七年（西元七七二年）張式榜及第，貞元初為太常博士。其及第之年，高適已卒七載，兩人年歲及主要活動時期頗不相值。韋應物與暢當有交，詩中屢見酬贈之作，所及暢當仕歷行跡，亦與此詩不合。因此詩暢大指為暢當幾成定說，故特詳辨於此。判官，為大督都府、督都府及節度、觀察、團練、防禦等使的屬僚，位次副使，總掌府事。

吾友遇知己，策名❶逢聖朝。高才擅〈白雪〉❷，逸翰懷青霄❸。承詔選嘉兵❹，慨然即馳軺❺。清晝下公館❻，尺書❼忽相邀。留歡惜別離，畢景❽駐行鑣❾。言及沙漠事❿，益令胡馬驕⓫。大夫⓬拔東蕃，聲冠霍嫖姚⓭。兜鍪⓮衝矢石，鐵甲生風飈。諸將出冷陘⓯，連營濟石橋⓰。酋豪⓱盡俘馘⓲，子弟⓳輸征徭⓴。邊庭絕刁斗㉑，戰地成漁樵。榆關㉒夜不扃㉓，塞口長蕭蕭。降胡滿薊門㉔，一一能射鵰。軍中多燕㉕樂㉖，馬上何輕趫㉗！戎狄本無厭㉘，羈縻㉙非一朝。飢附誠足用，飽飛安可招㉚？李牧㉛制儋藍㉜，遺風豈寂寥？君還謝㉝幕府㉞，慎勿輕芻蕘㉟。

【注釋】❶策名　仕宦的意思。語出《左傳》僖公二十三年，當時仕者把自己的名字記在所臣事人的簡策上，以明繫屬。❷白雪　古曲名，喻指高雅的詩詞。❸逸翰懷青霄　謂暢大志懷高位。翰，敦煌選本作「翮」。懷，敦煌選本作「淩」。❹承詔選嘉兵　據《資治通鑑》天寶十載八月：「安祿山將三道（幽州、平盧、河東）兵六萬以討契丹，以奚騎二千為鄉導。」暢大選兵或與此舉有關。嘉，敦煌選本作「佳」。❺馳軺　疾速驅車出使。軺，輕便的車子。❻公館　此泛指官舍。❼尺書　書函。古代使用簡牘時期，用一尺長的木簡寫信，後遂有尺書之稱。❽畢景　日夕。景，同「影」。❾鑣　馬銜。此處借指馬。❿沙漠事　指東北邊塞情況。漠，敦煌選本作「塞」。⓫胡馬驕　指胡人驕橫不羈。具體所指即下面「降胡」四句所寫重用胡兵、胡將的內容。據《資治通鑑》，安祿山自天寶初任平盧、范陽節度使以來，一方面數侵奚、契丹以邀功求寵，一方面重用奚、契丹的降將、降兵，致使邊境不寧，隱患無窮。胡，敦煌選本作「人」。⓬大夫　《資治通鑑》天寶六載十月胡三省注云：「唐中世以前，率呼將帥為大夫，白居易詩所謂『武官稱大夫』是也。」據史實，此指張守珪。大夫，底本及諸本多作「丈夫」，蓋形近而誤，此據敦煌選本改。⓭霍嫖姚　即漢代嫖姚校尉霍去病，屢破匈奴，平定邊患，戰功卓著。⓮兜鍪　頭盔。⓯泠陘　即泠口，為長城之隘口，在今河北遷安縣東北七十里。底本原作「井陘」，諸本多同，地理不合，此從敦煌選本、清影宋抄本。⓰石橋　趙州有石橋，名安濟橋，隋時所建，在今河北趙縣城南洨水之上，或即指此。⓱酋豪　即酋長，首領。⓲馘　古時計戰功割取死敵之左耳叫馘。⓳子弟　與「酋豪」相對而言，指其部屬。當時邊境民族處在部落階段，氏族尊長亦即部落首長，故部屬稱「子弟」。⓴輸征徭　送去服軍中役。㉑刁斗　軍中銅製用具，日以作炊，夜以敲更。㉒榆關　古關名，即今山海關，在河北秦皇島。㉓扃　門扇外的環鈕，用以從外關門。這裡用作動詞。㉔薊門　即古薊丘，在戰國時燕國薊城內。㉕燕　宴饗。㉖樂　歌舞。㉗輕趫　輕巧敏捷。㉘厭　滿足。㉙羈縻　約束、籠絡。㉚飢附二句　批評當時優待降胡的邊策。《三國志・魏書・張邈傳》：陳登告呂布說：「登見曹公（操），言待將軍譬如養虎，當飽其肉，不飽則將噬人。公曰：『不如卿言也，譬如養鷹，飢則為用，飽則揚去。』」㉛李牧　戰國時趙國良將，常守代雁門，曾用奇陣大破匈奴十餘萬騎，迫使單于遠逃，其後十餘年，匈奴不敢近趙邊城。㉜儋藍　亦作「襜襤」，戰國時北方的一個部族，被李牧滅亡。㉝謝　以辭相告。㉞幕府　將軍府。因出征在外，設用帳幕而得名。此借指將帥。㉟薊

蕘　本義為打草砍柴的人，泛指庶民百姓。此處為謙辭，自比芻蕘。《詩經・大雅・板》：「先民有言，詢于芻蕘。」又《漢書・藝文志・小說家序》：「如或一言可采，此其芻蕘、狂夫之議也。」

【語　譯】我的朋友遇上知己，策名入官逢到聖明朝代。文才高強擅長〈白雪〉之類高雅的詞章，羽翼健捷志在青霄高位。奉到朝廷詔命選拔佳兵，慷慨激昂立即驅車出使。清朗白晝下官舍，發來書函急相邀。留客歡宴難捨難分不忍別，直到日晚戶外還停留著行馬。談到沙漠邊疆事，最憂慮益發使胡人兵馬驕縱不羈。回想張帥攻取東蕃往事，名聲高過漢將霍去病。戰士頭盔冒著飛來的箭頭石塊，衝鋒陷陣身著鐵甲狂飆。眾將帶兵外出冷口，紮寨連屬度過石橋。敵方首領全成俘虜，子弟部屬均充軍役。邊疆消失刁斗警戒之聲，戰地變成漁樵營生之野。榆關要塞夜不閉城門，邊關安寧永遠安靜蕭條。投降胡兵滿薊門，個個皆能射大鵰。軍中享樂多有宴饗歌舞，馬上驕縱何其輕巧敏捷！戎狄之性本來就貪得無厭，羈縻籠絡非一朝一夕之力。飢餓依附時誠然足以利用，吃飽飛去時又怎能招得回來？李牧當年制服儋藍，遺風難道寂寥無聞？君回去謹請致辭幕府主帥，千萬不要輕視我這草野人之言。

【研　析】此詩為酬答之作，且主要談論一直牽動詩人心弦的東北邊事。開頭四句，寫友人暢大身遇邊將知己（指平盧、范陽節度使安祿山），任官軍幕，才高志強，正意氣風發。「承詔」八句，寫暢大受命，出使睢陽選兵，公事之餘，臨別邀己歡聚，談及東北邊地益發縱容胡人降兵驕橫的現狀。「大夫」十二句，回憶往事，追述幽州節度使張守珪於開元末大破奚、契丹，安定東北邊疆的情況，意在交代邊塞稍安局面的由來，並與現實邊策對比。「降胡」四句，承上文寫「益令胡馬驕」的具體情況。最後八句，議論現實邊策，認為一味羈縻、重用胡兵不可靠，建議繼承戰國邊將李牧堅決制服儋藍的遺策，以確保邊境的長久安定。詩人執著關心東北邊事，並且有北遊邊地的實際經歷，故對邊策的議論和獻計，有見有識，激切感人。

## 酬祕書弟兼幕下諸公 并序

【題解】此詩作於天寶九載（西元七五〇年）冬北使青夷軍送兵之時，為離開安祿山幕府後寄贈之作。祕書，即祕書郎，祕書省屬官。弟，或即高耽，時帶祕書郎職。王維有〈送高道弟耽歸臨淮作〉一詩，顧起經奇字齋本《王右丞詩箋》改「高道」為「高適」，注云：「一作道，非。」《全唐詩》沿其說，並於卷首正訛云：「〈送高道弟歸臨淮〉，耽本無傳，而適係淮人。諸本概作高道，今始因適傳正之作適。」於詩題下亦加注云：「高適，滄州渤海人，意臨淮、渤海舊同郡地。」其云高適淮人，固無據；云臨淮、渤海舊同郡地，亦謬，蓋不解臨淮為高耽客居之地，渤海乃係郡望。然改高道為高適，甚是。王維詩寫高耽「少年客淮泗，落魄居下邳。遨遊向燕趙，結客過臨淄。山東諸侯國，迎送紛交馳。自爾燕游俠，閉戶方垂帷。深明《戴家禮》，頗學《毛公詩》。備知經濟道，高臥陶唐時。聖主詔天下，賢人不得遺。……或問理人術，但致還山詞。天書降北闕，賜帛歸東菑」。與高適此詩所寫事跡全合。可證王維詩中高道乃高適之誤。有人據當時安祿山幕中有掌書記高尚，遂定高適之族弟為高尚。按高尚兩《唐書》均有傳，與此詩所寫事跡根本不合。

乙亥歲❶，適徵詣長安，時侍御❷楊公❸任通事舍人❹，《詩》《書》起予❺，蓋終日矣。今年適自封丘尉統吏卒於青夷❻，途經博陵❼，得太守賈公❽之政，相見如舊，他日之意存焉。司業❾張侯❿，周旋迨茲僅⓫三十載，將疇昔⓬是好，匪窮達之異乎？族弟祕書，雁序⓭之白眉⓮者，風塵一別，俱東西南北⓯之人。愴然相逢，適與願契。旅館之暇，長懷益增，因賦是詩，愧非六義⓰之流也。

亞相⓱膺⓲時傑，群才⓳遇良工⓴。翩翩㉑幕下來，拜賜甘泉宮㉒。信知命世奇㉓，適會非常功㉔。侍御執邦憲㉕，清詞㉖煥春叢㉗。末路㉘望繡衣㉙，他時㉚常發蒙㉛。孰云三軍壯？懼我彈射雄。誰謂萬里遙？在我鐏俎中㉜。光祿㉝經濟器㉞，精微㉟自深衷。前席屢榮問㊱，長城㊲兼在躬㊳。高縱㊴激頹波㊵，逸翮㊶馳蒼穹。將副㊷節制㊸籌，欲令沙漠空㊹。司業至應徐㊺，雅度思沖融㊻。相思三十年，憶昨猶兒童。今來抱青紫㊼，忽若披鴛鴻㊽。說劍增慷慨，論交持始終。祕書即吾門㊾，虛白㊿無不通。多才陸平原(51)，碩學鄭司農(52)。獻封(53)到關西(54)，獨步歸山東(55)。永意(56)久知處57，嘉言能亢宗58。客從梁宋來，行役隨轉蓬。酬贈欣元弟，憶賢瞻數公。遊鱗戲滄浪，鳴鳳棲梧桐59。並負垂天翼60，俱乘破浪風61。眈眈天府間62，偃仰誰敢同？何意搆廣廈63，翻然顧雕蟲64？應知阮步兵65，惆悵此途窮66！

【注釋】❶乙亥歲　開元二十三年（西元七三五年）。❷侍御　即房琯，曾任監察御史。❸楊公　名未詳。❹通事舍人　中書省屬官，掌朝見引納、殿庭通奏。❺起予　啟發我。《論語・八佾》：「起予者商也。」。❻青夷　即青夷軍，范陽節度使所統九軍之一，軍城在今河北懷來東南舊懷來。青，或作「清」。❼博陵　郡名，原定州，天寶元年更郡名。治所在安喜縣（今河北定州）。❽賈公　即賈循。《新唐書・賈循傳》：「賈循，京兆華原人。……安祿山兼平盧節度使，表為副，遷博陵太守。祿山欲擊奚、契丹，復奏循光祿卿自副，使知留後。」❾司業　國子監屬官，掌儒學訓導之政。❿張侯　據由李荃撰文之〈北嶽恆山安天王銘〉（見《金石萃編》卷八八），天寶七載前後，博陵郡官吏中有「中散大夫行長史上柱國賞紫金魚袋清河張公元瓚」，此張司業或即其人。⓫僅　庶幾；接近。⓬疇昔　往昔。⓭雁序　喻稱兄弟。⓮白眉　謂兄弟中最傑出的。三國蜀人馬良，兄弟五人，皆字常，且皆有才名，以馬良為最突出。馬良眉中有白毛，鄉里作諺曰：「馬氏五常，白眉最良。」見《三國志・蜀書》本傳。⓯東西南北　此指四處漂泊。《禮記・檀弓上》載孔子自謂：「今丘也，東西南北之人也。」⓰六義　《詩經》中的風、雅、頌、賦、比、興。《周禮・春官・大師》：「教六詩：曰風，曰賦，曰比，曰興，曰雅，曰頌。」《毛詩・大序》：「《詩》有六義：一曰〈風〉，二曰賦，三曰比，四曰興，五曰〈雅〉，六曰〈頌〉。」此處以六義概指《詩經》。⓱亞相　漢代御史大夫，位亞於宰相，世稱亞相。此指御史大夫安祿山。⓲膺　當。

⑲群才　指幕下諸人。⑳良工　指安祿山。㉑翩翩　喻文采風流。《史記・平原君列傳》：「平原君，翩翩濁世之佳公子也。」㉒甘泉宮　在陝西淳化甘泉山上，本秦離宮，漢武帝復增築之，每年夏避暑於此。此泛指皇宮。㉓命世奇　名高一世之奇材。李陵〈答蘇武書〉：「賈誼、亞夫之徒，皆信命世之才，抱將相之具。」㉔非常功　《史記・司馬相如列傳》：「蓋世必有非常之人，然後有非常之事；有非常之事，然後有非常之功。」㉕憲　法度。㉖清詞　指詩文。㉗煥春叢　煥發於春天花叢之中，形容清新鬱勃。㉘末路　指己仕途不得志。㉙繡衣　指「繡衣直指」，漢代官名。《漢書・百官公卿表》：「侍御史有繡衣直指，出討奸猾，治大獄。武帝所制，不常置。」此處稱楊侍御。㉚他時　指開元二十三年。㉛發蒙　即序文「詩書起予」意。㉜誰謂二句　意謂萬里之遙，決勝於我罇俎之間。典出《晏子春秋・內篇・雜上》：晉平公欲伐齊，使范昭往觀其政。飲宴之間，范昭以無禮試探，請用齊景公之罇，遭晏子拒之；請用成周之樂起舞，遭太師拒之。范昭陰謀被揭穿，回報平公：「齊未可伐也。」於是輟伐齊謀。孔子聽到後說：「善哉！不出樽俎之間，而折衝千里之外，晏子之謂也。」㉝光祿　全稱銀青光祿大夫，散官名，不治事。㉞經濟器　經世濟民之材。㉟精微　指德。《禮記・禮器》：「德產（生）之致（密）也精微。」㊱前席屢榮問　意謂賈太守曾多次榮獲皇帝親切問事。前席，《史記・屈原賈生列傳》：「賈生（誼）徵見，孝文帝方受釐（受祭餘之肉以求福），坐宣室。上因感鬼神事，而問鬼神之本，賈生因具道所以然之狀。至夜半，文帝前席。既罷，曰：『吾久不見賈生，自以為過之，今不及也。』」按《名義考》卷八：「古者坐於地，以筦蒲為席，天子諸侯則有黼黻純飾。坐則居中，遜避不敢當則卻就後席，喜悅不自覺則促近前席。」㊲長城　比喻捍衛重任。據《宋書・檀道濟傳》，劉宋將領檀道濟曾自比萬里長城。㊳躬　自身。㊴高縱　高尚的行跡。縱，通「蹤」。㊵頹波　比喻衰落的風氣和形勢。㊶逸翮　輕舉疾飛之翅。翮本是翅上勁羽，概指翅膀。㊷副　協助。㊸節制　節度使之稱。㊹沙漠空　指滅盡邊塞入侵之敵。㊺應徐　應瑒和徐幹，同為「建安七子」。㊻沖融　充盈、浩蕩。㊼青紫　指青色和紫色的印綬，表示高官。㊽鵷鴻　鵷雛（鸑鳳之屬）、鴻雁，喻指朝官。因鵷雛、鴻雁飛行有序，如朝官班行，故稱。㊾門　家族。㊿虛白　謂空

虛其心，純潔即生。《莊子·人間世》：「虛室生白。」這裡指心懷謙虛純真。51陸平原　即陸機，字士衡，吳郡人。吳大司馬陸抗之子。吳亡入晉，官至平原內史，故亦稱陸平原。他好儒學，有文采，善詩能賦，詞藻宏麗。與弟陸雲並有才名，世稱「二陸」。有《陸平原集》。傳見《晉書》卷五四。52鄭司農　即鄭玄，字康成，東漢高密人，官至大司農。他少遊太學，博通諸經及曆法算學，後集漢代經學之大成，幾乎遍注群經傳記，著述甚富。傳見《後漢書》卷六五。53獻封　上書。54關西　函谷關以西，指長安。55山東　太行山以東。此句謂落第而歸。王維〈送高道弟耽歸臨淮作〉，即為長安落第送行之作，其中寫其應試之前有「山東諸侯國，迎送紛交馳」句，寫落第而歸有「天書降北闕，賜帛歸東菑」句。56永意　猶云恆心。57處　隱居，與出仕相對。《周易·繫辭》：「或出或處。」58亢宗　蔽護宗族。語出《左傳》昭公元年：「大叔（鄭游吉）曰：『吉不能亢身，焉能亢宗？』」59遊鱗二句　皆喻群賢集於幕下，各得其用。遊鱗，遊龍。與下句「鳴鳳」相對。滄浪，本為水名（見《尚書·禹貢》、《孟子·離婁》等），指漢水。此處泛指清流。鳴鳳棲梧桐，《韓詩外傳》卷八載：黃帝即位，宇內和平，日思鳳凰，致齋於宮，鳳乃蔽日而至。鳳乃止帝東國，集帝梧桐，食帝竹實，沒身不去。60垂天翼　形如垂天之雲的大翼。比喻能力高強。《莊子·逍遙遊》：「有鳥焉，其名為鵬，背若泰山，翼若垂天之雲。摶扶搖羊角（旋風）而上者九萬里，絕雲氣，負青天，然後圖南，且適南冥也。」61破浪風　謂使船衝開波浪前行的風勢。《南史·宗慤傳》：「慤年少，叔父問其所志，慤曰：『願乘長風破萬里浪。』」62眈眈天府間　喻諸人威居朝廷高位。眈眈，《周易·頤卦》王弼注：「虎視眈眈，威而不猛。」63搆廣廈　喻高遠的政治理想。搆，同「構」。64雕蟲　指詩賦文章之末藝小技。《法言·吾子》：「或問：『吾子少而好賦？』曰：『然。童子彫蟲篆刻。』俄而曰：『壯夫不為也。』」65阮步兵　即阮籍，字嗣宗，晉陳留尉氏人，博覽群籍，尤好莊、老，鄙薄禮教，不與世事，遂酣飲為常。聞步兵廚營人善釀，有貯酒三百斛，乃求為步兵校尉，故有阮步兵之稱。詳見《晉書》本傳。66途窮　此借阮籍自況，感慨仕途未遇。《晉書·阮籍傳》載：籍「時率意獨駕，不由逕路，車迹所窮，輒慟哭而返」。

【語　譯】乙亥年，適應徵到長安，當時侍御楊公任通事舍人，以《詩》《書》啟發我，往往用去整天時間。今年適以封丘尉之職統領吏卒往青夷軍，途經博陵，得見賈公之政，相見如故，昔日之情意尚在。司業張侯，交往至此幾乎三十載，豈不是唯往昔舊情是好，非窮達之有別嗎？族弟祕書郎，兄弟中之佼佼者，塵世一別，俱為東西南北漂泊之人，悲愴相逢，恰與願合。旅館閒暇之時，您思益發增重，於是賦就此詩，自愧非《詩經》〈風〉、〈雅〉、〈頌〉、賦、比、興、六義之流。

亞相稱得上一時豪傑，群才幸遇良工為其所用。文采風流齊來幕下，曾拜謝君命於甘泉宮。誠然是皆為名高一世之奇材，恰逢機遇建立非常之功。侍御史楊公執掌一國之法度，清雅文詞如同煥發在春天勃勃花叢之中。窮途末路仰望御史中肩負重任的繡衣直指，往時常常對我啟發蒙昧。誰說三軍雄壯？怕我彈射勇猛。誰說萬里遙遠？決勝於我罇俎之間。銀青光祿大夫賈公乃經世濟民大材，精微之德源自深衷。君上親近於前席屢番榮幸垂問，長城般捍衛重任又擔在己身。崇高垂範的行跡激揚衰落的世風，輕舉疾飛的勁羽翱翔高高的蒼穹。輔佐協助節度使運籌謀劃，誓願把沙漠之敵一掃而空。司業張侯名聲高至建安七子中的應瑒、徐幹，儒雅大度思想恬適平和。結交已久相念足有三十年，回想往時彼此都還是兒童。如今佩青戴紫高官印綬在身，忽如傍靠鵷鴻似的班行朝官。講說劍術徒增慷慨激昂，談論交情堅持始終如一。祕書郎則是我的同宗，謙虛純真無所不通。多才如陸平原，博學似鄭司農。上書到關西長安，獨自而行歸來山東。立下恆心永久隱居不仕，時出嘉言足能光祖耀宗。我這旅客從梁宋而來，為公差出行猶如跟從隨風飄轉的蓬草。酬贈為幸會族中大弟而欣喜，回憶賢交難得仰見幕中數公。眾賢達如同遊龍戲水於滄浪，又似鳴鳳棲息在梧桐。均背負垂天大翼，全憑藉破浪之風。諸人皆威居於朝廷高位之間，俯仰自如誰敢攀同？為什麼自己意欲構建廣廈的大志，反而變成顧眷舞文弄墨的小技雕蟲？當會理解我現下有如阮步兵當初的處境，正面對窮途末路而惆悵心痛！

【研　析】此詩酬贈的對象有幾個人，第一位是詩人開元二十三年（乙亥年）應徵到長安結識的楊公（時任通事舍人，現任侍御史），第二位是博陵郡太守賈公，第三位是司業張侯，第四位是詩人的族弟高耽，他們都是詩人的舊相識，現又同在平盧、范陽節度使安祿山幕中兼職。闊別已久，重新相逢，頗多感慨。序文除了交代與諸人相交的始末和情意之外，還透露了一個重要信息，即詩人於開元二十三年曾應徵到過長安一次，這對考證詩人的身世至關重要。詩文開頭六句，概寫諸人受詔命離開長安，入安祿山幕府兼職，讚嘆一世奇材遇到建立卓越功動的良機。這種讚嘆，並非偶然，因為入幕從軍，建立功勳，以求仕途升遷，是詩人萌發已久的理想，在前面所選北遊燕趙諸詩中已有充分體現。所不同的是，北遊燕趙時詩人以白丁之身，此次送兵已居縣尉之職。然縣尉不過一小吏，送兵行役與入幕無緣，同樣失意而歸，兩次北上的命運，結局毫無二致。以下「侍御」八句，寫楊公；「光祿」八句，寫賈太守；「司業」八句，寫張侯；「祕書」八句，寫族弟。皆分別寫其身世、風度、特長、才華以及與己之交誼，畫龍點睛，層次分明。「客從」十句，寫行役燕趙，得以相會，並進一步用比喻手法，盛讚諸人，得其所哉，恃才憑勢，地位顯赫。最後四句，轉而寫自己，慨嘆理想破滅，並以阮籍自況，為窮途末路而感傷。這與對諸人的欽羨，形成強烈的反差，反映詩人失落感之深，何以如此，可參考前面關於詩人從軍理想的分析。

## 送兵到薊北

【題解】此詩作於天寶九載（西元七五〇年）冬。薊北，薊門北，在戰國時燕國薊城北。

積雪與天迥❶，屯軍連塞愁。誰知此行邁❷，不為覓封侯！

【注釋】❶迥　遠。❷行邁　遠行。

【語譯】地上的積雪與天空一道向遠處延伸，當地的駐軍與淒冷的邊塞共同愁苦。誰知我此次遠行，不是為尋覓封侯！

【研析】此首絕句，既表達了邊卒久戍不歸的哀愁，又抒發了個人行役徒勞、仕途失意的怨思。前二句情景交融，尤其是首句，用動態的筆觸展現了邊地空曠遙遠，有力地襯托著邊卒的孤寂愁苦。後二句直抒胸臆，表面交代此行的目的，實則是仕途失意的深沉感慨。我們知道，高適素有立功邊塞的強烈願望，但此次送兵明確是行役，與開元二十年前北遊燕趙時不同，不抱任何尋求出路、施展抱負的幻想，因此才有「不為覓封侯」的慨嘆。後面〈使青夷軍入居庸三首〉其三「遠行今若此，微祿果徒勞」二句，可與此互參。

# 使青夷軍入居庸三首

【題　解】此組詩作於天寶九載（西元七五〇年）冬，為寫景抒懷之佳作。使，指出使送兵。青夷軍，范陽節度使所統九軍之一。居庸，即居庸關，唐代又稱薊門關，位於居庸山中，形勢險要，自古以來為長城重要關塞，在今北京市昌平南口。

## 其　一

匹馬行將❶久，征途去轉難。不知邊地別❷，祇訝客衣單。溪冷泉聲苦，山空木葉乾。莫言關塞極，雲雪尚漫漫。

【注　釋】❶將　漸。❷別　指南北氣候的差別。

【語　譯】匹馬遠行越來越久，征途前去越來越難。不知邊地氣候有別，只驚身上衣服顯得單薄。溪水寒冷流泉聲變得淒苦，山間空蕩樹葉已經枯乾。莫說關塞已到盡頭，天空的雲大地的雪交互延伸仍漫漫無邊。

【研　析】此首寫邊地行程的艱難，頗有意味。開頭二句，分別著一「將」字，著一「轉」字，從動態上寫出隨著時間的變化，行程的深入，征途越來越艱難。「不知」二句，寫邊地氣候的不同，不是從身體的直感上著筆，而是寫疑惑衣著變得單薄，富有意趣。「溪冷」二句，為寫景之筆，不重描繪，而重感受，聲色兼具。最後二句，從天空的布雲和地上的積雪兩者漫漫延伸，寫出關塞邊地的遙遠無邊，餘意綿綿。

## 其二

古鎮❶青山口，寒風落日時。巖巒鳥不過，冰雪馬堪遲。出塞應無策❷，還家賴有期❸。東山❹足松桂❺，歸去結茅茨❻。

【注釋】❶古鎮　指居庸關鎮。❷無策　指沒有安邊的計策。❸有期　指日可待。因送兵是臨時行役，故云。❹東山　在今浙江上虞西南。東晉謝安隱居於此，後遂以東山泛指隱居之地。❺松桂　古人視為高潔之物，多被隱者稱道或自況。❻歸去結茅茨　寫辭官歸隱之志。按高適歸後不久，果然辭去封丘尉。茅茨，茅草蓋的屋頂，此指茅屋。

【語譯】居庸古鎮青山口，正值寒風落日時。峻巖高巒飛鳥難以越過，冰雪滿地行馬只能慢步。出塞當無安邊之策，還家可盼有限定日期。隱居之地松桂豐足，決意歸去搭蓋茅屋。

【研析】此首寫抵達居庸關所見的景色及觸景生情所發的感慨。開頭二句，分別寫居庸關所處的險要地形和到達時的寒風凜冽情景及日落時分。「巖巒」二句，分別寫抬頭所見高聳的層巖疊巒和馬蹄下積雪結冰的難行山路。「出塞」二句，為感慨之辭，無安邊之策為可憾，有還家之期為可慰，合起來則表現出自己的無能。不過應該指出，「無策」實為詩人才能不得施展的憤慨反話，如他同時所寫的〈薊中作〉明明說過：「豈無安邊書，諸將已承恩。」最後二句，寫決意歸隱，看似語氣平和無奈的話，實為抱負難以實現的憤激之辭，如〈薊中作〉緊接「豈無」二句的結語也說過：「惆悵孫吳事，歸來獨閉門！」

## 其三

登頓❶驅征騎，棲遑❷愧寶刀。遠行今若此，微祿❸果徒勞。絕坂❹冰連下❺，群峰雪❻共高。自堪成白首，何事❼一青袍❽！

【注釋】❶登頓　上下，指翻山越嶺。謝靈運〈過始寧墅〉：「山行窮登頓，水涉盡洄沿。」❷棲遑　奔忙不定。遑，底本及諸本作「遲」，此從敦煌選本。❸微祿　低微的俸祿。指當時所任封丘尉職。❹絕坂　極陡的山坡。❺冰連下　指原來的瀑布凍結為冰瀑。冰，底本及諸本多作「水」，此從敦煌選本，與北國冬景相合。❻雪　底本及諸本多作「雲」，此從敦煌選本。❼何事　何必去做。❽青袍　八、九品官青色之服，此指縣尉。

【語譯】翻山越嶺鞭策著征馬，奔忙無成愧對寶刀。遠出行役今已如此，微祿之官果然無功徒勞。陡坡冰瀑直垂而下，群峰積雪與山共高。自可變成白頭老翁，何必去做一小吏身加青袍！

【研析】此首是居庸關行的總結之作。前四句感慨送兵之行，奔波辛苦，徒勞無功。其中「棲遑愧寶刀」、「微祿果徒勞」二句是關鍵，「寶刀」喻自己從軍安邊的壯志，「微祿」是徒勞無功的根由。後四句寫由失望而萌發歸隱終老的念頭。其中「絕坂」二句，寫眼前之景，「絕坂冰」與「群峰雪」相對，一下趨，一高聳，表現出動勢，奇偉絕妙。最後二句，表示歸隱的決心，堅決的態度之中又透著無奈、不甘之情，情緒複雜而真實。

## 自薊北歸

【題解】此詩作於天寶十載（西元七五一年）北使青夷軍送兵歸返之時。

驅馬薊門❶北，北風邊馬哀。蒼茫遠山口，豁達胡天開。五將❷已深入，前軍止半迴❸。誰憐不得意，長劍獨歸來❹！

【注釋】❶薊門　即古薊丘，在戰國時燕國薊城內。❷五將　據《漢書・匈奴傳》：漢宣帝本始二年（西元前七二年），遣田廣、范友明、韓增、趙充國、田順五將軍，兵十萬餘騎，出塞各二千餘里。詩用此事，謂諸將已帶兵深入敵境。❸前軍止半迴　可與〈燕歌行〉「戰士軍前半死生」句相參。字裡行間隱含對諸將指揮無能的不滿。迴，同「回」。止，敦煌選本作「無」。❹誰憐二句　暗用馮諼之典。馮諼為孟嘗君門客，屢凡彈劍而歌「長鋏（劍）歸來乎，食無魚」、「長鋏歸來乎，出無車」、「長鋏歸來乎，無以為家」，孟嘗君每次聽到後都滿足了他的要求，後為孟嘗君出謀策劃，甚為得力。見《戰國策・齊策》、《史記・孟嘗君列傳》。高適藉此感嘆自己無人知遇，只能失意歸來。

【語譯】策馬行進在薊門之北，北風呼嘯邊馬愁哀。遙望蒼茫遠山口，進入胡地天空豁然開朗。五將率兵已深入轉戰，可憐前軍只有半數返回。有誰憐惜我此行甚不得意，身佩長劍壯志難酬獨自歸來！

【研析】此詩雖題作〈自薊北歸〉，實際先寫送兵的最後一段旅程以及所見所聞，結尾才抒發歸程的感慨。前面六句，寫在薊北北行所見。其中「蒼茫」二句，描繪了兩番天地：前句寫身處居庸關山谷，遠見山口，有局促之感；後句寫出山口之外，進入胡地，天空豁然開闊。「五將」二句，寫出山後所聞所見，聽到的是五將已率兵深入，見到的是戰敗後殘餘的半數兵員返回。此情此景，更增加自己安邊壯志不得施展的憤怨，故發出最後兩句「誰憐不得意，長劍獨歸來」的深沉感慨。

## 薊中作

【題解】此詩作於天寶十載（西元七五一年）送兵後歸時。敦煌選本、《文苑英華》題作〈送兵還作〉。

策馬自沙漠[1]，長驅登塞垣。邊城何蕭條，白日黃雲昏。一到征戰處，每愁胡虜翻[2]。豈無安邊書，諸將已承恩。惆悵孫吳事[3]，歸來獨閉門❹！

【注釋】❶漢 敦煌選本、《文苑英華》作「海」。❷翻 同「反」。反叛。❸孫吳事 指用兵之事。孫，指孫武，春秋齊國人，著名軍事家，著有兵法《孫子》十三篇。其後世子孫孫臏，生於戰國，亦為著名軍事家，著有兵法。吳，指吳起，戰國衛人，曾被魏文侯、魏武侯用作將軍，大敗秦兵。亦著有兵法。後又助楚悼王變法。詳見《史記・孫子吳起列傳》。❹閉門 指不與聞世事，《後漢書・馮衍傳》：「西歸故鄉，閉門自保。」《陳寔傳》：「閉門懸車，棲遲養老。」高適說要「閉門」，既為憤慨之詞，又透露了辭官歸隱之念。

【語譯】策馬從沙漠而來，長途奔馳登上邊塞城垣。邊城是多麼蕭條，黃雲蔽日天空昏暗。一到征戰之地，每次都煩愁胡兵反叛。我豈無安邊計策，諸將已承恩專權。惆悵感傷用兵之事，歸來且獨自閉門棄官賦閒！

【研析】此詩主題與〈使青夷軍入居庸三首〉其三相同，是對此次出使送兵的總結之作。開頭二句，寫歸程起始，由沙漠而來，登上邊城。「邊城」二句，寫歷經戰亂邊城的蕭條景象。一到四句，寫自己對邊事的憂愁和胸懷安邊之策無權實施的憤慨；而諸將受到重用，卻是「前軍止半迴」（〈自薊北歸〉）的慘敗結局。最後二句，憤慨感傷之餘決意辭官歸隱。

# 答侯少府

【題解】此詩作於天寶十載（西元七五一年）春北使青夷軍歸途，也是高詩中關於身世里程碑的重要作品之一。侯少府，名未詳，《文苑英華》作〈侯大少府〉，據此知其行第。

常日好讀書，晚年學垂綸❶。漆園❷多喬木，睢水❸清粼粼。詔書下柴門❹，天命❺敢逡巡❻？赫赫❼三伏❽日，十日到咸秦❾。褐衣❿不得見，黃綬⓫翻在身。吏道⓬頓羈束，生涯難重陳。北使⓭經大寒⓮，關山饒苦辛。邊兵若芻狗⓯，戰骨成埃塵。行矣勿復言，歸歟傷我神⓰。如何⓱燕趙⓲陲⓳，忽偶⓴平生親。開館納征騎，彈絃娛遠賓。飄颻天地間，一別方茲晨。東道㉑有佳作，南朝無此人㉒。性靈㉓出萬象㉔，風骨㉕超常倫㉖。吾黨㉗謝㉘王粲㉙，群賢推郄詵㉚。明時取秀才㉛，落日過蒲津㉜。節苦㉝名已富，祿微家轉貧。相逢愧薄遊㉞，撫己荷陶鈞㉟。心事正堪盡，離憂㊱寧太頻！兩河㊲歸路遙，二月芳草新。柳接滹沱㊳暗，鶯連渤海春。誰謂行路難，猥㊴當希代珍㊵。提握㊶每終日，相思猶比鄰。江海有扁舟㊷，丘園㊸有角巾㊹。君意定何適？我懷知所遵。浮沉㊺各異宜，老大貴全真㊻。莫作雲霄計，遑遑㊼隨搢紳㊽！

【注釋】❶垂綸　即垂釣。古代隱者多以耕、釣為事。綸，絲製的釣魚線。❷漆園　地名，莊子曾為蒙邑漆園吏，見《史記・老子韓非列傳》。漆園所在之地有三說，此指在河南商丘者。❸睢水　發源於河南杞縣，流經商丘縣城南。❹柴門　柴木做的門。此指自己簡陋的居處。❺天命　皇帝之命。❻逡巡　遲緩；怠慢。❼赫赫　燥熱的樣子。❽三伏　夏至後的第三個庚日為初伏，第四個庚日為中伏，立秋後第一個庚日為末伏。❾咸秦　即咸陽。秦自孝公以後建都於此，故稱咸秦。此處借指唐都長安。❿褐衣　粗布衣服。古代貧賤者所穿。⓫黃綬　縣尉所用黃色的繫印帶子。⓬吏道　為吏之道。指所任封丘尉職。⓭北使　指天寶九載冬以封丘尉北使青夷軍送兵。⓮經大寒　此次送兵，冬去春還，故云。《文苑英華》作「經天寒」。⓯芻狗　古時紮草為狗，供祭祀用，祭終則棄之，後遂稱輕賤之人或物為「芻狗」。《老子》：「天地不仁，以萬物為芻狗。聖人不仁，以百姓為芻狗。」⓰行矣二句　指天寶十載北使青夷軍送兵歸返之時。參讀〈自薊北歸〉、〈薊中作〉等詩。⓱如何　猶言怎知、哪料到。⓲燕趙　戰國時燕國與趙國，其地域相當於今河北省、山西省北部一帶。⓳陲　邊疆，指燕趙交界地區。⓴偶　遇。明銅活字本、《文苑英華》、《唐詩所》、《全唐詩》逕作「遇」。㉑東道　即東道主，指侯少府。㉒南朝無此人　讚侯少府的文學成就南朝無人可比。南朝，南北朝時期在長江以南相繼建立的四個漢族政權：宋、齊、梁、陳。《魏書・溫子昇傳》：梁朝蕭衍稱讚子昇的詩文時說：「曹植、陸機復生於北土，恨我辭人，數窮百六。」濟陰王暉說：「我子昇足以陵顏（延之）轢謝（靈運），含任（昉）吐沈（約）。」㉓性靈　才情。㉔出萬象　超出萬物。㉕風骨　「風」指抒情立意駿偉豪爽，「骨」指遣詞造句端直有力。《文心雕龍・風骨》：「怊悵述情，必始乎風；沉吟鋪辭，莫先於骨。」㉖常倫　常類；一般。㉗吾黨　猶言我輩。㉘謝崇拜。㉙王粲　三國魏山陽郡高平（今山東金鄉西）人，博學多識，擅長詩賦，為「建安七子」之一。傳見《三國志・魏書》卷二一。此處以王粲比侯少府。㉚郄詵　字廣基，晉濟陰單父（今山東單縣）人。博學多才，不拘細行，官至雍州刺史，史載：「詵在任，威嚴明斷，甚得四方聲譽。」傳見《晉書》卷五二。此又以郄詵比侯少府。㉛明時取秀才　寫侯少府中第。㉜落日過蒲津　寫侯少府授官後赴任。蒲津，又名蒲坂津，黃河渡口，在山西永濟縣西。㉝節苦　指為吏剛正不阿，苦守節操。㉞薄遊　薄，卑微之義。遊，指遊宦。夏侯湛〈東方朔像贊〉：「以為濁世不可以富貴也，故薄遊以取位。」㉟陶鈞　製陶器模下所用的轉盤。《史記・魯仲連鄒陽列傳》：「是以聖王制世御俗，獨化於陶鈞之上。」是說聖王治理天下猶如陶工轉鈞，後以「陶鈞」比喻「聖王之治」。㊱憂　《唐詩所》、《全唐詩》作「居」。㊲兩河　戰國、秦、漢時，黃河自今河南武陟以下東北流，經山東省西北隅折北至河北滄縣東北入海，略呈南北流向，與上游今晉、陝間的北南流向一段東西相對，當時合稱「兩河」。《爾雅・釋地》：「兩河間曰冀州。」此處沿用古稱。㊳滹沱　河名，古名滹池。《周禮・職方氏》：「正北曰并州，……其川虖池、嘔夷。」滹沱河源出山西繁峙泰戲山，流至河北獻縣，納釜河，匯入子牙河。㊴猥　突然。㊵希代珍　稀世珍寶，指贈詩。㊶提握　握持，指帶著侯少府的贈詩。㊷江海有扁舟　泛指歸隱。《史記・貨殖列傳》：「范蠡既雪會稽之恥，乃乘扁舟，浮於江湖。」㊸丘園　丘墟園圃，指隱居為農之地。㊹角巾　一種有角的頭巾，古時隱者所服用。《晉書・羊祜傳》：「既定邊事，當角巾東路歸故里。」清影宋抄本作「漁巾」。㊺浮沉　指出仕或退隱。㊻全真　保全真性。道家認為只有順隨自然，不受禮樂世俗的拘束，才能歸真返樸，保全人生固有的善良本性。㊼遑遑　敦煌集本、明銅活字本、《文苑英華》作「棲遑」。㊽搢紳　指大官。古代大官常把朝板（笏）插（搢）在衣帶（紳）裡，因而得稱。

【語　譯】往常喜好讀書，晚年又學垂釣。莊周漆園喬木成林，睢水流淌清波粼粼。忽然詔書下達陋居柴門，面對天命怎敢絲毫怠慢？炎熱盛夏三伏天，快行十日趕到長安都城。粗布褐衣再也不得見，繫印黃綬反倒佩在身。做吏頓覺受拘束，生涯困煩難以再陳。北使送兵歷經大寒，關山跋涉甚多苦辛。邊兵遭輕賤如同芻狗，戰死朽骨變成埃塵。且顧行役不再絮道，徒勞而歸傷我心神。怎料燕趙邊陲之地，突然遇到平生親朋。開館安頓我的征馬，彈弦娛樂遠來之賓。曾經飄飆無涯天地之間，又要一別在此時辰。東道友人詩有佳作，連風雅南朝也無此人。論性靈特出萬象之外，論風骨超越平常之人。我輩崇拜如同王粲，群賢推許又似郗詵。清明世道有幸中選，落日時節渡過蒲津。節操苦守名聲已富盛，官卑祿微家境轉貧困。相逢慚愧遊宦俸祿非薄，安撫自己正當世道昇平。心事正可傾吐殆盡，離憂無耐急切頻頻！兩河冀地歸路遙遠，正當二月芳草清新。柳垂滹沱河水披陰幽暗，鶯鳴渤海處處春意濃。誰說顛沛行路艱難，突然承受稀世珍函。把玩贈詩常終日，相思起來如近鄰。隱身江海有泛遊的扁舟，閉門丘園有頭戴的角巾。問君意向定何往？我的心懷知所從。世人升降浮沉應有不同，人生老大貴在保全本性。切莫謀劃攀登雲霄之計，總是驚恐匆匆追隨搢紳貴人！

【研　析】此詩為對身分平等、平生知交的酬答之作，無拘無束，敞開心扉，真情實感，吐露殆盡。開頭四句，回憶自己從苦讀仕進到宋中隱居。「詔書」四句，寫應詔舉有道科，冒著酷暑炎夏急赴長安。「褐衣」四句，寫中第得官，授封丘尉，體驗到吏道拘促不堪，生活困煩難言。「北使」六句，寫以封丘尉北使送兵，經受氣候嚴寒，飽嘗跋涉苦辛，同情邊兵死難，感慨徒勞而返。「如何」

六句，寫歸途與舊交侯少府意外相逢，受到熱情款待，可憾乍到又別。「東道」六句，寫侯氏文采非凡，性靈脫俗，風骨超常，受到廣泛崇仰推重。「明時」四句，寫侯氏中第授官，守節名盛，祿微家貧。「相逢」四句，寫相逢後二人矛盾跌宕的心境：同愧宦遊待遇輕薄，可慰共享太平盛世；原以為可從容談盡心事，無奈又要分別離憂頻頻。「兩河」八句，寫與侯氏分別後的歸程：始自兩河冀地，時值二月春季，路途遙遠，行程艱難，可是有友人贈詩陪伴、慰藉，相思起來猶如近鄰之隔。於是沖淡了憂思，萌發了悅情，連目中景色也活脫起來：新生的芳草，垂蔭的岸柳，聲連渤海的鶯歌，處處是盎然春意。最後八句，由歸隱的念頭，引起與友人商量人生出處，表示自己已決意隱退，不知友人意欲如何。其中後四句申明自己抉擇的理由，充滿對人生浮沉的感悟，流露出對官場生涯仰人鼻息的厭惡。

## 同薛司直諸公秋霽曲江俯見南山作

【題　解】此詩作於天寶十一載（西元七五二年）秋，時高適已辭封丘尉，正遊長安。薛司直，據下首登慈恩寺塔之作及儲光羲〈同諸公秋霽曲江俯見南山作〉（即高適集中之偽詩〈奉和儲光羲〉），此薛氏或即當時同遊之薛據。然據只做過司儀郎，此「司直」恐係字誤。另《國秀集》有「大理司直薛奇章」，與此無涉。曲江，亦稱曲江池，在長安城東南十里。其水曲折，流注成池。池畔有紫雪樓、芙蓉苑、杏園、慈恩寺、樂遊原等名勝。池今已填堙。南山，即終南山，在萬年縣（今陝西長安）南五十里。

南山鬱初霽，曲江湛不流。若臨瑤池間，想望崑崙丘❶。迴首見黛色❷，眇然波上秋。深沉俯崢嶸❸，清淺延阻修❹。連潭萬木影，插岸千巖幽。杳藹❺信難測，淵淪❻無❼暗投❽。片雲對漁父❾，獨鳥隨虛舟。我心寄青霞❿，世事慚白鷗⓫。得意在乘興⓬，忘懷⓭非外求⓮。良辰自多暇，忻⓯與數子遊。

【注釋】❶若臨二句　瑤池、崑崙皆為我國古代神話傳說中的西方仙境。相傳瑤池臨崑崙山，為西王母所居，見《穆天子傳》、《神仙傳》。又《史記・大宛列傳》：「太史公曰：〈禹本紀〉言河出崑崙，崑崙其高二千五百餘里，日月所相避隱為光明也，其上有醴泉、瑤池。」❷黛色　指蒼翠的山色。❸深沉俯崢嶸　謂終南山俯映曲江之中。崢嶸，庾信〈終南山銘〉有「崢嶸下鎮」語。❹阻修　寫曲江曲折且長。《詩經・秦風・蒹葭》：「溯洄從之，道阻且長。」阻，隔；曲折。修，長。❺杳藹　深窈冥暗。此寫山色而意含雙關，有人心莫測的聯想。❻淵淪　水深的樣子。❼無　同「勿」。❽暗投　指明珠暗投。謂身為奇材，切勿盲目投靠。❾漁父　此為實地所見的一個漁翁，但在高適筆下他是一個與世無爭、以自然為友的隱者的傳統形象，參見《楚辭・漁父》。❿青霞　喻隱逸。⓫慚白鷗　有慚於白鷗，指自己為世事所牽，不能與牠們為盟。典出《列子・黃帝》：「海上之人有好漚（同鷗）鳥者，每旦之海上，從漚鳥游，漚鳥之至者百住而不止。其父曰：『吾聞漚鳥皆從汝游，汝取來吾玩之。』明日之海上，漚鳥舞而不下也。」⓬乘興　趁著興致。⓭忘懷　忘卻心中得失雜念。《宋書・陶潛傳》：「忘懷得失，以此自終。」⓮外求　謝靈運〈道路憶山中〉：「得性非外求。」⓯忻　同「欣」。

【語譯】終南山鬱鬱蔥蔥雨過初晴，曲江清湛如鏡彷彿不流。好像身臨仙境瑤池之上，仰望高聳的崑崙山丘。回頭遙見深青的山色，無邊水波彌漫著濃濃的秋意。江水中倒映著深沉崢嶸的南山，清淺水流曲折漫長綿延而去。潭水滿布萬樹倒影，岸邊高插千巖深幽。深窈冥暗誠然難測，深沉淪沒切勿盲目暗投。片雲對著漁夫，獨鳥追隨閒舟。我心本寄託於隱逸，牽於世事慚愧難與白鷗無猜為友。人生得意在於趁其興致，忘懷得失在於盡性而不外求。良辰佳日自多閒暇，高高興興與諸君同遊。

【研析】這是一首遊賞的唱和之作，堪稱寫景抒情佳篇。開頭八句，寫終南山與曲江雨後初晴的美麗秋景。詩人通過全方位的環視眼光，運用交互描繪的生動筆觸，勾勒出水光山色交相輝映絕妙景色。「鬱初霽」三字，讓人們看到青翠欲滴的南山秀色；「湛不流」三字，讓人們看到納物如鏡的曲江水光。瑤池崑崙的想像，把人們引入飄渺的神話世界。山上黛色和波上秋意的感受，悄悄報導了秋天的來臨。而「深沉」與「清淺」的對立，乍一看彷彿矛盾，其實「深沉」句寫曲江水中的南山倒影，「清淺」句寫曲江水流本身形態，並非一事，疑似矛盾，卻平添不少情趣。中間「連潭」四句，專寫曲江局部潭水，觸景生情，構成全詩前後轉折的關鍵：由潭中樹木倒影茂密深沉和岸邊山巖眾多幽深，聯想到世間人心深不可測，環境深邃複雜，自警自珍不可盲目投靠。而這種感受與詩人當時處境密切相關：詩人剛剛辭去封丘尉，正遊長安尋找新的出路，環境陌生，前途未卜，一切均在試探中，故不得不小心翼翼，伺機行事。所以此時只能以隱逸為旨歸，轉入下面的內容。最後八句，其中「片雲」四句，抒發順隨自然的歸隱之志，並反省因牽於世事一度出仕的慚愧。「得意」四句，歸結到同遊，表達了良辰美景不可錯失，以及「得意在乘興，忘懷非外求」的人生感悟。此詩結尾，看似隱逸決心相當堅定，但詩人實際處在人生道路新的十字路口，從全詩的字裡行間，仍不難發現其內心深處的徘徊惆悵之情。

## 同諸公登慈恩寺浮圖

**【題解】**此詩作於天寶十一載（西元七五二年）秋。諸公，指杜甫、岑參、薛據、儲光羲等。此數人皆有登塔之作，獨薛詩不傳。慈恩寺，唐太宗貞觀二十二年（西元六四八年）高宗作太子時為母文德皇后所建，故名「慈恩」。在今西安市南郊。慈恩寺浮圖，高宗永徽三年（西元六五二年），僧玄奘在寺內西院所建之五層塔，用以貯藏由印度取回的經像。武則天時重修，增高為十層，後經兵火，只存七層。歷代曾屢加修葺，今稱大雁塔。

香界❶泯群有❷，浮圖豈諸相❸？登臨駭孤高❹，披拂❺忻大壯❻。言是羽翼生，迥出虛空上。頓疑身世別❼，乃覺形神王❽。宮闕皆戶前，山河盡簷向❾。秋風昨夜至，秦❿塞多清曠。千里何蒼蒼，五陵⓫鬱相望。盛時慚阮步⓬，末宦⓭知周防⓮。輸效⓯獨無因⓰，斯焉⓱可遊放⓲。

【注　釋】❶香界　本為佛國名，即諸佛世界中的眾香國，此處泛指佛寺。❷泯群有　佛家主張「一切皆空」，故云泯群有。泯，滅。❸諸相　佛家語，指各種現象。《大乘義章》二：「一切世諦有為無為通名法相。」據《妙法蓮華經・見寶塔品》，多寶佛生前立下誓願，言自己成佛後，遇十方國王有說《法華經》者，放置自己舍利（火化後遺體的化石）的寶塔必湧現其前，證其真實。同經〈方便品〉：「唯佛與佛乃能究盡諸法實相。」❹孤高　指塔勢高聳獨立。❺披拂　煽動。這裡指臨風。《莊子・天運》：「風起北方，一西一東，有上彷徨，孰嘘吸是？孰居無事而披拂是？」❻大壯　本《周易》卦名，此用其字面，指雄偉壯觀。❼身世別　自身超出人世。❽王　大。《莊子・養生主》：「神雖王，不善也。」❾宮闕二句　為想像之詞，謂景色盡收眼底，彷彿宮闕齊來門前，山河盡奔簷下。❿秦　關中之地，古秦國疆域，今陝西地。⓫五陵　長陵（漢高祖墓）、安陵（惠帝墓）、陽陵（景帝墓）、茂陵（武帝墓）、平陵（昭帝墓），合稱五陵，皆在渭水北岸今咸陽附近。⓬阮步　即阮步兵，指阮籍。阮籍生不逢時，痛哭途窮。此以自己遇盛世而比阮籍，因而有慚。⓭末宦　卑微之官。⓮周防　《後漢書・儒林列傳・周防傳》：「周防，字偉公，汝南汝陽人也。……防年十六，仕郡小吏。世祖（光武帝）巡狩汝南，召掾史試經，防尤能誦讀，拜為守丞。防以未冠，謁去。」此以周防甘居卑微而辭高官自況。⓯輸效　輸忠效勞。⓰無因　沒有門路。⓱斯焉　於此。⓲遊放　閒遊放逸。

【語　譯】佛國香界泯滅所有萬物，浮圖難道是諸法實相？登臨此塔驚駭其獨立高聳，疾風勁吹欣感雄偉壯觀。還以為是忽然長出翅膀，遠遠飛出高空之上。頓時驚疑自身超出塵世，只覺得形神均膨大無量。宮闕齊來門前，山河盡趨簷下。秋風昨夜到來，秦塞多麼清曠。千里大地何其蒼蒼，漢帝五陵鬱蔥相望。生逢盛世愧如途窮的阮籍，做過末吏知道有周防可供效仿。有志輸忠效勞卻無門路可走，於此倒可以蕩遊閒放。

【研　析】此詩為與諸友同登慈恩寺塔唱和之作，寫作背景與前首相同，並且也是寫景與感懷交融。開頭四句，寫入佛寺登塔，意謂佛界本空無所有，唯塔卻有諸法實相；登上高塔果然其言不虛，勁風呼嘯壯觀無比。「言是」十句，進一步具體寫登塔的觀感。首先寫感受：彷彿平添羽翼，飛上高空，脫離世間，形神俱大，超逸非凡。其次寫居高臨下俯瞰所見：宮闕皆微縮於戶前，山河盡趨來簷端；秋風乍到，秦塞大地更顯清曠；遠望千里蒼蒼，近看五陵相望。其中「宮闕皆戶前，山河盡簷向」二句，寫得尤有氣勢，有飛動之感。最後四句，為觸景引起的感慨，正當盛世卻如阮籍之途窮，經歷末吏微職知道有周防可以仿效；輸忠效勞無門，自可遊蕩閒放。由此自然聯想到詩人二十歲初遊長安的詩句：「國風沖融邁三五，朝廷歡樂彌寰宇。白壁皆言賜近臣，布衣不得干明主」（〈別韋參軍〉），事隔三十二年，詩人在剛剛結束短短三年的縣尉末吏生涯之後，又以布衣身分來到長安謀求出路，彷彿繞了一個大大的圈子，又回到原地，仍然是窮途末路，輸效無門，這不能不說是當時士人的悲劇。詩人「得意在乘興」（〈同薛司直諸公秋霽曲江俯見南山作〉）、「斯焉可遊放」云云，表面是灑脫之辭，實際隱含深沉的慨嘆。

## 同李九士曹觀壁畫雲作

【題　解】此詩作於天寶十一載（西元七五二年）秋，時在長安。岑參有〈題李士曹廳壁畫度雨雲歌〉：「似出棟梁裡，如和風雨飛。掾曹有時不敢歸，謂言雨過濕人衣。」與此詩作於同時。李九，即李翥，當時做京兆府士曹參軍事。士曹即士曹參軍事的簡稱，為府尹佐吏，掌津梁、舟車、舍宅、工藝。

始知帝鄉❶客，能畫蒼梧❷雲。秋天萬里一片色，只疑飛盡猶氛氲❸。

【注釋】❶帝鄉　京城。❷蒼梧　山名，又名九疑，在今湖南寧遠南。相傳舜死後葬於此。蒼梧山以雲氣盛多而著稱。❸氛氲　同「紛藴」。盛貌。

【語譯】始知京城客居之士，能畫久負盛名的蒼梧雲。看去秋天萬里一片色，本以為飄飛而盡卻還是那麼繁盛。

【研析】此詩為詠畫寫景之作。開頭二句，盛讚畫家的技藝，壁畫所繪本為一般之雲，詩人以著名的蒼梧雲作比，一下子就顯出其奇特。「秋天」二句，先寫雲氣之浩蕩，布滿萬里秋空；後寫雲氣之鬱勃，遇風隨飄隨生。既有靜態浩大之氣勢，又有動態鬱勃之生機，筆力渾厚，氣韻深沉，富有意境。

## 送渾將軍出塞

【題解】據「從軍借問所從誰」句，此詩當作於渾惟明從軍哥舒翰幕府時，或即天寶十一載（西元七五二年）在長安所作。渾將軍，即皋蘭府（今甘肅蘭州、白銀兩市分治其地）都督渾惟明，曾做隴右節度使哥舒翰的部將。天寶十三載（西元七五四年）春哥舒翰為他論功，表奏加雲麾將軍。見《資治通鑑》天寶十三載。

將軍族貴兵且強，漢家已是渾耶王❶。子孫相承在朝野，至今部曲❷燕支❸下。控弦❹盡用陰山兒❺，登陣常騎大宛❻馬。銀鞍玉勒❼繡蝥弧❽，每逐❾嫖姚❿破骨都⓫。李廣⓬從來先將士，衛青⓭未肯學孫吳。傳有沙場千萬騎，昨日邊庭羽書⓮至。城頭畫角⓯三四聲，匣裡寶刀晝夜鳴⓰。意氣⓱能甘萬里去，辛勤動⓲作一年行。黃雲白草無前後⓳，朝建旌旗夕刁斗⓴。塞下應多俠少年，關西㉑不見春楊柳。從軍借問所從誰？擊劍酣歌當此時。遠別無輕繞朝策㉒，平戎早寄仲宣詩㉓。

【注釋】❶渾耶王　《新唐書・宰相世系表》載：渾氏出自匈奴渾耶王。《漢書・衛青霍去病傳》載：漢武帝元狩三年（西元前一二〇年），單于怒渾邪王居西方幾次為漢所破，亡數萬人，欲召誅之，渾邪王因此降漢，被封為漯陰侯。❷部曲　古代豪門大族的私人軍隊，帶有人身依附性質。此指渾氏舊部。❸燕支　又作焉支，山名，在今甘肅山丹東南。❹控弦　引弓，多用作兵卒的代稱。❺陰山兒　指陰山下擅長騎射的遊牧青年。陰山，在今內蒙古自治區境內，起於河套，連綿東去，與內興安嶺相接。❻大宛　漢代西域國名，在今中亞費爾干納盆地。天寶三載，玄宗改其國名為寧遠。產名馬，號稱「汗血馬」。❼玉勒　以玉為飾的馬頭絡銜。❽蝥弧　旗名，先秦時為諸侯之旗，此指軍旗。❾逐　隨從。❿嫖姚　指漢代名將霍去病，他曾做嫖姚校尉，大破匈奴。⓫骨都　指匈奴左右骨都侯。⓬李廣　漢代名將，以厚遇將士、身先士卒著稱。⓭衛青　漢代名將。按，不肯學孫吳兵法是霍去病事。《史記・衛將軍驃騎列傳》謂天子嘗欲教去病孫吳兵法，對曰：「顧方略如何耳，不至學古兵法。」此處誤指衛青。⑭羽書　指緊急軍事文書。⑮畫角　指有雕飾的號角。角，古代軍中的吹器，作用猶如現在的軍號。⑯寶刀晝夜鳴　傳說古帝顓頊有曳影之劍，不用時於匣中常作聲，如龍吟虎嘯，見《拾遺記》卷一。古代常以刀劍鳴表示求戰心切的豪情壯志。⑰意氣　指作戰的意志和赴敵的勇氣。⑱動　輒；每。⑲黃雲白草無前後　寫天曠地遠，雲草綿延，於遠處地平線相合，狀邊塞之遼闊遙遠。白草，一種牧草，似莠而細，無芒，乾熟時呈白色。⑳刁斗　軍中銅製用具，日以作炊，夜以敲更。㉑關西　指玉門關以西。唐代玉門關在敦煌以東安西（今甘肅安西）附近。㉒繞朝策　繞朝為春秋時秦國大夫。《左傳》文公十三年：晉人士會為秦國所用，晉國擔憂，施計把他賺回。士會自秦臨行時，繞朝贈之以策（驅趕馬的鞭或棒），曰：「子無謂秦無人，吾謀適不用也。」繞朝贈策，一方面願其催馬加鞭，同時「策」與「策謀」之「策」語意雙關，向他表示不是秦國無人出謀劃策，而是自己有策略不被採用。此處借用這個典故，希望渾惟明出塞後不要輕視臨行時自己所獻破敵之策。㉓仲宣詩　喻報捷之詩。仲宣，即王粲。王粲有〈從軍詩〉五首，歌頌曹操西征張魯的勝利，有云：「一舉滅獯虜，再舉服羌夷。西收邊地賊，忽若俯拾遺。」

【語　譯】將軍宗族高貴兵馬又強，漢朝時祖上已是渾耶王。子孫代代相承在朝野，至今家族軍隊還分布在燕支山下。騎射士卒全用陰山健兒，上陣馳騁常騎大宛名馬。銀馬鞍玉絡銜精繡的蝥弧旗，常隨大將霍去病破骨都。像李廣一樣從來身先將士，像衛青一樣不肯空學兵法。相傳沙場進犯敵兵千萬騎，昨日邊疆告急軍書速傳至。城頭號角三四聲，匣裡寶刀日夜鳴。意氣風發心甘萬里去征戰，不顧辛勞動輒一年坎坷行。天上黃雲地上白草交相延伸無前後，時刻警戒朝樹旌旗晚鳴刁斗。遼闊邊塞應是多有俠少年，玉門關西永遠不見春楊柳。從軍借問所從主帥是誰？慷慨擊劍酣飲高歌正當此時。遠別後切勿輕視臨行所贈破敵之策，平定敵人盼望早寄王粲那樣的從軍報捷詩。

【研　析】此詩為送人出塞從軍之作，所送之人為出身外族的武將渾惟明。開頭六句，寫渾氏家族世代相傳，至今仍有兵強馬壯的族兵守衛在邊疆。「銀鞍」四句，寫渾氏已有的戰功和治軍之才。「傳有」十句，寫渾氏正當沙場危急之時，不畏艱險，意氣風發，毅然受命從軍，決心立功邊塞；其中「城頭」四句的描寫，尤見英雄本色。最後四句，寫送行囑別，充滿成功、勝利的期望。縱觀全詩，氣勢充沛，格調高昂，蓋不僅與歌頌渾氏有關，也與對所從主帥哥舒翰的好感有關，並且透露出詩人自己出塞立功的意願。果然，此後不久，詩人也被推薦從軍哥舒翰幕府，實現了自己的理想。

## 送李侍御赴安西

【題　解】此詩作於天寶十一載（西元七五二年）秋，時在長安。李侍御，名未詳。侍御，唐人稱殿中侍御史、監察御史為侍御。安西，即安西都護府，治所在今新疆庫車。

行子對飛蓬❶，金鞭指鐵驄❷。功名萬里外，心事一杯中。虜障❸燕支❹北，秦城太白東❺。離魂莫惆悵，看取寶刀雄。

【注　釋】❶飛蓬　蓬草遇風飛旋，古時常用來比喻遊子。❷鐵驄　馬名。《爾雅・釋畜》「青驪騆」，邢昺疏引孫炎曰：「青毛黑毛相雜者名騆，今之鐵驄也。」後漢桓典任侍御史，是時宦官秉權，典執政無所迴避，常乘驄馬，京師畏憚，為之語曰：「行行且止，避驄馬御史。」見《後漢書・桓榮傳》附〈桓典傳〉。李氏亦官侍御史，故稱其馬為「鐵驄」。❸虜障　即遮虜障。漢武帝使伏波將軍路德博築遮虜障於居延城（在今內蒙古額濟納旗西北境）。❹燕支　又作焉支，山名，在今甘肅山丹東南。遮虜障與安西都護府無關，此處係借指李所去的邊塞。❺秦城太白東　指高適留在長安。秦城，指長安。太白，又稱太乙，秦嶺峰名。

【語　譯】出行人伴著飄旋四方的飛蓬，金馬鞭指令青黑毛相雜的鐵驄。功名寄託於萬里之外，心事傾瀉於一杯之中。君行遮虜障燕支山之北，我留長安城太白峰之東。離魂不要太感傷，且看寶刀氣勢雄。

【研　析】此詩為送李侍御出塞之作，由「功名萬里外」句，可知李氏亦為從軍之行。開頭二句，料想李氏漂泊、孤獨的行途並藉「鐵驄」一詞交代其侍御身分。「功名」二句，分別寫李氏出塞建功的壯懷和心中鬱結的思緒。「虜障」二句，寫二人即將遠別。最後二句，藉寶刀建功的豪情撫慰其離別的傷感。詩中豪情與愁緒交並，但主調是豪邁的，因為寫作背境與前首相同。

## 送董判官

【題　解】董判官，名未詳。判官，為大都督府、都督及節度、觀察、團練、防禦等使的屬僚，位次副使，總掌府事。此董氏或即〈陪竇侍御靈雲南亭宴詩〉序中所稱「幕府董帥」，則此詩當作於天寶十一載（西元七五二年），時在長安，正送董氏投哥舒翰幕府。

逢君說行邁，倚劍別交親。幕府為❶才子，將軍❷作主人。近關多雨雪，出塞有風塵。長策須當用，男兒莫顧身。

【注釋】❶為　敦煌集本作「多」。❷將軍　指董判官所事的節度使，當為隴右節度使哥舒翰。

【語譯】遇到君正說要啟程遠行，身佩長劍告別友朋親人。從軍幕府為才子，依靠將軍作主人。臨近邊關多下雪，出塞之後有風塵。胸懷長策終須施展應用，堂堂男兒莫要顧及自身。

【研析】此詩為送人從軍之作，寫作背景同前兩首。前四句寫辭行、送別及去向。其中「逢君」二句，寫啟行告別，充滿豪情，無悲有壯。何以如此？「幕府」二句給出答案，是因為從軍幕府，身遇知己。後四句寫慰別，其中「近關」二句，寫路途及去向的艱苦環境，滿含關懷之情。接著引出下面「長策」二句，為激切鼓勵之辭，希望友人不畏艱難困苦，施展才智，建功邊塞。全詩熔融著深厚的友情和詩人自己嚮往從軍西塞的豪情壯志。

## 送劉評事充朔方判官賦得征馬嘶

【題解】此詩當作於天寶十一載（西元七五二年）秋在長安時。劉評事，岑參有〈函谷關歌送劉評事〉詩，二劉評事當為一人。評事，官名，據《新唐書・百官志》，大理寺有評事八人，從八品下，掌出使推核案情。朔方，指朔方節度使，治所在靈州（今寧夏靈武西南），轄今寧夏回族自治區及內蒙古自治區西南一帶。判官，為大都督府、都督及節度、觀察、團練、防禦等使的屬僚，位次副使，總掌府事。賦得征馬嘶，敦煌選本無「賦」字，末四字為題下小注。

征馬向邊州，蕭蕭❶嘶❷不休。思深應帶別，聲斷❸為兼秋❹。歧路❺
風將❻遠，關山月共愁。贈君從此去，何日大刀頭❼？

【注釋】❶蕭蕭　馬鳴聲。《詩經・小雅・車攻》：「蕭蕭馬鳴。」❷嘶　馬鳴。敦煌選本作「聽」。❸聲斷　聲音淒絕。❹兼秋　接連兩個秋天，謂時間長久，亦有久別之意。《文選》鮑照〈還都道中作〉：「俄思甚兼秋。」李善注：「兼猶三也。《毛詩》曰：『一日不見，如三秋兮。』」❺歧路　此指分手之處。❻將　猶言伴從。《詩經・召南・鵲巢》：「之子于歸，百兩將之。」❼大刀頭　為隱語，歸還的意思。語出《玉臺新詠・古絕句》：「藁砧今何在？山上復有山。何日大刀頭，破鏡飛上天？」全詩俱用隱語，大刀頭隱指刀頭之環，「環」諧音「還」。

【語　譯】征馬馳向邊州，蕭蕭嘶鳴不休。思慮深沉應帶離恨別愁，聲音淒絕當為久別數秋。歧路分手只有風兒伴隨遠去，跋涉關山唯獨明月分憂共愁。送君從此去，何日能還歸？

【研　析】此詩為送劉評事出塞從軍之作。與前二首不同，此首倒是以寫離愁為主。前半首「征馬」四句，通過寫征馬烘托別情：蕭蕭馬鳴不停，似不忍離去。「思深」之「思」與「嘶」諧音，語意雙關，既寫馬鳴，又寫人思；「聲斷」亦然，與馬鳴人愁雙關。後半首「歧路」四句，寫分手。其中「歧路」二句，寫別後友人有風月相伴，恰恰反襯了無人為伍的孤獨，用意絕妙。「贈君」二句，寫盼歸無望，更增加了離愁。全詩寫人寫馬，諧音雙關，一唱三嘆，韻味深長。

## 送李少府貶峽中王少府貶長沙

【題解】此詩寫作時、地不明。李少府、王少府，名俱未詳。峽，長江三峽。長沙，郡名，原潭州，天寶元年（西元七四二年）改為長沙郡，唐肅宗乾元元年（西元七五八年）復為潭州，治所在長沙縣（今湖南長沙）。據長沙稱郡名，此詩當作於天寶年間，據同時送兩縣尉貶謫邊遠外地，當作於京師；又詩中時序為秋天，姑且繫於天寶十一載（西元七五二年）秋天遊長安之時。

嗟君此別意如何？駐馬銜杯❶問❷謫居❸。巫峽啼猿❹數行淚，衡陽歸雁❺幾封書？青楓江❻上秋天遠，白帝城❼邊古木疏。聖代即今多雨露❽，暫時分手莫躊躇。

【注釋】❶銜杯　飲酒。❷問　存問；慰問。❸謫居　貶官降職到邊遠外地居住。❹巫峽啼猿　寫李少府貶峽中事。《水經注・江水》描寫巫峽：「每至晴初霜旦，林寒澗肅，常有高猿長嘯，屬引淒異，空谷傳響，哀轉久絕。故漁者歌曰：「巴東三峽巫峽長，猿鳴三聲淚沾裳。」」詩用此以寫李少府去後的悲淒之情。❺衡陽歸雁 寫王少府貶長沙事。唐衡陽郡治所在衡陽縣（今湖南衡陽）。衡陽縣南有回雁峰，為衡山七十二峰的首峰，峰勢如雁在迴旋。世俗相傳，冬天北方來雁，至此不過，遇春而回。雁為候鳥，定時往返，《漢書・李廣蘇建傳》載有蘇武被扣留胡地時，曾繫書雁足以傳信息的傳說，後世遂有「雁書」之稱。詩用此以寫盼王少府別後遠地來信。❻青楓江 稱清楓浦一帶的瀏水。《大清一統志》卷二七六：「瀏水逕瀏陽縣西南三十五里曰清楓浦，折而西入長沙縣。」❼白帝城 故址在今重慶市奉節東白帝山上，東臨巫峽。❽雨露 比喻皇恩，謂當會遇赦。

【語 譯】嘆君此別情意如何？停馬飲酒慰問貶官遠居。巫峽悲啼之猿使人難忍數行淚，衡陽北返大雁竟能傳回幾封書？青楓江上秋空闊遠，白帝城邊古樹稀疏。聖世當今多施雨露之恩，暫時分手切不要徘徊躊躇。

【研 析】此詩為送行慰別之作，而且不是一般的慰別，是更加悲切的慰問貶官遠居的分別。開頭二句，點明特殊慰別之意。中間「巫峽」四句，分別就李王二人謫居之地寫思念悲情。結尾二句，為希冀遇恩赦免、彼此重聚的寬慰之詞。這是一首精致的七言律詩，對仗之工，韻律之美，情景交融，抒懷真切，不愧為唐律上乘之作，歷來多入選為佳篇，可見人所共賞。

## 餞故人

【題 解】此詩原集缺佚，選自敦煌殘卷伯三六一九。當作於天寶十一載（西元七五二年）秋，時在長安。

祈❶君辭丹豁❷，負仗❸歸海隅❹。離庭自蕭索，別心何鬱紆！天高白雲斷，野曠青山孤。欲知腸斷處，明月照江湖。

【注釋】❶祈　原字為草體，作「祄」形，當為「祈」字，祝福之意。❷丹豁　疑為丹墀之誤。丹墀，漆為紅色的宮殿臺階，借指朝廷。❸負仗　為年老之意。「仗」疑為「杖」字之誤。《禮記・曲禮》：「大夫七十而致事，若不得謝，則必賜之几杖，行役以婦人，適四方乘安車。」❹歸海隅　謂辭官歸鄉。語本張協〈詠史詩〉：「抽簪解朝衣，散髮歸海隅。」（《文選注》卷二一）

【語譯】祝君辭別京師朝廷，拄著君上所賜手杖回返海角家鄉。離別的廳堂自是蕭索淒涼，惜別的心境何其憂思縈繞！天高白雲斷絕難續，野曠青山更顯孤獨。要想知道腸斷何處，明月清冷照江湖。

【研析】這是一首特別的餞行詩，不是送人遠出謀生，也不是送人失意而歸，而是在京城送一位仕宦友人告老還鄉，反映了士人的另一種境遇。開頭二句，寫友人告老還鄉，受到君主的賜杖恩遇。離庭二句，寫離別的淒涼場景和惜別的悲愁心境。「天高」二句，想像歸途情景，並且一語雙關：「天高白雲斷」，為空間之縱寫，高不可攀，情斷恩絕，暗喻已跟朝廷無緣；「野曠青山孤」，為空間之橫描，曠遠渺茫，孤獨無依，暗喻人世疏闊冷漠無所憑靠。此尚不為最，更有傷心處，引發最後二句：「欲知腸斷處，明月照江湖」，試想，一葉孤舟，漂流江湖，月光如水，更顯淒涼，怎能叫人不斷腸！士人歷盡仕途坎坷，最後落得一個如此悲涼、孤寂的結局，不能不讓人心寒意冷！

# 送別

【題解】此詩或作於天寶十一載（西元七五二年）秋客遊長安之時，所謂「西歸客」，或指已從軍西塞之人。

昨夜離心正鬱陶❶，三更白露西風高。螢飛木落何淅瀝，此時夢見西歸客。曙鐘寥亮三四聲，東鄰嘶馬使人驚。攬衣出戶一相送，唯見歸雲縱復橫。

【注釋】❶鬱陶　鬱結積聚。

【語譯】昨夜離思正鬱結難眠，三更時分白露已結西風高吹。螢飛靜悄悄葉落何其淅瀝，此時朦朧入睡卻又夢見西歸之客。晨鐘嘹亮三四聲響，東鄰鳴馬使人驚醒。攬衣出門急忙相送，唯見歸雲漫天縱橫。

【研析】這首送別詩，雖未明寫所送者為誰，但描寫、抒懷俱委婉曲折，頗具特色。開頭二句，寫離思鬱結，三更未眠。螢飛二句，寫剛剛入睡，歸客又入夢境，可見離思之重。曙鐘二句，寫被晨鐘鳴馬驚醒，說明睡眠未沉，送客一事始終耿耿於心。攬衣二句，寫出門送客，由「攬衣」二字見其匆忙之狀；然可憾客人已經離去，唯見歸山之雲縱橫，一去一歸，形成反差，更增悵望之情。全詩極盡委婉曲折，友情之真摯深厚，不言而露。

## 登隴

【題　解】此詩作於天寶十一載（西元七五二年）從軍河西、隴右途中。隴，即隴山，在今陝西隴縣西北。《後漢書・郡國志》「漢陽郡」劉昭注引《秦州記》：「隴山東西百八十里，登山巔東望，秦川四五百里，極目泯然。山東人行役升此而顧瞻者，莫不思歸。」

登隴❶遠行客，隴上分流水❷。流水無盡期，行人❸未云已❹。淺才❺

登一命❻，孤劍通萬里。豈不思故鄉？從來感知己❼。

【注　釋】❶登隴　他本多作「隴頭」。❷隴上分流水　《樂府詩集》卷二一引《三秦記》云：「其（隴山）坂九回，上者七日乃越，上有清水四注下，所謂隴頭水也。」❸行人　指行役之人。❹未云已　不斷。「云」為語中助詞。❺淺才　自謙之辭。❻一命　指低微的官職。周代官秩有九命，此用其稱。❼知己　指隴右節度使哥舒翰。天寶十一載秋冬之際，高適經隴右節度使判官田梁丘引薦，被哥舒翰表為左驍衛兵曹、充任掌書記。

【語　譯】登上隴山遠行客，隴上四瀉分流水。流水不斷無盡期，行役之人今未息。淺才之我登微官，獨自仗劍通萬里。難道就不思故鄉？從來士人感知己。

【研　析】在長安高適寫了不少送人出西塞的詩，在這首詩中，他自己也成了西行客，實現了從軍幕府的願望。隴山是西出邊塞的必經之地，自古以來曾留下多少遊子的足跡，也產生了眾多歌詠登隴的詩篇。此詩前四句，寫自己登上隴山的觀感，首先看到了著名的四注而下的隴頭水，進而由不斷無盡的流水和自己的到來，聯想到經過此地川流不息的行人，一下子就提升了登隴的歷史縱深感。此詩後四句，寫自己經引薦被哥舒翰授官赴任的感受。「淺才登一命」一句，不僅僅是自謙，也的確含有不屑之意；但「孤劍通萬里」一句，卻無疑是充滿豪情。怎樣看這一矛盾現象？只要聯繫高適久已有之的從軍幕府、建功邊塞的理想，就不難理解了（參見〈信安王幕府詩〉、〈酬祕書弟兼幕下諸公〉等）。也正因為高適此次入幕從軍看到了實現自己理想的希望，所以結尾二句才對隴右節度使哥舒翰深有知遇之感，以致沖淡了遠離故鄉的思念愁緒。

## 金城北樓

【題　解】此詩作於天寶十一載（西元七五二年）秋冬之際離長安從軍隴右途中。金城，唐郡名，屬隴右道，原為蘭州，天寶元年改為金城郡，治所在五泉縣（今甘肅蘭州）。此指郡治五泉縣（原稱金城縣）城。

北樓西望滿晴空，積水連山勝畫中。湍❶上急流聲若箭，城頭殘月勢如弓。垂竿❷已謝❸磻溪老❹，體道❺猶思塞上翁❻。為❼問邊庭更何事，至今羌笛❽怨無窮。

【注釋】❶湍　指湍瀨，水淺急流之處。❷垂竿　即垂釣，指隱居。❸謝　辭。❹磻溪老　即姜太公呂尚，此借以泛指隱者。磻溪，水名，在今陝西寶雞東南，一名璜河。源出南山茲谷，北流入渭河。溪中有茲泉，相傳周太公望（呂尚）出仕前曾垂釣於此。❺體道　體會道術。❻塞上翁　此用《淮南子・人間》「塞翁失馬，安知非福」之典。塞上翁能領悟到《老子》所謂「禍兮福之所倚，福兮禍之所伏」的深奧道理，故云「體道」。❼為　如果。❽羌笛　古代西域民族的一種吹奏樂器，漢代已傳入中國。陳暘《樂書》說：「羌笛五孔，馬融〈笛賦〉謂出於羌中，舊制四孔而已，京房加一孔，以備五音。」

【語譯】北樓西望全是晴朗的天空，眾水匯積群山相連勝似畫中。激流水急響聲似飛箭，城頭殘月形狀如彎弓。雖然自棄釣竿已經辭別隱逸為樂的同路人，體味道術是福是禍還在思念高明的塞上失馬翁。若問邊庭更有何事可言，至今羌笛聲聲哀怨仍無窮。

【研析】此詩為出塞途中登上金城北城樓觀賞抒懷之作。全詩前四句為瞭望寫景之筆，從天上的晴空萬里，到地上的積水連山；從聲響如箭的激流，到形如彎弓的殘月，忽而天上，忽而地上，或直書，或比喻，繪聲繪色，使讀者如臨其境。全詩後四句為抒懷之詞，其中「垂竿」二句著意於變，抒發自己由隱逸到從軍處境變化的不同心情：從懷才不遇的遭際而言，隱逸是詩人所追求的；從施展抱負的理想而言，隱逸又不是詩人所追求的。現在有了施展抱負的機緣，詩人決意告別隱逸，走上了從軍的道路。但是從另外一個角度來看，告別隱逸畢竟又是失，不能不使詩人在得失之間有所權衡和猶疑，所以才使他自然聯想到塞翁失馬的故事（當然塞上的環境也是他引起聯想的因素），留意於體味得失、禍福之道。此兩句詩的深意，確實是值得尋味與體察的。「為問」二句著意於不變，羌笛聲怨，既包含自然界的矛盾（如「羌笛何須怨楊柳，春風不度玉門關」），又包含社會矛盾（如「羌胡無盡日，征戰幾時歸」），是邊塞詩的傳統主題，詩人以前曾兩次去過東北邊塞，也已有過實際體驗，此番再一次證實，故有「至今羌笛怨無窮」之嘆。

## 入昌松東界山行

【題解】此詩作於天寶十一載（西元七五二年）秋冬之際從軍哥舒翰幕府途中。昌松，唐隴右道武威郡（涼州）屬縣，故治在今甘肅古浪西。

鳥道❶幾登頓，馬蹄無暫閒。崎嶇出長坂❷，合沓❸猶前山。石激水流處，天寒松色間。王程❹應未盡，且莫顧刀鐶❺。

【注釋】❶鳥道　只有飛鳥才能越過的山道，形容山路險峻。❷坂　斜坡。❸合沓　重疊。❹王程　指王事的期限。❺鐶　諧音「還」。指回家的念頭。

【語　譯】只有飛鳥才能越過的道路幾番上下登頓，馬蹄沒有短暫歇息的時間。攀登崎嶇山路剛走出長坡，重疊遮攔還有前面的山。山石激蕩在澗水流淌之處，天空寒氣凝結於松色之間。王事期限應是未到盡頭，切不要顧盼刀鐶惦念回還。

【研　析】此詩為出塞山行寫景抒懷之作。開頭二句，寫山行艱險，不得暫歇。中間四句，為寫景之筆，全是佳句。其中「崎嶇」二句，通過山行的過程，寫出山峰重疊、一山又一山的動感；同時寫出波折：前句「崎嶇出長坂」，彷彿歷盡攀登，已走出艱難，後句接著的卻是「合沓猶前山」，又擋住了去路，還得繼續攀登，不能不令人心寒。至於「石激」二句，給人以淒冷之感：上句寫秋冬之際，寒冷的山石激蕩著冰涼的流水，確實有些寒意襲人；下句寫天空的寒氣與冷色的松綠凝結，冷徹天地，不能不令人打起寒顫。這四句彷彿是一幅寫意畫，不重工筆細描，而重表現感受，顯示了高詩寫景的特點。最後二句，表面感慨王事艱辛無期，不得思鄉顧返，而就當時詩人的處境和心態來看，實為自勉之詞。

## 自武威赴臨洮謁大夫不及因書即事寄河西隴右幕下諸公

【題　解】此詩不見原集，選自敦煌集本。作於天寶十一載（西元七五二年），時高適初至西塞哥舒翰幕府。武威，郡名，原稱涼州，天寶元年更郡名，治所在姑臧縣（今甘肅武威）。武威郡為河西節度使治所。臨洮，郡名，原稱洮州，天寶元年更郡名，治所在臨潭縣（今甘肅臨潭）。大夫，將帥之稱。《資治通鑑》天寶六載冬十月，李光弼對王忠嗣言「大夫以愛士卒之故」，胡三省注曰：「唐中世以前率呼將帥為大夫，白居易詩所謂武官稱大夫是也。」此指哥舒翰，突騎施首領哥舒部落之後裔，唐玄宗天寶年間名將。因屢破吐蕃有功，受到重用。自天寶六載（西元七四七年）至十五載（西元七五六年），歷任隴右節度使，河西節度使，加攝御史大夫，加開府儀同三司，封涼國公、西平郡王，拜太子太保，尚書左僕射，同中書門下平章事。後得風疾，病廢在家。安史亂起，奉命守潼關，兵敗被殺。詳見兩《唐書》本傳。按，史載哥舒翰於天寶十二載始兼河西節度使，此詩何以寫逕赴武威（河西節度使治所），且將河西隴右連稱？蓋本年四月河西節度使安思順已改任朔方節度使，自此哥舒翰或已兼河西節度使，史載於次年，當係追命。

浩蕩去❶鄉縣❷，飄颻瞻節旄❸。揚鞭發武威，落日至臨洮。主人❹未相識，客子心忉忉❺。顧見征戰歸，始知士馬豪。戈鋋❻耀崖谷，聲氣如風濤。隱軫❼戎旅間，功業競相褒。獻狀❽陳首級，饗軍烹太牢❾。俘囚驅面縛❿，長幼隨巔毛⓫。氈裘何蒙茸⓬，血食⓭本羶臊。漢將仍兒戲⓮，秦人空自勞⓯。立馬眺洪河⓰，驚風吹白蒿。雲屯寒色苦，雪合群山高。遠戍際天末，邊烽連賊壕⑰。我本江海遊⑱，逝將心利逃⑲，一朝感推薦⑳，萬里從英旄㉑。飛鳴㉒蓋殊倫㉓，俯仰忝諸曹㉔。燕頷知有待㉕，龍泉㉖惟所操。相士慙入幕㉗，懷賢㉘願同袍㉙。清論揮麈尾㉚，乘酣持蟹螯㉛。此行豈易酬，深意㉜方鬱陶㉝。微効儻不遂，終然辭佩刀㉞。

【注釋】①去　離。②鄉縣　故鄉。③節旄　編毛所做的節。本為使臣所持，唐制節度使皆賜節，使其專制軍事，此即指節度使所擁之節。④主人　指哥舒翰。入幕之人身分為客，故稱。⑤忉忉　憂慮的樣子。《詩經・齊風・甫田》：「無思遠人，勞（憂）心忉忉。」⑥鋋　鐵柄短矛。⑦隱軫　即殷軫，車馬眾多的樣子。《淮南子・兵略》：「士卒殷軫。」⑧狀　指戰果之奏報。⑨太牢　指牛。據《周禮》「大行人」注，古代祭祀，牛羊豬三牲俱全為太牢。後世往往誤稱牛為太牢。⑩面縛　反背而縛。⑪長幼隨巔毛　按頭髮白黑排列長幼之序。本《國語・齊語》「班序顛毛」。巔毛，頭髮。⑫蒙茸　皮毛紛亂的樣子。⑬血食　指遊牧民族茹毛飲血。⑭漢將仍兒戲　謂哥舒翰經略西塞之前，諸將懈怠輕敵。兒戲，漢文帝時匈奴入侵，文帝令劉禮率軍駐紮霸上，徐厲駐紮棘門，周亞夫駐紮細柳。後來文帝親自到各處勞軍，霸上、棘門兩處可長驅直入，細柳則戒備森然，直到文帝派人持節說明勞軍之意，才開門放行，還只能按轡徐行，周亞夫也只以軍禮參見文帝。後文帝對群臣說：「嗟乎！此真將軍矣。曩者霸上、棘門軍若兒戲耳！其將固可襲而虜也。」見《史記・絳侯周勃世家》。⑮秦人空自勞　喻哥舒翰經略西塞之前，戍卒苦辛均屬徒勞。空自勞，勞而無功。《史記・蒙恬列傳》：「秦已并天下，乃使蒙恬將三十萬眾北逐戎狄，收河南，築長城。」欲求萬世有天下而二世亡。⑯洪河　大河，指黃河。⑰遠戍二句　寫戍樓、烽火臺綿延至遠處。⑱江海遊　隱居浪跡之意。按高適此次出塞前已辭去封丘縣尉職，正客遊長安。⑲心利逃　指避開欲念利祿。《莊子・讓王》：「故養志者忘形，養形者忘利，致道者忘心矣。」⑳感推薦　感激被推薦。按天寶十一載高適經田梁丘（「梁」一作「良」）推薦入哥舒翰幕府。㉑英旄　同「英髦」。才俊之士。指題中所云「幕下諸公」。㉒飛鳴　比喻逞才。《史記・滑稽列傳》：「此鳥不飛則已，一飛沖天；不鳴則已，一鳴驚人。」㉓殊倫　不同一般，出類拔萃。㉔諸曹　各部官員。指「幕下諸公」。㉕燕頷知有待　謂上文「諸曹」皆有貴人之相，封侯可待。燕頷，燕口闊大，燕頷即大口。《後漢書・班超傳》：「超問其狀，相者指曰：『生燕頷虎頸，飛而食肉，此萬里侯相也。』」㉖龍泉　寶劍名，指皇帝所賜。㉗相士慚入幕　謂自己被相中入幕自覺有愧。相士，鑑別人才。語出《史記・平原君列傳》：「勝相士多者千人，寡者百數，自以為不失天下之士。」慚入幕，自謙之辭。㉘懷賢　謂己感懷幕中諸賢。㉙同袍　《詩經・秦風・無衣》：「豈曰無衣，與子同袍。」袍為長襦，是古人平時所穿的便服。同袍喻親密無間之交。後世軍人也相稱曰同袍。㉚麈尾　拂塵。古時談論者取麈（駝鹿）尾做拂子，用以指授聽眾。《晉書・王衍傳》：「衍既有盛才美貌，明悟若神，妙善玄言，唯談老、莊為事，每捉（握持）玉柄麈尾，與手同色。」㉛持蟹螯　此寫縱飲之狀。《世說新語・任誕》：「畢茂世（卓）云：『一手持蟹螯，一手持酒杯，拍浮酒池中，便足了一生。』」㉜深意　內心深處。㉝鬱陶　憂思積聚貌。㉞辭佩刀　指辭去軍中之職。

【語譯】浩蕩遠行離別故鄉，飄飄出塞處處看到節旄。揚鞭出發離開武威，落日時分抵達臨洮。主人不在未能相識，客子疑慮心中焦躁。看到軍隊征戰歸來，才知兵馬英氣豪邁。戈矛閃光照耀崖谷，聲勢雄壯如同風濤。車馬眾盛軍旅之中，功業赫赫爭相炫耀。呈獻戰果陳列首級，宴饗大軍烹煮牛肉。俘虜反背而縛被驅趕，長幼排序按頭髮黑白。身著皮裘獸毛雜亂，茹毛飲血本性擅躁。漢將治軍仍如兒戲，秦人破敵白白自勞。駐馬遠眺黃河之水，勁風狂吹白色艾蒿。密雲屯集透出酷寒之色，白雪封合與群山共高。遠處戍樓在天之盡頭，邊地烽臺直連敵壕。我本隱逸浪跡江海，暫把慾念利祿拋開，一時感激受到推薦，萬里前來隨從俊僚。群賢高飛驚鳴超常絕倫，我自俯仰順隨忝居諸曹。大口蕪之貴相必有高位相待，君賜龍泉寶劍惟其所操。承蒙相中慚入軍幕，感懷諸賢願為同袍。清雅高論揮著麈尾，乘興酣飲手持蟹螯。此行難道容易遂願，內心憂慮積聚未消。綿薄報效如若不成，終將辭職解除佩刀。

【研　析】赴哥舒翰幕府從軍是高適一生中的大事，此詩亦堪稱詩人自述生平的里程碑之作。開頭六句，寫遠離故鄉，西出邊塞，自武威赴臨洮謁見幕府主帥哥舒翰未遇，內心憂慮不安。「顧見」八句，寫出征軍隊凱旋而歸，以及獻捷饗軍的情況。「俘囚」八句，由所俘胡兵的現實場面，聯想到邊將玩忽職守，致使士卒徒勞無功的往事。「立馬」八句，寫瞭望之景，表現邊地環境的艱苦和嚴陣守衛的情勢。其中「雲屯寒色苦，雪合群山高。遠戍際天末，邊烽連賊壕」，尤為佳句。下面我本十二句，寫自己由決意隱逸到受推薦入幕，得以忝居幕中群賢之間，願結為同袍友好，聆聽清論，開懷暢飲。最後四句，寫自己對此行能否酬志產生疑慮，並且作了效力不成終將辭職的心理準備，與前面「主人未相識，客子心忉忉」緊相呼應。這裡如實反映了詩人懷才不遇、屢遭挫折的敏感心態，委婉細膩地披露了當時自己前途未測、猶疑不安的複雜情懷。

## 同呂員外酬田著作幕門軍西宿盤山秋夜作

【題　解】此詩作於天寶十二載（西元七五三年）秋。本年夏五月，隴右節度使哥舒翰擊吐蕃，拔洪濟、大漠門等城，悉收九曲部落（《資治通鑑》天寶十二載）。呂員外，即呂諲，河東人，時在哥舒翰幕府任支度判官，累兼虞部員外郎（屬尚書省工部），故稱「員外」。詳見《舊唐書》本傳。田著作，據杜甫〈贈田九判官梁丘〉及仇兆鰲注，當即田梁丘（《舊唐書・哥舒翰傳》作「田良丘」），京兆（今陝西長安）人，曾引薦高適入哥舒翰幕府。著作，即著作郎的簡稱，為祕書監屬官，掌圖書文籍。幕門軍，即漢門軍，屬隴右節度使，在臨洮郡（原洮州，治所在今甘肅臨潭）。幕，《文苑英華》作「莫」。

磧❶路天早❷秋，邊城夜應永。遙傳戎旅作，已報關山冷。上將❸頓❹盤坂❺，諸軍遍泉井。綢繆❻閫外書❼，慷慨幕中請。能使勳業高，動令氛霧❽屏。遠途能自致❾，短步終難騁❿。羽翮時一看，窮愁始三省⓫。人生感然諾，何啻若形影！白髮知苦心，〈陽春〉⓬見佳境。星河⓭連塞絡⓮，刁斗⓯兼⓰山靜。憶君霜露時，使我空引領。

【注　釋】❶磧　沙漠。❷早　底本空缺此字，據《文苑英華》、《唐詩所》、《全唐詩》補。張黃本、許本作「正」，明銅活字本作「甲」。❸上將　指哥舒翰。❹頓　停留；駐紮。❺盤坂　即盤山。❻綢繆　纏綿。這裡指信中言事抒懷之情。❼閫外書　指出征在外的田梁丘向主將所寄的信。閫外，郭門外，指出征在外。《史記・張釋之馮唐列傳》：「臣聞上古王者之遣將也，跪而推轂曰：『閫以內者，寡人制之；閫以外者，將軍制之。』」❽氛霧　指凶氣妖霧。比喻敵人的進犯。❾遠途能自致　語本《尉繚子・武議》：「良馬有策，遠道可致。」❿短步終難騁　喻良馬受到限制無法放步馳騁。語本《楚辭・哀時命》：「騁騏驥於中庭兮，焉能極夫遠道！」短步，小步。⓫三省　此指反覆省察自己落得窮愁的原因。語出《論語・學而》：「曾子曰：『吾日三省吾身：為人謀而不忠乎？與朋友交而不信乎？傳不習乎？』」⓬陽春　古名曲。宋玉〈對楚王問〉引用過一個故事：有人在楚國郢都唱歌，唱〈下里〉、〈巴人〉時，「國中屬而和者數千人」；唱〈陽春〉、〈白雪〉時，「國中屬而和者不過數十人」。此借指田氏所作之詩。⓭星河　銀河。⓮絡　網絡，此指地絡，古時有「天維」、「地絡」之稱。⓯刁斗　軍中銅製用具，日以作炊，夜以打更。此指夜晚打更聲。⓰兼　併；伴。

【語　譯】沙漠之路秋來早，邊地之城黑夜長。遠地傳來軍旅詩，已經報知關山冷。上將紮營在盤山，各軍散布遍泉井。纏綿情切寄給主將的信，慷慨激昂幕中請纓。準能使功勳高增，常常令兇敵退避。漫長遠途定能自勵抵達，局促短程終究難以馳騁。強勁的羽翼不時自信一顧，窮愁的根由屢次反省不解。人生當重於誠信然諾，何止相處如形影不離！白髮早生得知辛苦用心，〈陽春〉高作深見美好意境。天上的銀河下連著塞上的地絡，刁斗聲聲陪襯著群山的寂靜。遙想我君披霜戴露夜宿之時，使我只有伸頸遠望思念而已。

【研　析】這是一首就呂諲酬田梁丘詩的和作。呂氏是引薦詩人入哥舒翰幕府的知己，詩中體諒田氏隨軍出征的艱苦戎旅生活，並對其雄心壯志不得馳騁表示同情。開頭四句，寫呂氏出征在外，遙寄軍中詩作，報道關山奔波。其中一個「冷」字，表現了軍旅生活的艱苦和詩人對呂氏的無限關懷。「上將」六句，寫所從主帥指揮有方，奮勇請戰，建功退敵，卓有功勳。「遠途」四句，寫自己志向高遠，能力非凡，然懷才不遇，百思不解。「人生」四句，寫彼此友誼，重於誠信，心心相印。最後四句，想望呂氏夜宿盤山的情景，表達了關懷和思念之情。其中「星河連塞絡，刁斗兼山靜」二句，意境深遠。星河與地絡相連，描繪天空和大地無限延伸直到地平線相會，充分表現了邊地的遼闊。刁斗聲與群山靜相反相成，前者反襯出山野的沉寂空曠，後者反襯出刁斗聲的淒涼。友人身歷其境，更顯得孤獨，不能不使遠在異地的知交更增關懷和思念。

## 無題

【題解】此詩作於任職哥舒翰幕府期間。原集缺佚，選自敦煌殘卷伯三六一九。本無題，與〈九曲詞〉其三「鐵騎橫行鐵嶺頭」一首相次。

一隊❶風來一隊砂，有人行處沒人家。陰山❷入夏仍殘雪，溪樹經春不見花。

【注釋】❶隊　即陣。《廣雅・釋詁》：「隊，陳（陣）也。」蓋「隊」「陳」聲母舌上音與舌頭音對應，韻母陰陽對轉，古音相近，當為音近義同之同源詞。唐詩、變文中「陣」多作「隊」。又或作「墜」。❷陰山　在新疆。據《新唐書・地理志》，唐北庭都護府轄有陰山州都督府，唐高宗顯慶三年（西元六八五年）以西突厥葛邏謀落部置。《西突厥史料》謂其地在今新疆北部額爾齊斯河南岸、烏倫古湖以西。陰山州當即因陰山得名。岑參〈輪臺歌奉送封大夫出師西征〉有「三軍大呼陰山動」句，〈北庭西郊侯封大夫受降回軍獻上〉詩有「陰山烽火滅」句等，亦指此陰山。

【語　譯】一陣風來一陣沙，有人奔勞之處卻沒人家。陰山入夏仍有殘雪，溪樹經春不見開花。

【研　析】此詩寫出風沙彌漫，荒無人煙，夏有殘雪，春不見花的邊塞特異風光，從軍行役之苦不言而喻。

## 武威作二首

【題　解】此二首詩作於任職哥舒翰幕府期間，均為懷古傷今之作。武威，郡名，原稱涼州，天寶元年更郡名，治所在姑臧縣（今甘肅武威）。二詩皆懷古傷今之作，第一首借漢代事慨嘆吐蕃的侵擾，第二首引晉代事作為本朝的鑑戒。詩題底本及諸本作〈登百丈峰二首〉，今從敦煌集本，詳下。

### 其一

朝登百尺烽[1]，遙望燕支[2]道。漢壘[3]青冥[4]間[5]，胡天白如掃。憶昔霍將軍[6]，連年此征討。匈奴終不滅，塞下[7]徒草草[8]。唯見鴻雁飛[9]，令人傷懷抱！

【注釋】❶百尺烽　底本及諸本作「百丈峰」，今從敦煌集本。蓋「烽」字因形近音同而誤為「峰」，後人遂又將「尺」妄改為「丈」，詩題亦隨之改為「登百丈峰」。烽，指烽火臺。❷燕支　又作「焉支」，山名，在今甘肅山丹東南。❸漢壘　指漢代軍壘遺跡。❹青冥　蒼天。《楚辭・九章・悲回風》：「據青冥而攄虹兮，遂儵忽而捫天。」❺間　敦煌集本作「冥」。冥冥，深遠渺茫的樣子。亦通。❻霍將軍　霍去病。據《史記・衛將軍驃騎列傳》，漢武帝元狩二年（西元前一一九年），霍去病為驃騎將軍，出隴西擊匈奴，過焉支山一千餘里。元狩四年又接連出征。霍，敦煌集本作「衛」。❼塞下　底本及諸本作「寒山」，今從敦煌集本。❽草草　雜亂的樣子。❾飛　敦煌集本作「來」。

【語譯】朝登百尺烽火臺，遙望燕支古通道。漢代軍壘遺落蒼天下，胡地天空蕩蕩淨如掃。思念往昔霍去病將軍，連年此地舉兵征討。匈奴頑敵終不滅，塞下不寧亂糟糟。只見鴻雁年年飛，令人感慨傷懷抱！

【研析】此首寫登上武威烽火臺看到漢代軍壘遺跡而引起的懷古傷今之思。詩人感慨自古以來，外族不斷侵擾，西北邊疆不寧，終無根絕之策。其中不乏寫景抒情佳句，如「漢壘」二句，分別寫地上天空之景，不僅描繪了天地不斷延伸，一直在地平線交會的曠遠空間，而且由漢壘遺跡引向歷史的縱深。「唯見」二句，由亙古不變、年年可見的雁飛物候，把懷古之幽情與傷今之憂思緊密連結在一起。

## 其二

晉武❶輕後事，惠皇❷終已昏。豺狼塞瀍洛❸，胡羯爭乾坤❹。四海如鼎沸，五涼更自尊❺。而今白亭❻路，猶對青陽門❼。朝市❽不足問❾，君臣隨草根❿。

【注釋】❶晉武　晉武帝司馬炎，西元二六五年至二八九年在位。司馬炎代魏建立晉朝後，大封宗室，釀成後來的「八王之亂」。又除去州郡武備，造成五胡入侵的空隙。後又荒於政事，遺下嚴重的政治危機。故詩云「輕後事」。傳見《晉書・武帝紀》。❷惠皇　晉武帝之子晉惠帝司馬衷，西元二九〇年至三〇六年在位。司馬衷即位後，妻賈后專權。趙王司馬倫殺賈后，自為相國，諸王相爭，爆發「八王之亂」。禍變未平，五胡又乘隙入侵中原。晉惠帝是歷史上出名的昏君，他在位期間，政治腐敗，貨賂公行，權貴橫暴，奸人得志。天下荒亂，百姓無糧餓死，他聽到後竟問：「何不食肉糜？」傳見《晉書・惠帝紀》。❸豺狼塞瀍洛　指晉惠帝永康元年（西元三〇〇年）開始的諸王混戰。瀍洛，指西晉京城洛陽一帶。瀍，瀍水，洛河的支流。洛，洛河。洛陽正位於兩水會合處。❹胡羯爭乾坤　寫「五胡之亂」。從晉惠帝永興元年（西元三〇四年）直至宋文帝元嘉十六年（西元四三九年），當時西部、北部的匈奴、羯、鮮卑、氐、羌等五族的首領先後建立政權，侵擾中原，割據交征，戰亂不已。乾坤，指天下。❺五涼更自尊　底本及諸本作「五原徒自尊」，今從敦煌集本。「五涼」與此詩懷古之地相合，岑參〈題金城臨河驛樓〉詩亦有「古戍依重險，高樓見五涼」句。蓋「涼」或寫作「凉」，形近而誤為「原」，遂又改「更」為「徒」。五涼，十六國時的前涼、後涼、南涼、西涼、北涼，合稱「五涼」，所據之地在今甘肅武威、張掖、酒泉及青海樂都一帶。自尊，指不依附晉朝而獨立。❻白亭　地名，因白亭海而得名，在今甘肅北。河西節度使於此置白亭守捉。亭，底本及諸本作「庭」，今從敦煌集本。❼青陽門　晉朝京城洛陽東面有三門，最南的一個為青陽門。此處當借指洛陽。❽朝市　指都城。❾不足問　不值得再問起，意謂晉朝早已覆亡。❿隨草根　指屍骨已隨同草根腐朽。

【語　譯】晉武皇帝忽視身後之事，惠帝繼位後就已昏庸。諸王豺狼混戰於洛陽，胡羯異族也爭奪天下。四海動亂已如鼎中沸騰，五涼各族更加稱王自尊。而今此地白亭路，還正對著京城洛陽青陽門。都城早已顛覆不堪問，君王群臣屍骨全都隨同草根腐朽。

【研　析】此首寫由武威一帶五涼、白亭舊地而引發的對西晉內憂外患之思。開頭二句，寫西晉王朝短命，傳承二世即亂。中間「豺狼」四句，既寫八王之亂，又寫異族之患，「四海如鼎沸」一句，形象地概括了當時的危急形勢。最後四句，寫西晉的滅亡，深嘆物是人非：「而今白亭路，猶對青陽門」，是古今未變的自然；「朝市不足問，君臣隨草根」，卻是早已灰飛煙滅的舊朝。像詩人不少詠史詩一樣，此首亦不僅僅是發思古之幽情，也寓有傷今的隱情。當時唐朝的情勢，也是內憂外患交加，離發生安史之亂，不過兩三年之差；聯想此事，雖然不能把此詩斷為詩人未卜先知的預言，但也不能完全否認其中含有詩人對政治形勢的敏感，而忽略其深刻性。

# 塞下曲

【題　解】此詩作於從軍哥舒翰幕府期間。〈塞下曲〉，新樂府雜題，是由樂府橫吹曲辭漢橫吹曲〈出塞〉、〈入塞〉舊題衍化出來。

結束❶浮雲駿❷，翩翩出從戎。且憑王子怒❸，復倚將軍雄。萬鼓雷殷❹地，千旗火❺生風。日輪駐霜戈❻，月魄❼絲❽琱弓❾。青海❿陣雲⓫匝⓬，黑山⓭兵氣衝。戰酣太白⓮高，戰罷旄頭空⓯。萬里不惜死，一朝得成功，畫圖麒麟閣⓰，入朝明光宮⓱。大笑向文士：一經何足窮⓲！古人昧此道，往往成老翁。

【注　釋】❶結束　猶言裝束，指備馬。❷浮雲駿　輕捷的良馬。❸王子怒　即天子怒，指皇帝滅敵的怒威和發出的征討軍令。《詩經・大雅・常武》：「王奮厥武，如震如怒。」王，《文苑英華》、《唐詩所》、《全唐詩》作「天」。❹殷　雷聲。語出《詩經・召南・殷其靁》：「殷其靁，在南山之陽。」此處作動詞用，義略同震。古代征戰，鳴鼓為進攻的號令。❺火　指旗紅如火。❻日輪駐霜戈　謂陽光照在雪亮的戈戟之上，閃爍耀眼。日輪，太陽。又，《淮南子・覽冥》：「魯陽公與韓構難，戰酣日暮，援戈而撝（同「揮」），日為之反（返）三舍。」此句或變用這一典故，謂戰酣未解之時，日輪為戰戈駐步。存以備參。❼月魄　月亮；月光。❽絲　作動詞用，有「使……增光彩」之意。《文苑英華》作「勒」，《唐詩所》、《全唐詩》作「懸」。若採用上句第二種解釋，此句以「懸琱弓」為優。❾琱弓　刻有花紋的弓。❿青海　湖名，在今青海東北。唐時臨吐蕃東北邊境。

⑪陣雲　顯示戰爭徵兆的雲。⑫匝　周合。⑬黑山　即殺虎山，在今內蒙古呼和浩特東南百里。為唐代北方邊塞。⑭太白　星名，即金星。按古代星占的說法，太白司兵，太白星高是大用兵的吉兆。⑮旄頭空　指胡人失敗。旄頭，或作「髦頭」，星名，即昴星。《史記・天官書》：「昴曰髦頭，胡星也。」⑯麒麟閣　漢閣名。漢宣帝思念輔佐功臣，命人於麒麟閣畫霍光等十一人之像，以表揚其功績。⑰明光宮　漢宮名。據《三輔黃圖》，甘泉宮、北宮皆有明光宮，均為漢武帝所建。此當泛指朝廷宮殿。⑱一經何足窮　意謂讀書仕進不足取。一經，指《易》、《詩》、《書》、《春秋》、《禮》五經中的一種。漢代五經各立博士，煩瑣的解釋往往使人耗盡畢生精力只能窮盡一經，故有「皓首窮經」之說。當時的儒生也多以鑽研一經為事。據《新唐書・選舉志》，唐代取士之科，有「明經」一目，「而明經之別，有五經，有三經，有二經，有學究一經，有三《禮》，有三《傳》，有史科」。

【語　譯】備好輕捷的良馬，翩翩欲飛出從戎。且憑靠天子滅敵威怒，又依仗將軍雄風。萬鼓齊鳴如雷震地，千旗招展似火生風。日輪光芒照耀在雪亮的戈戟之上，月亮銀輝閃爍在雕飾華美的彎弓。青海陣雲密布嚴，黑山兵氣朝天衝。戰鬥正酣太白星高，戰鬥過後旄頭空。萬里赴戰不怕死，一朝勝利得成功，畫像表彰麒麟閣，入朝拜謁明光宮。暢懷大笑向文士討問：區區一經哪裡值得窮究！古人不明此道理，往往蹉跎成老翁。

【研　析】此詩相當於一首雄壯的戰歌，表現了詩人從軍哥舒翰幕府後的得意處境和心態。開頭四句，寫出征，既有個人的英俊威勢，又有天子將軍的憑靠後盾。「萬鼓」八句，寫出征戰鬥的勝利過程，頗有聲勢。其中前四句，「雷殷地」、「火生風」、「駐霜戈」、「絲瑂弓」，連用比喻，生動描繪了雄壯威嚴的軍容。後四句連用與軍事有關的天象，緊湊形象地描寫了戰鬥的情勢和過程。最後「萬里」八句，寫通過從軍功成名就，並對窮經仕進的道路提出質疑。詩中所寫的結局，正是詩人長久以來追求的理想；伴隨出塞從軍的成功，此時詩人對實現自己的理想頗具信心。

## 部落曲

【題解】此詩作於任職哥舒翰幕府期間。部落，遊牧民族分部聚居，稱部落。〈部落曲〉，當是由樂府〈出塞〉、〈入塞〉一類舊題衍化出來的新樂府題。

蕃軍❶傍塞遊，代馬❷噴風❸秋。老將垂金甲❹，閼支❺著錦裘。琱戈蒙豹尾，紅旆插狼頭❻。日暮天山❼下，鳴笳❽漢使❾愁。

【注釋】❶蕃軍　指邊境其他部族的軍隊。❷代馬　代地所產的良馬。代為古國名，秦、漢以其地置代郡，在今河北蔚縣東北一帶。❸噴風　當風嘶鳴。❹金甲　金屬甲衣。❺閼支　漢時匈奴族稱其君長的妻妾叫閼支，此處當泛指首領之妻屬。❻琱戈二句　寫旌旆之屬。葉夢得《石林燕語》卷六載：「節度使旌節：門旗二，龍虎旌一，節一，麾槍二，豹尾二，凡八物。旗以紅繒為之，九幅，上為塗金龍頭以揭。旌加木盤。節以金銅葉為之盤，三層；加紅絲為旄。麾槍亦施木盤。豹尾以赤黃布畫豹文。皆以髹（漆）為杠（旌旗之竿），文臣以朱，武臣以黑。旗則綢（纏束）以紅繒，節及麾槍則綢以碧油，故謂之碧油紅旆。」此為漢制。遊牧民族較此簡單，本詩所寫即是。豹尾、紅旆與漢制同；狼頭為竿首飾物，即金龍頭之類，《北史・突厥傳》：「牙門建狼頭纛。」❼天山　在今新疆維吾爾自治區境內。❽笳　胡笳，西域的一種吹奏樂器。❾漢使　漢族使者，或漢朝使者，借指唐朝使者，用以自稱。

【語　譯】蕃族軍隊挨近邊塞任意遊，代地良馬當風嘶鳴已屆秋。老將身垂金甲衣，閼支皆穿錦毛裘。雕戈為竿豹尾旗，紅旆竿頭插狼首。黃昏時刻天山下，嗚笳令我漢使愁。

【研　析】此詩通過對靠近邊塞的蕃族軍隊驕態盛容的描寫，表達了對邊患的無限憂慮。開頭二句，寫蕃軍兵強馬壯，逼近邊境，驕橫恣意。中間「老將」四句，通過對蕃軍將帥及其妻妾眷屬衣著的描寫，以及繁華旌旆的形容，表現蕃軍的強盛。最後二句，深沉抒發了自己的憂思。

## 奉寄平原顏太守　并序

【題　解】此詩不見原集，選自敦煌集本。按序稱「今南海太守張公」，張公即張九皐，考其仕歷，並參證高適行跡，此詩當作於天寶十三載（西元七五四年），時在哥舒翰幕府。平原，郡名，原稱德州，天寶元年更郡名，治所在平原縣（今山東平原縣西南）。顏太守，即顏真卿，字清臣，世稱魯公，琅邪臨沂人（今山東臨沂北），因亮〈顏魯公行狀〉作京兆長安人。按前為郡望，後為籍貫。少勤學業，能詩善文，尤工書法，是唐代著名的書法家。曾任監察御史、侍御史、武部員外郎等職。天寶十二載春被楊國忠排擠出朝，任平原郡太守。兩《唐書》有傳。

初顏公任蘭臺郎❶，與余有周旋❷之分，而於詞賦特為深知。洎擢在憲司❸，而僕寓於梁宋。今南海太守張公❹之牧梁❺也，亦謬以僕為才，遂奏所製詩集於明主❻；而顏公又作四言詩數百字并序，序張公吹噓❼之美，兼述小人狂簡❽之盛，遍呈當代群英。況終不才，無以為用，龍鍾❾蹭蹬❿，適負知己。夫意所感，乃形於言，凡廿韻。

皇皇平原守，驅馬出關⓫東。銀印⓬垂腰下，天書⓭在篋中。自承到官後，高枕揚清風⓮。豪富已低首，逋逃⓯還力農。始余梁宋間，甘與麋鹿同⓰。散髮⓱對浮雲⓲，浩歌追釣翁。如何顧疵賤⓳，遂肯偕窮通⓴。耿介出憲司，慨然見群公。賦詩感知己，獨立爭愚蒙㉑。金石誰不仰，波瀾殊未窮㉒。微軀枉多價，朽木慚良工㉓。上將㉔拓邊西，薄才㉕忝從戎。豈論濟代㉖心，願効匹夫雄㉗。驊騮㉘滿良皂㉙，弱翮㉚依彫籠。行軍動若飛，旋旆㉛信嚴終㉜。屢陪投醪㉝醉，竊賀銘山功㉞。雖無汗馬勞㉟，且喜沙塞空。去去㊱勿復道，所思㊲積深衷㊳。一為天崖客，三見南飛鴻㊴。應念蕭關㊵外，飄颻隨轉蓬。

【注　釋】❶蘭臺郎　即祕書郎，唐高宗龍朔元年（西元六六一年）至咸亨初曾改祕書省為蘭臺，此即用舊稱。按《舊唐書》顏真卿本傳云「四命為監察御史」，其任祕書郎當在監察御史之前。❷周旋　交往。按高適與顏氏初交當在二十歲遊長安之時。❸憲司　即御史臺。《漢官儀》：「御史為憲臺。」按顏氏入憲臺自任監察御史始。❹張公　即張九皐，張九齡之仲弟。按蕭昕〈張公神道碑〉（《全唐文》卷三五五），張九皐祖籍范陽，後遷居曲江。弱冠孝廉登科，曾佐張九齡理朝政。後出任外官，歷任睢陽、襄陽等郡太守，進封南康縣開國男、授南海太守兼五府節度經略採訪處置使，攝御史中丞，遷殿中監。天寶十四年病卒於長安，年六十六。❺牧梁　指其任睢陽太守。❻明主　指唐玄宗。❼吹噓　獎掖、推舉、稱揚之意。❽小人狂簡　語出《論語・公治長》：「子在陳，曰『歸與！歸與！吾黨之小子狂簡，斐然成章，不知所以裁之。』」小人，自我謙稱。狂簡，狂放志大。❾龍鍾　潦倒之貌。❿蹭蹬　困頓。⓫關　指函谷關。⓬銀印　按《隋書・禮儀志》，郡國太守、相、內史：銀章、龜紐、青綬。唐制同。⓭天書　指皇帝任命的詔書。⓮高枕揚清風　謂顏氏治平原郡，知人善任，已不煩而平原大治，仁風普揚。高枕，安臥無事之意。西漢汲黯任東海太守，擇良吏而任之，責大不苛小，病臥不出，歲餘而東海大治。見《史記・汲鄭列傳》。揚清風，指普施仁政。《晉書・袁宏傳》：袁宏出任東陽郡太守，謝安取一扇授之。宏應聲答曰：「輒當奉揚仁風，慰彼庶黎。」⓯逋逃　逃亡之人。⓰與麋鹿同　謂隱居山野。⓱散髮　披髮，謂棄冠簪而不仕。《後漢書・袁閎傳》：「延熹末，黨事將作，閎遂散髮絕世，欲投迹深林。」⓲浮雲　比喻不足關心之事。《論語・述而》：「不義而富且貴，於我如浮雲。」⓳疵賤　多疵卑賤之人，自謂。⓴偕窮通　指彼此地位上雖有窮通之別，但能親密相處。指張、顏二人不以自己淪落山野為嫌，能照顧提拔。㉑爭愚蒙　指為作者爭辯以求被重視。愚蒙，作者自謙之稱。㉒金石二句　讚揚顏、張二人之人格、才華。金石，比喻堅貞。《後漢書・王常傳》：「諸將輔翼漢室，心如金石，真忠臣也。」仰，仰慕。波瀾，比喻才氣縱橫、學問淵博。㉓微軀二句　感激顏、張二人對自己推重栽培。微軀，對自身的謙稱。枉多價，意謂枉被讚揚推重。多價，猶高價，喻德才非凡。朽木，作者自謙之稱，比喻不成材之人，《論語・公治長》：「朽木不可雕也。」良工，優秀的匠師，喻指顏、張。㉔上將　指哥舒翰。㉕薄才　作者自謙之稱。㉖濟代　濟世。㉗匹夫雄　即匹夫之勇。為不足稱的小勇。《孟子・梁惠王》：「夫撫劍疾視曰：『彼惡（何）敢當我哉！』此匹夫之勇，敵一人者也。」㉘騄騮　良馬名，傳說為周穆王八駿之一，見《史記・秦本紀》。此處喻指哥舒翰幕下諸賢才。㉙皂　櫪；馬槽。㉚弱翮　羽翼單薄的小鳥。喻指自己。㉛旋旆　旗轉凱旋。㉜嚴終　至終不懈。《穀梁傳》莊公八年：「兵事以嚴終。」㉝投醪　謂與士卒同甘苦。《文選》張協〈七命〉：「簞醪投川，可使三軍告捷。」李善注引《黃石公記》曰：「昔良將之用兵也，人有饋一簞之醪，投河，令眾迎流而飲之。夫一簞之醪，不味一河，而三軍思為致死者，以滋味及之也。」又《晉書・劉弘傳》：「投醪與三軍，同其薄厚。」㉞竊賀銘山功　意謂曾貿然祝賀哥舒翰的戰功。銘山功，堪於銘刻山石加以記載的豐功偉績。㉟汗馬勞　有戰績之謂。《韓非子・五蠹》：「退汗馬之勞。」㊱去去　謂歲月去而不留。㊲所思　指顏氏等故交知己。㊳積深衷　深切懷念之意。㊴一為二句　意謂從軍西塞，天涯作客，已歷三秋。崖，同「涯」。㊵蕭關　古時重要關口，在今寧夏固原東南。

**【語譯】**當初顏公任蘭臺郎，與我有交往情分，而對詞賦之作尤為深知。自顏公擢升在御史臺，而鄙人正寓居梁宋。現今南海郡太守張公原任睢陽太守時，也謬以鄙人為才士，於是把所作詩集上奏明主；而顏公又作四言詩數百字及序，敘張公稱揚之美，兼述小人我狂放志高之甚，遍呈當世眾多英賢。只是終究不才，沒有本事為人所用，潦倒困頓，正是辜負知己的關懷。意有所感，於是表現於言，總共二十韻。

肅穆平原郡太守，盛駕驅馬出關東。銀印青帶垂在腰下，天命詔書收藏在篋中。自從承命到官之後，高枕無為任賢使能普揚清風。豪富順從已經低頭，逃難窮人歸家務農。當初我隱居梁宋之間，甘與麋鹿同生共存。散髮閒對浮雲飄，放聲高歌隨釣翁。為何惠顧疵賤之人，肯與我交不論窮通。剛正廉潔出憲司，感慨激昂見群公。賦詩稱揚感戴知己，獨立爭言保薦愚蒙。金石堅貞誰不仰慕，才如波瀾尚未窮盡。微軀枉被稱許高價，朽木慚愧遇到良工。上將哥舒翰開拓西邊，薄才我輩忝來從戎。豈敢論及濟世心意，願效綿薄匹夫之勇。驊騮良馬已養滿槽櫪，還收我弱羽小鳥歸依雕籠。行軍動輒快如飛馳，凱旋陣容嚴整至終。屢陪三軍共飲同醉，敢賀銘山刻石之功。我自己雖無汗馬之勞，且欣喜沙塞蕃兵全掃空。歲月逝去不再述說，所思故交深懷內心。從軍一做天涯之客，已經三秋見到南飛鴻。公當會念及蕭關之外，尚有我飄蕩不定隨轉蓬。

【研　析】此詩為向故交平原郡太守顏真卿的寄贈之作。詩中回顧與顏真卿、張守珪的不拘窮通差異的平等交往，感激二公對自己獎掖、褒舉。詩中還兼述身世，特別是從軍哥舒翰幕府的三年經歷，從而成為又一首自述身世的里程碑之作。詩序內容很重要，向人們透露了張、顏二公薦舉自己的細節，如張守珪曾把詩人所作詩集上奏玄宗，顏真卿並為此詩集作詩及序加以褒揚。對我們瞭解詩人的身世和詩歌創作，甚有幫助。詩本文開頭八句，寫顏真卿出任平原郡太守，特別讚揚他所實行的知人善任、施仁不擾的清明政道。其中「豪富」二句，又一次觸及解決土地兼併，恢復農業生產的問題，是詩人吏治思想和關心民間疾苦情懷的重要方面。「始余」六句，回顧自己客居梁宋時受到顏真卿、張守珪二人的照顧。其中「如何顧疵賤，遂肯偕窮通」二句，寫顏、張二人不以詩人貧賤為嫌，能打破彼此地位上的「窮」「通」隔閡，互相交往，感人尤深。「耿介」四句，寫顏公藉張公所奏詩集對自己的稱揚舉薦。「金石」四句，寫對顏、張二人的崇仰和對其舉薦、栽培自己的感激。「上將」十二句，寫自己從軍哥舒翰幕府的情況，盛讚哥舒翰幕府賢才眾多，治軍嚴明，屢番得勝，戰功卓著，而自己愧無汗馬功勞，謹願盡綿薄之力，共享平息邊患的喜悅而已。最後六句，寫與顏公等故交的彼此思念。其中「一為天崖客，三見南飛鴻」二句，使我們得悉詩人從軍西塞已經三年。此時詩人的心情是：歲月流逝不足道，故交始終牢記在心靈深處；並且料想，故交也在惦念遠在西塞漂泊的自己。深情厚誼，使人動容。

## 見人臂蒼鷹

【題　解】此詩作於肅宗至德元載（西元七五六年）。本年末，高適授為淮南節度使討永王（李璘）亂，十二月初到任。詩題《河嶽英靈集》、《全唐詩》作〈見薛大臂鷹作〉，《全唐詩》題下注云：「一作李白。」按，見《李太白集》，為〈觀放白鷹二首〉其二。此詩歸屬，前人皆未考定，均並存互見。

寒楚❶十二月，蒼鷹八九毛❷。寄言燕雀❸莫相忌❹，自有雲霄萬里高。

【注　釋】❶楚　指淮南地區，唐楚州故治在今江蘇淮安。❷八九毛　指僅存八九成羽毛。李白〈觀放白鷹〉

其二，王琦注：「八九毛者，是始獲之鷹，剪其勁翮，令不能遠舉颺去。」❸燕雀 比喻平庸之輩。《史記・陳涉世家》：「燕雀安知鴻鵠之志哉！」❹忌 嫉妒。

【語 譯】嚴寒楚地已是十二月，臂上蒼鷹僅存八九成羽毛。寄語小小燕雀莫猜忌，自有雄心直飛雲霄萬里高。

【研 析】此首是詠物詩，而所詠之鷹已不是高空自由翱翔之鷹，是經人修剪以供玩賞的臂上鷹。詩人對此甚感惋惜，但認為燕雀仍跟此鷹無與倫比，只有猜忌而已；自己則堅信此鷹雖羽翮受損，而雲霄之志未泯，終有一天會重新飛上萬里高空。

## 酬河南節度使賀蘭大夫見贈之作

【題 解】此詩作於肅宗至德元載（西元七五六年）十月至次年八月賀蘭進明任河南節度使期間。時高適為淮南節度使，治所在揚州，故清影宋抄本題下注云：「時在揚州。」賀蘭大夫，即賀蘭進明。《唐才子傳》卷二〈賀蘭進明傳〉：「進明，開元十六年虞咸榜進士及第，仕為御史大夫。肅宗時，出為河南節度使。時祿山群黨未平，帥師屯臨淮備賊，竟亦無功。進明好古博雅，經籍滿腹。其所著述一百餘篇，頗窮天人之際。又有古樂府等數十篇，大體符於阮公，皆今所傳者云。」肅宗至德元載（西元七五六年）十月，賀蘭進明到靈武（今寧夏靈武南）拜見肅宗，由北海太守轉河南節度使（安史之亂爆發後，始在內地置節度使），受命平安史之亂。至德二載八月，免河南節度使職。

高閣憑欄檻，中軍倚旆旌❶。感時常激切，於己即忘情❷。河華❸屯妖氣❹，伊瀍有戰聲❺。愧無戡難策，多謝出師名。秉鉞❻知恩重，臨戎覺命輕❼。股肱瞻列岳，脣齒賴長城❽。隱隱❾摧鋒❿勢，光光弄印榮⓫。魯連⓬真義士，陸遜⓭豈書生！直道寧殊智，先鞭⓮忽抗行⓯。楚雲隨去馬，淮月尚連營⓰。撫劍⓱堪投分⓲，悲歌益不平。從來重然諾，況值欲横行⓳。

【注釋】❶中軍倚旆旌　寫賀蘭進明之軍容。中軍，古制，出征軍隊多分為中左右三軍，中軍為發號施令之所，主帥親自帶領。❷感時二句　寫賀蘭進明公而忘私。忘情，猶忘懷，指忘卻得失慾念。❸河華　指關中地區。河，黃河。華，華山。❹妖氣　指安史之亂。❺伊瀍有戰聲　指安祿山攻打洛陽。伊，伊水。瀍，瀍水。伊瀍，指東京洛陽一帶。按，天寶十四載（西元七五五年）十二月安祿山攻陷洛陽。❻秉鉞　語出《詩經・商頌・長發》：「武王（商湯）載旆，有虔（敬）秉鉞。」此處指受命執掌兵權以行討伐。鉞，大斧，兵器。❼命輕　不惜性命。❽股肱二句　寫賀蘭進明受到朝廷倚重。股肱，大腿曰股，上臂曰肱，喻稱輔佐之臣。列岳，山岳，比喻藩衛重臣。唇齒，比喻相依之勢。長城，比喻捍衛重任。❾隱隱　盛貌。❿摧鋒　破敵前鋒。《宋書・

武帝紀》上：「高祖（劉裕）常被堅執銳，為士卒先，每戰輒摧鋒陷陣。」⓫光光弄印榮　謂賀蘭進明居御史大夫榮顯之職。光光，明貌。弄印，《史記・張丞相列傳》：「高祖持御史大夫印弄之曰：『誰可以為御史大夫者？』孰視趙堯曰：『無以易堯。』遂拜趙堯為御史大夫。」後遂稱御史大夫印為弄印。⓬魯連　即魯仲連，戰國齊人，居趙國，義不帝秦。能出奇謀，多助弱禦暴，排難解紛，功成而不受爵，素有義士之稱。見《戰國策・趙策》。⓭陸遜　三國吳郡吳（今江蘇蘇州）人，字伯言。有治才，善謀略，被孫權授為都督，定計克荊州，又曾敗劉備於夷陵。當抵禦劉備之時，諸將軍或為孫策時舊將，或為公室貴戚，各自矜持，不相聽從，及至破備，計多出遜，諸將乃服。見《三國志・吳書・陸遜傳》。以上二句以魯、陸比賀蘭氏。⓮先鞭　爭先出征。用晉朝劉琨事，《晉書・劉琨傳》：「琨少負志氣，有縱橫才，與祖逖為友。及逖被用，與親故書曰：『吾枕戈待旦，志梟逆虜，常恐祖生先吾著鞭。』」⓯抗行　同等；並行。⓰楚雲二句　寫賀蘭進明到達赴任之地，遍紮軍營。按《新唐書・方鎮表》：至德元載置河南節度使，治汴州（今河南開封），領郡十三，其轄境遍及楚、淮之地。⓱撫劍　按劍。⓲投分　彼此契合。⓳況值欲橫行　指賀蘭進明正值意欲有所作為之時。橫行，謂驅馳征戰。

【語譯】高閣憑藉欄桿迴護，中軍依仗旌旗鮮明。大夫感時常激切滿懷，關於自身則忘卻得失恩怨。黃河華山布滿妖氣，伊瀍二水處處有戰亂之聲。我愧無有戡難之計，多謝大夫出師號令。受命掌兵深知恩重，臨戰無畏感覺命輕。股肱重臣視同群山，唇齒相依全靠長城。旺盛的衝鋒陷陣勢頭，顯赫的御史大夫官印。魯仲連堪稱真義士，陸遜難道僅僅是書生！奉行直道哪是智力特殊，先人著鞭決然朝前行進。楚雲飄隨赴任之馬，淮月遍照連鎖軍營。按劍抗敵可以投合，慷慨悲歌更感不平。大夫從來重於許諾，況且正當馳騁沙場之時。

【研析】此詩為酬答賀蘭進明贈詩之作。據「楚雲隨去馬，淮月尚連營」云云，當時賀蘭進明受命做河南節度使剛到任。詩中開頭四句，對賀蘭進明作一般介紹。其中「高閣」二句用比喻手法寫賀蘭進明在政治、軍事上的重要地位和作用，「感時」二句寫賀蘭進明關切國事，忘卻私情的品格。「河華」四句，寫安史叛軍危及東都洛陽和京師關中地區，感激賀蘭進明臨危受命出師征討。「秉鉞」十句，具體寫賀蘭進明出師討伐的作用和表現。最後「楚雲」六句，寫賀蘭進明到達河南節度使任上的情況。賀蘭進明在河南節度使任上，討伐安史叛軍有戰功，如至德二載（西元七五七年）七月，克高密、瑯邪二郡，殺敵二萬餘人。但不救睢陽之圍，似難辭其咎。據《資治通鑑》卷二一九載，至德二載八月，賀蘭進明之河南節度使職雖已被張鎬所代，但仍以重兵屯臨淮。其時睢陽被叛軍圍困，已有五個月之久，士卒死傷之餘，僅有六百人，郡守張巡與許遠分城而守之。當時許叔冀在譙郡，尚衡在彭城，賀蘭進明在臨淮，皆擁兵不救。張巡派部將南霽雲至臨淮向賀蘭進明告急求援，進明非但不應，反而愛霽雲勇壯，強留之，設宴樂招待。霽雲慷慨，泣且語曰：「霽雲來，睢陽之人不食月餘矣！霽雲雖欲獨食，且不下咽。大夫坐擁強兵，觀睢陽陷沒，曾無分災救患之意，豈忠臣義士之所為乎？」於是咬下一指，以示進明，曰：「霽雲既不能達主將之意，請留一指以示信歸報。」座中為之泣下。霽雲察進明終無出師意，遂歸。睢陽城中將吏知無救，皆慟哭。賊知援絕，困之益急。十月，攻陷睢陽。聯繫此段記載，並參《舊唐書》高適本傳「其〈與賀蘭進明書〉，令疾救梁、宋，以親諸軍；〈與許叔冀書〉，綢繆繼好，使釋他憾（《資治通鑑》卷二一九至德元載：『初，房琯為相，惡賀蘭進明，以為河南節度使，以許叔冀為進明都知兵馬使，俱兼御史大夫。叔冀自恃麾下精銳，且官與進明等，不受其節制。』），同援梁、宋」

云云，則此詩結尾四句，當與勸促賀蘭氏與許叔冀釋嫌，共救睢陽之圍有關：「撫劍」句，蓋勸其與許叔冀契合釋嫌；「悲歌」句，蓋勸其對睢陽守城軍民悲壯之情有所感動；「從來」二句，蓋勸其正值沙場馳騁立功之際，重於信諾，應允救睢陽之圍。這正是此詩肯綮之處，雖不無委婉，但對詩作酬贈雙方來說，是默契的；對讀者來說，詩人出以公心，國事為重，忠於友情，耿介為懷的博大胸襟，也不難體味。所以其效果是：感人至深。

## 赴彭州山行之作

【題　解】此詩作於肅宗乾元二年（西元七五九年）。高適於乾元二年五月拜彭州刺史，此詩即作於赴任途中。彭州，屬劍南道，故治在今四川彭州。

峭壁連崆峒❶，攢峰❷疊翠微❸。鳥聲堪駐馬❹，林色可忘機❺。怪石時侵徑❻，輕蘿❼乍❽拂衣。路長愁作客，年老更思歸。且悅巖巒勝❾，寧嗟❿意緒違⓫。山行應未盡，誰與⓬玩芳菲⓭？

【注　釋】❶崆峒　山名，在四川平武縣西，山谷險峻。❷攢峰　簇聚的山峰。❸翠微　青綠的山色。❹堪駐馬　值得停馬流連。❺忘機　心中淡漠，忘卻機慮、世情。❻侵徑　突入道路。❼輕蘿　一名松蘿，地衣類植物，生深山中，呈絲狀，常自樹梢懸垂。❽乍　恰好。❾巖巒勝　山景美好。巖，高峻的山。巒，小而銳的山。❿寧嗟　怎肯嘆息。⓫意緒違　指年老而仕宦邊遠地區，不合自己的意願。⓬誰與　與誰。⓭芳菲　本謂花草的芳香，後亦直稱花草。

【語　譯】陡峭的崖壁上連崆峒高山，聚簇的山峰疊起層層翠綠。鳥聲悅耳值得停馬流連，林色清秀可使忘卻機慮。奇形的怪石不時侵入小路，懸垂的輕蘿恰好拂拭上衣。路途悠長愁在異鄉作客，年紀已老更加急切思歸。只喜悅巖巒景色佳勝，怎顧得嘆息意背情違。山行遙遙當應未盡，跟誰一起玩賞芳菲？

【研　析】此詩堪稱寫景抒情佳作。彭州高山峽谷很多，風景絕美。詩人騎馬山行赴彭州刺史任，一路玩賞，既飽眼福，又悅性情。但此次畢竟是遠離家鄉，任職邊藩，加之此前因遭權臣李輔國讒，由淮南節度使貶官太子詹事，歸東都，繼之平安史之亂的九節度使兵潰於相州，史思明危及東京，詩人隨官吏南奔襄州、鄧州，終途長安，歷盡磨難，心緒難平。故此詩抒發的感情是複雜的。全詩前六句寫景，極盡玩賞愉悅之情。其中「峭壁」二句寫山谷，「峭壁」是深谷的懸崖，上連高山，下臨深淵，寫出高深的險勢和勝景；「攢峰」既顯出上下的錯落，又顯出前後重疊，故有「疊翠微」的妙觀。「鳥聲」句寫山林：林中百鳥鳴唱，聲音悅耳，而且鳥鳴山更幽，反襯出另一番意境，不能不讓人駐馬流連；至於林色，不僅秀色悅目，而且陶冶性情，讓人忘卻機慮。「怪石」二句寫得很有情趣，自然事物被擬人化了：怪石似乎是一個桀驁的頑童，不時惡作劇，侵入本來就很窄的小徑擋路，增加行途的艱難；輕蘿則溫柔可愛，善解人意，不時給人拂拭衣服。前面所寫，山勢雖險，但具有峻峭之美，且不乏和諧之趣。全詩後六句主要抒情：路遠客愁，年老思歸；巖巒勝景，剛撫慰了愁緒；又憾長途孤寂，無人相伴同賞。一波三折，總有一個愁字難排。

## 酬裴員外以詩代書

【題解】此詩作於肅宗乾元二年（西元七五九年）秋，時在彭州。裴員外，即裴霸，為裴寬之姪，裴卓之子。《新唐書・宰相世系表一上》「南來吳裴」載裴寬兄岐州刺史裴卓二子：「騰，戶部郎中」；「霸，吏部員外郎。」《唐郎官石柱題名》記裴霸先後任吏部員外郎與金部員外郎。李華有〈祭裴員外騰〉（見獨孤及〈檢校尚書省吏部員外郎趙郡李公集序〉），知裴騰亦曾任員外郎，然又明云其死於安祿山之亂中，故此裴員外只能是裴霸。又李華〈三賢論〉云：「河東裴騰士舉，朗邁真直；弟霸士會，峻清不雜。」知兄弟二人，同有聲名。

少時方浩蕩❶，遇物猶塵埃。脫略❷身外事❸，交遊天下才。單車入燕趙❹，獨立心悠哉。寧知戎馬間，忽展平生懷？且欣清論高，豈顧夕陽頹。題詩碣石館❺，縱酒燕王臺❻。北望沙漠陲，漫天雪皚皚。臨邊無策略，覽古空徘徊。樂毅吾所憐，拔齊翻見猜❼。荊卿吾所悲，適秦不復迴[8]。然諾多死地[9]，公忠成禍胎[10]。與君從此辭，每恐流年催。如何俱老大，始復忘形骸[11]？兄弟真二陸[12]，聲華連八裴[13]。乙未[14]將星變[15]，賊臣[16]候天災[17]。胡騎[18]犯龍山[19]，乘輿經馬嵬[20]。千官無倚著，萬姓徒悲哀。誅呂[21]鬼神動，安劉天地開。奔波走風塵[22]，倏忽值雲雷[23]。擁旄出淮甸[24]，入幕徵楚材[25]。誓當剪鯨鯢[26]，永以竭駑駘[27]。小人胡[28]不仁，讒我成死灰！賴得日月明[29]，照耀無不該。留司洛陽宮[30]，詹府[31]唯蒿萊[32]。是時掃氛祲[33]，尚未殲渠魁[34]。背河列長圍，師老將亦乖。歸軍劇風火[35]，散卒爭椎埋[36]。一夕瀍洛[37]空，生靈悲曝鰓[38]。衣冠[39]投草莽，予欲馳江淮。登頓宛葉[40]下，棲遑襄鄧隈[41]。城池何蕭條，邑屋更崩摧。縱橫荊棘叢，但見瓦礫堆。行人無血色，戰骨多青苔。遂除彭門守[42]，因得朝玉階[43]。激昂仰鵷鷺[44]，獻替欣鹽梅[45]。驅傳及遠藩[46]，憂思鬱難排。罷人[47]紛爭訟，賦稅如山崖。所思在畿甸[48]，曾是魯宓儕[49]。自從拜郎官[50]，列宿[51]煥天街[52]。那能訪遐僻，還復寄瓊瓌[53]。金玉[54]本高價，塤篪55終易諧。朗詠臨清秋，涼風下庭槐。何意寇盜間，獨稱名義偕56。辛酸陳侯誄57，歎息季鷹58杯。白日屢分手，青春不再來。臥看中散59論，愁憶太常齋60。酬贈徒為爾，長歌還自咍61！

【注釋】❶浩蕩　縱情任性無所拘束。❷脫略　不受拘束之意。❸身外事　指世俗事務。《舊唐書》本傳云：「適少濩落，不事生業。」❹單車入燕趙　寫開元二十年（西元七三二年）至二十三年北遊燕趙之時與裴氏的交遊。以下十八句皆寫此事。❺碣石館　即碣石宮，故址在今北京大興附近。相傳戰國齊人鄒衍至燕，燕昭王築碣石宮接待，親往受教。❻燕王臺　又名燕臺、黃金臺，故址在今河北易縣東南。相傳為燕昭王所築，並置千金於臺上，延請天下士。❼樂毅二句　寫戰國時燕將樂毅忠於國家，戰功卓著，反被猜疑。燕昭王時，上將軍樂毅伐齊，攻下齊七十餘城以屬燕。昭王死，惠王立，中齊人田單反間計，疑毅將反，召歸，毅逃至趙國。不久，燕兵為齊所敗。詳見《史記・樂毅列傳》。翻，同「反」。❽荊卿二句　寫荊軻刺秦王政遇害。荊軻，戰國衛人，字公叔，好讀書擊劍。至燕，燕人謂之荊卿，為燕太子丹門客。後為燕丹行刺秦王政，不中，遇害。詳見《史記・刺客列傳》。❾然諾多死地　就荊軻而言，謂俠客重於然諾，為人報仇解難，多有生命危險。❿公忠成禍胎　就樂毅而言，謂忠誠無私竟然成為禍根。⓫忘形骸　忘卻有形之身。指全真養性，貴在得意。《晉書・阮籍傳》：「當其得意，忽忘形骸。」⓬二陸　西晉吳郡人陸機、陸雲，兄弟二人皆有文名，時稱「二陸」。此處用以比裴氏兄弟。⓭八裴　指裴霸父輩兄弟八人。《舊唐書・裴寬傳》：「兄弟八人，皆明經及第，入臺省、典郡者五人。」⓮乙未　指玄宗天寶十四載（西元七五五年）。⓯將星變　古人認為帝王將相與天上星宿相應，象徵大將的星宿有變化，下兆人事有變故。《隋書・天文志》：「大將星搖，兵起，大將出。」又，太微「東蕃四星」，（南）「第三星曰次將」，「第四星曰上將」；「西蕃四星」，「南第一星曰上將」，「第二星曰次將」。「東西蕃有芒及搖動者，諸侯謀天子也」。⑯賊臣　指安祿山。⑰候天災　謂伺候天象的變異而謀反。按，天寶十四載十一月，安祿山反於范陽（今河北薊縣）。⑱胡騎　指安祿山的騎兵。安祿山為胡人，故稱。⑲龍山　即龍首山，在長安縣北十里。《新唐書・地理志》：「京城後枕龍首山。」按，玄宗天寶十五載（西元七五六年）六月，潼關失守，安祿山叛軍危逼長安。⑳馬嵬　又稱馬嵬坡、馬嵬驛。在今陝西興平縣西二十五里。潼關失守，玄宗李隆基西逃時曾駐軍於此。㉑誅呂　漢高祖劉邦之后呂雉，生前大加培植呂氏勢力，陰謀專權。呂雉死後，外戚上將軍呂祿、相國呂產恐為大臣、諸侯王所誅，謀反作亂，陰謀篡劉。丞相陳平、太尉周勃、朱虛侯劉章等共誅之，謀立代王劉恆，是為漢文帝。詳見《史記・呂太后本紀》及《史記・孝文本紀》。此借漢指唐，呂氏指楊（國忠）氏。按，玄宗西逃，至馬嵬驛，將士飢疲，皆憤怒。陳玄禮因禍根在楊國忠，欲誅之，借東宮宦官李輔國以告太子李亨。亨未決。陳玄禮便用計帶領軍士譁變，殺死楊國忠，並殺其子戶部侍郎暄，及其姊妹韓國、秦國夫人。又逼玄宗賜死楊貴妃，然後整飭隊伍西行。同年七月，玄宗傳位於太子亨，是為肅宗。㉒奔波走風塵　指安祿山反後，高適助哥舒翰守潼關，天寶十五載（西元七五六年）六月兵敗。高適單身逃歸，在河池（今陝西鳳縣東）趕上西逃的玄宗，一同至蜀。㉓值雲雷　謂正值有為之時。《周易・屯卦》：「象曰：雲雷屯，君子以經綸。」王弼注：「君子經綸之時。」孔穎達疏：「經謂經緯，綸為綱綸，言君子法此屯象，有為之時，以經綸天下，約束於物。」㉔擁旌出淮甸　指受命為淮南節度使。旌，旌節。唐制，節度使皆賜節。擁旌，受命為節度使。按，天寶十五載十二月，永王璘起兵謀反後，肅宗以高適為御史大夫、揚州都督府長史、淮南節度使，前往征討。㉕入幕徵楚材　謂入軍幕廣攬英材。楚材，《左傳》襄公二十六年：「雖楚有材，晉實用之。」後遂以泛稱傑出的人才。㉖鯨鯢　鯨魚雄的叫鯨，雌的叫鯢。鯨性兇猛，古代常用以比喻不義之人。此處指永王璘。㉗竭駑駘　盡微力。《晉書・荀崧傳》：「思竭駑駘，庶增萬分。」駑駘，兩種劣馬名。此處以駑、駘自比，猶云不才，是謙詞。㉘胡　何其。㉙日月明　比喻皇帝的聖明。㉚洛陽宮　即洛陽。據《新唐書・

地理志》，唐東京洛陽，太宗貞觀六年（西元六三二年）曾號洛陽宮。㉛詹府　即詹事府，統領東宮（太子）眾務。㉜唯蒿萊　滿目荒蕪之意。洛陽曾被叛軍攻陷，當時收復不久，瘡痍未復。按肅宗乾元元年（西元七五八年）高適遭李輔國讒，降官為太子詹事，留司東京。以上六句即寫此事。㉝氛祲　妖氣，指安史之亂。㉞殲渠魁　語出《尚書・胤征》：「殲厥渠魁。」按，乾元二年（西元七五九年）正月，史思明在魏州（故治在今河北大名東）自稱大聖燕王，四月又自稱大燕皇帝，改元順天。渠魁，魁首，為貶義詞，多用以指叛逆頭目。㉟歸軍劇風火　寫潰退的官軍。劇風火，甚於風火之勢。形容其為害之嚴重。㊱椎埋　盜墓。此處泛指劫掠。㊲瀍洛　瀍水、洛水相會於洛陽，指洛陽一帶。㊳曝鰓　失水之魚。比喻困於絕境。㊴衣冠　指官僚貴族。㊵宛葉　宛、葉兩地。宛，楚國宛邑，隋置宛縣，唐廢。故址在今河南南陽。葉，唐汝州葉縣，故治在今河南葉縣南。㊶襄鄧隈　襄、鄧兩地的邊隅，指二州交界之處。襄，唐州名，故治在今湖北襄陽。鄧，唐州名，故治在今河南鄧州。二州皆屬山南東道。按《資治通鑑》肅宗乾元二年，「二月，郭子儀等九節度使圍鄴城，……三月，壬申，官軍步騎六十萬陳（陣）於安陽河北，（史）思明自將精兵五萬敵之，諸軍望之，以為遊軍，未介意。思明直前奮擊，李光弼、王思禮、許叔冀、魯炅先與之戰，殺傷相半；魯炅中流矢。郭子儀承其後，未及布陣，大風忽起，吹沙拔木，天地晝晦，咫尺不相辨。兩軍大驚，官軍潰而南，賊潰而北，棄甲仗輜重委積於路。子儀以朔方軍斷河陽橋保東京，戰馬萬匹，惟存三千；甲仗十萬，遺棄殆盡。東京士民驚駭，散奔山谷。留守崔圓、河南尹蘇震等官吏南奔襄、鄧，諸節度使各潰歸本鎮。士卒所過剽掠，吏不能止，旬日方定。惟李光弼、王思禮整勒部伍，全軍以歸。」以上十二句即寫此事。㊷遂除彭門守　指高適於肅宗乾元二年授為彭州刺史。除，拜官。彭門守，即彭州刺史。郡太守與州刺史地位相當，此名稱唐代幾次互更。㊸朝玉階　指朝見皇帝。高適授為彭州刺史，由河南去長安朝見，然後赴任。有〈謝上彭州刺史表〉。㊹鵷鷺　猶云鵷鸞、鵷雛，鸞鳳之屬。此處以喻朝官，蓋因朝見時百官班行有序，有如鵷鷺飛行有次，故云。鵷，底本原作「鴛」，諸本多同，此從《唐詩所》、《全唐詩》。㊺獻替欣鹽梅　謂自己欣慕可以諫戒輔佐的宰相。獻替，諫戒輔佐君主之意。《後漢書・胡廣傳》：「臣以獻可替否（獻善廢不善）為忠。」鹽梅，調味必需之佐料。《尚書・說命》：「若作和羹，爾惟鹽梅。」這是殷高宗命傅說為相時說的話，後遂以鹽梅為美稱相業之辭。㊻驅傳及遠蕃　謂自己赴彭州任刺史。傳，傳車；驛站的交通車。遠蕃，邊遠藩鎮。㊼罷人　因疲弊而不守法的人。㊽所思在畿甸　謂自己所想念的裴氏在京城。畿甸，京城四郊地區。㊾魯宓儕　春秋時魯國宓不齊（子賤）一類的賢吏。㊿郎官　朝官中凡是帶「郎」字的，諸如侍郎、郎中、郎、員外郎等，統稱郎官。此指裴霸被授吏部員外郎。(51)列宿　眾星宿。古時認為郎官上應列宿。《後漢書・明帝紀》：「館陶公主為子求郎，（帝）不許，而賜錢千萬，謂群臣曰：『郎官上應列宿，出宰百里，苟非其人，則民受其殃。』」(52)天街　《史記・天官書》：「昴（星）畢（星）間為天街。」天街又指京師的街市。此處兼有二義，指裴氏在京師居郎官要職。(53)瓊瓌　似玉的美石。古時常用「瓊瑤」（美玉）稱人詩文，此為押韻，改為同義詞「瓊瓌」。(54)金玉　喻裴氏。(55)塤篪　塤，古代用陶土燒製的一種樂器。篪，古代用竹管製成的一種樂器。《詩經・小雅・何人斯》：「伯氏吹塤，仲氏吹篪。」鄭箋：「伯仲，喻兄弟也。」又《詩經・大雅・板》：「如塤如篪。」毛傳：「言相和也。」後多用以比喻兄弟的和睦。此謂裴氏與己情同手足。(56)名義偕　名聲與道義相副。指裴氏在動亂中能堅守節操，名實相副。(57)誄　祭文的一種，多列述死者生前德行。清影宋抄本及《全唐詩》等句下注：「陳二補闕銘誄即裴所為。」(58)季鷹　晉吳郡（今江蘇蘇州）人張翰，字季鷹，性縱任不拘，離家在外做官，見秋風起，因思吳中菰菜、蓴羹、鱸魚膾，曰：「人生貴得適志，何能羈宦數千里，以要名爵乎！」遂命駕而歸。張翰任心自適，不求當世，時人貴其曠達。見《世說新語・識鑒》、《世說新語・任誕》及《晉書・文苑傳・張翰傳》。此句用張翰事嘆息自己羈宦遠地，未能適志。(59)中散　嵇康，三國魏銍（今安徽宿縣西南）人，字叔夜，做過中散大夫，故又稱嵇中散。康好老莊導氣養性之術。著有〈養生論〉，中散論當即指此文。詳見《晉書・嵇康傳》。(60)太常齋　東漢周澤，仕為太常（掌宗廟禮儀），盡敬於宗廟，常臥病齋宮，世人對他有「一歲三百六十日，三百五十九日齋」之語。詳見《後漢書・儒林列傳・周澤傳》。(61)咍　嗤笑。

【語　譯】年輕時代正浩蕩無拘，對待事物視同塵埃。擺脫身外世俗事務，交往天下特出人才。孤身單車去到燕趙，獨立無依心懷愁哀。怎知倉促戎馬之間，遇君頓開平生胸懷？只欣喜滔滔清論高，哪顧得夕陽已西墜。乘興題詩碣石館，暢懷縱酒燕王臺。北望沙漠邊陲地，漫天飄飛雪皚皚。身臨邊疆無策略，遍覽古蹟徒徘徊。燕將樂毅我所憐，勇敢攻齊反被猜。俠士荊軻我所悲，去刺秦王不見回。信誠應諾多是死亡之地，秉公忠誠反成禍患之胎。與君從此別離後，常恐年華歲月催。如何彼此俱老大，方才懂得忘卻有形之身精神無掛礙？君家兄弟真堪比作機雲二陸，聲譽榮耀直接連著父輩八裴。乙未之年將星有變顯危兆，賊臣祿山謀反作亂伺天災。胡賊騎兵進犯龍首山，天子車乘西奔經馬嵬。朝廷千官無依靠，世間萬姓徒悲哀。誅楊如誅呂鬼神為之驚，安李似安劉天地為之開。我自奔波走風塵，忽然經世機緣來。仗節擁旄出淮野，升帳入幕徵英材。勢必剪除兇頑敵，永為竭盡不才力。小人何其不仁慈，毀謗害我成死灰！全靠皇上聖明如日月，照耀洞燭無所不涵蓋。使我留官洛陽都，詹事府荒盡蒿萊。當時正在掃妖氛，尚未殲滅敵首魁。背靠黃河列出長圍陣，軍隊老化將帥也乖戾。逃歸的軍隊甚於風助火，潰散的士卒爭相盜墓財。一夕之間洛陽一帶洗劫空，生民百姓悲慘如同失水乾曬的魚。權貴投奔草莽中，我則意欲趨江淮。上下奔波宛葉地，慌忙逃難襄鄧界。城池破落何其冷清蕭條，邑中房屋更是倒塌毀壞。處處縱橫荊棘叢，只見一片瓦礫堆。逃難行人面目憔悴無血色，戰亡屍骨遺棄滿地長青苔。受命彭州刺史任，因得長安朝玉階。瞻仰振奮昂揚眾朝官，欣慕諫戒輔佐諸相宰。駕驅驛車抵達藩鎮邊遠地，憂思重重鬱結滿懷實難排。不法之人糾紛不斷打官司，賦稅繁重層層累積如山崖。所思之人在京畿，曾是魯宓賢吏輩。自從受命任郎官，上應星宿耀天街。怎能尋問我這偏遠地，竟還寄來詩作如瓊壞。金玉身分本高價，塤兄篪弟終易諧。朗詠贈詩臨清秋，爽快涼風下庭槐。怎料寇盜動亂中，名聲道義兩相諧。君弔陳侯辛酸誄，我自嘆息思鄉杯。白日易盡屢分手，青春美景不再來。臥床細看中散〈養生論〉，愁苦常想周澤臥病齋。作詩酬贈只是徒勞而已，感嘆長歌我還嗤笑自己！

【研析】這是一首以詩代信的酬答之作，應該寫信表達的內容竟以詩歌來表達，不僅別具風格，而且說明唐代詩歌應用的廣泛和詩人作詩技巧的嫻熟。詩中敘事與抒懷緊密結合，回顧了與裴員外（霸）的交往，敘述了自己從北遊燕趙，到赴蜀任彭州刺史的一大段身世，中間包括安史之亂的國難和自己的遭遇。詩人通過耳聞目見和切身感受，反映了重大的歷史事件和社會動盪。因此此詩既是詩人自述個人身世的里程碑之作，又是反映歷史事實的詩史之作，具有很高的思想價值。敘事簡明形象，抒懷慷慨跌宕，藝術成就也很高。詩雖長，但層次分明：開頭十句，寫開元二十年（西元七三一年）至二十三年北遊燕趙時與裴氏相交，欣遇知己。「題詩」十二句，寫與裴氏在燕趙同遊，感慨邊事，覽古詠史。「與君」六句，寫與裴氏在燕趙相別後，回憶交往中的互相激勵，人生感悟，稱讚裴氏兄弟的才華和聲譽。「乙未」八句，寫安史之亂，長安危急，肅宗西幸，朝官慌亂，百姓遭殃，以及馬嵬誅楊等重大歷史變故。「奔波」六句，寫自己在動亂奔波中受命出任淮南節度使，平永王璘叛亂。「小人」六句，寫遭權臣殿中監、太僕卿李輔國讒，可幸因皇上聖明，僅貶官太子詹事，留居經歷戰火後殘破的洛陽。「是時」十八句，寫安史之亂後期的情況，特別是九節度使圍鄴城保東京兵潰後，自己隨洛陽貴族平民倉皇逃難的經歷。「遂除」八句，寫受命任彭州刺史，經長安赴任，以及到任後所遇到的法治、賦稅等社會難題。「所思」八句，寫裴氏由京畿邑吏榮升朝廷郎官，不忘舊情，不計身分差異，關心身在遠蕃的自己，又是尋問，又是寄詩，兄弟般的情誼未變。「朗詠」四句，寫朗讀裴氏贈詩，得悉動亂中堅守節操，名實相副。「辛酸」四句，寫裴氏為祭友而辛酸，自己為思鄉而嘆息，彼此屢屢分手，日月蹉跎，青春不再。最後四句，寫自己現在關心的是養生，擔憂的是孤寂，酬贈徒勞，於此無補，感慨長歌，更可嗤笑。全詩層次雖多，又能一氣呵成，貫穿以情，給人的感覺是：不瑣碎，不拉雜，既切實，又雄渾，的確是敘事與抒懷完美結合的佳作。

## 人日寄杜二拾遺

【題解】此詩作於肅宗上元二年（西元七六一年），當時任蜀州（故治在今四川崇州）刺史。人日，農曆正月初七日稱人日。古俗，正月初一至初七，每天各有所屬，一日為雞，二日為狗，三日為豬，四日為羊，五日為牛，六日為馬，七日為人。《荊楚歲時記》：「正月七日為人日，以七種菜為羹，剪綵為人，登高賦詩。」杜二，杜甫。拾遺，諫官名。杜甫於肅宗乾元元年（西元七五八年）曾任左拾遺。

人日題詩寄草堂❶，遙憐故人思故鄉❷。柳條弄色❸不忍見，梅花滿枝空❹斷腸。身在南蕃❺無所預❻，心懷百憂復千慮。今年人日空相憶，明年人日❼知何處？一臥東山❽三十春❾，豈知書劍❿老風塵⓫。龍鍾還忝二千石⓬，愧爾東西南北人⓭。

【注釋】❶草堂　杜甫在成都西郭浣花溪畔的寓所，上元元年（西元七六〇年）季春建成。❷思故鄉　當時杜甫遠離故鄉河南鞏縣，客居成都，故云。人日為思鄉之日，隋薛道衡有〈人日思歸〉詩，云：「入春纔七日，離家已二年，人歸落雁後，思發在花前。」❸弄色　此用擬人化手法寫婀娜柳條泛出新綠。❹空　《文苑英華》作「堪」。❺南蕃　南疆。此指邊遠的蜀州。《文苑英華》作「遠蕃」。❻無所預　指不能參與朝政大事。❼人日　《文苑英華》作「此日」。❽東山　泛指隱居之地。❾三十春　作者二十歲時自以為書劍學成，到長安謀求出路，失意而歸，客居梁宋，自此年算起，至四十九歲中第授官，恰為三十年。❿書劍　指學問武藝。⓫老風塵　荒老於人世風塵奔波。老，清影宋抄本、《文苑英華》作「與」。⓬龍鍾還忝二千石　謂自己年老還忝居州刺史之位。龍鍾，身體衰老，行動不靈便的樣子。忝，辱，一般用為謙詞。二千石，指州刺史。二千石本是漢代郡太守的俸祿，唐代州刺史相當於郡太守，並且州、郡建制及刺史、太守名稱屢有更替。⓭東西南北人　四方漂泊之人。此借指杜甫，為其懷才淪落鳴不平。

【語譯】人日寫詩寄往老友草堂，身隔遠地同情故交正在思念故鄉。柳條泛弄綠色當不忍心看見，梅花開滿枝頭也只有更加愁苦斷腸。我身在南疆無甚大事可以參與，心中懷著百種憂愁千種思慮。今年人日徒有思念而已，明年人日又知各在何處？我曾隱居東山三十年，哪知入仕後學問武藝卻荒老於人世風塵。我現今年老體衰還忝居州官之位，真是有愧於你這東西南北漂泊不定之人。

【研析】這是一首誠摯的贈友詩，表現了詩人對杜甫的深厚友情。詩人與杜甫是知交諍友，二人志同道合，文學上切磋，仕途上關懷，生活上體貼，幾十年的友誼歷久彌深，老來更親，留下不少感人的酬答詩作。為便於瞭解本首詩的深情厚意，有必要對二人的交誼背景介紹一二。詩人與杜甫關係非同一般，有詩為證，僅舉一例，如天寶十二載（西元七五三年），高適入哥舒翰幕府後，於去冬隨哥舒翰入朝，本年入夏，自長安返河西、隴右，當時杜甫有詩贈行，〈送高三十五書記十五韻〉云：「崆峒小麥熟，且願休王師。請公問主將，焉用窮荒為？饑鷹未飽肉，側翅隨人飛。高生跨鞍馬，有似幽并兒。脫身簿尉中，始與捶楚辭。借問今何官，觸熱向武威？答云一書記，所愧國士知。人實不易知，尤須慎其儀。」全詩共十五韻三十句，這裡所引八韻十六句，相當一半，足以表現二人親密非凡的關係。首先，「崆峒」四句，杜甫囑託詩人向主將哥舒翰直諫不要窮兵黷武。如此直率地向友人提出囑託，而且囑託的內容又是如此尖銳和棘手，試想一般的朋友關係能如此做嗎？其次，「饑鷹」四句，杜甫對詩人入哥舒翰幕府的動機和處境，說得如此直率透徹，竟以「饑鷹未飽肉，側翅隨人飛」作比（固然鷹可以作為勇猛的正面形象，但是追求飽肉的飢鷹，為滿足食欲而甘於仰人鼻息，難免有委屈求全之嫌），不僅說明彼此之間推心置腹，瞭解之深，而且言辭上沒有絲毫客套和顧忌，確實達到兩相無猜的境地。第三，「脫身」二句，說明杜甫對詩人辭去封丘尉的心境和〈封丘縣〉、〈封丘作〉等詩是如此熟悉、理解和關注。第四，「答云」四句，答對之中，詩人對主將充滿信任和知遇的感激之情，而杜甫則不大放心，提醒詩人「人實不易知，尤須慎其儀」，可謂思及深處，關照備至。由此可見，二人交誼之純真、深厚。我們知道，詩人與杜甫相交甚早，特別是詩人入蜀任彭州刺史、蜀州刺史和劍南節度使期間，與杜甫過從尤密，如肅宗乾元二年（西元七五九年）五月，任彭州刺史。七月，杜甫棄左拾遺西去，度隴，赴秦州，有〈寄彭州高三十五使君適虢州岑二十七長史參三十韻〉，又有〈因崔五侍御寄高彭州一絕〉。歲終，杜甫至成都，寓居西郊浣花溪寺。上元元年（西元七六〇年）季春，杜甫在浣花溪營造的草堂落成。秋，詩人由彭州刺史改任蜀州刺史，杜甫有〈奉簡高三十五使君〉，云：「行色秋將晚，交情老更親。天涯喜相見，披豁對吾真。」上元二年（西元七六一年），詩人在蜀州，正月有〈人日寄杜二拾遺〉，後杜甫有〈追酬高蜀州人日詩〉。冬，詩人至成都，與杜甫會於草堂。杜甫有〈侍御揄許攜酒至草堂奉寄此詩便請邀高三十五使君同到〉及〈王竟攜酒高亦同〉。上元三年（西元七六二年）四月，代宗即位，杜甫有〈寄高適〉。廣德二年（西元七六四年）春，詩人離劍南節度使任，被用為刑部侍郎，轉散騎常侍，回長安，杜甫有〈奉寄高常侍〉，云：「天涯春色催遲暮，別淚遙傳添水波。」轉過年，永泰元年（西元七六五年）正月，詩人卒，杜甫有〈聞高常侍亡〉，云：「歸朝不相見，蜀使忽傳亡。……獨步詩名在，祇令故舊傷。」回過頭再來看詩人〈人日寄杜二拾遺〉這首詩：此詩寫於人日，人日是思親懷友的日子，所以詩一開頭就寫人日想起題詩懷念老友，而懷念所及，又是揣摩老友於人日面對南方柳綠梅紅的季節，思念故鄉的情懷。而且杜甫當時是有家不能歸，過著仰人接濟的寓居生活，如詩人〈贈杜二拾遺〉所寫：「佛香時入院，僧飯屢過門」，如杜甫〈酬高使君相贈〉所寫：「古寺僧牢落，空房客遇居。故人供祿米，鄰舍與園蔬」。處在此種境遇，鄉情更濃不言而喻，因此受到詩人的格外關懷，可見二人心心相印。此詩身在句以下，表述自己的心境：包括仕宦不順的憂慮，前途未卜的躊躇，抱負無著的苦悶。結尾二句與老友作比：自己老態龍鍾還有州刺史的祿位，甚感愧對老友飄泊不定的境遇。詩中對杜甫的關心愛護，體貼入微；向友人吐露胸懷，披肝瀝膽，的確可以視為二人交誼最終階段的代表作。

# 未編年詩

## 詠馬鞭

龍竹❶養根凡幾年，工人❷截之為長鞭，一節一目皆天然。珠❸重重，星❹連連，繞指柔，純金堅❺，繩不直，規不圓❻。把向空中捎一聲，良馬有心日馳千❼。

【注　釋】❶龍竹　即龍鬚竹。李衎《竹譜詳錄》卷五〈龍鬚竹〉云：「生兩浙山谷間，與貓頭竹無異，根下節不甚密，析為篾，平細柔韌。」❷工人　匠人。❸珠　形容竹根鞭上的天然節目。❹星　亦形容竹根鞭上的天然節目。❺繞指柔二句　謂剛柔兼具。純金，指鋼。劉琨〈重贈盧諶〉：「何意百鍊鋼，化為繞指柔。」❻繩不直，規不圓　寫鞭子難用定形規範，讚其天然、無羈之性格。繩，繩墨，木工取直的工具。此處作動詞用。圓，圓規，木工畫圓、正圓的工具。此處亦作動詞用。❼把向二句　謂良馬機敏不惰，勿須鞭撻，稍有啟示，即能竭盡全力日馳千里。捎，輕擊。

【語　譯】龍鬚竹根條長成共幾年，匠人截之做長鞭，一節一目皆天然。鞭條明珠一重重，亮星一串串，繞指般的柔韌，純鋼似的剛堅，繩墨量不直，圓規測不圓。手把馬鞭輕輕向空中甩一聲，良馬有心而應一日奔馳路上千。

【研　析】這是一首詠物詩。詩人已有詠馬之作，此又詠馬鞭，良馬配好鞭，如虎添翼，均為英雄馳騁之憑藉。詩中所詠不是一般的馬鞭，而是用龍鬚竹根做成的馬鞭，詩人讚美其天然美麗，剛柔兼具，狂放不羈，富有個性，實際也是在用象徵手法寫人。

## 除夜作

旅館寒燈獨不眠，客心何事轉悽然？故鄉今夜思千里，霜鬢❶明朝又一年。

【注　釋】❶霜鬢　白了的鬢髮。

【語　譯】旅館亮著寒燈獨自不眠，客心因為何事變得淒然？千里之遙的故鄉今夜思念不已，鬢髮已白奈何明朝又是一年。

【研　析】這是一首除夕夜思鄉之作，寫作具體年代不詳，據「霜鬢」云云，當值詩人晚年。除夕本是一家人團圓的時刻，可是詩人仍獨自一人飄遊在外。旅館寒燈，孤獨淒冷，愁苦難眠；不僅為千里思鄉之愁所糾纏，也為流年催老之憂所困擾。除夕是遊子難度之夜，尤其是遲暮遊子難以打發的時刻。詩中此情此景，對除夕羈旅來說，具有典型意義。

# 岑參

## 編年詩

### 丘中春臥寄王子

**【題解】**岑參〈感舊賦〉曰：「十五隱於嵩陽。」嵩陽指嵩山之南；嵩山東峰曰太室，西峰曰少室，時作者實居嵩山少室。丘中，山中。子，古時對男子的尊稱。此詩為作者十五歲至二十歲之間「隱於嵩陽」時所作，詩中寫作者的隱居生活。

田中開白室，林下閉玄關❶。卷跡❷人方處❸，無心雲自閑❹。竹深喧暮鳥，花缺露春山。勝事❺那能說？王孫去未還❻。

【注釋】❶田中二句　言築室田中，閉門隱居。開，開設、開建之意。白室，即「白屋」，謂房屋未經彩畫雕飾，露出木料的本色。玄關，泛指門戶。❷卷跡　猶「藏跡」，形跡藏而不露。❸處　止息，這裡指隱居。❹無心雲自閑　意本陶淵明〈歸去來兮辭〉：「雲無心以出岫。」❺勝事　佳事。❻王孫去未還　意本《楚辭・招隱士》：「王孫遊兮不歸，春草生兮萋萋。」王孫，此指「王子」。

【語譯】田地裡蓋了簡樸的房屋，樹林下它的門戶緊閉。不露形跡有人正在這裡隱居，並非有心那山間的雲兒悠閒自得。竹林多麼幽深黃昏時的鳥兒喧鬧，繁花短少之處露出了蒼翠的春山。這佳事勝景那裡能述說？王孫公子外出尚未回還。

【研析】這首詩大概是今存岑參詩中作年最早的作品，作此詩時作者正在嵩山西峰少室山隱居讀書。陶淵明〈歸去來兮辭〉寫作者辭官歸隱田園的欣悅之情云：「園日涉以成趣，門雖設而常關。……雲無心以出岫，鳥倦飛而知還。」本詩即承用其意，以表現閒適自在的隱居生活。首二句交代所隱之地，其中第二句即「門雖設而常關」之旨；三、四句借用「雲無心以出岫」，來表現自己隱居生活的悠閒自得；五、六句寫山中春天的美景，清沈德潛《唐詩別裁》卷一〇評此二句云：「佳句。」其中下句寫山上繁花似錦，花缺處露出蒼翠的春山，尤佳；末二句點出「寄王子」，謂勝事佳景無處可述說，因為「王孫去未還」，表達了催「王子」速還之意。

## 南溪別業

【題　解】本詩岑參集諸本不載，《全唐詩》重見岑參及蔣洌詩中。按，《國秀集》卷中、《文苑英華》卷三一八俱作蔣洌（一作洌），宋周弼《三體唐詩》卷六作岑參；又，日本藏唐抄本《新撰類林抄》卷四錄崔顥逸詩〈和黃三安仁山莊五首〉，本詩即其第二首。南溪，在少室山，《元和郡縣志》卷五〈河南府登封縣〉：「潁水有三源，右水出陽乾山之潁谷，中水導源少室通阜，左水出少室南溪，東合潁水。」據此，本詩或為岑早年居嵩山少室時所作。詩中亦寫作者的隱居生活。

結宇❶依青嶂❷，開軒對翠疇❸。樹交花兩色，溪合水重流。竹徑春來掃，蘭樽❹夜不收。逍遙自得意，鼓腹❺醉中遊。

【注　釋】❶結宇　建造屋舍。結，構築。宇，屋宇。❷青嶂　指少室山。❸疇　田地；田野。❹蘭樽　猶「芳樽」。❺鼓腹　謂飽食而閒暇無事。《莊子・馬蹄》稱太古之民無憂無慮，「鼓腹而遊」。此用其意，寫隱居生活的逍遙自在。

【語　譯】建造房屋背靠著屏障一般的青山，打開窗戶正對著青綠色的田野。這裡兩樹交錯花像一樹兩色，兩溪相會水流重合。竹徑春天來了打掃，美酒夜晚也不收起。逍遙自在自感稱心如意，飯飽酒足後我帶醉閒遊。

【研　析】這首詩前四句寫南溪別業的環境和景色，其中「樹交花兩色」句，觀察細致，繪景入妙。後四句自述隱居生活的悠閒自在。「竹徑春來掃」，是為了便於出遊，所以句中暗藏一「遊」字；

而「蘭樽夜不收」，則暗藏一「醉」字；結句之「醉中遊」正承前而言，與上第六句、第五句相應。

## 自潘陵尖還少室居止秋夕憑眺

【題解】此詩為作者早年居嵩山少室時所作。潘陵尖，地名，在少室山附近（見《古今圖書集成・方輿彙編・山川典》卷五六）。少室，山名。嵩山東為太室，西為少室，統稱嵩高，東西綿延一百多里，在今河南登封市北。居止，住處。憑眺，居高遠望。詩中描寫少室居止的景色和自己的志趣。

草堂近少室，夜靜聞風松。月出潘陵尖，照見十六峰❶。九月山葉赤，溪雲淡秋容。火點伊陽❷村，煙深嵩角❸鐘。尚子❹不可見，蔣生❺難再逢。勝愜❻祇自知，佳趣為誰濃？昨❼詣❽山僧期，上到天壇❾東。向下望雷雨，雲間見回龍❿。久與人群疏，轉愛丘壑⓫中。心淡水木會，興幽魚鳥通。稀微了⓬自釋，出處⓭乃不同。況本無宦情，誓將依道風。

【注釋】❶十六峰　少室山有三十六峰，此「十六峰」未詳所指。❷伊陽　唐縣名，在今河南嵩縣。❸嵩角　指嵩山的尖峰。❹尚子　指尚長，一作「向長」，字子平，詩文中又多稱作「尚平」或「向平」，東漢隱士，「建武中，……與同好北海禽慶俱遊五嶽名山，竟不知所終」。參見《後漢書・逸民列傳》。❺蔣生　蔣詡，字元卿，漢哀帝時任兗州刺史，王莽代漢後，託病辭歸，足不出戶，惟於房前竹下開三徑，同故人求仲、羊仲往來，事見趙岐《三輔決錄》、嵇康《高士傳》（《太平御覽》卷五一〇引）。❻勝愜　指隱居生活的美妙暢快。❼昨　猶昔。❽詣　往；赴。❾天壇　山名，「即王屋山絕頂軒轅祈天之所，故名。東曰日精峰，西曰月華峰」（《大清一統志》卷二〇三）。❿回龍　形容雨天山間雲霧繚繞，狀如回龍。⓫丘壑　猶山林，謂隱者居所。⓬了　畢；盡。⓭出處　進退，語出《易・繫辭上》：「君子之道，或出或處。」引申指行為或行動。

【語　譯】我的茅草屋靠近少室山，夜晚寂靜聽到了風聲松聲。這時月亮從潘陵尖出來，照見了少室的十六座山峰。九月裡山間的樹葉發紅，溪雲露出秋天的素淨風貌。我看見伊陽鄉村的火燃了起來，幽深雲霧裡傳來嵩山尖峰的鐘聲。漢代的尚子平不可能見到，蔣元卿也難以再遇上。隱居的美妙暢快只自己知道，那高雅的情趣又為誰而變濃？昔日赴山上僧人的約會，曾爬到天壇山的東邊。在這裡向下觀望雷雨，見到空中雲霧繚繞猶如回龍。我長久地與人群疏遠，轉而喜愛居於山林中。內心淡泊和水木相聚，興致幽深與魚鳥往來。任何稀少細微的念頭都能自解，或進或退於是顯示出不同。況且我本無做官的志趣，立誓將歸依道家的風操。

【研　析】這首詩首二句先點出「少室居止」，「自潘陵尖還少室居止」，則不正面寫，而用「月出潘陵尖，照見十六峰」二句帶過。接下九月四句，即寫在少室「秋夕憑眺」。「火點伊陽村」，寫所見，形象鮮明；「煙深嵩角鐘」，寫所聞：雲霧幽深的嵩角不可見，只能聽到那裡傳來的鐘聲。明鍾惺說：「嵩角字新。」（《唐詩歸》卷一三）由嵩山尖峰的形狀聯想到牛羊頭上的角，這「嵩角」字的確用得好。下面「尚子」四句是說，古代著名的隱士已不可見，隱居的情趣只自己知道，寫出了獨隱的孤單。「昨詣」四句回想自己往日登王屋山之事，寫出了登山所見到的奇特壯觀景色，正可和在少室山見到的景色相比較。最後八句抒寫自己的隱逸志趣，雖然獨隱孤單，只能與「水木會」，和「魚鳥通」，但詩人的興致卻仍然很高。詩的最後以「誓將依道風」作結，所謂「道風」，當指道家的教義或風操，作者早年嘗隱居學道，他晚年所作〈下外江舟中懷終南舊居〉說：「早年好金丹，方士傳口訣。」早年作的〈緱山西峰草堂作〉也說：「曩聞道士語，偶見清淨源。……棲遲慮益澹，脫略道彌敦。」即稱自己在隱居中，對道的領悟更加深厚。

## 還東山洛上作

【題　解】作者二十歲至約三十歲時「出入二郡」（〈感舊賦序〉），往返於京洛間，詩即作於此時。東山，東晉謝安隱居處，在今浙江上虞西南。此借指作者早年隱居地嵩山少室。洛，洛水，源出陝西洛南冢嶺山，流經河南盧氏、洛寧、宜陽、洛陽、偃師，至鞏義入黃河。這是乘船沿洛水東歸途中所作，詩中抒寫了作者思念故山的心情。

春流急不淺，歸枻❶去何遲！愁客葉舟❷裡，夕陽花水時。雲晴開螮蝀❸，棹❹發起鸕鷀❺。莫道東山遠，衡門❻在夢思。

【注釋】❶栧　同「枻」。楫，划船的用具。這裡指船。❷葉舟　形容船又輕又小。❸螮蝀　虹。❹棹　划船的一種用具，形狀和槳差不多。也借指船。❺鸕鷀　水鳥名，俗稱「魚鷹」，漁人常用牠捕魚。❻衡門　橫木為門之意，此指隱居之所。語出《詩經・陳風・衡門》：「衡門之下，可以棲遲。」意謂衡門雖然簡陋，卻可以棲息。

【語　譯】春天的水流既迅急又不淺，返回故山的船走得多麼緩慢！我這個憂傷的旅人坐在小船裡，夕陽正照在水面和岸邊的花上。雲天放晴彩虹展現，船兒出動鸕鷀飛起。不要說從前隱居的故山很遠，故山的住所是我夢中的思念。

【研　析】這首詩作於洛水舟中，當時作者正乘船沿洛水東行返歸少室山。首聯說，春天的洛水水深流急，返歸少室山的船卻走得很慢；實際上不是船走得慢，而是詩人的思歸之情極其急切，所以嫌船走得慢。中二聯對仗工整，寫出了船中所見春景之明媚，以之很好地反襯了詩人思歸之心的憂傷。末聯直抒對故山的思念，話語中充滿感情。整首詩無論從哪個方面說，都稱得上是佳作。

## 灞水東店送唐子歸嵩陽

【題　解】灞水，源出陝西藍田西南秦嶺山中，西北流經西安東郊，合灞水入渭河。嵩陽，唐縣名，屬河南府，武后時改名登封，在今河南登封。這首送別詩也作於「出入二郡」期間。

野店臨官路，重城壓御堤。山開灞水北，雨過杜陵西❶。歸夢秋❷能作，鄉書醉懶題❸。橋❹迴忽不見，征馬尚聞嘶。

【注釋】❶野店四句　寫長安近郊送別地（滻水東店）附近景物。臨，宋本注：「一作居。」官路，官府修築的大路。重城，唐長安東外郭城有內外兩層，稱夾城。壓，臨；逼近。御堤，指長安御溝（指龍首渠）的堤岸。開，張布的意思。灞水，源出藍田縣東，西北流至西安東郊合滻水入渭河。灞水北邊有驪山。杜陵，又稱樂遊原。秦置杜縣，漢宣帝築陵葬此，因曰杜陵，在今西安市東南。❷秋　明抄本、吳校作「愁」。❸鄉書醉懶題　作者早年隱於嵩陽（即隱於嵩山少室），疑此時其家尚在嵩陽，故云。❹橋　指灞橋，在唐長安城東灞水上，唐時長安送別多至此，故又稱銷魂橋。

【語譯】郊野的旅舍靠近官府修築的大路，京師的夾城逼近長安御溝的堤岸。山峰張布於灞水的北面，雨水灑落在杜陵的西邊。我秋天很能做歸鄉的夢，而家信喝醉了則懶於寫。灞橋曲折我忽然看不見唐先生，但還能聽到遠行之馬的嘶鳴聲。

【研析】這是一首送人歸鄉詩，前四句寫送別地（滻水東店）的景物，後四句敘送別之情。所送的對象（唐子）應是作者的同鄉，故因其歸去而引發作者的故園之思。「歸夢秋能作」，謂不得歸鄉而做歸夢，可見作者眷戀故土之深切；秋天臨近歲暮，思歸之情愈加濃烈，故云「秋能作」。「鄉書醉懶題」，蓋作者盛情餞送，以致醉酒而不復能作家書也。末聯寫目送同鄉之行，「至人馬皆隱，而猶察其聲。模寫惜別之懷，令讀者宛然在目」（清唐汝詢《唐詩解》卷三六）。

# 夜過磐豆隔河望永樂寄閨中效齊梁體

【題解】磐豆，即盤豆，城名。《讀史方輿紀要》卷四八：「盤豆城，在（閿鄉）縣西南二十里。」即今河南靈寶盤豆鎮，位於黃河南岸，與北岸永樂相對。《新唐書・地理志》載，河中府有永樂縣，故地在今山西芮城西南永樂鎮一帶。磐，明抄本、吳校、《全唐詩》作「盤」。豆，底本原作「石」，據宋本改。閨中，指閨中的妻子。齊梁體，一種有別於唐代律詩的齊梁格律體詩，與永明體相近。《小清華園詩談》卷下：「（唐人律詩）至有全不拘律者……此體在五言中，謂之齊梁體。」此兼指詩歌內容的靡麗、纏綿。這是一首寄內詩，作於「出入二郡」期間。玩詩意，是時作者似新婚未久。

盈盈❶一水❷隔，寂寂二更初。波上思羅襪，魚邊憶素書❸。月如眉已畫，雲似鬢新梳。春物❹知人意，桃花笑索居❺。

【注釋】❶盈盈　水清澈貌。❷一水　即詩題中的（黃）河。〈古詩十九首・迢迢牽牛星〉：「盈盈一水間，脈脈不得語。」此用其意。❸波上二句　寫對妻子的懷念。羅襪，借指妻子。曹植〈洛神賦〉：「體迅飛鳧，飄忽若神，陵波微步，羅襪生塵。」素書，寫在白絹上的書信，長約一尺，又稱尺素書。古樂府〈飲馬長城窟行〉：「客從遠方來，遺我雙鯉魚。呼兒烹鯉魚，中有尺素書。」古時尺素書結成雙魚形，故詩詞中常以雙魚或鯉魚作為書信的代稱。一說，雙鯉魚指藏書信的函，即刻作魚形之兩塊木板，一底一蓋，將書信夾於其間。作者臨河，故曰「魚邊」。❹春物 即下文「桃花」之類。❺索居 獨居。

【語　譯】一道清澈的河流間隔著，此刻是寂靜的二更之始。於水波上就聯想到穿著羅襪的你，在魚兒旁便思念得到你的魚形書信。月亮猶如你已畫好的眉毛，雲朵就像你剛梳就的鬟髮。春天的花草也知道人的意願，桃花正笑話你一人獨居。

【研　析】這是一首思念妻子的詩，寫來工麗、小巧，別具一格。首聯寫「夜過磐豆隔河望永樂」，指的是自己在黃河南岸，妻子在黃河北岸，中間有黃河阻隔；這不禁令人聯想到，詩人與妻子的分離，就猶如那被銀河阻隔的牛郎、織女。二聯寫臨河引發的聯想，由「隔河望永樂」轉入「寄閨中」。「波上思羅襪」，暗以美貌的洛神比喻自己的妻子；「魚邊憶素書」，寫出了自己對妻子的思念。三聯以夜空中的一彎新月和雲朵，形容和讚美了妻子的娟秀眉毛和蓬鬆鬟髮。末聯用調笑的口吻，道出了妻子的獨居之苦。或許是因為作者年輕，尚不知愁滋味；也可能是由於詩人不久就要歸家與妻子團聚，所以未把她的獨居之苦當成什麼重要的事。

## 春尋河陽聞處士別業

【題　解】河陽，縣名，漢始置，在今河南孟州西，隋唐移今孟州南。聞，明抄本、吳校、《全唐詩》作「陶」。開元二十七年（西元七三九年）春，作者曾往遊河朔（參見陳鐵民、侯忠義《岑參集校注》附錄〈岑參年譜〉），疑此詩即往遊河朔途中所作。詩中寫隱者的別業及其隱逸生活。

風暖日暾暾❶，黃鸝飛近村。花明潘子縣❷，柳暗陶公門❸。藥碗搖山影，魚竿帶水痕❹。南橋❺車馬客，何事苦喧喧❻？

【注釋】❶暾暾　明亮貌。❷潘子縣　潘子，潘岳，字安仁，西晉中牟（今河南中牟東）人。少有才名，文學史上以善於寫哀傷詩文著稱，《晉書》有傳。據《白氏六帖事類集》卷二一：「潘岳為河陽令，樹（種植）桃李花，人號曰河陽一縣花。」庾信〈春賦〉：「河陽一縣併是花。」❸柳暗陶公門　以陶淵明宅居喻聞處士別墅。陶公，陶淵明，字元亮，一說名潛字淵明，號靖節先生，潯陽柴桑（今江西九江西南）人。東晉傑出詩人，一生大部分時間過著隱居躬耕的生活。事見梁蕭統〈陶淵明傳〉。按，陶淵明曾作〈五柳先生傳〉以自況，文云：「宅邊有五柳樹，因以為號焉。……環堵（房屋四壁）蕭然（空寂貌），不蔽風日，……晏如（安然自在）也。」❹藥碗二句　寫聞處士持竿釣魚、服藥養生的隱居生活。❺南橋　即河陽南橋，《資治通鑑》武德三年八月：黃君漢以舟師襲破迴洛城，「斷河陽南橋而還」。橋在唐河陽縣西南孟津，「架黃河為之，以船為腳，竹䇢亘之」。即黃河浮橋，晉杜預始造。參見《晉書．杜預傳》及《元和郡縣志》卷五。❻苦喧喧　為紛雜擾攘之人事所苦。

【語譯】春風和暖太陽明亮，黃鶯也飛到村莊附近。百花豔麗這是潘岳管理過的縣，五柳幽深就像那陶潛住處的門。藥碗裡蕩漾著山的倒影，魚竿上留下了水的痕跡。河陽南橋上來來往往的貴客們，為何要被紛雜擾攘的人事所苦？

【研　析】這首詩寫尋訪隱士之居，首聯交代尋訪的時地：春天的鄉村；次聯進一步說明所尋訪的鄉村在河陽縣，所尋訪的別業主人為隱者，同時兼寫春景；三聯寫別業主人的隱居生活，觀察、描寫都極細致。最後以發議論作結，但並沒有脫離前三聯的描寫。因為所稱「南橋」即在河陽縣，而橋上往來的「車馬客」，主要就是那些為仕途而四處奔忙的人們，作者對他們的責問，正是對隱士隱逸生活的肯定與讚美的表現。

## 登古鄴城

【題　解】鄴城，故址在今河北臨漳西，為漳河流經地。本戰國時魏國都邑，建安十八年（西元二一三年）曹操為魏王，定都於此，長期為中原地區最繁盛的都市。北周大象二年（西元五八〇年），相州總管尉遲迥在此與楊堅大戰，城遂被焚毀。本詩為開元二十七年（西元七三九年）春，作者自長安往遊河朔（黃河以北）行經古鄴城時所作。詩中抒寫詩人登上鄴都已荒廢之古城的感慨。

下馬登鄴城，城空復何見？東風吹野火❶，暮入飛雲殿❷。城隅南對望陵臺❸，漳水❹東流不復回。武帝宮中人去盡，年年春色為誰來❺？

【注　釋】❶野火　指燐火，也稱鬼火。❷暮入飛雲殿　《唐百家詩選》作「日暮飛雲電」。飛雲殿，疑為鄴都宮殿之一。《鄴中記》：「（後趙）石虎於魏武故臺築太武殿，牕戶宛轉畫作雲氣。」飛雲殿或即此。❸望陵臺　即銅爵（雀）臺。建安十五年冬曹操於鄴城築銅雀臺，臨終遺命諸子曰：「吾死之後，葬於鄴之西崗上……妾與伎人皆著銅雀臺……汝等時登臺，望吾西陵墓田。」（《樂府詩集》卷三一引《鄴都故事》）《鄴中記》：「銅爵、金鳳、冰井三臺皆在鄴都北城西北隅，因城為基址。」又謂：「銅爵臺高一十丈，有屋一百二十間，周圍彌覆。」❹漳水　即今漳河，分清漳河、濁漳河兩源，均出山西東南部，在河北合漳鎮會合後稱漳河。❺武帝二句　慨嘆人事俱非，春色依然。武帝，延康元年（西元二二〇年）曹操卒，同年十月被追尊為武帝。

【語　譯】我下馬登上了古時的鄴城，城裡空無所有我又看見了什麼？只見東風吹動著燐火，黃昏時分進入了飛雲殿。城牆角上的女牆南面對著望陵臺，漳河河水向東流去一去不復回。魏武帝宮中的人已經走盡，每年的春色又為誰而到來？

【研　析】這是一首弔古詩，前半寫登鄴都故城所見，其中三、四句抓住燐火飛入廢宮的細節，生動而又典型地寫出了鄴都故城的荒頹。後半觸景生情，轉入弔古的主題。其中五、六句由所見銅雀臺故址，轉入對魏武帝的追憶；七、八句謂魏武長逝，殿空人盡，而春色依然，令人慨嘆。在藝術形式上，此詩前半五言，後半七言，前後換韻，而意脈連貫，音節自然，頗具有獨創性。

## 邯鄲客舍歌

【題　解】邯鄲，唐縣名。原戰國時趙都，故地在今河北邯鄲。本詩為作者往遊河朔，由古鄴城西北行抵邯鄲時所作。詩中主要寫在邯鄲寄宿的所見與所感。

客從長安來，驅馬邯鄲道。傷心叢臺下，一旦生蔓草❶。客舍門臨漳水邊，垂楊下繫釣魚船。邯鄲女兒夜沽酒，對客挑燈誇❷數錢❸。酩酊醉時月正午❹，一曲狂歌壚上眠❺。

【注釋】❶傷心二句　言叢臺荒蕪，令人傷懷。叢臺，戰國趙都邯鄲的臺觀之一，東漢時猶存。《漢書・高后紀》顏師古注：「連聚非一，故名叢臺，蓋本六國時趙王故臺也，在邯鄲城中。」旦，《全唐詩》作「帶」。❷誇　大。❸數錢　《後漢書・五行志》載桓帝時京都童謠曰：「河間姹女工數錢，以錢為室金作堂。」❹月正午　月正行至天中。月，各本均作「日」，底本注：「本作月。」按，作「月」是，〈與獨孤漸道別長句兼呈嚴八侍御〉亦有「月未午」語。❺壚上眠　據《晉書・阮籍傳》載，阮籍「鄰家少婦有美色，當壚沽酒。籍嘗詣飲，醉便臥其側」。此暗用其事。壚，酒店裡安放酒甕的土臺子。

【語譯】我這個旅客從長安來，在邯鄲的路上策馬奔馳。仰望趙都的叢臺我極其傷心，這裡已很快長出蔓生的野草。邯鄲旅舍的門靠近漳河邊，垂柳下面拴著一條釣魚船。邯鄲的年輕女子夜裡賣酒，對著旅客在燈下大肆數錢。我喝得酩酊大醉時月亮正行至中天，縱情狂歌一曲後便躺在壚臺上醉眠。

【研析】這首詩首二句即直入主題，說自己自長安來到邯鄲。三、四句接寫在邯鄲的所見所感，特別點出邯鄲為古趙都，這裡的趙王叢臺已荒蕪，令人傷懷。五、六句轉入描寫自己所寄宿的「門臨漳水邊」的「邯鄲客舍」。七、八句寫自己在客舍的所見，《漢書・地理志》載：「趙、中山地薄人眾……女子彈弦跕屣，游媚富貴，遍諸侯之後宮。」因此充任女樂和當壚賣酒，成為「邯鄲女兒」經常從事的職業；「誇數錢」，語出後漢桓帝時京都童謠「河間姹女工數錢」，河間戰國時為趙地，「工數錢」蓋謂趙地女子愛財好聚斂，這兩句詩寫出了邯鄲的習俗。末二句承上「夜沽酒」，抒在客舍縱飲之豪情，具有鮮明的盛唐時代色彩。全詩寫得通俗流暢，詩人的七言古體詩，多具有這一特色。

## 暮秋山行

【題解】唐殷璠《河嶽英靈集》曾評此詩曰：「又『山風吹空林，颯颯如有人』，宜稱幽致也。」詩當作於開元、天寶年間；細玩詩意，疑是遊河朔途中所作。詩中抒寫山行途中的感受。

疲馬臥長坂❶，夕陽下通津❷。山風吹空❸林，颯颯❹如有人。蒼旻❺霽❻涼雨，石路無飛塵。千念集暮節❼，萬籟悲蕭辰❽。鶗鴂昨夜鳴，蕙草色已陳❾。況在遠行客，自然多苦辛。

【注釋】❶坂　《全唐詩》作「坡」。❷通津　四通八達的渡口。❸空　《全唐詩》注：「一作長。」❹颯颯　風聲。❺蒼旻　蒼天。❻霽　雨初止。❼暮節　農曆九月九日重陽節。謝靈運〈九日從宋公戲馬臺集送孔令〉：「良辰感聖心，雲旗興暮節。」❽蕭辰 秋風蕭瑟之時。辰，《全唐詩》作「晨」。❾鶗鴂二句 此處語本屈原〈離騷〉：「及年歲之未晏兮，時亦猶其未央。恐鵜鴂之先鳴兮，使夫百草為之不芳。」蓋以鶗鴂已鳴，蕙草色老不芳，喻己求仕無成，蹉跎失時。鶗鴂，亦作「鵜鴂」，即伯勞鳥，仲夏始鳴。蕙草，一種香草，初秋開紅花。

【語 譯】我那疲困的馬橫臥於高高的山坡上，夕陽從四通八達的渡口邊緩緩西下。山風吹拂著渺無人跡的樹林，發出沙沙聲響就像有人在行走。天空中寒冷的雨剛剛停止，石路上已不再有飛揚的塵土。重陽佳節紛繁雜亂的思緒交集，秋風蕭瑟各種聲響都發出哀音。伯勞昨夜啼叫不已，蕙草業已色老不芳。何況我這個遠行中的旅客，一路上自然要經受許多苦辛。

【研 析】這首詩交織著遠行的孤寂、秋色的淒清和個人身世不遇之感，蘊含豐富。首二句繪景鮮明，如在目前；接下「山風」二句，歷來為詩評家所讚賞，它們寫荒野旅途的孤寂淒清情狀，逼真之至，故明譚元春評此二句云：「誦之心驚。」（《唐詩歸》卷一三）接下「千念」二句，說在秋風蕭瑟時節，萬籟俱發悲聲，自己也千念交集。下面「鶗鴂」二句，以鶗鴂已鳴，蕙草色老不芳，喻自己求仕無成，蹉跎失時，這種身世不遇之感，是詩人當時千念中的最強烈之念，它和本詩前面所寫的秋景以及遠行的淒寂之情，交融在一起。末二句道出自己遠行途中的苦辛，與首二句相應，並起到了點題的作用。

# 臨河客舍呈狄明府兄留題縣南樓

【題　解】臨河客舍，即詩中之「河邊酒家」。河，指黃河。明府，縣令別稱。狄當時蓋任黎陽縣縣令。本詩為開元二十七年冬，作者自河朔歸長安途經黎陽縣時所作。詩中主要讚揚黎陽縣令在任內的治績和抒發自己的思鄉之情。

黎陽❶城南雪正飛，黎陽渡❷頭人未歸❸。河邊酒家堪寄宿，主人小女能縫衣。故人❹高臥黎陽縣，一別三年不相見。邑❺中雨雪偏著時❻，隔河東郡❼人遙羨。鄴都❽唯見古時丘，漳水❾還如舊日流。城上望鄉應不見，朝來好是懶登樓❿！

【注　釋】❶黎陽　唐縣名，在今河南浚縣東，唐時古黃河流經其東南。黎，宋本、明抄本、底本等均作「鳳」，此從《全唐詩》。❷黎陽渡　古津渡名，即黎陽津，故址在唐黎陽縣境，今浚縣東南，位於古黃河北岸。《元和郡縣志》卷一六：「白馬故關在（黎陽）縣東一里五步。酈食其說高祖曰『杜白馬之津』，即此地也，後更名黎陽津。」按古黃河流經今河南浚縣與滑縣之間，金時方改道南徙。❸人未歸　此為作者自指。宋本、底本句下並注：「一作黎陽渡口人渡稀。」❹故人　指狄明府。❺邑　指黎陽縣。❻偏著時　猶言獨下時。❼東郡　隋東郡，唐改為滑州，治滑臺城（今河南滑縣東滑縣舊治），與黎陽縣隔河相望。❽鄴都　在今河北臨漳西。❾漳水　即今漳河，流經鄴都。❿城上二句　東漢末年王粲客居荊州，登樓望鄉，作〈登樓賦〉以抒懷。此二句即隱用其意。好是，猶言「很是」。樓，即題中的「縣南樓」。

【語　譯】黎陽城南雪花正在空中飛舞，黎陽渡頭我這個旅人還未返鄉。有黃河邊上的酒家可以寄宿，酒家主人的幼女已能縫補衣服。故人狄明府高臥在黎陽縣，一別就是三年不能相見。縣邑裡雨雪正在獨自下著的時候，隔河相望的東郡人在遠處十分羨慕。鄴都只能見到古時的廢墟，唯有漳河水還像舊日一樣東流。在城上遙望故鄉應該看不見，早晨很是懶得再登上縣南樓！

【研　析】這首詩首二句先點出時居冬令，自己為雪所阻，滯留於黎陽津，以便引出下面二句；下面「河邊」二句接寫在「臨河客舍」寄宿；接下「故人」四句轉寫「呈狄明府兄」，其中前兩句說和狄明府數年未遇，後兩句讚揚他治績斐然，竟至風調雨順，為鄰郡所羨慕；下面「鄴都」二句說鄴都繁榮已成陳跡，只有漳水東流，今古不殊，話語中隱含著人事俱非、山河依舊的慨嘆，這一點乃是詩人河朔之遊的一個主要感受；末二句意謂，旅人懷念家鄉時，不免要登高遠眺，但因家鄉遠而難見，故而自己懶登城樓，這同寫登樓望鄉一樣，也抒發了思鄉之情。這首呈送給狄明府的詩，留題於縣南樓，則作者此次滯留黎陽，並沒有與狄見面，所以在這首詩中，作者既抒發了思念故人的心情（見故人二句），又交代了自己不能與故人見面的原因——思鄉（見末二句）。全詩就像一封留給狄明府的信，其中的內容頗全面，應該說的話都說到了。

# 送王大昌齡赴江寧

**【題解】**王昌齡，字少伯，行大，京兆長安人，著名詩人。開元十五年進士及第，二十二年又中博學宏詞科，新、舊《唐書》有傳。開元二十八年（西元七四〇年）冬，王謫官江寧縣丞，岑參在長安置酒送別，遂有此作。王昌齡也寫了〈留別岑參兄弟〉詩相答。江寧，唐縣名，至德元載以前屬潤州，在今江蘇南京。這首詩對遭受貶謫的友人，表示了真切的同情和誠摯的慰勉。

對酒寂不語，悵然悲❶送君。明時未得用，白首徒攻❷文。澤國❸從❹一官，滄波幾千里。群公滿天闕❺，獨去過淮水❻。舊家富春渚❼，嘗憶臥江樓❽；自聞君欲行，頻望❾南徐州❿。窮巷獨閉門，寒燈靜深屋；北風吹微雪，抱被肯同宿⓫。君行到京口⓬，正是桃花時；舟中饒孤興，湖上多新詩。潛虬⓭且深蟠⓮，黃鶴飛未晚⓯。惜君青雲器⓰，努力加餐飯⓱！

【注　釋】❶悲　《文苑英華》、《唐百家詩選》作「愁」。❷攻　《文苑英華》作「工」。❸澤國　泛指近水之地。江寧瀕長江，故稱。❹從　為；任。❺天闕　指朝廷。❻淮水　即淮河。王赴江寧需渡淮水。❼舊家富春渚　富春，今浙江富陽，其地臨富春江（浙江的一段）。按岑參父植曾任衢州司倉參軍，唐時衢州屬江南東道，治所在西安（今浙江衢縣）。衢州臨浙江之一源衢江。此處即以富春泛指浙江。渚，水邊。❽江樓　指浙江畔之樓。❾望　《文苑英華》作「夢」。❿南徐州　東晉南渡，在京口僑置徐州，稱南徐州。轄今江蘇長江以南、太湖以北一帶地方。按岑植又曾任江南東道潤州句容縣令，其地正屬東晉南徐州轄境。⓫窮巷四句　寫兩人深摯的友情。窮巷，僻巷。⓬京口　今江蘇鎮江市。⓭虬　古代傳說中有角的龍。⓮蟠　盤屈而伏。《周易・乾卦》：「潛龍勿用。」孔穎達疏：「潛者，隱伏之名。……言於此潛龍之時，小人道盛，聖人雖有龍德，於此時唯宜潛藏勿可施用。」⓯黃鶴飛未晚　黃鶴，古人常把「黃鶴」與「黃鵠」混而為一，相傳黃鵠是一種極善於高飛的大鳥。《全唐詩》作「黃鵠」。飛，《文苑英華》、《唐文粹》、《全唐詩》作「舉」。未，底本原作「來」，據《文苑英華》、《唐文粹》、《全唐詩》改。這裡以「潛虬」「黃鶴」喻王昌齡，謂其有大才，姑且隱伏待時，日後飛騰，亦不為晚。⓰青雲器　謂必致高位的才器。⓱努力加餐飯　保重身體之意，〈古詩十九首・行行重行行〉：「棄捐勿復道，努力加餐飯。」

【語　譯】我面對著酒杯靜默不語，含悲送君令我悵然若失。政治清明的時代不能為世所用，徒然專心研習文章以至於白頭。君到澤國水鄉任一個小官，要經歷碧波數千里才能到達。袞袞諸公充滿了朝廷，君卻獨自離去將經過淮水。從前我曾居住在富春江邊，常想起躺在江邊樓中的景象；自從知道君將走往江寧，我就屢次遙望南徐州。我住在僻巷裡獨自閉門而居，寒夜的孤燈下深屋靜寂無聲；在北風吹動細小雪花的時刻，君抱著被子和我一同住宿。當君坐船走到京口，正是桃花開放之時；君將於舟中大發獨遊的興致，在湖邊寫出許許多多新詩。潛藏的有角龍姑且深深蟠伏，黃鵠等機會再高飛也不為晚。請愛惜君直上青雲的才器，努力保重身體多加餐飯！

【研　析】這首送別詩大抵可分為三部分：首八句寫設酒餞行，悵然悲送，對友人的懷才不為世所用和遠謫，表示了真切的同情，其中「明時」二句與「群公」二句，寫來可謂字字沉痛；中八句由友人遠謫之地，聯想到岑氏舊居所在，並述行前作者邀友人同宿話別，表現了他們之間深摯的情誼；末八句是對友人的寬慰、勸勉之辭，足見作者對友人愛護備至。

當時，王昌齡也寫了〈留別岑參兄弟〉詩相答：「江城建業樓，山盡滄海頭。副職守茲縣，東南棹孤舟。長安故人宅，秣馬經前秋。便以風雪暮，還為縱飲留。……岑家雙瓊樹，騰光難為儔。誰言青門悲，俯期吳山幽。」由兩人之詩，不難想見他們間交情之深。昌齡此行經洛陽時，詩人李頎、綦毋潛等曾相送至洛陽城東白馬寺，並在那裡留宿，李頎還寫了〈送王昌齡〉詩贈行。盛唐詩人間的純真情誼，多麼令人嚮往！

## 宿關西客舍寄東山嚴許二山人時天寶初七月初三日在內學見有高道舉徵

【題　解】關西，潼關之西。東山，見〈還東山洛上作〉題解。這裡泛指歸隱之所。山人，舊時用以稱隱士。內學，道家以道學為內學。《晉書・葛洪傳》：「（洪）尤好神仙導養之法。……後師事南海太守上黨鮑玄。玄亦內學，逆占將來，見洪深重之。」這裡指崇玄學。高道舉徵，疑即道舉。玄宗時崇奉道教，開元二十九年（西元七四一年）始於兩京及諸郡玄元皇帝（老子）廟立崇玄學（後改稱崇玄館），置崇玄博士（後改稱學士）、助教（後改稱直學士）等，令生徒習《道德經》、《莊子》、《文子》、《列子》，學成後準明經例考試，謂之道舉。據載，天寶元年五月，中書門下奏，「今冬崇玄學人，望且准開元二十九年正月制考試」，從之。是則天寶元年有道舉。事見《唐會要》卷五〇、六四、七七。又，也可能指高道不仕舉，屬制舉。《職官分紀》卷一五引韋述《集賢記注》：「天寶二年，樊端應高道不仕試。」詩題宋本、明抄本作「七月三日在內學見有高近道舉徵宿關西客舍寄東山嚴許二山人」，宋本「近」下注：「一無近字。」底本作「宿關西客舍寄山東嚴許二山人時天寶高道舉徵」。此從《全唐詩》。《文苑英華》同《全唐詩》，唯缺「內」字。本詩為天寶元年（西元七四二年）七月作者自長安東行途中所作。詩中抒寫了詩人懷念友人、思念故鄉的感情。

雲送關西雨，風傳渭北❶秋。孤燈然❷客❸夢，寒杵❹搗鄉愁。灘上思嚴子❺，山中憶許由❻。蒼生今有望，飛詔下林丘❼。

【注釋】❶北　《文苑英華》作「水」。❷然　「燃」本字。❸客　作者自稱。❹寒杵　指秋天的搗衣聲。

❺嚴子　東漢初隱士嚴光，字子陵。本姓莊，避漢明帝諱改。會稽餘姚（今浙江餘姚）人。少與劉秀同遊學，秀即帝位後，光改名隱居，披裘垂釣於富春江畔，釣處有「嚴陵瀨」之稱。事見《後漢書·逸民列傳》、《高士

傳》。❻許由　傳為堯時隱者。相傳堯到沛澤，要把君位讓給他，許辭謝，逃至箕山（在今河南登封）下，躬耕而食。堯又請他做九州長官，他認為這話玷汙了他的耳朵，就跑到潁水邊去洗耳。事見《史記・伯夷列傳》、《高士傳》。❼林丘　樹林山丘，指嚴、許隱居處。

【語　譯】雲彩送來了潼關以西的雨水，風兒傳播著渭北之地的秋意。旅舍的孤燈點燃了旅客歸家的夢境，寒秋的棒槌捶擊著旅人思鄉的愁緒。在江灘上就思念隱者嚴光，於山林中便追憶高士許由。老百姓如今已有了指望，朝廷正飛傳詔書到隱士的山林。

【研　析】這首寄贈給友人的詩，首聯敘「宿關西客舍」，同時交代節候與寫景。次聯承接首聯，寫寄宿客舍，思念故鄉，其中孤燈句寫客舍裡清冷的孤燈，引發了自己的歸家之夢，猶如這夢就是被那孤燈燃起的一般；「寒杵」句寫寒秋陣陣杵聲，摧人心腑，似乎那棒槌搗的不是衣裳，而是旅人思鄉的愁緒，這然字、搗字都下得好，即古代詩評家所謂的「詩眼」。三、四聯轉寫「寄東山嚴許二山人」，其中三聯表達對「嚴許二山人」的思念之情，四聯點明「見有高道舉徵」，話中含有希望故人出來應試和做官之意。全詩雖只有八句，內容還是比較豐富的。

## 至大梁卻寄匡城主人

【題　解】大梁，戰國魏都，唐時為汴州治所，在今河南開封。卻寄，回寄。匡城主人，即〈醉題匡城周少府廳壁〉之周少府。匡城，唐縣名，屬滑州，在今河南長垣西南。天寶元年（西元七四二年）七月，作者自長安東行，八月至滑州、匡城、鐵丘、大梁，本詩即抵大梁時所作。參見《岑參集校注》附錄〈岑參年譜〉。這是一首寄贈給友人的詩，主要抒寫作者旅行途中的所見與所感。

一從棄魚釣❶，十載干明王❷。無由謁天階❸，卻欲歸滄浪❹。仲秋❺至東郡❻，遂見天雨霜❼。昨夜夢故山❽，蕙草❾色已黃。平明辭鐵丘❿，薄暮遊大梁。仲秋蕭條景，拔剌⓫飛鵝鶬⓬。四郊陰氣閉，萬里無晶光。長風吹白茅⓭，野火燒枯桑。故人南燕⓮吏，籍籍⓯名更香。聊以玉壺⓰贈，置之君子⓱堂。

【注釋】❶魚釣　指隱居生涯。❷十載干明王　向聖明天子求取祿位已有十年。自開元二十四年（西元七三六年）作者「獻書闕下」（〈感舊賦〉序），至天寶元年作此詩，歷時七載，「十載」是舉其成數。干，指求取職位俸祿。❸謁天階　謁見皇帝。❹歸滄浪　歸隱林泉。滄浪，形容水的青綠色，一說是水名（其地眾說不一）。《楚辭・漁父》：「漁父莞爾而笑，鼓枻而去，乃歌曰：『滄浪之水清兮，可以濯我纓（繫帽的絲帶）；滄浪之水濁兮，可以濯我足。』」此歌又見於《孟子・離婁上》。❺仲秋　農曆八月。❻東郡　隋郡名，唐代改為滑州，天寶元年又改名靈昌郡，治所在今河南滑縣東。岑參此行，大約沿黃河先至滑州，再到匡城，復由匡城至鐵丘，由鐵丘到大梁。❼雨霜　下霜。❽故山　指少室山。❾蕙草　底本作「蕙帳」，《唐詩紀事》作「芳蕙」，此據宋本、明抄本、《全唐詩》校改。❿鐵丘　地名，在唐滑州衛南縣東南十里，今河南濮陽西南。⓫拔剌　象聲詞，像鳥飛聲。⑫鶊鶬　雁之別稱。⑬白茅　茅草的一種。⑭南燕　漢縣名，唐為滑州胙城縣，其地在今河南延津東，緊挨匡城。這裡即用以代指匡城。⑮籍籍　形容聲名甚盛。⑯玉壺　取高潔之意。鮑照〈代白頭吟〉：「直如朱絲繩，清如玉壺冰。」⑰君子　指匡城主人。

【語　譯】我自從捨棄隱居垂釣的生涯，向聖明天子求取祿位已有十年。沒有門路謁見天子，倒想再次歸隱林泉。仲秋八月我到了東郡，竟然見到天下起了霜。昨夜夢見過去住的少室山，那兒的蕙草顏色已發黃。我天剛亮辭別鐵丘，傍晚在大梁城遊覽。只見仲秋八月景色蕭條，大雁飛翔發出拔刺聲響。大梁四周陰氣籠罩，萬里之地不見光亮。大風刮起了白茅草，野火焚燒著枯桑木。老友您是南燕之地的官吏，美名甚盛四方傳揚。我願意以玉壺冰心相贈，將它安置在先生您的廳堂。

【研　析】這首贈友詩，前四句自述遭遇，言十年干祿不成，意欲歸隱林泉。接下「仲秋」四句，先寫自己遊滑州，後抒旅行途中的思鄉之情，其中蕙草色黃的描述，寓有求仕無成、蹉跎失時之感，與首四句文意正相連接。下面「平明」二句，述己遊滑州之匡城、鐵丘，而後到了大梁。接下「仲秋」六句，寫在大梁所見秋天的蕭條景象，形象甚為鮮明，而且此處的景物描寫，與上文所抒發的蹭蹬之情，相互融合；特別是其中的「長風」二句，受到了唐代詩評家殷璠的稱賞，其《河嶽英靈集》卷上說：「參詩語奇體峻，意亦奇造，至如『長風吹白茅，野火燒枯桑』，可謂逸矣。」最後「故人」四句，寫「卻寄匡城主人」，其中前二句讚揚匡城主人美名遠播，後二句說自己願以詩相贈，所謂「置之君子堂」，也就是〈醉題匡城周少府廳壁〉詩之題詩於「匡城周少府廳壁」之意。總的說來，此詩以寫景見長。

## 秋夜宿仙遊寺南涼堂呈謙道人

**【題解】**詩題首二字各本多作「秋夜」，據詩中所寫景物，當以作「秋夜」為是。仙遊寺，在陝西周至（盩厔）縣東南。《長安志》卷一八：「仙遊寺在盩厔縣東南三十五里。」道人，晉宋以後稱和尚為道人，意為修道之人。據本詩末兩句詩意及語氣，疑為天寶三載登第前隱居終南山時所作。這是一首贈給仙遊寺僧人的酬酢詩，以紀遊和寫景為主要內容。

太乙連太白，兩山知幾重❶？路盤石門窄，匹馬行才通❷。日西到山寺，林下逢支公❸。昨夜山北時，星星❹聞此鐘。秦女❺去已久，仙臺❻在中峰。簫聲不可聞，此地留遺蹤❼。石潭❽積黛色，每歲投金龍❾。亂流爭迅湍，噴薄❿如雷風⓫。夜來聞清磬⓬，月出蒼山空。空山滿清光，水樹相玲瓏⓭。迴廊映密竹，秋殿隱深松。燈影落前溪，夜宿水聲中。愛此林巒好，結宇⓮向溪東。相識唯山僧，鄰家一釣翁。林晚栗初拆，枝寒梨已紅⓯。物幽興易愜，事勝趣彌濃。願謝⓰區中緣⓱，永依⓲金人宮⑲。寄報乘輦客⑳，簪裾㉑爾何容㉒！

【注釋】❶太乙二句　自太乙山至太白山數百里，均為秦嶺山脈之峰巒，故云「知幾重」。太乙，山名，即終南山，主峰在西安市南。《白氏六帖事類集》卷二：「中南（終南）一名太一。」太白，山名，即今陝西眉（郿）縣南太白山。❷路盤二句　謂山徑盤曲，險仄難行。❸支公　東晉高僧支遁（字道林）。後常以支公、支郎代指僧徒，此處指謙道人。❹星星　猶點點。❺秦女　即弄玉。《列仙傳》卷上：「蕭史得道好吹簫……秦穆公以女弄玉妻之，遂教弄玉吹簫，作鳳鳴，有鳳來止其屋。公為作鳳臺，後弄玉乘鳳，蕭史乘龍，共升天去。」❻仙臺　即鳳臺，相傳故址在太白山中。❼遺蹤　疑指弄玉祠而言。李華〈仙遊寺〉詩原注：「有龍潭穴、弄玉祠。」❽石潭　指仙遊潭，又名黑水潭。潭在仙遊寺北。《陝西名勝志》卷二：「望仙澤在盩厔縣東南三十里，……又五里，即長楊宮，故址稍南為仙遊潭，闊二丈，其水深黑，號五龍潭。唐時每歲降中使投金龍於此。」❾投金龍　投金龍入潭，是唐朝廷祈雨的一種儀式。金龍，銅龍。❿噴薄　水相激盪而騰湧。⓫如雷風　底本、吳校均注：「一作來如風。」⓬清磬　清越的磬聲。⓭玲瓏　明見貌。⓮結宇　構建廬舍。⓯林晚二句　拆，裂開。兩句底本注：「一作『晚栗枝初折，寒梨葉已紅。』」⓰謝　辭。⓱區中緣　人世的塵緣。⓲依　皈依。底本誤為「作」，據明抄本、《全唐詩》等改。⓳金人宮　指佛寺。金人，指佛或佛像。《漢書・霍去病傳》：「收休屠祭天金人。」顏師古注：「今之佛像是也。」⓴乘輦客　指在朝為官的人。㉑簪裾　顯貴者之服飾。㉒何容　怎能容受。《漢書・東方朔傳》：「談何容易。」

【語譯】太乙山與太白山相連，兩山知有多少重疊的山巒？山路盤曲山石形成的門狹窄，只有一匹馬單行才能通過。太陽偏西時到達山中寺院，在樹林裡我遇到了謙和尚。昨天晚上我住在山北面的時候，星星點點地聽到了這裡的鐘聲。秦穆公的女兒弄玉離開此地已很久，她居住的鳳臺就在太白山的山腰。弄玉的簫聲再也聽不到，但這地方已留下她的遺蹤。石潭中積聚著青黑色的水，朝廷每年都往潭裡投入銅龍。紛亂的水競相迅急奔流，洶湧激蕩聲如雷鳴風吼。入夜聽到寺院清越的磬聲，月亮出來青山一片寂靜。靜寂的山灑滿了清亮的光輝，水流與樹木都非常清朗明晰。曲折的走廊掩藏在濃密的竹叢裡，秋天的寺殿隱匿於幽深的松林中。燈影落入前面的溪水，夜晚就在水聲中寄宿。我喜愛此地樹林山巒美好，想在溪流東邊建造房屋居住。相認識的只有山上的僧人，還有鄰家一個釣魚的老翁。林子裡到了秋天栗子剛剛裂開，梨樹的枝條枯敗葉子已經發紅。山水清幽興致容易獲得滿足，景物優美趣味顯得更加濃厚。情願辭別人世的塵緣，永遠皈依神佛的宮殿。請告訴朝廷上那些乘輦的貴官顯宦，戴官帽穿官服的樣子你們怎能容受！

【研　析】這首詩描述作者往遊仙遊寺並留宿寺中的所見與所感。前八句記述詩人前往仙遊寺的行程，起頭二句先交代寺院所在之群山，明譚元春說：「起得妙，許多路程在十字內。」（《唐詩歸》卷一三）所言甚是；接下「路盤」六句寫歷經狹窄難行之山路而抵山寺，恰聞寺鐘敲響，方知昨夜山北所聞，原來即此寺之鐘聲。中間「秦女」八句記寺院周圍的古跡、水潭和急流。接下「夜來」八句敘夜宿寺中所領略的美景，從清越悠揚的磬聲、月光映照下更顯靜寂的青山和清朗明晰的水樹，寫到隱入密竹裡的迴廊、藏進深林中的寺殿，以及前溪的燈影與潺潺流水等，無不清幽動人，細密逼真，使人讀了心骨清爽，有如親臨其境。最後「愛此」十二句，說自己喜愛山寺的美景，想辭別塵世，在此隱居學佛，與僧人、釣翁往來，並表示對貴官顯宦的輕視。整首詩與上一首一樣，也以寫景見長。

# 終南雲際精舍尋法澄上人不遇歸高冠東潭石淙望秦嶺微雨作貽友人

【題解】終南，即終南山。雲際精舍，雲際為終南之一山，在陝西鄠（今作「戶」）縣東南，上有大定寺。《長安志》卷一五：「雲際山大定寺，在（鄠）縣東南六十里，隋仁壽元年置，為居賢捧日寺，本朝太平興國三年改。」杜甫〈渼陂行〉：「舩舷暝戛雲際寺。」即此。法澄，生平未詳。上人，和尚別稱。高冠東潭，高冠潭在終南山高冠谷口，谷在陝西戶縣（鄠縣）東南三十里。《長安縣志》卷一三：「（灃水）又北高冠谷水自西南來注之，水出南山，高冠谷內有石潭，名高冠潭。」又，《類編長安志》卷九：「高冠（或作觀）潭……（高冠）谷口瀑布千丈，落深潭，人望之心驚股慄，不敢逼視，謂之煎油潭。」石淙，當為高冠谷內地名。秦嶺，即終南山。詩題，原作〈潭石淙望秦嶺微雨貽友人〉，《文苑英華》作〈終南雲際精舍尋法澄上人〉，此從《河嶽英靈集》、《全唐詩》。本詩作於天寶三載（西元七四四年）登第前隱居高冠時。這是一首贈友詩，主要描述雨中高冠谷的景色和自己的隱居生活。

昨夜雲際宿，旦❶從西峰❷回。不見林中僧，微雨潭上來。諸峰皆青❸翠，秦嶺獨不開。石鼓有時鳴❹，秦王❺安在哉？東南雲開處，突兀獼猴臺❻。崖口懸瀑流，半空白皚皚❼。噴壁四時雨❽，傍郭終日雷。北瞻長安道，日夕多❾塵埃。若訪張仲蔚❿，衡門滿⓫蒿萊⓬。

【注釋】❶旦 《河嶽英靈集》、《又玄集》、《文苑英華》作「適」。❷峰 《河嶽英靈集》作「嶺」。❸青 底本原作「晴」，據《全唐詩》改。❹石鼓有時鳴 石鼓，一種鼓形的大石。舊時迷信說法，石鼓發出聲響，是有戰事的徵兆。《漢書・五行志上》：「成帝鴻嘉三年五月乙亥，天水冀南山大石鳴，……石長丈三尺，廣厚略等，……民俗名曰石鼓。石鼓鳴，有兵。」《水經注・湘水》：「(臨承)縣有石鼓，高六尺，湘水所逕，鼓鳴則土有兵革之事。」據《資治通鑑》記載，開元、天寶之際，唐同吐蕃、奚、契丹等多次發生戰爭，此句或即指其事。❺秦王 唐太宗李世民即位前的封號。按，疑終南山有石鼓，故作者想及邊境戰事，並概嘆秦王已去，未能使四境安定。❻東南二句 《河嶽英靈集》、《又玄集》、《文苑英華》無此兩句。突兀，高聳貌。獼猴臺，疑為終南山峰名。❼崖口二句 《河嶽英靈集》、《又玄集》、《文苑英華》作「水深（《英靈集》作「水濕」，《又玄集》作「濕濕」）斷山口，吼沫相喧豗」。❽雨 《又玄集》作「雪」。❾多 《又玄集》、《文苑英華》、《全唐詩》作「生」。❿張仲蔚 東漢隱士，他與同郡魏景卿隱居不仕，住地蓬蒿沒人，事見趙岐《三輔決錄》、皇甫謐《高士傳》卷中。此以張自喻。⓫滿 《河嶽英靈集》、《又玄集》、《文苑英華》均作「映」。⓬蒿萊 泛指野草。

【語譯】昨天晚上我在雲際精舍住宿，清晨從雲際西峰回到高冠谷。沒有遇見山林中的僧人，只見細雨從高冠潭上過來。群峰都是滿眼青翠，唯獨秦嶺雲霧彌漫。石鼓有的時候發出聲響，安定邊疆的秦王又在何處？東南邊雲霧消散的地方，突現出高高聳立的獼猴臺。高冠崖口高懸著瀑布水，只見半空中一片白皚皚。瀑水噴射四周石壁，猶如四季都下著雨，附近村子從早到晚，都能聽到雷聲不絕。往北瞻望通向長安的道路，日夜有許多飛揚的塵土。如果有人訪問我這個像張仲蔚的隱者，能看到簡陋居室的四周已長滿了野草。

【研　析】這首贈友詩的首四句，向友人敘說自己的行蹤：昨日往雲際精舍尋法澄上人不遇，今日清晨又回到高冠谷，適遇微雨。下面「諸峰」十句寫微雨中望秦嶺所見到的景色：山峰上的雲霧忽聚忽散，變化多端；雲霧散去後突現出的高峻山峰和由半空飛瀉而下的雪白瀑布。這些景物都非常奇特和壯觀，顯示出詩人的寫景之作，已開始形成自己的風格特點。在這十句詩中，「石鼓」二句很有點特別，然而卻表明了作者當時即便在隱居之中，也對邊境的戰事非常關心，則他後來的出塞絕非偶然。接下最後四句，前二句說通往長安的道路塵土飛揚，含有那裡並非自己心所嚮往之地的意思；後二句向友人說明自己的隱居志向與生活，正好緊承上二句之意而言。

## 澧頭送蔣侯

【題　解】澧頭，澧水頭。澧水，又稱豐水，源出陝西寧陝東北秦嶺，北流至西安西北入渭河。侯，對友人的敬稱。此詩疑為登第前隱居長安近郊時所作。詩中主要抒寫作者與鄰人蔣侯的友情。

君住澧水北，我家澧水西。兩郡辨❶喬木❷，五里聞鳴雞❸。飲酒溪雨過，彈棋❹山月低。徒開❺蔣生逕❻，爾去誰相攜？

【注釋】❶辨 《唐百家詩選》作「見」。❷喬木 高大的樹木。❸五里聞鳴雞 陶淵明〈桃花源記〉：「阡陌交通，雞犬相聞。」❹彈棋 古代的一種博戲，兩人對局，其術至宋代已失傳。❺開 《全唐詩》作「聞」。❻蔣生逕 漢蔣詡辭官歸隱，足不出戶，惟於房前開三徑，與故人往來。

【語譯】您居住在灃水的北邊，我居住在灃水的西岸。兩村之間能夠相互看清喬木，相距五里彼此都能聽到雞啼。一起暢飲溪上細雨已飄過，共同玩彈棋直到山中明月將落。我住地徒然開了三條蔣詡的小徑，您離開後有誰與我相伴共遊？

【研析】此詩雖是一首送別詩，卻主要描述作者隱居田園時與鄰人蔣侯建立的友誼以及相過從的歡洽之情，一直到結尾二句，才點出送別之意，所以明鍾惺評道：「送別用一首幽居閑適詩，妙！妙！」（《唐詩歸》卷一三）明邢昉《唐風定》卷三評此詩說：「妙語衝口出，不煩多許，清音滿耳。」此詩確乎出語自然，如話家常，但於自然平淡中蘊含豐富感情，例如前四句，不僅表現了兩家相鄰之近，也寫出了兩人情感之親。明譚元春說：「辨字、聞字妙，有宛如一家意。」（《唐詩歸》卷一三）不無道理。

## 宿蒲關東店憶杜陵別業

【題解】蒲關，即蒲津關。《新唐書・地理志》載，河中府河西縣有蒲津關。始置於戰國魏，在今陝西大荔縣東黃河西岸，為秦、晉間黃河重要渡口。杜陵，又稱樂遊原，在今西安市東南。岑參疑於天寶三載（西元七四四年）年末遊絳州（今山西新絳）、晉州（今山西臨汾），翌年二月歸長安，說見《岑參集校注》附錄〈岑參年譜〉。本詩即自絳、晉歸長安途中所作。詩中主要抒寫作者的思歸之情。

關門鎖歸路❶，一夜夢還家。月落河上曉，遙聞春❷樹鴉。長安二月歸正好，杜陵樹邊純是花。

【注釋】❶路 《全唐詩》作「客」。❷春 明抄本、吳校、《全唐詩》作「秦」。

【語譯】蒲關關門鎖住我歸家的路，一個晚上我都在夢中回家。醒來月亮已落黃河上天色明亮，遠遠聽到烏鴉在春天的樹上啼叫。長安二月份歸去正相宜，這時杜陵的樹林裡盡是花。

【研析】這首雜言短詩只有六句，一、二句說夜晚關門已閉，不能趕路，只好在蒲關東店寄宿，但思家心切，一夜都在夢中歸家。此時詩人的家，已自「少室居止」遷至長安近郊杜陵，詩人思還之家，也就是詩題的「杜陵別業」。三、四句寫夢醒時月落烏啼，天色已曉，又可上路。五、六句想像這時候杜陵別業的景色，其中流露了詩人對杜陵別業的思念和即將抵家的歡悅之情。全詩雖寫得明白如話，卻頗耐人尋味。

# 初授官題高冠草堂

【題　解】高冠草堂，岑參的隱居處，在終南山高冠（亦作「觀」）谷。谷在陝西戶縣（鄠縣）東南三十里。《長安縣志》卷一三：「終南山自鄠縣東南圭峰入（長安）縣西南界，東為高冠谷，高冠谷水出焉。谷口有鐵鎖橋，為長安、鄠縣分界。」天寶三載（西元七四四年），岑參應進士試及第，但並未立即授官，他釋褐右內率府兵曹參軍，當在天寶五載春，說詳〈岑參年譜〉。本詩作於授職後不久。詩中描寫了作者初授官時的心情與感受。

三十始一命❶，宦情都❷欲闌❸。自憐無舊業❹，不敢恥微官。澗水❺

吞樵路，山花醉❻藥欄❼。祇緣五斗米❽，孤負一漁竿❾。

【注　釋】❶一命　周代官秩的最低一級（下士），此指初釋褐授低微之職。右內率府兵曹參軍正九品下。是時岑參三十歲。❷都　《全唐詩》作「多」。❸闌　殘；盡。❹舊業　祖上遺留的產業。❺澗水　指高冠谷水。《長安志》卷一五：「高觀（冠）谷水在（鄠）縣東南三十里，闊三步，深一尺，其底並碎砂石。」❻醉　指山花發紅，猶如人醉後面泛紅暈。❼藥欄　即圍欄。「藥」音義同「箹」（籞）。《漢書・宣帝紀》：「又詔池籞未御幸者假與貧民。」注：「蘇林曰：折竹以繩緜連禁籞，使人不得往來，律名為籞。」李匡乂《資暇集》卷上：「今園亭中藥欄，藥即欄，猶言圍援，非花藥之欄也。」❽五斗米　指微薄的官俸。蕭統〈陶淵明傳〉載，淵明為彭澤令，「會郡遣督郵至，縣吏請曰：『應束帶見之。』淵明嘆曰：『我豈能為五斗米折腰向鄉里小兒！』即日解綬去職，賦〈歸去來〉」。❾漁竿　指隱居生活。

【語　譯】三十歲才釋褐授一個低微之職，我做官的意願都快要沒有了。自傷沒有祖上遺留的產業，我不敢以當一個小官為恥。山澗的水吞沒了打柴人常走的小路，山裡的花在圍欄中就像人醉後面泛紅暈。只因為五斗米的官俸，辜負了我的漁釣生涯。

【研　析】這首詩寫出了詩人當時的矛盾心情：一方面由於官卑職微、不被重用和留戀漁釣生涯而懊悔出仕，另一方面因家無產業，迫於生計，又不得不出來任微官。其中第二聯道出了寒士為生計所迫而屈就微官的無奈，足令有類似遭遇者同嘆。第三聯既描寫了草堂附近的山景之佳，也流露了作者對隱居生活的留戀、嚮往。其中「吞」字、「醉」字，工於錘煉：一個「吞」字，把春末夏初山澗漲溢的情景淋漓盡致地刻劃了出來；而一個「醉」字，則將景物擬人化，使它彷彿具有了生命。末聯緊承第二、三聯（第七句承第二聯，末句承第三聯），起到了總括全篇的作用。

## 高冠谷口招鄭鄠

【題　解】冠，底本作「宮」，據《全唐詩》改。招，《文苑英華》作「贈」。本詩似為初授官離高冠後偶回訪故人鄭鄠之作，年代當稍後於〈初授官題高冠草堂〉。詩中描繪了高冠谷安謐恬靜、充滿生意的春天景色。

谷口來相訪，空齋不見君。澗❶花然❷暮雨，潭❸樹暖春雲。門徑稀人跡，簷峰❹下鹿群。衣裳與枕席，山靄碧❺氛氳❻。

【注釋】❶澗 指高冠谷水。❷然 同「燃」。❸潭 指高冠潭。見〈終南雲際精舍尋法澄上人不遇〉題解。❹簷峰 指如房簷般向外延伸的山峰。❺碧 《文苑英華》作「綠」。❻氛氳 雲氣瀰漫的樣子。

【語譯】我到高冠谷口來相訪，空屋中沒有見到您。只見山澗裡的花在暮雨中燃燒，水潭邊的樹受到春雲的溫暖。您房屋門前的小路人跡稀少，如屋簷般向外延伸的危峰上有鹿群走下。您房屋裡的衣裳以及枕頭臥席，瀰漫著一片青綠色的山間雲氣。

【研析】這首詩首聯寫自己來高冠谷口訪友未遇。次聯寫高冠谷中澗花、潭樹的蓬勃生機，構思別具一格：上句說，澗中山花在暮雨中開放，色更紅豔，猶如火在燃燒；下句說，潭畔樹木為春日山間的雲氣所籠罩，給人「溫暖」的感覺。其中「然字、暖字，工於烹煉」（清沈德潛《唐詩別裁》卷一〇），與〈初授官題高冠草堂〉中的吞字、醉字同。三聯以人跡的稀少和鹿群的出沒，襯托出空齋周圍的一片恬靜。末聯寫空齋裡的衣物，隱藏在一片瀰漫的雲氣之中，表現出了齋中的無人，並隱含思友之意，與首聯相呼應，則此詩非止寫春景，兼表達了作者對友人的情意。

# 田假歸白閣西草堂

【題解】田假，唐代官吏假期名。《唐六典》卷二：「內外官吏則有假寧之節。」注：「五月給田假，九月給授衣假，為兩番，各十五日。」白閣，終南山的一個山峰，在陝西鄠（今改作「戶」）縣東南。本詩為初授官後所作。詩中抒寫作者在假期回到原來的隱居地時的心情。

雷聲傍太白❶，雨在八九峰。東望白閣雲，半入紫閣❷松。勝概❸紛滿目，衡門❹趣彌濃。幸有數畝田，得延二仲蹤❺。早聞達士❻語，偶❼與心相通。誤徇❽一微官，還山愧塵容❾。釣竿不復把，野碓無人舂。惆悵飛鳥盡，南溪❿聞夜鐘。

【注釋】❶太白　山名，在陝西郿（今作「眉」）縣南。❷紫閣　終南山山峰之一。《大清一統志》卷二二七：「峰在（鄠）縣東南三十里，迤東有白閣、黃閣峰，三峰相距不甚遠。」❸勝概　佳妙的景象。❹衡門　這裡指白閣西草堂。❺得延二仲蹤　謂得以和二仲往來，即得以隱居之意。延，延接。二仲，求仲、羊仲，漢蔣詡隱居後，惟於房前開三徑，與故人二仲往來。❻達士　達觀一切、不為世俗的名利所囿的人。嵇康〈與山巨源絕交書〉：「柳下惠、東方朔，達人也，安乎卑位。」❼偶　適；恰。❽徇　謀求。❾塵容　俗容；俗態。❿南

溪　泛指白閣西草堂南邊的溪澗。

【語　譯】雷聲沿著太白山響起，雨下在八九座山峰上。我向東瞭望白閣峰頂的雲，有一半飄進紫閣峰上的松林。眼見佳妙的景象紛然滿目，我在簡陋的草堂上興趣更濃。幸虧我在山裡有幾畝田地，得以和二仲一般的隱者往來。我早就聽到達觀之士的話語，它恰好與我的心思相通。如今我錯誤地謀求了一個低微的官職，回到山裡不禁為自己的俗態感到羞愧。釣魚的竹竿我已不再拿，野外的碓子也無人舂米。天色已黑飛鳥也沒有了令我惆悵，聽到南邊的溪澗傳來寺院夜晚的鐘聲。

【研　析】這首詩首四句寫在山中草堂遇雨見到的景色，其中前二句寫雷聲起處，雨下在太白山的八九個山峰上。王維〈送梓州李使君〉：「山中一半雨，樹杪百重泉。」岑參此詩和王詩一樣，都繪出了群山廣大、晴雨相半的奇特景象；後二句描寫雨天山間白雲飄忽變幻的奇觀，也非常出色。這四句詩起筆突兀，極富氣勢。清賀貽孫《詩筏》說：「詩家化境，如風雨馳驟，鬼神出沒，滿眼空幻，滿耳飄忽，突然而來，倏然而去，不得以字句銓，不可以跡相求。如岑參〈歸白閣草堂〉起句云：『雷聲傍太白，雨在八九峰。東望白閣雲，半入紫閣松。』」所言可供參考。中間「勝概」六句寫自己回草堂後見到佳景的愉快心情，並回憶從前在此隱居，得以和隱者、高士往來的愜意。後六句抒寫自己未能堅持隱居而出山當一個微官的懊悔之情（可與〈初授官題高冠草堂〉相參），結尾二句用寫景來烘托自己內心的惆悵，也較佳。

# 胡笳歌送顏真卿使赴河隴

**【題解】** 胡笳，古代北方少數民族的管樂器，木製，有孔，兩端彎曲，漢時即流行於塞北和西域一帶。顏真卿（西元七〇九—七八四年），字清臣，京兆長安（今陝西西安）人。開元二十二年（西元七三四年）登進士第，天寶元年（西元七四二年）中文詞秀逸科。官至太子太師，封魯郡公，世稱顏魯公。兩《唐書》有傳。河隴，河西、隴右。唐殷亮〈顏魯公行狀〉：「（天寶）七載，又充河西隴右軍試覆屯交兵使。」河西，即河西節度，景雲元年（西元七一〇年）始置，治所在涼州（今甘肅武威）；隴右，即隴右節度，開元元年（西元七一三年）始置，治所在鄯州（今青海樂都）。底本題中無「使」字，此從宋本、明抄本、《全唐詩》。本詩天寶七載（西元七四八年）作，時顏真卿出使河隴，岑參在長安作此詩贈別。詩中主要抒發惜別之情。

君不聞胡笳聲最悲，紫髯❶綠❷眼胡人吹。吹之一曲猶未了，愁殺樓蘭❸征戍兒。涼秋八月蕭關❹道，北風吹斷天山❺草。崑崙山❻南月欲斜❼，胡人向月吹胡笳。胡笳怨兮將送君，秦山遙望隴山雲❽。邊城夜夜多愁夢，向月❾胡笳誰喜聞！

【注釋】❶髯　頰毛。❷綠　《全唐詩》注：「一作碧。」❸樓蘭　漢時西域國名，故地在今新疆若羌一帶。此借指唐西域之地。❹蕭關　古關名，故址在今寧夏固原東南，為自關中至塞北的交通要道。❺天山　橫貫新疆中部的山脈。❻崑崙山　《元和郡縣志》卷四〇〈肅州・酒泉縣〉：「崑崙山，在縣西南八十里。」❼月欲斜　月亮升到中天，將要下落，指夜深。❽秦山遙望隴山雲　此言分別後，作者從秦山遙望隴山，無限思念故人。秦山，即終南山，又名秦嶺。隴山，或稱隴坂，在今陝西隴縣，西北綿延至甘肅清水，為赴河、隴必經之地。❾月　此字下底本、宋本、明抄本、吳校均注：「一作夜。」

【語譯】君不知胡笳的聲音最悲涼，紫髯綠眼的胡族人吹奏它。吹奏了一曲還沒有完畢，愁壞了樓蘭的戍邊少年。寒秋八月在蕭關的路上，北風刮斷了天山的白草。崑崙山的南邊月亮就要下落，胡族人正朝著月亮吹奏胡笳。胡笳聲音悲怨呀就要送君遠行，君走後我將從秦山遙望那隴山之雲。君在邊城每夜多有令人憂愁的夢，朝著月亮吹奏的胡笳有誰喜歡聽！

【研析】這是一首送別詩，首二句先寫胡笳聲悲涼動人，「吹之」二句接寫笳聲悲淒，觸發了邊地戍卒的愁怨之思，「涼秋」二句說送別時正值寒秋，北風淒厲、猛烈，「崑崙」二句寫邊地寒秋月夜的笳聲，堪稱悲上加悲。接下「胡笳」二句寫送別和別後對友人的思念，其中「胡笳」句由笳聲之悲轉而寫送別之怨，把送別與笳聲之悲聯繫起來；「秦山」句寫別後自己將無限思念故人。末二句想像故人到邊城後，將因思歸而多愁夢，怎能喜歡聽那月夜悲涼的胡笳聲！

在岑參今存的詩中，此詩是最早的邊塞題材之作。詩的主旨是惜別，貫穿全詩始終的意象，是胡笳聲的悲涼。詩中結合邊地淒涼肅殺的節候風物和戍卒的愁怨，來渲染邊地的笳聲之悲，並表達對友人的關切；惜別的主旨，也主要依仗笳聲之悲來表現。故清沈德潛說：「只言笳聲之悲，見河隴之不堪使，而惜別在言外矣。」（《唐詩別裁》卷五）又，本詩所用地名，皆相距甚遠，如蕭關、天山，且非故友赴河隴需經行之地，作者不過借它們來描寫西北邊地的風物節候，不可拘泥。

# 初過隴山途中呈宇文判官

【題解】隴山，在今陝西隴縣至甘肅清水一帶。宇文判官，據本篇及〈武威春暮聞宇文判官西使還已到晉昌〉、〈寄宇文判官〉，知宇文氏時為安西四鎮節度使高仙芝屬下判官。判官，節度使僚佐。天寶八載（西元七四九年）岑參赴安西（參見〈岑參年譜〉），本詩即作於赴安西途中。詩中抒發了詩人為國從軍、不畏艱苦的豪邁精神。

一驛過一驛，驛騎如星流。平明發咸陽❶，暮到❷隴山頭。隴水不
可聽，嗚咽令人愁❸。沙塵撲馬汗，霧露凝貂裘。西來誰家子❹？自道
新封侯❺。前月發安西❻，路上無停留。都護❼猶未到，來時在西州❽。
十日過沙磧❾，終朝風不休。馬走碎石中，四蹄皆血流。萬里奉王事，
一身無所求。也知塞垣❿苦，豈為妻子謀！山口月欲出，光⓫照關⓬城樓。

溪流與松風，靜夜相颼飀⑬。別家賴歸夢⑭，山塞⑮多離憂。與子且攜手，不愁⑯前路修。

【注　釋】❶咸陽　秦朝都城，在今陝西咸陽市東北，此處借指唐都長安。❷到　《全唐詩》作「及」。❸隴水二句　北朝樂府〈隴頭歌辭〉：「隴頭流水，鳴聲嗚咽，遙望秦川，肝腸斷絕。」這兩句即用其意。隴水，《元和郡縣志》卷三九：「隴山有水，東西分流。」❹誰家子　指宇文判官。❺侯　爵位名。漢時用以封功臣貴戚，唐代封爵有縣侯。此處泛指獲得官爵。大約宇文氏時新任判官。❻安西　指安西節度使治所龜茲鎮，在今新疆庫車。❼都護　官名。此指安西節度使高仙芝。唐高宗時於龜茲置安西都護府，府設都護一人，總領府事。又唐玄宗時，更置安西節度使，治所在安西都護府，節度使例兼安西都護，故稱安西節度使為都護。據《舊唐書‧高仙芝傳》，仙芝於天寶八載（西元七四九年）曾入朝。❽西州　唐州名，天寶元年更名交河郡，轄今新疆吐魯番盆地一帶。治所在今吐魯番東南哈剌和卓城。❾沙磧　指沙漠、戈壁。按，出玉門關至伊州（今新疆哈密）、西州，出陽關西北行至鄯善、西州，均有沙磧。《通典》卷一九二：「（焉耆）東去交河城（西州）九百里，西至龜茲九百里，皆沙磧。」❿塞垣　沿邊塞所築用以防禦的牆垣，此泛指邊塞。⓫光　《全唐詩》作「先」。⓬關　隴山下有隴關，又名大震關。在今甘肅清水縣東隴山東坡。⓭颼飀　風聲。⓮別家賴歸夢　謂離家後只能依靠夢中歸家獲得慰藉。家，《全唐詩》注：「一作來。」⓯塞　底本注：「一作色。」⓰愁　底本作「肯」，據明抄本、《全唐詩》改。

【語　譯】經過一個驛站又一個驛站，驛站的馬快如流星飛逝。我天剛亮從長安出發，傍晚就到達隴山山頭。隴山的流水不可聽，其聲嗚咽令人發愁。沙子塵土撲向奔馳中出大汗的馬，霧氣露水凝聚於騎馬者的貂皮衣裘。從西邊來的是誰家的子弟？他自己說新近剛當了判官。前一個月由安西出發，一路上沒有什麼停留。安西都護還沒有到達這裡，判官來時他停留在西州。判官連著十天通過沙漠戈壁，那裡整天刮風沒有一時停息。馬在碎石中奔走不止，四個蹄子都有血滲流。到萬里之外執行國家的公務，個人沒有什麼圖謀與要求。也知道邊塞生活非常艱苦，難道是為妻子兒女們打算！隴山山口月亮已經升起，月光照射著隴關上的城樓。溪裡的流水和松林裡的風，在寂靜的夜晚一起發出聲響。離家後只能依靠在夢中歸家，山上的關塞充滿離別的憂傷。我與判官您暫且攜手歡聚，不再發愁前面的道路漫長。

【研析】這是岑參西行安西途中寫的第一首詩，當時詩人抵達隴山，遇到了來自安西的宇文判官。詩的首四句說，自己自長安一路疾行赴安西，話語中勾勒出了詩人策馬奔馳的英姿；「隴水」二句寫自己抵達隴山的感受：出了隴關就將進入唐代的隴右邊遠地區，難免產生思家之愁；「沙塵」四句生動地描寫了宇文判官自安西長途跋涉而來的辛勞，和他與自己的相遇；「前月」四句交代宇文判官自安西前來的原因——隨安西都護高仙芝入朝而為之先行，這幾句詩語言口語化，明鍾惺評道：「如口道。」（《唐詩歸》卷一三）甚是；「十日」四句描寫宇文判官東行途中經歷沙磧的艱難行程，讀者由此可以想見，詩人赴安西之途程的艱苦；「萬里」四句，抒發為國從軍、不謀私利、不畏艱苦的豪邁精神，這四句詩乃兼宇文判官與詩人自己而言，它反映了盛唐士人的精神風貌，不宜等閒讀過；「山口」四句，寫隴關月夜的景色；最後四句承上面四句，寫月夜思家，和自己從與宇文判官的歡聚中獲得的慰藉。全詩堪稱一篇意氣昂揚的佳作。

## 西過渭州見渭水思秦川

【題解】渭州，唐州名，治所在襄武（今甘肅隴西西南），渭水流經這裡。秦川，猶關中，指今陝西中部地區。此詩為離京西行途中所作，表現了詩人思念長安的深摯感情。

渭水東流去，何時到雍州❶？憑❷添兩行淚，寄向故園流。

【注釋】❶雍州　唐初置雍州，治所在長安。開元元年（西元七一三年）改為京兆府。❷憑　煩；請。

【語譯】渭水向東流去，什麼時候抵達長安？請往河裡添上兩行熱淚，託它帶著淚水流向故園。

【研析】天寶八載（西元七四九年）詩人赴安西，西過渭州，離家已越來越遠，這時他看見東流的渭水，想到唯有它通向京師，便向它揮灑兩行熱淚，想讓淚水隨渭水流向故園。詩人見景生情，即景抒情，思家之切，構思之妙，於此可以想見。杜甫作於成都的懷念荊州司馬崔漪的〈所思〉詩說：「可憐懷抱向人盡，欲問平安無使來。故憑錦水將雙淚，好過瞿塘灩澦堆。」苦憶友人而無信使可通，故請錦江水將思友之淚帶過瞿唐峽（錦江流入岷江，岷江流入長江），直達在荊州的友人，構思與本詩接近。杜、岑是好友，杜此詩的寫作時間又晚於本詩，或許杜此詩之作，曾經受到本詩的啟發。

## 過酒泉憶杜陵別業

【題　解】杜陵別業，岑參在長安杜陵的別業。杜陵，在今西安市東南。本詩作於赴安西途中。詩中抒寫了詩人的思家之情。

昨夜宿祁連❶，今朝過酒泉❷。黃沙西際❸海❹，白草❺北連天。愁裡難消日❻，歸期尚隔年。陽關❼萬里夢，知處❽杜陵田。

【注　釋】❶祁連　即祁連戍。《元和郡縣志》卷四〇〈肅州・福祿縣〉：「祁連戍，在縣東南一百二十里。」❷酒泉　唐郡名，即肅州，治所在今甘肅酒泉。❸際　接。❹海　指瀚海。大沙漠。❺白草　西域所產牧草。《漢書・西域傳》顏師古注：「白草，似莠而細，無芒，其乾熟時正白色，牛馬所嗜也。」❻消日　消磨時日。❼陽關　古關名，在今甘肅敦煌市西南，和玉門關同是我國古時通往西域的要隘。❽處　居於。

【語　譯】昨天晚上我寄宿於祁連戍，今天早晨經過了酒泉郡。黃色的沙漠西面和瀚海相接，白色的牧草北邊與天際相連。愁悶之中我難於消磨時日，歸家的日期還須相隔一年。在萬里之外的陽關做的夢裡，知道我當居於杜陵的田園。

【研　析】這首詩作於詩人赴安西途經酒泉的時候，首聯直入主題，敘述詩題所說的「過酒泉」；

次聯寫詩人西行途中已見到和即將見到的景象——浩瀚無邊的沙漠與廣遠無際的白草，置身於這樣的環境裡，難免引發詩人的思家之愁，所以三聯即接寫詩人的思家與不得歸家之愁。末聯承上不得歸家之意，說自己遠在萬里之外，只能在夢中回到杜陵故園，這樣，全詩就在點明詩題之「憶杜陵別業」的時候結束。

## 逢入京使

【題解】本詩為天寶八載離京西行途中所作。詩歌真切而自然地抒寫了詩人思念故鄉及家人的深沉感情。

故園東望路漫漫，雙袖龍鍾❶淚不乾。馬上相逢無紙筆，憑君傳語報平安。

【注釋】❶龍鍾　沾濡濕潤貌。明方以智《通雅》謂，「龍鍾」轉為「瀧涷」，《廣韻・一東》：「涷，瀧涷，沾漬。」

【語譯】往東遙望故園路途既遠且長，兩袖拭淚已經沾濕淚卻不乾。騎在馬上與君相逢沒有紙筆，煩君給我家裡捎話報個平安。

【研　析】這首詩表達了詩人離京後對長安故園和親人的思念，情真意切。前二句通過回身遙望故園和馬上揮淚的動作，表現了濃烈的思家之情；後二句不說自己思念家人，而寫家人掛念自己，為使他們釋念，自己雖與入京的使者馬上相逢，行色匆匆，仍不忘請他「傳語報平安」。對家人來說，遠行者的平安一事，至關緊要，而通過「報平安」，詩人自己也可從中得到莫大安慰。漫漫客行途中乍遇入京使的喜悅與轉眼別離的匆遽，思念家人的迫切心情，都於此十四字中流露出來，非親歷其境者不能道。明鍾惺評此詩云：「只是真。」（《唐詩歸》卷一三）清沈德潛評云：「人人胸臆中語，卻成絕唱。」（《唐詩別裁》卷一九）皆甚是。

## 歲暮磧外寄元撝

【題　解】磧外，猶言沙漠中。元撝，李林甫之婿，曾任水陸轉運使判官、監察御史、京兆府戶曹參軍，天寶十一載（西元七五二年）李林甫死後遭貶，位終太常博士。事見《舊唐書·韋堅傳》、兩《唐書·李林甫傳》、《新唐書·宰相世系表》、《元和姓纂》卷四。本詩作於天寶八載（西元七四九年）赴安西途中。詩中抒寫作者西出陽關後的所見與所感。

西風傳戍鼓，南望見前軍。沙磧人愁月，山城犬吠雲❶。別家逢逼歲❷，出塞獨離群。髮到陽關白，書今❸遠報君。

【注釋】❶山城犬吠雲 寫邊地風物，言邊塞地勢很高，狗見雲動而吠叫。❷逼歲 臨近歲除（除夕）。❸今 明抄本、吳校作「令」。

【語譯】西風傳來營壘裡的擊鼓聲，向南瞭望我見到了先頭部隊。沙漠中人常常對月生愁，山城裡犬見雲飛就狂吠。別家後我正遇上臨近歲除，到塞外獨自離開了眾多友人。我的頭髮到了陽關就變白，書信現今自遠方告知君。

【研析】這是一首寄給友人的詩，首聯寫詩人西出陽關後見到了戍守的營壘和部隊。次聯寫塞外風物與自己的感受，其中「沙磧」句是指沙漠廣遠而渺無人煙，置身其中，極易引發思家之愁；「山城」句是說山城地勢很高，雲彩有時就在眼前飛，故犬見之而吠，寫出了一種奇特的景象。三聯上句說西行途中正遇上臨近歲除，倍加思念家人；下句則抒發思念友人之情。末聯交代寄友之意，所謂「髮到陽關白」，一蓋指關外極荒涼，自己的思家之愁愈甚，二則謂「西出陽關無故人」，因而思友之情更濃烈。整首詩蘊含的內容和感情是很豐富的。

## 經火山

【題解】火山，又稱火焰山，自新疆吐魯番向東斷續延伸至鄯善以南，山為紅砂岩所構成，加上其地氣候乾熱，故名。本詩作於赴安西途中。詩中刻劃了火山的奇異風光。

火山今始見，突兀蒲昌❶東。赤焰燒虜❷雲，炎氛蒸塞空。不知陰陽炭❸，何獨燃此中？我來嚴冬時，山下多炎風，人馬盡汗流，孰知造化功❹？

【注　釋】❶蒲昌　縣名，在今新疆鄯善，唐時屬西州交河郡。❷虜　此指西北邊地。❸陰陽炭　語出賈誼〈鵩鳥賦〉：「且夫天地為爐兮，造化為工（冶匠）；陰陽為炭兮，萬物為銅。」賦以冶鑄為喻，說明萬物之生成變化。❹造化功　大自然的功能。

【語　譯】久已聞知的火山今天才見到，它高高聳立在西州蒲昌縣東。赤色的火燃燒著邊地的雲，炎熱的氣蒸騰著塞上的天空。不知陰陽二氣組成的炭，為何只在這火山裡燃燒？我來這裡正值嚴冬時節，火山下卻到處是熱風，人和馬全都汗流浹背，有誰能知道造化的功能？

【研　析】親臨其地而描寫火山的詩，在中國詩歌史上本詩應是第一首。岑參的這類創作，使邊塞詩反映的地域，由長城內外擴展到了天山南北。首句著一「始」字，是說火山久已聞知，今方見到。話中帶著終於見到的喜悅。下面「赤焰」四句，接連用「赤焰燒」、「炎氛蒸」、「炭」、「燃」等字似乎重複，但這樣用，卻能更好地表現火山的奇熱。最後四句寫嚴冬時節到山下的感覺——仍「多炎風」、「人馬盡汗流」，更把火山的奇熱寫盡無遺。末句融驚訝、讚美、喟嘆於反問句中作結，進一步突出了大自然的神奇。

# 銀山磧西館

【題解】銀山磧，又稱「銀山」，在今新疆托克遜縣治西南，地處自西州通往焉耆、安西的唯一要道上。據《新唐書・地理志》：由西州交河郡西南行，「百二十里至天山（縣），西南入谷，經礌石磧，二百二十里至銀山磧」。館，驛館。銀山磧西有呂光館，見《新唐書・地理志》。本詩為天寶八載赴安西途中作。詩中寫邊地風物與作者的感受。

銀山峽❶口風似箭，鐵門關❷西月如練。雙雙愁淚沾馬毛，颯颯胡沙迸人面。丈夫三十❸未富貴，安能終日守筆硯❹！

【注釋】❶峽　《全唐詩》作「磧」。❷鐵門關　《新唐書・地理志》：「自焉耆西五十里，過鐵門關。」關在今新疆庫爾勒。❸三十　約舉成數，岑參時年已三十三歲。❹守筆硯　《後漢書・班超傳》：超「家貧，常為官傭書以供養。久勞苦，嘗輟業投筆嘆曰：『大丈夫無他志略，猶當效傅介子、張騫（李賢注：「傅介子，北地人，元帝時使西域，刺殺樓蘭王，封義陽侯。張騫，漢中人，武帝時鑿空開西域，封博望侯。」）立功異域，以取封侯，安能久事筆研（李賢注：「研音硯。」）間乎！』」後從軍，以功封定遠侯。

【語譯】銀山峽口疾風就像飛箭，鐵門關西月色猶如白絹。兩行憂愁的淚水沾濕了馬毛，沙沙響的胡地風沙濺射人臉。男子漢三十未獲得功名富貴，怎麼能整天同筆和硯打交道！

【研　析】這首詩的前四句寫作者對西域風物的切身體驗，其中首句以箭喻銀山峽口之風，既狀其疾，又謂其寒（寒風如箭一般穿透人的肌骨），極為貼切；第四句寫疾風夾帶著塵沙迸射人臉，這也是塞外沙漠特有的景象，這些詩人從未見過的風物，足能引發人們思家的愁緒。詩的最後兩句點出自己出塞的目的和欲立功於邊陲的志向，激昂豪壯，意在激勵自己，排遣愁緒。

## 題鐵門關樓

【題　解】鐵門關，在今新疆庫爾勒北。本詩作於赴安西途中。詩歌描寫詩人路過鐵門關所見到的景象。

鐵關❶天西涯，極目少行客。關門一小吏，終日對石壁。橋❷跨千
仞❸危，路盤兩崖❹窄。試登西樓望，一望頭欲❺白。

【注　釋】❶關　底本作「門」，此從《全唐詩》。❷橋　指峭壁間的旱橋。❸仞　古以周尺七尺（或八尺）為一仞。❹兩崖　指對峙的山崖。❺欲　已；已經。

【語　譯】鐵門關在天的西端邊界，縱目遠望極少過路旅客。關門只有一個守關小吏，整天面對著

陡立的巖壁。早橋跨越千仞峭壁非常危險，小路盤曲於山崖間極其狹窄。試著登上鐵門關西樓瞭望，一望我的頭髮已馬上變白。

【研　析】這首題寫在鐵門關樓上的詩，「鐵關」二句寫鐵門關的荒遠，「關門」二句說關甚小而險要；「橋跨」二句以工整的對仗，寫出了鐵門關的險峻：這裡峭壁千仞，道路險窄，這是實寫；末二句轉為虛寫，這二句寫登樓瞭望，卻不直接寫瞭望後所看到的景物，而通過描寫自己的心理感受，來喚起讀者的聯想，讀者讀後能夠想像到，詩人看到了西去道路的艱難，還看到了關外景象的極度荒涼。全詩就是通過這樣虛實結合的描寫，來表現作者所看到的鐵門關。

## 宿鐵關西館

【題　解】鐵關，鐵門關，在今新疆庫爾勒北。本詩作於赴安西途中。詩中表現詩人旅途的生活和思念故鄉的感情。

馬汗踏成泥，朝馳幾萬蹄❶。雪中行地角，火處宿天倪❷。塞迥❸心常怯，鄉遙夢亦迷❹。那知故園月，也到鐵關西❺。

【注　釋】❶馬汗二句　意謂從清晨起，馬已奔馳了好長路程，馬汗把地淌濕，馬蹄又將濕地踏成泥。❷火處

宿天倪　謂夜裡寄宿在天邊有燈火的地方，即指鐵關西館。倪，端；邊際。❸迥　遠。❹鄉遙夢亦迷　謂故鄉遙遠，夢中歸去也會迷路。意本《楚辭・九章・抽思》：「惟郢路之遼遠兮，魂一夕而九逝。曾不知路之曲直兮，南指月與列星。願徑逝而未得兮，魂識路之營營。」❺那知二句　形容月似有情，伴隨詩人。

【語　譯】馬蹄把馬淌在地上的汗踏成泥，一早晨馬已快跑了好幾萬步。風雪中我走向大地的盡頭，借宿在天邊燈火閃爍之處。邊塞遙遠心裡常常感到害怕，故鄉不近夢中歸去也會迷路。哪裡知道故園的明月，也隨我到了鐵門關西。

【研　析】此首為作者過鐵門關至關西驛館留宿之作。前四句寫鞍馬征行的苦辛，其中「馬汗」二句寫清晨趕路甚急，馬汗把地淌濕，馬蹄又將濕地踏成泥，可謂善用誇張手法，能於實中求奇。「塞迥」二句寫寄宿在遙遠的邊地驛館的心緒和思鄉之情，元方回《瀛奎律髓》卷三〇說：「五、六勝三、四，以有議論而自然。」不僅如此，這兩句的含蘊也很豐富，如第五句的話語中，就含有獨自遠行的孤單之感。末二句寫故園之月有情，追隨詩人，寓見月思故園意，而不說破，耐人尋繹。陸游《老學庵筆記》卷三說：「岑參在西安（當作安西）幕府，詩云：『那知故園月，也到鐵關西。』韋應物作郡時亦有詩云：『寧知故園月，今夕在西樓。』語意悉同，而豪邁閑澹之趣，居然自異。」可參看。

## 磧中作

【題解】磧，沙磧；沙漠。本詩作於赴安西途中。詩中描寫作者行進在沙漠中的感受。

走馬西來欲到天，辭家見月兩回圓❶。今夜不知何處宿，平沙萬里絕人煙。

【注釋】❶走馬二句　謂西行已遠，離家已久。

【語譯】驅馬疾行往西邊來就要到達天邊，離別家園後看見月亮已兩次變圓。今夜我不知應在何處投宿，廣遠萬里的沙原全無人煙。

【研　析】此詩的首句謂己西行已遠，「欲到天」，極言之也；第二句言己離家已久，不記時日，舉頭見月，已再次變圓，方知辭家已兩月矣，語中隱含見月思家之意；第三句寫今夜投宿無所；末句方點出是時己正處在「絕人煙」之「磧中」。「絕人煙」自然無處投宿，無處投宿也正見出「磧中」無人，此二句景真情實，寫出了絕域之荒涼與己之思緒——投宿無所的無奈和茫然，以及由此引發的難以抑止的思鄉之情，與第二句的見月思家正相呼應。

# 過磧

【題解】此詩底本不載，今據《文苑英華》、《全唐詩》補。過，《文苑英華》作「度」。本詩為天寶八載（西元七四九年）初至安西（今新疆庫車）時所作。詩中描寫沙漠的茫無邊際和作者越過沙漠抵達安西的感受。

黃沙磧裡客行迷，四望雲天直下低。為言地盡天還盡，行到安西更向西！

【語譯】黃色沙漠裡旅客行走往往迷失道路，我眺望四方雲天向下低垂與沙漠相連。和人說這裡地到了盡頭天也到了盡頭，走到安西才知天地的盡頭還得再向西！

【研析】這首詩前二句寫沙漠茫無邊際：首句以客行其中辨不清方向來表現沙漠的茫無邊際，二句則用四望沙漠與天相連來表現同樣的內容（但不說沙漠與天相連，而說雲天向下低垂與沙漠相連），這兩句的描寫，都富有真實感。作者長途跋涉，歷盡艱辛，過了兩月仍未到安西，自然會感到安西極遠，就在天地的盡頭，故有「為言地盡天還盡」之句；末句則說過了沙漠到達安西，才知道這裡並不是天地的盡頭，這是作者終於到達安西鬆了一口氣後才有的感受，這兩句寫作者赴安西途中的心理變化，也很真實。

## 早發焉耆懷終南別業

【題　解】焉者，唐安西四鎮之一，屬安西節度使轄領，故地在今新疆焉耆西南。終南別業，即高冠草堂，在終南山高冠谷。本詩天寶九載秋作於安西。詩歌寫軍中生活和作者的思鄉之情。

曉笛引鄉淚，秋冰鳴馬蹄。一身虜雲❶外，萬里胡天西。終日見征戰，連年聞鼓鼙❷。故山在何處，昨日夢清溪。

【注　釋】❶虜雲　猶胡雲。❷聞鼓鼙　指有戰事。鼙，古代軍中用的一種鼓。

【語　譯】清晨的羌笛聲引發我思鄉的愁淚，秋日的薄冰在馬蹄下發出清脆響聲。我孤身一人居於異族的天空下，身在萬里外的胡人住地之西。整天見到的是出征作戰，連年聽到的是軍隊鼓鼙聲。我過去住的山林在什麼地方，昨日夢見了那裡的清清溪流。

【研　析】此詩首二句寫「早發焉者」，首句說天亮出發時聽到哀怨的羌笛聲引發了思鄉之淚，二句寫雖然如此，自己還是騎馬踏著作響的秋冰前進，表現出了公務的繁忙與邊地的早寒；「一身」二句敘述自己獨處絕域的孤單；「終日」二句說邊地成年累月征戰不斷，流露了作者和士卒們的厭戰情緒，以及他們希望邊地安定、和平的願望，值得人們注意；末二句以點出「懷終南別業」

作結，並與首句相呼應。

## 憶長安曲二章寄龐漼

【題　解】憶長安，曲名。章，指樂章。龐漼，生平未詳。本詩疑天寶十載東歸前作於安西。詩中抒發作者思念長安的感情。

東望望長安，正值日初出；長安不可見，喜見長安日❶。

長安何處在？祇在馬蹄下。明日歸長安，為君急走馬。

【注　釋】❶長安四句　寫思念長安。《初學記》卷一引劉劭〈幼童傳〉曰：「晉明帝諱昭，元帝太子也。初，元帝為江東都督鎮揚州時，中原喪亂，有人從長安來，元帝問洛下消息，潸然流涕。（明）帝年數歲，問泣故，具以東渡意告之。因問（明）帝曰：『汝意謂長安何如日遠？』答曰：『不聞人從日邊來，祇聞人從長安來。』居然可知，元帝念之。明日集群臣宴會，設以此問，明帝又以為日近。元帝動容，問何以異昨日之言，答曰：『舉頭不見長安，祇見日，是以知近。』帝大悅。」

【語　譯】向東遙望我只望長安，正好遇上太陽剛剛出山；長安城我沒法兒望見，高興地見到了長安的太陽。

長安城在什麼地方？只在我們的馬蹄下。明天我們就要回長安，我為君驅馬疾行走在前。

【研　析】這首詩的首章寫思念長安故園，卻寫來頗為豁達開朗，一無同類詩中慣見的愁緒。第二章寫行將歸京的興奮之情，可謂溢於言表，躍然紙上，由此也可見詩人的故園之思是多麼深切。全詩寫得極其通俗自然，彷彿是未經思索脫口而出的，然而卻具有語淺情深、綽有餘味之長。

## 武威春暮聞宇文判官西使還已到晉昌

【題　解】武威，即涼州，天寶元年改為武威郡，治所在今甘肅武威。宇文判官，安西節度使高仙芝屬下判官。按，宇文判官天寶八載曾隨高仙芝入朝；天寶十載正月高仙芝再次入朝，宇文氏大約又隨往，故得受命，出使安西。晉昌，即瓜州，天寶元年改為晉昌郡，治所在今甘肅安西縣東南。天寶十載（西元七五一年）春，岑參由安西至武威（說見《岑參集校注》附錄〈岑參年譜〉），本詩即十載春暮在武威作。詩中描寫武威春景，並抒發個人失志和思鄉的哀愁。

片雲❶過城頭，黃鸝上戍樓❷。塞花飄客淚，邊柳❸挂❹鄉愁。白髮悲明鏡，青春❺換敝裘❻。君從❼萬里使❽，聞已到瓜州。

【注　釋】❶片雲　宋本、《文苑英華》、明抄本作「片雨」，《全唐詩》作「岸雨」。❷戍樓　士卒駐守的城樓。

❸柳　底本作「樹」，此從《文苑英華》、《全唐詩》。❹挂　《文苑英華》作「送」。❺青春　春季。❻敝裘　破舊的皮衣。暗用蘇秦說秦王不成之事。蘇秦西入秦，以連橫說秦惠王，「書十上而說不行。黑貂之裘敝，黃金百斤盡」。見《戰國策・秦策一》。❼從　猶「向」。❽使　底本注：「一作成。」當誤。

【語譯】一大片黑雲飄過城頭，黃鸝躲進軍隊駐守的城樓。看塞花點點猶如旅人的眼淚飄灑，邊柳條條好似思鄉的愁緒垂掛。白髮出現我對著明鏡感到悲傷，春季已到自己換去了破舊的衣裘。判官您前往萬里遠的地方出使，聽說完成使命後已回到瓜州。

【研析】這首詩把描寫武威春景同抒發個人失志與思鄉的哀愁很好地結合了起來。首聯寫春暮雨將要來時的景象，次聯觸景生情，景情融為一體。清紀昀《瀛奎律髓刊誤》卷三〇評此詩云：「起四句灑然而來，語極新脆。」其中一二「工於發端」（明邢昉《唐風定》卷一三），「三四與『孤燈然客夢，寒杵搗鄉愁』（岑參〈宿關西客舍寄東山嚴許二山人時天寶初七月初三日在內學見有高道舉徵〉）同調」（元方回《瀛奎律髓》卷三〇）。「塞花」一聯之「飄」與「挂」，兼花、淚與柳、愁而言，「孤燈」一聯之「然」與「搗」，亦兼燈、夢與杵、愁而言（客舍中的孤燈，燃起了旅人的思歸之夢；那寒杵搗的似乎不是衣裳，而是旅人思鄉的愁緒），兩聯皆工於烹煉，語求奇警，其中之「飄」、「挂」、「然」、「搗」四字，即古人之所謂「詩眼」。接下「白髮」二句見出邊地之寒（春暮方換敝裘），也見出作者的失志（敝裘暗用蘇秦說秦王，書十上而說不行事），這兩句情調有些淒涼。末聯寫「聞宇文判官西使還已到晉昌」，以照應詩題。

## 河西春暮憶秦中

【題解】河西，指河西節度使治所涼州（今甘肅武威）。秦中，猶關中，今陝西中部地區。本詩作年同上篇。詩中抒發了作者滯留武威、思念家鄉的心情。

渭北❶春已老，河西人未歸。邊城細草出，客館梨花飛。別後鄉夢數❷，昨來❸家信稀。涼州三月半，猶未脫寒衣。

【注釋】❶渭北　指今陝西渭河以北地區。即秦中之地。❷數　頻。❸昨來　近來。

【語譯】渭北地區的春天已遲暮年老，我這個在河西的人仍未歸去。武威這座邊城的細草長出，旅館旁的梨花正隨風飄蕩。離家後歸鄉的夢頻繁，近來家中的信則稀少。涼州這裡已到了三月半，還未能脫去禦寒的衣服。

【研　析】這首詩的首聯即直入題旨，寫自己滯留河西而思念秦中。次聯寫河西春暮的景色。三聯接寫思念秦中，「鄉夢數」，見出詩人思鄉之深切；「家信稀」，見出作者對在秦中的家人的想念和擔心。末聯說河西春暮天仍很寒冷，正可與首句「渭北春已老」相呼應、相對照，河西與渭北的冷暖之異，加深了詩人對秦中的思念。全詩出語清新自然，看似平淡，卻頗有回味的餘地。

# 武威送劉單判官赴安西行營便呈高開府

【題解】劉單，天寶二年登第（見《登科記考》卷九）。天寶六載九月，高仙芝討小勃律還，嘗令劉單草告捷書（《舊唐書・高仙芝傳》）。岑參作此詩時，劉單正為安西節度使高仙芝屬下判官，後嘗官司勳郎中。大曆五年，遷禮部侍郎，六年卒（見《唐僕尚丞郎表》卷一六）。行營，軍將出征時駐紮的兵營。營隨時遷徙，無固定處所。便，《唐詩紀事》作「使」。高開府，指高仙芝。開府，開府儀同三司的省稱。開府儀同三司之名始於魏，意思是得開建府署，儀制同三公。唐代襲用其名，以為文散官一品。史載天寶十載（西元七五一年）正月，高仙芝以邊功加開府儀同三司。仙芝為高麗人，事蹟見兩《唐書》本傳。此詩天寶十載五月作於武威。詩歌主要有兩個內容，一「送劉單判官」，表達惜別之意；二「呈高開府」，預祝他出師大捷。

熱海亘鐵門❶，火山赫❷金方❸。白草磨天涯❹，胡沙莽茫茫❺。夫子佐戎幕❻，其鋒利如霜❼。中歲學兵符❽，不能守文章。功業須及時，立身有行藏❾。男兒感忠義，萬里忘越鄉❿。孟夏邊候⓫遲，胡國草木長。馬疾過飛鳥，天窮超夕陽⓬。都護新出師⓭，五月發軍裝。甲兵二百萬⓮，錯落黃金光⑮。揚旗拂崑崙，伐鼓震蒲昌⑯。太白引官軍⑰，天威⑱臨大荒。西望雲似蛇⑲，戎夷知喪亡。渾驅大宛馬，繫取樓蘭王⑳。曾到交河城㉑，風土斷人腸。塞驛遠如點，邊烽互相望。赤亭㉒多飄風㉓，鼓怒㉔不可當。有時無人行，沙石亂飄揚。夜靜天蕭條，鬼哭夾道旁。地上多髑髏，皆是古戰場。置酒高館夕，邊城月蒼蒼。軍中宰肥牛，堂上羅羽觴㉕。紅淚㉖金燭盤，嬌歌豔新妝。望君仰青冥㉗，短翮㉘難可翔。蒼然西郊道，握手何慨慷！

【注釋】❶熱海亘鐵門　熱海與鐵門關相連。熱海，即伊塞克湖，在今吉爾吉斯斯坦東部。亘，連接。鐵門，鐵門關，在今新疆庫爾勒北。按，熱海與鐵門關相去頗遠，岑參邊塞詩中的地名往往用得不嚴密，此處不必拘泥。❷赫　赤色鮮明貌；映紅。❸金方　西方。古人把五行（金、木、水、火、土）配於方位（四方及中央）之上，西方屬金，故稱。詩從劉單欲往之地寫起。❹白草磨天涯　意謂白草茫茫，與天相連。磨，磨擦；接觸。❺莽茫茫　曠遠無際貌。莽，底本作「奔」，此從《全唐詩》。❻戎幕　猶言軍府。❼其鋒利如霜　以兵器比人，喻劉判官才能出眾，鋒芒銳利。利如霜，形容兵刃鋒利雪白。❽兵符　指兵書。《史記・五帝本紀》《正義》引《龍魚河圖》：「天遣玄女下，授黃帝兵符。」❾行藏　謂出仕即行其所學之道，否則退隱藏道以待時。《論語・述而》：「子謂顏淵曰：『用之則行，舍之則藏。』」❿越鄉　遠離鄉土。⓫邊候　邊地節候。⓬天窮超夕陽謂將走往西方極遠之地。超夕陽，即「更在夕陽西」之意。⑬都護新出師　都護，指高仙芝。出師，據《資治通鑑》載，天寶十載四月，諸胡「潛引大食（西域國名，在今伊朗）欲共攻四鎮。仙芝聞之，將蕃、漢三萬眾擊大食」。又，《新唐書・玄宗紀》：「（天寶十載）七月，高仙芝及大食戰於恒（當作「怛」）羅斯城（今哈薩克斯坦江布爾城），敗績。」⑭二百萬　乃誇張之詞。按，此次出征，《資治通鑑》稱用兵三萬，新、舊《唐書》皆云二萬。⑮錯落黃金光　錯落，參互紛雜，形容甲兵之盛。黃金光，《唐詩紀事》作「金光揚」。⑯揚旗二句　極言軍勢壯盛。揚，宋本注：「一作揭。」《唐詩紀事》作「揭」。伐鼓，擊鼓。蒲昌，蒲昌海，即今新疆羅布泊。⑰太白引官軍　謂太白星引領官軍前進，這是一種吉兆。太白，即金星。《漢書・天文志》：「太白，兵象也。……出則兵出，入則兵入，象太白吉，反之凶。」《史記・天官書》：「用兵象太白：太白行疾，疾行；遲，遲行……。」⑱天威　指皇帝的威嚴。⑲雲似蛇　《初學記》卷一引《兵書》：「有雲如丹蛇隨星後，大戰殺將。」這是古代一種迷信的占天術。⑳渾驅二句　寫官軍一定得勝。渾，盡；全。大宛，漢代西域國名，在今中亞費爾干納盆地。其地以產馬著稱。《漢書・西域傳》：「大宛多善馬，馬汗血。」樓蘭，漢代西域國名，在今新疆若羌。武帝欲通大宛諸國，樓蘭當道，屢攻劫漢使者，於是漢發兵擊之，俘其王。事見《漢書・西域傳》。㉑交河城　漢車師前王治交河城，唐為西州交河縣，在今新疆吐魯番西。㉒赤亭　據《新唐書・地理志》，伊州（治今新疆哈密）納職縣（在哈密西南）「西經……三百九十里有羅護守捉，又西南經達匪草堆百九十里至赤亭守捉，與伊（州）、西（州）路合。」其地即今新疆鄯善東北之七克臺。㉓飄風　旋風；暴風。㉔鼓怒　動怒，指風。㉕羽觴　酒器，即耳杯。兩旁有耳似翼，故名。㉖紅淚　指紅燭淚。㉗仰青冥　直上雲天之意。仰，舉。㉘翮　羽莖，即羽毛上的翎管。鮑照〈贈傅都曹別〉：「短翮難可翔，徘徊煙霧裡。」

【語　譯】熱海與鐵門關連接，火焰山映紅了西方。白草茫茫與天涯相連，胡地的沙漠曠遠無邊。先生您出任幕府的輔佐官，鋒芒銳利猶如雪白明亮的劍。您中年開始習讀兵書，不能安守作詩為文的生涯。功業當須及時建立，立身應有一定準則。男兒為忠義精神所感動，萬里從軍忘記了遠離故鄉。邊地的節候雖然夏季來得遲，這時胡地的草木也已成長。您將驅馬疾行超越飛鳥，窮盡天涯奔赴夕陽西邊。高都護新近出師西征，五月份發放軍事裝備。鎧甲和兵器達二百萬件，紛亂錯雜閃著黃金般的光芒。官軍揮動旗幟觸到崑崙山，擂起戰鼓震動蒲昌海。太白星引導官軍向前行進，皇帝的威嚴降臨西域極遠地方。我往西望見雲彩像蛇一樣，就知道西域敵軍即將滅亡。當會全部趕回大宛的良馬，並且俘獲樓蘭國的國王。我過去曾經到過交河城，那裡的環境令人苦痛不堪。塞上的驛站相距遙遠，看著就像一個小黑點，而邊地的烽火臺，則多得互相能夠看見。赤亭那地方多暴風，它一動怒就勢不可擋。此地有時無人敢行走，沙石隨著暴風亂飛揚。夜晚寂靜大自然蕭條，有鬼號哭於道路兩旁。這裡地上有很多死人頭骨，這都是古代戰場的遺存。傍晚在高大的館舍設宴，邊城的月色模糊不明。軍隊裡屠宰了肥牛，堂屋上擺列出酒杯。宴會上銅燭盤裡的紅燭流著淚，服飾豔麗新穎的歌妓歌聲清潤。觀看您舉頭高飛直上雲天，我則翅短力弱難能翱翔。武威西郊的道路一片灰白色，與您握手告別多麼令人感嘆！

【研　析】根據有關的歷史記載，天寶十載正月，安西節度使高仙芝入朝，朝廷「尋以仙芝為河西節度使，代安思順；思順諷群胡割耳剺面請留己，制復留思順於河西」（《資治通鑑》天寶十載正月）；由於仙芝除河西節度使，故其僚佐便趨赴武威，因為「制復留思順於河西」，所以仙芝於十載四月復回安西，五月，即率師西征大食。這時候，仍在武威的安西節度判官劉單將奔赴高仙芝率領的西征部隊，岑參遂作此詩贈行。

此詩首四句從劉單所赴之地寫起，刻劃了安西地區的奇特風物。「夫子」十二句寫劉單中歲習兵書，投筆從戎，遠離家鄉，立志於邊地建立功業，以及將驅馬疾行赴安西行營的情景。「都護」十二句述高仙芝率師西征，對唐軍之軍容和聲威的壯盛作了渲染，並預卜仙芝此次西征必定獲勝。「曾到」十二句追憶自己在交河城的見聞，反映出了邊地的惡劣環境和長期爭戰給士卒帶來的苦難。最後十句寫軍中置酒餞別，並為與友人的別離和自己的「短翮難可翔」而感嘆。全詩在敘寫中，穿插了一些刻劃塞外風光的詩句，使詩歌的形象性大為增強。

本詩所寫高仙芝西征大食，實際上是以「大敗」而告終的。關於這次戰爭的起因，《資治通鑑》天寶九載十二月：「安西四鎮節度使高仙芝偽與石國（西域國名，在今烏茲別克斯坦之塔什干）約和，引兵襲之，虜其王及部眾以歸，悉殺其老弱。仙芝性貪，掠得瑟瑟（碧色寶石）十餘斛……皆入其家。」又十載四月：「石國王子逃詣諸胡，具告仙芝欺誘貪暴之狀。諸胡皆怒，潛引大食欲共攻四鎮。仙芝聞之，將蕃漢三萬眾擊大食。」《新唐書・高仙芝傳》：「（天寶）九載，討石國，其王車鼻施約降，仙芝為俘獻闕下斬之，由是西域不服。其王子走大食乞兵，攻仙芝於怛羅斯城。」則這次戰爭是由於高仙芝的「欺誘貪暴」和妄殺降王引起的。但當時大食來攻，威脅到四鎮的安全，也理當出師抵禦。唐滅西突厥後，形成西域諸國內附、邊疆安寧的局面，這對於唐及西域各族都是有利的。唐天寶時，破壞這種局面的因素主要出自兩個方面，一是同唐爭奪西域的吐蕃或大食，二是由於唐朝廷或邊將輕啟邊釁，沒有處理好與西域各族的關係。當時西域諸國大多國小力弱，它們之中如有背唐者，都無例外地須要依靠吐蕃或大食的支持。如這次戰爭，首先是由於高仙芝沒有處理好與石國的關係，而後才引起「諸胡」「潛引大食」來攻。天寶九載，作者正在高仙芝幕府為僚佐，對於這次戰爭的起因應該是清楚的；但他作為幕僚，對節度使有一定的依附關係（唐時幕府佐吏多由節度使自行徵辟），故又不便在詩中直言，這是不足為怪的。

## 武威送劉判官赴磧西行軍

**【題解】** 武威，底本誤作「武軍」，據宋本、明抄本、《全唐詩》改。劉判官，疑即前篇之劉單判官。磧西，岑詩中「磧西」有二義，一指沙磧之西；一指安西，《唐會要》卷七八：「（開元）十二年（西元七二四年）以後，或稱磧西節度，或稱（安西）四鎮節度，至二十一年十二月，王斛斯除安西四鎮節度使，遂為定額。」此後「磧西節度」雖不為正式名稱，而其名亦未嘗廢止，如《資治通鑑》開元二十七年就有「磧西節度使蓋嘉運擒突騎施可汗吐火仙」之語，天寶十二載又有「北庭都護程千里追阿布思至磧西」的記載。此「磧西」為後一義。行軍，出行（征）之軍，猶「行營」，岑詩〈鳳翔府行軍送程使君赴成州〉、〈行軍二首〉其一題解及本詩第三句，皆可證。本詩作年同前篇，也是為送劉單判官奔赴安西行營而作。

火山❶五月人行❷少，看君馬去疾如鳥。都護行營❸太白西❹，角❺聲一動胡天曉。

【注釋】❶火山　又稱火焰山，自新疆吐魯番向東繼續延伸至鄯善之南，山為紅砂岩所構成，加上其地氣候乾熱，故名。❷人行　《全唐詩》作「行人」。❸都護行營　指安西節度使高仙芝的行營。❹太白西　意謂西方極遠之地。太白，金星。古時以太白為西方之星，也是西方之神。《淮南子・天文》：「何謂五星，東方木也……西方金也，其帝少昊，其佐蓐收，執矩而治秋，其神為太白。」❺角　軍中樂器，吹奏以報時間，其作用略相當於今天的軍號。

【語　譯】火焰山五月份行人很少，看您驅馬前去快如飛鳥。高都護的行營在太白星之西，號角聲一響胡地的天空就破曉。

【研　析】這首詩也作於武威。由武威赴安西須過火山，五月的火山炎熱異常，詩的前兩句寫劉判官絲毫不怕火山之熱，躍馬如飛；「疾如鳥」三字比喻傳神，骨力健舉，刻劃出了出征者的矯健不凡。後兩句擬想劉判官所往之地的軍營生活：遠在太白星之西的將軍行營，黎明時分響起了嘹亮的號角聲；「角聲一動胡天曉」，似乎是軍中一聲號角，把胡天給驚曉了，構思奇妙，與「雄雞一聲天下白」（李賀〈致酒行〉）同一機杼，皆為不可多得之警句。

## 送李副使赴磧西官軍

【題　解】李副使，當是安西節度副使，其人未詳。按，節度副使掌協助節度使處理軍中事務。磧西，即安西。西，底本作「石」，此從《全唐詩》。本詩天寶十載（西元七五一年）六月作於武威，是為送李副使赴安西節度使高仙芝西征的行營而作。

火山六月應更熱，赤亭道口行人絕。知君慣度祁連城❶，豈能愁見輪臺❷月？脫鞍❸暫入酒家壚❹，送君萬里西擊胡。功名祗向馬上取，真是英雄一丈夫！

【注釋】❶祁連城　十六國時前涼置，在今甘肅張掖西南。❷輪臺　唐代庭州有輪臺縣，此指古輪臺（漢輪臺在今新疆輪臺），因李副使赴磧西須經過古輪臺，而不經過唐輪臺。❸鞍　《全唐詩》注：「一作衣。」❹酒家壚　即酒店。

【語譯】火焰山六月份應該更熱，赤亭路口上行人斷絕。知道君慣於度越像祁連那樣的邊城，哪能愁於見到輪臺的明月？卸下馬鞍暫且進入酒店飲酒，就要送君萬里西行打擊胡族。功名富貴只從馬上獲取，君真是一個英雄大丈夫！

【研析】這首送李副使赴安西前線的詩，不從酒肆送別下筆，而從李副使途中必經的火山、赤亭這段艱苦酷熱的旅程寫起，以造成一個奇特的背景，襯托出出征者不畏艱難困苦的英雄氣概，可謂起筆不凡。接下二句從寫出征者的不畏艱苦轉寫其不戀故鄉，不怕見到輪臺的月亮惹起鄉思，這樣，詩歌對萬里西征者豪邁精神的描畫，就又深入了一步。下面「脫鞍」二句才點出酒肆送別之意。最後以「功名祗向馬上取，真是英雄一丈夫」的豪言壯語作結，但一點也不顯得突兀，因為這兩句同前面的描寫是緊密聯繫著的。

# 田使君美人如蓮花舞北旋歌　此曲本出北同城

【題　解】使君，對州郡長官的稱呼。美人，疑為田使君家歌妓。如蓮花，指穿著鮮豔的舞衣旋舞起來猶如一朵蓮花。旋，底本作「鋋」，明抄本、《全唐詩》作「鋋」，《唐百家詩選》作「錠」，《唐詩紀事》作「旋」（無此字，當為「旋」之形誤），因據以校改（詩中亦改為「旋」）。北旋，舞名。由詩中的描寫看來，此舞當與胡旋舞相類。胡旋舞出自康國（在今烏茲別克斯坦撒馬爾罕一帶），唐玄宗開元、天寶時傳入中國。《通典》卷一四六：「（康國）舞二人……舞急轉如風，俗謂之胡旋。」白居易〈胡旋女〉詩曰：「弦鼓一聲雙袖舉，迴雪飄颻轉蓬舞。左旋右轉不知疲，千匝萬周無已時。人間物類無可比，奔車輪緩旋風遲。」大約此舞多旋轉動作，又出自「北同城」，故名「北旋」。北同城，故址在今內蒙古額濟納旗北。陳子昂〈為喬補闕論突厥表〉：「臣比在同城，接居延海西，逼近河南口。」（疑當作「磧南口」。陳子昂〈上西番邊州安危事〉：「臣伏見今年五月勑，以同城權置安北府，此地逼磧南口。」可證）又《新唐書．地理志》云，自甘州（今甘肅張掖）西北行，出合黎山峽口，「傍河（弱水）東壖屈曲東北行千里，有寧寇軍，故同城守捉也，天寶二載為軍。軍東北有居延海」。此詩為往返於西域途中所作，具體時間不詳，姑繫於此。詩中描寫了邊疆奇妙的音樂和舞蹈。

如蓮花，舞北旋❶，世人有眼應未見。高堂❷滿地紅❸氍毹❹，試舞一曲天下無。此曲胡人傳入漢，諸客見之驚且嘆。曼臉嬌娥纖復穠❺，輕羅金縷花蔥蘢❻。回裙❼轉袖若飛雪，左旋右旋❽生旋風。琵琶橫笛和未匝❾，花門山❿頭黃雲合⓫。忽作〈出塞〉〈入塞〉⓬聲，白草胡沙寒颯颯⓭。翻身入破⓮如有神，前見後見回回新⓯。始知諸曲不可比，〈採蓮〉⓰〈落梅〉⓱徒聒耳⓲。世人學舞祇是舞，姿態豈能得如此！

【注釋】❶如蓮花二句　底本作「美人舞如蓮花旋」，此從《唐詩紀事》、《唐百家詩選》。❷高堂　底本作「高臺」，據《唐百家詩選》、《全唐詩》改。❸紅　《唐詩紀事》作「鋪」。❹氍毹　毛織的地毯。氍，明抄本、吳校作「氈」。❺曼臉嬌娥纖復穠　描寫歌妓之美。曼，《唐詩三集合編》作「嫚」，注：「一作曼。」曼，美。岑參〈梁園歌送河南王說判官〉：「嬌娥曼臉成草蔓。」嬌娥，美女。纖復穠，即曹植〈洛神賦〉所謂「穠纖得衷」意，指身材勻稱，胖瘦適度。穠，花木繁盛，這裡用以形容體態豐滿。❻輕羅金縷花蔥蘢　謂輕羅衣用金線繡上花卉圖案。金縷，金線。蔥蘢，形容花木青翠茂盛。❼裙　《全唐詩》作「裾」。❽左旋右旋　二「旋」字底本俱作「鋌」，《全唐詩》俱作「鋌」，《唐詩紀事》並作「旋」，今據以校改為「旋」。❾和未匝　伴奏還不到一遍曲子。❿花門山　據《新唐書・地理志》載，居延海（在今內蒙古額濟納旗北境）「又北三百里有花門山堡」。其地本唐置，天寶時為回紇所據。⓫黃雲合　暗用「響遏行雲」典，謂樂曲美妙。《列子・湯問》載，秦青餞送薛譚於郊衢，「撫節悲歌，聲振林木，響遏行雲」。⑫出塞入塞　皆漢橫吹曲名，見《樂府詩集》卷二一。此指樂曲旋律像〈出塞曲〉、〈入塞曲〉那樣蒼涼悲壯。⑬白草胡沙寒颯颯　寫聽音樂後的感受。颯颯，風聲。⑭翻身入破　謂旋舞至音樂演奏入破一段的時候。入破，唐大曲十二徧（段）之一。大曲每套可分為三大段：散序、中序、破。破即破碎之意，指音調急促。《新唐書・五行志》：「至其曲徧繁聲，皆謂之入破。……破者，蓋破碎云。」三大段又細分為十二徧，入破為第六徧。此徧是「破」的開始，故稱「入破」。⑮前見後見回回新　指舞技高超，變化多端，前後回回不同。⑯採蓮　曲名。樂府清商曲辭〈江南弄〉七曲之一。⑰落梅　曲名。即漢橫吹曲〈梅花落〉。⑱聒耳　聲音嘈雜刺耳。《唐詩紀事》作「聒人」。

【語　譯】猶如一朵蓮花那樣美，這是美人跳起北旋舞的樣子，世上的人長眼睛應該從未見到過。高大的廳堂上滿地鋪了紅地毯，美人試跳了一曲真是天下所無。這個曲子乃由胡人傳入漢地，客人們見了它既驚訝又讚嘆。漂亮可愛的美人胖瘦勻稱適中，輕羅衣上用金線繡的花卉繁盛茂密。白色的裙子衣袖翻騰回旋猶如雪花飛舞，忽左忽右地急速旋轉刮起了陣陣旋風。琵琶橫吹的笛子伴奏還不到一遍曲子，花門山頭的黃雲便合攏到一起傾聽。音樂忽然奏出像〈出塞曲〉、〈入塞曲〉那樣蒼涼悲壯的旋律，於是眼前現出一片白草沙漠耳際響起寒風颯颯。美人旋舞到音樂奏至入破時動作輕捷如有神助，不論前面看到的後面看到的回回都新穎動人。我這才知道各種曲子都不能與它相比，〈採蓮曲〉、〈梅花落〉只是嘈雜刺耳。世人學舞僅僅是舞動舞動，姿態哪裡能夠達到這樣美妙！

【研　析】這首詩描寫西域別具一格的音樂和舞蹈，前六句（開頭兩個三字句作一句計）總敘〈北旋〉舞及其樂曲由胡人傳入，極其美妙，世所罕遇，觀者無不驚嘆；接下「曼臉」四句寫舞女的容貌、衣飾和舞蹈獨特的急速旋轉動作；「琵琶」四句寫伴舞樂曲的優美動人和富於變化；下面「翻身」二句寫舞女舞技高超，動作新穎多變；「始知」二句讚揚樂曲高妙，非他曲可比；最後二句以讚嘆舞蹈的美妙絕倫作結。全詩描畫具體真切，細致入微，充滿異域風情，給人以新鮮奇特之感。岑參描寫邊塞風物與習俗的詩大多能給人這種感受。

此詩用韻靈活多變，前六句與後六句皆句句用韻，兩句一換韻，韻調顯得急促；中間八句則是四句一換韻，每個四句中都是一、二、四句用韻，韻調較舒緩。這種緩急相間的韻調恰與詩歌所寫西域歌舞的節奏相協調，可見這是詩人有意安排和精心結撰的。

## 與高適薛據同登慈恩寺浮圖

【題　解】高適（約西元七〇一—七六五年），唐代詩人。事跡見本書「導讀」。他寫的邊塞詩與岑參齊名，風格亦近，稱「高岑」。薛據，唐代詩人。河東郡寶鼎縣人，薛播的哥哥。開元十九年登進士第，「天寶六載又中風雅古調科第一人」（《唐才子傳・薛據傳》）。歷任涉縣令、大理司直、太子司議郎，終水部郎中。慈恩寺，當時京都長安的名勝，在今西安市南郊。本隋無漏寺故址，唐太宗貞觀二十二年（西元六四八年）太子李治為追薦死去的母親文德皇后所建，故名。寺西院有大雁塔，係永徽三年（西元六五二年）玄奘所建。塔本五層，武則天時重修，增高為十層，後經兵火，只存七層。浮圖，塔。按，唐人稱大雁塔為慈恩寺浮圖，天寶十一載秋，高適、岑參、薛據、儲光羲、杜甫同登此塔，共賦詩。除薛詩外，四詩均流傳至今。詩題《全唐詩》無「同」字，底本「寺」下無「浮圖」二字，此據《全唐詩》補。杜甫〈同諸公登慈恩寺塔〉題下注：「時高適薛據先有此作。」知岑詩亦奉和高、薛之作。此詩描寫慈恩寺塔的高峻和登塔時所看到的景象。

塔勢如湧出❶，孤高聳天宮。登臨出世界❷，磴道盤虛空。突兀壓神州，崢嶸如鬼工❸。四角❹礙白日，七層摩蒼穹。下窺指高鳥，俯聽聞驚風❺。連山若波濤❻，奔湊❼似朝東。青槐夾馳道❽，宮館何玲瓏❾。秋色從西來，蒼然❿滿關中。五陵⓫北原上，萬古青濛濛。淨理⓬了可悟⓭，勝因⓮夙所宗⓯。誓將掛冠⓰去，覺道資無窮⓱。

【注釋】❶湧出　形容突地而起。《妙法蓮華經・見寶塔品第十一》：「爾時佛前有七寶塔，高五百由旬，縱廣二百五十由旬，從地湧出。」❷世界　佛家語。世指時間，界指空間，猶言宇宙。此指世間。❸如鬼工　言工程神妙，像是鬼神所作。❹角　底本注：「一作方。」❺驚風　疾風。❻連山若波濤　木華〈海賦〉：「波如連山。」❼奔湊　集聚。❽馳道　可馳御輦的大道。❾玲瓏　明見貌。❿蒼然　形容秋色蒼茫的樣子。⓫五陵　漢高祖葬長陵，惠帝葬安陵，景帝葬陽陵，武帝葬茂陵，昭帝葬平陵，都在渭水北岸，今陝西咸陽、興平一帶，合稱五陵。⓬淨理　佛教的清淨之理。佛教以遠離一切惡行、心不受塵俗垢染為清淨。⓭了可悟　完全可悟。⓮勝因　佛家語。佛教認為物生有因，善因得善果，惡因得惡果，勝因是一種殊妙的善因。⓯宗　尊崇；信仰。底本、明抄本、吳校均注：「一作崇。」⓰掛冠　指棄官隱居。《後漢書・逸民列傳》：「逢萌，字子慶……遂去之長安，學通《春秋》經，時王莽殺其子宇，萌謂友人曰：『三綱絕矣，不去禍將及人。』即解冠掛東都城門（注：「長安東都城北頭第一門。」），歸將家屬浮海，客於遼東。」⑰覺道資無窮　即以佛理為永遠憑藉，亦即以佛教為歸宿之意。覺道，佛教所謂寂滅無相的「大覺之道」。資，憑藉。無，底本作「與」，據明抄本、吳校、《全唐詩》校改。句下底本、明抄本、吳校並注：「一作學道茲無窮。」

【語　譯】寺塔的情勢猶如從地上湧出，孤立地高聳在天帝的宮殿旁。登臨寺塔我感覺出離了世間，塔中的石梯盤曲於虛空之中。塔高聳著雄鎮神州大地，那高峻的樣子像是鬼神所為。它的四角能阻礙太陽運行，七層高的塔身逼近蒼天。由塔上下視可指點高飛的鳥，俯身傾聽能聽到疾風的聲音。我看到連綿的山峰像波濤，集聚著似乎朝東而去。南面御駕行走的大道兩旁栽著青槐，天子經常遊幸的離宮別館分明可見。秋日的氣象從西方來，茫無邊際充滿關中地區。五座漢代皇陵在北面的平原上，千秋萬代都是一派模糊的青色。清淨之理完全可以領悟，佳妙的善因我早已信仰。立誓將棄官離開朝廷，以大覺之道為永遠憑藉。

【研　析】天寶十一載，岑參與高適、薛據、儲光羲、杜甫同登慈恩寺塔，共賦詩，五人在當時都以詩名世，旗鼓相當，他們的唱和成為詩歌史上的一件盛事。除薛詩外，四人的詩都流傳了下來。詩評家論這四首詩，大都認為杜作足以壓倒群賢，其下就應首推岑參此詩了。岑參此詩開頭先寫從下面仰望寺塔，首二句起筆不凡，氣勢逼人，突顯了慈恩寺塔湧聳孤高的巍峨形象。接下「登臨」四句寫登臨中的感覺，「四角」四句寫登上塔頂的感覺。「連山」八句寫在塔頂四望，其中東、西、北三面均為極目遠望，加上輔以誇張、想像，因而氣象闊大，成為全詩的最精彩之筆。如明鍾惺說：「秋色四語寫盡空遠，少陵以『齊魯青未了』五字盡之，詳略各妙。」（《唐詩歸》卷一三）譚元春說：「從西來，妙！妙！詩人慣將此等無指實處說得確然便奇。」（同上）南面則只是近望，慈恩寺東南有唐帝經常遊幸的離宮別館——曲江、芙蓉苑，離慈恩寺很近，所以連馳道兩旁的青槐都能看清楚。南望顯然寫得很真實。最後四句抒發登臨釋氏浮圖的感慨，無非欲歸隱奉佛而已，雖然切題，卻乏深意，所以此詩的佳處主要表現在寫景的出色上。

杜詩與岑詩相比頗有些不同。杜詩寫道：「高標跨蒼穹，烈風無時休。自非曠士懷，登茲翻百憂。……七星在北戶，河漢聲西流。羲和鞭白日，少昊行清秋。秦山忽破碎，涇渭不可求。俯視但一氣，焉能辨皇州？」詩歌首先對塔的高標聳立作了使人「意奪神駭」的誇張，接著寫在想像中凌跨蒼天的高度上俯視大地，只見秦山破碎，涇渭清濁難分，帝都迷茫一片，這景中寄寓著詩人對國家命運危機的深切憂慮。關注現實、憂慮國運的思想感情在岑參此詩中是沒有的，這就是杜詩優於岑詩的主要原因。

## 送祁樂歸河東

【題解】祁樂，即畫家祁岳。杜甫〈奉先劉少府新畫山水障歌〉：「豈但祁岳與鄭虔，筆跡遠過楊契丹。」唐朱景玄《唐朝名畫錄》載「空有其名，不見蹤跡」的畫家二十五人，其中有祁岳。又，《圖繪寶鑒・補遺》謂岳：「工山水。」河東，唐郡名，治所在今山西永濟市西蒲州鎮，乾元三年（西元七六〇年）改為河中府。李嘉言〈岑詩繫年〉：「案天寶十載公在臨洮有『留別祁四』

詩，祁四即祁樂，此謂祁樂從戎，疑即指在臨洮之事。祁樂蓋繼公之後東歸，故詩曰『前月還長安』。然則此詩當作於天寶十一、二載間。」這是一首送畫家祁樂還鄉的詩，表現了祁的失志與作者同祁的友誼。

祁樂後來秀❶，挺身出河東。往年詣驪山❷，獻賦❸溫泉宮❹。天子不召見，揮鞭遂從戎。前月還❺長安，囊中金已空。有時忽乘輿，晝出江上峰。牀頭蒼梧雲，簾下天台松❻。忽如高堂上，颯颯生清風❼。五月火雲❽屯，氣燒天地紅。鳥且不敢飛，子行如轉蓬❾。少華❿與首陽⓫，隔河勢爭雄。新月河上出，清光滿關中。置酒灞亭⓬別，高歌披心胸。君到故山時，為謝五老翁⓭。

【注　釋】❶後來秀　後起之秀。《晉書・王忱傳》：「范寧謂曰：『卿風流儁望，真後來之秀。』」❷驪山　在今陝西臨潼縣東南，山麓有溫泉。❸獻賦　漢代賦家多因向皇帝獻賦而得官，唐代亦有進獻文章拜官之例，如杜甫獻〈三大禮賦〉等。❹溫泉宮　唐別宮名。《元和郡縣志》卷一：「華清宮在驪山上，開元十一年初置溫泉宮，天寶六年改為華清宮。」溫，底本注：「一作甘。」❺還　底本注：「一作達。」❻牀頭二句　言祁樂善畫，床頭畫雲，簾下描松。蒼梧，山名，又稱九疑，在今湖南寧遠南。相傳舜死後葬於此。據載蒼梧多雲，

《太平御覽》卷四一引盛弘之《荊州記》曰：「九疑山……含霞卷霧，分天隔日。」天台，山名，在今浙江天台縣北。孫綽〈遊天台山賦〉：「蔭落落之長松。」❼生清風　底本、明抄本、吳校並注：「一作開江風。」宋本、《全唐詩》注：「一作聞江風。」❽火雲　夏日的紅雲。❾轉蓬　蓬草隨風轉徙，故云。❿少華　山名，在陝西華縣東南，位於華山之西。⓫首陽　即雷首山，在山西永濟市南。⓬灞亭　即灞陵亭。亭在今西安市東，唐代京都人送別多至此。李白〈灞陵行送別詩〉：「送君灞陵亭，灞水流浩浩。」⓭為謝五老翁　替我向五老翁致意。謝，告；致意。五老翁，傳說在五老山上升天的五位老人。《元和郡縣志》卷一二〈河中府・永樂縣〉：「五老山在縣（今山西芮城縣西永樂鎮）東北十三里，堯升首山觀河渚，有五老人飛為流星上入昴，因號其山為五老山。」全句宋本作「為君謝老翁」，底本、明抄本作「為吾謝老翁」，疑後人不解五老翁之意而誤改。今據《全唐詩》及宋本、底本、明抄本注語校正。

【語　譯】祁樂你是後起之秀，直身而起前往河東。往年你曾經到驪山，在溫泉宮進獻文章。天子沒有召見你，你揮動馬鞭就奔赴邊地從軍。前一個月你回到長安，行囊裡的錢已經用盡。有時忽然趁一時高興，畫出了江邊的山峰。你在床頭畫了蒼梧山的雲，簾子下面畫了天台山的松。忽然像是在高大的堂屋上，颯颯響著吹來陣陣清風。五月份炎夏的火雲聚集，熱氣烘烤得天地發紅。這時候鳥兒尚且不敢飛動，而你出行猶如隨風轉徙的飛蓬。你一路上看到的少華山與首陽山，隔河相望其勢像是互相爭雄。一彎新月從黃河上升起，清亮的光輝充滿關中。我設宴在灞陵亭送別，高歌一曲相互披露心胸。請你到達故鄉之時，代我向五老翁致意。

【研　析】這首送祁樂歸鄉的詩，首二句點題，直敘「送祁樂歸河東」。「往年」六句寫祁樂之不遇：「獻賦溫泉宮」說明祁樂有文才，但不為天子所賞識；「揮鞭遂從戎」見其豪爽，而回到長安錢已罄盡，又說明他在邊地也不得意。「有時」六句寫祁樂多才多藝，善畫山水，其中「忽如」二句，形容祁樂的畫逼真傳神，使人觀後有身臨其境之感。「五月」六句寫祁樂冒著酷暑回鄉。「新月」四句寫臨行餞別，互敘友情。最後二句點出河東的五老山，與開頭的「挺身出河東」句相呼應，這樣文意就顯得完整。

## 春夢

【題解】《文苑英華》題作「春夜所思」。此詩載於《河嶽英靈集》，當為天寶十二載（西元七五三年）以前所作。本詩抒發作者對友人的思念之情。

洞房❶昨夜春風起，遙憶美人❷湘江水。枕上片時春夢中，行盡江南數千里。

【注釋】❶洞房　深邃的房屋。明抄本、吳校作「洞庭」。❷遙憶美人　明抄本、吳校、《全唐詩》作「故人尚隔」。宋范成大〈湘陰橋口市別游子明〉詩：「遙憶美人湘水夢，側身西望劍門詩。」即脫胎於此。美人，指所思念的故人。

【語譯】幽深的臥房昨夜刮來春風，我遙想故人這時正在湘江水上。在枕頭上做的片刻春天的夢裡，我尋找故人走遍了江南數千里地方。

【研　析】這首詩寥寥四句，描畫了夢思縈迴的意境，表達了作者對友人的深切思念之情。前二句寫春天來臨，觸發了詩人對遠在江南（湘江在唐時的江南西道）的故人的思念。後二句說因思念而成夢，在夢中往尋在江南的故人，片時的春夢中，已行遍江南數千里之地。近人劉永濟說：「三、四句寫夢境入神。」（《唐人絕句精華》第六六頁）所評甚是。宋代詩人范成大「遙憶美人湘水夢」的詩句，即脫胎於本詩，由此亦可見本詩的流傳影響之廣。

## 終南雙峰草堂作

【題　解】雙峰草堂，詩人在終南山的別業。詩題底本、明抄本、吳校作〈終南兩峰草堂〉，《全唐詩》作〈終南山雙峰草堂作〉，此從《河嶽英靈集》。天寶十載（西元七五一年）岑參自邊地歸京後至十三載赴北庭前，常僻居終南山，過一種亦官亦隱的生活，本詩即作於是時。詩中主要寫雙峰草堂附近景色和自己退隱的願望。

斂跡❶歸山田，息心❷謝時輩。晝還❸草堂臥，但見❹雙峰對。興來恣佳遊，事愜符勝概❺。著書高窗下，日夕❻見城內。曩為世人誤，遂負平生愛❼。久與林壑辭，及來松杉大。偶茲❽精廬近❾，數預❿名僧會。
有時逐樵漁⓫，盡日不冠帶⓬。崖⓭口上新月，石門⓮破⓯蒼靄。色向群
木深，光搖一潭碎⓰。緬懷鄭生⓱谷，頗憶嚴子瀨⓲。勝事⓳猶可追，斯
人⓴邈千載！

【注釋】❶斂跡　收斂形跡。❷息心　排除俗念。❸還　倘若。❹見　《河嶽英靈集》、《全唐詩》作「與」。❺勝概　佳景。❻日夕　近黃昏時。❼曩為二句　意謂以往受世俗影響，誤入仕途，以致違背平生山林之好。曩，從前。平生，底本作「生平」，此從《河嶽英靈集》、《全唐詩》。❽偶茲　值此。❾精廬近　《河嶽英靈集》、《全唐詩》作「近精廬」。精廬，精舍。此指佛寺。❿數預　《全唐詩》作「屢得」。預，參與。⓫逐樵漁　追隨砍柴打魚的人。⓬冠帶　戴帽束帶。⓭崖　疑指石鱉崖（谷），即太乙谷，在終南山高冠谷之東。《陝西通志》卷九：「石鱉谷在（咸寧）縣西南五十五里，谷口大石如鱉，咸（寧）、長（安）以此分界（咸、長二縣民國時合併為長安縣），內有景陽川、梅花洞、九女潭、仙人跡。」谷中有水，名石鱉谷水。⓮石門　當指石門谷，在終南山中。《陝西通志》卷九：「石門谷在（藍田）縣西南四十里，即唐昭宗所幸處。」⓯破　底本注：「一作斂。」⓰色向二句　意謂在朦朧的月光下，樹林顯得更深更密，水潭盪漾著細碎的波光。潭，疑指九女潭。⓱鄭生　鄭樸，西漢時人。《三輔決錄》：「鄭樸字子真，谷口（在今陝西涇陽西北、醴泉東北）人也。修道靜默，世伏其清高。成帝時元舅大將軍王鳳以禮聘之，遂不屈。揚雄盛稱其德曰：『谷口鄭子真，耕於巖石之下，名振京師。』」⓲嚴子瀨　又稱嚴陵瀨。東漢隱士嚴光在此垂釣。⓳勝事　佳妙之事，指鄭、嚴的歸隱。⓴斯人　指鄭子真、嚴子陵等隱士。

【語　譯】收斂形跡我回歸山中田園，排除俗念辭別了當代名士。白天倘若在雙峰草堂高臥，只見有兩座山峰與自己相對。興致一來盡情遊賞山水，諸事滿意心境與美景諧合。在高高的窗戶下著書，傍晚可看到長安城內景色。從前為世間的人所誤，於是背棄了平生的愛好。長久與隱居的山林離別，這次再來松樹杉樹已長大。遇上我住的這裡靠近佛寺，多次參與了名僧的聚會。有時我追隨砍柴打魚的人，一整天都不戴帽子繫腰帶。石鱉崖口上一彎新月升起，石門谷劈開蒼茫的雲霧挺立。月光下樹林更顯得幽深，水潭裡蕩漾著細碎的波光。我緬懷西漢鄭樸居住的谷口，很想念東漢嚴光垂釣的嚴陵瀨。他們隱居的美事尚可追隨，可惜這兩人遠離現在已近千載！

【研　析】這首詩的前十二句，寫自己久離山中田園後，又回到田園的生活與心情：或白天對著山峰高臥，或盡情遊賞山水，或在高窗下著書，心情非常愉快。接下「偶茲」四句，寫自己在山中與寺僧、漁人、樵夫相過從的樂趣。「崖口」四句寫山中月夜的美景，非常出色。這四句詩所寫景物，一明一暗，互相映照，文字亦精於錘煉。著一「破」字，使我們感受到在明亮的月光下，石門谷劈開蒼茫的雲霧挺立的高大形象；著一「碎」字，又使我們想像到月下的水潭猶如一面閃閃發光的鏡子，微風漣漪，鏡面破碎。最後四句表達自己想過隱居生活的願望，起到了總括全篇的作用。

# 青門歌送東臺張判官

【題　解】青門，漢長安東面三城門之一，此借指唐長安東門。東臺，即東都留臺，官署名。宋程大昌《演繁露》卷七：「唐都長安，於洛陽為西，而洛陽亦有留臺，故御史長安名西臺，而洛陽為東臺也。」唐制，除在京師長安有御史臺（統臺、殿、察三院）的設置外，洛陽又有東都留臺，設御史中丞、侍御史各一人，殿中侍御史二人，監察御史三人。按，東都陷後，東臺亦廢，安史亂平後方有可能重新恢復。《唐會要》卷六〇謂天寶十四載安祿山殺留臺御史中丞盧奕，大曆十年以何運、蔣沇「兼御史中丞，仍東都留臺」。是否至大曆十年留臺才重新設置，不甚清楚，然既非急務，亦似無在亂平後立即設置之必要。故疑此詩當作於安史之亂前岑居長安時，姑繫於天寶十二、三載。據載，東臺僚屬無判官，然唐留臺御史中丞每兼任都畿採訪處置使（也是管監察的官），其僚屬有判官。此「張判官」當係東臺御史中丞兼都畿採訪處置使判官。詩中寫在青門送別情景與惜別之意。

青門金鎖❶平旦❷開，城頭日出使車回❸。青門柳枝正堪折❹，路傍一日幾人別？東出青門路不窮，驛樓官樹❺灞陵東。花撲征衣看似繡❻，雲隨去馬色疑驄❼。胡姬酒壚❽日未午，絲繩玉缸酒如乳❾。灞頭落花沒馬蹄，昨夜微雨花成泥❿。黃鸝翅濕飛屢⓫低，關東⓬尺書⓭醉懶題。須臾望君不可見，揚鞭飛鞚⓮疾於箭。借問使乎⓯何時來？莫作東飛伯勞西飛燕⑯！

【注　釋】❶金鎖　謂銅鎖。❷平旦　天剛亮。❸使車回　指張判官奉使來長安，復乘車東返洛陽。❹青門柳枝正堪折　古人有折柳贈別習俗，柳諧「留」音，表示挽留惜別之意。❺官樹　官道兩旁的樹。古大路為官府所建，故稱官道。❻花撲征衣看似繡　寫春日落花紛紛撲向行人好似繡衣，又隱指張判官在御史臺供職。征衣，遠行者所穿的衣服。綉，綉衣，含雙關之意。漢時派遣侍御史為「直指使」，到各地審理重大案件，穿綉衣，以示尊寵，稱「綉衣直指」（見《漢書・百官公卿表》）。❼驄　驄馬，淺青色馬。隱指「驄馬御史」。《後漢書・桓榮傳》載，桓典「舉高第，拜侍御史，是時宦官秉權，典執政無所回避，常乘驄馬，京師畏憚，為之語曰：『行行且止，避驄馬御史。』」❽胡姬酒壚　唐長安西市、青門及曲江一帶，多有「胡人」開設的酒肆，且有「胡姬」侍酒。姬，古時婦女的美稱。❾絲繩玉缸酒如乳　漢辛延年〈羽林郎〉：「胡姬年十五，春日獨當壚。……就我求清酒，絲繩提玉壺。」絲繩，指繫在酒罈兩旁作提攜用的絲繩。玉缸，指酒罈。酒如乳，唐時之酒為米酒，濃者色白如乳。❿灞頭二句　寫酒後登程景象。灞頭，即霸上，又曰灞陵，西漢文帝陵墓所在地，在唐長安東郊。⓫屢　《全唐詩》作「轉」。⓬關東　潼關以東，此指洛陽。⓭尺書　書信。⓮飛鞚　猶言飛馬。鞚，馬籠頭。⓯使乎　對使者的讚美之稱，語出《論語・憲問》。此指張判官。⓰東飛伯勞西飛燕　喻親友離別。古樂府辭〈東飛伯勞歌〉：「東飛伯勞西飛燕，黃姑（即河鼓，牽牛也）織女時相見。」伯勞，又名博勞，鳴禽，背色灰褐，尾長，喜單棲。

【語　譯】長安城青門的銅鎖天剛亮就打開，城上日出時判官奉使來京的車子又要返回。青門柳樹的枝條正可攀折，大路旁一天有多少人離別？往東出了青門路途無盡無窮，有驛站的樓官道旁的樹東邊的灞陵。落花撲向旅人之衣看著好像繡衣，雲影追隨離去的馬顏色類似驄馬。在胡姬賣酒的酒店餞別時間不到中午，用絲繩提著的酒罇裡裝的酒顏色似乳。判官酒後登程灞上的落花掩沒了馬蹄，昨夜一場小雨落花被馬蹄踩成了泥。黃鶯兒翅膀被雨淋濕常常低飛，給關東友人的信因為喝醉我懶得書寫。我望著您離去一會兒就望不見，您揚鞭催馬飛奔快得勝過箭。借問您這個使者何時再來長安？我們切莫當東西分飛的伯勞與海燕！

【研　析】這是一首送別詩，前八句交代送別的地點、時間和被送者的身分、去向，以及他前往洛陽的原因。其中「花撲」二句，既寫了春日落花紛紛撲向行人的景色，又隱指被送者在御史臺供職，構思比較巧妙。接下「胡姬」二句寫在長安東門外的酒店裡為被送者餞行，特別交代離宴上飲了色白「如乳」的醇酒。「灞頭」四句寫被送者酒後登程的景象，其中「關東」句與「胡姬」二句正相呼應。最後四句寫惜別，其中前二句寫友人已走，自己仍站在送別地望著友人，直到望不見；「借問」二句則寫友人剛走，自己就盼望他能再來長安相見，四句詩各從兩個不同的角度，出色地表現了惜別之意，值得借鑑。清王堯衢《古唐詩合解》唐詩卷三說：「此篇凡六韻，兩句一韻者三，四句一韻者三，參錯成章，結句獨用九字，是歌詞體也。」所言是。

## 送人赴安西

【題　解】此詩底本不載，今據《文苑英華》卷三〇〇、《全唐詩》補。疑天寶十三載（西元七五四年）赴北庭之前作於長安。這首送別詩鼓勵被送者赴塞外為國安邊。

上馬帶胡鉤❶，翩翩❷度隴頭❸。小來❹思報國，不是愛封侯❺。萬里鄉為夢，三邊❻月作愁。早須清黠虜，無事莫經秋❼。

【注釋】❶胡鉤　疑為吳鉤之誤。吳鉤，一種吳地所產「似劍而曲」的兵器。《吳越春秋》卷二：吳王闔閭得干將、莫邪二劍後，「復命於國中作金鉤。令曰：『能為善鉤者賞之百金。』吳作鉤者甚眾」。後因以稱名貴的兵器。❷翩翩　形容走馬輕疾如飛的樣子。❸隴頭　隴山頭。❹小來　從小；年輕時。❺封侯　指獲得官爵。❻三邊　北、西、南三處邊境，亦用為邊地的通稱。❼經秋　猶言經年。

【語譯】你上馬佩帶著名貴的劍，輕快如飛地越過隴山頭。從小就想著報效國家，而不是喜愛封官拜爵。在萬里之外常常夢見故鄉，居於邊地月亮每引發愁緒。要早些清除狡猾的敵人，無事不要經過一年以上。

【研析】這首送人赴安西之作，首聯刻劃了被送者驅馬疾馳的英姿，從中也可看出他的精神狀態。次聯讚揚被送者從小就立下報國壯志，這同時也是對他的一種鼓勵，這聯詩可與〈初過隴山途中呈宇文判官〉詩中之「萬里奉王事，一身無所求。也知塞垣苦，豈為妻子謀」參讀，它們都是盛唐士人思想風貌的反映。三聯說遠在邊地，難免有思鄉之愁，這是以可預見的景況慰藉被送者。末聯上句鼓勵被送者為國殺敵，下句望其無事早日回還，表現出對被送者的關心。全詩洋溢著對被送者的慰勉關切之情。

## 寄韓樽

【題解】韓樽，岑之摯友。岑別有〈偃師東與韓樽同詣景雲暉上人即事〉、〈喜韓樽相過〉之詩。據《萬首唐人絕句》，詩題一作〈寄韓樽使北〉。宋本題下注曰：「韓時使在北庭以詩代書干時使」；明抄本、吳校同，惟「時」、「干時」三字空缺。本詩作於韓樽出使北庭幕府之時。按，作者也曾遠赴北庭，時間在天寶十三載（西元七五四年），但當較韓樽為遲。因為此詩並非作於北庭，而天寶十四載安史之亂後，西域之兵奉命內調以靖國難，這時由內地往北庭者已寥寥。本詩表達詩人對知友的問候、關懷之情。

夫子❶素多疾，別來未得書。北庭❷苦寒地，體內今何如？

【注釋】❶夫子　指韓樽。❷北庭　在今新疆吉木薩爾北。

【語譯】先生您一向體弱多病，別來尚未收到您的書信。北庭是個極嚴寒的地方，您身體現在怎麼樣？

【研析】在韓樽出使北庭幕府的時候，岑參給他寄了這首詩。詩中表現了詩人對一向多病卻遠赴北庭的知交的極端關心，近人劉永濟《唐人絕句精華》評此詩說：「此詩明白如話，蓋以詩代書東也。然二十字中，友朋相念之情深矣。」此詩不僅字字是情，而且語氣親切，從中可以想見岑、韓之間非同一般的友誼。岑參詩有平易通俗、語淺情深之一格，此詩及本書前面所選的〈灃頭送蔣侯〉、〈逢入京使〉、〈憶長安曲二章寄龐㴶〉等，即屬此格之作品。

## 赴北庭度隴思家

【題　解】北庭，唐北庭節度使治庭州金滿縣，在今新疆吉木薩爾北。隴，隴山。此詩又見於《全唐詩》卷二七〈雜曲歌辭〉，題作〈簇拍陸州〉；並兩見於《萬首唐人絕句》卷一八及卷五八，卷五八題作〈捉拍睦州〉，均無作者姓名。各處文字略有異同。本詩為天寶十三載（西元七五四年）赴北庭途中所作。詩中抒發了作者思念家人的真摯感情。

西向輪臺❶萬里餘，也知鄉信❷日應疏；隴山鸚鵡能言語❸，為報家人數寄書。

【注　釋】❶輪臺　唐代庭州有輪臺縣（不同於漢輪臺），治所在今新疆烏魯木齊。❷鄉信　家人的書信。❸隴山鸚鵡能言語　東漢禰衡〈鸚鵡賦〉：「命虞人於隴坻（即隴山），詔伯益於流沙。跨崑崙而播弋，冠雲霓而張羅。」《元和郡縣志》卷三九亦稱隴山「上多鸚鵡」。

【語譯】向西往輪臺去的路有一萬餘里遠，也知道家人的信應一天比一天少；隴山上的鸚鵡能夠說話，替我告知家人多多寄信。

【研析】天寶十三載，岑參赴北庭，為安西、北庭節度使封常清僚屬（參見《岑參集校注》附錄〈岑參年譜〉），此詩即赴北庭途中所作。詩中就自己遠離家鄉後，極希望多收到家人的信這一點來著筆，以表現思念家人的深情。詩人理性上「也知鄉信日應疏」，感情上卻希望「家人數寄書」，所以末二句借寫所見隴山鸚鵡，來表達自己的願望。清沈德潛《唐詩別裁》卷一九說：「欲鸚鵡報家人寄書，思曲而苦。」近人劉永濟《唐人絕句精華》說：「古時交通不便，遠客音信難通。鸚鵡能言，故願托之通辭，亦無可奈何之語。」皆足資參考。

## 發臨洮將赴北庭留別 得飛字

【題解】臨洮，即洮州，天寶元年改為臨洮郡，治所在今甘肅臨潭西南。得飛字，古人相約賦詩，規定一些字為韻，各人分拈韻字，依韻而賦，得飛字即拈得飛字韻。本詩天寶十三載（西元七五四年）赴北庭途中作。詩中抒發了作者將赴北庭時的心情。

聞說輪臺❶路，連❷年見雪飛。春風不曾到❸，漢使亦應❹稀。白草❺

通疏勒❻，青山過武威❼。勤王敢道遠❽，私向❾夢中歸。

【注　釋】❶輪臺　在今新疆烏魯木齊。❷連　《文苑英華》作「年」。❸不曾到　《全唐詩》作「曾不到」，「曾」下並注：「一作長。」❹應　《文苑英華》作「來」。❺白草　西域所產牧草。❻疏勒　《資治通鑑》卷四五：「（後漢）耿恭以疏勒城傍有澗水可固，引兵據之。」胡注：「此疏勒城在車師後部，非疏勒國城也。」按，漢車師後部治唐庭州金滿縣（北庭節度使治所），疏勒城當在其附近。❼武威　今甘肅武威。❽敢道遠　豈敢言遠。《文苑英華》作「不敢道」。❾私向　《文苑英華》作「遠思」，並注：「一作思向。」

【語　譯】聽說往輪臺去的路，整年能見到雪花飛揚。春風不曾吹到那裡，唐朝的使者也應稀少。白草相接直達疏勒，青山連綿越過武威。盡力國事豈敢說路遠，只能私下在夢裡歸家。

【研　析】這是一首作者由臨洮出發「將赴北庭」時寫的詩。首聯說聽說輪臺極冷：天寶八至十載作者在安西（今新疆庫車），但沒有去過北庭，安西在天山之南，北庭在天山之北，北庭的氣溫比安西低數度，故有「連年見雪飛」之語。次聯緊承首聯，寫北庭的寒冷和荒涼蕭索。三聯寫作者赴輪臺途中所經之地及其風物。末聯表明，雖然塞外的遙遠、荒涼、寒冷和難以抑止的鄉思，使詩人的思想產生疑慮，但盡力王事、為國從軍的願望與志向，終究使他克服疑慮，毅然走向邊庭，所以全詩的情調並不低沉。

# 涼州館中與諸判官夜集

【題解】涼州，即武威郡，唐河西節度治所設於此；諸本均作「梁州」，係音近而誤，今據《全唐詩》改正。詩中同。館，客舍。判官，節度使僚屬。本詩為天寶十三載赴北庭途經武威時所作。詩中描寫作者與友人在涼州客舍夜宴的情景。

彎彎月出❶掛城頭，城頭月出照涼州。涼州七里❷十萬家，胡人半解彈琵琶。琵琶一曲腸堪斷，風蕭蕭兮夜漫漫。河西❸幕❹中多故人，故人別來三五春❺。花門樓❻前見秋草，豈能貧賤相看老！一生❼大笑能幾回，斗酒相逢須醉倒。

【注釋】❶出　底本注：「一作子。」❷七里　《元和郡縣志》卷四〇：「(涼)州城本匈奴新築，漢置為縣。城不方，有頭、尾、兩翅，名為鳥城，南北七里，東西三里。」里，《全唐詩》注：「一作城。」亦通。《資治通鑑》卷二一九：「武威大城之中，小城有七。」❸河西　即河西節度。❹幕　指幕府。❺三五春　岑參天寶十載曾短期居留武威，故云。❻花門樓　當為涼州客舍之名，作者又有〈戲問花門酒家翁〉詩：「老人七十仍沽酒，千壺百瓮花門口。」詩題下自注：「在涼州。」可以互證。底本作「花樓門」，此從《全唐詩》。❼生底本、明抄本、吳校並注：「一作年。」

【語譯】彎彎的月亮出來掛在城頭，城頭的月亮出來照耀涼州。涼州城南北七里有十萬戶人家，這裡的胡族人有一半懂得彈琵琶。琵琶彈奏一曲令人心酸腸斷，風聲蕭蕭響著呀長夜漫漫。河西幕府裡有許多老友，老友離別以來已有三五秋。花門樓前已出現秋日枯黃的草，哪能終生貧賤互相看著變老！人的一生開懷大笑能有多少回，朋友相逢有一斗酒就該一醉躺倒。

【研析】這首天寶十三載作於涼州的詩，首二句描寫涼州月夜的景象，交代了宴集的時間、地點。接下「涼州」四句描寫涼州城中響起胡人奏出的具有異族情調的琵琶聲，令人心酸腸斷，這四句詩從音樂方面著筆，寫出了涼州的特點。「河西」二句寫與河西幕中諸判官別後重逢；「花門」二句寫由樓前的秋草，引發時光倏逝、功名未就的身世感嘆；末二句則寫與故人別後重逢的歡樂。當時的河西節度使是哥舒翰，「翰好讀《左氏春秋傳》及《漢書》，疏財重氣，士多歸之」（《舊唐書・哥舒翰傳》）；當時他幕中的僚佐有高適、呂諲、裴冕、楊炎、嚴武等，可謂人才濟濟。這些人大多是有理想、有抱負的血性男兒，一旦聚集在一起，更加豪氣勃發，興會淋漓！在「豈能貧賤相看老」的話語裡，跳動著的是急於建功立業的雄心；在大笑、豪飲的後面，是對前途、對生活的樂觀信念。從這首詩中，不難感受到盛唐士人積極進取的精神。這首詩在形式上也很有特色，前八句句句用韻，每兩句一換韻（後四句則四句一韻），且採用句句蟬聯的轆轤體形式（如城頭、涼州、琵琶、故人皆相承連用），使詩意緊相承接，音調也更優美。

# 磧西頭送李判官入京

【題　解】磧西頭，當指伊州（今新疆哈密）、西州（今吐魯番東南）一帶沙漠地區。伊州東南有莫賀延沙磧，伊州、西州間亦有沙磧。李判官，李栖筠，字貞一，李德裕之祖父。天寶七載進士及第。天寶十二、三載，受辟為封常清安西節度使府判官，十三載三月常清兼任北庭節度使後，任安西、北庭節度判官。事見《新唐書・李栖筠傳》、權德輿〈李栖筠文集序〉。岑參另有〈敬酬李判官使院即事見呈〉、〈使院中新栽柏樹子呈李十五栖筠〉詩，可參閱。本詩作於天寶十三載作者赴北庭途中。這首「送李判官入京」的詩，兼抒寫從軍西域的感受。

一身從遠使，萬里向安西❶。漢月垂鄉淚，胡沙❷費❸馬蹄。尋河❹愁地盡，過磧覺天低。送子❺軍中飲，家書醉裡題。

【注　釋】❶一身二句　這兩句點出李判官在安西的任職經歷。從遠使，追隨遠方的節度使。❷沙　底本注：「一作塵。」❸費　《文苑英華》作「損」。❹尋河　當指尋求（黃）河之源。用漢代通西域窮河源故事：「漢使窮河源，其山多玉石，采來，天子案古圖書，名河所出山曰崑崙云。」（《漢書・張騫傳》）❺子　對李判官的敬稱。

【語　譯】您獨自一人追隨遠方的節度使，行走一萬里奔向遙遠的安西。故國的月亮惹人流下思鄉之淚，胡地的沙漠耗損掉了馬的蹄子。尋找黃河之源哀傷大地已到盡頭，通過大沙磧感覺雲天向下低垂。送您進京於軍隊裡宴飲，我的家信在半醉中書寫。

【研　析】天寶十三載（西元七五四年）作者赴北庭途中，在伊州、西州一帶遇到了入京的李判官，作了這首送別詩。詩的首二句點出李判官在安西的任職經歷；中間「漢月」四句寫從軍西域的複雜感受，蓋兼李判官與作者自己而言：「漢月」句說故國之月惹人流下思鄉的眼淚，「胡沙」句通過寫馬蹄耗損之嚴重來表現行役塞外的辛勞，「尋河」二句寫西北邊陲的荒遠和沙漠的與天相連引發的哀愁，皆善於結合西域風物的描寫來抒發感情；末二句點題，在軍中餞別、醉題家書的豪語裡，藏著思家的綿綿深情，可謂運剛於柔。全篇句句不弱，洵屬佳作。

## 輪臺歌奉送封大夫出師西征

【題　解】輪臺，在今新疆烏魯木齊。據是詩，北庭瀚海軍或駐此。封大夫，即封常清，蒲州猗氏人，有才學，曾任高仙芝安西節度使府判官。天寶十一載（西元七五二年）十二月，為安西四鎮節度使，十三載春入朝，加御史大夫，同年三月，兼任北庭節度使。參見《舊唐書．封常清傳》、《舊唐書．玄宗紀》。大夫，即御史大夫，御史臺最高長官。此詩與〈走馬川行奉送出師西征〉皆天寶十三載或十四載九月作於輪臺。兩詩之「西征」無考。聞一多〈岑嘉州繫年考證〉謂即征播仙，征播仙史亦失載。但與岑詩〈獻封大夫破播仙凱歌六章〉比較，則知非指一事。其一，本詩、〈走馬川行奉送出師西征〉與〈北庭西郊候封大夫受降回軍獻上〉同述一事，前二者作於出征時，後者作於回師時。由「回軍獻上」詩知此次「西征」未曾接戰，受降而還，這就與〈獻封大夫破播仙凱歌六章〉所寫戰況不合。其二，播仙在輪臺之南，與此詩「戍樓西望煙塵黑」等語不合。其三，本詩和〈走馬川行奉送出師西征〉所述地名與〈獻封大夫破播仙凱歌六章〉無一相合。這首詩為送封常清率師西征而作，主要歌頌了唐軍出征時軍容的壯盛與士氣的高漲。

輪臺城頭夜吹角，輪臺城北旄頭落❶。羽書❷昨夜過渠黎❸，單于❹已在金山❺西。戍樓西望煙塵黑❻，漢兵屯在輪臺北。上將擁旄西出征❼，平明❽吹笛大軍行。四邊伐鼓雪海湧，三軍大呼陰山動❾。虜塞兵氣連雲屯❿，戰場白骨纏草根。劍河風急雪片闊，沙口石凍馬蹄脫⓫。亞相⓬勤王甘苦辛，誓將報主⓭靜邊塵⓮。古來青史誰不見，今見功名勝古人。

【注釋】❶旄頭落　旄頭，星名，二十八宿之一。《史記・天官書》：「昴曰旄頭，胡星也。」後因以為胡人象徵。「旄頭落」預示胡兵將要覆滅。❷羽書　緊急軍事文書。❸渠黎　即渠犂，漢西域諸國之一，在今新疆輪臺和尉犂之間。《漢書・西域傳》：「輪臺（漢輪臺，在今新疆輪臺）與渠犂地皆相連也。」❹單于　漢時匈奴稱其君主為單于，這裡借指唐西域少數民族首領。❺金山　金嶺，又稱金娑嶺，今新疆北部之博格達山。❻煙塵黑　謂胡兵來犯。❼上將擁旄西出征　指封常清出師西征。擁，持。旄，即旄節，古代使臣所持信物，形如幡旗，上以旄（犛牛尾，後改用羽毛）為飾。唐制，節度使賜雙旌雙節，出行時使開路者雙持於馬上，所謂「雙節夾路馳」（岑參〈北庭西郊候封大夫受降回軍獻上〉）。❽平明　天剛亮。❾四邊二句　形容軍威的壯盛。伐鼓，擊鼓。雪海，當指輪臺北準噶爾盆地的浩瀚雪原。陰山，烏魯木齊以東的天山東段，古亦稱陰山，參見元李志常《長春真人西遊記》。❿連雲屯　形容「兵氣」瀰漫，聚如連雲。⓫劍河二句　形容天氣嚴寒。劍河，水名。據《新唐書‧回鶻傳》載，黠戛斯（今稱柯爾克孜）境內有劍河，即今俄羅斯西伯利亞南部葉尼塞河上游烏魯克穆河。此處疑另有所指。雪，底本作「雲」，此從《唐詩紀事》、《全唐詩》。沙口，未詳。沙，《全唐詩》注：「一作河。」「河」或指劍河。⓬亞相　御史大夫的別稱。漢御史大夫為三公（丞相、太尉、御史大夫）之一，位僅次於丞相，故稱。此處指封常清。⓭報主　報效君主。⓮靜邊塵　平息邊患。

【語　譯】輪臺城頭夜裡吹響號角，輪臺城北有旄頭星隕落。緊急軍事文書昨夜傳過渠黎，報說胡族君主已在金山之西。在瞭望樓西望見到敵騎揚起的煙塵烏黑，唐朝軍隊這時也已經聚集在輪臺城北。主帥帶著旄節率師西征，黎明管樂吹響大軍出行。四面一起擊鼓雪海因而騰湧，三軍將士大呼陰山為之震動。敵塞裡戰氣瀰漫上與雲彩相連，戰場上白骨累累都被草根繞纏。劍河寒風迅猛雪片寬闊，沙口石頭凍結馬蹄脫落。大夫盡力於國事甘願承受苦辛，立誓要報效君主平息邊地煙塵。自古以來史冊裡建立功業的人誰沒看到，現今看到大夫的功業和聲名均勝過古人。

【研　析】這首詩所描寫的「西征」，具體情況已難考知。據詩中所寫，「西征」發生在輪臺以西的北庭節度使轄區，是由於敵兵來犯引起的，所以它大抵是一場為了平息邊患、維護西域安定局面而進行的戰爭。

此詩可分為四段。首段六句寫戰爭的發生，且預示敵軍將覆滅；次段「上將」四句熱烈地渲染和歌頌了唐軍出征時軍容的壯盛和士氣的高漲；三段「虜塞」四句敘述天氣的嚴寒與戰鬥的殘酷，以烘托唐軍將士不怕犧牲的英雄氣概與不畏艱苦的豪邁精神；末段「亞相」四句頌揚主帥盡力王事、為國安邊的勳績。全詩格調高昂，氣勢雄壯，是岑參邊塞詩中的傑作。天寶後期，唐王朝的內政已日趨腐敗，但在安西、北庭，唐的兵力和統一大帝國的聲威依然很盛，這使詩人對安定邊疆充滿信心，情緒豪邁、樂觀，加上詩人自己懷著從軍報國的抱負，所以能寫出這樣富有雄放之音的邊塞詩來。這首詩的韻式與〈涼州館中與諸判官夜集〉很接近，前十四句句句用韻，每兩句一換韻，平仄韻相間，後四句則四句一韻作收結，格法森嚴。

## 走馬川行奉送出師西征

【題　解】走馬川，據詩中所言，其地應在唐輪臺附近。柴劍虹〈岑參邊塞詩地名考辨〉(《學林漫錄》七集)謂即輪臺以西的著名水道瑪納斯河。清徐松《西域水道記》稱此河「冬則盡涸」，故詩有「一川碎石」語。征，《全唐詩》注：「一作行。」此詩寫作時間同上詩，也是為送封常清出師西征而作。詩中表現了唐軍將士艱苦而豪邁的征戰生活。

君不見走馬川行雪海邊❶，平沙莽莽黃入天！輪臺九月風夜吼，一川碎❷石大如斗，隨風滿地石亂走。匈奴草黃馬正肥❸，金山西見煙塵飛，漢家大將❹西出師。將軍金甲夜不脫，半夜軍行戈相撥，風頭如刀面如割。馬毛帶雪汗氣蒸，五花連錢❺旋作冰❻，幕中草檄❼硯水凝。虜騎聞之應膽懾，料知短兵不敢接，車師西門佇獻捷❽。

【注釋】❶君不見句　此句《唐詩紀事》作「君不見走馬滄海邊」。行，疑涉詩題行字而衍。雪海，指準噶爾盆地的浩瀚雪原。❷碎　底本注：「一作破。」❸匈奴草黃馬正肥　匈奴借指當時西域的少數民族。西域產馬，作戰以騎兵為主，「草黃馬正肥」，正是發動戰爭的好時機。❹漢家大將　指封常清。❺五花連錢　「連錢」為馬名，其毛色斑駁，淺深不一，紋路呈魚鱗狀。五花，指把馬鬣剪成花瓣樣式，剪成三瓣的叫三花馬，剪成五瓣的稱五花馬。❻旋作冰　指馬毛上的雪受馬汗熏蒸融化，立即又結成冰塊。❼草檄　起草聲討敵人的文書。❽料知二句　意謂料定敵人不敢面對面地用短兵器交戰，預祝封常清凱旋而歸，在庭州的西門等待勝利後獻所得戰利品。短兵，指刀、劍一類兵器，對弓箭一類長兵器而言。車師，指北庭節度使治所庭州，其地本東漢車師後王庭，見《舊唐書・地理志》。

【語譯】你沒看到走馬川就在雪海邊，沙原茫茫一派黃色直入雲天！輪臺九月狂風在夜裡怒吼，一條河川的碎石其大如斗，被狂風刮著石頭滿地亂走。這時胡地草色發黃馬正肥壯，金山之西出現敵騎揚起的煙塵，唐朝廷的大將於是向西出軍。將軍的鎧甲夜晚仍然穿著，半夜急行軍兵器相互碰磕，風勢強勁刮到臉上就像刀割。馬毛帶雪被馬身上的汗氣熏蒸而融解，不久五花連錢馬身上的雪水又凝成冰，帳幕中起草聲討敵人檄文用的硯水也凍結。敵騎聽到我軍的聲勢應該膽怯，料定他們不敢與我軍短兵相接，將在庭州西門等待我軍凱旋獻捷。

【研析】這首詩所描述的「西征」，與〈輪臺歌奉送封大夫出師西征〉所寫，應屬一事。此詩描寫了唐軍將士艱苦而豪邁的征戰生活，並以西北邊地奇異風光的描繪，有力地襯托了將士們的英雄氣概。詩的頭兩句，展現了西北荒漠獨特的壯闊風光：那浩瀚無際的黃色沙海一直延伸到天邊；接下來「輪臺」三句寫入夜狂風怒吼，飛沙走石，表現出了自然環境的惡劣和氣候的瞬息萬變，同時以大膽的誇張、想像突出西域風光的奇異、壯觀，從而為後面的歌頌唐軍將士作了鋪墊。下面「將軍」三句寫唐軍將士夜半急行軍的情狀，大筆揮灑而出，如風發泉湧；「馬毛」三句以實中求奇的細節描寫，渲染天氣的嚴寒和行軍的急速（馬身上的汗氣可使馬毛上的雪融化，可見馬跑得很快），這些都襯托出了唐軍將士不畏艱險、豪邁堅強的精神風貌。有這樣的將士，怎能不使敵人喪膽？所以最後三句的預祝勝利，也就說起來信心十足了。這首詩通篇豪氣洋溢，讀後令人振奮。

詩歌採用句句用韻、三句一轉韻的奇特格式，以急促鏗鏘的節奏，烘托出了征戰生活的緊張和士氣的高昂，韻調與內容和諧統一，給人以突兀不凡之感。此詩的韻式既與通常的七古體製不同，也與上一首有別，見出詩人在七言歌行的體製上，進行了多方面的探索。

# 獻封大夫破播仙凱歌六章（選三）

## 其二

【題解】播仙，《新唐書・地理志》：「播仙鎮，故且末城也，高宗上元中更名。」其地在今新疆且末附近。封常清破播仙事，史傳失載。凱歌，《樂府詩集》卷二〇謂唐凱樂「用鐃吹二部」，「迭奏〈破陣樂〉等四曲」；又於岑參〈唐凱歌六首〉下云：「岑參〈輪臺歌奉送封大夫出師西征〉序曰：『天寶中，匈奴回紇寇邊，踰花門，略金山，煙塵相連，侵軼海濱。天子於是授鉞常清，出師征之。』及破播仙，奏捷獻凱，參乃作凱歌云。」似謂「西征」與「破播仙」乃同一抵禦回紇寇邊之事。然「西征」與「破播仙」發生的地域，相去甚遠，史書中也沒有說天寶時回紇曾入寇安西、北庭。且據史書所載，回紇與大唐是長期和好的。又序文內容，亦頗多費解之處。如常清乃岑參上司，岑詩皆尊稱之為「封大夫」或「封公」，未嘗直呼其名。另今存岑集各本，〈輪臺歌奉送封大夫出師西征〉或〈走馬川行奉送出師西征〉題下俱無此序。故序文是否出自岑參之手，值得懷疑。據《吐魯番出土文書》第十冊的有關記載，封常清破播仙大致發生在天寶十三載（西元七五四年）十一月至十二月間，說見王素〈吐魯番文書中有關岑參的一些資料〉（《文史》三十六輯）。岑參此詩，應作於封常清回到北庭的同年十二月下旬。本首為〈獻封大夫破播仙凱歌六章〉中的第二首，寫征播仙行軍途中氣候之冷。

官軍西出過樓蘭❶，營幕傍臨月窟❷寒。蒲海❸曉霜凝馬❹尾，葱山❺夜雪撲旌竿。

【注釋】❶樓蘭　在今新疆若羌。❷月窟　同「月𡸁」。月亮所生之地，言極西方。《漢書・揚雄傳》：「西厭月𡸁。」顏師古注引服虔曰：「𡸁，音窟穴之窟；月𡸁，月所生也。」❸蒲海　即蒲昌海，今新疆羅布泊。❹馬　《萬首唐人絕句》作「劍」。❺葱山　即葱嶺，帕米爾高原和喀喇崑崙山脈諸山的總稱。

【語譯】唐朝的軍隊向西行進越過樓蘭，營帳靠近月出的地方堪稱酷寒。蒲昌海的曉霜凝結於馬尾，葱嶺夜晚的雪撲打著旗竿。

【研析】這首詩只有四句，首句寫唐軍西征播仙；第二句寫軍隊紮營於極西之地，非常寒冷；第三、四句用具有生活氣息的細節描寫，生動地表現出了行軍途中氣候的寒冷。像「曉霜凝馬尾」、「夜雪撲旌竿」這樣的細節，缺少邊塞生活體驗的人，恐怕是難於寫出的。而且這兩句詩中所用「蒲海」、「葱山」的地名，還增添了人們對於戰地之寒的感受，同時又寫出了行軍之遠，可以說這後二句詩，是全篇的精彩之筆。

## 其　四

【題解】本詩是〈獻封大夫破播仙凱歌六章〉之第四首，寫敵軍兵敗投降。

日落轅門❶鼓角鳴，千群面縛❷出蕃城。洗兵❸魚海❹雲迎陣，秣馬❺龍堆❻月照營。

【注釋】❶轅門　古時行軍住宿時，圍車成營，以車轅相向為門，名轅門。後亦稱一般軍營之門為轅門。❷面縛　此指敵兵投降。《左傳》僖公六年：「許男面縛銜璧。」杜注：「縛手於後，唯見其面。」❸洗兵　洗淨兵器，收藏起來。指戰爭停止。❹魚海　泛指湖泊。❺秣馬　餵馬。❻龍堆　即白龍堆，今新疆南部庫姆塔格沙漠。其地沙崗起伏，形如臥龍。

【語譯】太陽西下時將軍的營門戰鼓與號角齊鳴，上千的人群背綁著雙手走出異族的小城。於湖澤中刷洗兵器雲彩飄來迎接唐軍，在白龍堆餵養馬匹月光明亮照耀兵營。

【研析】這首詩首句的「轅門鼓角鳴」，蓋指在營門前迎接封大夫獲勝後班師回營；第二句則寫大批播仙叛軍投降，唐軍押解他們回營。第三句之「洗兵」表示戰爭勝利結束，末二句寫出了戰爭停止後的平靜、安寧景象，語言中隱約流露出了勝利的喜悅之情。近人劉永濟評此詩說：「此詩則讚美封大夫之戰功而作，故語特雄渾，不為寒苦之態。」（《唐人絕句精華》）可供參考。本首與上一首皆以對句收結，清黃培芳評曰：「對收俊麗。」（《唐賢三昧集箋註》卷下）所評是。

## 其六

【題解】本詩是〈獻封大夫破播仙凱歌六章〉之第六首，寫破播仙之戰的激烈。

暮雨旌旗濕未乾，胡煙白草❶日光寒。昨夜將軍連曉戰，蕃軍衹見馬空鞍。

【注釋】❶白草　西域所產牧草。

【語譯】傍晚下的雨打濕了軍旗到天亮還沒有乾，胡地煙靄瀰漫白草茫茫日光也帶著輕寒。我們的將軍昨天夜裡通宵作戰，只見異族騎兵的馬僅剩下空鞍。

【研析】這首詩的前二句寫破播仙之戰剛結束時的情景：天已亮，軍旗被昨天傍晚的雨打濕了還沒有乾，空中瀰漫著煙霧，大地上白草茫茫，日光也帶著寒意。這兩句詩實際上還具有交代戰鬥發生的環境和時間的作用。由第三句可以看出，戰鬥從昨天傍晚一直進行到天亮；第四句寫敵騎兵大敗，紛紛滾鞍落馬。這後二句寫出了戰鬥的激烈和我軍將士的英勇善戰，說明前一首所寫敵軍兵敗投降的結果來之不易。〈獻封大夫破播仙凱歌六章〉為組詩，本書所選以上三首，內容是互有聯繫的。

# 題苜蓿烽寄家人

【題解】詩題《才調集》、《萬首唐人絕句》無「題」字，苜蓿烽，黃文弼《吐魯番考古記》載《伊吾軍屯田殘籍》中有「苜蓿烽」，按伊吾軍在伊州（治所在今新疆哈密）西北三百里天山北甘露川（見《元和郡縣志》卷四〇），則苜蓿烽大抵亦當在伊州境內。參見程喜霖〈從吐魯番出土文書中所見的唐代烽堠制度之一〉（載《敦煌吐魯番文書初探》）。烽，《才調集》、明抄本、《萬首唐人絕句》、《全唐詩》作「峰」，誤。本詩作於作者在北庭任職期間，時為天寶十四載或十五載初春。詩中抒寫了詩人的思家之情。

苜蓿烽邊逢立春，胡蘆河❶上淚沾巾。閨中祇是空思想❷，不見沙場❸愁殺人！

【注釋】❶胡蘆河　當在伊州附近。柴劍虹謂即《大慈恩寺三藏法師傳》卷一所記玉門關附近之「瓠蘆河」（〈胡蘆河考〉，載《新疆師大學報》一九八一年一期）。按，伊州距玉門關九百里，疑非是。❷思想　《才調集》、《萬首唐人絕句》、《全唐詩》作「相憶」。❸沙場　指沙漠。

【語譯】我在苜蓿烽旁邊遇上立春，於胡蘆河上淚流沾濕手巾。閨中妻子只是徒然相思相憶，見不到這塞外沙漠的令人憂慮！

【研析】此詩前二句直抒詩人的思家之情。首句點明思家的時地：立春標誌著春天已到來，而春天的到來，更易引發對家人的思念；首蓿烽是北庭轄區的一座烽火臺，身居此地，焉能不思故鄉？第二句寫流淚之多與思家之甚。第三、四句則從閨中妻子思念征人與征人思念妻子兩個方面著筆，妻子雖然思念征人，卻不能與之相見，所以說「空」，這已經夠令人難受的了，但還是比不上征人的思家之愁，因為征人遠戍，整日見到的是荒涼的沙漠，其苦況非妻子所能想像，征人處於這種狀況，思家之愁自然更甚。劉永濟評此詩說：「此詩三、四句較但寫家人相憶之詞，更進一層，言家人空憶遠人，不知遠戍沙場之苦，有非空想所知。」（《唐人絕句精華》）所言是。

## 北庭貽宗學士道別

【題解】學士，官名。唐集賢殿書院、翰林院、弘文館、崇文館並置學士、直學士，皆以他官兼任。學士當是宗氏從軍前曾任的職務。此詩天寶十四載（西元七五五年）四月作於北庭。從軍安西的宗學士，因公事自龜茲鎮到庭州，與岑參相見宴飲，如今又要回龜茲，岑參因作此詩相贈話別。詩中主要寫宗在軍中的遭遇，並表達告別之意。

萬事不可料，嘆君在軍中。讀書破萬卷❶，何事來從戎？曾逐李輕車❷，西征出太蒙❸。荷戈月窟❹外，擐甲❺崑崙東。兩度皆破胡，朝庭輕戰功。十年祇一命，萬里如飄蓬❻。容鬢老胡塵，衣裘脆邊風。忽來輪臺❼下，相見披心胸。飲酒對春草，彈棋❽聞夜鐘。今且還龜茲❾，臂上懸角弓❿。平沙向旅館，匹馬隨飛鴻。孤城⓫倚大磧，海氣⓬迎邊空。四月猶自寒，天山雪濛濛。君有賢主將⓭，何謂泣途窮⓮？時來整六翮⓯，一舉淩蒼穹⓰。

【注釋】❶讀書破萬卷　此句形容讀書之多。一說，謂熟讀而書卷磨破也。杜甫〈奉贈韋左丞丈二十二韻〉：「讀書破萬卷，下筆如有神。」杜詩作於天寶七載，在岑詩前。破，過；盡。杜甫〈絕句漫興九首〉：「二月已破三月來。」❷李輕車　漢李廣從弟李蔡為輕車將軍，擊匈奴右賢王有功，封樂安侯。事見《漢書‧李廣傳》。鮑照〈代東武吟〉：「始隨張校尉，占募到河源；後逐李輕車，追虜窮塞垣。」據下文「十年祇一命」句，知宗學士從軍安西已有很長時間。在封常清前任安西節度使的有高仙芝、王正見，仙芝曾幾度西征，此李輕車可能借指高仙芝。❸出太蒙　形容極西。太蒙，日入之所。《爾雅‧釋地》：「西至日所入為太蒙。」❹月窟　指極西方。❺擐甲　著盔甲。❻十年二句　意謂宗學士十年仍居於卑位，未曾升遷，像飄蓬一樣流寓在萬里之外的邊地上。一命，周代官秩的最低一級。❼輪臺　在今新疆烏魯木齊。❽彈棋　古代的一種博戲，兩人對局，其術至宋代已失傳。❾龜茲　安西節度使治所，在今新疆庫車。❿角弓　飾以獸角的弓。⓫孤城　指北庭節度治所，在新疆吉木薩爾北。⓬海氣　指海市蜃樓。虞世南〈賦得吳都〉：「江濤如素蓋，海氣似朱樓。」海市蜃樓常出現於海上或沙漠中，是因光線折射而產生的一種自然現象。⓭賢主將　指安西、北庭節度使封常清。⓮泣途窮　《世說新語・棲逸》注引《魏氏春秋》：「阮籍常率意獨駕，不由徑路，車跡所窮，輒慟哭而反。」⓯六翮　指善飛之鳥的健羽。《韓詩外傳》卷六：「夫鴻鵠一舉千里，所恃者六翮耳。」又，〈古詩十九首・明月皎夜光〉：「高舉振六翮。」翮，羽莖，即羽毛上的翎管。⓰蒼穹　蒼天。

【語　譯】一切事情都不可以預料，可嘆啊您竟在軍隊裡。您讀書超過一萬卷，為什麼來這裡從軍？您曾經追隨輕車將軍李蔡，西征到了太陽落下的地方。扛著戈矛出現在月出之地的旁邊，穿上盔甲轉戰於崑崙山的東面。您兩次都擊潰敵軍，但朝廷卻輕視戰功。您十年中只居於卑職不曾升遷，像蓬草一樣飄轉在萬里邊地上。容顏鬢髮在胡地的塵沙裡變老，衣服皮裘於邊塞的疾風中發脆。您忽然來到輪臺城下，與我相見披露胸襟。我們一起飲酒面對著春天的草木，共同玩彈棋聽到了夜半的鐘聲。現在您將要返回龜茲鎮，臂上掛著用獸角裝飾的弓。在廣闊的沙原中向旅館走去，匹馬獨自前行唯有飛雁相從。庭州這座孤城靠近大沙漠，海市蜃樓常在邊塞迎空而現。這裡四月份還是很冷，天山上雪花紛紛落下。您有賢明能幹的主將，說什麼因無路可走而哭泣？時機一來整理好雙翅，您將一飛衝上青天。

【研　析】這首贈別詩稱詩歌所贈對象宗學士十年在安西邊地，則他當年曾與岑參同入安西節度使高仙芝幕府，現今又同在安西、北庭節度使封常清幕中。詩的前十四句描述宗學士的文才，以及他從軍後的遭遇，對其失志表示同情和不平。這段話同王維的〈老將行〉、〈隴頭吟〉一樣，都涉及軍中賞罰不明、有功得不到封賞的問題，值得注意。從戎入幕是盛唐文人仕進的途徑之一，但這條道路也並不平坦，本詩即反映了這一情況。後「忽來」十六句先寫宗學士與己相見宴飲甚歡和送別情景，最後安慰和勉勵友人，說時機一旦來臨，定能一飛沖天。

張九齡〈折楊柳〉：「更愁征戍客，容鬢老邊塵。」本詩「容鬢」句即承張詩而來，但改「邊」為「胡」。這句詩具有兩層意思，含蘊豐富：一指胡地的塵沙使容顏變老、鬢髮變白，二指容鬢在抗擊胡兵的進犯中變老、變白（「胡塵」亦指胡兵進犯時揚起的塵土）。接下「衣裘」句乃岑參獨自的創造，說邊風凜冽強勁，使衣裘也發硬變脆了，構思、煉字皆奇，極善於在真切的生活體驗的基礎上發揮想像力。

## 登北庭北樓呈幕中諸公

【題解】本詩天寶十四載六月作於北庭。詩中寫登北庭北樓所見景象和作者當時的心情。

嘗讀〈西域傳〉❶，漢家得輪臺❷。古塞❸千年空，陰山❹獨崔嵬❺。二庭❻近西海❼，六月秋風來。日暮上北樓，殺氣❽凝不開。大荒❾無鳥飛，但見白龍堆❿。舊國⓫眇天末⓬，歸心日悠哉。上將⓭新破胡，西郊絕煙埃⓮。邊城寂無事，撫劍空徘徊。幸得趨幕中，託身廁群才⓯。早知安邊計，未盡平生懷。

【注釋】❶西域傳　指《漢書・西域傳》。❷漢家得輪臺　據《漢書・李廣利傳》載，武帝遣李廣利攻大宛（漢西域國名），軍過輪臺（漢西域國名，在今新疆輪臺），破之。又據《漢書・西域傳》載，李廣利破大宛後，「西域震懼」，多遣使入貢，漢於是在輪臺等地置卒屯田，「以給使外國者」，昭帝時亦曾遣屯田卒至輪臺。❸古塞　指古輪臺。❹陰山　烏魯木齊以東的天山東段。❺崔嵬　高峻貌。❻二庭　指漢車師前王庭及後王庭。車師前王庭在交河城（唐西州交河縣治，在今新疆吐魯番西），後王庭在北庭節度使治所庭州金滿縣（今新疆吉木薩爾北）。❼西海　今新疆博斯騰湖，古稱西海。❽殺氣　秋日蕭瑟之氣。《禮記・月令》：「仲秋之月……殺氣浸盛，陽氣日衰。」❾大荒　指西域荒遠之地。❿白龍塠　即白龍堆。此處泛指沙漠。⓫舊國　指故鄉。⓬眇天末　遠在天邊。⓭上將　指封常清。⓮煙埃　同「煙塵」。此指胡兵來犯。⓯廁群才　忝列群才之中。

【語譯】我曾閱讀《漢書》的〈西域傳〉，知道漢朝廷獲得了輪臺。古輪臺歷千年已無所有，唯獨陰山還是那樣高峻。漢代前王後王二庭靠近西海，六月份秋風就已從西邊吹來。黃昏時我登上北庭北樓，感到陰寒之氣凝聚不散。這荒遠之地沒有飛鳥，只能見到一片大沙漠。我的故鄉遠在天邊，思歸之心一天天深長。主將新近打敗了胡族軍隊，北庭西郊再無胡騎來犯的煙塵。邊地的城鎮已平靜無事，我手撫寶劍只是往返徘徊。我有幸得以趨赴幕府，寄身其間忝列群賢之中。早就知道安定邊疆的計策，卻無機會充分施展平生抱負。

【研析】此詩前十二句描寫登北庭北樓所見景象：自北庭北樓西望，即是唐庭州的輪臺縣，但這並不是漢家所得的輪臺（漢輪臺在天山南，唐輪臺在天山北），作者大概是由眼前的輪臺，而想到漢輪臺；「古塞」二句是說人事已非，江山未改；「二庭」六句寫北庭的寒冷和荒涼，這裡六月份即已瀰漫著陰寒之氣，空中連飛鳥都沒有，但見沙漠；「舊國」二句寫東望故鄉眇不可見，不免引發思歸之心。後八句抒發作者當時的複雜心情：所謂「上將新破胡」，蓋指封常清「破播仙」之役或「西征」獲勝（參見〈輪臺歌奉送封大夫出師西征〉、〈獻封大夫破播仙凱歌六章〉），新勝之後邊地平靜無事，自然令人高興，但安邊有謀而施展無由，又令詩人感嘆，他內心矛盾，百感交集，故撫劍徘徊，思歸之心愈益強烈。這首詩有助於我們瞭解作者在邊地時的思想風貌。

## 滅胡曲

【題　解】據詩意，本詩作年當同上篇。詩中歌詠「滅胡」後邊地的安寧景象。

都護❶新滅胡，士馬氣亦粗。蕭條虜塵淨❷，突兀❸天山孤。

【注　釋】❶都護　指安西、北庭節度使封常清。❷虜塵淨　指沒有敵兵來犯。❸突兀　高聳貌。

【語　譯】北庭都護新近消滅了胡族軍隊，唐軍兵馬的氣勢已甚粗大雄壯。邊地寂靜清閒沒有敵騎來犯，只有孤高的天山巍然聳立。

【研　析】本詩首句「都護新滅胡」，與前詩〈登北庭北樓呈幕中諸公〉之「上將新破胡」，所指應是同一事。第二句寫「滅胡」後唐軍氣勢甚盛；第三句寫「滅胡」後邊地清靜無事；末句以寫景作結，形象鮮明，剛勁有力，促人遐想，那巍然聳立的天山，似乎是強大的唐帝國的象徵，是邊地清靜無事的見證。總之，這堪稱一奇句，耐人尋繹。

## 白雪歌送武判官歸京

【題解】詩云「胡天八月」，據《吐魯番出土文書》第十冊，天寶十三載八月武判官在安西，故此詩當作於天寶十四載八月，時作者在輪臺，說詳王素〈吐魯番文書中有關岑參的一些資料〉（《文史》三十六輯）。此詩為送北庭幕府的判官還京而作。

北風捲地白草折❶，胡天八月即飛雪。忽如❷一夜春風來，千樹萬
樹梨花❸開。散入珠簾濕羅幕，狐裘不暖錦衾薄。將軍角弓❹不得控❺，
都護鐵衣冷難著。瀚海❻闌干❼百丈❽冰，愁雲慘淡❾萬里凝。中軍❿置
酒飲歸客，胡琴⓫琵琶與羌笛。紛紛暮雪下轅門⓬，風掣紅旗凍不翻⓭。
輪臺東門送君去，去時雪滿天山路。山迴路轉不見君，雪上空留馬行處。

【注　釋】❶白草折　形容風極猛烈。白草，西域所產牧草，其莖堅韌。❷如　《唐詩紀事》、《全唐詩》作「然」。❸梨花　指雪。❹角弓　飾以獸角的弓。《唐詩紀事》作「雕弓」。❺控　拉開。❻瀚海　大沙漠。❼闌干　縱橫。❽百丈　底本作「百尺」，此從《全唐詩》；底本、《全唐詩》並注：「一作千尺。」❾慘淡　陰暗貌。❿中軍　此借指主帥所居營帳。⓫胡琴　泛指西域之琴，非即今日之胡琴。⓬轅門　軍營之門。⓭風掣紅旗凍不翻　隋虞世基〈出塞二首〉其二：「霧烽黯無色，霜旗凍不翻。」為此句所本。掣，牽曳。《唐詩紀事》作「擊」。翻，飄動。

【語　譯】北風捲地而來白草的莖都被折斷，胡地的天空中八月即飄起雪花。忽然像是一夜春風吹來，千樹萬樹潔白的梨花盛開。雪花落入珍珠簾子打濕絲綢帳幕，狐皮大衣不感暖和錦緞被子也覺太薄。將軍的角弓手凍得無法拉開，都護的鐵甲冰冷得難以著身。大沙漠裡冰雪縱橫厚達百丈，遼闊的空中陰雲暗淡萬里密布。主帥的營帳裡擺酒餞送還京的判官，西域的琴還有琵琶與羌笛一起奏響。傍晚的雪花紛紛落在軍營的門上，雪裡的紅旗被風拉扯著也不飄動。在輪臺的東門送判官您離去，走時雪花落滿前往天山的路。山勢曲折道路迂迴已看不見您，雪地上只留下您的馬走過的印跡。

【研　析】此詩寫在雪中送友人歸京，起筆寫邊地北風之猛和塞外飛雪之早，筆墨勁健，不同流俗。接著筆鋒一轉，出人意料地用「忽如一夜春風來，千樹萬樹梨花開」的詩句來形容雪景，其境界真是奇麗壯美極了，而且語言工緻自然，故歷來傳誦人口。把塞外的冰天雪地世界寫得如此充滿了鬱勃的春意，其中是傾注了作者熱愛邊疆的深厚感情的。清方東樹稱讚這兩句詩「奇情逸發，令人心神一快」（《昭昧詹言》卷一〇），甚是。下面「散入」六句寫雪後奇寒，揮灑之中有細描，這六句詩所寫景象，預示著友人歸途中必定要遇到許多難以克服的困難。「中軍」二句寫置酒送歸，只列舉幾種樂器的名字，即表現了宴會上鼓樂齊奏的場面，烘托出了熱烈的氣氛。「紛紛」六句寫送別：儘管風雪交加，天色也暗了下來，友人還是照樣出發，足見其不畏艱苦的英雄本色；最後寫友人走了，看不見了，只有送者面對雪地上留存的一行馬蹄印跡，這時候送者的內心，一定充溢著無限惜別之意，也許還夾帶著友人歸去而引發的思鄉之情。此詩起得精彩，收得也出色，豪放而又含蓄，奇壯而不失俊麗，在唐人詩中，堪稱是別具一格的傑作。

## 玉關寄長安李主簿

【題解】玉關，即玉門關。唐時關址在今甘肅安西縣東雙塔堡附近。長安，京兆府長安縣。主簿，指縣主簿，掌縣衙簿書，是縣令的佐吏。天寶十四載（西元七五五年）歲末，作者曾因公事自北庭至玉門關，作有〈玉門關蓋將軍歌〉，參見《岑參集校注》附錄〈岑參年譜〉。本詩之寫作時間當同於〈玉門關蓋將軍歌〉。詩中抒寫作者身處塞外，非常思念在長安的故友的心情。

東去長安萬里餘，故人何惜一行書？玉關西望堪腸[1]斷，況復明朝是歲除。

【注　釋】❶堪腸《萬首唐人絕句》作「腸堪」。

【語　譯】玉門關東離長安一萬里有餘，故人為何吝惜一行字的書信？在玉門關西望能使人心酸腸斷，更何況明天又是除夕的日子。

【研　析】此詩首句說作者當時所在的玉門關離長安很遠，言外之意是：因為離長安遠，難以同故人相見，所以渴望得到故人的書信；然而作者卻始終沒有收到故人的書信，故有第二句「故人何惜一行書」之問，在埋怨故人不寄書信的話裡，蘊含著對故人的無限思念；第三句「玉關西望」之所見，乃滿目荒涼之絕域，作者身處此地軍中，能不心傷？能不更加思念長安，更加思念在長安的故人？末句點出「況復明朝是歲除」，每逢佳節倍加思念親友，詩意又遞進一層。明鍾惺說：「又添一意，益復深長。」（《唐詩歸》卷一三）甚是。此詩語言明白如話，而意味深長，耐人尋繹，堪稱佳製。

## 天山雪歌送蕭沼歸京

【題　解】蕭沼，底本原作「蕭治」，據《唐詩紀事》改。按，敦煌寫本伯三六一九有蕭沼缺題邊塞詩一首（參見《全唐詩補編》第一五九三頁），可證作「沼」是。本詩作於居北庭期間。詩中也寫在雪中送友人歸京。

天山雪雲❶常不開，千峰萬嶺雪崔嵬❷。北風夜捲赤亭口❸，一夜天山雪更厚。能兼漢月照銀山❹，復逐胡風過鐵關❺。交河城❻邊鳥飛❼絕，輪臺路上馬蹄滑。晻靄❽寒氛萬里凝，闌干❾陰崖千丈冰。將軍狐裘臥不暖，都護寶刀凍欲斷。正是天山雪下時，送君走馬歸京師。雪❿中何以贈君別？惟有青青松樹枝。

【注　釋】❶雪雲　《唐詩紀事》、《全唐詩》作「有雪」。❷崔嵬　高貌。❸赤亭口　在今新疆鄯善東北。❹銀山　在今新疆托克遜西南。❺鐵關　鐵門關。在今新疆庫爾勒北。❻交河城　漢車師前王治交河城，唐為西州交河縣，在今新疆吐魯番西。❼鳥飛　《唐詩紀事》、《全唐詩》作「飛鳥」。❽晻靄　昏暗的樣子。《唐詩紀事》作「晻澹」。❾闌干　縱橫。❿雪　底本、宋本、明抄本、吳校均注：「一作客。」

【語　譯】天山上降雪的陰雲常積聚不散，天山的千峰萬嶺雪積得很高。夜裡北風貼著赤亭口的地面迅猛而起，一個晚上天山的雪下得更大更厚。雪光能和月光一起映照到銀山磧，雪花還能隨著塞外的風飄過鐵門關。交河城邊看不到鳥飛，去輪臺的路上馬蹄打滑。天空中陰暗的寒氣萬里密布，背陽的崖谷冰雪縱橫厚達千丈。將軍的狐皮大衣睡時不能禦寒，都護的珍貴戰刀凍得快要折斷。正是天山下雪的時候，送您驅馬疾行返回京師。雪中送別用什麼贈給您？惟有折一枝常青的松樹枝。

【研　析】這首詩同前首〈白雪歌送武判官歸京〉一樣，也寫雪中送別。〈白雪歌送武判官歸京〉將塞外八月飛雪的景觀寫得奇麗壯美極了，這首詩中描寫雪後巍峨的天山千峰萬嶺銀裝素裹，入夜耀眼的雪光與月光交相輝映，這景象又何嘗不是既奇且麗！這首詩「晻靄」四句同〈白雪歌送武判官歸京〉「散入珠簾濕羅幕，狐裘不暖錦衾薄。將軍角弓不得控，都護鐵衣冷難著。瀚海闌干百丈冰，愁雲慘淡萬里凝」六句，都寫雪後奇寒，意象比較接近，但其中「都護寶刀凍欲斷」一句，卻絕不與〈白雪歌送武判官歸京〉雷同。它想像大膽而奇特，可同〈白雪歌送武判官歸京〉「風掣紅旗凍不翻」句媲美。結尾寫雪中萬物凋零，惟折青松相贈，寓有友誼常青，歲寒不凋之意，它和〈白雪歌送武判官歸京〉的結尾一樣綽有餘味。此外，此詩雖寫惜別之情，卻豪壯、樂觀，這也同〈白雪歌送武判官歸京〉一樣。

## 熱海行送崔侍御還京

【題　解】熱海，即今吉爾吉斯坦之伊塞克湖。侍御，指監察御史，掌分察百官，巡按州縣。唐御史臺置殿中侍御史、監察侍御史（又稱監察御史）各若干員，均通稱為「侍御」。參見《因話錄》卷五。本詩作於居北庭期間。詩中描寫了熱海的奇異風光。

側聞❶陰山❷胡兒語，西頭熱海水如煮。海上眾鳥不敢飛，中有鯉魚長且肥。海中有赤鯉。岸旁青草常不歇❸，空中白雪遙旋滅。蒸沙爍石燃虜雲，沸浪炎波煎漢月❹。陰火潛燒天地爐❺，何事偏烘西一隅？勢吞月窟侵太白，氣連赤坂通單于❻。送君一醉天山郭❼，正見夕陽海邊落。柏臺❽霜威❾寒逼人，熱海炎氣為之❿薄⓫。

【注　釋】❶側聞　從旁聽到。❷陰山　指天山東段。❸歇　凋枯。❹蒸沙二句　形容熱海炎氣之盛。爍石，使石頭熔化。虜雲，邊地之雲。❺天地爐　參見〈經火山〉注❸。此以冶鑄喻萬物的生成。❻勢吞二句　謂熱海炎氣極盛，向周圍擴散到極遠之地。勢吞，宋本、明抄本、吳校均注：「一作熱入。」月窟，同「月嵎」。月亮所生之地，言極西方。太白，即金星。黃昏見於西方，曰太白。赤坂，即赤山，指西段火山，在唐西州交河縣，今新疆吐魯番西。說見王素〈吐魯番文書中有關岑參的一些資料〉（《文史》三十六輯）。單于，指單于都護府。唐高宗麟德元年（西元六六四年）置，轄境在今內蒙古陰山、河套一帶。❼天山郭　天山城，當指西州交河縣。縣北有天山，故云。❽柏臺　御史臺。漢御史府中列柏樹，故稱。❾霜威　形容御史的威嚴。《通典》卷二四：「御史為風霜之任，彈糾不法，百僚震恐，官之雄峻，莫之比焉。」❿之　《唐百家詩選》作「君」，宋本、明抄本、《全唐詩》均注：「一作君。」⓫薄　減弱。

【語　譯】我從旁聽到陰山胡族人的話，西邊熱海的水像煮開了一樣。熱海上各種鳥兒不敢飛，海裡有赤鯉魚又大又肥。海岸旁邊的青草常年不凋枯，海上的雪花還在高空就融化。空中熱氣蒸熏熔化沙石燒烤著邊地的雲，海裡炎熱滾開的波浪煎煮著雲間的月。陰陽之火暗中在天地這座大爐裡燃燒，為什麼單單烘烤這西邊的一個角落？熱氣的氣勢將吞沒月出之地侵襲太白星，還東與火焰山相連直通向單于都護府。送別您在天山下的交河城一醉，正看見夕陽在熱海的旁邊下落。御史臺凜若寒霜的嚴威寒氣逼人，熱海的熱氣竟為之而有所減弱。

【研析】這首詩為送崔侍御歸京而作，故由御史的霜威，聯想到熱海之熱。《通典》卷一九三引杜環《經行記》云：「(碎葉川)東頭有熱海，茲地寒而不凍，故曰熱海。」《大慈恩寺三藏法師傳》卷二：「清池亦云熱海，見其對凌山不凍，故得此名，其水未必溫也。」則熱海並非水熱如煮，作者乃據「陰山胡兒」傳言，馳騁想像，用大膽的誇張，從海中水、海上鳥、岸旁草、空中雪等多個方面，寫出熱海令人驚愕的奇觀。接著作者又濃筆重抹，接連用「蒸」、「爍」、「燃」、「沸」，「炎」、「煎」、「燒」、「烘」等字渲染了熱海的奇熱。詩中前十二句皆寫熱海的奇異之景，直到最後「送君」四句，才點明送別之意，並把被送者的官職，同熱海聯繫起來。此詩寫景神奇瑰麗，引人入勝，這與詩人不把西域荒寒之地視為畏途，具有立功異域的慷慨豪情，不無關係。

## 送崔子還京

【題解】崔子，疑即上詩之「崔侍御」。此詩作於西州交河縣，作年當同前詩。詩中寫出了歸者的喜悅和作者當時的心情。

匹馬西從天外歸，揚鞭祇共鳥爭飛❶。送君九月交河❷北，雪裡題詩淚滿衣。

【注釋】❶匹馬二句　寫崔子獲歸喜悅之情和作者欣慕之意。揚鞭，宋刻本、明抄本、吳校均注：「一作翩翩。」❷交河　西州交河縣。其地有交河，經城北流。

【語譯】君單身一人從西邊極遠之地還京，揚鞭催馬疾走只想與飛鳥爭先。九月在交河城北送君遠行，我在雪裡題詩淚流沾滿衣襟。

【研析】這是一首送別詩，前二句言歸者之樂，但不是直說；透過詩中所寫歸者矯健輕捷、躍馬如飛的身影，我們可以感受到崔子獲歸的喜悅與作者羨歸的心情。後二句言送者之苦，在題詩贈別的淚水裡，蘊含著作者的惜別之悲與思歸之愁。全詩語短情長，頗耐人咀嚼。

## 火山雲歌送別

【題解】此詩為任職北庭期間所作。詩中描寫了火山雲氣的奇異。

火山突兀❶赤亭口❷，火山五月火雲厚。火雲滿山凝未開，飛鳥千里不敢來。平明乍逐胡風斷，薄暮渾❸隨塞雨回。繚繞斜吞鐵關樹，氛氳半掩交河戍❹。迢迢征路火山東，山上孤雲隨馬去。

【注釋】❶突兀　高聳貌。❷赤亭口　在今新疆鄯善東北。❸渾　還。❹繚繞二句　形容雲氣之盛。繚繞，迴環盤繞。氛氳，氣盛的樣子。戍，戍所，即駐防地的營壘、城堡。

【語譯】火焰山高高聳立於赤亭路口，正當五月火焰山的赤雲濃厚。赤雲充滿山間積聚不散，千里外的飛鳥也不敢前來。黎明忽然跟著邊地的風散去，傍晚又隨著塞外的雨返回。赤雲迴環盤繞斜著吞沒了鐵門關的樹木，氛氳瀰漫遮蓋了交河駐軍城堡的一半。旅人遙遠的征途就在火焰山的東面，只見山上一片孤雲隨著旅人的馬離去。

【研析】這首詩題曰「送別」，但別意卻僅在末二句中略作交代，而對於火山雲氣之奇異，則盡全力描繪，其寫法同〈熱海行送崔侍御還京〉很接近。

此詩雖寫火山，卻與〈經火山〉有些不同。〈經火山〉主要寫火山的奇熱，此詩則著力描繪火山上的火雲，說它在山上凝聚不散，飛鳥只好遠遠地躲開，清晨被風吹散，傍晚又隨雨而回，能吞沒鐵關樹，遮掩交河戍，最後說雲似有情，竟翩翩然追隨騎者而去。此詩構思、造意皆奇，富於浪漫情調，寫出了西北邊疆壯麗河山的瑰奇多姿。

# 胡歌

【題解】此詩為任職北庭期間所作。詩歌表現了邊地蕃王與漢將的生活。

黑姓蕃王❶貂鼠裘，葡萄宮錦❷醉纏頭❸。關西老將❹能苦戰，七十行兵❺仍未休。

【注釋】❶黑姓蕃王　黑姓，突騎施（西突厥別部，居今哈薩克、吉爾吉斯斯坦一帶）蘇祿部。唐玄宗開元、天寶時，突騎施分為黃姓（娑葛部）、黑姓二部，互相猜忌、攻擊。參見《新唐書・突厥傳下》。蕃王，底本作「賢王」，此從明抄本、吳校、《全唐詩》。「黑姓蕃王」不一定是實指。❷葡萄宮錦　宮中特製的織有葡萄花紋的錦緞。❸纏頭　《資治通鑑》卷二一三胡三省注：「唐人宴集，酒酣為人舞，當此禮者以綵物為贈，謂之纏頭。倡伎當筵舞者亦有纏頭喝賜，杜甫詩所謂『舞罷錦纏頭』者也。」❹關西老將　《後漢書・虞詡傳》：「諺曰：『關西出將，關東出相。』」關西，指函谷關以西之地。❺行兵　用兵。

【語譯】突騎施的黑姓首領穿著貂皮大衣，喝醉後將葡萄宮錦贈給宴席上跳舞的人。關西地區的老將能拼死戰鬥，七十歲仍然不停地領兵作戰。

【研析】所謂「胡歌」，「可能為胡曲歌辭而失其名」（任半塘《唐聲詩》上編第十章）。此詩表現了西北邊地異族首領與漢將的生活：前二句說「蕃王」穿著華貴，飲酒觀舞，醉後以葡萄宮錦為纏頭之贈；後二句讚美「關西老將」擅長苦戰，年已七十仍轉戰疆場。唐滅西突厥後，西域各國皆內附，成為安西、北庭節度使屬下的羈縻府州，其長官世襲，由中央政府任命各族首領（蕃王）充任；在這種情勢下，邊疆安寧，而且各族首領通過內附也獲得了經濟上的好處（主要是朝廷賞賜與經濟交流的好處），故而生活逸樂，此詩就反映了這種情況。

# 趙將軍歌

【題解】趙將軍，疑即「趙節度」，也就是繼封常清之後任北庭節度使者，生平未詳。聞一多〈岑嘉州繫年考證〉注〔二六〕：「〈送劉郎將歸河東〉詩原注曰『參曾北庭事趙中丞』，〈送郭司馬赴伊吾郡請示李明府〉詩原注曰『郭子與趙節度同好』，集中又有〈趙將軍歌〉，似即一人。〈方鎮表〉，北庭節度無姓趙者。《舊（書）．高仙芝傳》，討小勃律時，『使疏勒守捉使趙崇玭三千騎趣吐蕃連雲堡，自北谷入，使撥換守捉使賈崇瓘自赤佛堂路入。』《資治通鑑》乾元元年九月以右羽林大將軍趙玭（〈方鎮表〉作「泚」）為同、蒲、虢三州節度使。疑趙崇玭當作趙玭，崇字舊傳誤涉下賈崇瓘而衍。）趙本安西將領，或天寶十四載封常清被召入朝後，代為北庭節度者。」按，《舊唐書．肅宗紀》載，乾元元年九月，「右羽林大將軍趙泚為蒲州刺史，蒲、同、虢三州節度使」；「泚」《資治通鑑》卷二二〇胡注作「玭」。另據《吐魯番出土文書》第十冊載，天寶十三載四月至十一月，有號為「趙都護」者屢往返於安西北庭之間，這個「趙都護」應是封常清的副手、安西北庭副都護，在封常清入朝後，他暫代任安西北庭都護、節度使，也有可能。說詳王素〈吐魯番文書中有關岑參的一些資料〉。本詩為任職北庭期間所作。詩中描寫了塞外寒天軍營中的生活片斷。

九月天山風似刀，城南獵馬❶縮寒毛。將軍縱博❷場場勝，賭得單于❸貂鼠袍。

【注　釋】❶獵馬　出獵的馬。❷縱博　指與單于以射獵為賭。❸單于　漢時匈奴稱其君王為單于。底本誤作「將軍」，今據明抄本、吳校、《全唐詩》改。

【語　譯】九月份的天山風冷得像刀子一般，庭州城南出獵的馬身上斂縮寒毛。將軍盡情以射獵為賭場場獲勝，贏得了胡族首領的貂皮長袍。

【研　析】這首詩描寫邊防軍將領的射獵活動，前二句敘述暮秋時節將軍出獵的情狀，後二句寫將軍出獵時與軍中的少數民族首領以射獵為賭，將軍場場獲勝。唐代邊防軍中往往轄有習於征戰的少數民族部落，西域駐軍中蕃漢雜處的情況更為普遍，本詩不僅寫出了將軍射獵的豪興，也反映了西域各民族和洽往來的真實情形。這一情形在唐代其他詩人的詩中是難於見到的。

# 送張都尉東歸

時封大夫初得罪

【題 解】張都尉，王素〈吐魯番文書中有關岑參的一些資料〉（《文史》三十六輯）謂，《吐魯番出土文書》第十冊有「折衝張子奇」，於天寶十三載十一月十五日新任此職，「張都尉」或即此人。都尉，唐行府兵制，每府置折衝都尉一人，左、右果毅都尉各一人，為統兵官。見《新唐書・兵志》。底本無「張」字，今據宋刻本、明抄本、《全唐詩》補。封大夫，封常清。據《舊唐書・封常清傳》及《資治通鑑》載，天寶十四載（西元七五五年）十一月，安西、北庭節度使封常清入朝，適值安祿山反於范陽，玄宗遂以常清為范陽、平盧節度使，赴東都募兵禦賊，十二月，常清兵敗，退守潼關，玄宗大怒，將其處死。所謂「初得罪」即指此事。據此，本詩當為天寶十五載（西元七五六年）春作於北庭。詩歌為送邊防軍中的都尉東歸故鄉而作。

白羽❶綠弓弦❷，年年祇在邊。還家劍鋒盡，出塞馬蹄穿❸。逐虜西

踰海❹，平胡北到天。封侯應不遠，燕頷豈徒然❺？

【注 釋】❶白羽 箭名。司馬相如〈上林賦〉：「彎蕃弱（古弓名），滿白羽。」蓋以白色羽毛為箭羽，故名。❷綠弓弦 疑即綠沉弓與綠弦。《唐音癸籤》卷一九：「《續齊諧記》云：……命婢取酒，提一綠沉漆盒。

王羲之《筆經》：有人以綠沉漆竹管見遺，亦可愛翫。蕭子雲詩云：『綠沉弓項縱，紫艾刀橫拔。』恐綠沉如今以漆調雌黃之類，若調綠漆之，其色深沉，故謂之綠沉，非精鐵也。」❸還家二句　謂張都尉常年轉戰塞上，劍鋒耗盡，馬蹄踏穿，勞苦功高。❹西踰海　謂至西方極遠之地。❺封侯二句　謂張都尉有封侯之相。頷，下巴。「燕頷」謂下巴似燕子。《後漢書．班超傳》：「相者指曰：『生燕頷虎頸，飛而食肉，此萬里侯相也。』」

【語　譯】佩帶著綠弓綠弦白羽箭，都尉年年只在邊地征戰。回到家中劍鋒耗盡，到了塞外馬蹄踏穿。追擊敵人向西越過西極的大海，平定胡寇往北到達高遠的天邊。像班超一樣封侯為時應該不遠，下巴似燕子的封侯相難道能白長？

【研　析】這首詩為送人東歸而作，但「只第三句見送歸意，下皆追敘其功」（清沈德潛《唐詩別裁》卷一〇）。首二句說張都尉佩弓帶箭，年年在邊地服役，言其服役時間很長；「還家」二句工於錘煉，奇中見實。盧照鄰〈早度分水嶺〉：「馬蹄穿欲盡，貂裘敝轉寒。」岑詩承盧詩「馬蹄穿」意象，而配以「劍鋒盡」形成對句，即比原句生色不少。「馬蹄穿」寫出了鞍馬征行的辛勞，「劍鋒盡」反映了轉戰時間之長與殺敵之多。這兩句詩生動、準確地表現了張都尉的勞苦功高。岑參〈送費子歸武昌〉：「劍鋒可惜虛用盡，馬蹄無事今已穿。」再次使用「劍鋒盡」、「馬蹄穿」意象，足見這是詩人的得意之筆。「逐虜」二句謂張都尉踏遍西北邊陲，表現其轉戰範圍之廣。末二句則為慰藉之語。張都尉勞苦功高，卻未得到朝廷的封賞，由此也可以看到當時軍中賞罰不明的一些情況。

# 與獨孤漸道別長句兼呈嚴八侍御

【題解】獨孤漸，生平未詳。長句，唐人稱七言古詩為長句。嚴八侍御，謂嚴武。杜甫有〈奉贈嚴八閣老〉詩，嚴八即嚴武，武字季鷹，華陰（今陝西華陰）人，時任殿中侍御史（別稱侍御），後官至劍南節度使、黃門侍郎。《新唐書・嚴武傳》：「累遷殿中侍御史，從玄宗入蜀，擢諫議大夫，至德初赴肅宗行在。」玄宗入蜀在天寶十五載六月，此詩當作於嚴武從玄宗入蜀前，即天寶十五載（西元七五六年）春，時作者在輪臺。這首詩為送別獨孤漸而作，並抒發作者自己的思鄉愁緒。

輪臺客舍春草滿，潁陽歸客❶腸堪斷。窮荒絕漠鳥不飛，萬磧千山夢猶懶❷。憐君白面一書生，讀書千卷未成名。五侯❸貴門腳不到，數畝山田身自耕。興來浪跡無遠近，及至辭家憶鄉信。無事垂鞭信馬頭❹，西南幾欲窮天盡。奉使❺三年❻獨未歸，邊頭詞客❼舊來❽稀。借問君來得幾日，到家不覺換春衣。高齋清晝卷羅幕，紗帽接䍦慵不著❾。中酒❿

朝眠日色高，彈棋⑪夜半燈花落。冰片⑫高堆金錯盤⑬，滿堂凜凜⑭五月寒。桂林葡萄新吐蔓，武城刺蜜未可餐⑮。軍中置酒夜撾⑯鼓，錦筵⑰紅燭月未午⑱。花門⑲將軍善胡歌，葉河⑳蕃王能漢語。知爾園林壓㉑渭濱，夫人㉒堂上泣紅㉓裙。魚龍川北盤溪雨，鳥鼠山西洮水雲㉔。臺㉕中嚴公於我厚，別後新詩滿人口。自憐棄置天西頭，因君為問相思否？

【注釋】❶潁陽歸客　潁陽，唐縣名，在今河南登封西南潁陽鎮。岑參早年曾居潁陽，有少室別業，故以「潁陽歸客」自稱。❷窮荒二句　自述在北庭的心情。窮荒，極荒遠之地。絕漠，僻遠的沙漠。夢猶懶，言夢中歸家也覺疲累。❸五侯　漢成帝河平二年（西元前二七年），封外戚王譚為平阿侯，王商為成都侯，王立為紅陽侯，王根為曲陽侯，王逢時為高平侯，五人同日受封，世謂之五侯，事見《漢書・元后傳》。此泛指權貴。❹信馬頭　任馬隨意而行。❺奉使　奉命為使，乃詩人自指，意謂在邊地供職。❻三年　岑天寶十三載（西元七五四年）赴北庭，至天寶十五載（西元七五六年）春，時近三年。❼詞客　猶言「文人」。❽舊來　向來。❾高齋二句　寫獨孤漸歸家後的生活。羅，《全唐詩》作「帷」。紗帽，夏季的涼帽，以紗製成。接羅，即白接羅，一種頭巾。慵，懶散。❿中酒　醉酒。⓫彈棋　古代的一種博戲。⓬冰片　古人冬季以窖藏冰，夏日取置盤中，用來降溫。⓭金錯盤　鑲有金色花紋圖案的盤子。⓮凜凜　寒冷貌。⓯桂林二句　轉寫當時西域的氣候特徵，與首句「輪臺客舍春草滿」相應，且引起下文，表明置酒飲宴的時間。桂林，當為西域地名。柴劍虹謂即「洿林」之誤（〈桂林武城考〉，載《武漢師院學報》一九八一年第二期）。據《吐魯番出土文書》第七冊，第三一八頁，洿林為西州交河縣（在今新疆吐魯番市西）下屬城名。武城，西州高昌縣下屬城名（見《吐魯番出土文書》第三冊，第二一六頁）。馮承鈞《西域地名》增訂本謂其在哈剌和卓城（在今吐魯番市東南）西五里。刺蜜，一種草。《元和郡縣志》卷四〇謂：西州前庭縣（原高昌縣，治今哈剌和卓城）「澤間有草，名為羊刺，其上生蜜，食之與蜂蜜不異，名曰刺蜜。」⑯撾　擊。⑰錦筵　華美的筵席。⑱月未午　指從月亮的位置看，還不到天正中。⑲花門　據《新唐書・地理志》載，居延海（在今內蒙古額濟納旗北境）「又北三百里有花門山堡」。其地本唐置，天寶時為回紇所據。杜甫〈留花門〉，以花門稱回紇，此以花門借指西域少數民族。⑳葉河　《新唐書・地理志》：「又渡葉葉河（今錫爾河），七十里有葉河守捉。」葉河守捉屬北庭節度使領轄，地在今新疆烏蘇境內（參見馮承鈞《西域地名》）。㉑壓　臨。㉒夫人　當指太夫人，故云「堂上」。㉓紅　宋本、明抄本、吳校、《全唐詩》作「羅」。㉔魚龍二句　寫歸途中及渭水附近風物，與上「知爾園林壓渭濱」句相呼應。魚龍川，即龍魚川（《水經注》作「龍魚川」，《太平御覽》卷六五引作「魚龍川」），汧水的一段。據《水經注・渭水》，汧水（今名千河，源出甘肅六盤山南麓，東南流入渭水）有二源，「一水出縣（指汧縣，今陝西隴縣南）西山，世謂之小隴山……其水東北流歷澗，注以成淵，潭漲不測，出五色魚，俗以為靈，而莫敢採捕，因謂是水為龍魚水，自下亦通謂之龍魚川。」又一源出縣西汧山，二源相會，「自水會上下，咸謂之龍魚川。」盤溪，未詳。劉滿〈唐詩兩地名考辨〉（載《學林漫錄》第十集）以為指涇州潘原縣（在今甘肅平涼東）之潘谷水。盤，宋刻本作「磐」。鳥鼠山，在甘肅渭源西，渭水源出於此。洮水，今甘肅洮河，在鳥鼠山之西。㉕臺　指御史臺，中央掌監察的官署。

【語　譯】輪臺的旅館周圍春草到處長滿，我這個思歸潁陽的人見了心酸腸斷。西域這絕遠的邊荒沙漠之地連鳥兒都不飛，相隔萬片沙漠千座山峰夢中歸家也感疲累。我憐惜你是一個臉色白淨的書生，讀書上千卷沒有成就功名。權貴之家你不曾走到，有幾畝山地親自耕種。興致一來到處漫遊不計遠近，等到離開家又思念家鄉音訊。你無事放下馬鞭聽任馬隨意而行，向西向南幾乎要遊完天地的盡頭。我奉命為使已歷三年依然未歸，這邊地擅長文詞的人向來甚稀。請問你來西域得走多少日，到家時不覺要換去春衣。家裡高雅的書齋白天捲起羅帳，你閒散自在連紗帽頭巾都懶戴。喝醉酒後早晨安眠日高不起，玩彈棋直到夜半燈花連著墜落。你家裡冰塊高高地堆滿了鑲著金色花紋的盤子，滿屋子都感到寒冷雖在五月也有涼意。這時西域桂林城的葡萄剛長出藤蔓，西州武城的刺蜜還不能吃。軍隊裡為你設宴餞行夜間擊鼓奏樂，華美的筵席上燃著紅燭這時月亮還沒走到天中。席上西域的胡族將軍善唱胡歌，葉河的異族首領能說漢語。我知道你的園林臨近渭水之濱，太夫人在堂上正淚下沾濕紅裙。你將遇到魚龍川北面盤溪的雨，看到鳥鼠山西邊洮水的雲。御史臺中嚴公對我情深義重，離別之後寫的新詩播滿人口。我自傷被拋棄在天地的西邊，託你給問一下是否還相思連連？

【研　析】這首詩主要表現以下兩方面內容：一送別獨孤漸，二抒發自己的思鄉之情。詩的首四句自述春日思歸與不得歸的心情；接下「憐君」八句寫獨孤漸的才學、為人與其遠遊北庭及行將東歸之事；下面「奉使」二句轉而自述；「借問」八句又接敘獨孤漸，想像他歸家後的閒散自在生活；「桂林」六句再述西域軍中置酒餞送景況；「知爾」四句又從獨孤漸方面著筆，述其園林在渭水之濱，有慈親憶念，並寫歸途中及渭水附近風物；最後四句補出題中兼呈嚴武之意。總之，此詩詩意多跳躍、轉折，故清沈德潛說：「此詩硬轉突接，不須蛛絲馬跡，古詩中另是一格。」(《唐詩別裁》卷五)

這首詩中還有兩項內容值得注意。一項是描寫節度使幕中的少數民族將領（花門將軍）在餞別宴會上唱胡歌，還有參加宴會的羈縻府州長官（葉河蕃王）能說漢語，反映了西域軍中蕃漢雜處、融洽往來的情況。另一項是寫獨孤漸自渭水之濱遠遊至北庭，反映了盛唐士人普遍的遊邊現象，而這正是盛唐邊塞詩繁榮的背景之一。

# 優鉢羅花歌 并序

【題解】優鉢羅花，花名。梵語的音譯，意譯稱青蓮花、紅蓮花等。唐慧苑《華嚴經音義》卷上：「優鉢羅……花號也。其葉狹長，近下小圓，向上漸尖。佛眼似之，經多為喻。其花莖似藕稍有刺也。」按，此花中國稱「雪蓮」，葉子長橢圓形，花多深紅色，花瓣薄而狹長，外有葉狀包片。生長於新疆、西藏、雲南等地高山中。本詩天寶十五載（西元七五六年）作於北庭。這是一首歌詠天山雪蓮的詩。

參嘗讀佛經，聞有優鉢羅花，目所未見。天寶景申❶歲，參忝❷大理評事❸，攝監察御史❹，領伊西北庭支度副使❺。自公❻多暇，乃於府庭內栽樹種藥，為❼山鑿池，婆娑❽乎其間，足以寄傲❾。交河小吏有獻此花者，云得之於天山之南。其狀異於眾草，勢巃嵸如冠弁，嶷然上聳，生不傍引❿；攢⓫花中拆，駢葉⓬外包；異香騰風⓭，秀色媚景⑭。因賞而嘆曰：「爾不生於中土，僻在遐裔⑮，使牡丹價重，芙蓉⑯譽高，惜哉！」夫天地無私，陰陽⑰無偏，各遂其生，自物厥性⑱，豈以偏地而不生乎？豈以無人而不芳乎？適⑲此花不遭小吏，終委⑳諸山谷，亦何異懷才之士，未會明主，擯於林藪㉑耶？因感而為歌。歌曰：

白山㉒南，赤山㉓北，其間有花人不識，綠莖碧葉好顏色。葉六瓣，花九房㉔，夜掩朝開多異香，何不生彼中國㉕兮生西方？移根在庭，媚我公堂㉖。恥與眾草之為伍，何亭亭㉗而獨芳！何不為人之所賞兮？深山窮谷委㉘嚴霜。吾竊悲陽關㉙道路長，曾㉚不得獻於君王。

【注釋】❶景申　即丙申年，天寶十五載，唐人避唐高祖李淵父李昞之諱，改「丙」為「景」。明抄本、吳校、《全唐詩》作「庚申」，係不明唐諱而妄改。❷忝　謙詞，愧居。❸大理評事　官名，唐大理寺（掌刑獄的官署）置評事十二人，從八品下，掌出外推求、審察案情。❹監察御史　唐御史臺置監察御史十員，正八品上，掌糾察內外官吏、監諸軍等事。❺伊西北庭支度副使　伊西，伊州、西州，隸北庭節度。據《新唐書・方鎮表》，開元十五年「分伊西、北庭置二節度使」。十九年「合伊西、北庭二節度為安西四鎮北庭經略、節度使。」二十九年「復分置安西四鎮節度，治安西都護府；北庭伊西節度，治北庭都護府。」北庭伊西節度又稱北庭節度或伊西節度。支度副使，節度使僚屬。唐制，節度使兼支度、營田等使，則各置副使（參見《新唐書・百官志》），支度副使是協助支度使管理軍資糧仗的官。支度，各本原作「度支」，聞一多〈岑嘉州繫年考證〉：「戶部郎官稱度支，各道節度使屬僚之判官當稱支度，二名各不相混，說詳錢大昕《十駕齋養新錄》十。岑集〈優鉢羅花歌〉序稱『度支副使』，必傳寫誤倒。」今從其說校改。❻公　公門；官府。《詩經・召南・羔羊》：「退食自公。」毛傳：「公，公門也。」❼為　整治；修造。❽婆娑　盤桓；停留。❾寄傲　寄託傲世之情。陶淵明〈歸去來兮辭〉：「倚南窗以寄傲，審容膝之易安。」❿勢巃嵸三句　寫優鉢羅的花葉集中長在莖的上端，不往旁邊生發。巃嵸，聚集貌。弁，古代的一種帽子。巋然，高貌。引，伸。⓫攢　聚集。⓬駢葉　並生葉。⓭騰風　底本缺，據明抄本、吳校、《全唐詩》補。⓮秀色媚景　謂秀麗之色在日光下更顯得可愛。景，日光。⓯遐裔　遙遠的邊地。⓰芙蓉　荷花。⓱陰陽　陰陽二氣，古人認為萬物由它們生成。⓲各遂其生二句　言天地、陰陽順從萬物的生成，使它們各具有自己的質性。遂，順。《莊子・在宥》：「吾又欲官陰陽，以遂群生。」王先謙《莊子集解》：「成云：欲象陰陽，設官分職。遂，順也。」物，用如動詞，形成。⓳適　若；如果。⓴委　棄。㉑林藪　山林草澤。㉒白山　即天山。《元和郡縣志》卷四〇：「天山，一名白山。」㉓赤山　指西段火山。㉔房　指花冠、花瓣。㉕中國　同「中土」。㉖公堂　官署。㉗亭亭　孤峻高潔貌。㉘委　通「萎」。㉙陽關　在今甘肅敦煌西南。㉚曾　乃；竟。

【語譯】我曾經讀佛經，知道有優鉢羅花，但眼睛不曾見過。天寶丙申年，我愧居大理評事，代理監察御史，充任伊西北庭支度副使。從官府下班後有很多空閒時間，於是就在節度使衙門內栽樹木種藥草，修造假山，開鑿池塘，盤桓於其間，足以寄託傲世情懷。有個交河縣的小吏進獻這優鉢羅花，說是在天山的南邊得到了它。它的形狀不同於一般的花草，樣子是花葉聚集在莖的上端猶如帽子，花葉高高向上聳立，不往旁邊延伸；花聚攏在中間開放，花外面包著並生的葉片；

奇異的花香在風中播散，秀麗的花色在陽光下更顯得可愛。我於是欣賞並讚嘆道：「你不生長於內地，而遠在偏僻的邊地，遂使牡丹花價格貴重，荷花名聲增高，可惜啊！」那天地是無私的，陰陽二氣也不偏向誰，各順從萬物的生成，使它們都具有自己的質性，難道因為在偏遠地區就不生長嗎？難道因為沒有人就不芬芳嗎？如果這花不遇到小吏，終將被丟棄於山谷，這同有才能之士，未遇見盛明君主，被擯棄於山林草澤有什麼不同呢？於是就感慨並且寫下了一首歌。這首歌是：

天山的南邊，火山的北邊，那中間有一種花人們不認得，綠的莖青綠的葉顏色很好看。葉子有六片，花有九瓣，夜間閉合早晨開放多有奇異的芬芳，為什麼它不生在那中土呀而生於西方？連根移栽在衙門的院子裡，它能讓我們官署中的人喜歡。它恥於同一般的草為伴，多麼高潔啊卻獨自芳香！為什麼它不為人們所欣賞呀？在深山幽谷裡任憑嚴霜摧殘。我私下哀傷通往陽關的道路長，竟不能將它進獻給君王。

【研析】這首詠雪蓮花的詩有序與歌兩部分。雪蓮花為西域所產不見於中土的奇花異草，唐詩人詠之者，岑參是第一人。詩序有以下三項內容：一敘述獲得此花的時間、地點和經過；二描寫此花的形貌與特色；三慨嘆此花雖美，卻生長在僻遠的邊地，猶如懷才之士未遇明主，而被棄於山林草澤。歌則主要有下面兩項內容：一是前八句發揮序中的上述第二項內容；二為後八句發揮序中的上述第三項內容。歌中特別強調此花高潔絕俗的品格，與不為人所賞、「深山窮谷委嚴霜」的遭遇，寓有為懷才不遇者鳴不平和自傷淪落於僻遠的邊地之意。本詩是一首有所寄託的詠物詩，形式上兼用三三七句式與騷體，變化多致，很有特色。

## 醉裡送裴子赴鎮西

【題　解】鎮西，據《新唐書・地理志》，安西至德元載（《新唐書・方鎮表》作「二載」）更名鎮西。據詩題及詩中「直上天山雲」句，此詩當為至德二載東歸前作於北庭。詩為送軍中將士赴安西而作。

醉後未能別，醒時❶方送君。看君走馬去，直上天山雲❷。

【注　釋】❶醒時　《全唐詩》作「待醒」。❷看君二句　由北庭至安西須翻越天山，兩句正寫走馬將越天山的奇特景象。

【語　譯】喝醉酒後不能告別，等酒醒時才送君行。看著君驅馬疾走離去，直走向天山上的雲層。

【研　析】這首小詩寫送北庭幕府的裴某赴安西，後兩句成功地刻劃出了他的矯健風貌；而且，這兩句還寫出了走馬將越天山的奇特景象。「直上天山雲」，實中見奇，奇而入理，乃親身的觀察、體驗所得，非妄語也。又，此句雖求奇卻頗通俗，絕不使用僻語怪詞，岑參邊塞詩中的語言，大抵皆如此。

# 酒泉太守席上醉後作

【題　解】酒泉，即肅州，天寶元年改為酒泉郡，治所在今甘肅酒泉。岑參至德二載（西元七五七年）春自北庭東歸，本詩疑即歸途中所作。詩寫作者歸秦地途次酒泉，太守設宴款待的情景。

酒泉太守能劍舞，高堂置酒夜擊鼓。胡笳❶一曲斷人腸，座上相看淚如雨。琵琶長笛曲相和，羌兒胡雛❷齊唱歌。渾炙❸犂牛❹烹野駝❺，交河❻美酒金叵羅❼。三更醉後軍中寢，無奈秦山❽歸夢何！

【注　釋】❶胡笳　古代北方少數民族的管樂器。❷胡雛　胡兒。❸渾炙　整烤。❹犂牛　毛色黃黑相雜的牛。❺野駝　野駝峰，古人以為食物中的珍品。❻交河　郡名，即西州，治所在今新疆吐魯番東南。其地盛產葡萄酒。❼叵羅　古代酒器。❽秦山　即終南山。

【語　譯】酒泉郡的太守很能劍舞，夜裡大堂擺酒奏樂又擊鼓。胡笳吹奏一曲讓人心酸腸斷，席上的人相看淚流就如雨落。琵琶長笛合奏曲子作伴奏，羌族胡族少年一塊齊聲唱歌。宴席上有整烤的雜色牛烹煮的野駝峰，還有交河郡產的美酒盛在金製的酒杯中。三更天喝醉後在軍營裡睡著，仍不免夢歸終南山真是無可奈何！

【研　析】這首詩首二句直敘酒泉太守設宴招待路過酒泉的官員，並舞劍助興；「胡笳」二句寫席上吹奏的胡笳其聲悲淒，引發了座上客人（多為離家行役的官員）的思鄉之淚；「琵琶」二句寫席上邊地少數民族少年在琵琶長笛的伴奏下齊聲唱歌，那場面很熱烈，似乎要緩解一下客人們的思鄉之愁；「渾炙」二句寫席上酒饌的佳美名貴與別有風味，足見太守待客之熱誠；末二句說醉後就寢，仍然夢歸故鄉，可見思鄉之深切。此二句抒思鄉之情，上承「胡笳」二句，而又比其更進了一步。此二句所道，即本詩之主旨。

# 行軍二首　時扈從在鳳翔

## 其　一

【題　解】行軍，猶行營。指隨肅宗駐紮在鳳翔的軍隊（御營）。天寶十五載（西元七五六年）六月，安祿山攻陷長安。七月，李亨在靈武即位，改元至德，是為肅宗。至德二載（西元七五七年）二月，肅宗從靈武進至鳳翔（今陝西鳳翔）。同年六月前，作者自北庭歸抵鳳翔。六月，經杜甫、裴薦等舉薦，任右補闕諫官職，此詩即作於授職後。扈從，隨從天子車駕的人。《全唐詩》題作〈行軍詩二首〉。這首詩主要抒寫作者身遭安史之亂的哀傷心情。

吾竊悲此生，四十❶幸未老。一朝逢世亂❷，終日不自保。胡兵❸奪長安，宮殿生野草。傷心五陵樹❹，不見二京❺道。我皇❻在行軍，兵馬日浩浩。胡雛❼尚未滅，諸將懇❽征討。昨聞咸陽敗❾，殺戮盡如掃❿。積屍若丘山，流血漲豐鎬⓫。干戈礙⓬鄉國⓭，豺虎⓮滿城堡。邨落皆無人，蕭條⓯空桑棗。儒生⓰有長策，無處豁懷抱⓱。塊然⓲傷時人，舉首哭蒼昊⓳！

【注釋】❶四十　係約舉成數，岑參時年四十有一。❷世亂　指安史之亂。❸胡兵　安史軍中多奚、契丹、突厥、同羅、室韋等族人，故稱。❹傷心五陵樹　時長安失陷，故有此語。五陵，漢代五位皇帝的陵墓，在長安附近。❺二京　唐以長安為西京，洛陽為東京，合稱「二京」。東京於天寶十四載十二月陷落。❻我皇　指肅宗。❼胡雛　猶「胡兒」，指安史叛軍。❽懇　請求。❾咸陽敗　咸陽，秦朝建都咸陽，地在今陝西咸陽市東，此借指長安。至德元載十月，宰相房琯自請為持節、招討西京兼防禦蒲、潼兩關兵馬、節度等使，率軍恢復長安。官軍分為南、中、北三軍，十二月一日，中、北兩軍在陳陶澤（一名陳濤斜，在陝西咸陽東）與安祿山部將安守忠遭遇，大戰慘敗，士卒死者四萬餘。琯自率南軍戰，又敗。事見《資治通鑑》卷二一九。❿盡如掃　形容殺戮皆盡。盡，《全唐詩》作「淨」，底本、明抄本、吳校並注：「一作淨。」⓫豐鎬　豐（灃）水和鎬水。豐水，源出陝西寧陝秦嶺，北流至西安西北入渭河。鎬水，《類編長安志》卷六：「鎬水，按《長安圖》，本南山石鱉谷水……西北入石巷口，灌昆明池。北入古鎬京，謂之鎬水。又北經滮池，西北合於豐。」豐，底本誤作「澧」，今從明抄本、吳校、《全唐詩》校改。⓬礙　遮蔽；障蔽。⓭鄉國　家鄉。⓮豺虎　喻安史叛軍。⓯條底本作「然」，此從明抄本、吳校、《全唐詩》。⓰儒生　作者自指。⓱無處豁懷抱　據杜確〈岑嘉州詩集序〉稱，時岑參「入為右補闕，頻上封章，指述權佞」，遭受朝廷一些權貴的排擠，雖屢有奏策而不為肅宗所用，故有此語。豁，敞開。⓲塊然　獨處貌。⓳蒼昊　蒼天。底本以上二句前空十字，明缺二句待補；明抄本、吳校、《全唐詩》等不空。

【語　譯】我私下悲傷我這一生，四十歲幸而還沒有老。一旦遇到世上發生戰亂，人們長時間都不能自保。安祿山的異族軍隊奪取長安，天子的宮殿已長出了野草。我遙望五座漢代皇陵的樹木感到傷心，西京和東京的道路已再也見不到。我們的皇帝在鳳翔行營，官軍一天比一天強大。異族小兒還沒有消滅，眾將領請求加以討伐。以前聽說曾在長安一帶打了敗仗，官軍被殺戮淨盡猶如掃過一般。堆積的屍體像座山丘，流的血使豐鎬二水漲高。戰爭風雲遮蔽了故鄉，兇殘的豺虎布滿城堡。村落裡都已經沒有了人，蕭條冷落只剩下桑樹棗樹。我這個儒生有濟世良策，卻沒地方敞開我的心懷。我獨自為當代的人而感傷，只能抬頭對著蒼天痛哭！

【研　析】岑參寫這首詩的時候，西京長安和東京洛陽仍被安史叛軍占據著。詩的首四句概述身遭安史之亂，表現了詩人憂時念國的情愫；接下「胡兵」四句寫亂中二京淪陷，宮殿荒蕪，令人傷懷；「我皇」四句寫唐肅宗在鳳翔，官軍日益強大，諸將請求討伐叛軍；「昨聞」四句寫官軍兵敗陳濤斜，士卒被叛軍殺戮殆盡，當時詩人尚在北庭，未歸內地，故稱「昨聞」；「干戈」四句寫人民遭受叛軍荼毒的情形；最後四句說自己有濟世良策卻無處傾訴，不被當政者採用，只有昂首對天痛哭。當時岑參任諫官，為了匡救國家的危難，詩人盡心諫職，「頻上封章，指述權佞」（唐杜確〈岑嘉州詩集序〉），然而唐肅宗寵信宦官李輔國，怎麼會重視一個小小諫官的意見？所以就有了詩中的最後四句話。全詩傷時憫亂的感情很強烈，也很沉痛。

## 其二

【題解】本詩是〈行軍二首〉中的第二首詩，主要抒寫希冀建立功業、報效國家的志願和空有平亂良謀卻不被當政者採用的哀痛心情。

早知逢世亂，少小謾❶讀書。悔不學彎弓❷，向東射狂胡。偶從諫官列，謬向丹墀趨❸。未能匡❹吾君，虛作一丈夫。撫劍❺傷世路❻，哀歌泣良圖❼。功業今已遲，覽鏡悲白鬚。平生抱忠義，不敢私❽微軀。

【注釋】❶謾　通「莫」。❷彎弓　拉弓，此指代武藝。❸偶從二句　意謂自己本來不配做諫官，向丹墀朝覲皇帝。從，加入；跟隨。謬，妄，謙詞。丹墀，古時皇宮前的石階塗成紅色，故名。❹匡　輔助。❺撫劍　以手按劍，表示激昂。❻傷世路　哀世途多艱，指國家遭遇危難。❼泣良圖　哀傷自己空有良謀而不得施用。泣，底本注：「一作乏。」❽私　愛惜。

【語譯】早知遇到世上發生戰亂，年少時就應該不要讀書。後悔當初沒有學習拉弓放箭，好往東去射擊狂悖的異族小兒。我偶然地跟隨諫官的行列，不稱職地往皇宮朝覲皇帝。未能輔助我們的君王，真是枉為一個男子。我手按寶劍哀傷世途多艱，悲歌慷慨痛哭良謀不能被用。為國建功立業現今年華已晚，面對鏡子悲傷自己鬚髮已變白。我平生懷抱忠義的信念，不敢愛惜自己的微賤身軀。

【研　析】這首詩的首四句說後悔小時未學武藝，不能在今日的平亂中為國效力，話語中流露了詩人為國平亂的強烈願望；接下「偶從」四句，說自己忝為諫官，未能盡到「匡吾君」的職責；下面「撫劍」二句哀嘆國家遭遇危難，自己徒有良謀卻不被執政者採用，則「未能匡吾君」的責任並不在於自己；最後四句感嘆年華已逝，不能及時為國建功立業，但即便自己已鬢白年衰，仍甘願為國獻身。這首詩同上一首一樣，皆悲歌慷慨，感情沉痛。

## 行軍九日思長安故園　時未收長安

【題　解】行軍，行營。九日，陰曆九月九日重陽節。據《舊唐書・肅宗紀》載，唐軍於至德二載九月癸卯（二十八日）收復長安。隋江總〈於長安歸還揚州九月九日行薇山亭賦韻〉曰：「心逐南雲逝，形隨北雁來。故鄉籬下菊，今日幾花開？」本詩即步其原韻而作。此詩至德二載（西元七五七年）重陽節作於鳳翔。詩中寫因重陽佳節而勾起對長安故園的思念，並感嘆刀兵未息，長安仍被安史叛軍占據。

強欲登高❶去，無人送酒❷來。遙憐故園菊，應傍戰場開！

【注釋】❶登高　古人在重陽節有登高飲菊花酒的習俗。《續齊諧記》：「汝南桓景，隨費長房遊學累年，長房謂曰：『九月九日，汝家當有災，宜急去令家人各作絳囊，盛茱萸以繫臂，登高飲菊花酒，此禍可除。』景如言，齊家登山。夕還，見雞犬牛羊一時暴死。長房聞之，曰：『此可代也。』今世人登高飲酒，婦人帶茱萸囊，蓋始於此。」按，重九飲菊花酒事又見《列仙傳》、《西京雜記》，所說不同。❷送酒　用晉江州刺史王弘給陶淵明送酒的故事。《藝文類聚》卷四引《續晉陽秋》：「陶潛嘗九月九日無酒，出宅邊菊叢中，摘菊盈把，坐其側。久之，望見白衣人至，乃王弘送酒也，即便就酌，醉而後歸。」

【語譯】適逢重陽勉強想要去登高，卻無人像王弘那樣來送酒。我憐惜遠在長安家園的菊花，它應該只能挨近戰場而開放！

【研析】作者作此詩時，長安尚未收復，唐肅宗仍居鳳翔。詩係步江總詩原韻而作，在抒寫因重陽佳節而勾起對故園的思念方面，也同於江總詩；但感嘆安史之亂未息，京師變成戰場的內容，則是江總詩所沒有的。清沈德潛《唐詩別裁》卷一九說：「可悲在戰場二字。」所言甚是，末二句流露出對戰亂的無限感慨。總的說來，此詩的含蘊比起江總詩要豐富得多。近人劉永濟《唐人絕句精華》說：「此詩因欲登高而感於無人送酒，又因送酒無人而聯想及故園之菊，復因菊而遠思故園在亂中。所謂彈丸脫手（謝朓語王筠云：「好詩圓美流轉如彈丸。」見《南史・王筠傳》），於此詩見之矣。」亦可參考。

# 奉和中書賈至舍人早朝大明宮

**【題解】**奉和，隨他人詩題作詩（可按或不按原詩韻），謂之「和」（也叫「酬」）。賈至，字幼鄰，一作幼幾，洛陽人。天寶元年擢明經第。肅宗至德元載至乾元元年春，任中書舍人（唐時中書省置中書舍人六人，掌參議表章、制誥等），兩《唐書》有傳。賈至原賦題作〈早朝大明宮呈兩省僚友〉。杜甫有〈奉和賈至舍人早朝大明宮〉，王維有〈和賈舍人早朝大明宮之作〉，皆同和之作。大明宮，即東內，原名永安宮，貞觀八年（西元六三四年）置，九年改名大明宮，高宗時改名蓬萊宮，後又改為大明宮。有含元、宣政、紫宸三殿，為朝會行儀之處。詩題《全唐詩》作〈奉和中書舍人賈至早朝大明宮〉；《文苑英華》作〈和早朝大明宮〉，並注：「崔顥，一作岑參。」作崔顥者誤。本詩作於乾元元年（西元七五八年）春末，時岑參在長安任右補闕。詩中描述了春日在大明宮早朝的盛況。

雞鳴紫陌曙光寒，鶯囀皇州春色闌❶。金闕曉鐘開萬戶，玉階仙仗擁千官❷。花迎劍珮星初落，柳拂旌旗露未乾❸。獨有鳳凰池上客❹，〈陽春〉❺一曲和皆❻難。

【注　釋】❶雞鳴二句　上句言上朝時間之早，下句點出春深時令。紫陌，指京師的街路。曙，《文苑英華》作「曉」。皇州，謂帝都。色，《文苑英華》作「欲」。闌，盡；晚。❷金闕二句　寫早朝時盛況。金闕，即宮闕。闕，宋本作「鏁」（鎖）。曉，《文苑英華》作「曙」。萬戶，指皇宮的千門萬戶。玉階，指皇宮的臺階。仙仗，皇帝的儀仗。據《新唐書・儀衛志》，朝會之仗有五，以諸衛為之，「皆帶刀捉仗，列坐於東西廊（宣政殿東西廊）下。」擁，聚。❸花迎二句　花、柳寫春景，星初落、露未乾寫時間之早。劍珮，《舊唐書・輿服志》：「朝服，冠，幘，纓……劍，珮，綬，一品已下，五品以上，陪祭、朝饗、拜表大事則服之。七品已上，去劍，珮，綬，餘并同。」珮，玉佩。星初落，天剛亮。落，《文苑英華》作「沒」。❹獨有鳳凰池上客　指時任中書舍人的賈至。獨，《文苑英華》作「別」。鳳凰池，指中書省。本義為御花園中的池沼。魏晉以後，中央政府設中書省，多以公卿為中書令。中書省執掌機要，接近皇帝，易受寵任，故稱為鳳凰池。《晉書・荀勖傳》：「勖自中書監除尚書令，人賀之。勖曰：『奪我鳳皇池，諸君賀我邪？』」客，《文苑英華》作「閣」。❺陽春　即古樂曲名，屬於高級曲調。宋玉〈對楚王問〉：「客有歌於郢中者，其始曰〈下里〉、〈巴人〉，國中屬而和者數千人；其為〈陽阿〉、〈薤露〉，國中屬而和者數百人；其為〈陽春〉、〈白雪〉，國中屬而和者不過數十人……是其曲彌高，其和彌寡。」❻皆　《文苑英華》作「仍」。

【語　譯】雞鳴時曙光照耀京師的街道帶著微寒，長安城裡黃鶯到處歌唱春色已晚。一聲曉鐘響起宮殿的千門萬戶一齊打開，殿前的臺階儀仗森列聚集著上朝的百官。春花迎接佩帶劍珮的官員星星剛剛隱沒，垂柳輕輕擦過各種旗幟露水還沒全乾。獨有一位鳳凰池畔的朋友，一曲〈陽春〉別人奉和都難。

【研　析】唐時天子每天（法定的節假日除外）日出視朝，處理政務，稱為早朝。元旦、冬至等大朝會在大明宮含元殿舉行，平常朝會則在大明宮宣政殿舉行。當時一起賦早朝詩的四人中，賈至、王維官中書舍人，岑參為右補闕，杜甫任左拾遺，俱為「兩省（中書、門下省）僚友」。四人之作都描述了春日在大明宮早朝的盛況，元方回說：「四人早朝之作，俱偉麗可喜……然京師喋血之後，瘡痍未復，四人雖誇美朝儀，不已泰乎！」（《瀛奎律髓》卷二）按，四詩作於唐軍收復長安、天子得以重居大明宮後不久，是時誇美朝儀，褒頌中央皇朝的氣派，似未可厚非；且詩歌各有體裁、內容，固然當時安史之亂尚未平息，也不能要求作者首首皆不離「瘡痍未復」之主題，所以清紀昀謂方回此說「似是而迂」（《瀛奎律髓刊誤》卷二）。

當然，四人之作亦皆乏深意。岑參此詩首句寫早字，二句謂時已暮春，這兩句從天子尚未視朝時寫起；「三四句大明宮早朝，五六正寫朝時，收和詩，匀稱。」（清方東樹《昭昧詹言》卷一六）明胡應麟評此詩云：「岑通篇八句，皆精工整密，字字天成。頸聯絢爛鮮明，早朝意宛然在目。獨頷聯雖絕壯麗，而氣勢迫促，遂至全篇音韻微乖，不爾，當為唐七言律冠矣。」（《詩藪》內編卷五）這首詩可謂寫來典重、工麗，氣象闊大，確為七律之佳者。關於四人早朝之作的高下、優劣，歷代詩評家有過許多評議和爭論，紀昀說：「四公皆盛唐巨手，同時唱和，世所艷稱。然此種題目無性情風旨之可言，仍是初唐應制之體，但色較鮮明，氣較生動，各能不失本質耳。後人拈為公案，評議紛紛，似可不必。」（《瀛奎律髓刊誤》卷二）所論不無道理。

# 寄左省杜拾遺

【題　解】左省，又稱左曹、東省，即門下省。大明宮宣政殿東廊名日華門，門外東上閤為門下省所在地，因地處宣政殿左，故名（西廊月華門外西上閤為中書省所在地，因地處殿右，稱右省、右曹、西省）。杜拾遺，即杜甫。時杜甫在門下省任左拾遺（從八品上），岑參為中書省右補闕（從七品上）。唐代門下省置左補闕、左拾遺各二人，中書省置右補闕、右拾遺各二人，均為諫官之職，掌供奉諷諫。杜甫有〈奉答岑參補闕見贈〉詩，可參。詩題《文苑英華》作〈寄左省杜拾遺甫〉。本詩作年同〈奉和中書賈至舍人早朝大明宮〉。這首寄給杜甫的詩，抒發自己身為諫官懷抱不得施展的哀怨。

聯步趨丹陛，分曹限紫微❶。曉隨天仗入，暮惹御香歸❷。白髮悲花落，青雲羨鳥飛❸。聖朝無闕事，自覺諫書稀❹。

【注　釋】❶聯步二句　上句言同朝，下句謂不同署。聯步，謂同行。分曹，古時官府分科治事，稱為曹，分曹猶言分部門。限，隔。紫微，星座名。借指皇宮。《晉書・天文志》：「一曰紫微，大帝之座也，天子之常居也，主命主度也。」《文選》謝莊〈宋孝武宣貴妃誄〉：「收華紫禁。」李善注：「王者之宮以象紫微，故謂宮中為紫禁。」此指朝會時皇帝所在的宣政殿。門下省在殿東，中書省在殿西，兩省中間隔著宣政殿，故曰「分曹限紫微」。微，底本作「薇」，今從《文苑英華》、明抄本、《全唐詩》。❷曉隨二句　上句寫入朝，下句寫退朝。天仗，即仙仗。唐制，朝會時門下、中書省官員由東西閣儀衛依次引入殿中，分東西班相對而立。暮，《文苑英華》作「夕」。惹，沾染。御香，朝會時殿中設爐燃香。《新唐書・儀衛志》：「朝日殿上設黼扆、躡席、熏爐、香案。」❸白髮二句　意謂自己衰老髮白，仍不被重用。雲，底本作「春」，據《文苑英華》、明抄本、《全唐詩》改。❹聖朝二句　表面上說朝廷無錯失可以進諫，實則是說自己的意見不被朝廷所重視，故而進諫的奏章少了（當時國亂未定，所謂「無闕事」，不是真實情況）。闕，同「缺」。指錯失。諫書，進諫的奏章。

【語　譯】我們一起同行趨赴皇宮朝覲天子，分兩個部門辦事中間隔著宣政殿。天亮隨著天子的儀仗入朝，傍晚沾上皇宮的熏香歸家。我頭髮發白悲傷春花又落，遙望青雲羨慕鳥兒高翔。當今朝廷聖明沒有錯失之事，自己感到進諫的奏章日益稀少。

【研　析】這首詩乾元元年（西元七五八年）春末作於長安。前半寫和杜甫一同上朝的情景，後半慨嘆自己年老而不被重用，懷抱無從施展，流露出無可奈何的哀怨之情。關於這首詩的末聯，歷來有不同的理解，一認為是阿諛歌頌的話，一認為是「憤語」，「寓規諷意」。岑參作此詩時，安史之亂未平，國家殘破，所以「聖朝無闕事」的話，無疑不符合真實情況，也非詩人的由衷之言，實際上這是反話，含有諷刺之意。當時作者任諫官，曾盡心諫職，「頻上封章，指述權佞」（杜確《岑嘉州詩集序》），然而後來為什麼又「自覺諫書稀」了呢？這一點詩中沒有明說，但讀者聯繫上下文，仍可悟出其中的原因，此即所謂「意在言外」。上文「白髮」二句悲慨時光逝去，人已衰老；感嘆自己官卑職微，不被重用。官卑職微恐怕正是造成「諫書稀」的原因。因為職微如諫官者，其意見是向來不為統治者所重視的，即岑參所謂「諫書人莫窺」（岑參〈佐郡思舊遊〉），所以進諫的奏章自然也就少了。

## 首春渭西郊行呈藍田張主簿

【題解】首春，初春。渭西，指渭城之西。渭城在今陝西咸陽東北。藍田，唐縣名，在今陝西藍田。《全唐詩》「張」下有「二」字。主簿，指縣主簿，掌縣衙簿書，是縣令的佐吏。據「愁窺白髮羞微祿」語，姑繫此詩於乾元二年（西元七五九年）初春。詩中寫作者在長安附近郊遊的感想。

迴風度雨渭城西，細草新花踏作泥❶。秦女峰❷頭雪未盡，胡公陂❸上日初低❹。愁窺白髮羞微祿，悔別青山憶舊溪❺。聞道輞川多勝事，玉壺春酒正堪攜❻。

【注釋】❶迴風二句　寫初春雨後郊行景象。迴風，旋風。度，過。渭城，地名。漢改秦咸陽縣為新城縣，旋改為渭城縣，其地唐屬京兆府咸陽縣，在今陝西咸陽東。❷秦女峰　據《古今圖書集成・方輿彙編・職方典》卷四九四，陝西渭南龍尾坡西有秦女峰。❸胡公陂　疑指渼陂，胡公泉（在陝西鄠（戶）縣西南十里）水流注入渼陂，故名。《長安志》卷一五：「渼陂，在鄠縣西五里，出終南諸谷，合胡公泉為陂。」❹日初低　指太陽剛要落山。❺溪　明抄本、吳校作「棲」。❻聞道二句　言張在藍田，正可攜酒往遊輞川。輞川，地名，在陝西藍田南輞谷內，是沿輞水（又稱輞谷水）形成的一道山中平川，故稱輞川。其地景色優美，是唐代長安附近的一個山水勝地。

【語　譯】旋風把雨刮到了渭城之西，雨後細草新花被踏成了泥。秦女峯頂積雪還沒化盡，胡公陂畔太陽剛要落山。悲哀地看到自己的頭髮已白為職卑祿微而羞愧，後悔辭別從前隱居的山林非常想念那裡的溪流。聽說藍田的輞川有很多美好的事物，您正可提著裝滿春酒的玉壺往遊。

【研　析】這首詩的首聯交代「郊行」發生在初春雨後的渭城之西，「細草新花」說明時值初春，「踏作泥」既表明郊遊在雨後進行，又說明參加郊遊的人很多，所以細草新花被馬蹄踏成了泥。次聯寫「郊行」所見，對仗工整，景物壯美，「雪未盡」也表明時值初春。三聯由所見郊外美景，聯想到自己從前隱居的山林，再思及自己目前年老而職卑的處境，感到真不如歸隱。末聯則由自己初春的郊遊，想到張主簿的居地藍田，有輞川勝景，主簿正堪攜酒往遊，點出詩題之「呈藍田張主簿」，全詩也就完滿地結束。

## 343　衙郡守還

# 衙郡守還

【題　解】衙，僚屬參謁官長，請示公事。有早衙、晚衙之分。郡守，指虢州刺史王奇光。〈岑嘉州繫年考證〉：「《太平御覽》九五七，『乾元中虢州刺史王奇光奏閿鄉縣界女媧墳，天寶十三載大雨晦暝，失所在，今河上側近忽聞雷風聲，曉見墳踴出……』二史〈五行志〉並載此事在乾元二年六月，則公為長史時，虢州刺史乃王奇光也。」還，底本作「邊」，據《全唐詩》校改。乾元二年（西元七五九年）四月，岑參出為虢州（今河南靈寶南）長史（見岑參〈佐郡思舊遊〉詩序），同年五月到任，本詩即到任後所作。詩中抒寫詩人身為僚佐，不得不折腰參謁官長（郡守）的感受。

世事何反覆，一身難可料。頭白翻折腰❶，歸❷家還❸自笑。所嗟無產業，妻子嫌不調❹。五斗米❺留人，東溪憶垂釣❻。

【注　釋】❶折腰　謂鞠躬下拜。❷歸　《全唐詩》作「還」。❸還　《全唐詩》作「私」，底本注：「一作惟。」❹不調　不升遷，落魄潦倒。❺五斗米　指微薄的俸祿。陶潛為彭澤令，嘗嘆曰：「我豈能為五斗米折腰向鄉里小兒！」遂解綬去職。❻東溪憶垂釣　謂自己想念在高冠的隱居生活。東溪，指高冠谷東的溪流，疑即高冠谷水。

【語　譯】世上的事多麼變化無常，我的一生真是難以預料。頭髮發白反而要鞠躬下拜，回到家裡更自己嘲笑自己。所嘆息的是家中沒有產業，妻子又埋怨當官卻不升遷。五斗米的薄俸留住了我這個人，很想念在高冠東溪的垂釣生涯。

【研　析】岑參於乾元二年三月由右補闕轉起居舍人，只一個月即出為虢州長史。唐時起居舍人從六品上，上州長史從五品上，中州長史正六品上，所以岑參自起居舍人出為虢州長史，官階實際上還是升遷的；但是起居舍人是供奉官、常參官，得以接近天子，升遷的機會較多，這又是長史這樣的州郡上佐無法相比的，因此岑參自己視出任虢州長史為貶謫，〈出關經華嶽寺訪法華雲公〉說：「謫官忽東走，王程苦相仍。」〈初至西虢官舍南池呈左右省及南宮諸故人〉也說：「黜官自西掖，待罪臨下陽。」這首詩即抒發了詩人遭貶後的牢騷。首二句說世事難料，沒想到自己會被貶為州郡佐吏；接下數句用陶潛不為五斗米折腰事，頗為貼切，不同的是，作者不能像陶潛那樣棄官而去，由於沒有產業，只得為五斗米而折腰參謁郡守。詩歌在似乎輕鬆的自嘲話語裡，隱含著無窮的辛酸。

## 早秋與諸子登虢州西亭觀眺　得低字

【題解】西亭，又名西山亭子，在虢州城西，岑虢州詩中屢見。《全唐詩》無題下注語。自乾元二年（西元七五九年）五月至上元二年（西元七六一年）末，作者任虢州長史，本詩即作於在虢州任職期間。詩中主要描寫作者與友人同登虢州西亭所見到的景色。

亭高出鳥外，客到與雲齊。樹點千家小，天圍萬嶺低。殘虹挂陝北❶，
急雨過關西❷。酒榼❸緣青壁❹，瓜田傍綠溪。微官何足道，愛客且相攜❺。
唯有鄉園❻處，依依望不迷❼。

【注釋】❶陝北 陝州（今河南陝縣）以北。❷關西 指古函谷關（在今河南靈寶西）以西。❸榼 酒器。❹緣青壁 指依山崖擺酒。❺愛客且相攜 此言與好友攜手同遊。愛客，好友。❻鄉園 指長安。❼不迷 指不為其他景物所迷。

【語譯】西亭之高超出飛鳥之上，朋友到達猶如置身雲端。俯視樹木如點上千的住房都很小，天像圍在亭子四周萬山居於腳下。殘存的彩虹掛在陝州北邊，猛烈的雨已前往函谷關西。酒器依青色的山崖擺設，瓜田同綠色的溪流挨近。卑微的官職哪裡值得稱說，我姑且與好友們攜手同遊。只有長安家園所在的地方，令我依依佇望不被他物所迷。

【研析】這首寫作者與友人同登虢州西亭觀眺的詩，首二句寫西亭之高，起筆突兀，清沈德潛《唐詩別裁》卷一七評此二句云：「起手貴突兀，少陵有『開筵對鳥巢』句，此同一落想。」接下「樹點」四句寫在亭上觀眺，其中前二句寫從亭上下視和向四周眺望的所見，後二句寫亭中所見初秋雨後的景色，皆氣象闊大。下面「酒榼緣青壁」寫亭傍峭壁，依山崖擺酒；「瓜田傍綠溪」寫從亭上俯瞰所見原野景色。詩末四句，流露了作者「謫官」虢州時內心的苦悶和對長安的依戀之情，是居虢州期間詩人心境的較為集中的表現。

## 暮春虢州東亭送李司馬歸扶風別廬

【題解】李司馬，時任虢州司馬。司馬，州刺史佐吏。扶風，唐縣名，屬鳳翔府，在今陝西扶風。

別廬，猶別墅。本詩作於上元元年或二年春。詩係為送虢州司馬李某離任歸鄉而作。

柳嚲❶鶯嬌花復殷❷，紅亭綠酒送君還。到來函谷❸愁中月，歸去磻溪❹夢裡山。簾前春色應須惜，世上浮名好是❺閑❻。西望鄉關❼腸欲斷，對君衫袖淚痕斑。

【注　釋】❶嚲　下垂。❷殷　深紅色。❸函谷　函谷關，亦稱崤函，在今河南靈寶。《元和郡縣志》卷六：「函谷故城，在〔靈寶〕縣南十里，秦函谷關城，漢宏農縣也。〈西征記〉曰：函谷關城，路在谷中，深險如函，故以為名。其中劣通，東西十五里，絕岸壁立，崖上柏林蔭谷中，殆不見日，關去長安四百里，日入則閉，雞鳴則開，秦法也。東自崤山，西至潼津，通名函谷，號曰天險，所謂秦得百二也。」❹磻溪　一名璜河，在陝西寶雞東南，源出秦嶺，北流入渭河。溪中有泉，名茲泉，相傳呂尚在此垂釣，周文王出獵，遇之，拜為師，遂興周滅殷。見《韓詩外傳》卷八、《水經注》卷一七。磻溪地近扶風，因借以指李司馬在扶風的隱居處。❺好是　真是。❻閑　等閒；平常。❼鄉關　家鄉，指長安。李司馬歸扶風需經長安，因而引發作者對長安的思念。

【語　譯】柳條下垂鶯聲細嫩花色又殷紅，紅色的亭子淡綠色的酒送君回還。君來時途經函谷憂傷中明月當空，此去就要回到夢裡所見故鄉的山。君家簾前的春色應當愛惜，而世上的虛名真是堪稱等閒。我西望故鄉長安心酸腸斷，對君垂淚衣袖上淚痕斑斑。

【研　析】這首送虢州李司馬歸鄉的詩，首二句點出送別的時地，清方東樹《昭昧詹言》卷一一說：

「首二句細，發暮春東亭送歸六字。」接下「到來」二句「宛轉入情，虛實相副」（清潘德輿《養一齋詩話》卷九），寫出了李司馬離家來虢州任職的客愁和得以回歸客中夢見的故鄉山水的喜悅，乃一篇之警策。下面「簾前」二句寫李司馬歸鄉後情事，特別提醒司馬，世上的虛名不值得追求。結尾二句抒作者自己思歸而不得歸之悲，沈德潛《唐詩別裁》卷一三說：「司馬歸而已為客，是以望鄉垂淚也。」此二句與「到來」二句聯繫緊密，其中流露了詩人自己在虢州為官的苦悶和對長安的思念之情。

## 西亭子送李司馬

**【題解】** 西亭子，在虢州城西。此為再送虢州李司馬之作，作年當同上篇。但餞送的地點與設宴的主人與上篇不同。

高高亭子郡城西，直上❶千尺與雲齊。盤崖緣壁試攀躋❷，群山向下飛鳥低。使君五馬❸天半嘶❹，絲繩玉壺❺為君提。坐來一望無端倪❻，紅花綠柳❼鶯亂啼，千家萬井連迴溪。酒行❽未醉聞暮雞，點筆操紙為君題❾。為君題❿，惜解攜⓫；草萋萋⓬，沒馬蹄。

【注　釋】❶上　底本作「下」，注：「本作上。」按，諸本均作「上」，無作「下」者。❷躋　登。❸五馬　指虢州刺史駕車用的馬。❹天半嘶　此從側面寫亭之高。❺絲繩玉壺　語本漢辛延年〈羽林郎〉：「胡姬年十五，春日獨當壚。……就我求清酒，絲繩提玉壺。」絲繩，指繫在酒罈兩旁作提攜用的絲繩。玉壺，指酒罈。絲繩，宋本、明抄本、吳校均注：「一作青絲。」❻無端倪　無邊無涯之意。❼柳　底本、宋本並注：「一作錦。」❽酒行　依次酙酒勸飲。❾點筆操紙為君題　謂臨別作詩以贈。點筆，以筆蘸墨。❿為君題　底本無，今從宋本、明抄本、《全唐詩》增補。⓫解攜　離別；分手。⓬萋萋　草茂盛貌。

【語　譯】高高的亭子在州城西邊，直上千尺與雲彩一般高。大家繞山崖沿峭壁試著攀登，抵達亭上只覺群山在下飛鳥低。刺史來到他車上套的馬在半空中嘶叫，為司馬您還提著繫上絲繩裝滿酒的玉壺。就坐時一望無邊無際，到處花紅柳綠群鶯亂啼，千家萬戶挨著迴曲的清溪。酒席上依次飲酒未醉已聽到黃昏的鳴雞，我用筆蘸墨拿過紙為司馬您題詩。為您題詩，捨不得別離；芳草茂盛，淹沒了馬蹄。

【研　析】虢州李司馬離任歸鄉，虢州刺史在西亭設宴為其餞行，岑參此詩就寫在餞行的宴會上。詩的首四句從正面形容西亭之高；接下「使君」二句寫刺史親臨西亭為李司馬餞行，同時還從側面渲染了西亭之高；下面寫在亭中遠眺所見景物，生動地表現了暮春三月虢州自然景色的美與生機勃勃；最後「酒行」六句寫題詩贈行，抒發了作者與友人的依依惜別之情。其中末二句由春草的茂盛，聯想到足以淹沒征人的馬蹄，使征人離去時，連一個馬蹄印跡也未能留下，這與〈白雪歌送武判官歸京〉中「山迴路轉不見君，雪上空留馬行處」意境不同，但都充分表現了作者惆悵惜別的衷情。

## 原頭送范侍御 得山字

【題　解】原，指西原，在河南靈寶西南。范侍御，即下篇〈范公叢竹歌〉中的「范公」。侍御，侍御史之省稱。唐御史臺置侍御史四人，掌糾察不法、分判臺事。得山字，底本無，據宋本、明抄本、吳校、《全唐詩》補。本詩為上元元年（西元七六〇年）或二年作者居虢州時所作，參見下篇題解。詩中抒發別友之情。

百尺原頭酒色殷，路傍驄馬❶汗斑斑。別君祇有相思夢，遮莫❷千山與萬山。

【注　釋】❶驄馬　指御史的馬。❷遮莫　不論；不問。

【語　譯】百尺高的西原頂上酒色深紅，路旁御史的驄馬身上汗跡斑斑。與君離別後只有因彼此思念而做夢，夢裡不論隔著千山與萬山也要前往尋君。

【研　析】這是一首送別詩，首句「酒色殷」三字點明設宴為被送者餞行，「百尺原頭」則交代餞別的地點以及那裡的地勢之高；第二句寫在路旁送別，「驄馬汗斑斑」，道出被送者為御史，他驅馬疾馳而來參加餞宴，沒過多久又急著上路，就要驅馬疾馳而去。後二句寫別後相思情深，夢中不論遠近都要前往尋友，似用「六國時張敏與高惠二人為友，每相思不能得見，敏便於夢中往尋，但行至半道，即迷不知路，遂迴，如此者三」（《文選》沈約〈別范安成〉李善註引《韓非子》）之事。全詩寫得含蓄，語言簡練，內容豐富。

## 范公叢竹歌 并序

【題　解】范公，范季明。《元和姓纂》卷七：「職方郎中范季明，代居懷州，云自敦煌徙焉。」〈岑詩繫年〉：「杜甫有〈泛舟送魏十八倉曹還京因寄岑中允參范郎中季明〉詩，范季明當即此詩之范公。岑公改太子中允在寶應元年，此詩蓋亦是年作。」按，岑改太子中允雖在寶應元年，卻不能以此證明范始任「職方郎中兼侍御史」亦在是年。據詩序，范當時在陝西節度使衙門任職；《新唐書・方鎮表》載，上元元年改陝、虢、華節度為陝西節度。虢州屬陝西節度，與陝西節度使治所陝州地近，岑在虢州任職期間，與范屢有酬贈。據〈虢州西亭陪端公宴集〉、〈虢州西山亭子送范端公〉、〈原頭送范侍御〉等詩，知范當時已任侍御史，故此詩亦當為上元元年或二年岑居虢州時所作。這是一首讚美竹子的詠物詩。

職方郎中❶兼侍御史范公迺於陝西使院❷內種竹，新製〈叢竹詩〉以見示，美范公之清致❸雅操，遂為歌以和之。

世人見竹不解愛，知君種竹府庭❹內。此君❺託根幸得所❻，種來幾時聞已大。盛夏翛翛叢色寒❼，閑宵摵摵❽葉聲乾。能清案牘簾下見❾，宜對琴書窗外看。為君成陰將蔽日，迸筍穿階踏還出。守節偏凌御史霜，虛心願比郎官筆❿。君莫愛南山⓫松樹枝，竹色四時也不移。寒天草木黃落盡，猶自青青君始知。

【注釋】❶職方郎中　官名。尚書省兵部職方司（兵部四司之一）長官，掌天下地圖及城隍、堡寨、烽堠之事。❷陝西使院　陝西節度使衙門。❸清致　清雅的情趣。❹庭　《全唐詩》作「城」。❺此君　指竹。《世說新語・任誕》：「王子猷嘗暫寄人空宅住，便令種竹。或問：『暫住，何煩爾？』王嘯詠良久，直指竹曰：『何可一日無此君！』」❻所　《全唐詩》作「地」。❼盛夏翛翛叢色寒　謂盛夏叢竹能給人帶來涼意。夏，明抄本、吳校、《全唐詩》作「暑」。翛翛，狀聲詞，形容風吹叢竹之聲。叢色寒，謂叢竹的顏色給人陰涼的感覺。❽摵摵　同「瑟瑟」。像風吹竹葉發出的聲音。明抄本、吳校、《全唐詩》作「槭槭」。❾能清案牘簾下見　謂簾下望竹，能驅除案牘之煩勞。案牘，官府文書。❿守節二句　既寫竹，又隱指范任郎官兼御史。凌，高出；壓過。虛心，竹心空，故云。比，並列。郎官筆，東漢尚書郎掌起草文書，每月賜給赤管大筆一雙。參見《通典》卷二二。竹可以製筆，故云。⓫南山　終南山。

【語譯】職方郎中兼侍御史范公就在陝西節度使衙門內種竹子，新寫成〈叢竹詩〉讓我看，我讚美范公的清雅情趣高尚操守，於是作歌同他唱和。

世上的人見了竹子不懂得愛惜，我知道您在衙門庭院裡種了竹子。這竹子附著生根有幸得到了安居之地，種植以來不長一段時間聽說已經長大。盛夏時節竹聲翛翛竹叢的綠色帶來涼意，安靜的夜晚竹葉瑟瑟作響聲音清脆響亮。在簾下望竹能驅除案牘煩勞，往窗外看竹適宜於面對琴書。綠竹為您形成竹陰將遮擋住日光，竹筍迸發穿透臺階踏去仍舊長出。竹子保持節操偏要勝過似御史嚴威一般的霜寒，它心中空虛很願意同郎官的赤管大筆並列。您不要只喜歡終南山的松樹枝，竹子的顏色也是四季都不改移。寒冷的冬天草木的葉子發黃落盡，竹子仍然青綠您這才知道它的品性。

【研　析】這首詩歌詠叢生的竹子，首四句寫范公愛竹，在節度使衙門庭院裡種竹，已經長大；接下「盛夏」四句寫竹子的外在形態，並說它能驅暑、消除案牘之勞和引發清雅情趣；下面「為君」四句轉入寫竹子的內在品格，「迸筍」句描寫竹子的生命力之強，「守節」句則寫竹子的不畏嚴寒；最後四句將竹子與南山松枝作比較，以賓形主，進一步寫出了竹子的品格。全詩以竹喻人，借詠竹來讚美范公的品格與為人，其主旨就是詩序所說的范公之「清致雅操」四字；此詩作詩人自喻或自我追求讀亦可。

## 虢州後亭送李判官使赴晉絳　得秋字

【題　解】晉絳，即晉州、絳州，唐時同屬河東道。晉州治所在白馬城（今山西臨汾），絳州治所在正平（今山西新絳），二地均臨汾河。得秋字，底本無，今從宋本、明抄本、吳校、《全唐詩》補。本詩作於作者在虢州任職期間。詩歌為送李判官出使晉州、絳州而作。

西原❶驛路挂城頭❷，客散紅亭❸雨未休❹。君去試看汾水❺上，白雲猶似漢時秋❻。

【注　釋】❶西原　地名，即「靈寶西原」（《舊唐書・玄宗紀》）。在河南靈寶西南，見《古今圖書集成・方輿彙編・職方典》卷四三八。❷挂城頭　形容驛路之高。❸紅亭　據岑參詩，虢州西亭、東亭、水亭、後亭等皆有「紅亭」之稱，又蜀中詩〈早春陪崔中丞泛浣花溪宴〉亦有「紅亭」，知「紅亭」當指亭漆成紅色。紅，明抄本、吳校、《唐百家詩選》均作「江」，疑誤。❹休　明抄本、吳校、《全唐詩》作「收」。❺汾水　源出山西寧武管涔山，流經山西中部。❻白雲猶似漢時秋　武帝曾於元鼎四年（西元前一一三年）秋到河東汾陰（今山西萬榮寶鼎鎮）祭祀后土（土神），在汾河上與群臣宴飲，興酣作〈秋風辭〉曰：「秋風起兮白雲飛，草木黃落兮雁南歸……泛樓舡兮濟汾河，橫中流兮揚素波。……歡樂極兮哀情多，少壯幾時兮奈老何！」事見《文選》卷四五及《漢武故事》等。

【語　譯】靈寶西原的驛路高得就像掛在城牆上，來賓從紅色的亭子裡散去雨還沒有停。判官您此去且看汾水上面，白雲還像漢時的秋天那樣。

【研　析】這是一首送別詩。首句從被送者要走的驛路寫起，還有「挂城頭」之語，皆甚奇特；次句寫在虢州後亭的餞別宴會已結束，雨卻仍不停，暗示被送者將冒雨遠行。後二句由被送者將去的地方著筆，詩句含蘊豐富，耐人尋味。表層的意象說，君此行可往遊汾水，那裡秋天的景象，大概還和漢武帝辭中所描寫的差不多；其實這兩句暗示「人事已改」，盛時不再，乃有感於世亂而發。近人劉永濟《唐人絕句精華》說：「三、四兩句用漢武帝〈秋風辭〉……蓋因李所至汾水流域，故想及漢武此辭，又因漢武時國勢方強，有感於天寶以來，世亂相仍，已非太宗時威震蠻夷之盛世，故託之漢武以寄其憂國之情，而有『試看』之句。」

初唐李嶠七古長篇〈汾陰行〉亦寫漢武帝祠祭汾陰后土和在汾水上與群臣宴樂事，其結尾說：「昔時青樓對歌舞，今日黃埃聚荊棘。山川滿目淚沾衣，富貴榮華能幾時？不見只今汾水上，唯有年年秋雁飛。」慨嘆世事滄桑、富貴榮華不常在，與岑詩的內容不盡一樣。

# 九日使君席奉餞衛中丞赴長水

【題　解】九日，九月九日重陽節。日，底本作「月」，據宋本、明抄本、《全唐詩》改。使君，指虢州刺史。衛中丞，即衛伯玉。中丞，御史中丞。三原（今屬陝西）人。原為安西將領，肅宗興師靖難，伯玉遂歸長安，初領神策兵馬使出鎮陝州（今河南陝縣）行營，乾元二年十二月破賊於陝東彊子坂，以功封右羽林大將軍，四鎮、北庭行營節度使。上元元年，轉神策軍節度使。代宗時拜荊南節度使。事見兩《唐書》本傳。長水，唐縣名，屬河南府，在今河南洛寧西南四十五里。河南府治所曾有一段時間暫設在長水。《舊唐書・劉晏傳》曰：「（晏）遷河南尹，時史朝義盜據東都，寄理長水。」〈岑詩繫年〉據《舊唐書・肅宗紀》：「乾元二年十二月癸巳朔，神策將軍衛伯玉破賊於陝東彊子坂」的記載，斷此詩作於乾元二年九月。按，《資治通鑑》乾元二年十二月：「以史思明遣其將李歸仁將鐵騎五千寇陝州，神策兵馬使衛伯玉以數百騎擊破之於礓子阪，……以伯玉為鎮西、四鎮行營節度使。」胡三省注：「礓子阪，在河南永寧縣（今河南洛寧）西。」詩中既曰「節使」，又曰「羽林」，當作於伯玉以功封右羽林大將軍，四鎮、北庭行營節度使之後，即上元元年九月或二年九月。又，衛伯玉何時兼御史中丞（帶憲銜），史並失載，據《資治通鑑》卷二二一載，茘非元禮「知鎮西、北庭行營節度使」時，嘗兼任御史中丞，疑衛伯玉兼御史中丞亦在任四鎮、北庭行營節度使時。《資治通鑑》上元二年建子月（十一月）：「神策軍節度使衛伯玉攻史朝義，拔永寧，破澠池、福昌、長水等縣。」疑此詩當作於上元二年九月，蓋伯玉九月出師赴長水，十一月即攻拔長水等縣也。此詩為餞送唐軍將領出師討伐史思明叛軍而作。

節使❶橫行東❷出師，鳴弓擐甲❸羽林❹兒。臺上霜威凌草木❺，軍

中殺氣傍旌旗❻。預❼知漢將宣威日，正是胡塵欲滅時。為報使君多泛

菊❽，更將絃管醉東籬❾。

【注釋】❶節使　即節度使，安史之亂前只在邊地設置，安史亂後內地也設置。❷東　諸本作「西」，並注：「一作東。」按，長水在虢州之東，作「東」是。❸擐甲　身著鎧甲。❹羽林　禁軍名，唐置左右羽林軍，後

改軍為衛，設大將軍、將軍等官。❺臺上霜威凌草木　謂伯玉任御史中丞。臺，御史臺。霜威，比喻御史的威嚴。威，《全唐詩》作「風」。❻傍旌旗　瀰漫於旌旗周圍，言殺氣之盛。❼預　《全唐詩》注：「一作須。」❽泛菊　把菊花放到酒裡，使花瓣飄浮酒上。古時重陽節有喝菊花酒的習俗。❾更將絃管醉東籬　謂以音樂侑酒助興。將，帶。絃管，弦樂器和管樂器。東籬，陶淵明〈飲酒．結廬在人境〉：「採菊東籬下，悠然見南山。」蕭統《陶淵明傳》：「嘗九月九日出宅邊菊叢中坐，久之，滿手把菊，忽值弘（江州刺史王弘）送酒至，即便就酌，醉而歸。」

【語譯】衛節度使縱橫馳騁往東邊出兵，羽林男兒們身著鎧甲張弓發箭。中丞在御史臺裡似霜的嚴威凌逼草木，而軍隊中戰鬥的氣氛瀰漫於軍旗周圍。預知唐軍大將宣揚威力的日子，正是史思明叛軍將滅亡的時候。寄語刺史多準備放入菊花的酒，再帶著管弦樂器共醉於東籬下。

【研析】此詩送神策軍節度使衛伯玉出師討伐史思明叛軍，首句即直入出師的主題，句中用「橫行」二字，含有縱橫馳騁所向無敵之意；第二句寫衛伯玉所率部隊屬禁軍，隊伍整齊威武；第三句寫衛伯玉兼任御史中丞，甚有威嚴；第四句寫軍中殺氣極盛，軍士思戰；第五、六句說此次出師必勝，叛軍即將滅亡。因為有了前四句的鋪墊，第五、六句之結論的得出，也就十分自然。此詩之前六句，宛然一首雄壯的戰歌，直到末二句，才點出詩題之「九日使君席」來：原來此詩乃作於虢州刺史送別衛伯玉的酒宴上，時間正好是九月九日重陽節。

# 衛節度赤驃馬歌

【題解】衛節度，即衛伯玉。〈岑詩繫年〉謂此詩作於乾元元年，又謂必作於長安。按，衛伯玉乾元二年十二月始為四鎮、北庭行營節度使，次年轉神策軍節度使，此詩既稱「節度」，又曰「東去掃胡塵」，當作於衛任節度使之後、廣德元年正月史朝義敗死之前。又，詩曰：「香街紫陌鳳城內，滿城見者誰不愛？」「憶昨看君朝未央，鳴珂擁蓋滿路香。」係追憶之辭，不能成為本詩作於長安的證據。赤驃馬，有白色斑點的紅馬。詩題明抄本無「赤」字，《唐詩紀事》、《唐百家詩選》作「衛尚書赤驃馬歌」。按，據《舊唐書．代宗紀》，衛伯玉加檢校工部尚書職在大曆元年（西元七六六年）六月，時岑已在蜀中，雙方無從相遇，且與詩中「東去掃胡塵」之語不合，故作「尚書」者非是。本詩著力渲染節度使衛伯玉的坐騎赤驃馬的不同尋常。

君家赤驃畫不得，一團旋風桃花色❶。紅纓紫鞚珊瑚鞭，玉鞍錦韉黃金勒❷。請君鞴❸出看君騎❹，尾長窣❺地如紅絲。自矜諸馬皆不及，卻憶百金初❻買時，香街紫陌鳳城內❼，滿城❽見者誰不愛？揚鞭驟急白汗❾流，弄影❿行驕碧蹄碎。紫髯胡雛⓫金翦刀，平明翦出三鬉⓬高。櫪上看時獨意氣⑬，眾中牽出偏⑭雄豪。騎將獵向南山口，城南狐兔不復有⑮。草頭一點疾如飛⑯，卻使蒼鷹翻⑰向後。憶昨⑱看君朝未央⑲，鳴珂擁蓋滿路香⑳。始知邊將㉑真富貴，可憐人馬相輝光。男兒稱意㉒得如此，駿馬長鳴北風起。待君東去掃胡塵㉓，為君一日行千里。

【注釋】❶君家二句　意謂馬行如旋風一般迅捷，使畫家也把握不住，描摹不出。❷紅纓二句　極言馬具之華貴精美。紅纓，繫在馬頭上的紅色穗狀飾物。韁，同「繮」。馬韁繩。底本、《全唐詩》作「鞚」，此從明抄本、吳校。珊瑚鞭，指馬鞭的柄上用珊瑚鑲嵌。「珊瑚」下底本注：「一作玳瑁。」韉，馬鞍墊。勒，帶嚼子的馬籠頭。❸鞲　同「韝」。配置馬具。❹君騎　底本誤作「馬騎」，據各本校改。❺窣　垂；拂。底本誤作「窣」，據明抄本、《全唐詩》改。❻初　《唐詩紀事》、《唐百家詩選》、明抄本、《全唐詩》作「新」。❼香街紫陌鳳城內　謂京師長安城內。香街紫陌，指京城繁華的街道。鳳城，即京城。傳說春秋時秦穆公女弄玉吹簫引鳳，鳳降秦都咸陽，因號丹鳳城，其後遂稱京都之城曰丹鳳城或鳳城。❽滿城　《唐百家詩選》作「行人」。❾白汗　指馬汗。《戰國策．楚策》：「夫驥之齒（年齡）至矣，服鹽車而上太行，蹄申膝折，尾湛胕潰，漉汁灑地，白汗交流。」高誘注：「不緣暑而汗也。」一說白指汗色。謂馬汗曰「白汗」，本此。❿弄影　指馬在日光下行走，影子晃動。⓫紫髯胡雛　指馬夫為胡兒。髯，頰毛。⓬三鬉　指把馬鬃修翦成三瓣的式樣，即所謂「三花」。鬉，即馬頸鬃毛。⓭獨意氣　特別有氣概。⓮偏　猶「甚」，最。⓯騎將二句　意謂馬行神速，騎上射獵，狐兔便無法逃脫。南山，長安城南終南山。⓰草頭一點疾如飛　謂馬在草地上奔馳如飛，彷彿蹄不沾地，只點著草梢一般。⓱翻　反。明抄本作「飛」。⓲昨　昔。⓳未央　漢長安宮殿名，故址在今西安市西北，此借指唐宮殿。

⑳鳴珂擁蓋滿路香　寫衛伯玉當年朝覲天子的儀飾之盛。珂，馬籠頭上的玉飾，馬行時作聲，故稱「鳴珂」。擁，持。蓋，繖蓋，古時貴官出行時儀仗。依唐代車服制度，五品以上官員有珂、蓋。路，底本注：「一作邑。」㉑邊將　伯玉原為安西將領，故云。㉒稱意　《唐百家詩選》作「意氣」。㉓胡塵　指史思明、史朝義叛軍。

【語　譯】衛節度您家的赤驃馬沒法畫出，毛色像桃花跑起來猶如一團旋風。馬具有紅色的纓子紫色的韁繩鑲嵌珊瑚的鞭子，還有華麗的鞍子錦製的鞍墊飾以黃金的籠頭。請您配備好馬具牽出來看您騎上，馬尾長得垂到地上猶如紅色絲線。您自誇別的各種馬一概比不上，還回想起化費百金剛買的時候，在京城長安的繁華熱鬧的街道裡，滿城見了這馬的人有誰不喜歡？有時鞭子一揮馬就疾馳白汗齊流，有時馬蹄踏著碎步影子搖晃行動矯健。長著紫色頰毛的胡族馬夫拿起金色剪刀，黎明時就把馬鬃修剪成三瓣的高貴式樣。這馬在馬槽上看時特別有氣概，從馬群裡牽出又最為雄壯豪邁。騎上這馬到終南山的山口打獵，長安城南的狐狸野兔都無法逃脫。在草地上疾馳如飛馬蹄彷彿只是點著一下草梢，竟然使得蒼鷹反倒飛在了牠的後面。回想起從前看到過您到皇宮朝見天子，坐騎的玉飾叮噹作響隨從擎著傘蓋前行香氣傳滿一路。這才知道邊地將領真是富貴，人與馬交相輝映令人羨慕。男子漢稱心如意才能這樣，這駿馬一聲長鳴北風即起。等您往東去掃滅史思明叛軍，這馬為您一天行走一千里。

【研　析】這是一首詠馬詩，詩歌從行走的迅疾、馬具的精良、體態的健美、氣概的不凡以及他人的觀感等多個方面來渲染「衛節度赤驃馬」的不同尋常，並通過詠馬，烘托出了馬主人的高貴身分和豪雄氣概。如詩中「君家」二句和「騎將」四句，在渲染馬行迅疾的同時，也寫出了騎者的矯健。詩中或寫馬而帶及衛節度，或寫衛節度而帶及馬（如憶昨四句），二者相互映帶。末二句道出期待馬主人在平亂中立功（當時史思明、史朝義父子尚據有河南、河北二十餘州之地），並寓有羨慕赤驃馬得以在平亂中被用之意，這應是這首詩的主旨。

馬為唐人的主要代步工具，且為戰鬥之所需，故飼養良種馬匹成為唐代一時的風尚，唐詩人亦每好詠馬。此即唐人詠馬詩之佳者，明邢昉《唐風定》卷八說：「與少陵〈高都護作〉（〈高都護驄馬行〉）同工並絕，後人無復措手處矣。」所評有一定道理。

## 潼關鎮國軍句覆使院早春寄王同州

【題解】鎮國軍，鎮國節度屬軍，駐守潼關。《新唐書・方鎮表》載，上元二年（西元七六一年）以華州（今陝西華縣）置鎮國節度，又稱同華節度，廣德元年（西元七六三年）罷。因華州在潼關之西，又稱關西節度（〈表〉作「關東節度」，當誤）。因其有鎮國軍，亦稱鎮國軍節度。鎮國節度兼掌潼關防禦。句覆，句檢覆按，即稽查、審察之意。院，官署。王同州，指同州刺史王政。說見郁賢皓《唐刺史考》卷四。同州隸屬同華節度，治所在今陝西大荔。本詩作於寶應元年（西元七六二年）春，時作者改任太子中允兼殿中侍御史，充關西節度判官。詩中寫在關西所見軍中的腐敗現象，並抒寫別友的愁緒。

胡寇❶尚未盡，大軍鎮關門。旗旌❷遍草木，兵馬如雲屯。聖朝正用武，諸將皆承恩。不見征戰功，但聞歌吹❸喧。儒生有長策，閉口不敢言。昨從關東❹來，思與故人❺論；何為廊廟器❻，至今居外藩❼？黃霸寧淹留❽，蒼生望❾騰騫❿。捲簾見西嶽，仙掌⓫明朝暾⓬。昨夜聞春風，戴勝⓭過後園。各自限官守，何由敘涼溫⓮？離憂不可忘，襟背思樹萱⓯。

【注釋】❶胡寇　指安史餘黨史朝義的軍隊。❷旗旌　明抄本、《全唐詩》作「旌旗」。❸歌吹　唱歌和吹奏竽、笙等樂器的聲音。❹關東　指在潼關之東的虢州。❺故人　謂王同州。❻廊廟器　能擔當朝廷重任的人才。此指王同州。廊廟，底本作「廟廊」，此從明抄本、《全唐詩》。❼居外藩　指在地方任職。唐人做官重內輕外，一般認為京職才可以施展抱負。❽黃霸寧淹留　黃霸，西漢有名的循吏。宣帝時任揚州刺史、潁川太守，為政寬和，治績時稱天下第一。後陞任御史大夫、丞相。事見《漢書・循吏傳》。此喻指王同州。淹留，久留。❾蒼生望　百姓期望。謝安隱居東山，朝命屢降而不起，時人語曰：「安石（謝安之字）不肯出，將如蒼生何？」見《世說新語・排調》。❿騰騫　飛騰升遷。騫，振翼而飛。⓫仙掌　即華山東峰仙人掌，為華嶽三峰之一。⓬暾　初升的太陽。⓭戴勝　即戴鵀。一種候鳥，春夏飛回北方，秋冬飛往南方。《禮記・月令》：「（季春之月）鳴鳩拂其羽，戴勝降於桑。」⓮各自二句　謂各為官職所拘，不能互相敘問起居冷暖。⓯襟背思樹萱　謂思欲忘憂。襟，堂前。背，堂後。萱，亦作諼，植物名，又稱「忘憂草」。《文選》陸機〈贈從兄車騎〉：「安得忘歸草，言樹背與襟。」李善注：「韓詩（〈衛風・伯兮〉）曰：『焉得諠草，言樹之背。』然襟猶前也。」

【語　譯】安史叛軍的餘部還沒有消滅盡，鎮國節度的大軍鎮守著潼關關門。軍中的旌旗遍布於荒野，兵馬眾多猶如雲彩聚集。大唐朝廷正使用武力平叛，眾多將領都蒙受天子恩澤。沒見到眾多將領的征戰功績，只聽到官署裡歌聲和樂聲喧鬧。我這個儒生有破敵良策，卻閉住嘴巴不敢說出。昨天我從潼關以東來，想與老朋友您討論；為何能肩負朝廷重任的人才，至今還在地方上任職？像黃霸一樣的賢才哪能久留於外，百姓無不期望他飛騰升遷。我捲起窗簾見到了西嶽華山，仙掌峰被初升的太陽照亮。昨天晚上知道春風已吹來，戴勝鳥飛過官署的後園。我們各自為官吏的職守所限，怎能互相問候起居冷暖？離別的憂愁不可能忘掉，我多想在房前屋後種上忘憂草。

【研　析】這首寄給友人的詩，先寫自己在關西節度之所見，言安史餘黨「尚未盡」，關西節度的大軍鎮守潼關，兵馬甚眾，但「承恩諸將」卻不事征戰，只圖享樂，並自嘆有平叛「長策」而「不敢言」，因為「諸將」得寵，權勢正盛；次寫友人有高才卻「至今居外藩」，不得施展抱負；最後抒寫別後思念友人的真摯感情。

此時任關西節度使、潼關鎮國軍使兼華州刺史的是李懷讓（參見《唐方鎮年表》卷八），詩中抨擊了他與諸將的統馭無方、驕奢腐化，同時也揭露了朝廷用非其人的弊端。高適〈薊中作〉云：「豈無安邊書，諸將已承恩。」〈燕歌行〉云：「戰士軍前半死生，美人帳下猶歌舞。」亦敢於直斥驕將，所不同的是，高詩作於安史之亂爆發以前，岑詩則作於安史之亂尚未完全平息時。

# 陝州月城樓送辛判官入奏

【題解】陝州，治所在今河南陝縣。月城，大城外用以障蔽城門的半圓形小城。《資治通鑑》卷一八四：「餘眾東走月城。」胡三省注：「月城，蓋臨洛水築偃月城。」辛判官，代宗寶應元年（西元七六二年）十月，雍王适（唐德宗）會諸道節度使於陝州，進討史朝義（參見《資治通鑑》卷二二二），辛應是會聚於陝州的某節度使判官。入奏，入朝言事。本詩寶應元年冬作於陝州，當時作者任天下兵馬元帥雍王适府掌書記。詩中寫送友人入朝，並抒別後思友之情。

送客飛鳥外❶，樓頭城最高❷。樽❸前遇風雨，窗裡動波濤❹。謁帝

向金殿❺，隨身唯寶刀。相思灞陵❻月❼，祇有夢偏勞。

【注釋】❶飛鳥外　言樓高。外，猶「上」。❷樓頭城最高　明抄本、吳校、《全唐詩》作「城頭樓最高」。❸樽　古代的盛酒器具。❹窗裡動波濤　陝州治所北臨黃河，此言居於樓中，從窗裡可以望見黃河翻動著波濤。❺金殿　天子所居宮殿。❻灞陵　在唐長安東郊。❼月　底本作「後」，注：「一作月。」明抄本、吳校、《全唐詩》均作「月」，今從之。

【語譯】在高於飛鳥的地方送別入朝的辛判官，舉行餞宴的樓上是陝州月城的最高處。酒樽之前

忽然遇上刮風下雨，窗戶裡望見了黃河波濤翻動。判官前往長安皇宮覲見皇帝，帶在身邊的只有一把寶刀。別後判官您當望著灞陵的明月相思，我則只有在夢裡尋找您多麼辛勞。

**【研　析】** 這是一首送別詩，首二句寫在陝州月城樓餞送友人，每一句都寫出了餞別地點的高，從而為接下二句的景物描寫埋根；「樽前」二句寫在月城樓上所見景色，明譚元春說：「遇字寫風雨驟至，甚簡。」（《唐詩歸》卷一三）而黃河「動波濤」的壯闊之景，則只有在高處才能見到，所以此二句與上二句是緊緊聯繫著的；「謁帝」二句交代友人出行的緣由，也就是詩題所說的「入奏」。最後二句抒寫別後相思之情，其中「相思」句從友人方面著筆，言其在長安（此以灞陵代指長安）當望月思友，慨嘆不能與友人一起賞月；「祇有」句則從自己這方面來寫，言己思友不得見而成夢，在夢中不辭辛勞地往尋友人，因為當時友人在長安，所以話裡又含有思念長安之意。應該說，全詩的這個結尾，很有令人回味的餘地。

## 奉送李太保兼御史大夫充渭北節度使　即太尉光弼弟

**【題　解】** 李太保，《舊唐書・李光弼傳》載，「代宗還京二年（即廣德二年）正月，……以（光弼弟）光進為太子太保兼御史大夫、涼國公、渭北節度使。」太保，即太子太保，從一品，是輔佐太子的官。御史大夫，御史臺正長官。此指帶憲銜，非實職。渭北節度使，據《資治通鑑》及《新唐書・方鎮表》，乾元三年（西元七六〇年）正月始置鄜（鄜州，今陝西富縣）、坊（坊州，今陝西黃陵）、丹（丹州，今陝西宜川）、延（延州，今陝西安塞西）節度，亦稱渭北節度，治所在坊州。光弼，姓李，唐代名將，平定安史之亂的功臣。太尉，秦漢為三公之一，掌管軍事。唐代的太尉為正一品官，位尊而無具體職守，不常置。據《舊唐書》本傳，李光弼曾封太尉。底本題作〈送李太保充渭北節度〉，今從《唐百家詩選》、明抄本、《全唐詩》。本詩廣德二年（西元七六四年）正月作於長安，時作者為祠部員外郎。詩為送李光進赴渭北節度使之任而作。

詔出未央宮❶，登壇近總戎❷。上公周太保，副相漢司空❸。弓抱❹關西❺月，旗翻渭北風。弟兄皆許國❻，天地荷成功❼。

【注　釋】❶未央宮　漢宮名，在今陝西西安市西北漢長安故城中。此借指唐皇宮。❷登壇近總戎　指李光進被任為渭北節度使。登壇，壇是古時舉行祭祀、盟誓等大典用的土臺。劉邦曾設壇拜韓信為大將，這是一種表示特殊恩遇的隆重儀式。總戎，統帥。❸上公二句　謂李光進為太子太保兼御史大夫。上公，周以太師、太傅、太保為三公，三公有德行者加封二伯，即為上公（見《周禮・春官・典命》鄭玄注）。副相，即御史大夫。《漢書・百官公卿表》謂御史大夫「掌副丞相」。司空，西漢末年改丞相、太尉、御史大夫（三公）為大司徒、大司馬、大司空，東漢又改大司空為司空。❹抱　弓形如月，挽弓形如兩臂合圍，故曰「抱月」。《全唐詩》注：「一作挽。」❺關西　潼關以西地區。❻許國　許身於國。❼荷成功　謂蒙受其成就功業之惠。

【語　譯】天子的詔令從皇宮裡發出，您受命為將相當於任統帥。您位列上公同於周朝的太保，又當副丞相等於漢代的司空。雕弓挽著像抱住關西的月亮，軍旗飄動在渭北的烈風中。您家弟兄無不將一身奉獻給國家，天下都蒙受您們成就功業的恩惠。

【研　析】這是一首給李光進送行的詩，前四句寫李新任的職務，「弓抱」二句表現他的雄武，最後讚頌李光弼、光進兄弟在平定安史之亂中建立的功勳，其中也流露了作者對他們的期望。明唐汝詢《唐詩解》卷三六說：「按光弼以程元振之故不赴吐蕃之難（廣德元年九、十月吐蕃入寇京畿），代宗疑其有變，因厚遇光弼以安其心，故此詩以許國諷之，而以成功慰之也。」按，《資治通鑑》廣德元年十月載：宦官程元振專權自恣，諸將有大功者，元振皆忌恨欲害之；吐蕃入寇，「上發詔征諸道兵，李光弼等皆忌元振居中，莫有至者」。唐汝詢的說法有一定的道理。

這詩中的「弓抱」二句，頗得詩評家的青睞，清沈德潛《唐詩別裁》卷一〇說：「弓與旗皆隨常景點入關西、渭北，便切渭北節度，而『抱』字翻字，尤使句中有力。」所言甚是，只是岑此二句亦有所承，駱賓王〈從軍行〉云：「弓弦抱漢月，馬足踐胡塵。」沈氏未曾發現。

## 送張祕書充劉相公通汴河判官便赴江外覲省

【題　解】祕書，官名，唐祕書省（掌圖書的官署）屬官中有祕書丞及祕書郎，均可省稱為「祕書」。劉相公，即劉晏。字士安，曹州南華（今山東東明）人。累官至御史中丞、京兆尹，自上元元年（西元七六〇年）起，屢充度支、鑄錢、鹽鐵等使，以善於理財著稱。廣德元年正月，同中書門下平章事（宰相），兼領度支等使如故。廣德二年正月罷相，任太子賓客。德宗建中元年（西元七八〇年）為楊炎構陷而死。事見兩《唐書》本傳。是時晏已罷相，此曰「劉相公」，蓋襲稱舊銜以尊之。汴河，即唐之廣濟渠，為南北大運河的一段，溝通了黃河與淮河間的水路。江外，指長江以南地區。《資治通鑑》卷二二三：「自喪亂以來，汴水堙廢，漕運者自江、漢抵梁、洋，迂險勞費，（廣德二年）三月己酉，以太子賓客劉晏為河南、江、淮以來轉運使，議開汴水。……晏乃疏浚汴水，遺元載（時為相）書，具陳漕運利病，令中外相應。」判官，轉運使僚屬有判官。本詩廣德二年（西元七六四年）三月寫於長安，為送友人隨劉晏治理汴河並乘便還鄉探望父母而作。

前年見君時，見君正泥蟠❶。去年見君處，見君已風摶❷。朝趨赤墀❸前，高視青雲端。新登麒麟閣，適脫獬豸冠❹。劉公領舟楫❺，汴水揚波瀾。萬里江海通，九州天地寬❻。昨夜動使星❼，今日送征鞍。老親在吳郡❽，令弟雙同官。鱸鱠剩堪憶，蓴羹殊可餐❾。既參幕中畫❿，復展膝下歡⓫。因送故人行，試歌〈行路難〉⓬。何處路最難？最難在長安！長安多權貴，珂珮⓭聲珊珊⓮。儒生直如弦⓯，權貴不須干⓰。斗⓱酒取一醉，孤瑟⓲為君彈。臨歧⓳欲有贈，持以握中蘭⓴。

【注　釋】❶泥蟠　原指龍盤伏於泥中。《法言・問神》：「龍蟠於泥。」此言張有才幹而不得志。❷風摶　此言張已得志，像大鵬一樣扶搖直上。《莊子・逍遙遊》：「鵬之徙於南冥也，水擊三千里，摶扶搖而上者九萬里。」摶，聚。扶搖，風名。❸赤墀　即丹墀，皇宮的赤色臺階。❹新登二句　意謂張由御史轉至祕書省任職。麒麟閣，漢代閣名，這裡指祕書省。《三輔黃圖》卷六：「《漢宮殿疏》云：天祿、麒麟閣，蕭何造，以藏祕書、處賢才也。」麒麟閣（又稱麟閣）為漢宮中藏書處，祕書省是掌圖書的官署，故以麒麟閣借指祕書省。唐天授初改祕書省為麟臺，即因斯意。獬豸冠，又叫法冠，御史戴的一種帽子。《後漢書・輿服志》：「法冠，執法者服之，或謂之獬豸冠。」《舊唐書・輿服志》：「御史司隸二臺（隋置司隸臺，專掌京師及東都的監察之事，唐罷司隸臺，設京畿採訪使，職事同司隸臺一樣），法冠，一名獬豸冠。」獬豸，一名解廌，相傳是一種能別曲直、決訟事的神獸，因此稱御史的帽子為獬豸冠。❺領舟楫　指為轉運使。❻萬里二句　寫汴河疏浚後景況。江海通，汴水西北與黃河、洛水相接，東南與淮河以南的邗溝相接，由汴水可通長江並入海，故有此語。九州，古分天下為九州，此指全國。❼動使星　表示有使臣出行。《後漢書・李郃傳》：「和帝即位，分遣使者，皆微服單行，各至州縣，觀採風謠。使者二人當到益部，投郃候（候吏，小吏名）舍。時夏夕露坐，郃因仰觀問曰：「二君發京師時，寧知朝廷遣二使邪？」二人默然，驚相視曰：「不聞也。」問：「何以知之？」郃指星示云：「有二使星向益州分野，故知之耳。」」❽吳郡　即蘇州，治所在今江蘇蘇州。❾鱸鱠二句　指思念故鄉吳郡的美食。據《晉書・張翰傳》：晉張翰，字季鷹，吳郡吳人，到京師洛陽做官，見秋風起，思念吳地的菰菜、蓴羹、鱸魚膾，嘆道：「人生貴得適志，何能羈宦數千里，以要名爵乎！」於是返駕回鄉。剩堪，真可。蓴，多年生水草，生南方湖潭中，葉子橢圓形，開暗紅色小花，莖和葉表面都有黏液，可以做湯吃。❿畫　謀劃。指張作劉晏判官。⓫膝下歡　指回鄉與父母相聚之樂。⓬行路難　古樂府雜曲歌辭篇名，內容多寫世路艱難及離愁別緒。⓭珂珮　珂，馬籠頭上的玉飾。珮，玉珮。唐制，五品以上官員有珮。見《舊唐書・輿服志》。⓮珊珊　象聲詞。⓯直如弦　指鯁直。《後漢書・五行志》：「順帝之末，京都童謠曰：『直如弦，死道邊；曲如鉤，反封侯。」⑯干　求；干謁。⑰斗　古時酒具。⑱瑟　《全唐詩》作「琴」。⑲歧　岔路。此指要分手的地方。⑳蘭　香草名，菊科植物，不同於今之蘭花。古代有以香草贈人風俗，是結恩情的表示。

【語　譯】前年見到您的時候，見您正好像龍蟠屈於泥中。去年見到您的時候，見您已猶如大鵬乘風直上。您早晨碎步疾行走到皇宮前，在高高的青雲之上傲視天下。您新近剛剛進入祕書省，方才脫掉御史的獬豸帽。劉相公統領轉運船隊，汴水將重新掀起波浪。萬里遠的長江大海都要相通，全國四通八達天地寬廣。昨天夜裡天上的使星移動，今天早晨送您這個使臣遠行。您年老的父母住在吳郡，您弟弟與您是兩個同僚。吳郡的細切鱸魚肉真值得想念，還有蓴菜做的湯也很值得吃。您此去既可參與轉運使幕府中諸事的謀劃，又能展現回鄉與父母親團聚的歡樂。因為送老朋友您遠行，我試著唱一曲〈行路難〉。什麼地方的路最難行？最難行的路就在長安！長安有許多官高勢大的人，他們走過時玉珂玉佩叮噹作響。儒生鯁直就像那繃緊的弓弦，不須向官高勢大的人干謁乞求。臨別用大斗盛酒取醉一回，拿一把瑟獨奏我為您送行。到了分手之地想要送點禮物，於是我就拿手中的香蘭相贈。

【研　析】這是一首送別詩，前八句先寫被送者張祕書三年之中，由不得意到得意的為官經歷；接下「劉公」十二句寫劉晏任轉運使，擬疏浚汴水，張為其幕府判官，即將離京赴職，並乘便返鄉，享受與父母團聚之歡。下面「因送」八句寫因送張遠行而唱〈行路難〉曲，並就此發出「何處路最難」之問，作者自己的答案是：「最難在長安！」此處所說的「路」，指世路、仕路，詩中慨嘆長安多權貴，他們把持政柄，導致世路多艱，寒士入仕不易；「儒生直如弦，權貴不須干」二句，更寫出儒生的自尊與不肯向權貴低頭的品格，與李白所說「安能摧眉折腰事權貴，使我不得開心顏」（〈夢遊天姥吟留別〉）意近；南朝宋鮑照〈擬行路難〉其六：「丈夫生世會幾時，安能蹀躞垂羽翼？棄置罷官去，還家自休息。……自古聖賢盡貧賤，何況我輩孤且直！」岑詩同鮑照此詩所表現的思想一致。最後四句寫置酒彈瑟送別，並以蘭草相贈，表達惜別之意。全詩最為可貴之處，在於因送八句，應引起我們的注意。

## 裴將軍宅蘆管歌

【題解】蘆管，又名塞管，截蘆稈製成，管面開孔，吹奏時以手指啟閉音孔，是當時北方少數民族地區傳入的一種管樂器。《文獻通考》卷一三八：「蘆管，胡人截蘆為之，大概與觱篥相類，出於北國。」李嘉言〈岑詩繫年〉：「玩詩意，疑永泰前數年間在長安為郎時作。」具體時間未詳，姑繫此。詩歌描寫在遼東邊將的長安宅第裡聽「美人」吹奏蘆管的感受。

遼東❶九月蘆❷葉斷，遼東小兒採蘆管。可憐新管清且悲❸，一曲風飄海頭滿。海樹蕭索天雨霜，管聲寥亮月蒼蒼❹。白狼河❺北堪愁恨，玄兔城❻南皆斷腸。遼東將軍❼長安宅，美人蘆管會佳客。弄調啾颼勝洞簫❽，發聲窈窕欺❾橫笛。夜半高堂客未回，祇將蘆管送君杯❿。巧能陌上驚楊柳⓫，復向園中誤落梅⓬。諸客愛之聽未足，高捲珠簾列紅燭。將軍醉舞不肯休，更使美人吹一曲！

【注釋】❶遼東　郡名，秦置，有今遼寧東南部遼河以東之地，治所在今遼寧遼陽市西北（唐時曰遼東城）。唐太宗嘗於其地置遼州，尋廢為安東都護府轄地。❷蘆　指蘆竹，其稈直立粗壯，可製作管樂器。❸清且悲　指蘆管聲音清越而悲涼。❹海樹二句　以遼東秋夜蕭條淒涼景色襯托管聲之「清且悲」。索，底本注：「本作條。」雨，降下，用作動詞。寥亮，同「嘹亮」。❺白狼河　今遼寧大淩河，漢唐時稱白狼水。❻玄兔城　即東漢玄菟郡城，在今瀋陽市東。與前「白狼河北」均泛指今遼寧中部一帶地區。兔，底本注：「一作武。」❼遼東將軍　指裴將軍。❽弄調啾颼勝洞簫　形容蘆管聲音之美。弄調，演奏曲調。啾颼，象聲詞，狀蘆管之聲。洞簫，一名參差，即排簫，古管樂器，由若干長短不等的竹管編組而成，不同於今之單管洞簫。❾欺　壓倒；勝過。❿送君杯　言以蘆管勸酒。⓫楊柳　隱指〈折楊柳〉，屬樂府橫吹曲辭。⓬復向園中誤落梅　此言蘆管所奏之曲美妙動聽，勝過古曲。誤，迷惑。落梅，隱指〈梅花落〉，亦屬樂府橫吹曲辭。

【語譯】遼東地區九月份蘆竹的葉子落盡，遼東小孩就在這時候砍伐蘆竹竹管。新砍下的蘆管聲音清越悲涼多麼可愛，用它吹奏一曲樂聲隨風飄蕩充滿海邊。海邊樹木蕭條天又下起了霜，蘆管聲音嘹亮月色一片蒼茫。在白狼河北能引發戍卒思歸的愁怨，於玄兔城南人們聽了無不傷心斷腸。在遼東裴將軍建在長安的宅第裡，美麗的女伎正吹奏蘆管宴請佳賓。蘆管奏出的曲調其聲咿啞勝過洞簫，發出的聲音宛轉優美壓倒橫笛。喝到半夜高大的廳堂裡賓客未回，將軍只用吹奏蘆管來勸客多飲。蘆管聲音美妙能在路上驚動楊柳，又能前往花園裡迷惑梅花落下。眾多客人非常喜愛蘆管聽之不厭，於是高捲起珍珠簾子點上許多紅燭。將軍起身狂舞不肯休止，再讓女伎用蘆管吹奏一曲。

【研　析】這首歌詠蘆管的詩，首四句先寫蘆管出自遼東，聲音清越悲涼，清脆響亮；接下「海樹」四句由蘆管聲音的悲涼，帶入情、景的烘托、渲染，其中「海樹」二句以遼東秋夜的蕭條淒清景色襯托管聲的悲涼，「白狼」二句用遼東戍邊士卒聽了管聲後的愁怨、傷心烘托管聲的悲涼。後幅「遼東」十二句，描寫在裴將軍長安宅第的酒宴上聽女伎吹奏蘆管的情景，其中「弄調」二句將蘆管與洞簫、橫笛作對比，寫出了蘆管的音色之佳；「巧能」二句把蘆管所奏樂曲與古曲作對比，寫出了蘆管樂曲的美妙；而「夜半」二句及「諸客」四句，則通過描寫諸客聽了蘆管演奏之後流連忘返，表現出了蘆管樂聲的動聽與演奏者技藝的高超。全詩著力渲染蘆管音樂之美，反映了唐代音樂成就的一個側面。

## 早上五盤嶺

【題　解】五盤嶺，一名七盤嶺，嶺上石磴盤折，故名。在今四川廣元東北一百七十里，與陝西寧強接壤，自古為秦、蜀分界處。本詩作於大曆元年（西元七六六年）入蜀途中。詩中描寫作者登上五盤嶺後所看到的蜀地山川景色。

平旦驅馬，曠然❶出五盤。江迴兩岸鬥❷，日隱群峰攢❸。蒼翠煙景❹曙，森沉❺雲樹❻寒。松疏露孤驛，花密藏迴灘。棧道溪雨滑，畬田❼原草乾。此行為知己❽，不覺行路難。

【注釋】❶曠然　空闊貌。❷江迴兩岸鬥　寫在嶺上遙望，江流曲折，兩岸相互交錯的情狀。❸日隱群峰攢　寫日出之前，群峰相連，層次莫辨，彷彿聚在一起。攢，聚集。❹煙景　指煙靄中的山色。❺森沉　陰沉幽暗貌。❻雲樹　白雲繚繞的山林。❼畬田　火耕之田。❽知己　指杜鴻漸。字之選，濮州濮陽（今河南濮陽南）人。廣德二年正月拜兵部侍郎、同平章事。大曆元年二月，以宰相兼充山南西道、劍南東、西川副元帥，劍南西川節度使，以平蜀亂。事見新、舊《唐書・杜鴻漸傳》。當時杜鴻漸「表公職方郎中兼侍御史，列於幕府」（杜確〈岑嘉州詩集序〉）。即入杜劍南西川幕府中任職。

【語譯】天剛亮我就策馬奔馳向前，登上五盤嶺巔四望空闊曠遠。我望見江流迂迴曲折兩岸交錯彷彿相鬥，太陽隱藏未出群峰難於分辨猶如聚在一起。煙靄中的山色在旭日下分外蒼翠，白雲繚繞的山林陰沉幽暗略帶寒意。松樹稀疏露出孤單的驛站，花草茂密掩藏著曲折的江灘。溪流上面下雨棧道滑溜，刀耕火種的田地草木枯乾。此行入蜀為了報效知己，因而不覺得路途艱難。

【研析】這是一首寫景之作，首二句不但敘驅馬登上五盤嶺巔之事，也表現了作者歷盡險途後的心曠神怡之情。接下八句皆寫在嶺巔眺望所見景色，著力地刻劃了巴山蜀水的奇異。其中「江迴」二句，寫遠望所見，景色奇特，形象活躍生動，且很注意語言的提煉，像下一「門」字、「攢」字，即令景物產生動感，並顯露出語求奇警的特色。「蒼翠」六句寫近望嶺中、嶺下的景色，形象也很鮮明。這是一首五言古詩而多偶句，全詩語言精確，對仗也很工整，值得一讀。

## 赴犍為經龍閣道

【題解】犍為，郡名，即嘉州。據《舊唐書・地理志》載，隋眉山郡，武德元年（西元六一八年）改為嘉州，天寶元年（西元七四二年）改為犍為郡，乾元元年（西元七五八年）復為嘉州，屬劍南道。治所在今四川樂山。此用舊稱，非指嘉州屬縣犍為。作者於永泰元年（西元七六五年）十一月，授嘉州刺史，因蜀中亂，未能赴任。大曆元年（西元七六六年）夏，隨劍南西川節度使杜鴻漸入蜀，杜鴻漸「表公職方郎中，兼侍御史，列於幕府」（杜確〈岑嘉州詩集序〉）。龍閣，即龍門閣。在山南道利州緜谷縣（今四川廣元）北。《元和郡縣志》卷二二：「龍門山在（緜谷）縣東北八十二里。」《大清一統志》卷三九一：「龍門閣在廣元縣北，千佛巖側。……《方輿勝覽》（按，見卷六六）馮鈐幹云：其它閣道雖險，然在山腰，亦微有徑可以增置閣道。獨此閣石壁斗立，虛鑿石竅而架木其上，尤為險絕。」曹學佺《蜀中名勝記》卷二四云，廣元縣北棧道，「其最險者為石欄橋，《方輿》云：自城北至大安軍界，營橋欄閣共萬五千三百六十一間，惟石欄、龍門二閣著名。……沈佺期〈過蜀龍門閣〉詩……岑參〈赴犍為經龍閣道〉詩……杜甫〈龍門閣〉詩……本志：北十里千佛崖即古龍門閣，先是懸崖架木作棧而行，後鑿石為千佛像，成通衢矣。」本詩作於大曆元年入蜀途中。詩中描寫所經龍門棧道的險峻。

側徑❶轉青壁，危橋❷透❸滄波。汗流出鳥道，膽碎窺龍渦❹。驟雨暗溪谷❺，歸雲❻網松蘿❼。屢聞❽羌兒笛，厭聽❾巴❿童歌。江路險復永，夢魂愁更多。聖朝⓫幸典郡⓬，不敢嫌岷峨⓭。

【注　釋】❶側徑　崖壁之側的小道。指龍門閣道（棧道）。❷橋　明抄本、《全唐詩》作「梁」。❸透　穿越。❹汗流二句　言閣道之險。龍渦，大漩渦。龍，《全唐詩》注：「一作魚。」❺溪谷　《全唐詩》作「溪口」，並注：「一作溪谷。」❻歸雲　傍晚飛回山中的雲。唐喬潭〈秋晴曲江望太乙納歸雲賦〉：「時雨夕歇，歸雲晚晴。」❼網松蘿　籠罩住松蘿。松蘿，一名女蘿，地衣類植物，多附生於松樹上。❽聞　底本作「見」，據明抄本、《文苑英華》、《全唐詩》改。❾厭聽　飽聽。❿巴　古地名，周有巴國，秦置巴郡，故地在今四川東部一帶。⓫朝　《文苑英華》作「主」。⓬典郡　指作者於永泰元年被任為嘉州刺史。典，主其事。⓭不敢嫌岷峨　謂不敢嫌蜀地道路險遠。岷峨，均為山名。岷山主峰在今四川松潘西北，峨眉山在今四川峨眉山市西南。此以岷、峨二山代指蜀地。

【語　譯】崖側的小路旋繞於青石崖上，危險的棧道跨越過碧水清江。走出險峻狹窄的棧道令我出冷汗，下視江中的大漩渦讓人心驚膽裂。暴雨驟至山間的河溝一片昏暗，雨後松蘿被歸山的雲霧所籠罩。屢次聽到羌族小孩吹笛，又飽聞巴地的兒童唱歌。沿江架設的棧道艱險而漫長，我夢裡的靈魂更增多思歸之愁。在聖明的當朝有幸出任郡守，我不敢埋怨蜀地的道路險遠。

【研析】本詩所寫龍門閣道在劍門關之北，是赴成都的必經之地，作者當時雖已被任為嘉州刺史，但實際上在這一年並沒有赴任，而是被杜鴻漸留在劍南西川幕府（在成都）任職，直到大曆二年，才赴嘉州任刺史。詩歌的首二句先從正面描寫龍門棧道的險峻，杜甫〈龍門閣〉云：「清江下龍門，絕壁無尺土。長風駕高浪，浩浩自太古。危途中縈盤，仰望垂線縷。滑石欹誰鑿？浮梁裊相拄。」也從正面描寫棧道的險峻，但岑詩寫得簡括，杜詩則寫得細致，這是兩詩的不同之處。接下「汗流」二句寫在棧道上行走的心理感受，杜甫〈龍門閣〉云：「目眩隕雜花，頭風吹過雨。百年不敢料，一墜那得取！」亦寫度越棧道的驚恐之感，它們都能引發讀者自己通過想像去形成棧道險絕的畫面。下面「驟雨」四句寫自己在棧道上的所見與所聞，歷歷如在目前。「江路」句謂蜀道的艱險，令己之夢魂都難以歸鄉；而最後二句則說，雖然蜀道艱險，為公事自己還是不辭前往，最後以不怕艱險作結，應該說還是比較有力的。

## 入劍門作寄杜楊二郎中時二公並為杜元帥判官

【題解】劍門，指大、小劍山，在今四川劍閣縣東北，是由陝入蜀的必經咽喉之地。其山峰巒連綿，下有隘路若門，故又名劍門山。杜、楊，即杜亞、楊炎。杜亞，字次公，自云本京兆人。楊炎，字公南，鳳翔天興（今陝西鳳翔）人。《舊唐書・杜亞傳》：「歷工、戶、兵、吏四員外郎。永泰末，劍南叛亂，鴻漸以宰相出領山、劍副元帥，以亞及楊炎並為判官。使還，授吏部郎中、諫議大夫；炎為禮部郎中、知制誥、中書舍人。」《全唐文》卷四一〇常袞〈授庾準楊炎知制誥制〉：「檢校尚書兵部郎中、充山南副元帥判官、賜緋魚袋楊炎……可守尚書禮部郎中、知制誥，賜如故。」又《全唐文》卷三八七獨孤及有〈送吏部杜郎中兵部楊郎中入蜀序〉，即送杜、楊赴杜鴻漸幕，知二人入蜀時分別為檢校吏部郎中及檢校兵部郎中。杜、楊兩《唐書》俱有傳，可參閱。郎中，唐尚書省左右司及六部諸司長官曰「郎中」。其上加「檢校」字樣者，即是未實授的稱謂。杜元帥，即杜鴻漸。本詩作於大曆元年（西元七六六年）入蜀途中，是寄給劍南西川幕府判官杜亞、楊炎的一首酬酢詩。

不知造化初❶，此山❷誰開坼❸。雙崖❹倚天立，萬仞❺從地劈。雲飛不到頂，鳥去難過壁。速駕❻畏巖傾，單行❼愁路窄。平明地仍黑，停午❽日暫赤。凜凜❾三伏❿寒，巉巉五丁跡⓫。與時忽開閉，作固或順逆⓬。磅礴跨⓭岷峨，巍蟠⓮限蠻貊⓯。星當觜參分⓰，地處⓱西南僻。斗⓲覺煙景殊，杳將華夏隔⓳。劉氏昔顛覆，公孫曾敗績。始知德不修，恃此險何益⑳？相公總師旅，遠近罷金革㉑。杜母㉒來何遲，蜀人應更惜。暫回丹青慮，少用開濟策㉓。二友華省郎㉔，俱為幕中客㉕。良籌佐戎律，精理皆碩畫㉖。高文出《詩》〈騷〉，奧學窮討賾㉗。聖朝無外戶㉘，寰宇被德澤。四海今一家，徒然劍門石㉙！

【注釋】❶造化初　天地之始。❷此山　指大小劍山。❸開坼　劈開。❹雙崖　大、小劍山峭壁中斷，兩崖對峙，劍門關即在兩崖間，有「一夫當關，萬夫莫開」之稱。❺仞　古以周尺七尺（或說八尺）為一仞。❻速駕　盡快通過。❼單行　指劍閣道路狹窄，人馬不能並行。❽停午　正午。此謂山高蔽日，只有正午的短暫時刻，才能見到太陽。❾凜凜　寒冷的樣子。❿三伏　據《陰陽書候》說，陰曆夏至後第三庚（第三個十天）為初伏，第四庚為中伏，立秋後第一庚為末伏，合稱三伏，為一年中最熱時期。⓫巉巉五丁跡　此言劍閣高峻，有當年力士五丁的遺跡。巉巉，高峻貌。五丁，古力士。《水經注・沔水》：「秦惠王欲伐蜀，而不知道，作五石牛，以金置尾下，言能屎金。蜀王負力令五丁引之成道。秦使張儀、司馬錯滅蜀，因曰石牛道。」石牛道即劍閣道，劍閣指大、小劍山之間的棧道。《元和郡縣志》卷二二：「小劍城去大劍戍四十里，連山絕險，飛閣通衢，故謂之劍閣，道自（益昌）縣（今四川廣元西南）西南踰小山入大劍口，即秦使張儀、司馬錯伐蜀所由之路也，亦謂之石牛道。」五丁事又見揚雄《蜀王本紀》、《華陽國志・蜀志》。⓬與時二句　言劍門關隨時勢變化忽開忽閉，防守劍門者則有順有逆（指自為割據）。語本晉張載〈劍閣銘〉：「惟蜀之門，作固作鎮；是曰劍閣，壁立千仞。窮地之險，極路之峻；世濁則逆，道清斯順。閉由往漢，開自有晉。」作固，防守之意。《舊唐書・地理志》：「關所以限內外，設險作固閉邪止禁者也。」忽，明抄本、吳校均注：「一作或。」或，底本空缺，從明抄本、吳校、《全唐詩》補；明抄本、吳校並注：「一作明。」⑬跨　超過。⑭巍蟠　高大盤曲。⑮蠻貊指西南少數民族。⑯星當觜參分　觜參，星名，均為二十八宿之一，居西方。分，指分野。古代天文學上有所謂「分野」之說，即認為天上星辰的位置和地面上各區域相互對應。《漢書·天文志》：「觜、觿、參，益州。」⑰處　底本作「起」，此從明抄本、吳校、《全唐詩》。⑱斗　同「陡」。突然。⑲杳將華夏隔　言劍門將蜀與華夏遠遠隔開。杳，遙遠。華夏，中國的古稱，此指中原地區。⑳劉氏四句　並承張載〈劍閣銘〉意，銘文曰：「興實由德，險亦難恃。自古及今，天命不易。憑阻作昏，鮮不敗績。公孫既沒，劉氏銜璧。」劉氏，指三國蜀後主劉禪。劉備於西元二二一年在成都稱帝，國號漢。備死，子禪即位。西元二六三年為魏所滅。公孫，公孫述，字子陽，初為王莽導江卒正（蜀郡太守），後起兵據有益州全境，自立為帝，號成家。西元三六年為漢軍所破，述被殺。事見《後漢書·公孫述傳》。㉑相公二句　謂杜鴻漸率軍入蜀，將消弭遠近一帶的戰亂。相公，對宰相的稱呼。時杜鴻漸以宰相充節鎮之職。總，統領。師旅，軍隊通稱。金革，原指兵器鎧甲，引申用以稱戰爭。㉒杜母　即杜詩。字君公，東漢河內汲（今河南衛輝）人，光武帝時為侍御史，後任南陽郡（治宛縣，今河南南陽）太守，「性節儉而政治清平，善於計略，省愛民役，又修治陂池，廣拓土田，郡內比室殷足。時人方於召信臣。南陽為之語曰：『前有召父，後有杜母。』」見《後漢書·杜詩傳》。此借指杜鴻漸。㉓暫回二句　指杜鴻漸治蜀而言。回，同「迴」，運用。丹青慮，炳若丹青之謀慮。丹青，紅色和青色的顏料。揚雄《法言·君子》：「或問聖人之言，炳若丹青，有諸？」少用，略施。開濟策，輔國濟民之策。㉔華省郎　即尚書郎。杜入幕前為吏部員外郎，楊入幕前為兵部員外郎（《舊唐書》本傳）。㉕幕中客　指杜、楊二人在杜鴻漸幕府中任判官職。㉖良籌二句　稱譽杜、楊的才幹。佐戎律，輔佐軍事。精理，精微之理，指經過深思熟慮的主意。皆，明抄本、吳校均注：「一作盡。」碩畫，遠大的計畫。㉗高文二句　寫杜、楊二人文辭之美、學問造詣之深。詩騷，《詩經》和〈離騷〉（代表《楚辭》）。奧學，深奧的學問。窮討賾，探盡深邃隱微之理。㉘聖朝無外戶　言聖朝天下一統，不必有劍門這樣的外戶。外戶，指大門，喻屏障。劉儀鳳〈劍閣記〉：「梁山（大劍山）

之險，蜀所恃為外戶。」㉙四海二句 意謂方今天下一統，不用兵革，劍門徒然險峻，也沒有什麼意義了。

【語 譯】不知道天地的初始，這劍門山是誰劈開的。對峙的兩崖倚著雲天而立，萬仞高的崖壁就從地面破開。雲彩飛揚不能到達崖頂，鳥兒離去難於越過崖壁。害怕山巖崩塌須要迅速通過，發愁道路狹窄只能單人獨行。天亮了地面仍然一片昏暗，正午時才能短暫見到太陽。此地三伏天也透出凜凜寒意，山崖高峻留下了五丁的遺跡。隨著時勢的變化劍門關忽開忽閉，鎮守關門的人有的順服有的叛逆。劍門山氣勢磅礴超過岷山峨眉山，它高大盤曲將西南邊的蠻族阻隔。這裡星辰正值觜宿參宿的分野，地方則處於西南方偏僻的地區。進入劍門關頓覺景色不同於內地，劍門關將蜀地與華夏遠遠隔開。蜀後主劉禪從前在這裡覆滅，後漢公孫述也曾敗亡於此。這才知道不實行德政，依仗這個天險又有何益？丞相統領大軍進入蜀地，將消弭遠近一帶的戰亂。丞相猶如杜母來蜀地為何這麼遲，對此蜀地的百姓應該更加珍惜。丞相治蜀將暫用絢爛的謀慮，略施輔國濟民的策略。杜楊二位朋友是尚書省郎官，都擔任丞相幕府裡的門客。您們的良策可輔佐幕府軍事，精微的主意全是遠大的計畫。您們的高妙詩文出自《詩經》與《楚辭》，深奧學問探盡了深邃隱微的道理。聖明的當朝不必有劍門這樣的屏障，當今全國上下都蒙受著天子的恩澤。天下現今已成為一家人，劍門石崖險峻也是徒然！

【研 析】這首詩開頭十二句描寫劍門山之高峻、陡峭，以及山路的險要，真切而細致，非親歷其地者不能道出。接下「與時」十二句寫劍門關的地理形勢與史跡，並感史述懷，指出不修德政，圖謀依恃劍門之險割據一方，終究要失敗，暗喻蜀中軍閥想憑險作亂，也不可能成功。根據記載，永泰元年(西元七六五年)閏十月,「劍南節度使郭英乂為其檢校西山兵馬使崔旰所殺,邛州柏茂林、瀘州楊子琳、劍南李昌巙皆起兵討旰,蜀中亂」(《舊唐書・代宗紀》);朝廷命杜鴻漸以丞相出任劍南西川節度使,就是為了平定蜀中之亂,所以下面「相公」六句,就寫對杜鴻漸治蜀的期望。接下「二友」六句,讚美本詩的作寄對象「杜楊二郎中」佐杜鴻漸幕的高才與遠識,對他們寄以厚望。結尾四句謂方今天下一統,都蒙受著唐天子的恩澤,劍門關再險峻也不起什麼作用,含有警告崔旰等人,切莫憑險割據之意,與「與時」十二句所述相應,全詩的主旨,應該就在這裡。

## 送狄員外巡按西山軍 得霽字

【題解】狄員外,生平未詳。岑參〈陪狄員外早秋登府西樓因呈院中諸公〉稱其為「冬官郎」,則其時狄當帶工部員外郎銜。時作者與狄同在杜鴻漸幕中。巡按,巡視考察。西山,指劍南西山,屬岷山山脈,綿延於四川中部岷江以西地區。《資治通鑑》卷二三四胡注:「自彭州導江縣(今四川都江堰市東)西出蠶崖關(在導江西北四十七里),歷維(今四川理縣東北)、茂(今四川茂縣)至當、悉(二州俱在今四川松潘一帶)諸州,皆西山也。」唐時在此地駐重兵防備吐蕃,置西山防禦使(屬劍南西川節度)以領之。本詩大曆元年冬作於成都,係為送幕府同僚到備禦吐蕃的劍南西山戍所視察而作。

兵馬守西山，中國非得計。不知何代策，空使蜀人弊❶。八州❷崖谷深，千里雲雪閉。泉澆閣道❸滑，水凍繩橋❹脆。戰士常苦飢，糗❺糧不相繼。胡兵❻猶不歸，空山積年歲❼。儒生識損益❽，言事皆審諦❾。狄子幕府郎，有謀必康濟❿。胸中懸明鏡，照耀無巨細。莫辭冒險艱，可以裨節制⓫。相思江樓⓬夕，愁見月澄霽⓭！

【注釋】❶弊　疲困。❷八州　當指西山所在的維、茂、當、悉、真、翼、靜、柘等州。❸閣道　棧道。❹繩橋　古時用竹索架設的橋。《元和郡縣志》卷三二：「繩橋在茂州（汶川）縣西北，架大江水，篾笮四條，以葛藤緯絡，布板其上。」在今四川茂縣薛城鎮西，當時地接吐蕃，為蜀西門戶。此處疑非實指。❺糗　炒熟的米麥粉。❻胡兵　指吐蕃兵。❼積年歲　積年累月；多年。❽損益　得失。❾審諦　審慎。❿康濟　謂安民濟世。⓫裨節制　有助於對軍隊的指揮和管轄。⓬江樓　或指張儀樓。《元和郡縣志》卷三一：「（成都）城西南樓百有餘尺，名張儀樓，臨山瞰江，蜀中近望之佳處也。」⓭澄霽　指月色清澈明淨。

【語譯】派軍隊去鎮守西山，國家的計策並非得當。這不知是什麼時代定下的計策，白白地讓蜀地百姓疲困不堪。維、茂等八個州山崖溝谷高深，上千里遠都被雲霧白雪封閉。山泉噴灑令棧道滑溜難行，水流結冰使竹索橋變脆易斷。士兵們常常為飢餓所困，口糧不能連續不斷地供應。吐蕃軍隊仍然不退回原地，士兵們只得多年在深山裡戍守。通儒經的人知道得失，議論政事都很慎密。狄先生您是幕府的尚書郎，有計謀必定能安民濟世。您的胸中高懸著明鏡，不論大事小事都能照見。您不要推辭冒著艱難險阻前去西山巡視考察，這樣做能夠有助於對軍隊的指揮和管轄。別後黃昏之時我會在臨江的樓上思念您，那時如果見到月色清澈明淨將更令我憂傷！

【研　析】唐時劍南西川節度西接吐蕃，負有備禦吐蕃的職責，上元元年（西元七六〇年）高適為彭州刺史時，曾上疏說：「由茂（州）而西，經羌中、平戎等城，界吐蕃。瀕邊諸城，皆仰給劍南。……又平戎以西數城，皆窮山之巔，蹊隧險絕，運糧束馬之路，坐甲無人之鄉。為戎狄言，不足利戎狄；為國家言，不足廣土宇。奈何以彈丸地而困全蜀太平之人哉？若謂已戍之城不可廢，已屯之兵不可收，願罷東川，以一劍南，併力從事。」（《新唐書·高適傳》）本詩所言同高適的疏文所反映的問題是一致的。詩的前四句意謂，在西山置戍，糧食、物資的供應與兵役的負擔，讓蜀地的百姓疲困不堪；接下「八州」八句，寫西山戍所山高路險，氣候寒冷，口糧供應不上，士兵長年戍守，生活非常艱苦，以上這些描述都同高適的說法吻合。那麼，如何減輕百姓的負擔與士兵的困苦呢？高適建議罷除西山之戍，倘若不能罷除，則請廢止劍南東川節度，以便用整個劍南之力，來支撐西山的防務之需。應該說，前一個建議等於自撤藩屏，恐將導致吐蕃長驅直入，而後一個建議則不無道理。岑參在這首詩中沒有提出自己的主張，而是在「儒生」以下八句中，勉勵同僚狄員外前往西山巡視考察，提出安民濟世的對策，流露出了詩人的殷切期望之情。最後二句點出送別，並抒別後相思的情誼。全詩表現出了作者對西川百姓與邊地戍卒疾苦的關心和同情，值得注意。

# 峨眉東腳臨江聽猿懷二室舊廬

【題　解】峨眉，峨眉山。腳，山腳。二室，指河南登封北嵩山東峰太室及西峰少室二山。《元和郡縣志》卷六：「嵩高山在（登封）縣北八里，亦名方外山。又云：東曰太室，西曰少室，嵩高總名，即中嶽也。」舊廬，故居。岑參約於大曆二年（西元七六七年）六月，離開成都到嘉州（今四川樂山市）任刺史，本詩即作於在嘉州任職期間。詩中描寫峨眉景色，並抒思鄉之情。

峨眉煙翠❶新，昨夜秋雨洗。分明峰頭樹，倒插秋江底。久別二室間❷，圖他五斗米❸。哀猿不可聽，北客欲流涕❹。

【注　釋】❶煙翠　指蒼翠的山色。❷久別二室間　岑參早年曾隱於嵩山少室，故云。❸五斗米　指微薄的俸祿。陶潛為彭澤令，嘗嘆曰：「我不能為五斗米折腰向鄉里小人。」見《宋書》本傳。❹哀猿二句　《水經注・江水》：「（巫峽）每至晴初霜旦，林寒澗肅，常有高猿長嘯，屬引淒異，空谷傳響，哀轉久絕。故漁者歌曰：『巴東三峽巫峽長，猿鳴三聲淚沾裳。』」此用其意。北客，來自北方（指中原地區）的旅居者，作者自稱。

【語　譯】峨眉山蒼翠的山色清新，昨天夜裡剛被秋雨洗過。分明是山峰頂上的樹木，卻倒插入清澈的秋江底下。我離開嵩山少室這地已很久，就為了謀取那點微薄的俸祿。哀傷淒厲的猿啼聲真不能聽，我這個北方來的人聽了就要流淚。

【研　析】這首詩前半描寫秋日雨後峨眉山東麓江邊的美景，其中首句寫秋雨過後，峨眉山色更加蒼翠、清新，「分明」二句寫秋日江水澄澈，山樹倒映入水中，清晰可見，這四句所描畫的景色很優美，也很鮮明。詩的後半筆鋒突轉，由觀賞美景的愉悅，轉入思鄉的哀傷，而其轉折點就是山間的「哀猿」，作者由「聽猿」、「流涕」，進而懷念起自己早年在嵩山的舊居，感到為了謀取那點微薄的俸祿，遠赴蜀地為官並不值得，因而思歸之心油然而生。此詩前後兩半初看似乎缺少聯繫，而從作者思緒、感情的變化著眼，前後兩半的突轉還是有跡可尋的。

## 巴南舟中思陸渾別業

【題　解】巴南，泛指今四川南部一帶。陸渾，唐縣名，屬河南府，在今河南嵩縣北。岑參早年曾居於此。岑參於大曆三年（西元七六八年）七月罷嘉州刺史之職，並自嘉州沿岷江、長江東歸，本詩即作於東歸途中，主要寫舟行途中景色與思歸之情。

瀘水❶南州❷遠，巴山❸北客稀。嶺雲撩亂❹起，溪鷺❺等閒❻飛。鏡裡愁衰鬢，舟中換旅衣。夢魂知憶處，無夜不先歸❼！

【注　釋】❶瀘水　古水名，也叫瀘江水，即今四川西南部金沙江與雅礱江合流後的一段金沙江。《元和郡縣志》卷三三：「梁大通割江陽郡置瀘川，魏置瀘州，取瀘水為名，大業三年，改為瀘川郡，武德元年，復為瀘州（今四川瀘州）。」❷南州　猶言南方。州，《文苑英華》作「舟」。❸巴山　猶言蜀山。❹撩亂　同「繚亂」。纏繞紛亂。❺鷺　鷺鷥。❻等閒　從容不迫。❼夢魂二句　謂思鄉心切，夢魂無夜不先於人而歸去。《楚辭．九章．抽思》：「惟郢路之遼遠兮，魂一夕而九逝。」憶處，指陸渾故園。

【語　譯】瀘江水在南方很遠的地方，巴蜀山中北方來的人稀少。嶺上的雲彩亂紛紛升起，溪中的鷺鷥從容地飛翔。鏡子裡稀疏變白的鬢髮令我憂傷，在小船上我換上了旅行的服裝。夢中離開軀體的靈魂知道我思念的地方，它沒有一天晚上不先於我的軀體返鄉！

【研　析】這首東歸途中作的詩，首二句交代作者舟行途中所處的位置——遠在南州的瀘水一帶，並說這裡「北客」稀少，寫出了詩人身處異鄉的孤單；「嶺雲」二句描寫舟行途中所見到的景色，其中「嶺雲」句寫溪畔山峰上雲霧的動態變化，「溪鷺」句以溪中水鳥的款款飛翔，營造出一個閒靜的境界，這兩句詩形成了一個動靜結合的鮮明畫面。「鏡裡」句自傷已年老，鬢髮變白脫落。身處異鄉的孤單加上已年老的哀傷，自然引出表現思鄉之情的最後兩句詩；但作者這裡所表現的不是淡淡的鄉愁，而是以夢魂夜夜歸鄉的奇特構思，表現出了強烈的思鄉之情，讀者應仔細辨之。

## 巴南舟中夜書事

【題　解】書事，記事。夜書事，《全唐詩》作「夜市」，並注：「一作夜書事。」本詩大曆三年（西元七六八年）七月東歸途中所作。詩中主要寫在「巴南舟中」所見景色與思鄉之情。

渡口欲黃昏，歸人爭渡喧。近鐘清野寺，遠火點❶江村。見雁思鄉信，聞猿積淚痕。孤舟萬里夜❷，秋月不堪論！

【注釋】❶點 《全唐詩》注：「一作照。」❷夜 《全唐詩》作「外」，並注：「一作夜。」

【語譯】渡口上已經是黃昏的時候，回家的人爭著過江聲音嘈雜。近處鄉野寺廟的鐘聲清晰，遠處江邊村落的燈火點點。我望見大雁想念家鄉的書信，聽到猿啼增加了衣袖的淚痕。孤舟暗夜我漂泊在萬里遠的地方，獨對當空秋月那滋味沒法言說！

【研析】這首詩前四句寫作者乘船東歸途中，在船上見到的景色，與孟浩然〈夜歸鹿門山歌〉所寫接近：「山寺鐘鳴晝已昏，漁梁渡頭爭渡喧。人隨沙路向江村，余亦乘舟歸鹿門。」其中「近鐘」二句說近處野寺鐘聲清晰，遠處江村的燈火星星點點，近處用「清」，遠處用「點」，皆佳。後四句抒旅泊之感與思鄉之愁。其中「見雁」二句寫詩人「見雁」、「聞猿」而生情：古有雁足繫書的傳說（見《漢書・李廣蘇建傳》附〈蘇武傳〉），故見雁而思念故鄉的書信；猿聲淒厲哀傷，聞之不免引人流下思鄉的淚水。末二句說秋夜孤舟，萬里漂泊，此時獨對當空明月，其中況味，不堪言說！這兩句詩所包含的感情極為豐富，耐人尋繹。

# 阻戎瀘間群盜

戊申歲，余罷官東歸，屬斷江路，時淹泊戎州作

【題解】戊申，唐代宗大曆三年（西元七六八年）。戎，戎州，治所在僰道（今四川宜賓），地居長江與岷江會合處。瀘，瀘州，治所在瀘川（今四川瀘州），地處長江與沱江會合處，故詩中又稱為「瀘口」。群盜，指楊子琳等。永泰元年（西元七五六年）冬，西山都知兵馬使崔旰殺劍南節度使郭英乂，邛州牙將柏茂琳、瀘州牙將楊子琳等舉兵討崔旰，蜀中大亂；大曆元年（西元七六六年），朝廷以宰相杜鴻漸為劍南西川節度使，以平蜀亂；杜入蜀後，務求息事，奏崔旰為西川節度使，柏茂琳、楊子琳等各為本州刺史；大曆三年四月，西川節度使崔旰入朝，以弟寬為留後，瀘州刺史楊子琳率精騎數千乘虛突入成都；七月，楊子琳等敗還瀘州，招聚亡命，得數千人。後沿江東下，聲言入朝。事見兩《唐書・崔寧傳》、《資治通鑑》卷二二四。屬，適值。本詩作於大曆三年自嘉州東歸途中，當時作者被亂軍阻於戎州，因而寫了這首感懷之作。

南州❶林莽❷深，亡命聚其間❸。殺人無昏曉，屍積填江灣。餓虎銜髑髏❹，飢烏啄心肝。腥裛灘草死❺，血流江水殷。夜雨風蕭蕭，鬼哭連楚山❻。三江❼行人絕，萬里無征船❽。唯有白鳥❾飛，空見秋月圓。

罷官自南蜀❿，假道來茲川。瞻望陽臺雲⓫，惆悵不敢前⓬。帝鄉北近日⓭，瀘口南連蠻⓮。何當遇長房，縮地到京關⓯？願得隨琴高⓰，騎魚向雲煙⓱。明主⓲每憂人⓳，節使⓴恆在邊。兵革㉑方御寇，爾惡胡不悛㉒？吾竊悲爾徒，此生安得全！

【注釋】❶南州　猶言南方，指戎、瀘一帶。❷林莽　叢生的草木。❸亡命聚其間　指楊子琳在瀘州招聚亡命之徒事。❹髑髏　死人頭骨。❺腥裛灘草死　意指腥臭的屍體遍地，灘草被沾染而死。裛，沾染。❻楚山　楚地之山，今重慶市長江沿岸為戰國時楚地。❼三江　今四川境內的岷江、沱江、涪江號外、中、內三江。❽征船　行船。❾白鳥　白鷺，水禽名。❿南蜀　岑自嘉州罷官，嘉州在四川南部，故曰「南蜀」。⓫陽臺雲　宋玉〈高唐賦〉描寫楚王夢與巫山神女歡會，神女去而辭曰：「妾在巫山之陽，高丘之阻，旦為朝雲，暮為行雨，朝朝暮暮，陽臺之下。」陽臺在巫山之下。〈高唐賦〉之巫山，實在雲夢澤中，今湖北漢陽境內。此處指巫山（在今重慶市）之雲。⓬不敢前　指為群盜所阻。⓭帝鄉北近日　謂長安在北方極遠之地。參見〈憶長安曲二章寄龐漼〉注❶。帝鄉，謂京師。⓮蠻　泛指南方文化比較落後的地區。底本作「巒」，此從吳校、《全唐詩》。⓯何當二句　傳說仙人費長房有縮地神術，二句即用其事。晉葛洪《神仙傳》卷五〈壺公〉：「（費長）房有神術，能縮地脈，千里存在目前宛然，放之復舒如舊也。」何當，安得。⓰琴高　戰國時趙人，能鼓琴，為宋康王舍人，事見《列仙傳》。《法苑珠林》卷四一〈潛遁篇〉：「（琴高）行涓彭之術，浮遊冀州、碭郡間二百餘年，後復時入碭水中取龍子，與諸弟子期日。期日，（弟子）皆潔齋待於水傍，設星祠。（高）果乘赤鯉魚出，入坐祠中，碭中旦有萬人觀之。留一月，復入水。」事亦見《搜神記》卷一。今安徽涇縣有琴高山、琴溪，相傳為琴高乘鯉升天之所。⑰雲煙　指天空。⑱明主　指唐代宗。⑲憂人　為百姓憂慮。⑳節使　節度使。㉑兵革　兵指兵器，革指皮製衣甲，此指代軍隊。㉒悛　悔改。

【語　譯】南方地區叢生的草木幽深，一群亡命之徒就聚集其中。他們殺人如麻不分白天黑夜，屍體堆積塞滿了江流迂曲的地方。肚空無物的老虎叼著死人頭骨，飢餓的烏鴉啄著死屍的心肝。屍體腥臭河灘上的草被沾染而死，血流遍野江水竟然都變成了紅色。夜晚降雨北風蕭蕭作響，鬼哭的聲音傳遍楚地河山。岷江沱江涪江行人無不斷絕，上萬里的地方不見出行的船隻。唯有白鷺在江面上飛翔，只見秋日的圓月高掛雲天。我自蜀地南部罷官返鄉，借路來到這戎、瀘間的河川。我遙望著巫山上的雲霧，只感到惆悵不敢往前走。我覺得長安在北方就像太陽那麼遙遠，而瀘水水口往南就與蠻族居住區相連。怎樣才能遇上有神術的費長房，將地上的距離縮短使我馬上抵京？希望能夠追隨仙人琴高，騎著鯉魚從天空飛過。聖明君主屢屢憂慮百姓安危，節度使經常在邊境地區駐守。朝廷設置軍隊正是為了防禦寇盜，你們作惡多端為什麼還不思悔改？我私下為你們這類人感到悲哀，這一生你們又怎麼能保全性命！

【研　析】大曆三年秋岑參罷嘉州刺史之職後，即沿岷江東行，擬返歸長安，行至戎州時，正遇楊子琳在戎、瀘間招聚亡命，江路被阻斷，於是滯留戎州，寫了這首詩。詩的前十四句，先寫作亂的蜀中軍閥的血腥暴行，給予了無情的鞭撻，後敘三江和長江航道被亂軍阻斷、蜀地水路交通癱瘓的情狀。接下「罷官」十句寫詩人東歸受阻、無限思念故園和急於歸鄉的心情。最後六句申斥亂軍，言其必定滅亡。

此詩反映了安史之亂後唐代社會混亂的某些現實，有一定的意義。詩裡的一些記述，還可補歷史記載的不足。例如寫楊子琳等聚集於戎、瀘間，「殺人無昏曉，屍積填江灣」，就不見於歷史記載。

## 客舍悲秋有懷兩省舊遊呈幕中諸公

【題解】兩省舊遊，指門下、中書省舊交。幕，指成都西川節度使幕府。岑參大曆三年（西元七六八年）因「阻戎瀘間群盜」，東歸不成，遂改計北行，復至成都。本詩即大曆四年秋作於成都。詩中抒寫了作者當時的悲憤心情。

三度為郎❶便白頭，一從出守五經秋❷。莫言聖主長不用❸，其那❹

蒼生應未休❺！人間歲月如流水，客舍❻秋風今又起。不知心事向誰論，

江上蟬鳴❼空滿耳！

【注釋】❶三度為郎　岑參自廣德元年（西元七六三年）至永泰元年（西元七六五年），曾在朝中「為祠部、考功二員外郎，轉虞部、庫部二正郎」（杜確〈岑嘉州詩集序〉），入成都杜鴻漸幕府後，又帶職方郎中銜。「三度」猶言多次。❷一從出守五經秋　自永泰元年（西元七六五年）冬作者被任為嘉州刺史，至大曆四年（西元

七六九年）作此詩時，前後歷時五年。出守，指出為刺史。五經秋，經過五個秋天。❸長不用　時岑秩滿罷官，未得新任，暫時客寓成都。❹其那　奈何；怎奈。❺未休　未得休養安息。❻舍　《文苑英華》作「裡」。❼鳴　《文苑英華》作「聲」。

【語　譯】我幾度當尚書郎便年老髮白，自從出任刺史已歷時五個秋天。不要說聖明君主永遠不任用自己，百姓還未得到休養安息該怎麼辦！人間的歲月猶如東逝的流水，寄居的旅舍裡秋風今又刮起。不知滿腹心事向誰傾訴，只聽到江岸上蟬聲滿耳！

【研　析】這首詩抒寫了作者秩滿罷官，未得新職，而又客寓他鄉的憤懣與辛酸：歲月似水流逝，轉瞬已成白頭，自己徒有普濟蒼生的心願卻遭棄置，無法實現！此時此刻，自己有滿腹心事，可客寓成都旅舍，又向誰去傾訴呢？結句「江上蟬鳴空滿耳」，餘蘊無窮：蟬噪聒耳，似令人煩厭；秋蟬聲哀，又似令人感傷；蟬尚能鳴，而自己有心事卻無處傾訴，竟不如蟬！此詩乃賢者失志之哀訴，頗沉摯動人。

此時詩人已到晚年，離客死異鄉僅有四五個月時間，但對建立功業、施展抱負卻仍念念不忘，可謂難得。全詩最引人注目、震人心弦之處，是其所流露出來的濟世之志未遂的悲憤，值得我們細細品味。

# 未編年詩

## 長門怨

【題解】〈長門怨〉，樂府相和歌辭楚調曲名，一名〈阿嬌怨〉。《樂府詩集》卷四二引《樂府解題》：「〈長門怨〉者，為陳皇后作也。后退居長門宮，愁悶悲思，聞司馬相如工文章，奉黃金百斤，令為解愁之辭。相如為作〈長門賦〉，帝見而傷之，復得親幸。後人因其賦而為〈長門怨〉也。」

此詩詠陳皇后事，而能自出新意。

君王嫌妾妒，閉妾在長門❶。舞袖垂新寵，愁眉結舊恩。綠錢❷侵❸履跡，紅粉濕啼痕。羞被桃花❹笑，看春❺獨不言。

【注釋】❶君王二句　《文選‧長門賦》序：「孝武皇帝陳皇后時得幸，頗妒，別在長門宮，愁悶悲思。」《漢書‧外戚傳》：「孝武陳皇后……擅寵驕貴十餘年而無子，聞衛子夫得幸，幾死者數焉。……元光五年……罷退居長門宮。」在，底本、《全唐詩》均注：「一作向。」❷綠錢　指苔蘚。晉崔豹《古今注》卷下：「空室中無人行則生苔蘚，或紫或青，名曰圓蘚，又曰綠蘚，亦曰綠錢。」❸侵　底本原作「生」，此從《文苑英華》、

《全唐詩》。❹桃花 《文苑英華》、《全唐詩》作「夭桃」。❺春 底本作「君」，據明抄本、吳校、《全唐詩》改。

【語譯】君王嫌賤妾喜歡嫉妒，將賤妾禁閉於長門宮。舞蹈著的衣袖垂下的人那是君王的新寵，賤妾的愁眉緊鎖凝聚著對君王舊恩的思念。宮門前的鞋印為苔蘚所侵襲，賤妾臉上的紅粉被淚痕沾濕。賤妾怕被豔麗的桃花嘲笑，觀察著春景獨自沉默不語。

【研析】本詩採用第一人稱，以陳皇后的口氣來寫。首二句直敘陳皇后被「罷退居長門宮」事，所稱罷退的原因是「君王嫌妾妒」，而非記載中所說的妾「頗妒」，這是大不一樣的。第三句「舞袖垂新寵」，說明妾被罷退的原因在於君王另有新寵，而非妾「頗妒」。第四句「愁眉結舊恩」，結字兼管愁眉與舊恩，下得很好，「愁眉結」謂愁眉鎖結、緊皺，表現了妾罷退後內心的痛苦；「結舊恩」指愁眉凝聚著妾對君王昔日恩情的思念，則薄情者在君王，不在妾。第五句謂履跡之上長苔蘚，說明門庭冷落，君王不來，妾亦不復出矣。第六句言妾傷心，淚流不斷。第七句似以桃花暗喻新寵，末句之「春」，亦指桃花之類；「獨不言」，全詩雖不言怨而怨至深。此詩對陳皇后抱同情態度，而將批判的矛頭指向君王，反映了封建時代宮中婦女不能掌握自己命運的悲哀。

## 送孟孺卿落第歸濟陽

【題解】孟孺卿，生平未詳。濟陽，唐縣名，屬淄州，在今山東博興西南。此詩為送友人落第歸鄉而作。

獻賦頭欲白，還家心已穿❶。羞過灞陵❷樹，歸種汶陽❸田。客舍少鄉信，牀頭無酒錢。聖朝徒側席，濟上獨遺賢❹。

【注　釋】❶獻賦二句　言孟獻賦費盡心血，結果落第，心已破碎。獻賦，唐有進獻文章拜官之例，如杜甫嘗獻〈三大禮賦〉以求官。唐封演《封氏聞見記》卷三：「常舉外復有通五經、一史，及進獻文章並上著述之輩，或付本司，或付中書考試，亦同制舉。」心，明抄本、吳校、《全唐詩》作「衣」。❷灞陵　即霸陵，本名霸上，漢文帝築陵葬此，因稱霸陵，在今陝西西安東。❸汶陽　汶水以北之地。《左傳》僖公元年：「公賜季友汶陽之田及費。」杜注：「汶陽田，汶水北地。」汶水源出山東萊蕪東北原山，舊時西南流至東平縣南入濟水。濟陽在汶水之北。❹聖朝二句　意謂朝廷空說禮賢，而濟水上卻遺棄了孟孺卿這樣的賢才。側席，《後漢書・章帝紀》：「朕思遲直士，側席異聞。」李賢注：「側席，謂不正坐，所以待賢良也。」濟，濟水，古四瀆之一，今下游故道已為他河所奪。《元和郡縣志》卷一一：「濟水在（濟陽）縣南。」

【語　譯】您多次進獻文章已經頭白，落第歸家之時心已破碎。您羞於經過灞陵道旁的樹木，將還家種那汶水北邊的田地。您在長安旅舍裡少有家鄉的書信，床頭上又已沒有了喝酒的銅錢。當今聖明的朝廷空說謙恭以待賢人，而濟水之上卻棄置了您這樣的賢才。

【研　析】這首送友人落第還鄉的詩，對友人的不遇，表示了深切的同情。首二句寫友人多次「獻賦」無成，年已老而落第，倍覺心酸。「羞過」二句寫友人落第後的羞愧之感與此去擬「歸濟陽」，隱居躬耕。「客舍」二句補充交代友人不復在長安滯留的原因：思鄉與無錢。末二句直接了當地諷刺「聖朝」空說禮賢，實際上卻「遺賢」。這樣的詩歌，反映了即使在盛唐時代，賢才也難於被用的事實，有一定的意義。

## 送張子尉南海

【題解】張子，《文苑英華》、《全唐詩》作「楊瑗」。南海，唐縣名，屬廣州，在今廣東廣州。明抄本作「海南」。此詩為送友人至遙遠的廣州南海縣任微官而作，是岑詩中的一首為人們注意的名篇。

不擇南州尉，高堂有老親❶。樓臺重蜃氣，邑里雜鮫人❷。海暗三江❸雨，花明❹五嶺❺春。此鄉多寶玉，慎莫厭清貧❻！

【注釋】❶不擇二句　言張子家貧親老，故不嫌縣尉職卑、南海地遠而出仕。南州，泛指南方。高堂，父母所居之正室。《說苑・建本》：「子路曰：『負重道遠者不擇地而休，家貧親老者不擇祿而仕。』」❷樓臺二句　寫南海風物。樓臺，《文苑英華》、《唐百家詩選》作「縣樓」。重，重疊。蜃氣，即海市蜃樓，古人誤以為是蜃（傳說海中蛟一類動物）吐氣所成。《史記・天官書》：「海旁蜃氣象樓臺。」鮫人，《博物志》卷二謂：「南海外有鮫人，水居如魚，不廢織績，其眼能泣珠。」事又見《述異記》。❸三江　今廣東境內的西、北、東三江。明抄本、《全唐詩》作「三山」。❹花明　宋本、《文苑英華》作「江明」。❺五嶺　指大庾嶺、騎田嶺、都龐嶺、萌渚嶺、越城嶺，位於湘、贛、桂、粵交界處。❻此鄉二句　囑友人保持清廉的節操。鄉，《文苑英華》作「方」。

寶玉，南海一帶出產珠、璣、象牙、犀革等珍物。《晉書・吳隱之傳》：「廣州包山帶海，珍異所出，一篋之寶，可資數世。」

【語　譯】你不加選擇地當了南方的縣尉，因為大堂屋裡還有年老的雙親。你去的南海蜃氣重疊形成空中樓臺，有住在海底的人魚在鄉里中混雜往來。大海幽暗西、北、東三江降雨，花兒明豔五嶺地區春天來到。南海這個地方多出產珍寶珠玉，你千萬不要嫌棄過清貧的生活！

【研　析】這是一首送人赴任之作，首二句對友人離別年邁的雙親、遠赴南海任職的境遇，表示了同情；中間「樓臺」四句寫出了南海獨特的風俗人情、氣候特點和景色；末二句囑咐友人任職時保持清廉的操守，話說得很委婉、含蓄。明譚元春評道：「不曰勿貪，而曰莫厭貧，立言妙絕，溫厚直諒。」（《唐詩歸》卷一三）誡以莫厭貧，亦含有針砭時風之意。如《舊唐書・盧奐傳》載：「南海郡（廣州）利兼水陸，瓌寶山積，劉巨鱗、彭杲（果）相替為太守、五府節度，皆坐贓巨萬而死。」劉、彭為南海太守及犯贓而死，皆天寶中事，參見《舊唐書・玄宗紀下》。此詩用事、寫景均切，結尾之勸誡語，歷來為詩評家所重。

## 登總持閣

【題　解】總持閣，總持寺之閣。寺在長安。唐韋述《兩京新記》卷三載：皇城西和平坊，「坊內南北街之東築大莊嚴寺，西□總持寺」、「大總持寺，隋大業元年煬帝為父文帝立，初名禪定寺，……亦有木浮圖。……武德元年改為總持寺」。此詩描寫登臨總持寺閣所見景色。

高閣逼諸天❶，登臨近日邊。晴開萬井樹，愁看五陵❷煙。檻外低秦嶺，窗中小渭川❸。早知清淨理❹，常願奉金仙❺。

【注釋】❶諸天　佛家語，佛經謂三界（欲界、色界、無色界）共三十二天，其他尚有四天、三天等，總稱諸天。此指天。❷五陵　漢代五位皇帝的陵墓，都在渭水北岸，今陝西咸陽、興平一帶。❸渭川　渭水。❹清淨理　佛教以遠離一切惡行、心不受塵俗垢染為清淨。❺金仙　佛。

【語譯】高高的總持寺閣逼近雲天，登上寺閣我靠近了太陽旁邊。天空晴朗使千家萬戶間的綠樹展現，而五座漢陵煙霧迷茫看著令人傷感。在寺閣的欄杆外秦嶺顯低，於寺閣的窗戶中渭水變小。我早就知道佛的清淨之理，常常情願侍奉釋迦牟尼。

【研析】這是一首描寫登臨佛寺之閣的詩，首二句極言閣之高，唐張九齡〈登總持寺閣〉云：「香閣起崔嵬，高高沙版開。攀躋千仞上，紛詭萬形來。」也寫閣之高，可參看。接下「晴開」二句寫在閣上所見，其中「晴開」句寫天晴綠樹掩映下的長安千家萬戶展現眼前，頗鮮明地繪出了帝都的繁盛；「愁看」句寫遙望五陵而不見，與「五陵北原上，萬古青濛濛」（〈與高適薛據同登慈恩寺浮圖〉）意近，而詩中所謂「愁」，則指五陵荒廢，已成陳跡，其中不無古今興亡之感。「檻外」二句寫在閣上眺望秦嶺、渭川，既寫景，又兼形容寺閣之高。末二句寫登臨佛寺之閣的感慨，雖切題卻無深意，同〈與高適薛據同登慈恩寺浮圖〉的結尾接近。

## 秋夜聞笛

【題　解】此詩抒發客寓長安之遊子的思歸之情。

天門街❶西聞搗帛❷，一夜愁殺江南客❸。長安城中百萬家，不知何人夜吹笛？

【注　釋】❶天門街　即承天門街，北起長安宮城（西內）承天門外橫街，南出皇城之朱雀門。參見徐松《唐兩京城坊考》卷一。❷搗帛　指搗帛以縫製寒衣。❸江南客　指江南旅居長安的人。江，明抄本、吳校、《全唐詩》作「湘」。庾信〈夜聽搗衣〉詩：「秋夜搗衣聲，飛度長門城。……倡樓驚別怨，征客動愁心。」

【語　譯】在天門街西頭聽到了搗帛聲，一夜愁壞了江南來的旅客。長安城裡上百萬戶人家，不知是誰夜裡吹起了笛子？

【研　析】此詩題曰「秋夜聞笛」，前二句卻從「聞搗帛」寫起；婦人秋夜搗帛，是為了趕製寒衣，寄給遠離故鄉的親人，所以寄居在外的遊子聽到搗帛聲，很容易惹動歸思，這就是旅居長安的「江南客」聽到搗帛聲後「一夜愁殺」的原因。後二句方寫「秋夜聞笛」，但此笛為何人所吹？吹的是什麼曲子？「江南客」聽到笛聲後有什麼感受？詩中都沒有說，而留給讀者自己去作想像。那「江南客」所不知的吹笛者，應該也是「聞搗帛」者之一，則其所奏，亦當是思歸的哀音，這樣，「江南客」之愁，也就越發不堪，可謂愁上加愁了。

## 山房春事二首

### 其一

【題解】詩題，明抄本、吳校、《全唐詩》均作〈山房春事二首〉，底本於第一首前題〈山房春事〉，第二首前則僅書一「同」字。第二首內容與題意不合，疑原題闕脫而為後人誤冠以「同」字（也可能「同」字下有闕文），其後又據此「同」字而直改為〈山房春事二首〉。《萬首唐人絕句》載此作〈山房春事〉，無第二首，可為佐證。然第二首詩題已無從校補，故姑從明抄本等作〈山房春事二首〉。本詩描寫山中房舍的春色。

風恬日暖蕩春光，戲蝶遊蜂亂入房。數枝門柳低衣桁❶，一片山花落筆牀❷。

【注釋】❶衣桁　即衣架。❷筆牀　筆架。

【語譯】風兒安靜太陽暖和春天的風光浮現，四處嬉戲遊樂的蝴蝶蜜蜂亂闖進房中。幾枝門前的柳條低拂著房內的衣架，一片山間的花朵掉落在書桌的筆架上。

【研析】這首詩寫山房春景，將山房周圍風和日麗、蜂蝶紛飛、柳綠花紅的春色寫得充滿生機。全詩雖寫的是平常景，用的是平常語，卻頗注意字句的鍛煉，能於平中求奇，例如第二句下一「亂」字，即將春日生意盎然的氣象出色地表現了出來；而且戲蝶遊蜂之「亂」，還顯示出山房的幽靜少人。山房的主人是誰？詩中沒有說，但從「衣桁」、「筆牀」的擺設看，他應該是一個隱居的士人。

## 其二

【題解】本詩是〈山房春事二首〉中的第二首。詩中感嘆人事俱非，春色依然。

梁園❶日暮亂飛鴉，極目蕭條三兩家。庭樹不知人去❷盡，春來還發❸舊時花。

【注釋】❶梁園　又名兔園，漢梁孝王劉武所建，園內有樓臺山水之勝。故址在今河南商丘東南，唐時已成廢墟。❷去　明抄本、《全唐詩》作「死」。❸發　底本作「落」，此從明抄本、吳校、《全唐詩》。

【語　譯】梁園舊址傍晚時分烏鴉亂飛，滿目蕭條只剩下三兩戶人家。庭院裡的樹木不知道人已去盡，春天來到時還開放著舊日的花朵。

【研　析】這是一首懷古詩，前二句寫梁園今日的荒蕪景象；後二句慨嘆人事遷變而景物依然，但不直言人之感慨，而從「庭樹」方面著筆，「但寫樹之無情，使人誦之，自然生感」（近人劉永濟《唐人絕句精華》）。這兩句構思巧妙，清沈德潛評道：「後人襲用者多，然嘉州實為絕調。」（《唐詩別裁》卷一九）所評甚是。

# 古籍今注新譯叢書

書種最齊全
注譯最精當

## 哲學類

新譯四書讀本　謝冰瑩等編譯
新譯學庸讀本　王澤應注譯
新譯孝經讀本　賴炎元等注譯
新譯論語新編解義　胡楚生編著
新譯易經讀本　郭建勳注譯
新譯乾坤經傳通釋　黃慶萱著
新譯易經繫辭傳解義　吳　怡著
新譯禮記讀本　姜義華注譯
新譯儀禮讀本　顧寶田等注譯
新譯孔子家語　羊春秋注譯

新譯老子讀本　余培林注譯
新譯老子解義　吳　怡著
新譯莊子讀本　黃錦鋐注譯
新譯莊子讀本　張松輝注譯
新譯莊子本義　水渭松注譯
新譯莊子內篇解義　吳　怡著
新譯列子讀本　莊萬壽注譯
新譯管子讀本　湯孝純注譯
新譯墨子讀本　李生龍注譯
新譯公孫龍子　丁成泉注譯
新譯晏子春秋　陶梅生注譯
新譯鄧析子　徐忠良注譯

新譯荀子讀本　王忠林注譯
新譯尹文子　徐忠良注譯
新譯尸子讀本　水渭松注譯
新譯韓非子　傅武光等注譯
新譯呂氏春秋　朱永嘉等注譯
新譯韓詩外傳　孫立堯注譯
新譯淮南子　熊禮匯注譯
新譯春秋繁露　朱永嘉等注譯
新譯新書讀本　饒東原注譯
新譯新語讀本　王　毅注譯
新譯潛夫論　彭丙成注譯
新譯論衡讀本　蔡鎮楚注譯

新譯申鑒讀本　林家驪等注譯
新譯人物志　吳家駒注譯
新譯張載文選　張金泉注譯
新譯近思錄　張京華注譯
新譯傳習錄　李生龍注譯
新譯明夷待訪錄　李廣柏注譯

## 【文學類】

新譯詩經讀本　滕志賢注譯
新譯楚辭讀本　傅錫壬注譯
新譯文心雕龍　羅立乾注譯
新譯世說新語　劉正浩等注譯
新譯昭明文選　周啟成等注譯
新譯古文觀止　謝冰瑩等注譯
新譯古文辭類纂　黃　鈞等注譯
新譯樂府詩選　溫洪隆注譯
新譯古詩源　馮保善注譯
新譯千家詩　邱燮友等注譯
新譯詩品讀本　成　林等注譯
新譯花間集　朱恒夫注譯
新譯南唐詞　劉慶雲注譯
新譯唐詩三百首　邱燮友注譯
新譯宋詞三百首　汪　中注譯
新譯元曲三百首　賴橋本等注譯
新譯明詩三百首　趙伯陶注譯
新譯清詩三百首　王英志注譯
新譯唐人絕句選　卞孝萱等注譯
新譯唐才子傳　戴揚本注譯
新譯拾遺記　石　磊注譯
新譯搜神記　黃　鈞注譯
新譯唐傳奇選　束　忱等注譯
新譯宋傳奇小說選　束　忱注譯
新譯明傳奇小說選　陳美林等注譯
新譯容齋隨筆　朱永嘉等注譯
新譯明散文選　周明初注譯
新譯人間詞話　馬自毅注譯
新譯白香詞譜　劉慶雲注譯
新譯幽夢影　馮保善注譯
新譯菜根譚　吳家駒注譯
新譯小窗幽記　馬美信注譯
新譯呻吟語摘　鄧子勉注譯
新譯郁離子　吳家駒注譯
新譯歷代寓言選　黃瑞雲注譯
新譯賈長沙集　林家驪注譯
新譯揚子雲集　葉幼明注譯
新譯曹子建集　曹海東注譯
新譯阮籍詩文集　林家驪注譯
新譯嵇中散集　崔富章注譯
新譯陸機詩文集　王德華注譯
新譯陶淵明集　溫洪隆注譯
新譯江淹集　羅立乾等注譯
新譯初唐四傑詩集　李福標注譯
新譯駱賓王文集　黃清泉注譯
新譯王維詩文集　陳鐵民注譯
新譯孟浩然詩集　楊　軍注譯
新譯李白詩全集　郁賢皓注譯
新譯杜甫詩選　張忠綱等注譯
新譯杜詩菁華　林繼中注譯
新譯岑參高適詩選　孫欽善等注譯
新譯昌黎先生文集　周啟成等注譯
新譯柳宗元文選　卞孝萱等注譯
新譯白居易詩文選　陶　敏等注譯

- 新譯元稹詩文選　郭自虎注譯
- 新譯李賀詩集　彭國忠注譯
- 新譯杜牧詩文集　張松輝注譯
- 新譯李商隱詩選　朱恒夫等注譯
- 新譯范文正公選集　王興華等注譯
- 新譯蘇洵文選　羅立剛注譯
- 新譯蘇軾文選　滕志賢注譯
- 新譯蘇軾詞選　鄧子勉注譯
- 新譯蘇轍文選　朱　剛注譯
- 新譯曾鞏文選　高克勤注譯
- 新譯王安石文選　沈松勤注譯
- 新譯柳永詞集　侯孝瓊注譯
- 新譯李清照集　姜漢椿等注譯
- 新譯陸游詩文集　韓立平注譯
- 新譯辛棄疾詞選　聶安福注譯
- 新譯歸有光文選　鄔國平注譯
- 新譯薑齋文集　平慧善注譯
- 新譯顧亭林文集　劉九洲注譯
- 新譯袁枚詩文選　王英志注譯
- 新譯聊齋誌異選　任篤行等注譯
- 新譯閱微草堂筆記　嚴文儒注譯

## 歷史類

- 新譯史記　韓兆琦注譯
- 新譯漢書　吳榮曾等注譯
- 新譯後漢書　魏連科等注譯
- 新譯三國志　吳樹平等注譯
- 新譯資治通鑑　韓兆琦等注譯
- 新譯史記—名篇精選　韓兆琦注譯
- 新譯尚書讀本　吳　璵注譯
- 新譯尚書讀本　郭建勳注譯
- 新譯左傳讀本　郁賢皓等注譯
- 新譯公羊傳　雪　克注譯
- 新譯穀梁傳　顧寶田注譯
- 新譯春秋穀梁傳　周　何注譯
- 新譯戰國策　溫洪隆注譯
- 新譯國語讀本　易中天注譯
- 新譯說苑讀本　左松超注譯
- 新譯說苑讀本　羅少卿注譯
- 新譯新序讀本　葉幼明注譯
- 新譯吳越春秋　黃仁生注譯
- 新譯西京雜記　曹海東注譯
- 新譯列女傳　黃清泉注譯
- 新譯越絕書　劉建國注譯
- 新譯燕丹子　曹海東注譯
- 新譯東萊博議　李振興等注譯
- 新譯唐六典　朱永嘉等注譯
- 新譯唐摭言　姜漢椿注譯

## 宗教類

- 新譯金剛經　徐興無注譯
- 新譯高僧傳　朱恒夫等注譯
- 新譯碧巖集　吳　平注譯
- 新譯百喻經　顧寶田注譯
- 新譯楞嚴經　賴永海等注譯
- 新譯梵網經　王建光注譯
- 新譯六祖壇經　李中華注譯
- 新譯禪林寶訓　李中華注譯
- 新譯維摩詰經　陳引馳等注譯
- 新譯經律異相　顏洽茂注譯
- 新譯無量壽經　邱高興注譯

新譯妙法蓮華經 張松輝注譯
新譯景德傳燈錄 顧宏義注譯
新譯大乘起信論 韓廷傑注譯
新譯釋禪波羅蜜 蘇樹華注譯
新譯八識規矩頌 倪梁康注譯
新譯永嘉大師證道歌 蔣九愚注譯
新譯華嚴經入法界品 楊維中注譯
新譯地藏菩薩本願經 李承貴注譯
新譯悟真篇 劉國樑等注譯
新譯无能子 張松輝注譯
新譯坐忘論 張松輝注譯
新譯列仙傳 張金嶺注譯
新譯抱朴子 李中華注譯
新譯神仙傳 周啟成注譯
新譯性命圭旨 傅鳳英注譯
新譯老子想爾注 顧寶田等注譯
新譯周易參同契 劉國樑注譯
新譯道門觀心經 王　卡注譯
新譯養性延命錄 曾召南注譯
新譯樂育堂語錄 戈國龍注譯
新譯冲虛至德真經 張松輝注譯

新譯長春真人西遊記 顧寶田等注譯
新譯黃庭經・陰符經 劉連朋等注譯

## 【軍事類】

新譯司馬法 王雲路注譯
新譯尉繚子 張金泉注譯
新譯三略讀本 傅　傑注譯
新譯六韜讀本 鄔錫非注譯
新譯吳子讀本 王雲路注譯
新譯孫子讀本 吳仁傑注譯
新譯孫臏兵法 孫鴻艷注譯
新譯李衛公問對 鄔錫非注譯

## 【教育類】

新譯爾雅讀本 陳建初等注譯
新譯顏氏家訓 李振興等注譯
新譯曾文正公家書 湯孝純注譯
新譯三字經 黃沛榮注譯
新譯百家姓 馬自毅等注譯

新譯幼學瓊林 馬自毅注譯
新譯增廣賢文・千字文 馬自毅注譯
新譯格言聯璧 馬自毅注譯

## 【政事類】

新譯商君書 貝遠辰注譯
新譯鹽鐵論 盧烈紅注譯
新譯貞觀政要 許道勳注譯

## 【地志類】

新譯山海經 楊錫彭注譯
新譯水經注 陳橋驛等注譯
新譯佛國記 楊維中注譯
新譯大唐西域記 陳　飛等注譯
新譯洛陽伽藍記 劉九洲注譯
新譯徐霞客遊記 黃　珅注譯
新譯東京夢華錄 嚴文儒注譯